Knaur.

Über die Autorin:
Corina Bomann wurde 1974 in Parchim geboren. Heute lebt sie mit ihrer Familie in einem kleinen Dorf in Mecklenburg-Vorpommern. Momentan arbeitet sie an ihrem zweiten historischen Abenteuerroman, der am Hofe Augusts des Starken spielen wird.
Mehr Informationen über die Autorin im Internet:
www.corina-bomann-online.de

Corina Bomann

Die Spionin

Roman

Knaur Taschenbuch Verlag

Besuchen Sie uns im Internet:
www.knaur.de

Vollständige Taschenbuchausgabe April 2009
Knaur Taschenbuch.
Ein Unternehmen der Droemerschen Verlagsanstalt
Th. Knaur Nachf. GmbH & Co. KG, München
Copyright © 2008 bei Knaur Verlag
Alle Rechte vorbehalten. Das Werk darf – auch teilweise – nur
mit Genehmigung des Verlags wiedergegeben werden.
Redaktion: Angela Troni
Umschlaggestaltung: ZERO Werbeagentur, München
Umschlagabbildung: Bridgeman Art Library / Ausschnitt
aus einem Gemälde von William Marlow, (1740-1813)
Blackfriars Bridge and St. Paul's Cathedral, c.1774 (pair of 13978), /
© Guildhall Art Gallery, City of London
Druck und Bindung: Norhaven A/S
Printed in Denmark
ISBN 978-3-426-63846-0

2 4 5 3 1

Prolog
1603

Hundegebell lässt mich von meiner Arbeit aufblicken. Durch das halboffene Fenster sehe ich einen Reiter auf das Haus zugaloppieren. Noch ist er nicht viel mehr als ein dunkler Fleck im abendlichen Nebel, doch er nähert sich rasch und taucht schließlich aus den rotgefärbten Schleiern auf. Von Kopf bis Fuß ist er in Schwarz gekleidet, eine weiße Feder weht an seinem Hut. Keinerlei Abzeichen sind an seiner Kleidung oder am Sattelzeug zu finden.

Ich kenne diese Art Bote gut. Während ich reglos vor dem Fenster stehe, frage ich mich, was er wohl von mir will. Bekomme ich nach so langer Zeit wieder einen Auftrag? Oder ist er gar ein Abgesandter des Feindes?

Als er seinen Rappen zügelt, gehe ich zur Tür. Ich ziehe meinen Dolch unter dem Hemd hervor und verberge ihn hinter meinem Rücken. Diese kleine, aber wirkungsvolle Waffe trage ich stets bei mir, sie gibt mir ein wohltuendes Gefühl von Sicherheit. Wenn der Mann gekommen ist, um mich zu töten, werde ich keine andere Wahl haben, als ihm die Klinge in die Brust zu stoßen und seine Leiche dann verschwinden zu lassen.

Die Abendluft, die durch die offene Tür ins Haus strömt, ist kühl, doch nicht sie verursacht mir ein leichtes Frösteln.

Es ist vielmehr die Erwartung der Gefahr, die meine Glieder erzittern lässt. Nicht angstvoll, denn die Angst habe ich schon vor Jahren abgelegt. Ich zittere vor Kampfeslust. Meine Muskeln spannen sich und stellen sich darauf ein, blitzschnell zu reagieren.

Ich höre, wie sich die Hunde wütend in ihre Ketten werfen. Wenn ich sie losließe, würden sie den Boten innerhalb weniger Augenblicke zerfleischen. Aber das soll nicht ihr Kampf werden.

Der Mann steigt aus dem Sattel und kommt auf mich zu. Wird er mir eine Nachricht überbringen oder einen Dolch ziehen?

Nein, er zieht seinen Hut, damit ich sein Gesicht sehen kann. Er hat helles Haar und blaue Augen. An seinem Kinn und über seinen Lippen wächst ein spärlicher Bart.

Unsere Blicke begegnen sich kurz, er grüßt mich mit einem Nicken, dann holt er einen versiegelten Brief aus seinem Wams und reicht ihn mir. Ich lasse die Waffe, von der er sicher nichts ahnt, in meinem hinteren Rockbund verschwinden und nehme den Umschlag an. »Melanie Woodward« steht darauf. Es ist mein Tarnname – einer von vielen.

Einen Hinweis, wer die Nachricht geschickt hat, gibt mir der Bote nicht. Auch sonst spricht er kein einziges Wort, was mich zu der Frage veranlasst, ob er überhaupt sprechen kann. Stumme Boten sind eines der Mittel, derer sich unser Gewerbe bedient. Vielleicht rechnet der junge Mann aber auch nur damit, dass ich angesichts des Siegels weiß, wer der Absender ist.

Von einer merkwürdigen Unruhe erfüllt öffne ich den Brief und habe wenig später die Nachricht vor mir.

5129261252089192020520

Was sich dahinter verbirgt, kann ich mir denken.

Ich bedanke mich bei dem Boten und kehre ins Haus zurück. Während ich höre, wie sich der Hufschlag entfernt, und die Hunde wieder Ruhe geben, schiebe ich den Dolch an seinen Platz zurück und gehe in mein Schreibzimmer. Mittlerweile ist es zu dunkel, um die Nachricht zu lesen, also entzünde ich eine Kerze, setze mich vor den alten Holztisch unterm Fenster und betrachte im flackernden Schein die Zahlenfolge.

Sie ist so einfach, dass ich beinahe lachen muss. Die 5 steht eindeutig für das E, denn es gibt keinen 51. Buchstaben im Alphabet. Auf dieser Grundlage gehe ich die Folge durch, und schließlich habe ich die Nachricht vor mir.

ELIZABETHISTTOT

Ist es möglich, oder sitze ich einem Irrtum auf? Rasch prüfe ich die Zahlenreihe noch einmal, versuche eine andere Reihenfolge, aber diese ergibt keinen Sinn. Es stimmt also, Elizabeth ist tot. Der Verfasser, niemand anderes als Robert Cecil, hat keinen Grund, mich zum Narren zu halten. *Good Queen Bess*, wie sie vom Volk genannt wird, ist zur Hölle gefahren.

Ich sinke gegen die Stuhllehne und betrachte fassungslos die Nachricht.

Stets hat der Tod einen großen Bogen um Elizabeth gemacht, gleich so, als wüsste er, was ihm droht, wenn sie, die Gloriana, den Acheron überquert. Sie hat England zur Blüte gebracht – und ihre Diener an den Rand des Wahnsinns. Doch letztlich entgeht niemand der letzten Reise in Charons Boot, und somit hat mich der ewige Fährmann von meiner Pflicht entbunden.

Ich blicke auf, mein Gesicht reflektiert in der Fensterscheibe. Eine Frau von zweiunddreißig Jahren, die gut und gerne drei oder vier Jahre jünger wirkt. Rotes Haar, blasse Haut, grüne Augen. Elizabeths Ebenbild ...

Was wird nun aus mir?

Es ist mehr als wahrscheinlich, dass mangels leiblichem Erben ein Stuart der letzten Tudor auf den Thron folgen wird. Jakob, der Sohn von Maria. Das Schicksal ist wirklich ein Meister der Ironie. Vor vielen Jahren hat die Königin von Schottland Elizabeths Herrschaft bedroht. Jetzt wird Jakob die Krone tragen, die seine Mutter stets erringen wollte. Ein Streben, das sie letztlich den Kopf gekostet hat.

Glücklicherweise überträgt sich der Eid, den ich der britischen Königin geschworen habe, nicht auf den neuen Herrscher. Ich, die ich bei meiner Geburt den Namen Alyson Taylor erhalten habe und zu einer Spionin in Sir Francis Walsinghams Diensten geworden war, habe meine Freiheit wiedererlangt. Zumindest teilweise. Die Gefahr für mich ist durch Elizabeths Tod natürlich nicht gebannt, noch immer können die Spanier einen Mörder schicken, der mich ins Jenseits befördert.

Doch noch ist es nicht so weit. Ich werfe einen letzten Blick auf das Schreiben, und wie es Tradition und Notwendigkeit in unserem Dienst ist, trage ich es anschließend zum Kamin.

Ein guter Spion hinterlässt niemals Spuren ...

Ohne zu zögern werfe ich das Papier in die Flammen, und während ich zusehe, wie es zu Asche vergeht, erinnere ich mich an jene Zeit, als ich durch die Straßen von London lief und schließlich zu dem wurde, was ich heute bin ...

Erstes Buch

Lehrzeit
1585

1. Kapitel

Graues Licht traf mein Gesicht und weckte mich aus einem Traum, an den ich mich nicht mehr erinnern konnte. Leise seufzend erhob ich mich. Meine beiden Geschwister, die neben mir im Stroh lagen, spürten meine Bewegungen und wachten auf. Sie wussten, dass ich gleich fortgehen musste, denn unser Ritual wiederholte sich jeden Morgen.

»Wann kommst du wieder, Ally?«, fragte mich mein Bruder James, und in seinen blauen Augen konnte ich Sorge erkennen. Er war zwar noch klein, aber er wusste schon genug von der Welt, um Angst um mich zu haben.

»Bald. Ich komme bald wieder«, entgegnete ich und gab ihm und meiner kleinen Schwester Lilly einen Kuss auf die Stirn. »Bleibt hier und rührt euch nicht vom Fleck.«

Sie nickten eifrig, und ich hoffte, dass ich mich auch diesmal auf ihr Wort verlassen konnte.

Bevor ich ging, schaute ich noch einmal in ihre mageren Kindergesichter mit den großen, hungrig dreinblickenden Augen. Ich lächelte ihnen zu, dann wandte ich mich um, trat auf die Straße und zog die Scheunentür hinter mir zu.

Unser Versteck befand sich am Südufer der Themse in der

Angel Alley, nahe der London Bridge. Es war eine alte, halb eingestürzte Scheune, die von niemandem mehr genutzt wurde. Der frühere Besitzer war vermutlich der Pest zum Opfer gefallen; am Scheunentor prangte noch immer ein großes rotes Warnkreuz. Es erwies sich als praktisch, denn aus Angst, sich anzustecken, traute sich niemand hinein.

Wie jeden Morgen schweifte mein Blick hinüber zum Tower, der sich bedrohlich und majestätisch zugleich am gegenüberliegenden Ufer der Themse erhob. Das Krächzen von Raben drang an mein Ohr, und trotz des Nebels konnte ich die schwarzen Vögel erkennen, die das hoch aufragende Gebäude umkreisten.

Einst, als ich noch klein war und glaubte, dass nichts meine Welt ändern könnte, hatte mir mein Vater die Legende von den Raben im Tower erzählt. Nach dieser würde England nur so lange in Sicherheit sein, wie die Vögel im Turm blieben. Verließen sie ihn eines Tages, würde er einbrechen, die Königin stürzen und Unheil über das ganze Land kommen.

Solche Vorzeichen waren aber wohl allein den Mächtigen vorbehalten, denn bei meinem Unglück hatte es keine Warnung gegeben.

In den vergangenen beiden Jahren war meine mehr oder minder heile Kinderwelt auf brutale Weise auf den Kopf gestellt worden. Meine Eltern starben kurz hintereinander, und da ich die Älteste von uns Geschwistern war, trug ich ab sofort die Verantwortung. Wir wurden aus unserer Bleibe nahe dem Newgate-Gefängnis geworfen und mussten sehen, wie wir zurechtkamen. Nachdem wir eine Weile durch die Stadt geirrt waren und mal hier und mal dort übernachtet hatten, hatte ich schließlich die Scheune in dem verlassenen Hinterhof entdeckt. Wir teilten sie uns mit einer alten grauen Katze, die uns die Ratten einigermaßen vom Leib hielt.

Um uns zu ernähren, streifte ich Tag für Tag durch die Stadt und stahl an Nahrung, was ich zwischen die Finger bekam. In den ersten Wochen war ich noch zögerlich gewesen, doch meine Dreistigkeit wuchs mit jedem erfolgreichen Beutezug. Mittlerweile schaffte ich es, in der Menge unterzutauchen und mich den Ständen zu nähern, ohne dass die Händler später sagen konnten, dass ich da gewesen war. Woher dieses Talent kam, wusste ich nicht, wahrscheinlich war es aus der Not geboren. Selbst der schwerfälligste Mensch wird zu einem guten Kletterer, wenn eine Meute tollwütiger Hunde hinter ihm her ist.

Auch heute musste ich mein Können wieder unter Beweis stellen. Ich warf mir mein verschlissenes graues Tuch über die feuerroten Haare, ignorierte die Kälte und stiefelte los.

Der Borough Market war mein Ziel, der größte Marktplatz von ganz London. Von unserem Versteck aus war es nur ein kurzes Stück bis dorthin. Im Schatten der St. Saviour Church und der verwinkelten Giebelhäuser des Borough lief ich zu den New Rents und bog schließlich in die Dirty Lane ein. Diese Straße machte ihrem Namen alle Ehre; man konnte nicht sagen, ob die vielen Pfützen von Regenwasser herrührten oder von ausgeschütteten Nachttöpfen. Gegen Morgen musste man sich vorsehen, wenn man an den Häusern vorbeieilte, denn meist gossen die Hausfrauen ihr Schmutzwasser oder den Inhalt des Nachtgeschirrs direkt aus den Fenstern auf die Straße. Nicht nur einmal war ich von oben bis unten von widerlich riechender Brühe durchnässt worden, bevor ich den Marktplatz überhaupt erreicht hatte. Und nicht nur die Pfützen stanken, dass es einem den Atem verschlug. Zahlreiche Misthaufen dampften vor und neben den Häusern, und überall machten Schweine den Fußgängern den Weg streitig, wobei sie den Boden mit ihrem Unrat bedeckten. Ein jeder, der es sich leisten konnte, viel Geld für seine Kleidung auszugeben, trug lederne Stiefel, wenn er herkam. Menschen wie ich, denen so etwas nicht vergönnt war, ließen ihre Beine auf dem Heimweg im Fluss baumeln.

Vor der Mauer, die die Straße vom Borough Market abtrennte, lungerten wie immer Bettler. Einige von ihnen kannte ich, andere waren neu, doch alle hatten etwas gemeinsam: Ihre Kleider standen noch schlimmer vor Dreck als die der normalen Leute. Sie stanken drei Meilen gegen den Wind, dass gegen sie selbst ein Ziegenstall wie feinstes Parfüm duftete, und ihre Körper waren von Lepra und Blattern zerfressen. Meist beachteten sie mich gar nicht, manchmal bettelten sie mich um ein paar Schillinge an, und dann sagte ich guten Gewissens, dass ich selbst nichts hatte. Doch an diesem Tag streckte einer von ihnen die Hand nach meinem Rock aus. Mein zerschlissenes Kleid machte ein Geräusch, als würde es reißen. Ruckartig blieb ich stehen.

»He, Kleine, siehst aus, als hättest du Lust, auf 'nem stattlichen Bock zu reiten«, rief mir der Bettler zu. Er gehörte zu den Neuen, die noch halbwegs manierlich aussahen. Seine Hände waren sogar noch gänzlich von der Lepra verschont geblieben, was sich zweifelsohne in den nächsten Monaten ändern würde.

»Dir würde bloß der Schwanz abfallen!«, fuhr ich ihn an. »Nimm die Pfoten weg, verfaulter Drecksack!« Gewiss hätte ich ihm gegen die Hand getreten, wenn er nicht augenblicklich losgelassen hätte. Er grinste mich breit an, worauf ich mich schnell umwandte und weiter in Richtung Tor lief.

Von einem Bettler berührt zu werden, war ein schlechtes Omen, aber ich schob den Gedanken schnell als abergläubischen Unsinn beiseite.

Auf dem Marktplatz wimmelte es nur so von Menschen.

Leute in feinen Kleidern und Wollmänteln drängten sich neben solchen in Lumpen und mit Strohhüten auf dem Kopf. Dazwischen liefen Schweine, Ziegen und Hühner herum, und aus den Buchten der Tierhändler drang ein beißender Gestank nach Mist und Vieh. Milchmädchen forderten die Kunden zum Kauf auf, während die Händler an den Ständen mit lautem Geschrei ihre Waren anpriesen.

Ich zwängte mich zwischen den Menschen hindurch. Ein mageres Mädchen von unauffälligem Aussehen beachtete niemand, nur hier und da schickte mir jemand einen Unmutslaut hinterher, wenn ich ihn anrempelte.

Schließlich hatte ich mein Ziel erreicht: die Stände der Bäcker, die sich unter der Last der frischen Ware bogen. Der Geruch nach Backwerk schlug mir wie eine Welle entgegen. Mühelos durchdrang er den Gestank von Mist, verschwitzten Leibern und auf den Boden geworfenen, verwesenden Innereien und packte mich wie eine Hand. Bevor ich mich anders entscheiden konnte, zog er mich mit sich.

Der Bäcker, den ich mir an diesem Morgen als Opfer aussuchte, war ein rotgesichtiger Mann mit schütterem Haar und dickem Bauch. Sein Gewicht in Brot aufgewogen würde uns sicher ein Jahr lang satt machen. Aber so viel wollte ich gar nicht. Mir reichte ein einziges Brot, das unser Überleben für einen oder zwei Tage sicherte.

Die Laibe in den Körben waren noch warm, das spürte ich schon von weitem. Wahrscheinlich hatte der Bäcker seinen Stand erst vor kurzem aufgebaut, die Brote in Tücher eingeschlagen und mit einer dicken Schicht Stroh bedeckt, damit die Wärme nicht entwich.

Noch einmal schaute ich mich nach dem fetten Kerl um, der gar nicht mehr aufhören wollte, die Frische seiner Ware und die seltenen Gewürze darin zu preisen. Ich beobachtete seine Kunden, die mich jedoch keines Blickes würdigten. Dann griff ich zu. Niemand hatte mich bemerkt, niemand schlug Alarm, doch die Gefahr war noch nicht vorbei. Erst, wenn ich weit genug entfernt war, konnte ich aufatmen. Ich schlängelte mich unauffällig zwischen den Leuten hindurch und presste meine warme Beute an die Brust. Sie verlieh meinen Gliedern Geschmeidigkeit und meinem Verstand Zuversicht. Auch diesmal hatten sie mich nicht erwischt!

Ich nahm den nächstbesten Ausgang vom Marktplatz, er führte zur Winchester Street, von der aus ich wieder zum Kirchhof gelangen würde. Die Angel Alley war dann nicht mehr weit, und meine Geschwister brauchten sich nicht länger um mich zu sorgen.

Als ich ein paar Schritte weit in den finsteren Torbogen eingetaucht war, erblickte ich drei Männer. Ich kannte sie nicht, aber ich sah, dass einer von ihnen einem vierten Mann gerade sein Schwert in den Leib stieß. Der Verletzte stöhnte auf, Blut schoss aus der Wunde, dann sank er zu Boden.

Schlagartig wurde mir bewusst, dass ich gerade einen Mord beobachtet hatte und besser von hier verschwinden sollte. Doch ich konnte mich nicht bewegen. Mein Blick war starr auf die Männer gerichtet, die lachend auf den Leichnam hinunterschauten und ihm dann noch einen Tritt versetzten.

Plötzlich sah einer von ihnen zu mir auf. »Schnappt sie euch!«, rief er nur wenige Atemzüge später, und sogleich wirbelten seine Gefährten herum.

Seine Worte wirkten wie ein Peitschenhieb auf mich. Ich begann zu rennen. Das Brot glitt mir aus den Armen und fiel zu Boden, doch ich achtete nicht weiter darauf. Wenn ich nicht schnellstens von hier wegkam, würde ich nie mehr dazu kommen, etwas zu stehlen.

Ich entschied mich dafür, ans andere Ende des Marktes zu laufen, zurück zum Torbogen, der zur Dirty Lane führte. Vielleicht konnte ich in der Menge untertauchen. Die Menschen wichen vor mir zurück, als hätte ich die Pest, doch wie ich erschreckt feststellen musste, holten meine Verfolger auf. Ich musste weiterrennen. Mager, wie ich war, schlüpfte ich behende zwischen den Ständen hindurch. Ich hielt es für eine gute Idee, Hindernisse zu überqueren, denen die Männer nicht so ohne weiteres aus dem Weg gehen konnten. Doch genau das war mein Verderben.

Als ich über einen Karren springen wollte, der gerade entladen worden war, blieb ich mit einem Fuß daran hängen. Kopfüber flog ich in den Dreck, ein scharfer Schmerz durchzuckte meine linke Schulter, und das Tuch rutschte so weit herunter, dass meine roten Haare sichtbar wurden. In dem Augenblick hatte ich nicht mal einen Fluch übrig. Der Schmerz fuhr hinauf bis in mein Hirn, doch dann verschwand er in einer Welle von Angst. Ich musste auf die Beine kommen, wenn mich meine Verfolger nicht erwischen und töten sollten.

Als ich mich keuchend aufrappelte, packte mich plötzlich eine schwielige Hand im Genick, und eine rauhe Stimme rief mit einem merkwürdigen, harten Akzent: »Seht an, was wir hier haben! Ein Füchslein.« Mühelos, als hätte ich keinerlei Gewicht, zog mich der Mann aus dem Schmutz.

Der Besitzer des Karrens schüttelte kurz den Kopf und schob ihn dann beiseite. Von ihm konnte ich keine Hilfe erwarten.

»Lass mich los!«, kreischte ich und starrte meinen Häscher hasserfüllt an.

Er hatte einen ungepflegten schwarzen Bart und dunkelbraune Augen. In einem seiner Ohrläppchen trug er einen goldenen Ring wie ein Zigeuner. Und er stank, als hätte er nicht nur eine Nacht im Stall verbracht.

»Kennst du den Spruch, Neugier ist der Katze Tod?«

»Ich ... ich habe nichts gesehen!«, sagte ich und spürte, wie ein Zittern durch meine Glieder fuhr.

Die Menschen ringsherum glaubten wohl, dass die Männer eine Diebin gefasst hätten, denn niemand gebot ihnen Einhalt.

»Du hast also nichts gesehen«, raunte mir der Schwarzbart zu. Da er wusste, dass es zu viel Aufsehen erregte, wenn er mich gleich hier erledigte, zerrte er mich zurück in den Winchester-Torbogen, wo noch immer die Leiche lag. Hart drückte er mich gegen die Wand.

»Bitte, Sir, lasst mich gehen, ich habe wirklich nichts gesehen!«, flehte ich und wusste gleichzeitig, dass mir die Kerle nicht glauben würden.

»Mich kümmert nicht, was du gesehen hast«, entgegnete er und zog mit einem bösartigen Funkeln in den Augen sein Messer. »Denn du wirst nicht mehr dazu kommen, uns zu verraten.«

Damit wandte er sich an seine Begleiter und sagte etwas zu ihnen, das ich nicht verstand. Sie lachten auf, und ich war mir sicher, dass er mir gleich die Klinge in den Leib rammen würde. Mein Herz raste, und mein Verstand suchte verzweifelt nach einem Ausweg aus dieser Lage, während meine Glieder immer weicher wurden. Was sollte aus Lilly und James werden, wenn er mich tötete? Es war schlimm genug, dass ich das Brot verloren hatte. Mein Leben wollte ich nicht auch noch verlieren.

»Bitte, Sir, ich verrate wirklich nichts«, flehte ich noch einmal mit erstickter Stimme. »Ich tue, was Ihr wollt, aber lasst mich gehen!«

»Du tust wirklich alles?«, fragte der Schwarzbart spöttisch. »Dann werden wir noch ein bisschen Spaß mit dir haben, bevor wir dich zur Hölle schicken.« Damit riss er mein schmutziges Hemd auseinander.

Mit glühenden Augen starrte er auf meinen mageren Körper und strich über meine Brustwarzen, bis sie schmerzten. Als ich angstvoll nach unten blickte, sah ich eine riesige Beule in seiner Hose. Was das zu bedeuten hatte, wusste ich. Also schloss ich die Augen und rührte mich nicht, während er mit seinen schmutzigen Händen meine mageren Rippen und meine kaum vorhandenen Brüste befingerte. Dann presste er mich gegen die kalten, feuchten Steine und zerrte meinen Rock in die Höhe.

»Was meint Ihr, Rodrigo, ob sie noch Jungfrau ist?«, keuchte er heiser und ließ kurz von mir ab. Rasch bäumte ich mich auf, um mich aus seinem Griff zu winden, doch er stieß mich heftig zurück, so dass ich wieder gegen die Mauer prallte. Er ließ seine rauhen Hände meine Schenkel hinaufgleiten und griff schließlich dazwischen. Als sein Finger sich den Weg in mein Geschlecht bahnte, hielt ich die Luft an.

»Wenn ja, dann wird sie nicht als solche zur Hölle fahren«, frohlockte der Angesprochene, und der Dritte im Bunde rief: »Wenn du fertig bist, will ich sie gleich als Nächster haben.«

Bei diesen Worten zitterte ich noch mehr als ohnehin schon. Doch dann nahm ich all meine Kraft zusammen und rammte dem Schwarzbart mein Knie zwischen die Beine.

Er schrie auf und krümmte sich vor Schmerz zusammen. Sein Griff lockerte sich, das Messer fiel zu Boden, und bevor seine Begleiter über mich herfallen konnten, rannte ich los. Noch einmal sollten sie mich nicht kriegen!

Ich floh aus dem Torbogen auf die Winchester Street. Dabei raffte ich mein Hemd vor der Brust zusammen, hob den Rock hoch und stieß die Entgegenkommenden zur Seite, ohne mich um ihr Murren und Fluchen zu kümmern. Ich musste unbedingt den Kirchhof erreichen, dann würde ich mich vielleicht ungesehen verdrücken können.

Außer Atem blickte ich mich nach meinen Verfolgern um, die mir dicht auf den Fersen waren. Anscheinend stand für sie einiges auf dem Spiel, so dass sie jegliche Zeugen ihrer Tat – auch wenn es nur ein Bettelmädchen war – nicht am Leben lassen durften.

Das Glück schien an diesem Tag allerdings nicht auf meiner Seite zu sein, denn plötzlich schossen mehrere Männer aus einer Seitenstraße auf mich zu. Sie waren schwarz gekleidet, und unter ihren Hüten konnte ich ihre Gesichter nicht erkennen. Ich war mir sicher, dass sie zu den Mördern gehörten, und wollte schreien, doch eine schwere Hand drückte mir grob den Mund zu, und sie hielten mich so fest, dass ich mich nicht gegen sie wehren konnte. Sie zerrten mich in die Dunkelheit einer nahen Gasse, und versetzten mir einen Schlag in den Nacken. Ein Meer leuchtender Punkte explodierte vor meinen Augen, dann versank ich in die Finsternis, ohne die Gelegenheit, noch einen Gedanken zu fassen.

2. Kapitel

Als ich wieder zu mir kam, lag ich auf einem nasskalten Steinfußboden. Der Geruch von altem Stroh und Kot stieg mir in die Nase. Ich öffnete die Augen und sah eine Ratte. Sie strich sich mit den Pfoten über die weißen Barthaare und musterte mich abwartend, gleich so, als hoffte sie, dass ich es mir mit dem Sterben noch einmal überlegen würde, damit sie mich fressen konnte.

Ich hatte keine Angst vor Ratten, trotzdem fuhr ich mit einem Aufschrei in die Höhe und fuchtelte mit den Armen, worauf das Tier zusammenschreckte und fiepend in seinem Loch verschwand.

Ich atmete tief durch, strich mir das Haar aus dem Gesicht und blickte mich um. Der winzige, kahle Raum sah wie eine Gefängniszelle aus. Es gab hier kein Fenster, ein wenig Licht fiel lediglich durch ein vergittertes Loch in der Tür. Die Luft war verbraucht und so feucht, dass man sie fast greifen konnte. Wie viel Zeit vergangen war, seit die finsteren Kerle mich auf dem Marktplatz erwischt hatten, wusste ich nicht. Da sie mich nicht getötet hatten, gehörten meine Häscher wohl doch nicht zu den Mördern, die ich beobachtet hatte. Trotzdem war meine Situation alles andere als beruhigend.

Als ich mich erhob, fuhr mir ein Schmerz durch Schulter und Nacken. Er erinnerte mich daran, dass ich auf dem Marktplatz gestürzt war – und dass mir jemand einen Schlag versetzt hatte, damit ich kein Gezeter machte. Doch warum hatten mich die Kerle ergriffen? Glaubten sie vielleicht, dass ich den Mann im Torbogen getötet hatte? Nein, das konnte nicht sein. Sie mussten gesehen haben, dass ich keine Waffe bei mir trug. Oder hatten sie mich wegen etwas anderem hierhergebracht?

Ich tastete mich ab. Jemand hatte mein Hemd wieder zugebunden, ungelenk zwar, aber immerhin bedeckte es meine Blöße. Die Männer waren wohl nicht über mich hergefallen. Als ich mir über die Brust strich, bemerkte ich ein paar schmerzende Stellen, doch die stammten von den groben Händen des Schwarzbartes.

Nach einer Weile stand ich auf und ging zu der Tür. Gern hätte ich durch das Gitterfenster gespäht, aber es war zu hoch. Selbst wenn ich sprang, konnte ich es nicht erreichen. Ich musste mich mit dem Lichtfleck begnügen, der sich an der gegenüberliegenden Mauer abzeichnete und mir zeigte, dass das Gestein mit Schimmel und Moos überzogen war. Der rechte Ort, um sich die Schwindsucht zu holen.

Da hörte ich ein Geräusch. Schritte näherten sich meiner Zelle. Dazwischen vernahm ich das Klimpern von Schlüsseln. Wollten sie mich etwa wieder freilassen? Ich wich von der Tür zurück. Tatsächlich machten die Schritte vor meiner Zelle halt. Ein Schlüssel wurde ins Schloss gesteckt und herumgedreht. Wenige Augenblicke später blendete mich ein Lichtschein. Die Männer, die in der Tür standen, waren für mich im ersten Moment nur dunkle Schemen.

»Komm mit!«, sagte einer von ihnen.

»Wo bin ich?«, entgegnete ich und rührte mich nicht von der Stelle. Die Angst lähmte mich.

»Das wirst du schon noch erfahren, Mädchen. Und jetzt beweg dich, sonst mache ich dir Beine.«

Ich hatte genug von Männerhänden, die mich anfassten, also trat ich rasch in den Gang. Nachdem sich meine Augen an das Licht gewöhnt hatten, erkannte ich, dass die beiden Männer die gleiche Kleidung trugen wie jene, die mich ergriffen hatten. Sie nahmen mich in die Mitte, um sicherzustellen, dass ich nicht floh.

Ich warf meinen Begleitern einen verstohlenen Blick zu, doch sie nahmen keine Notiz von mir, solange ich nicht stehenblieb. Ihre Mienen wirkten wie aus Wachs gegossen, ihre Augen waren reglos auf den Weg vor uns gerichtet. Es war von ihren Gesichtern nicht abzulesen, wohin sie mich brachten und welches Schicksal mir dort zuteil werden würde.

Wir schritten eilig durch den langen Gang, umringt vom Jammern und Stöhnen der Gefangenen und dem Fluchen der Wärter. Kein Zweifel, das hier war ein Gefängnis. Doch warum war ich hier? Ich wünschte mir plötzlich, eine Ratte zu sein, die zwischen den Beinen der Männer hindurchhuschen und sich durch geheime Gänge einen Weg in die Freiheit bahnen konnte.

Nach einem Marsch, der mir schier endlos erschien, hielten wir vor einer eisenbeschlagenen Tür inne. Einer der Wächter klopfte, und wenig später erhielt er Antwort von einer Männerstimme, die uns hereinbat.

Ich erwartete fast schon, meinem Henker gegenüberzutreten, doch als die Tür geöffnet wurde, erblickte ich einen Mann, der keineswegs aussah, als würde er jemandem persönlich den Kopf abschlagen. Er schien eher den Befehl dazu zu geben.

Er war eine imposante Erscheinung in seiner dunklen Robe, dem weißen Kragen und der schwarzen Haube, unter der sich sein kurzgeschnittenes graumeliertes Haar verbarg. Schnurr- und Kinnbart waren nach der neuesten Mode gestutzt, und obwohl ich ein ganzes Stück weit von ihm entfernt stand, konnte ich seine Augen erkennen. Sie waren dunkel wie Holzkohle und blickten so wachsam wie die eines Diebes. Er stand kerzengerade, und sein Blick traf mich wie ein Eiszapfen, der meinen Leib durchbohrte.

»Das ist das Mädchen, Sir.« Einer meiner Begleiter versetzte mir einen Stoß, so dass ich mich wenig später in der Raummitte wiederfand, wie eine Angeklagte, die vernommen werden sollte.

Der dunkle Fremde musterte mich kurz, dann sagte er: »Lasst mich mit ihr allein.«

Die beiden Männer nickten und zogen sich zurück. Die Tür fiel hinter ihnen leise ins Schloss.

»Sir, bitte, ich habe nichts getan!«, verteidigte ich mich schon im Voraus.

»Du bist nicht hier, weil du etwas getan hast, sondern weil ich etwas von dir wissen will«, entgegnete mein Gegenüber in einem Tonfall, der mich misstrauisch machte.

»Warum steckt man mich dann in eine Zelle?«

»Zu deinem Schutz. Aus demselben Grund ist es wichtig, dass du mir ein paar Fragen beantwortest.«

Wahrscheinlich drehte es sich um den Toten im Torbogen.

»Kann ich danach gehen?«, fragte ich, denn ich dachte nun wieder an Lilly und James. Sicher warteten sie auf mich. Ich musste ihnen irgendwas zu essen bringen, ihnen zeigen, dass ich sie nicht alleingelassen hatte. Dass mir nichts passiert war. Bisher hatten sie keine Dummheiten gemacht, aber ich war auch noch nie stunden- oder gar tagelang fortgewesen.

»Das hängt ganz davon ab, wie du dich bei den Fragen anstellst. Deshalb rate ich dir, die Wahrheit zu sagen.« Die Stimme des Mannes wurde nun ein wenig härter. »Also, wollen wir beginnen?«

Ich nickte, davon überzeugt, dass ich nichts von Wert zu berichten hatte. Ich wollte nur hier raus, nichts weiter.

»Wie ist dein Name?«, lautete die erste Frage.

»Alyson, Sir.«

»Nur Alyson, oder hast du auch einen Nachnamen?«

Bislang hatte sich niemand für meinen Nachnamen interessiert. Alle nannten mich Alyson, nur meine Geschwister riefen mich Ally. Dass mein Vater Ambrose Taylor war, wusste außer mir niemand mehr. Tote gerieten schnell in Vergessenheit.

»Taylor«, antwortete ich. »Alyson Taylor.«

»Nun, Alyson, du hattest sehr großes Glück. Nicht jedem ist es vergönnt, spanische Spione bei der Arbeit zu beobachten und das auch noch zu überleben.«

Meine Augen weiteten sich. »Spanische Spione?«

Der Mann nickte. »Allein der Umstand, dass meine Leute gerade in der Nähe waren, hat dir das Leben gerettet. Die Spanier wären dir durch die ganze Stadt gefolgt, bis sie dich schließlich gefunden hätten. Und dann wärst du wahrscheinlich als Leiche in der Themse gelandet.«

Daran hatte ich keinen Zweifel, wenn ich an die Begegnung mit den finsteren Gestalten im Torbogen zurückdachte. Doch was hatte er mit spanischen Spionen gemeint? »Sir, ich verstehe das nicht.«

»Das brauchst du auch nicht.« Er kam näher an mich heran, legte seine Hand unter mein Kinn und hob es an, um mein Gesicht genauer betrachten zu können.

Ich wusste, dass ich keinen besonders schönen Anblick bot. Mein Haar war verfilzt, meine Wangen waren von Schmutzrändern verkrustet, und der Hunger hatte dunkle Schatten unter meine Augen eingegraben. Dennoch hatte ich das Gefühl, dass seine kohlrabenschwarzen Augen in meinen Zügen etwas ganz Bestimmtes suchten und schließlich auch fanden.

»Hast du beobachtet, was sie getan haben?« Noch immer hielt er meinen Kopf fest und zwang mich dazu, ihm in die Augen zu blicken.

»Sie haben einen Mann getötet, in einem der Torbögen des Borough Market.«

»Hast du die Gesichter der Männer gesehen?«

Und ob ich die gesehen hatte! Ich nickte, woraufhin der Fremde mich aufforderte, sie zu beschreiben. Ich kniff die

Augen zusammen, wie ich es immer tat, wenn ich mich an etwas erinnern wollte. Jetzt sah ich die drei wieder vor mir, wie auf einem Gemälde, und da ich keine Furcht mehr vor ihnen hatte, konnte ich auf alle Details achten. Während ich die Mörder in meiner Erinnerung betrachtete, sprudelten die Worte nur so aus mir heraus.

»Einer von ihnen trug einen schwarzen Bart und einen Ring im rechten Ohr. Seine Nase war krumm, und über der linken Augenbraue hatte er eine Narbe. Seine Kleidung war schwarz, bis auf ein kleines goldenes Wappen auf seinem Schwertgurt. Er stank nach Stall, doch seine Stiefel waren frisch poliert. Er sprach merkwürdig, wahrscheinlich war er nicht von hier. Er nannte einen seiner Begleiter Rodrigo. Der hatte das Gesicht eines Knaben und gelocktes dunkles Haar. Der dritte Mann war blond und trug die Kleider eines Komödianten. Seine Augen waren blau, und um das Kinn herum hatte er einen spärlichen Bart. Sie alle waren bewaffnet, der Schwarzbart hatte neben seinem Schwert auch ein Messer.« Wieder sah ich das Metall vor meinem Gesicht aufblitzen. »Es war verziert. Mit demselben Wappen wie der Schwertgurt.«

Ich öffnete die Augen und sah, dass die Miene des Fremden auf einmal wie versteinert wirkte. Er ließ mich langsam wieder los, entfernte sich ein paar Schritte von mir und fragte dann: »Das alles hast du dir in so kurzer Zeit merken können? Trotz deiner Furcht?«

»Ja, Sir«, entgegnete ich. »Es ist immer so, wenn ich etwas anschaue. Ich kann das Bild später jederzeit in meinen Verstand zurückrufen, obwohl ich das manchmal gar nicht will.«

Der Fremde nickte und fragte dann: »Kannst du vielleicht auch das Mordopfer beschreiben?«

Diesmal brauchte ich nicht einmal mehr die Augen zusammenzukneifen, um den Getöteten erneut vor mir zu sehen.

»Es war ein Mann, deutlich kleiner als der Schwarzbart. Sein Gesicht konnte ich nicht erkennen, dazu war es zu dunkel. Ich habe aber seine Gestalt gesehen. Er war ziemlich dünn. So dünn, dass ...« Ich stockte, als ich wieder vor mir hatte, wie die Klinge des Mörders in seine Brust fuhr. Auf einmal sah ich auch, dass das nicht alles war. »Die Klinge glitt durch ihn hindurch und bohrte sich in die Mauer. Blut spritzte aus der Wunde, dann sank er zusammen.«

Der Fremde trat jetzt wieder dicht vor mich. Ein leichter Geruch nach Medizin strömte mir in die Nase. Er war mir unangenehm, dennoch konnte ich nicht zurückweichen. Die Augen des Mannes, der mit seinem Talar einem Raben glich, hielten mich regelrecht fest. »Deine Fähigkeiten, dir etwas zu merken, sind erstaunlich.« Sein Atem strich mir übers Gesicht. Ich schauderte.

Etwas Machtvolles und zugleich Böses ging von ihm aus. Ich spürte, dass es ihn nur einen Wink kosten würde, um mir die Freiheit und vielleicht auch das Leben zu nehmen.

»Darf ich jetzt gehen, Sir?«

»Ich habe noch ein paar weitere Fragen an dich.« Mich überkam das ungute Gefühl, dass er mich nicht so schnell fortlassen würde. »Vielleicht eröffnen dir diese Fragen den Weg in ein neues Leben. Vielleicht entkommst du dadurch deinem Elend.« Seine Hand strich nun über meine Wange. Als ich mein Zittern nicht länger verbergen konnte, lächelte er zufrieden. »Wie alt bist du?«

»Vierzehn, Sir.«

»Hast du Familie?«

»Zwei Geschwister«, antwortete ich.

»Und deine Eltern?«

»Sind tot, Sir. Das Kerkerfieber hat sie hinweggerafft.«

»Diese Seuche grassiert in Newgate. Waren deine Eltern als Gefangene dort?«

Ich schüttelte den Kopf. »Mein Vater hat dort gearbeitet, als Aufseher. Eines Tages brachte er das Fieber mit nach Hause. Er ist zuerst krank geworden, dann unsere Mutter. Binnen einer Woche waren beide tot.«

»Und euch Kinder hat es nicht getroffen?«

»Nein, Sir.« Ich erinnerte mich nur ungern an die Verheerungen, die das Fieber den Leibern unserer Eltern angetan hatte. Hässliche Flecke überall, stinkende Ausdünstungen, gelblicher Schweiß. Im Fieberwahn hatten sie Dinge gesagt, an die ich mich nicht mehr erinnern wollte. Schließlich waren ihre wirren Worte grässlichen Schreien gewichen. Ich war die ganze Zeit um sie herum gewesen, folglich hätte ich ebenfalls krank werden müssen. Aber das war nicht geschehen.

»Interessant«, entgegnete der Mann. »Ihr seid also Waisen.«

»Ja, Sir.«

»Wie alt sind deine Geschwister?«

»James ist sechs und Lilly vier.«

Der Fremde wandte sich um und ging ein paar Schritte durch den Raum. »Dann sorgst du also für sie?«

»Ja, Sir.«

»Mit anderen Worten, du stiehlst.«

Seine Worte trafen mich wie eine Ohrfeige. Wenn ich seine Vermutung bestätigte, würde ich in Teufels Küche kommen, oder besser gesagt, in den Kerker. Man würde mir die Hände abhacken und mich im Dunkeln verrotten lassen.

»Ich erhalte uns am Leben!« Meine Stimme klang dabei ruhig, beinahe trotzig, was mich selbst überraschte.

Der Mann zog eine Augenbraue hoch. Die Dreistigkeit meiner Worte schien ihn zu amüsieren.

»Wie lange erhältst du euch schon am Leben, wie du es nennst?«

»Seit zwei Jahren.«

»Hast du keine Angst, allein durch die Straßen von London zu streifen?«

Ich schüttelte den Kopf.

»Gibt es überhaupt etwas, wovor du Angst hast?«

Ich überlegte. Ich hatte Angst um meine Geschwister, dass sie verhungern könnten. Aber das nannte man wohl eher Sorge. »Ich hatte Angst, dass mich die drei Männer töten könnten«, antwortete ich.

»Trotzdem hast du einen Weg gefunden, dich aus ihren Fängen zu befreien.«

Ich nickte.

»Du scheinst ein ziemlich couragiertes Mädchen zu sein, das gefällt mir.« Wieder bohrte sich sein Blick in mein Gesicht. »Couragierte Menschen sind selten und interessant für uns.«

Wen er mit »uns« meinte, wusste ich nicht, aber das würde ich sicher bald erfahren.

»Ich werde dir jetzt ein Angebot machen, Alyson. Du kannst frei entscheiden, ob du durch die Hand der Spanier sterben oder ein neues Leben beginnen willst. Ein Leben, das der Königin gewidmet ist.«

»Sterben?«, fragte ich entsetzt. »Aber die Männer wissen doch gar nicht …«

»Nein, sie wissen nicht, wer du bist, aber sie haben Augen im Kopf! Sie werden nach dir suchen, und irgendwann wird eine Hand aus der Dunkelheit schnellen und dich töten. Vielleicht werden sie auch deine Geschwister töten. Sie können sich keine Zeugen erlauben.«

»Habt Ihr sie denn nicht wegen Mordes verhaftet?«

»Sie sind uns entkommen«, entgegnete der Fremde. »Außerdem gibt es Menschen, die man nicht so einfach einkerkern kann.«

»Aber ich habe gesehen ...«

»Ja, das hast du. Deshalb mache ich dir auch dieses Angebot. Wenn du es annimmst, kannst du sicher sein, dass dich dein Wissen nicht in Gefahr bringt. Wir haben jede Menge Zeit, um Vergeltung für diesen Mord zu üben. Wenn du allerdings vorher ermordet wirst, haben wir nichts, und du hast auch nichts, also wähle!«

Seine Worte prasselten wie Schläge auf mich ein. Ich wollte auf keinen Fall sterben, ich wollte auch nicht, dass Lilly und James etwas zustieß. Mir blieb wohl keine andere Wahl, als mir das Angebot des geheimnisvollen Mannes anzuhören.

»Was soll ich tun?«

»Du wirst in meine Dienste treten«, antwortete der Fremde ernst. »Und damit in den der Königin und des Staates.«

»In den Dienst der Königin?«, wiederholte ich fassungslos. Das konnte er nicht ernst meinen!

»Ja, genau«, erwiderte der Mann in Schwarz, und in seinen Augen sah ich etwas aufleuchten, von dem ich erst später erfahren sollte, dass es Loyalität war. Bedingungslose Loyalität, die er auch von all jenen verlangte, die für ihn arbeiteten. »Du wirst Dinge tun, die die Sicherheit der Königin gewährleisten – und Englands.«

»Was wird aus meinen Geschwistern?«

»Für die wird gesorgt werden. Aber nur, wenn du dich für uns entscheidest ...«

Unter diesen Bedingungen hatte ich gar keine andere Wahl, als zuzustimmen, und das machte mich zornig.

Der Fremde schien meine Miene deuten zu können, und zeigte sich auf grimmige Art belustigt. »Du hast ziemlich viel Wut in dir, nicht wahr? Vielleicht kannst du sie eines Tages nutzen, um die Männer zu bestrafen, die dir ans Leder wollten. Aber das geht nur, wenn du in meine Dienste trittst.« Er machte eine kleine Pause, und trotz seiner Worte wäre ich ihm jetzt am liebsten an die Kehle gesprungen. »Ich weiß, du sorgst dich um deine Geschwister, und ich will dir nicht verheimlichen, dass du sie für eine sehr lange Zeit nicht wiedersehen wirst. Doch durch deine Entscheidung haben sie vielleicht das Glück, ein normales Leben zu führen. Ein Leben ohne Hunger. Also denk jetzt gut nach und entscheide dich.«

Er sah mich noch einen Moment lang an, dann ließ er mich stehen und ging zu dem Buntglasfenster hinüber, dessen Farben unter der dicken Schmutzschicht kaum noch zu erkennen waren. Das schwache Licht, das in den Raum drang, zeichnete sein Profil nach. Er wirkte vollkommen ruhig, ja beinahe gleichgültig. Er würde meine Entscheidung so hinnehmen, wie ich sie traf.

Doch ich würde sie unter Umständen bereuen. Ich rang eine ganze Weile mit mir, versuchte mir einzureden, dass es vielleicht einen anderen Ausweg gab. Aber ich kam immer wieder zu demselben Schluss. »Ja«, sagte ich schließlich, und meine Stimme klang in meinen Ohren wie ein Glockenschlag.

Der Fremde blieb reglos am Fenster stehen und blickte weiterhin durch die schmutzigen Scheiben, als gäbe es dort etwas Interessantes zu sehen. »Ja, was?«

»Ich ... ich trete in Eure Dienste.«

Daraufhin wandte er sich um, und sein Blick sagte mir, dass er mit nichts anderem gerechnet hatte. »Eine kluge Entscheidung, Alyson. Nicht nur deine Geschwister werden ihren Nutzen davon haben, sondern auch du. Aber bevor du Weiteres erfährst, solltest du wissen, wer ich bin.« Er machte eine bedeutungsvolle Pause, dann sagte er: »Mein Name ist Francis Walsingham.«

Ich atmete scharf ein, denn ich kannte diesen Namen! Mein Vater hatte ihn einst erwähnt. Zuweilen hatte ich ihn auch auf dem Marktplatz oder in den Straßen aufgeschnappt. »Ihr seid der Polizeiminister«, presste ich hervor, denn so nannten ihn die Menschen auf der Straße.

»Ich bevorzuge die Bezeichnung Staatssekretär«, gab er mit leichter Belustigung zurück und schritt zur Tür. »Du wirst mit mir kommen und gleich morgen mit deiner Ausbildung beginnen. Wenn du dich gut anstellst, wirst du nie wieder Not leiden müssen.«

3. Kapitel

Sir Francis Walsingham war wesentlich mehr als ein Staatssekretär der Königin. Wie ich später herausfand, war er der Mann, in dessen Händen das Leben der Königin lag. Seine Spione waren nicht nur über ganz England verteilt, er hatte seine Leute auch in Frankreich, Spanien, Schottland, Irland und Holland – überall dort, wo Feinde der Königin lauern konnten. Sie waren alt oder jung, Frauen oder Männer, je nachdem, was der Zweck erforderte. Sie waren Diebe, Mörder, Schauspieler und Gelehrte. Sie waren

Walsinghams Augen und Ohren und manchmal auch seine Hände.

Sie wachten für ihn, hörten sich für ihn um und mordeten für ihn, wenn es notwendig war. Sie verrieten, sie stahlen, sie korrumpierten, aber nie waren sie illoyal gegenüber der Königin und dem Staat.

So weit dachte ich an jenem grauen Abend, als wir aus dem kleinen Raum traten, aber noch nicht.

Wir nahmen nicht denselben Weg zurück, den ich mit den Wächtern gekommen war. Walsingham wandte sich nach links und trat mit mir in die Dunkelheit eines Ganges, der ebenfalls von dem Stöhnen Gefangener erfüllt war. Ein widerlicher Geruch nach Krankheit und eitrigen Wunden hing in der Luft. Nein, er stand förmlich, denn hier waren keine Löcher in der Mauer. Für eine ganze Weile gab es nicht einmal Licht. Vorsichtig setzte ich einen Fuß vor den anderen und hoffte, nicht fehlzutreten. Vor mir hörte ich Walsinghams Schritte. Er ging so sicher, als könnten seine Augen die Dunkelheit durchdringen. Dazwischen ertönte das leise Fiepen von Ratten, die vor Walsinghams Mantelsaum das Weite suchten. Mir graute, und ich hoffte nur, dass wir bald draußen waren.

Kurz kam es mir in den Sinn, einen Fluchtversuch zu wagen, doch ich war klug genug, um zu wissen, dass Walsinghams Getreue uns nicht am Leben lassen würden. Ich hatte den Pakt mit dem Teufel besiegelt und musste ihn nun einhalten. Also folgte ich ihm weiterhin, bis endlich wieder Fackellicht den Weg erhellte. Auch hier gab es Zellen, die allerdings nicht mit massiven Türen verschlossen, sondern durch Gitter von dem Gang getrennt waren. Der Feuerschein ließ den Rost auf den Metallstäben sichtbar werden.

Plötzlich stöhnte jemand langgezogen und schmerzvoll

auf. Ich hatte eigentlich nicht vor, hinzuschauen, doch die Neugierde war stärker. Was ich sah, erschreckte mich. Ich wusste nicht, was die Männer und Frauen, die so verwildert waren, dass man sie kaum noch als Menschen erkennen konnte, getan hatten, aber es musste einen Grund geben, warum man ihnen nicht mal die Gnade eines Luftlochs gewährte. Warum man sie derart zur Schau stellte. Waren sie vielleicht Verräter?

Es folgten weitere zerlumpte Gestalten, die mehr tot als lebendig waren und durch mich hindurchzustarren schienen. Ich sah Männer mit schrecklichen Entstellungen, die ihnen nicht angeboren, sondern offensichtlich zugefügt worden waren. Die Foltereisen der Henkersknechte hatten ganze Arbeit geleistet.

Wir bogen um eine Ecke, und wieder säumten Zellen den Gang, allerdings standen die meisten von ihnen leer.

Ich wollte schon erleichtert aufatmen, da hörte ich ein Wimmern, hell wie von Kinderstimmen. Hielt man hier sogar Kinder gefangen? Ich ging weiter, und schließlich, als die Laute ganz nahe waren, blickte ich zur Seite.

Der Anblick traf mich so überraschend, dass ich auf der Stelle stehenblieb. An der Wand zusammengepfercht, saßen vier Mädchen. Zwei von ihnen waren Zwillinge, die anderen stammten wohl aus einer anderen Familie. Auf jeden Fall hatten die vier etwas gemeinsam: Sie hatten alle rotes Haar und helle Haut. Und sie mochten nicht älter als vierzehn Jahre sein. Genau wie ich!

Die Tatsache erschreckte mich zutiefst, obwohl ich nicht genau sagen konnte, warum. Ein eisiger Schauer rann mir über den Rücken. Ich fragte mich, ob Walsingham ihnen ebenfalls angeboten hatte, in seine Dienste zu treten. Da sie noch immer hinter Gitter saßen, musste ihre Antwort wohl nein gelautet haben. Oder hatte man sie gar ihren Eltern entrissen, nur aufgrund ihres Aussehens? Weil man sie für einen bestimmten Zweck brauchte?

Als könnten die Mädchen meine Aufmerksamkeit spüren, hoben sie nahezu gleichzeitig die Köpfe. Ihre Blicke waren überrascht und anklagend. Sie schienen mir zu sagen: Du allein bist schuld, dass wir hier sind. Dich hat er ausgewählt, und wir werden auf ewig hierbleiben müssen.

Ich war noch immer nicht fähig, mich umzuwenden und weiterzugehen. Erst der Klang von Walsinghams Stimme riss mich aus meiner Starre.

»Alyson.«

Als ich nach vorn schaute, merkte ich, dass er ein gutes Stück von mir entfernt stand. Der Blick, den er mir zuwarf, war so kalt und mitleidslos wie eine Winternacht. Er wusste, dass ich die Mädchen entdeckt hatte, und sicher hatte er auch gewollt, dass ich sie sah – warum auch immer.

»Alyson, komm«, sagte er mit gefährlicher Sanftheit in der Stimme und hob die Hand.

Ich hörte das Blut in meinen Ohren rauschen. Würde er mich ebenso in diese Zelle stecken, wenn ich versagte? Wenn ich ihn verärgerte? Ich wollte es nicht darauf anlegen. Sofort lief ich wieder zu ihm. Nach den Gefangenen schaute ich mich nicht noch einmal um, aber ich spürte ihre Blicke zwischen meinen Schulterblättern.

Wir passierten noch zahlreiche weitere Zellen, einige waren leer, andere besetzt. Ich hielt es für besser, nicht hinzusehen, sondern konzentrierte mich auf Walsinghams hohe Gestalt, lauschte seinen Schritten und hoffte, dass die Gänge bald ein Ende nähmen.

Einige Minuten später kamen wir tatsächlich an einer Tür an, die ins Freie führte. Ein weitläufiger Hof erstreckte sich vor uns. Soldaten waren hier postiert, Gefangene wurden in Ketten durch eines der Tore geführt.

Die Wächter warfen mir fragende Blicke zu, aber dass ich neben Walsingham ging, erklärte alles. Er fasste mich bei der Schulter und geleitete mich in einen langgestreckten Hof. Jetzt erst merkte ich, dass wir nicht in Newgate waren. Ein Krächzen über mir ertönte, und als ich aufblickte, sah ich Raben um einen großen Turm kreisen. Blutturm war sein Name, und das zu Recht, wie ich bald erfahren sollte. Ich hatte mich die ganze Zeit über im Tower von London befunden.

Die eisenbeschlagene Kutsche, die vor uns stand und wartete, erschien mir im ersten Moment monströs, wohl deshalb, weil ich diese Ungetüme bisher nur an mir vorbeirasen gesehen hatte. Die feinen Herrschaften ließen sich normalerweise mit Sänften durch die Stadt tragen. Erst wenn die Reise aus London hinausging, wurden die schwerfälligen Kutschen in Gebrauch genommen. Anscheinend gedachte Sir Francis Walsingham, einen längeren Ausflug zu machen.

Die Frage nach unserem Ziel blieb mir allerdings im Hals stecken. Ängstlich drückte ich mich in meine Ecke der Kutsche und versuchte, mich mit Gedanken an Lilly und James abzulenken. Ich fragte mich, ob der Rabenmann sein Versprechen wirklich halten würde.

Kurz bevor wir losfuhren, fragte er mich, wo sich meine Geschwister aufhielten. Ich nannte ihm den Ort und wäre zu gern mit den Männern mitgegangen, die er losschickte, um die beiden zu holen. Doch das verbot er mir und hieß den Kutscher, loszufahren. Ein Peitschenknall ertönte, dann ruckte das Gefährt an. Vier Begleitreiter schlossen sich uns als Eskorte an; wahrscheinlich sollten sie für Walsinghams Sicherheit sorgen. Die Sorge, dass ich ihnen entwischen könnte, hatten sie ganz sicher nicht.

Die Kutsche ruckelte über das Straßenpflaster, zwischendurch hörte ich Rufe von Leuten und das Quieken von Schweinen, die vor den Pferden davonliefen. Sehen konnte ich nichts, da die Vorhänge zugezogen waren. Nach einer Weile veränderte sich das Geräusch der Kutschenräder. Wir hatten London verlassen.

Für mich war es das erste Mal, dass ich meiner Heimatstadt den Rücken kehrte, und ich fühlte mich ziemlich unwohl dabei. London war keineswegs freundlich zu mir gewesen, aber das Ungewisse, das jenseits der Stadtmauer lag, erfüllte mich mit Furcht. Der Rabenmann sagte auch weiterhin kein Wort, sondern musterte mich eindringlich. Wenn mein Blick dem seinen begegnete, schaffte ich es nur für Sekunden, ihm standzuhalten.

Die Fahrt dauerte eine ganze Weile, und obwohl ich sehr müde war, nahm ich mir vor, nicht einzuschlafen. Aber mein Körper gehorchte mir nicht. Meine Lider wurden schwer wie Blei und fielen schließlich zu. Ich schlief fest und traumlos, bis mich jemand am Arm rüttelte.

Mit einem kurzen Aufschrei fuhr ich hoch und sah mich verwirrt um. Für einen kurzen Augenblick glaubte ich, wieder in unserer Scheune zu sein. Ich glaubte, dass alles nur ein Traum gewesen war. Doch dem war nicht so. Ich befand mich noch immer in der Kutsche und Sir Francis Walsingham saß mir gegenüber. Er hatte mich auch wachgerüttelt.

»Wir sind da«, sagte er und gab dem Kutscher das Zeichen, die Tür zu öffnen.

Gleißendes Licht blendete mich. Die Sonne stand an einem wolkendurchzogenen Himmel, und obwohl ihre Strahlen die ersten des Tages waren, stachen sie mir fast schon schmerzhaft in die Augen. Als ich aus der Kutsche stieg, war ich sprachlos. Ich hatte wohl alles erwartet, aber keinen Landsitz von solcher Pracht. Die Ställe waren sauber und ordentlich gehalten, und das Wohnhaus war das schönste, das ich je zu Gesicht bekommen hatte. Der Fachwerkbau hatte mehrere vorkragende Spitzgiebel, deren Stützbalken mit Schnitzereien verziert waren, sowie zahlreiche Türmchen und Erker.

Die Buntglasfenster reflektierten die Morgensonne wie große Juwelen, und an den Wänden rankten zarte Rosen empor, die mit ihrem Duft die Spätsommerluft erfüllten. Weißdornbüsche umgaben das Anwesen, dessen vollständige Ausmaße ich von hier aus nicht erkennen konnte. Von weitem tönte Hundegebell an mein Ohr; es musste in der Nähe einen Zwinger geben. Wachen patrouillierten am Rande des Anwesens.

Walsingham lächelte über mein Erstaunen, doch ich war so gefesselt von dem Anblick, dass ich seine Blicke und die Stallburschen, die die Kutsche in Empfang genommen hatten und nun die Pferde ausschirrten, nur beiläufig wahrnahm.

»Willkommen auf Barn Elms«, sagte Sir Francis und legte seine Hand auf meine Schulter. »Das hier wird für die nächste Zeit dein Zuhause sein.«

Es dauerte nicht lange, bis sich eine Tür öffnete und eine Frau nach draußen trat. Zunächst glaubte ich, es sei Walsinghams Ehefrau, doch dann erkannte ich an der einfachen Kleidung, dass es sich um eine Dienstmagd handelte. Sie war ein paar Jahre älter als ich, trug ein graues Kleid und verbarg ihre Haare unter einer weißen Haube, so dass man nicht sagen konnte, welche Farbe sie hatten.

Mutter hatte mir früher auch immer Hauben aufgesetzt, doch seit die letzte zerschlissen war, ließ ich mein Haar frei im Wind wehen. Natürlich war das unschicklich, aber was hatte ein Waisenmädchen wie ich denn schon an gutem Ruf zu verlieren? Es gab niemanden, der sich um meine Ehre Sorgen machte.

Die Dienstmagd schien allerdings zu missbilligen, dass ich keine Kopfbedeckung trug, das verriet mir ihr Blick. Und auch der Rest meines Aufzuges gefiel ihr nicht. Doch ganz gleich, was sie über mich dachte, sie sprach es nicht aus. Sie knickste lediglich artig vor ihrem Dienstherrn und sagte dann: »Willkommen daheim, Master Walsingham. Ich hoffe, Ihr hattet eine gute Reise.«

»Ja, die hatte ich, Anne. Vielen Dank«, entgegnete Walsingham herzlich und richtete den Blick auf mich. »Wie du siehst, habe ich einen Gast mitgebracht. Das ist Alyson. Sie wird ab sofort bei uns wohnen. Richte ein Zimmer für sie ein und suche ihr ein neues Kleid heraus. Eines von meiner Tochter müsste wohl passen.«

Vielleicht lag es an seinen Worten, vielleicht auch an der langen Reise oder dem Hunger, der mich plagte. Vielleicht war auch der wieder aufflammende Schmerz in meinem Nacken daran schuld. Jedenfalls erfasste mich plötzlich ein Schwindel. Ich griff zur Seite und spürte den Stoff von Walsinghams Talar unter meinen Fingern, doch ich fand keinen Halt. Die Welt drehte sich immer schneller und wurde schließlich schwarz. Ich spürte, dass ich fiel, und während mein Körper zu Boden sackte, kam es mir vor, als würde ich ins Nichts stürzen.

4. Kapitel

Als ich die Augen wieder aufschlug, sah ich das Gesicht und die blauen Augen eines Jungen über mir. Ich fuhr erschrocken auf, und zwar so ruckartig, dass er mir nicht mehr ausweichen konnte. Meine Stirn krachte gegen seine Stirn, worauf er stöhnend zurücktaumelte.

»Alle Wetter!«, rief er aus und presste beide Hände auf sein Gesicht. Er hatte ziemlich lange, schmale Finger, so dass ich zunächst nur seinen dunklen, ein wenig gelockten Haarschopf sehen konnte.

Ich richtete mich auf und stieß einen erschrockenen Schrei aus. »Bitte verzeih, das wollte ich nicht!«

Daraufhin nahm der Junge die Hände wieder runter, so dass ich ihn ganz sehen konnte. Er war nicht viel älter als ich, vielleicht zwei oder drei Jahre. Um seine vollen Lippen hatte er aber schon einen Bartschatten. Er war ein Stück größer als ich und schlank, wenngleich seine Arme bereits muskulös wie die eines erwachsenen Mannes waren. Er trug eine braune Pluderhose, die geschlitzt und mit grünem Unterfutter versehen war. Seine Strümpfe waren ebenfalls grün, und seine Füße steckten in braunen Schnallenschuhen. Über sein weites weißes Hemd hätte normalerweise ein Wams gehört, aber das hatte er abgelegt. Ich konnte einen kurzen Blick auf seine Brust werfen, die noch so glatt war wie die eines Mädchens. Eine Kette hing um seinen Hals, aber sie war zu lang, als dass ich den Anhänger erkennen konnte.

Der Anblick seiner Brust ließ mich erröten, und so schaute ich ihm schnell wieder in die Augen.

»Du hast einen ziemlich harten Schädel«, sagte er ein wenig ärgerlich und rieb sich die Stirn, an der sich ein roter Fleck abzeichnete. Doch dann flammte auf seinem Gesicht ein Lächeln auf, das so breit war, dass es fast seine leicht abstehenden Ohren berührte. »Wie heißt du?«

»Alyson«, antwortete ich.

Er streckte mir die Hand entgegen. »Ich bin Geoffrey.«

»Bist du Walsinghams Sohn?«, fragte ich und vergaß dabei, dass Sir Francis der Dienstmagd gegenüber nur eine Tochter erwähnt hatte.

Der Junge lachte auf. »Nein, sein Schüler.«

So wie ich anscheinend auch. Aber sicher wusste er schon weitaus mehr als ich.

»Ich verrate dir mal ein Geheimnis.« Er beugte sich verschwörerisch zu mir hinab und flüsterte dann: »Es passiert nicht alle Tage, dass Sir Francis ein Mädchen für seine Dienste ausbildet. Wenn er das tut, muss sie wirklich etwas Besonderes sein.«

Seine Worte klangen in mir nach wie Donnerhall in einer einsamen Gasse. Ich sollte etwas Besonderes sein? Zumindest nicht nach meinem Aussehen, denn im Tower gab es nicht wenige rothaarige Mädchen, die sicher froh gewesen wären, an meiner Stelle zu sein.

»Ich soll dich nach unten bringen, dort wartet ein Zuber mit Wasser auf dich. Nach der langen Reise wirst du dich vor dem Essen sicher baden wollen.«

Eigentlich wollte ich das gar nicht. Es war schon einige Zeit her, dass ich in einem Badezuber gesteckt hatte. Das sah man mir auch an, daher hatte Walsingham wohl die entsprechende Anordnung gegeben.

»Komm, ich zeige dir, wo die Waschküche ist«, sagte Geoffrey, ergriff erneut meine Hand und zog mich auf die Füße.

Erst da bemerkte ich, dass ich nicht mehr in meinen eigenen Sachen steckte, ich trug ein langes weißes Hemd, dessen Ärmel mit Spitze gesäumt waren. Ich bewunderte es einen Moment lang, dann folgte ich Geoffrey, der bereits an der Tür stand.

Wir verließen den Raum, und als wir an einer weiteren Tür vorbeikamen, sagte er: »Hier geht es zu meinem Zimmer.

Wenn du mal Hilfe brauchst oder etwas wissen willst, klopf ruhig an.«

Ich nickte und folgte ihm zur Treppe. Kaum hatte ich ein paar Schritte gemacht, hörte ich unter mir eine Diele knarren. Erschrocken wich ich zurück. Als Diebin wusste ich instinktiv, dass plötzliche Geräusche verräterisch sein konnten.

Geoffrey bemerkte das und sah sich nach mir um. »Was ist?«, fragte er und schaute dann auf den Boden. Bevor ich etwas sagen konnte, erriet er den Grund meines Zurückbleibens. »Ah, die Diele. Keine Angst, sie wird dein Gewicht schon aushalten. Als ich hier eingezogen bin, hat sie auch schon geknarrt, aber bisher bin ich nicht durchgebrochen. Und ich wiege sicher einiges mehr als du.«

Ich blieb trotzdem misstrauisch. Immerhin hatte ich nichts gehört, als er darüber geschritten war. Ich wich ein Stück zur Seite aus und umging die Diele.

Geoffrey beobachtete mich mit einem breiten Lächeln. »Das ist auch eine Lösung, aber nicht immer kann man Probleme so leicht umgehen«, sagte er, als ich wieder neben ihn trat.

»Eine Diele schon«, entgegnete ich.

»Auf den Mund gefallen bist du wohl nicht?«

»Warum sollte ich?«

Geoffrey lachte auf und ging mit mir die Treppe hinunter.

Die Waschküche lag im hinteren Teil des Hauses. Heißer, mit einem Duft nach Blüten und Fichtennadeln geschwängerter Wasserdampf strömte mir entgegen, als ich durch die Tür trat. Ich erblickte einen großen Bottich, aus dem es dampfte und um den weiße Tücher als Sichtschutz aufgehängt waren. Neben dem Bottich standen zwei Stühle. Über dem einen hing ein braunes Kleid, auf dem anderen lagen ein Kamm, eine langstielige Bürste und ein Stofflappen. Außerdem bemerkte ich eine kleine Flasche mit einer grünen Flüssigkeit.

»Viel Vergnügen«, sagte Geoffrey, der am Türrahmen lehnte und mich keinen Moment aus den Augen ließ. »Wenn du fertig bist, komm einfach ins Esszimmer.«

Damit zog er sich zurück und verschloss die Tür. Ich war allein, dennoch blickte ich mich erst nach allen Seiten um, bevor ich mir das Hemd über den Kopf zog. Ich legte es zu dem Kleid über den Stuhl und tauchte in das duftende Wasser ein. Das Gefühl, das mich übermannte, war schwer zu beschreiben. Ich spürte regelrecht, wie sich der Schmutz von meiner Haut löste. Wie meine Haut wieder zu atmen begann. Es war, als könnte auf einmal auch mein Verstand wieder richtig durchatmen.

Als ich aus dem Bottich stieg, schwamm eine dicke Schmutzkruste an der Wasseroberfläche. Der Schmutz von zwei Jahren in der Gosse. Für mein Haar konnte ich trotz des feinen Schildpattkamms nicht viel tun. Die lange Zeit hatte es verfilzt, so dass die Zinken ständig in irgendwelchen Nestern hängenblieben. Da ich sie nicht abbrechen wollte, legte ich den Kamm beiseite und zog mir rasch Hemd und Kleid über.

Ich blickte an mir hinab und bewunderte den feinen rehbraunen Stoff. Selbst als meine Eltern noch lebten, hatte ich nie so ein Kleid besessen. An den Ärmeln war es mit goldgelben Bordüren eingefasst und auf der Brust rautenförmig bestickt. Der Rock war sehr glockig und lang, so dass ich meine Füße darunter nicht mehr erkennen konnte. Neben dem Stuhl stand ein Paar Lederschuhe, in die ich hineinschlüpfte. Einen Spiegel gab es hier nicht, aber ich war mir sicher, dass ich mich selbst nicht wiedererkennen würde, wenn ich mich sah.

Als ich fertig war, schlenderte ich zum Esszimmer, in das ich im Vorbeigehen bereits hineingeschaut hatte. Walsinghams Stimme tönte mir aus dem Raum entgegen, er unterhielt sich mit einer Frau. Nebenan in der Küche klapperten Kochtöpfe.

Das Erste, was mir ins Auge fiel, als ich den Raum betrat, war der große Kamin, in dem das Feuer heftig prasselte. Darüber hingen Hirschgeweihe, die Wände waren mit Teppichen bedeckt. In einer Ecke entdeckte ich zwei Porträts. Auf dem einen war Walsingham abgebildet, auf dem anderen eine Frau.

Wie Geoffrey angekündigt hatte, waren die Bewohner des Hauses um einen langen, blankgescheuerten Eichentisch versammelt. Ich sah Sir Francis und Geoffrey, außerdem eine elegante Lady, die Walsingham gegenübersaß. Es war die Frau von dem Gemälde, höchstwahrscheinlich seine Gattin, jedenfalls nach den Kleidern zu urteilen, die sie trug. Besonders schmuckreich war ihre Robe nicht, aber sie war aus grünem Samt gearbeitet, der im Kerzenlicht schimmerte. Auch ihr Kleid hatte Bordüren an Ärmeln und Saum, und um ihren Hals funkelte ein silbernes Kreuz an einer Perlenkette. Ihr langes, dunkles Haar hatte sie zu einem dicken Zopf geflochten und im Nacken aufgesteckt. Mich erstaunte, dass sie keine Haube trug, wie es andere erwachsene Frauen taten.

»Alyson, da bist du ja«, sagte Sir Francis und deutete auf einen der freien Stühle. »Setz dich zu uns, du bist sicher hungrig.«

Das stimmte, der Hunger wütete in mir wie ein Wolf. Dennoch trat ich nur zögerlich auf die Tafel zu. Ich spürte die Blicke der Anwesenden und fühlte mich unwohl. Es machte mich verlegen, dass ich so herzlich in diesem Haus aufgenommen wurde. Außerdem plagte mich das schlechte Gewissen. Wie es meinen Geschwistern wohl erging? Waren sie in guten Händen? Bekamen sie genug zu essen?

»Darf ich vorstellen?«, sagte Walsingham schließlich. »Meine Frau Ursula, Geoffrey kennst du ja bereits.«

Ich machte einen unsicheren Knicks in ihre Richtung.

»Zu meinem Haushalt gehören außerdem zwei Köche, Anne, unsere Dienstmagd, die beiden Stallburschen und die Wächter, die du bei unserer Ankunft gesehen hast. Du wirst sie in den nächsten Tagen alle kennenlernen.«

Ich nickte und ließ mich dann auf den Stuhl nieder. Er war mit Leder gepolstert und ebenfalls mit Schnitzereien verziert. Als ich einen Blick an die Decke warf, sah ich einen Kronleuchter über der Tafel hängen, auf dem die Kerzen unruhig flackerten.

Nach einer Weile kam Anne mit einer großen Suppenterrine in den Raum. Aus der Nähe duftete ihr Inhalt noch besser als das, was ich im Haus zuvor schon gerochen hatte, aber bevor wir aßen, beteten wir. Sir Francis selbst sprach das Tischgebet, dem wir andächtig lauschten, ehe wir es mit einem gemeinschaftlichen »Amen« beschlossen.

Während des Essens kümmerte ich mich nicht weiter um meine Umgebung. Es war Jahre her, dass ich ein Stück Fleisch in den Mund bekommen hatte. Gierig schaufelte ich alles in mich hinein und ignorierte, dass mir Suppe und Fett über das Kinn liefen. Ich schlang, verschluckte mich einmal fast, und schlang weiter. Erst, als mein Teller leer war und ich das letzte Stück Brot verspeist hatte, blickte ich wieder auf. Ich schaute weder zu Walsingham noch zu seiner Frau. Ich sah nur Geoffrey grinsen.

»Ich hoffe, dir hat die Mahlzeit geschmeckt«, sagte Sir Francis schließlich zu mir.

»O ja, Sir, vielen Dank«, entgegnete ich ehrlich. »Das war der beste Eintopf, den ich je gegessen habe.«

Walsingham lächelte. »Während deiner Ausbildung wirst du sicher des Öfteren in diesen Genuss kommen, nicht wahr, Anne?«

Die Dienstmagd, die neben der Tür stand und auf die Wünsche der Herrschaften wartete, senkte verlegen den Kopf. Eine dunkle Haarsträhne lugte dabei unter der Haube hervor. Anne schob sie mit einer fahrigen Geste wieder hinter den Stoff.

»Aber es wird nicht nur Tage des Wohls für dich geben«, fuhr Sir Francis in ernsthafterem Ton fort. »Manche Zeiten werden schwer sein, doch ich hoffe, du wirst dich dann an diesen Abend und an den Beginn deines neuen Lebens erinnern.«

Ich nickte, und nachdem ein Augenblick seltsamer Stille verstrichen war, sagte er: »Geh hinauf in dein Zimmer, Alyson. Morgen beginnt deine Ausbildung, da wirst du all deine Kraft brauchen. Geoffrey wird dir zeigen, wo du das Schreibzimmer findest.«

Ich erhob mich gehorsam, und nachdem ich allen eine gute Nacht gewünscht hatte, verließ ich das Esszimmer und ging zur Treppe. Schweigen folgte mir an der knarrenden Diele vorbei bis zu meinem Zimmer. Selbst als ich die Tür hinter mir schloss, konnte ich keine Stimme vernehmen. Ich durchquerte den Raum und setzte mich auf das Bett. Während meiner Nächte in der Scheune hatte ich stets Lilly und James bei mir gehabt; eng aneinandergekuschelt lagen wir im Stroh. Manchmal erzählte ich ihnen Geschichten, die ich von Mutter noch kannte, manchmal auch die Sage von den Raben im Tower. Was die Kleinen jetzt wohl machten? Friedlich schlummern oder weinend ihre Schwester vermissen?

Ich wusste, dass es mir nicht viel bringen würde, dennoch erhob ich mich, ging zum Fenster und öffnete es. Einen Moment lang gab ich mich der Illusion hin, dass ich von hier aus nach London sehen konnte. Ich wusste freilich nicht, in welcher Richtung die Stadt lag, doch als mir die frische Luft entgegenströmte, die von den Gerüchen der Erde, der Rosen am Haus und des taubedeckten Grases gesättigt war, fühlte ich mich ein wenig besser. Ich fühlte mich frei. Leise bat ich den Mond, dass er meine Gedanken zu Lilly und James tragen möge, bevor ich mich zu Bett begab und schwer wie ein Stein schlief.

5. Kapitel

Am nächsten Morgen erwachte ich mit dem ersten Hahnenschrei. Es war Gewohnheit, denn auch in unserer Scheune war ich immer davon aufgewacht. Rasch wusch ich mir Hände und Gesicht in der Waschschüssel neben dem Fenster, kleidete mich an und machte mich auf den Weg zu Geoffreys Zimmer.

An seiner Tür angekommen, hörte ich leises Schnarchen und fragte mich, ob ich ihn zu dieser frühen Stunde schon aus seinem Schlummer reißen sollte. Mein Herz pochte vor Aufregung, und schließlich brachte mich meine Ungeduld dazu, anzuklopfen.

Das Schnarchen verebbte auf der Stelle und wich ein paar Unmutslauten. »Wer ist da?«, fragte er dann mit schlaftrunkener Stimme.

»Ich bin's. Alyson.«

Geoffrey sagte darauf nichts, aber wenig später hörte ich,

wie er zur Tür kam. Als er sie öffnete, waren seine Augen noch halb geschlossen. Warme Luft, die vom Geruch der Bettfedern und seiner Haut erfüllt war, strömte mir entgegen. »Was willst du hier?«, fragte er, während er sich den Schlaf von den Lidern rieb. Sein Haar war schlimmer zerzaust als meines nach einer Nacht im Stroh. »Hast du schlecht geträumt?«

»Ich ... ich wollte fragen, wo das Schreibzimmer ist«, antwortete ich und spürte, wie mir das Blut in die Wangen schoss. Sein Blick allein reichte, um mir klarzumachen, dass es tatsächlich der falsche Zeitpunkt war.

»Kannst es wohl nicht abwarten, wie?«, fragte er mit verschlafenem Spott.

»Master Walsingham hat doch gesagt, dass ich ...«

»Das mag sein, doch nicht so früh!«, unterbrach er mich und grinste mich breit an. »Nun gut, da du mich ohnehin schon geweckt hast, kann ich es dir auch gleich zeigen. Ein paar Stunden wird es bis zum Unterricht allerdings noch dauern, vorher beten wir, und es gibt Frühstück.«

Damit schlug er mir die Tür vor der Nase zu, um sich anzukleiden. Wenige Augenblicke später trat er in seiner braunen Hose und dem weißen Hemd auf den Flur. Beides saß ein wenig unordentlich, aber das war ihm wohl egal.

»Bist du bereit?«, fragte er, und ich nickte.

Leise wie Diebe schlichen wir uns nach unten und von dort durch einen langen Gang. Dabei erzählte mir Geoffrey etwas über diesen Ort. »Barn Elms ist noch nicht sehr lange in Sir Francis' Besitz, die Königin persönlich hat es ihm für seine treuen Dienste geschenkt. Außer diesem Haus hat er noch eines in London, wundere dich also nicht, wenn du hier nur einen der Köche zu Gesicht bekommst. Calthropp ist im Moment hier, ganz zum Leidwesen von

Anne, denn er ist ein rechter Giftzahn. Wenn die Suppe anbrennt, liegt das natürlich nie an seiner Unaufmerksamkeit, sondern an der Tatsache, dass Anne die Töpfe schlecht schrubbt.«

Auf seine Worte hin blickte ich in Richtung Küche, doch weder der Koch noch Anne waren wach, sonst hätten wir sicher Geräusche von dort gehört. Unter unseren Füßen knarrten die Dielen, allerdings nur so laut, dass es die Mäuse auf dem Weg zur Speisekammer hören konnten. Wir betraten den Korridor und machten schließlich vor einer hohen Flügeltür halt.

»Hier ist es«, flüsterte Geoffrey so leise, dass ich es durch das Klopfen meines Herzens kaum hören konnte. Er drückte die Klinke herunter und zog einen Türflügel langsam auf.

Für einen Moment versperrte mir Geoffreys Rücken die Sicht, doch dann trat er zur Seite. Das Zwielicht des nahenden Morgens fiel durch die hohen Fenster, die von schweren roten Vorhängen umrahmt waren. An den Wänden standen zwei hohe Bücherregale, deren obere Fächer man nur mit einer Leiter erreichen konnte. Dazwischen hing eine Landkarte. Es gab zwei Schreibpulte und einen schweren, mit Schnitzereien verzierten Tisch. Darauf lagen Schriftrollen und Bücher, die wahrscheinlich noch vor kurzem benutzt worden waren. Das alles war eine Welt, an die ich bisher keinen Gedanken verschwendet hätte.

»Na, was meinst du?«, fragte Geoffrey, während ich den Blick auf den Teppich richtete. Das Muster bestand aus verschlungenen Blumenranken, die sich in der Mitte zu einer großen Blüte zusammenfanden. Es war dem Teppich anzusehen, dass schon viele Füße darübergelaufen waren. Unlängst musste ein Möbelstück verrückt worden sein, denn ich konnte Abdrücke von Stuhl- oder Tischbeinen sehen.

»Du betrachtest alles, als würdest du es dir dein Leben lang einprägen wollen«, hörte ich Geoffrey sagen.

»Es ist wunderschön«, antwortete ich und machte ein paar Schritte in den Raum hinein. Der Geruch von Staub, Papier und Gallapfel stieg mir in die Nase.

»Das meinte ich nicht.« Geoffrey kratzte sich am Kopf. Doch bevor er sagen konnte, was er meinte, ertönten Schritte im Gang. Anne kam den Korridor entlang, in den Händen einen Eimer Wasser und eine Bürste.

»Nanu, ihr seid schon auf?«, sprach sie uns erstaunt an. Wahrscheinlich wollte sie das Schreibzimmer schrubben, bevor wir hier unser Unwesen trieben.

»Guten Morgen, Anne!«, grüßte Geoffrey fröhlich und fügte dann hinzu: »Alyson wollte unbedingt das Schreibzimmer sehen und hat mich deswegen aus den Federn gejagt.«

»Aha, und ich dachte schon, ein Marder hätte sich ins Haus geschlichen.«

»Nein, wohl eher ein Fuchs«, gab Geoffrey grinsend zurück und zupfte an einer Haarsträhne, die mir ins Gesicht gefallen war.

Ich schlug seine Hand zurück. Füchslein hatte mich auch der Kerl auf dem Markt genannt. Ich hasste diese Bezeichnung, die ich schon allzu oft hören musste.

»Aber, aber, was hast du denn?«, fragte Geoffrey überrascht. »Der Fuchs ist ein kluges Tier, kein Grund, beleidigt zu sein.«

Ich war es trotzdem.

»Na, was ist, wollt ihr hier noch lange rumstehen und mich von der Arbeit abhalten?«, fragte Anne ungeduldig. »Wenn Sir Francis herunterkommt und sieht, dass ich Maulaffen feilhalte, wird er mir bestimmt ein paar Schillinge von meinem Lohn abziehen.«

Wir traten zur Seite, und nachdem sie an uns vorbeigerauscht war und uns dabei mit etwas Wasser aus dem Eimer bespritzt hatte, verließen wir das Schreibzimmer.

»Wir können jetzt wieder nach oben gehen, oder ich zeige dir den Garten«, sagte Geoffrey, als wir den Gang durchquerten.

»Ich möchte in den Garten«, antwortete ich.

»Gut, dann komm mit.« Er wandte sich um und führte mich nach draußen.

Den Garten hinter dem Haus hatte ich bereits im Mondschein gesehen, doch es war kein Vergleich zu dem Anblick, den er in der Morgendämmerung bot. Nebelschwaden hingen wie Brautschleier zwischen den Sträuchern und Weinstöcken. Ein Meer von Tautropfen glitzerte im Schein der aufgehenden Sonne, die das Laub wie kleine Flammen erscheinen ließ. Ich blieb am Gartentor stehen, überwältigt von der Schönheit des Augenblicks.

Doch dann ertönte Hundegebell, und Geoffrey fragte: »Willst du dir unsere Beschützer mal anschauen?«

Ich ahnte, dass damit nicht die Männer gemeint waren, die das Anwesen bewachten. Geoffrey führte mich an dem Brunnen auf dem Hof vorbei und um den Stall herum. Dann sahen wir sie. Es waren sieben Hunde mit schwarzem, kurzem Fell, die sich wütend gegen die Gitterstäbe ihres Zwingers warfen.

»Verscherze es dir mit denen nie!«, mahnte mich Geoffrey. »Wenn es darum geht, zu rennen, sind sie schneller als du, egal, wie viel du übst. Ich glaube sogar, dass sie selbst Sir Francis beißen würden. Attentäter oder Diebe haben erst recht keine Chance, wenn diese Viecher erst einmal los sind.«

Dasselbe würde gelten, wenn ich mir einfallen ließe zu fliehen. Aber das wollte ich nach dem, was ich von Barn Elms gesehen hatte, gar nicht.

»Komm mit, ich zeige dir meinen geheimen Ort«, sagte Geoffrey und zog mich am Arm voran zum Gartentor zurück. Er führte mich an strahlend bunten und akkurat angelegten Blumenrabatten und duftenden Kräuterbeeten vorbei zu den Weinstöcken.

»Sir Francis ist zwar der Sohn eines Anwalts, der stammte aber aus einer alten Weinbauernfamilie«, erklärte er und deutete auf die Rebstöcke. Das Laub wurde bereits gelb, und darunter warteten schwere, halb grüne, halb blaue Reben auf endgültige Reife und ihre Ernte.

Wir überquerten eine Wiese, auf der sich mehrere Heuhocken türmten und einen aromatischen Duft verströmten, und gelangten zu einem kleinen See.

Über dem glatten Spiegel hing der Nebel wie eine Haube. Trauerweiden tauchten ihre Zweige in das Wasser, am Ufer wuchs Schilfrohr von einer Größe, wie ich es noch nie gesehen hatte. Die Themse, die auch in der Nähe dieses Anwesens vorbeifloss, war zwar wesentlich größer, aber bei weitem nicht so schön wie dieser kleine See. Nur, was sollte daran geheim sein?

»Ich nenne ihn den Stillen See«, erklärte Geoffrey. »Es gibt ihn noch nicht so lange. Erst der holländische Gärtner, den Sir Francis angestellt hatte, um den Park zu gestalten, hatte die Idee, das Wasser aus dem nahen Flussarm hier entlangzuleiten und zu stauen. Durch Regenwasser behält er nun seinen Wasserstand. Manchmal verlege ich meine Studien nach hier draußen, besonders, wenn ich nachdenken muss und Ruhe brauche.« Ich blickte auf den See, verfolgte gebannt, wie die aufsteigende Sonne allmählich den Nebel fraß, und hörte nichts weiter als Geoffreys Atem und meinen. In diesem Augenblick spürte ich zum ersten Mal seit langem wieder so etwas wie Glück.

Wie lange wir so nebeneinanderstanden, wusste ich nicht, doch irgendwann sagte Geoffrey: »Es wird Zeit, dass wir zurückgehen. Sonst sucht man uns noch.« Dann stupste er mich in die Seite und rief: »Wer zuletzt ankommt, ist ein Ziegenbock!«

Er rannte los, und ich stürmte hinterher. Wir zerteilten die letzten Nebelschwaden mit unseren Körpern, stampften an den Blumenbeeten vorbei und rannten auf das Haus zu.

Nach Gebet und Frühstück folgten wir Sir Francis in das Schreibzimmer. Geoffrey trat hinter das Pult vor dem Bücherregal, ich bekam jenes, das näher bei den Fenstern stand.

»Geoffrey, du wirst dich heute weiter mit Machiavelli befassen, Alyson dagegen wird mit dem Schreibunterricht beginnen.« Mit diesen Worten musterte er mich. »Ich gehe davon aus, dass du noch nicht schreiben kannst. Oder hast du es bereits erlernt?«

»Nein, Sir«, antwortete ich.

Mein Vater hatte immerhin so viel schreiben können, dass er Abmachungen nicht mit drei Kreuzen unterzeichnen musste. Doch mir hatte er es nicht beigebracht. Vermutlich hatte er geglaubt, dass ich bald heiraten würde. Mit vierzehn Jahren hatten schon viele Mädchen einen Ehemann, und wären meine Eltern noch am Leben gewesen, wäre das sicher auch bei mir der Fall gewesen. Natürlich wären nur die Söhne anderer Aufseher für mich in Frage gekommen, doch mein Vater wäre zufrieden gewesen. Und ich wohl auch. Aber das Schicksal hatte etwas anderes mit mir vor.

Ich blickte auf die sauberen Papierbögen und gespitzten

Gänsefedern, die vor uns lagen. Das Tintenfass am oberen Ende des Pultes war aus weißem Metall und mit kleinen Figuren verziert.

»Als Erstes musst du beim Schreiben lernen, die Feder richtig zu halten«, erklärte Walsingham und griff nach einem der Schreibgeräte. Er nahm sie zwischen seine Finger und setzte sie auf das Blatt. Bei ihm sah das so elegant und einfach aus, dass ich glaubte, ich könnte das auf Anhieb auch.

Beherzt ergriff ich ebenfalls einen der Federkiele, doch bei mir sah es alles andere als elegant aus. Walsingham beobachtete meine Versuche geduldig, und obwohl ich nicht zu Geoffrey hinübersah, wusste ich, dass er grinste. Nach einer Weile bekam ich das Schreibgerät endlich in den Griff. Walsinghams Hand umschloss daraufhin die meine und führte die Feder auf dem Blatt. Auf diese Weise zogen wir ein paar Striche, die mangels Tinte nicht sichtbar waren.

»So ist es gut, jetzt mach allein weiter«, sagte er schließlich und ließ meine Hand los. Ich führte die Striche fort und spürte, wie sich meine Hand bei der ungewohnten Tätigkeit verkrampfte. Doch ich wollte, dass meine Striche sichtbar wurden! Ich wollte schreiben können und somit die Chance ergreifen, die für mein Leben eigentlich nicht vorgesehen war. Also machte ich weiter.

»Nun die Tinte«, sagte Sir Francis und hob mit einer geschmeidigen Handbewegung den Deckel des Tintenfasses ab.

Ich tauchte die Feder hinein, fast ein bisschen zu heftig und ganz sicher zu tief. Tinte färbte meine Fingerspitzen, aber ich war so gebannt, dass ich nicht darauf achtete. Vorsichtig setzte ich die Feder auf das Papier, doch noch bevor ich einen Strich ziehen konnte, kleckste ein dicker schwarzer Tropfen auf mein Blatt. Schuldbewusst blickte ich zu Walsingham, doch er tadelte mich nicht.

»Aller Anfang ist schwer«, bemerkte er und griff erneut nach meiner Hand.

Mit seiner Hilfe erschienen die ersten Striche auf dem Papier, formten sich zu Buchstaben, die ich noch nicht kannte. Nach einer Weile ließ er mich wieder los – und vorbei war der Zauber. Zwar schrieb ich weiter, doch die Striche wirkten nun, als wäre ein Vogel über das Papier gelaufen.

Walsingham beobachtete mich noch eine Weile, dann ging er zu dem Schrank hinter Geoffreys Pult und holte ein paar Blätter hervor. Er legte sie vor mich hin und deutete auf drei Buchstaben.

»A, B und C«, sagte er dann. »Versuche sie abzuschreiben. Wenn die Buchstaben gut genug sind, bekommst du die nächsten zum Üben.« Mit diesen Worten wandte er sich um.

Ich stand mit tintenschwarzen Fingern da und sah ihm hilfesuchend nach, doch er verließ den Raum. Und Geoffrey hatte die Nase tief in sein Buch gesteckt. Ich war allein auf mich gestellt. Ich seufzte kurz und ließ die Feder erst langsam, dann immer flüssiger über das Blatt gleiten.

Als es auf beiden Seiten voll war, betrachtete ich es zufrieden. Stolz trug ich mein Werk zu Geoffrey. »Na, was sagst du?«

Er blickte von seinem Buch auf und runzelte die Stirn, während sein Blick über meine Buchstaben schweifte. »Das sind wohl die schlimmsten Krähenfüße, die ich je gesehen habe!« Seine Worte trafen mich wie eine Ohrfeige. »Tröste dich, meine ersten Versuche haben auch nicht besser ausgesehen«, fügte Geoffrey jedoch hinzu. »In einer Woche wird es schon ganz anders sein. Warte, ich zeige dir was.«

Er verließ seinen Platz und ging zu meinem Pult. Dort nahm er ein Stück Papier, faltete es in der Mitte und tropfte dann Tinte darauf. Ich wollte schon protestieren, doch da faltete Geoffrey das Blatt erneut zusammen, und als er es wieder öffnete, erblickte ich einen Schmetterling.

»So hat auch ein Tintenfleck seinen Nutzen«, bemerkte er lächelnd, als er mir das Blatt zurückgab. »Mach das aber nicht allzu oft, sonst bekommst du Ärger mit Sir Francis.«

Ich nickte, nahm das Blatt, schob es mir unter das Mieder meines Kleides und übte, bis meine Hand so sehr zitterte und schmerzte, dass ich die Feder nicht mehr halten konnte. Ich schaffte es trotzdem nicht, die Tintenkleckse zu vermeiden. Immer wieder tauchten die garstigen kleinen Punkte unter der Spitze meiner Feder auf, doch meine Striche wurden immer sicherer.

Nach dem Abendessen ging ich sofort auf mein Zimmer. Ich trat an das Fenster und schaute zu, wie die Sonne hinter dem nahegelegenen Wald versank. Die Welt hüllte sich in ein rotgoldenes Leuchten, und ich fragte mich, ob ich je einen Sonnenuntergang zuvor so bewusst wahrgenommen hatte.

In London verschwand die Sonne früh hinter den Häusern und Mauern, und grauer Dunst war alles, was sie hinterließ. Die Hunde waren jetzt ruhig, wahrscheinlich hatten die Stallburschen, von denen ich herausgefunden hatte, dass der rotblonde John und der dunkelhaarige Peter hieß, sie gefüttert. Ich sah eine Schar Spatzen durch die Lüfte kreisen und warf einen Blick auf die Weinstöcke unweit des Hauses.

Erst als es an meine Zimmertür klopfte, riss ich mich von dem Anblick los.

»Ja«, sagte ich und wandte mich um zur Tür. Zu meiner großen Überraschung trat Sir Francis ein. Ich fragte mich, was er wollte. War er unzufrieden mit meiner Arbeit?

»Ich hatte den Eindruck, dass dir das Lernen Spaß macht«, begann er. »Es wird noch vieles geben, was du lernen musst, und du wirst es in kürzester Zeit lernen müssen. Fühlst du dich dazu imstande?«

Ich nickte, ohne zu ahnen, was da alles auf mich zukommen würde.

»Gut.« Walsingham lächelte zufrieden. »Dann wird es Zeit, dass du dein altes Leben hinter dir lässt.« Mit diesen Worten holte er eine Schere hinter seinem Rücken hervor. »Schneide dir die Haare ab.«

Meine Augen wurden groß vor Überraschung. Ich hätte mit allem gerechnet, aber nicht damit. »Meine Haare?«, fragte ich und griff instinktiv nach einer Locke, die mir über die Schulter hing. Mein Haar war verfilzt, daran hatte auch das Bad nichts ändern können. Ich wusste selbst, dass es so nicht bleiben konnte, aber trennen wollte ich mich auch nicht davon.

Walsingham betrachtete mich ruhig und legte dann die Schere auf den Tisch in der Raummitte. »Überleg es dir«, sagte er, und seine Stimme klang wie vor wenigen Tagen im Tower. Da wusste ich, dass er seine Bitte nicht zurücknehmen würde. Doch diesmal blieb er nicht stehen, um meine Entscheidung abzuwarten. Er verließ mein Zimmer ohne ein weiteres Wort und ließ mich mit der Schere allein.

Diese funkelte mich an wie etwas unvorstellbar Böses. Ich streckte die Hand kurz nach ihr aus, zog sie aber wieder zurück, bevor meine Fingerspitzen das kalte Metall berührten. Dann ging ich zum Spiegel. Er war an den Rändern schon ein wenig blind, doch kostbar war er trotzdem. Normale Leute hätten sich nicht einmal eine Scherbe davon leisten können.

Ich betrachtete mich lange, um abzuschätzen, wie ich ohne meine Haare aussehen mochte. Ganz sicher wie eine

Leprakranke oder ein Häftling, kurz bevor er zum Richtblock geführt wurde.

Walsingham hatte vom Beginn eines neuen Lebens gesprochen. Ja, das wollte ich, ein neues Leben, fern von Armut und Elend.

Ich betrachtete meine roten Locken noch einen Moment lang, dann wandte ich mich um. Beherzt griff ich nach der Schere, spürte das kalte Metall und begann mit meiner Arbeit.

Strähne um Strähne fiel auf den Boden. Zuletzt schaute ich gar nicht mehr hin. Als ich fertig war, legte ich die Schere zurück auf den Tisch, schritt über die am Boden liegenden Haare hinweg und legte mich ins Bett.

6. Kapitel

»Du lieber Himmel, was ist denn mit dir passiert?«

Mit diesen Worten begrüßte mich Geoffrey, als ich ihm am nächsten Morgen auf dem Gang begegnete. Am liebsten hätte ich mich in ein Mauseloch verkrochen, denn ich fand mich mit kurzen Haaren hässlich. Als ich beim Ankleiden in den Spiegel geblickt hatte, hätte ich am liebsten geheult. Geoffrey schien jedenfalls meine Meinung zu teilen, wenn man von seinem entsetzten Gesichtsausdruck ausging.

»Meine Haare sind ab, das siehst du doch!«, fuhr ich ihn an.

»Nun sei doch nicht gleich böse, Alyson«, entgegnete Geoffrey und hob beschwichtigend die Hände. »Als ich den

ersten Tag hier war, habe ich das auch getan. Und wie du siehst, bin ich ein neuer Mensch geworden!« Er breitete die Arme aus und drehte sich wie ein Tänzer. Dann beugte er sich mir verschwörerisch entgegen. »Du willst doch nicht behaupten, dass dein Haar schön war, oder?«
Ich schüttelte den Kopf.
»Wenn es wieder gewachsen ist, werde ich Lady Ursula bitten, mir ihr Brenneisen zu geben. Dann mache ich dir ein paar Kringellocken, wie die Damen bei Hofe sie tragen.« Er zupfte an den kurzen Strähnen und lächelte mir zu. Das tröstete mich in dem Augenblick wenig, aber es war nicht mehr zu ändern.
Als ich in die Küche trat, verstummten augenblicklich alle Anwesenden. Die Stallburschen unterdrückten nur schwerlich ein Lachen, und auch Anne machte große Augen. Lady Ursula blickte mich kurz an, ließ sich jedoch nichts anmerken. Walsingham lächelte zufrieden. Er sagte nichts, aber ich konnte von seinen Augen ablesen, dass ich die richtige Entscheidung getroffen hatte.
Auch heute fanden wir uns wieder im Schreibzimmer ein. Ich befasste mich mit meinen Übungen und lernte weitere Buchstaben des Alphabets. Am Nachmittag führte mich Geoffrey zum Stillen See, und als ich mich schon wundern wollte, was ich hier sollte, fiel mein Blick auf zwei Seile. Das eine war an einer der stärksten Weiden festgemacht und hing lose herunter, das andere war von dem Baum zu einem anderen gespannt.
»Zum Unterricht eines Spions gehört auch das Training des Körpers«, erklärte Geoffrey, als er meine fragende Miene bemerkte. »Jeder Mensch kann lauschen und schleichen, doch du wirst manchmal klettern müssen, um dich aus ausweglosen Situationen zu befreien, und du wirst auch Abgrün-

de überwinden müssen.« Er deutete hinüber zu dem Seil, das vom Baum herabhing. »An diesem Seil wirst du hinaufklettern und dich dann über den See hangeln. Ich werde dir zeigen, wie es geht.«

Damit lief er voran zu der ersten Weide. Schnell und geschickt wie ein Marder kletterte er das Seil hinauf und verschwand in der Baumkrone. Kurz darauf erschien er am zweiten Seil, wo er eine Weile wie ein Schwein am Spieß hing, ehe er begann, sich voranzuhangeln. Dabei zeigte er nicht die geringste Unsicherheit. Ich war fasziniert. Nach nur wenigen Augenblicken erreichte er den anderen Baum. Dort machte er kehrt, hangelte sich wieder zurück und ließ sich an dem Seil hinuntergleiten. Bei ihm sah das alles sehr leicht aus, aber seine Arme und Beine waren ja auch doppelt so dick wie meine.

»Versuch es!«, rief er und winkte mir zu.

Als ich neben ihm stand, drückte er mir das Seil in die Hand und zeigte mir, wie ich die Füße halten musste, um mich abzustützen und nach oben zu gelangen. Ein paarmal rutschte ich ab und fiel ihm in die Arme, worauf er auflachte. Wütend riss ich mich von ihm los und versuchte es erneut. So lange, bis es mir schließlich gelang.

»Eins muss man dir lassen, du bist zäh!«, rief er mir hinterher, als ich in der Baumkrone verschwand.

Das war ich in der Tat. Obwohl mir die Finger schmerzten, wollte ich ihm zeigen, dass ich noch zäher war. Doch ich kam nicht weit, denn schon im nächsten Augenblick rutschte ich ab und fiel mit einem Schrei in die Tiefe. Das Wasser fing mich zwar auf, aber da ich nicht schwimmen konnte, versank ich augenblicklich darin. Ich schrie und zappelte, ohne Halt finden zu können. Zu meinem großen Glück erkannte Geoffrey sofort, dass ich mir keinen Scherz erlaubte. Er stürzte sich, so wie er war, in den See und kam zu mir geschwommen. Als er mich hochzog, umklammerte ich dankbar seinen Nacken.

»Schwimmen musst du also auch noch lernen«, stellte er fest und brachte mich sicher ans Ufer zurück, wo er mich ins Gras setzte. Ich hatte etwas Wasser geschluckt und hustete es mir aus dem Leib. Geoffrey rieb mir den Rücken, bis alle Flüssigkeit aus mir heraus war. Dann sagte er zu mir: »Wenn das eine Schlucht gewesen wäre, wärst du jetzt tot.«

»Ich wäre beinahe ertrunken!«, hielt ich ihm vor und spuckte erneut Wasser aus.

»Beinahe zählt nicht!«, entgegnete er. »Ich war ja da, um dich zu retten. Aber du musst unbedingt schwimmen lernen. Das ist für einen Spion überlebenswichtig.« Damit hob er mich erneut auf seine Arme und trug mich so schnell wie möglich ins Haus, damit ich mir keine Erkältung holte.

Für den Rest des Tages verkroch ich mich in meinem Zimmer.

Am Abend war ich müde und dennoch von einer inneren Unruhe beseelt, die mich schließlich aus dem Haus, zum Stillen See trieb. Die Dämmerung brach bereits herein, aber ich fürchtete mich nicht vor der Dunkelheit. In London war sie meine Verbündete gewesen.

Als ich den See erreichte, entdeckte ich Geoffrey unter einer Trauerweide. Diesmal trug er das Wams, das braun und grün war wie seine Hosen und das seine schmale Taille und die breiten Schultern wunderschön betonte. Obwohl ich mich leise bewegte, bemerkte er mich.

»Willst du noch ein bisschen üben?«, fragte er ein wenig spöttisch. »Ich wollte nur ein bisschen auf den See schauen«, entgegnete ich trotzig.

»War ein harter Tag für dich, stimmt's?« Jetzt drehte er sich nach mir um. Sein Blick war diesmal so anders, dass ich nicht wusste, wie ich darauf reagieren sollte.

»Kann man wohl sagen«, gab ich daher nur zurück und blickte kurz auf meine Hände. Allerdings war ich mir nicht sicher, ob sie mehr schmerzten als mein Kopf oder meine Beine.

»In ein paar Tagen wird es dir leichterfallen.« Geoffrey zwinkerte mir zu. »Als ich anfing, habe ich gedacht, ich würde es nie schaffen. Vor allem das Schreiben hat mir Mühe bereitet.«

»Du hast auch erst hier schreiben gelernt?« Ich war erstaunt, als er nickte, denn ich hatte geglaubt, dass er aus einer Familie stammte, die ihre Söhne unterrichten ließ.

»Vor Sir Francis hatte niemand Interesse daran, mir etwas beizubringen. Meinem Vater reichte es, dass ich zupacken konnte.« Sein Blick verfinsterte sich. »Bevor ich hierherkam, zog ich mit der Schauspielertruppe meines Vaters durch die Lande. Meine Mutter starb bei meiner Geburt, und weil mein Vater mir die Schuld daran gab, ließ er mich schuften wie einen Esel und schloss mich vom Schauspiel aus. Dabei hätte ich nur zu gern auf der Bühne gestanden. Doch mein Vater meinte, ich sei zu dumm und solle mich lieber um die Pferde und die Wagen kümmern. Er trank viel und schlug mich wegen der kleinsten Vergehen, die manchmal auch gar keine waren. Je älter ich wurde, desto schlimmer wurde es.«

Während er sprach, schaute er an mir vorbei, als könnte er hinter mir die Bilder der Vergangenheit sehen.

»Es war Zufall, dass Sir Francis auf mich aufmerksam wurde. Wir spielten gerade in London, und mein Vater bekam wieder einen seiner Tobsuchtsanfälle. Er schlug auf mich ein, bis ihn schließlich Walsinghams Sänftenträger von mir wegrissen. Nur wenig später brach ich nach Barn Elms auf. Ich hatte die Wahl, in die Dienste der Königin zu treten oder weiterhin Schläge zu bekommen. Die Entscheidung für Sir Francis ist mir nicht schwergefallen.«

Ich nickte. Mein Schicksal war vielleicht nicht das rosigste gewesen, aber geschlagen hatte mich mein Vater nie.

»Wie war es bei dir? Wie bist du an Sir Francis geraten?«

Mit Schaudern erinnerte ich mich an das, was ich gesehen hatte und erzählte es ihm.

Gerade als ich geendet hatte, sahen wir eine dunkle Gestalt aus dem Nebel auftauchen. Geoffreys Hand schnellte an den Dolch, den er an der Seite trug, doch dann ließ er den Arm wieder sinken. Es war Sir Francis, wie man unschwer an seinem Talar erkennen konnte, den er selbst zu dieser späten Stunde noch trug.

»Hier seid ihr also«, sagte er, und es klang merkwürdig eisig.

War es ihm etwa nicht recht, dass wir noch hier waren? Nein, es musste einen anderen Grund geben. Wenn er uns nur zurückholen wollte, hätte er Anne oder einen der Wächter schicken können.

»Ich wollte eigentlich mit dir reden, Alyson«, sagte er, worauf ich Geoffrey einen unsicheren Blick zuwarf. Er merkte jedoch sofort, dass er uns allein lassen sollte. Er nickte Sir Francis zu und wandte sich zum Gehen. Ich blickte Walsingham fragend an. »Was gibt es, Sir?«

»Zweierlei.« Er deutete auf meinen Kopf. »Deine Haare. Selbstüberwindung ist eine der Eigenschaften, die einen Menschen von Größe ausmachen.« Seine Stimme nahm einen bewundernden Tonfall an. »Auch Ihre Majestät hat diese Eigenschaft. Sie wusste, dass sie Opfer bringen musste, um die wahre Herrschaft Englands anzutreten. Dasselbe hast du gestern Abend getan. Das hier«, er breitete die Arme aus wie Rabenschwingen, »ist nur die Vorbereitung auf dein neues Leben, ein süßer Einstieg, wenn man so will. Vor dir liegen nicht nur Unterricht, ein weiches Bett und ein voller Magen. An manchen Tagen wirst du dich in dein Elend zurückversetzt fühlen. Vielleicht wird es dir sogar noch schlechtergehen. Aber es wird für England sein.«

Für England, wie das klang! England war für mich bisher nur der Boden gewesen, auf dem ich gegangen war. Walsinghams Worte erschlossen sich mir nicht ganz, aber der Gedanke, meinem Land zu dienen, gefiel mir.

Die zweite Sache, die Sir Francis mit mir besprechen wollte, schien dagegen nicht so angenehm wie die erste. Er blickte mich eine Weile schweigend und ernst an. Nicht wie ein Lehrer oder Richter, sondern anders. Mit fast schon traurigem Ernst. Ich wusste nicht, warum, doch ich spürte, dass sich in mir plötzlich etwas zusammenzog. Mein Magen schmerzte, und ich wünschte mir nur, dass das Schweigen endlich ein Ende hatte.

Sir Francis war so gnädig. »Es geht um deine Geschwister«, sagte er nur.

Ich spürte, wie Angst in mir aufstieg. Einen Moment lang war ich nicht fähig, etwas zu sagen. »Was ist mit ihnen?«, presste ich schließlich hervor.

»Sie sind tot!«

Diese drei Worte trafen mich mit der Heftigkeit eines Schlagflusses. Meine Glieder wurden taub. »Nein«, war das Einzige, was ich verzerrt hervorbringen konnte.

»Man hat sie in der Themse gefunden, ein ganzes Stück von eurem Versteck entfernt.«

Ich schüttelte den Kopf. Seine Worte waren wie ein unvermuteter Eisregen. Jedes von ihnen stach allerdings nicht in meine Haut, sondern in meine Seele.

»Es tut mir leid, Alyson. Ich wünschte, es wäre anders gekommen.«

Sein Mitleid hätte mich trösten können, doch dann stieg in mir ein böser Verdacht auf. Vielleicht hatte er dafür gesorgt, dass ich um Lilly und James keine Angst mehr zu haben brauchte.

Meine Trauer und die Tränen, die mich würgten, aber nicht hervorbrechen wollten, ließen mich jede Vorsicht und jede Vernunft vergessen. »Ihr wart es! Ihr habt sie ermorden lassen!«, fauchte ich ihn unvermittelt an. Mit einem hilflosen Aufschrei schoss ich in die Höhe und sprang auf ihn zu. Ich wollte ihn schlagen, doch er hielt mit unvermuteter Schnelligkeit mein Handgelenk fest.

»Komm wieder zur Vernunft!«, fuhr er mich an und schüttelte mich. So nahe, wie ich bei ihm stand, konnte ich wieder den Geruch von Medizin riechen, der aus seinen Kleidern aufstieg. Doch selbst wenn er krank war, hatte er noch genügend Kraft, um sich ein mageres Mädchen vom Leib zu halten. »Es war ein Unfall. Du warst viele Stunden weg, der Hunger wird sie nach draußen getrieben haben. Ich hätte es dir nicht sagen müssen, aber ich wollte dich auch nicht in falscher Hoffnung wiegen!«

Ich starrte ihn noch einen Moment lang zornig an, danach verließen mich meine Kräfte. Ich sank auf die Knie, und dann suchte mich das erlösende Schluchzen heim. Zitternd und schreiend kniete ich auf dem Boden, direkt vor seinem schwarzen Talar, und die Tränen tropften ins Gras.

Walsingham blieb bei mir stehen, machte aber keine Anstalten, mich zu berühren. »Weine nur, trauere. Wenn alle

Tränen vergossen sind, wirst du frei sein«, hörte ich ihn sagen.

Als ich keine Tränen mehr hatte, spürte ich allerdings keine Befreiung, in mir waren nur Leere und Taubheit. Irgendwie gelangte ich ins Haus und fand mich schließlich auf meinem Bett wieder, zusammengerollt wie ein Igel. Ich starrte auf den Fußboden, genau auf die Stelle, an dem am Abend zuvor noch meine Haare gelegen hatten.

Dabei gingen mir Walsinghams Worte durch den Kopf. Auch Ihre Majestät wusste, dass sie Opfer bringen musste ... Dasselbe hast du gestern Abend getan.

Ja, das hatte ich wirklich getan. Ich hatte das größte Opfer gebracht, das es gab. Ich zweifelte noch immer daran, dass Walsingham seine Hände nicht im Spiel gehabt hatte, doch es war letztlich egal. Lilly und James waren tot, und es gab nichts, was sie mir zurückbringen konnte.

Diese Gedanken schwirrten durch meinen Verstand, wieder und wieder, bis schließlich die Dunkelheit dem ersten roten Streif am Horizont wich und ein neuer Tag anbrach.

7. Kapitel

Am nächsten Morgen ging ich nicht ins Schreibzimmer, und es machte auch niemand Anstalten, mich zu holen. Anscheinend hatte Walsingham allen erzählt, was geschehen war, und aus Rücksicht wollte mich niemand in meiner Trauer stören.

Die Tage vergingen.

Geoffrey sah nach mir, Anne brachte mir Mahlzeiten. Als

Hunger und Durst zu groß wurden, nahm ich sie an, legte mich dann aber wieder auf mein Lager. Es gab Momente, da wünschte ich mir den Tod, ich wollte nur noch mit meinen Geschwistern vereint sein. Doch mein Körper war zu stark zum Sterben und meine Seele zu starrsinnig, um sich im Leid zu verlieren.

Eines Morgens, als ich mit tränenverkrusteten Augen erwachte, saß Geoffrey neben mir auf dem Bett. Wie lange er dort schon ausgeharrt hatte, wusste ich nicht. Er musterte mich, wobei sein Gesicht vom ersten Sonnenlicht berührt wurde, und strich mir über die Stirn. Ich wollte ihn fragen, was er hier suchte, doch die Worte kamen mir nicht über die Lippen. Ich blickte ihn nur stumm an.

»Ich weiß, es ist schwer für dich«, sagte er nach einer Weile leise. »Ich kann verstehen, wie du dich jetzt fühlst, dennoch solltest du nicht alles wegwerfen. Das Leben kann sehr grausam sein, und nicht immer sind Menschen schuld an dem Unglück, das uns widerfährt. Sir Francis hat deine Geschwister nicht umbringen lassen, da bin ich mir sicher.«

Ich fragte mich, ob er sich dessen auch sicher wäre, wenn er die vier rothaarigen Mädchen im Kerker gesehen hätte.

»Manchmal ist das, was passiert, Gottes Wille, sozusagen eine Prüfung, der wir uns stellen müssen. Du kannst die Dinge nicht ungeschehen machen. Aber du kannst dein Leben weiterführen. Vielleicht lindert es deinen Schmerz ein wenig, wenn du deine Studien wieder aufnimmst. Ich glaube nicht, dass dir das Leben jemals wieder solch eine Chance bieten wird. Nutze sie also!«

Geoffrey blieb noch eine Weile neben mir sitzen, doch sosehr ich mir auch wünschte, etwas erwidern zu können, blieb ich dennoch stumm. Irgendwann ging er wieder, und ich sah ihm nach, starrte sogar noch auf die Tür, als er sie längst wieder geschlossen hatte.

Nach und nach drang der Sinn seiner Worte in meinen Verstand vor. Vielleicht war es wirklich das Beste, wenn ich die Arbeit wieder aufnahm. Mein Misstrauen gegenüber Walsingham würde sicher nicht verfliegen, aber es war möglich, dass ich ihm damit Unrecht tat. Je länger ich nachdachte, desto mehr traten Stille, Vorwürfe und Tränen in den Hintergrund. Irgendwann erhob ich mich von meinem Lager. Das Bild meiner Geschwister würde nicht vergehen, es würde wie das meiner Eltern lediglich blasser werden. Doch ich lebte weiter! Und ich musste etwas zu tun haben. Die Fortsetzung meiner Ausbildung war das Einzige, was mich ablenken konnte, also ging ich nach unten. Ich konnte Anne und den Koch mit den Töpfen klappern hören, doch niemand lief mir über den Weg.

Ich hörte Sir Francis, wie er mit Geoffrey sprach, aber sie verstummten abrupt, als ich die Tür des Schreibzimmers öffnete und eintrat.

Die beiden sahen mich an, und ich erwiderte den Blick kurz. Dann ging ich wieder an mein Schreibpult, wo ich die Feder aufnahm und mich an die Arbeit machte.

Nach einer Weile trat Walsingham hinter mich. Er betrachtete den Text, an dem ich gerade schrieb, und sagte: »Schön, dass du es dir überlegt hast.« Dann ging er aus dem Raum und ließ nur mich, Geoffrey und dessen erfreutes Lächeln zurück.

An diesem Abend lag ich trotz allem noch lange wach. Die Arbeit hatte mich abgelenkt, aber nun, da ich an die Zimmerdecke starrte, kamen mir Lilly und James wieder in den Sinn. Und auch die Tränen spürte ich erneut in mir aufsteigen.

Doch dann hörte ich ein Geräusch vor dem Haus.

Eine Kutsche fuhr vor! Meine Neugierde schaffte es, meine Trauer für einen Moment zu verscheuchen. Ich erhob mich aus dem Bett und lief zum Fenster. Der Mond schien hell auf das Anwesen und würde sicher auch mich beleuchten, also trat ich neben den Fensterrahmen und spähte verstohlen hinunter.

Vier Personen stiegen aus einer Kutsche, auf deren Kutschbock zwei Männer saßen. Sie trugen schwarze Kleidung wie Walsingham und jene Wächter, die mich im Tower aus meiner Zelle geholt hatten. Während ich beobachtete, wie sie das Haus betraten, fragte ich mich, was sie hier wollten und warum sie sich bei Nacht und Nebel hier einfanden. Ich musste es herausfinden! Auf Zehenspitzen ging ich zur Tür und zog sie auf.

Der Gang war leer und dunkel. Von der Treppe jedoch drang ein Lichtschein nach oben. Und ich hörte leise Stimmen. Ich konnte von hier oben nicht verstehen, was sie sagten, daher spähte ich noch einmal schnell in die Richtung von Geoffreys Zimmer und trat hinaus.

Vorsichtig schlich ich voran. Die knarrende Diele hatte ich nicht vergessen, daher setzte ich meinen Fuß daneben auf den Boden und ging weiter. Zwischendurch ertönte ein Knacken, das mich erschreckte, aber es kam nicht von meinen Füßen. Die Balken über mir arbeiteten, wie es mein Vater immer genannt hatte, wenn wir nachts Gespenster hörten.

An der Treppe ging ich in die Hocke und spähte nach unten. Zu sehen war von den Männern nichts. Aber zu vernehmen. Zunächst war ihr Gemurmel noch undeutlich, doch schließlich gelang es mir, mich einzuhören.

»Maria Stuart wird eine Allianz mit Spanien anstreben«,

sagte eine Männerstimme, die mir unbekannt war. »Wir sind uns sicher, dass sie schon bald zur Gefahr für den englischen Thron werden wird.«

»Was meint Ihr, Davison?«, fragte jetzt unverkennbar Walsingham, und ich ahnte, dass es sich bei den Männern um Spione handelte, die ihrem Meister Bericht erstatteten.

Leider bekam ich die Meinung von Davison nicht mehr mit, denn plötzlich wurde ich gepackt, und eine Hand legte sich auf meinen Mund, damit ich nicht aufschreien konnte. Es war mir ein Rätsel, wie Geoffrey hinter mir auftauchen konnte, ohne dass ich ihn gehört hatte. Er zerrte mich durch den Gang in sein Zimmer. Dort ließ er mich los.

»Sag mal, bist du verrückt geworden?«, schalt er mich im Flüsterton, ehe ich ihn fragen konnte, was seine Aktion sollte. »Hast du keine Ahnung, wie gefährlich es sein kann, sie zu belauschen?« Anscheinend wusste er, wer diese Männer waren.

»Was ist daran gefährlich, wenn man sich ein wenig umhört?«, entgegnete ich trotzig. »Wer sind denn diese Männer überhaupt?«

Doch ich konnte Geoffrey ansehen, dass er nicht gewillt war, mir weitere Fragen zu beantworten. Er packte mich und zog mich zur Tür.

»Du wirst noch früh genug mitbekommen, wer die sind, aber jetzt gehst du in dein Zimmer. Wenn ich noch einmal deine Schritte auf dem Gang höre, schleife ich dich die Treppe runter und werfe dich ihnen vor. Dann wirst du merken, welche Konsequenzen es hat.«

Nahezu lautlos öffnete er seine Zimmertür und schob mich nach draußen. Ich vermied es, auf die knarrende Diele zu treten, und kehrte in mein Zimmer zurück. Dort setzte ich mich fröstelnd auf mein Bett.

Die wenigen Brocken, die ich hatte aufschnappen können, bevor Geoffrey mich erwischt hatte, kamen mir wieder in den Sinn. Ich hatte zuvor noch nichts von Maria Stuart gehört, und ich fragte mich, was das für eine Frau war, die unserer Königin gefährlich werden konnte. Doch eine Antwort vermochte ich nicht zu finden.

Ich sinnierte bis tief in die Nacht hinein, nicht nur über Lilly und James, sondern auch über die Worte des Spions, bis der Schlaf sämtliche Gedanken von mir nahm.

Am nächsten Morgen war die Kutsche verschwunden. Es gab keinerlei Hinweise darauf, dass wir in der Nacht Besuch gehabt hatten. Niemand erwähnte die schwarzen Männer und die Unterredung. Zum Glück hatte mich auch niemand bemerkt. Ich tauschte ein paar verschwörerische Blicke mit Geoffrey, und obwohl er mir das Lauschen höchstwahrscheinlich übelnahm, verriet er mich nicht.

An jenem Tag begann mein Unterricht richtig. Ich bekam von Sir Francis eine Stundentafel, die meinen Tagesablauf genau festlegte. Morgens vier Stunden schreiben und schließlich die ersten Brocken Spanisch, nachmittags Einzelunterricht und abends Klettertraining mit Geoffrey.

Genug zu tun, um meine Trauer in den Hintergrund treten zu lassen. Ich hatte Sir Francis nicht gefragt, wo meine Geschwister begraben wurden. Letztlich war es egal. Wenn es so etwas wie einen Himmel gab, würde ich sie dort vielleicht finden, wenn ich selbst starb. Aber noch wollte ich leben!

Ich sagte mir, dass allein der Angriff der Spione schuld daran war, dass ich im Tower bei Walsingham gelandet war. Dass meine Geschwister nur ihretwegen gestorben waren, und das trieb mich an. Ich wollte es ihnen heimzahlen, und so legte ich all meinen Eifer in meine Unterrichtsstunden.

»Als Erstes musst du lernen, auf deinen Körper zu achten«, sagte Sir Francis zu Beginn unserer ersten Unterrichtsstunde. »So, wie du jetzt dreinschaust, kann man jeden Gedanken aus deinem Gesicht ablesen. Für einen Spion ist es allerdings sehr wichtig, dass seine Miene verschlossen bleibt, damit die Feinde seine Absichten nicht erkennen können. Dein Gesicht ist wie ein offenes Buch für mich, aber das werden wir ändern.«

Er trat vor mich. Ich hatte nicht gewagt, mich hinzusetzen, und stand noch immer neben meinem Schreibpult.

»Weißt du, warum ich mich entschlossen habe, dich auszubilden?«

»Wegen meiner Courage?«

»Das auch. Vorrangig jedoch wegen deines bildhaften Gedächtnisses. So etwas kommt sehr selten vor. Außerdem sind deine Augen sehr wachsam. Du hast die Augen einer Diebin – und einer Spionin.« Er machte eine bedeutungsvolle Pause. »Eigentlich nehme ich nicht zwei Schüler gleichzeitig. Du kannst mir glauben, die wenigsten Menschen, die in meinen Diensten stehen, bilde ich persönlich aus oder lasse sie durch Lehrer ausbilden. Manchmal reicht es, den Leuten ein paar Münzen zuzustecken, damit sie lauschen und beobachten. Als man dich in den Tower brachte und mir berichtete, was geschehen war, habe ich etwas in dir gesehen, Alyson. Talent. Also habe ich mich ohne Umschweife entschieden, dir meine Ausbildung zuteilwerden zu lassen. Ich will eine neue Art von Spionen erschaffen, und du sollst einer von ihnen sein.«

»Dann war es also nicht, weil Ihr um mein Leben gefürchtet habt?«

Walsingham lächelte auf eine Art und Weise, die mir einen eisigen Schauer über den Rücken jagte.

»Dein Leben hätte mir egal sein können. Aber es war für mich bemerkenswert, dass so ein junges Mädchen über ein derartiges Gedächtnis verfügt. Und über genug Mut, drei erwachsenen und gut ausgebildeten Männern Paroli zu bieten und ihnen zu entkommen. Außerdem gab es noch einen anderen Grund.«

»Und der wäre?« Meine Wangen glühten und mein Herz raste. Wieder dachte ich an die Mädchen in der Kerkerzelle, die mir zwar ähnlich gesehen hatten, aber wohl eine andere Anforderung nicht erfüllt hatten.

»Dein rotes Haar und dein Aussehen«, entgegnete Walsingham zu meiner Überraschung. »Auch die Königin hat rotes Haar. Ich könnte dich problemlos als Double für sie einsetzen. Ich könnte aus dir eine Schottin oder ein Wirtshausmädchen machen. Dein rotes Haar mag vielleicht auffällig sein, aber es gibt viele rothaarige Frauen. Je auffälliger das Haar, desto weniger achten die Menschen auf dein Gesicht. Wenn sie dich beschreiben sollten, würden sie sagen, dass du rotes Haar hattest, aber niemand wird dein Gesicht beschreiben können. Damit hast du gleich eine erste Lektion bekommen, Alyson. Eine von sehr vielen, die dir noch bevorstehen.«

Ich nickte ehrfürchtig.

Er legte mir die Hand auf die Schulter und schaute mich an. »Du dagegen hast eine hervorragende Beobachtungsgabe, und genau das zeichnet gute Spione aus. Sie sollten immerzu auf ihre Umgebung achten und sie mit ihren Erfahrungen vergleichen, damit sie feststellen können, wenn etwas vom Üblichen abweicht.«

Er ließ mir Zeit, um die Worte aufzunehmen, dann fuhr er

fort: »Die Leute, die dich ergriffen haben, sollten sich eigentlich um den Mann kümmern, der getötet wurde. Leider sind sie zu spät gekommen.«

»Wer waren denn die Mörder?«

»Spanier. Du hattest die Ehre, Señor Diego Esteban kennenzulernen, den Meisterspion des spanischen Königs.«

Ich wusste nicht, ob das wirklich eine Ehre war, aber beim nächsten Mal würde er mir nicht unter den Rock fassen.

»Wen haben sie getötet?«

»Einen Verräter«, antwortete Walsingham. »Er hat Informationen an die Spanier weitergegeben. Für einen Judaslohn.«

Das überraschte mich. Seit wann töteten Männer wie dieser Schwarzbart Menschen, die ihnen von Nutzen waren? Ich fragte nach.

»Sie haben ihn umgebracht, damit er es sich nicht noch einmal anders überlegen kann.« Walsingham lächelte mokant. »Ich bin mir sicher, dass sie ihn für einen Doppelspion gehalten haben.«

Ich musterte ihn erschrocken.

»Solange du allerdings nur einem Herrn dienst«, fuhr er fort, »in diesem Fall unserer gnädigen Majestät, brauchst du keine Angst davor haben, von deinen eigenen Leuten getötet zu werden. Aber ich muss gestehen, dass wir es mit Verrätern genauso handhaben.«

Die Worte, die er fast beiläufig aussprach, beinhalteten eine klare Warnung für mich. Wenn ich ihn betrog, musste ich damit rechnen, getötet zu werden, Ausbildung hin oder her.

»Im Grunde genommen hat Esteban uns sogar einen Gefallen getan, denn dieser Mann war auch aus unserer Sicht eine Ratte. Meine Leute waren nicht umsonst auf dem Marktplatz.«

Diese Aussage schockierte mich. »Der Mann wäre also so oder so gestorben?«

»Ja, das wäre er.«

»Was wäre passiert, wenn ich Eure Leute bei dem Mord beobachtet hätte? Hätten die dann auch versucht, mich zu vergewaltigen und zu töten?«

Walsingham sagte darauf nichts, er blickte mich nur an, und das war für mich Antwort genug.

Ich spürte, dass es unklug wäre, weitere Fragen zu stellen, daher wartete ich geduldig, welche Ratschläge er mir noch erteilen würde. Walsingham wäre aber nicht der *spymaster* Englands gewesen, wenn er nicht gemerkt hätte, dass mich das Ganze beschäftigte. »Wenn du erst einmal mit deiner Ausbildung fortgeschritten bist, wirst du begreifen, dass manche Morde notwendig sind. Aber jetzt sollten wir mit dem Unterricht beginnen.«

Er machte eine kurze Pause und holte mir einen Stuhl heran. Ich nahm vor dem Schreibpult Platz, Walsingham dahinter, und in den nächsten Stunden begannen wir damit, eine Spionin aus mir zu machen.

Ich lernte, die Dinge so zu sehen, wie es ein Spion tut. Ich lernte, Dinge zu beachten, für die ein normaler Mensch kein Auge hat, etwa woran zu erkennen war, wann ein Pferd in den Stall zurückgekehrt war, wo es sich aufgehalten hatte und was sein Reiter folglich getan haben musste. Ich lernte, Kutschen und Sänften zu unterscheiden nach den Häusern, aus denen sie gekommen waren. Ich lernte, die Mienen der Menschen zu deuten. Ich lernte zu erkennen, wenn jemand log. Walsingham verriet mir, wie ich meine Sachen vor Schnüfflern schützen konnte und wie ich solche Maßnahmen am besten umging, wenn ich selbst schnüffelte. Schließlich lernte ich auch, woran zu erkennen war, ob jemand eine

Waffe verborgen bei sich trug oder ob sich hinter einem Vorhang ein Lauscher befand.

Je weiter ich in die Kunst der Spionage eindrang, desto wissbegieriger wurde ich. Ich hatte die Chance, mir Wissen anzueignen, das normalen, sogar höhergestellten Menschen verschlossen war. All das erfüllte mich mit Ehrgeiz und Eifer, der sich auch auf alle anderen Unterrichtsfächer übertrug.

Am Nachmittag machte Geoffrey sein Versprechen wahr und gab mir Schwimmunterricht. Obendrein übte ich mich darin, zu schleichen, über Dielen, über Kiesel, über Steine. Irgendwann wollte ich es schaffen, ebenso lautlos wie Geoffrey hinter jemandem aufzutauchen oder ihn zu belauschen.

Auch in den folgenden Nächten trafen schwarzgekleidete Männer auf Barn Elms ein. Manchmal kamen sie per Kutsche, manchmal auch über den Fluss mit einer Barke.

Jedes Mal stand ich am Fenster und versuchte sogleich, mein Wissen anzuwenden. Die Lichtverhältnisse waren nicht gut genug, um zu erkennen, welchen Weg die Kutsche genommen hatte oder wie die Männer genau gekleidet waren, doch es war ein gutes Gefühl, zu begreifen, was diese Welt wirklich bewegte, was unter der Oberfläche verborgen war. Wenn ich meine Fähigkeiten erst einmal vervollkommnet hatte, würde kein Geheimnis der Welt mehr vor mir sicher sein.

8. Kapitel

Eines Morgens Mitte September reiste Walsingham unvermittelt ab, allerdings nicht, ohne mich zuvor in sein Studierzimmer zu bitten.

Die Einrichtung war dunkel und schlicht gehalten, genau so, wie sich Walsingham kleidete. Prallgefüllte Bücherregale säumten die Wände, in der Mitte stand ein Schreibpult aus rotbraunem Holz. Es war an einigen Stellen stumpfgerieben und angeschlagen. Die Dokumente darauf waren fein säuberlich geordnet, ein Tintenfass stand neben dem Papierstapel. Die Federn waren abgegriffen und an der Spitze schwarz von Tinte. Der Geruch nach alten Buchseiten, neuem Papier und Löschsand lag auch hier in der Luft. Dazwischen schwebte noch ein anderes Aroma, das dem von Pfefferminze ähnelte.

Walsingham zog die Schublade einer Kommode auf und holte ein Kästchen hervor. Es war aus dunkelbraunem Holz gefertigt und mit Intarsien aus verschiedenfarbigem Perlmutt verziert, die Blumenranken darstellten. Drei einzelne Schlösser, die im Morgenlicht golden glänzten, hielten den Deckel verschlossen. Was sich wohl darin befand? Wichtige Dokumente? Irgendwelche Kostbarkeiten? Meine Neugierde erwachte sofort.

»Siehst du dieses Kästchen?«, fragte Sir Francis, als er die Schublade wieder zuschob.

»Ja, Sir.«

»Du wirst versuchen, es zu öffnen«, erklärte er und ging zu seinem Schreibpult. »Es gibt für die Schlösser jeweils nur einen Schlüssel, und die befinden sich in meinem Besitz. Du musst also einen anderen Weg finden, um sie aufzuschließen.«

»Aber ...«, entgegnete ich, brachte jedoch den Rest des Satzes nicht heraus, als mich sein Blick traf.

»Kein Aber!«, sagte er mit leichter Schärfe in der Stimme. »Du wirst diese Schlösser öffnen, und zwar so, dass ich nicht einen einzigen Kratzer sehe. Schau sie dir an!«

Ich ging zum Schreibpult, wo mir Walsingham das Kästchen in die Hand drückte. Unter den Schlössern war jeweils eine Metallplatte angebracht, auf der nicht ein einziger Kratzer zu sehen war. Sollte ich versuchen, die Schlösser mit einem Dolch oder einer Nadel aufzubrechen und dabei abrutschen, würde es sicher Spuren hinterlassen.

»Du hast Zeit, denk also nach, bevor du dich für eine Methode entscheidest«, erklärte Walsingham. »Zu den Aufgaben eines Spions im Dienst Ihrer Majestät gehört auch diese. Manchmal kann es überlebenswichtig sein, manchmal kann davon abhängen, ob es zum Krieg kommt. Arbeite sehr sorgfältig, Alyson.«

Ich hatte nicht die leiseste Ahnung, wie ich die Schlösser aufbekommen sollte. Dennoch nickte ich. Gleichzeitig kam mir Geoffrey in den Sinn. Vielleicht würde er mir dabei helfen können. Allerdings verschloss ich bei diesem Gedanken meine Miene nicht gut genug.

Walsingham konnte meine Gedanken ganz genau lesen und sagte sogleich: »Ehe ich es vergesse, kein Wort zu Geoffrey oder sonst jemandem im Haus! Ich möchte weder, dass du irgendwen um Hilfe bittest, noch, dass du jemandem das Kästchen zeigst. Du musst lernen, Geheimnisse zu wahren, also wirst du es jetzt gleich auf dein Zimmer bringen, gut verstecken und es erst dann hervorholen, wenn die Gefahr, dass dich jemand sieht, nicht mehr besteht. Verstanden?«

Ich nickte erneut und hatte plötzlich das Gefühl, dass das Kästchen in meiner Hand noch schwerer wurde.

»Gelingt es dir, die Schlösser ohne Beschädigung zu öffnen, dann soll der Inhalt dir gehören. Zerkratzt du die Platten, wirst du sie ersetzen müssen.«

Ich wollte einwenden, dass ich das nicht konnte, aber ich wagte es nicht. Ich schaute auf das Kästchen, als sei es die

Büchse der Pandora, und hörte erneut Walsinghams Stimme.

»Jetzt bring es weg und komm dann wieder runter. Ich möchte mich auch von dir verabschieden, bevor ich losfahre.« Damit bedeutete er mir, dass ich den Raum verlassen konnte.

Ich ging zur Tür, öffnete sie und spähte den Gang entlang. Die Luft war rein, also schlich ich zur Treppe und verschwand in meinem Zimmer, wo ich das Kästchen wie geheißen versteckte.

Nachdem Walsingham abgereist war, ging ich mit Geoffrey schwimmen, und als wir ins Haus zurückkehrten, sahen wir Lady Ursula.

Ich beobachtete, wie sie einen Brief aus ihrer Schürze holte. Fast schon liebevoll strich sie über das Papier und ein Lächeln flammte auf ihrem Gesicht auf. Lady Ursula hatte ich bisher als still und verschlossen kennengelernt, wie bei Walsingham war ihr nicht anzusehen, was sie gerade dachte.

Geoffrey zog mich am Arm in das Schreibzimmer. »Sir Francis hat ihr wieder einen Brief zugesteckt«, erklärte er mir im verschwörerischen Flüsterton. »Sie lächelt dann immer so.«

»Du meinst, er schreibt ihr Liebesbriefe?« Diese Vorstellung verwunderte mich sehr. Ich hatte Sir Francis immer für kühl gehalten. Liebesbriefe passten zu jedem, aber nicht zu ihm.

Geoffrey nickte, und ich verspürte eine tiefe Freude. Es war, als wäre ich auf einen Schatz gestoßen. Walsingham, der unnahbare und strenge Lehrer, hatte also auch Gefühle, die über die Sorge um den Staat und die Königin hinausgingen!

Später, wenn ich eine andere, dunklere Seite an ihm kennenlernen würde, würde ich dies oft in Frage stellen. Aber das Lächeln von Lady Ursula sollte mir immer sagen, dass auch er nur ein Mensch aus Fleisch und Blut war. Ein Mensch, der sogar imstande war zu lieben, wenn auch nur sehr selten.

Meine Gedanken wanderten von Walsingham zu einer Situation vor ein paar Tagen, als ich gemeinsam mit Geoffrey die Ankunft einiger schwarzgekleideter Männer, vermutlich Spione, beobachtet hatte.

»Warum kommen die Spione gerade hierher?«, hatte ich ihn neugierig gefragt.

»Barn Elms ist so eine Art geheimer Treffpunkt. Ich weiß nicht, wie es Sir Francis bewerkstelligt, dass die Spanier nicht darauf aufmerksam werden, aber er hat es bisher geschafft. Noch nie hat sich ein feindlicher Spion hier blicken lassen. Außerdem wird das Anwesen streng bewacht. Hier ist jeder unserer Leute sicher, das kannst du dir für später merken, wenn du mal in Not gerätst und einen Ort brauchst, an den du fliehen kannst.«

Der Gedanke, dass ein feindlicher Spion durch mein Fenster spähte, dass er nachts auftauchen und uns allen die Kehlen durchschneiden konnte, beunruhigte mich ein wenig.

Geoffrey schien das zu spüren. Er legte seine Hand auf meine und sagte: »Keine Sorge, hier bist du wirklich sicher. Dieser Landsitz hat für die Spanier keinen Wert. Selbst dann nicht, wenn sie meinen, sie müssten das Leben von Lady Ursula bedrohen, um Walsingham zu erpressen. Das wagen sie nicht, glaube mir. Sir Francis hat einige Dinge in der Hinterhand, die sie davon abhalten. Ich kann dir nicht sagen, welche. Doch sobald einem Mitglied dieses Hauses etwas passiert, wird es die feindliche Seite empfindlich zu spüren bekommen.«

Was das bedeutete, konnte ich nur ahnen, doch bald schon sollte es zur Gewissheit werden. Es war ein feingesponnenes

Netz aus Intrigen und Erpressung, in dessen Mitte Walsingham wie eine Kreuzspinne saß. Niemand, der einen Mordbefehl gegen seine Familie erteilte, hätte den Tag erlebt, an dem Sir Francis die entsprechende Nachricht überbracht worden wäre.

9. Kapitel

Der Oktober verwandelte die Landschaft um Barn Elms in ein Farbenmeer. Das Blätterkleid der Bäume leuchtete rot, gelb und grün, der Himmel war zuweilen strahlend blau, dann wieder golden. Stechender Sonnenschein wechselte mit heftigen Regenschauern, bald legte sich erster Frost auf die Rosen am Haus und ließ die Blüten sterben. Ihre Blätter bedeckten das Gras wie farbiger Schnee. Mit dem neuen Monat brach auch ein neuer Abschnitt meiner Ausbildung an.

Sir Francis kehrte aus London zurück. Ich fürchtete schon, dass er mich nach dem Kästchen fragen würde, doch zu meiner Erleichterung erwähnte er es mit keinem Wort. Dafür brachte er Besuch mit: John Murphy. Er war von hochgewachsener, hagerer Gestalt, was seine schwarzen Kleider noch zusätzlich betonten. Seine Beine, die in dunkelroten Strümpfen steckten, wirkten wie die eines Storchs, sein Gesicht war hart und kantig, und dank der weißen Halskrause sah sein Kopf wie das abgeschlagene Haupt von Johannes dem Täufer aus, als es Salome als Geschenk auf einem Silbertablett dargeboten wurde. Seine Augen blickten streng und tückisch. Ich hielt ihn zunächst für einen Spion von höherem Rang, aber da täuschte ich mich. Murphy hatte eine ganz andere Funktion, wie ich erfuhr, als Walsingham mich kurz nach seiner Ankunft in sein Studierzimmer rief.

»Mister Murphy wird dich ab sofort in Tanz und höfischem Benehmen unterrichten«, erklärte er mir, nachdem ich den Raum betreten und den Gast mit einem Knicks begrüßt hatte. »Du wirst seinen Anweisungen Folge leisten und dich bemühen, all das zu erlernen, was er dir vorgibt. Es ist wichtig, wenn du später mal am königlichen Hof sein wirst.«

Murphy nickte bekräftigend, und die Art, wie er mich musterte, ließ mich frösteln. Ich ahnte bereits, dass sein Unterricht nicht einfach werden würde – und das nicht nur wegen der Dinge, die er mir beibringen wollte. Mir war nicht entgangen, dass ein langer, mit Schnitzereien verzierter Stock auf Walsinghams Schreibpult lag. Das Holz, aus dem er gefertigt worden war, war von hellem Rot, eine sehr bedeutungsschwangere Farbe für diesen Gegenstand. Der Stock gehörte nicht Walsingham, es war der Taktstock des Tanzmeisters.

»Ich werde mein Bestes tun«, entgegnete ich und lächelte Murphy an. Dieser verzog keine Miene. Er musterte mich abschätzig, dann wandte er sich an Sir Francis.

»Sie ist mager. Bei Hofe wird sie sicher keinen Gefallen finden mit dieser Figur.«

Seine Worte verwunderten mich, denn ich hatte das Gefühl, zugenommen zu haben – nicht nur wegen des guten Essens, sondern auch wegen der täglichen Übungen.

»Sie ist erst vierzehn«, antwortete Walsingham, nachdem auch er mich betrachtet hatte, als sähe er mich zum ersten Mal. »Sie wird noch wachsen.«

Murphys Blick lag immer noch auf mir, und ich hatte plötzlich das Gefühl, als könnte er durch mein Kleid auf meine Rippen schauen, ebenso auf meine Brüste, die meiner

Meinung nach ziemlich gewachsen waren, und auf meinen flachen Bauch.

»Sie wirkt ungelenk«, bemängelte er weiter. »Hat sie schon etwas anderes getan, als rumzustehen oder rumzusitzen und dumm in die Gegend zu schauen?«

Walsingham entging gewiss nicht der Zorn, der in meinen Augen aufblitzte. Diesmal konnte und wollte ich ihn einfach nicht verbergen. Etwas Dunkles regte sich in mir, das ich nicht benennen konnte. Ich hätte mich nur zu gern damit gebrüstet, was ich inzwischen alles konnte, und dass sogar Geoffrey beim Wettlauf keine Rücksicht mehr auf mich nehmen musste. Aber wahrscheinlich hätte er darüber gelacht, daher hielt ich mich zurück und presste die Lippen fest zusammen.

»Sie wird sicher all das lernen, was Ihr von ihr fordert, Mister Murphy«, sagte Walsingham.

Es überraschte mich, als der Tanzmeister entgegnete: »Wenigstens hat sie ansatzweise gelernt, sich zu beherrschen. Nur ihr Blick ist noch immer verräterisch. Man sieht darin allen Hass, der in ihr brodelt. Bei Hofe könnte das tödlich sein.«

Walsingham musterte mich daraufhin, als wollte er sagen: »Siehst du, ich habe es dir gesagt!«, doch dann wandte er sich Murphy zu und klopfte ihm auf die Schulter. »Ich vertraue Euch, dass Ihr sie auf alles vorbereitet.«

Damit verließ er den Raum. Zu mir sagte er nichts mehr, doch ich wusste, dass er Gehorsam erwartete.

Kaum hatte sich die Tür hinter ihm geschlossen, griff Murphy nach seinem Taktstock und begann mich zu umkreisen. Dabei stampfte er mit dem Stock auf dem Boden auf, was in meinen Ohren wie eine Drohung klang. Die Schläge kamen im perfekt gleichen Abstand, und ich ahnte, dass er mich danach tanzen lassen wollte. Aber erst einmal verlangte er etwas anderes von mir.

»Stell dir vor, du stehst vor der Königin«, begann er. »Wie würdest du dich vor ihr verbeugen?«

Ich blickte ihn einen Moment lang unsicher an, dann verneigte ich mich so, wie ich es für richtig hielt.

Den Dank dafür erfuhr ich schmerzhaft.

Murphy riss seinen Taktstock hoch und schlug mir damit auf den Rücken. Der Schmerz raste wie ein Feuer durch meine Wirbelsäule. Tränen schossen mir augenblicklich in die Augen, und ich sank auf die Knie.

»Schon besser«, sagte Murphy, und seine Stimme troff nur so vor Zufriedenheit darüber, dass er mich hatte prügeln können. »Die Verbeugung vor der Königin muss tief sein, so tief, wie es dir nur möglich ist. Sonst wird dich ihr Zorn noch härter treffen als dieser Stock.«

Das wagte ich zu bezweifeln. Das Dunkle, das ich schon bei seiner ersten Beleidigung in meiner Brust gespürt hatte, dehnte sich aus, doch ich zwang mich weiterhin zum Gehorsam, immerhin wollte ich eine gute Spionin werden.

Murphy umkreiste mich erneut, und wieder schlug der Taktstock auf den Boden. *Klack, klack, klack.* Er ließ mich noch eine ganze Weile hocken. Ich hielt den Kopf gesenkt und versuchte, gegen den Hass und die Tränen anzukommen.

»Demut ist die wichtigste Eigenschaft, die du besitzen musst«, ertönte seine Stimme über mir. »Ohne Demut wird dich Ihre Majestät nicht lange bei Hofe dulden. Steh auf!«

Ich kam seiner Aufforderung nach, zögernd und ein wenig zitternd, denn der Stockschlag brannte noch immer auf meiner Haut. Den Blick hielt ich jetzt gesenkt, wie Walsingham es mir beigebracht hatte. Zwar hatte ich immer gedacht, dass Verstellung erst nötig sei, wenn ich bei Hofe war und dem Feind gegenüberstand, aber wahrscheinlich hatte ich mich geirrt.

Klack, klack, klack.

Wieder drehte Murphy eine Runde um mich herum, dann fuhr er mich an: »Sieh mich an!«

Ich blickte auf, und an seinem plötzlich aufflammenden Lächeln erkannte ich, dass er mit dem, was er in meinen Augen sah, zufrieden war. Ich schaffte es also schon mal, ihn zu täuschen.

»Ich werde dir zeigen, wie sich eine Dame bei Hofe verneigt«, sagte er schließlich. »Schau dir die Bewegungsfolge gut an und merke sie dir. Ich erwarte, dass du mich vor jeder Unterrichtsstunde so empfängst. Fällt die Bewegung nicht zu meiner Zufriedenheit aus, bekommst du den Stock zu spüren, ist das klar?«

Ich nickte.

»Gut. Ich werde die Bewegung nur einmal vormachen, dann wirst du sie nachvollziehen.«

Mit finsterer Miene legte er den Stock auf das Schreibpult zurück. Dann baute er sich vor mir auf und verneigte sich auf eine Art und Weise, die ich zunächst gar nicht für möglich gehalten hatte. Seine dürren Beine waren merkwürdig verdreht, sein Rücken gebeugt und die Hände mit einer Grazie gefaltet, wie ich es zuvor noch nie gesehen hatte.

Während ich ihn beobachtete, stellte ich mich darauf ein, den Stock etliche Male auf meinem Rücken zu spüren.

Elegant und scheinbar ohne die geringste Anstrengung richtete er sich wieder auf. »Nun du!« Ohne Umschweife griff er wieder nach dem Stock.

Ich versuchte, die Hände genau so zu halten und die Beine

so zu verdrehen, wie ich es bei ihm gesehen hatte – mit dem Ergebnis, dass ich das Gleichgewicht verlor und zur Seite kippte. Ich fiel zu Boden und wartete darauf, dass der Stock wieder auf mich niedersauste. Doch zu meiner großen Überraschung blieb der Schlag aus.

»Komm hoch!«, schnarrte seine Stimme, und ich leistete augenblicklich Folge. »Du wirst die Verbeugung üben, wieder und wieder, bis deine Beine versagen. Los!« Er stampfte mit dem Stock auf.

Ich versuchte, die Bewegung erneut zu vollführen, doch wieder verlor ich die Balance. So ging es ein paarmal, bis Murphy die Geduld verlor. Mit aller Kraft hieb er auf mich ein. Ich schrie auf, und diesmal schossen mir die Tränen aus den Augen.

»Heulen nützt dir nichts, Mädchen!«, sagte er mitleidslos und stampfte wieder mit dem Stock auf den Boden. »Komm auf die Füße! Von mir kannst du kein Mitleid erwarten.«

Ich verharrte noch einen Moment lang schluchzend am Boden, dann richtete ich mich langsam wieder auf.

»Du wirst die Bewegungen üben, und morgen werde ich sie mir ansehen. Kannst du sie nicht, werde ich dich prügeln, beherrschst du sie, wirst du tanzen lernen. Jetzt geh mir aus den Augen.«

Ich nickte nicht und ich knickste auch nicht. Ich sah ihn noch einen Moment lang zornig an, dann wandte ich mich abrupt um, und verließ ohne ein Wort den Raum.

Walsingham war mit Geoffrey im Schreibzimmer, wo sie über das schottische Herrscherhaus sprachen. Ich fragte mich, ob sie meinen Schrei gehört hatten, doch wenn, schien es sie nicht zu kümmern. Walsingham hatte mich diesem Murphy ausgeliefert, und ich konnte keine Hilfe erwarten. Doch ich wollte auf keinen Fall klein beigeben. Ich würde

Walsingham zeigen, dass ich des Lebens am Hofe würdig war, und Murphy, dass er es nicht schaffen würde, eine Spionin kleinzukriegen.

Ich schlich den Gang entlang auf mein Zimmer und warf mich aufs Bett. Mein Rücken brannte. Nach einer Weile stiegen erneut Tränen in mir auf, doch ich wischte sie weg, als es an meiner Tür klopfte. Ich vermutete, dass es Walsingham war, daher richtete ich mich auf und versuchte, mich zu fassen. Er sollte nicht glauben, dass ich nicht hart genug war. Es war allerdings nicht Sir Francis, sondern Geoffrey. Wahrscheinlich hatte er meinen Schrei gehört, konnte aber nicht so einfach aus dem Unterricht laufen.

»Das Scheusal spricht gerade mit Sir Francis über dich«, sagte er, als er die Tür hinter sich zuzog. »Da wollte ich mal nach dir sehen.«

»Nett von dir«, entgegnete ich und fragte mich, ob Murphy sich wohl über meine steifen Glieder beschwerte.

»Was hältst du davon, wenn wir einen kleinen Ausritt machen?«, fragte Geoffrey, nachdem er mich eine Weile gemustert hatte.

»Einen Ausritt?« Ich bezweifelte, dass ich mich mit meinem schmerzenden Rücken auf einem Pferd halten konnte.

»Du hast doch schon mal auf einem Pferd gesessen?«

Ich schüttelte den Kopf.

»Nun gut, dann wirst du auch das lernen. Heute werden wir erst einmal gemeinsam ausreiten. Die frische Luft wird dir guttun.«

Davon war ich überzeugt, und ich folgte Geoffrey nur zu gern in den Stall. Nachdem er kurz mit den Stallburschen geredet hatte, holte er sein Pferd und sattelte es. Als er damit fertig war, hob er mich vor sich in den Sattel. Ich hatte zunächst Angst, herunterzufallen, aber Geoffrey umarmte mich, als er nach den Zügeln griff. Ich schmiegte meinen Rücken an seine Brust, krallte die Hände in die weiche Mähne des Rotfuchses, und mit einem Mal vergaß ich die Schmerzen, die mir der Taktstock verursacht hatte. Ich folgte nur noch den Bewegungen des Pferdes unter mir.

Wir ritten den Themselauf entlang durch ein kleines Waldstück.

Jetzt gab es nur noch die Herbstluft, die mir übers Gesicht strich, außerdem den Geruch nach Pferd, welkem Laub, feuchtem Gras und nach Geoffrey. Es war das erste Mal, dass wir uns so nahe kamen, und er vermittelte mir das Gefühl, geborgen zu sein. Auf einer kleinen Lichtung machten wir schließlich halt.

»Das Scheusal will sicher, dass du übst, also werden wir beide das jetzt tun«, sagte er, während er mich aus dem Sattel hob. Er ließ den Fuchs auf die Wiese laufen und sagte dann: »Zeig mir, was du gelernt hast.«

»Warum nennst du Murphy ein Scheusal?«, wollte ich wissen, während ich mich in Positur stellte und vor ihm verneigte.

»Sag bloß, er hat seinen Taktstock nicht an dir ausprobiert.«

Ich stockte mitten in meiner Bewegung und richtete mich auf. »Doch, das hat er.«

Unsere Blicke begegneten sich einen Moment lang, dann sagte er: »Bei mir hat er es auch getan. Zumindest in den ersten Unterrichtsstunden. Aber wenn deine Bewegungen genau dem entsprechen, was das Scheusal will, wird er dich nicht mehr schlagen, das versichere ich dir.« Er kam auf mich zu, und wenig später spürte ich seine Hand warm und weich auf meiner Wange.

»Walsingham hatte gute Gründe, dich auszuwählen, Alyson. Das, was wir in unserer Ausbildung mitbekommen, erleiden und tun müssen, ist nichts weiter als eine Vorbereitung auf große Gefahren. Wenn du den Unterricht bei Murphy ertragen kannst, wirst du auch die Prügel der Spanier ertragen, falls du eines Tages enttarnt wirst. Du darfst nicht aufgeben und dich schon gar nicht dem Schmerz hingeben. Du wirst irgendwann kämpfen müssen, um zu überleben. Indem du deine Bewegungen perfektionierst, wirst du Murphy bezwingen können. Gib ihm einfach weniger Grund, dich zu prügeln. Und ertrage die Schläge, lass sie dein Ansporn sein.«

Er streichelte meine Wange so zärtlich, dass ich mich gar nicht richtig auf seine Worte konzentrieren konnte. Aber er hatte recht.

Also übten wir, bis die Dunkelheit über die Wiese hereinbrach. Meine Beine, nein, mein ganzer Körper zitterte, und meine Kleider klebten mir am Leib. Geoffrey spürte es, als er mich wieder vor sich auf das Pferd hob.

»Du hast dich ziemlich angestrengt.« Seine Stimme war wie das sanfte Raunen des Windes in meinem Nacken. »Aber das wird vergehen. Du wirst sehen, dein Gefühl für Gleichgewicht und die Bewegung wird besser werden. Wenn du willst, können wir jeden Abend herkommen und üben.«

Nichts würde ich lieber tun als das! Ich nickte, wandte mich um und drückte ihm einen Kuss auf die Wange. Auch im schwindenden Licht konnte ich sehen, dass er rot wurde. »Danke«, sagte ich, und nachdem ich ihn einen Moment lang angelächelt hatte, wandte ich den Blick wieder nach vorn.

Der Kuss verwirrte Geoffrey dermaßen, dass er noch eine ganze Weile in die Luft starrte und vergaß, das Pferd anzutreiben. Das tat ich für ihn, und wenig später ritten wir in vollem Galopp zurück.

Als wir in das Haus zurückkehrten, trafen wir Walsingham und Murphy in der Eingangshalle. Man hatte sich zwar gefragt, wo wir beide geblieben waren, doch Walsingham hegte keine Verdächtigungen. Im Gegenteil, er sah es gern, wenn Geoffrey und ich zusammen waren und er mir etwas beibrachte.

Beim Abendessen zeigte sich, dass Mr. Murphy wirklich ein Meister des Benimms war, zumindest bei Tisch. Anne hatte zur Feier unseres Besuches ein paar Kapaune gebraten. Ich wartete die ganze Zeit gespannt darauf, dass Mr. Murphy angesichts dieser Köstlichkeit die Beherrschung verlieren und so herzhaft in das Fleisch beißen würde, dass ihm das Fett über das Kinn lief. Doch das war eine vergebliche Hoffnung. Steif, als hätte er einen Stock anstelle des Rückgrats, saß er bei Tisch, nahm mit gepflegten, unnatürlich wirkenden Gesten den Kapaun auseinander und schob ihn sich in den Mund, ohne auch nur die geringste Spur auf seinem Gesicht zurückzulassen.

Das Weinglas nahm er lediglich beim Stiel, und ich, die ich mit voller Hand nach dem Becher griff und den Kapaun wie ein hungriger Wolf auseinanderriss, kam mir auf einmal barbarisch vor. Wahrscheinlich sollte er mir auch beibringen, wie man sich bei Tisch richtig benahm. Dann würde ich wohl Schläge auf die Finger und meine vom Fett glänzenden Lippen bekommen. Aber so weit war es noch nicht, daher aß ich genüsslich weiter.

Nach dem Essen begaben wir uns in unsere Zimmer, und irgendetwas brachte mich dazu, darüber nachzudenken, meine Tür zu verschließen. Einen Schlüssel hatte ich freilich nicht; wie ich herausgefunden hatte, wünschte Walsingham, der Meister der Geheimhaltung, in seinem Haus keine verschlossenen Türen. Doch vor nichts graute mir mehr als vor dem Gedanken, dass sich Murphy nachts in mein Zimmer schleichen und mich beim Schlafen beobachten könnte. Ich wäre jetzt gern zu Geoffrey gegangen, aber der hätte mich sicher nur auf die knarrende Diele hingewiesen und gemeint, dass ich schon hören würde, wenn hier oben jemand herumschlich.

Also schlief ich in dieser Nacht und auch in allen weiteren mit einem offenen Ohr und wünschte mir aus einem neu erwachten Instinkt heraus, dass das Scheusal bald schon wieder verschwinden möge.

Murphy blieb, aber glücklicherweise hatte ich nicht den ganzen Tag mit ihm zu tun. Vormittags stand noch immer das Studium der Sprachen und der Geschichte auf der Stundentafel, außerdem machte Walsingham mich mit den Stammbäumen der europäischen Herrscherhäuser vertraut.

Nachmittags fand ich mich regelmäßig im Übungsraum ein, ursprünglich ein Tanzsaal, den wir allerdings auch zum Erlernen der Kampfkunst nutzten. Murphys Stock knallte hier besonders laut auf den Boden, und seine Kommandos dröhnten mir in den Ohren.

Der Einzelunterricht bei Walsingham fiel für mich erst einmal weg, nur Geoffrey unterrichtete er weiterhin. Er stand kurz vor dem Abschluss seiner Ausbildung, vielleicht sollte er schon bald eingesetzt werden. So stolz mich das auf eine gewisse Art und Weise machte, ich wollte nicht an den Tag denken, an dem er uns verlassen würde. Wer sollte mit mir dann am See üben? Wer sollte mir Mut machen, wer mich trösten, wenn mich wieder einmal Murphys Taktstock traf?

Das Scheusal, wie ich Murphy inzwischen ebenfalls nannte, kannte kein Erbarmen mit mir. Stets hielt er seinen Knüppel in der Hand und wartete nur darauf, dass ich etwas falsch machte.

Nach dem Verbeugen lernte ich das Formieren und Schreiten. Eine Weile hielten die Schläge noch an, aber Geoffrey hatte recht, sie wurden weniger. Allerdings musste ich schon bald feststellen, dass mein Talent zu klettern, zu schleichen, zu rennen und zu reiten – Geoffrey hatte es mir in den Tagen nach unserem ersten Ausritt beigebracht – wesentlich größer war, als das Talent, die steifen Hofgesten zu vollführen. Daher hoffte ich sehr, dass mir Sir Francis erst einmal andere Aufträge geben würde.

10. Kapitel

An einem Abend Mitte Oktober reiste Walsingham wieder ab. Ich hegte die leise Hoffnung, dass er das Scheusal wieder mitnehmen würde, aber das war nicht der Fall. Murphy blieb hier. Und mit ihm sein Stock, der nur deshalb so rot war, weil er seine bisherigen Schüler ebenfalls bis aufs Blut geprügelt hatte. Davon war ich überzeugt.

In jenen Tagen war mein Schlaf noch unruhiger, denn auch wenn Lady Ursula anwesend war und über das Haus wachte, fühlte ich mich Murphy ausgeliefert. Bald wachte ich bei jedem Knarren auf, das die Holzdielen von sich gaben. Oftmals konnte ich dann nicht mehr einschlafen und setzte mich an den Tisch unter dem Fenster. Ich machte es mir zur Gewohnheit, Bücher aus dem Schreibzimmer mitzunehmen und sie nachts zu lesen. Wenigstens hatte Murphys

Anwesenheit den Vorteil, dass ich mein Wissen außerhalb des Unterrichts vergrößern konnte. Auf meine nächtlichen Schleichrunden verzichtete ich allerdings, denn ich hatte keine Lust, dem Scheusal in der Dunkelheit gegenüberzustehen. Seine Blicke, die er mir bei jeder Gelegenheit zuwarf, widerten mich zunehmend an, und ich war froh, wenn ich mit Geoffrey auf die Wiese reiten und dort üben konnte.

In jenen Wochen brach auf Barn Elms die Erntezeit an. Walsingham weilte noch immer in London, und Lady Ursula stellte ein paar Männer ein, die Wein, Rüben, Kohl und Kürbisse ernteten. Es waren Tagelöhner aus dem Dorf, die sich neben der Arbeit bei ihren Bauern noch etwas auf dem Gut dazuverdienten.

Ich hatte insgeheim gehofft, dass auch Geoffrey und ich helfen müssten, aber das war nicht der Fall. Unser Unterricht ging vor. Das wäre nicht weiter schlimm gewesen, wenn Murphy ein anderer Mensch gewesen wäre.

Mehr denn je sehnte ich den Tag herbei, an dem er wieder abreisen würde. Abends übte ich weiterhin die Verbeugungen und Schrittfolgen, in der Hoffnung, dass sein Unterricht schneller beendet wäre, aber Murphy ließ mich noch eine ganze Woche schreiten und verbeugen. *Klack, klack, klack,* hallte der Schlag seines Taktstockes durch das Haus. Zuweilen bildete ich mir sogar im Schlaf ein, dieses Geräusch zu hören, worauf es mit meiner Nachtruhe meist vorbei war.

Doch schließlich hielt der Tanzmeister die Zeit für gekommen, dass ich die wichtigsten Hoftänze erlernen sollte. Da man Tanzen nicht allein lernen kann, zumindest was die Gaillarde und die Volta angeht, rief er Geoffrey hinzu.

In dessen Gegenwart schlug er mich kein einziges Mal, auch wenn ich Schrittfolgen durcheinanderbrachte und stolperte. In mir stieg der Verdacht auf, dass er Angst hatte, Geoffrey könnte Sir Francis von der Prügelei erzählen. Immerhin war er kein Neuling mehr wie ich, sondern schon bald ein Spion der Königin!

Nach Beendigung des Unterrichts machten wir allein weiter. Meist in der Wäschekammer, wenn Anne dort nicht gerade beschäftigt war. Der Herbstregen häufte sich zu meinem Leidwesen, so dass wir nicht nach draußen konnten. Auch wenn wir es schafften, einen Raum zum Üben zu finden und uns dort für Stunden einzuschließen, gelang es Murphy immer wieder, uns über den Weg zu laufen.

Sobald sich unsere Blicke trafen, krampfte sich etwas in mir zusammen. Vielleicht ahnte ich da bereits die bevorstehende Katastrophe. Er sah mich fast schon ungeduldig an, seine eisige Beherrschung begann zu bröckeln. Geoffrey bemerkte es nicht, ich dagegen registrierte deutlich das Zittern, das durch Murphys dürre Glieder rann. Eines Abends ließ ich mich schließlich dazu hinreißen, den Stuhl unter die Türklinke zu stellen.

Auch Lady Ursula blieb die Spannung, die sich langsam, aber sicher aufbaute, nicht verborgen. Jedes Mal, wenn wir uns im Gang begegneten, blickte sie mich fast schon sorgenvoll an. Sie sprach wenig, doch ihrem Blick konnte ich entnehmen, dass auch sie eine dunkle Vorahnung hatte. Vielleicht hätte ich mich ihr anvertrauen sollen, doch ich fand nicht den Mut dazu.

Stattdessen versuchte ich, Murphy aus dem Weg zu gehen. Doch das Scheusal entwickelte ein außerordentliches Gespür dafür, mich allein anzutreffen, und immer wieder fand er Gelegenheiten, mich zu berühren. Mal streiften mich seine Hände, mal strich sein Körper an meinem entlang. Dabei wallte etwas in ihm auf, das mir allerdings Ekel bescherte. Sein Geruch, das Gefühl seiner knochigen Finger auf meiner Haut, sein Blick, alles widerte mich an. Mir graute vor dem Unterricht, und ich sprach ein leises Dankgebet, als Sir Francis wieder zurückkehrte. Vielleicht würde sich Murphy zusammenreißen, wenn der Herr des Hauses anwesend war.

Als ich am Morgen nach Walsinghams Rückkehr, nach einer weiteren nahezu schlaflosen Nacht, das Übungszimmer betrat, wusste ich noch nicht, welches folgenschwere Ereignis unmittelbar bevorstand.

»Wir werden heute die Volta üben«, eröffnete mir Murphy, und als ich mich zur Tür umdrehte, in der Hoffnung, dass Geoffrey gleich hereinkäme, fügte er hinzu: »Du wirst sie mit mir tanzen.«

Wir begannen mit ein paar Tanzschritten, zu denen er die Melodie summte. Den Taktstock konnte er nicht benutzen, weil es bei der Volta einige Figuren gibt, bei denen der Mann die Frau heben muss. Da man bei diesem Tanz die Unterröcke der Frau sehen kann, galt er als unanständig, was Elizabeth jedoch nicht davon abhielt, ihn mit Vorliebe zu tanzen. Überhaupt schien die Königin einen großen Hang zu unanständigen Dingen zu haben. Peter hatte einmal gemeint, dass es ihr im Blut liege, weil ihre Mutter eine verurteilte Ehebrecherin und Hure war.

Daran dachte ich allerdings nicht, als Murphy mit mir tanzte. Die ganze Zeit über hatte ich das Gefühl, weglaufen zu wollen. Ich wünschte mir, dass jemand hereinkommen und mich wegen einer wichtigen Sache von hier fortholen würde. Aber das geschah nicht.

Noch ein paarmal hob mich Murphy in die Luft, doch plötzlich, als er mich eigentlich hätte loslassen sollen, zog er mich an sich. Das Funkeln seiner Augen ängstigte mich, denn es erinnerte mich an den Blick des Mannes, der versucht hatte, mich auf dem Marktplatz zu vergewaltigen.

Instinktiv stemmte ich die Hände gegen seine Schultern, schaffte es aber nicht, mich von ihm loszureißen. Er presste meine Hüften an sein Gemächt, das zu meinem Schrecken größer und härter wurde. Dann schoss sein Kopf vor, und ich spürte seinen Mund auf meinen Lippen. Er erstickte meinen Schrei, bevor er mich durch den Raum trug und mich schließlich an die Wand presste.

»So, du kleine Hure, bisher warst du den Schwanz deines kleinen Freundes gewöhnt, jetzt wird es Zeit, dass ich dir mit meinem den richtigen Takt beibringe.« Keuchend vergrub er seinen Kopf an meiner Schulter, und während er mich weiterhin gegen die Wand drückte, hielt er mir mit der Linken den Mund zu. Mit der freien Rechten schob er mir die Röcke hoch, dann nestelte er an seiner Hose.

Verzweifelt versuchte ich, mich zu wehren. Er war trotz seiner hageren Gestalt stärker als ich, und je mehr ich strampelte, desto weiter drängte er sich zwischen meine Beine. Als ich schließlich sein glühendes Glied an der Innenseite meines Schenkels spürte, war es, als würde in meinem Inneren etwas reißen. Es war nichts anderes als das Band der Beherrschung, das in den vergangenen Wochen porös geworden war. Als die zerbrechliche Fessel barst, erwachte ein schwarzer Drache in mir. Es war, als würde sich das Tier durch meine Haut ins Freie beißen.

Nie wieder sollte mir ein Mann Gewalt antun!

Mit dem Mut der Verzweiflung packte ich seine Hand, die auf meinem Gesicht lag und deren Druck durch seine Geilheit ein wenig nachgelassen hatte. Ohne darüber nachzudenken, vergrub ich meine Zähne in sein Fleisch. Ich biss nicht zu wie das Mädchen Alyson, ich biss zu wie eine blutrünstige Bestie, die es darauf abgesehen hatte, diesem Scheusal den Arm abzureißen.

Murphys Schrei gellte in meinen Ohren, doch er brachte mich nicht dazu, meine Kiefer zu lockern. Ich drückte die Zähne immer tiefer in sein Fleisch, schmeckte schließlich sein Blut und seine Knochen. Sein Glied erschlaffte augenblicklich. Er versuchte, mich mit der freien Hand wegzustoßen, doch es gelang ihm nicht. Er war jetzt in meiner Gewalt, und wenn er sich nicht ein Stück Fleisch aus der Hand reißen lassen wollte, blieb er bei mir und ließ mir meine Rache.

Ich spürte, wie mein Kleid am Rücken aufplatzte, ich spürte, wie seine Fingernägel über meine Haut schrammten, ich spürte, wie Blut an meinem Kinn herablief. Ich konnte Murphys Schmerz und seine plötzlich aufwallende Angst riechen. Das entschädigte mich zur Genüge für die Schläge, die ich einstecken musste – und für das, was er soeben versucht hatte.

Seine Schreie blieben nicht unbemerkt. Die Tür wurde aufgerissen, und jemand stürmte herein. Wie ich später feststellen sollte, waren es zwei von Walsinghams Wächtern nebst Sir Francis und Geoffrey.

»Alyson!«, hörte ich ihn rufen, und sofort waren die Soldaten bei uns.

Bei ihrem Versuch, Murphy von mir zu trennen, biss ich ihm tatsächlich ein Stück Fleisch aus der Hand. Ich spuckte es aus und starrte mit glasigem Blick auf das blutende und schreiende Scheusal. Geoffrey und Walsingham konnten angesichts seines offenen Hosenbeutels sehen, was er mit mir vorgehabt hatte. Auch Lady Ursula bemerkte es sofort, als sie zur Tür hereinstürzte. Sie blickte auf meine unordentlichen Röcke, auf das Blut an meinem Kinn.

Murphy schrie noch immer wie von Sinnen. Er hielt seine verletzte Hand fest und wälzte sich auf dem Boden. Blut verschmierte seine Kleider und das Parkett. Ich blickte ihn die ganze Zeit über an und spürte, wie sich der Drache zufrieden zurückzog. Erschöpft ließ ich mich an der Wand hinabsinken.

Als mir Lady Ursula schließlich aufhalf, brachte ich sogar ein Lächeln zustande. Ob Murphy es sah, wusste ich nicht, aber wenn, da war ich mir sicher, hatte er nun Angst vor mir.

Walsinghams Frau schob mich an Anne und Peter vorbei durch den Gang in ihr Zimmer. Bisher hatte ich es nicht betreten, die Wohnräume der Walsinghams waren für uns tabu. Selbst auf meinen Schleichtouren hatte ich keine Anstalten gemacht, dort hineinzuschauen.

Jetzt überraschte mich die schlichte Pracht des Raumes. Die Wände waren mit einer roten Holztäfelung versehen, ein Wandteppich mit einem Millefleurs-Muster hing neben der Tür. Das Bett war aus hellem Holz gefertigt und von dunkelgrünen, mit goldfarbenen Bändern zusammengerafften Samtvorhängen umrahmt. An einigen Stellen hatten die Motten Schaden im Stoff angerichtet, aber darüber konnte man leicht hinwegsehen.

Lady Ursula setzte mich auf das Bett, holte einen Leinenlappen und tauchte ihn in den Wasserkrug, der auf einem Tisch vor dem Fenster stand, und begann mich zu säubern. Wahrscheinlich glaubte sie, dass ich ebenfalls verletzt war, dabei klebte nur Murphys Blut an mir.

»Kind, was ist passiert?«, fragte sie mich, nachdem sie mir das Gesicht gewaschen hatte, und strich mir über das Haar. Ich spürte, dass sie zitterte. Wahrscheinlich hätte sie alles von mir erwartet, aber nicht das.

Ich rang mit mir, ob ich ihr sagen sollte, wie es dazu gekommen war. Fast war ich gewillt zu schweigen, doch dann fiel mir ein, dass Murphy Sir Francis sicher seine eigene Version des Vorfalls erzählen würde. Und ich wollte unter keinen Umständen als die Schuldige dastehen, denn das war ich nicht. Einen Moment lang versank ich mich in dem Blick von Lady Ursulas schönen Augen, dann brach alles aus mir heraus. Sofort fiel die Anspannung von mir ab, und während die Tränen mein Gesicht sauberbrannten, wurde mir seltsam leicht zumute.

Lady Ursula bemerkte es sofort und strich mir mit ihrer kühlen Hand übers Gesicht. Sie sagte nichts dazu, doch ich wusste, dass ich sie auf meiner Seite hatte. Lady Ursula betrachtete mich mit den Augen einer Mutter und stellte keine weiteren Fragen. Ob sie mit ihrem Mann darüber reden würde, wusste ich nicht. Sie hieß mich, in ihrem Zimmer zu bleiben und sie zu rufen, wenn ich etwas brauchte. Dann verließ sie mich wieder. Ich lehnte mich zurück und schaute aus dem Fenster, von wo aus ich einen herrlichen Blick auf den Herbstwald hatte. Ich spürte keinerlei Reue, sondern Zufriedenheit.

11. Kapitel

Den ganzen Vormittag über herrschte im Haus bedrückendes Schweigen. Was mit Murphy war, wusste ich nicht. Ich blieb auf Lady Ursulas Bett liegen und lenkte mich schließlich damit ab, die Troddeln an dem Samtbaldachin zu zählen.

Geoffrey ließ sich zunächst nicht blicken, und ich dachte

schon fast, dass er mir böse sei und glaubte, ich hätte Murphy ermuntert. Am späten Nachmittag kam er endlich zu mir. Wahrscheinlich hatte Lady Ursula ihn geschickt, denn auch er betrat ihre Räume nicht ohne ihre Erlaubnis.

Er klopfte, und auf meinen Ruf hin schob er sich fast verstohlen durch die Tür. Er war kreidebleich und musterte mich sorgenvoll.

»Ist alles in Ordnung mit dir?«

Ich nickte. »Er ist ja nicht dazu gekommen, zu tun, was er wollte.«

Die Frage schien ihm auf der Seele gebrannt zu haben. Er wurde plötzlich rot und nickte, dann zog er die Tür hinter sich zu und trat neben das Bett. Ich richtete mich auf. Ich hatte lange genug die Kranke gespielt, jetzt wollte ich nicht mehr. Immerhin war mir nichts geschehen, und der anfängliche Schrecken hatte sich wieder gelegt.

»Was gibt es Neues?« Ich rechnete nicht damit, dass er mir viel erzählte. Wenn sie über mich gesprochen hätten, würde Geoffrey aus Loyalität zu Sir Francis sicher schweigen.

Doch er war nicht nur hier, um sich nach meinem Befinden zu erkundigen.

»Ich wollte dich fragen, ob du mitkommen willst«, sagte er nach einer Weile. »Sir Francis bespricht sich gerade mit dem Scheusal. Wir könnten ein wenig ...« Er stockte, denn er hatte genau das vor, was er mir vor einiger Zeit als zu gefährlich verboten hatte.

Ich lächelte breit.

»Immerhin musst du das als Spionin auch können!«

Als ob ich das nicht schon geübt hätte! Oder war ich so gut gewesen, dass er es nicht mitbekommen hatte?

Er streckte mir die Hand hin und half mir vom Bett herunter. Wir verließen das Schlafzimmer, und als wir uns dem

Gang näherten, in dem Sir Francis' Studierzimmer lag, tönte uns Murphys Stimme entgegen.

»Sie hat versucht, mich zu verführen, und dann hat sie mich gebissen, dieses kleine Miststück.«

Ich blickte mich nach Geoffrey um und flüsterte fast tonlos: »Das ist nicht wahr. Der Kerl lügt.«

Geoffrey nickte mir zu und streichelte mir über die Haare. »Glaub mir, Sir Francis erkennt eine Lüge, wenn sie ausgesprochen wird. Er wird Murphys Worte zu bewerten wissen.«

»Das hoffe ich.«

Geoffrey zog mich in den Schatten neben der Tür des Schreibzimmers, wo wir mit angehaltenem Atem verharrten.

»Mister Murphy, ich bezweifle, dass Alyson die Kunst der Verführung beherrscht. Ich habe die Striemen auf ihrem Rücken gesehen. Ihr habt sie geprügelt«, erwiderte Walsingham prompt.

»Sie war ungehorsam!«, rechtfertigte sich Murphy, worauf Walsingham nichts erwiderte. Ich hörte lediglich, wie er sich erhob und einige schwere Schritte durch den Raum machte.

»Ich denke, dass ich Euch fürs Erste von Eurem Dienst entbinden werde«, sagte er dann. »Bei Hofe warten sicher weitere Pflichten auf Euch, und ich möchte nicht, dass Ihr noch länger davon abgehalten werdet.«

Ich versuchte mir das Gesicht vorzustellen, das Murphy in diesem Augenblick zog. Jubel stieg in mir auf. Ich wandte mich zu Geoffrey um und wollte etwas sagen, aber er legte sich den Finger auf die Lippen. Ich verstand, dass es jetzt besser war, wieder in Lady Ursulas Zimmer zurückzukehren.

Wenig später ertönten hinter uns Schritte, die schweren von Sir Francis und die kaum hörbaren des Tanzlehrers. Ich hätte gedacht, dass Walsingham gleich zu mir kommen würde, doch es dauerte noch eine ganze Weile, bis mich Sir Francis zu sich rief. Erst am Abend, nach dem Essen, wünschte er mich zu sehen. Mit einer Miene, die genauso finster war wie sein Talar, empfing er mich.

Ich ließ die Hände schlaff an den Seiten herunterhängen und senkte schuldbewusst den Kopf. Dabei sah ich, dass jemand das Blut vom Boden fortgewischt hatte. Anne hatte sich sicher über diese Schweinerei beschwert, aber sie hatte dafür gesorgt, dass nicht einmal in den Ritzen zwischen den Dielen etwas zurückgeblieben war. Walsingham sagte nichts, er sah mich zunächst nur an. Ich war zu erschöpft, um den Kopf zu heben und seinen Blick zu suchen.

»Wie geht es dir?«, hörte ich ihn schließlich fragen.

»Gut«, antwortete ich, und das war nicht gelogen. Abgesehen von einem leichten Unwohlsein in meiner Magengrube, das von der Erwartung einer Strafe herrührte.

»Ich will nicht von dir wissen, wie es zu dem Angriff gekommen ist. Das, was ich gesehen habe, war deutlich, und ich kenne dich mittlerweile gut genug, um zu wissen, bei wem die Schuld lag. Ich werde Murphy morgen nach London mitnehmen. Mit seinem Angriff auf dich hat er seine Eignung, dich zu unterrichten, in Frage gestellt. Allerdings weiß ich nicht, ob der Ersatz, den ich beschaffen kann, der richtige ist für die Anforderungen, die an dich gestellt werden.«

»Geoffrey kann mir doch helfen«, erwiderte ich, um ihm zu zeigen, dass mir die Ausbildung nicht egal war.

Sir Francis' Miene blieb eine undurchdringliche Maske.

»Geoffrey kann gern mit dir üben, und meine Frau wird ab sofort den Unterricht übernehmen.«

Ich nickte, doch ich spürte, dass Walsingham noch etwas anderes auf dem Herzen hatte.

»Wir müssen davon ausgehen, dass Murphy ab sofort dein Feind ist, als Tanzmeister der Königin ist er sogar ein mächtiger Feind.«

Wahrscheinlich würde er mich das spüren lassen, wenn ich am Hof eingesetzt wurde. Aber noch war mein Trotz groß genug, um mich diese Gefahr ignorieren zu lassen. Walsingham kam auf mich zu und fasste mich bei den Schultern. »Wäge stets klug ab, mit wem du es dir verderben willst. Wem du dein wahres Gesicht zeigen willst. Der königliche Hof ist ein Ort voller Lügen und Falschheit. Wer dir in diesem Moment noch ins Gesicht lächelt, kann dir im nächsten einen Dolch in den Rücken stoßen. Du darfst niemandem trauen.«

»Auch Euch nicht?«

Die Frage überraschte Walsingham, und ich fürchtete schon, dass ich mir damit seinen Zorn aufladen würde. Stattdessen antwortete er: »Wenn du einen guten Grund dazu hast, darfst du auch mir nicht vertrauen. Vertraue stets nur dir selbst und deinem Verstand. Verliere niemals den Kopf, sonst besteht die Gefahr, dass wir dich verlieren. Ich will nicht all die Zeit in einen Schüler investieren, der gleich bei seinem ersten Einsatz getötet wird.«

Wiederum konnte ich nur nicken. Selbstverständlich würde ich alles tun, damit ich schneller war als der andere.

»Bedenke, dass jede deiner Handlungen Konsequenzen haben wird. Ein Tanzlehrer könnte zum Beispiel einen Teil des Hofes gegen dich aufbringen, und dieser ist dir dann verschlossen, wenn du nach Informationen suchst. Schlimmstenfalls erfährst du etwas Wichtiges nicht, was zum Scheitern deiner Mission führen könnte.«

»Was soll ich tun, damit es nicht so weit kommt?«

»Du wirst gar nichts tun«, antwortete Sir Francis mit einem vieldeutigen Lächeln. »Das wird meine Sorge sein. Elizabeth wird schon einen neuen Tanzmeister finden, wenn es sein muss.«

Seine Worte bereiteten mir Unbehagen. Dennoch hielt ich es für besser, nicht näher nachzufragen.

»Geh nun zu Bett, Alyson, morgen werde ich abreisen, und du wirst den Unterricht fortsetzen. Wenn ich zurückkomme, werde ich dich über die politischen Verbindungen zwischen den Königshäusern abfragen.«

»Vielen Dank, Sir«, entgegnete ich, knickste und wandte mich der Tür zu. Noch bevor ich die Hand nach der Klinke ausstrecken konnte, rief er mir nach: »Warte, eines noch!«

Ich blieb stehen und blickte mich nach ihm um.

»Du magst vielleicht noch ein Kind sein, aber du wirst schon bald zur Frau heranreifen. Heute hast du gemerkt, was eine Frau allein durch ihre Schönheit anrichten kann. Murphy war durch dich wie von Sinnen. Werde dir deiner Reize bewusst, und wenn die Zeit gekommen ist, nutze sie mit Bedacht. Ich werde meiner Frau sagen, dass sie dir auch die anderen weiblichen Tugenden beibringen soll. Die schärfsten Waffen im Kampf gegen einen Mann sind die Schönheit und der Reiz einer Frau. Vergiss das nie!«

Über diesen Satz dachte ich die ganze Nacht nach. Wenn es auch Dinge gab, bei denen ich mit Sir Francis nicht übereinstimmte, in diesem Punkt konnte ich ihm bedenkenlos zustimmen. Frauen konnten Männer zu Narren machen, sie konnten sie stärken oder schwächen. Vielleicht würde ich diese Kunst eines Tages einsetzen können, ohne dass ich Gefahr lief, vergewaltigt zu werden.

Am nächsten Morgen reiste Sir Francis zusammen mit Murphy ab. Ich blieb auf meinem Zimmer, auch wenn ich Walsingham für die Reise gern alles Gute gewünscht hätte. Doch ich wollte mir den Anblick des Scheusals ersparen. Also brütete ich über meinen Studien und blickte erst dann wieder aus dem Fenster, als ich das Geräusch der Kutschenräder nicht mehr hören konnte.

Mit Murphys Abreise kehrte Ruhe in Barn Elms ein. Die Spannung fiel von mir ab. Der Vorfall war zwar nicht vergessen, aber er trat in den Hintergrund. Geoffrey und ich machten weiter, als sei nichts gewesen. Vormittags übten wir Tanzen und Verneigen, nachmittags ritten wir. In den Abendstunden, die mir immer noch nicht viel mehr Schlaf brachten, fuhr ich mit dem Studium des Spanischen fort. Wie es Walsingham angekündigt hatte, brachte mir Lady Ursula außerdem bei, wie eine Frau einem Mann den Verstand rauben konnte.

Sie kam dazu in mein Zimmer, setzte mich vor den Spiegel und zeigte mir, welche Frisuren am Hofe Mode waren und welche Duftwässerchen man für welchen Anlass benutzte. Sie zeigte mir, wie ich Lippen und Wangen mit Koschenille, das aus einer Schildlaus gewonnen wurde, rot färben konnte, und sie riet mir, der Sonne fernzubleiben, denn bei Hofe schätzte man nichts mehr als einen blassen Teint.

»Du bist mit deiner blassen Haut gesegnet«, sagte Lady Ursula, während sie mir über die Wangen strich. »Manche Frauen müssen sich mit Bleiweiß das Gesicht färben, ein Gift, das sie zuweilen schrecklich entstellt. Allerdings solltest du aufpassen, dass du nicht allzu viele Sommersprossen bekommst.«

Sobald ich den Umgang mit Koschenille beherrschte, wandten wir uns anderen Fähigkeiten zu, etwa denen, sich ein anderes Gesicht zu geben.

»Manchmal wirst du in die Rolle eines Menschen schlüpfen müssen, der nicht die Schönheit einer Hofdame hat, vielleicht sogar in die eines Mannes. Auch dann solltest du wissen, was du verwenden kannst.«

Zum ersten Mal bekam ich nun eine Ahnung davon, wie tief Lady Ursula in die Geschäfte ihres Mannes verstrickt war. Sie zeigte mir, wie ich mit Ruß Falten auf meinem Gesicht erscheinen lassen konnte, wie ich mir die Haare färben und mir das Aussehen eines Bettlers geben konnte.

»Du darfst dich nie genieren, die geforderte Rolle anzunehmen«, erklärte Lady Ursula weiter. »Ob Betschwester oder Hure, wenn es dein Auftrag erfordert, wirst du genau das sein.«

Mir fiel ein, dass Walsingham zu Beginn gesagt hatte, er könne mich als Double für die Königin einsetzen.

»Wenn du dich in einem bestimmten Teil einer Stadt oder bei Hofe bewegst, darfst du nicht auffallen, das ist die wichtigste Regel«, schärfte Lady Ursula mir abschließend ein. »Kleide dich wie die anderen, verhalte dich wie die anderen. Lass niemanden wissen, was du wirklich weißt und wirklich kannst. Verstecke dich hinter einer Maske. Nur du selbst darfst wissen, wer du bist, niemand sonst.«

Das stimmte mit dem überein, was Walsingham mir beigebracht hatte, und erklärte, warum weder er noch seine Frau je etwas Persönliches durchblicken ließen – nicht einmal gegenüber uns, ihren Schülern. Sie trugen eine Maske, um ihre Umwelt zu täuschen. Es wäre Zeitverschwendung gewesen, nach ihrem wahren Gesicht zu suchen.

12. Kapitel

Gleich in den ersten Novembertagen zog ein schweres Gewitter über Barn Elms auf. Leise wie eine Katze schlich es sich an und schlug genauso schnell zu. Innerhalb weniger Augenblicke verdunkelte sich der Himmel. Donner grollte, begleitet von gleißenden Blitzen. Im Schreibzimmer wurde es so dunkel, dass wir am helllichten Tag Kerzen entzünden mussten. Immer wieder riss uns das Krachen aus unserer Arbeit fort.

Als das Gewitter mit voller Kraft losbrach, lief ich zum Fenster. Ich hatte in London mal gesehen, wie ein Blitz in die Spitze des Towers gefahren war, diesen Anblick hatte ich nie vergessen. Kaum hatte ich den Fensterflügel aufgerissen, fuhr ein neuerlicher Blitz zur Erde. Er war so hell, dass er mich für einen Moment blendete. Als sich das Flackern vor meinen Augen wieder gelegt hatte, erblickte ich einen schwarzgekleideten Reiter.

Als sei er aus der Hölle dieses Unwetters geboren, sprengte er auf den Hof. Dort zügelte er sein Pferd, sprang aus dem Sattel und lief, seinen Hut auf dem Kopf festhaltend, auf die Haustür zu. Ich hielt ihn zunächst für einen weiteren Spion – auch wenn deren Besuche ein wenig seltener geworden waren.

»Was ist?«, fragte Geoffrey, und ich antwortete: »Da ist jemand eingetroffen. Bestimmt wieder einer von Walsinghams Männern.«

Wenige Augenblicke später erschien Lady Ursula im Schreibzimmer. Ihre Miene war ernst. »Geoffrey, kommst du bitte mal?«

Mein Freund blickte mich fragend an, dann wandte er sich

um und verließ den Raum. Zu gern wäre ich ihm gefolgt, aber ich spürte, dass sie etwas mit ihm bereden wollte, das nicht für meine Ohren bestimmt war.

Die Tür schloss sich, und obwohl ich nur zu gern gelauscht hätte, blieb ich am Fenster sitzen und blickte hinaus. So lange, bis Geoffrey wieder zurückkehrte.

»Was ist los?«, fragte ich ihn, denn er sah zunächst alles andere als glücklich aus. Doch dann flammte ein breites Lächeln auf seinem Gesicht auf. »Ich soll zu ihm kommen, nach London! Es wird mein erster Einsatz! In aller Frühe wird ein Boot unten an der Anlegestelle auf mich warten.«

Ich starrte ihn überrascht an. »Du wirst jetzt schon eingesetzt?«

Geoffrey nickte und strahlte nur so vor Glück. Es bedeutete ihm sehr viel, dass Sir Francis so großes Vertrauen in ihn setzte. Mir dagegen wurde unwohl. Nicht nur, dass mein Freund mir fehlen würde, ich wusste, dass er sich in Gefahr begab.

»Es wird sicher nichts Gefährliches werden.« Er kam zu mir und strich mir übers Haar. »Keine Sorge, mir wird schon nichts passieren. Sobald ich zurück bin, werde ich dir von meinen Abenteuern erzählen. Wenn du willst, bringe ich dir auch etwas aus London mit. Möchtest du vielleicht einen Kamm für dein Haar? Bis ich hier bin, ist es sicher wieder ein Stück länger.«

Ich schüttelte den Kopf. Natürlich machte ich mir Sorgen. Schließlich kannte ich London und wusste, dass es selbst für normale Menschen gefährlich sein konnte, durch die Straßen zu gehen. Was würde geschehen, wenn Geoffrey nun auf einen Feind traf? Ich wusste, dass er einen Dolch besaß und ihn auch einzusetzen wusste. Doch was war, wenn er an einen erfahrenen Mörder geriet?

»Ich will nur, dass du heil zurückkommst«, beantwortete ich seine Frage nach meinem Wunsch.

»Das werde ich«, entgegnete er und gab mir einen Kuss auf die Stirn. »Jetzt muss ich alles für die Reise vorbereiten. Wenn du magst, können wir heute Abend noch ein bisschen reden. In meinem Zimmer.« Er sprach die letzten Worte in einem Tonfall, der mich wohlig erschaudern ließ, ohne dass ich wusste, warum. Ich nickte und blickte ihm nach, wie er das Schreibzimmer wieder verließ. Hinter mir tönte Hufgetrappel durch das Gewitter.

Bis zum Abend beruhigte sich das Wetter wieder. Zumindest brauchte ich nicht zu fürchten, dass Geoffrey von den Fluten der Themse verschlungen wurde.

Den ganzen Tag über ließ er sich nicht mehr im Schreibzimmer blicken. Seine Reisevorbereitungen nahmen ihn voll und ganz in Anspruch. Ich hätte ihm nur zu gern über die Schulter gesehen, aber da ich ahnte, dass Lady Ursula etwas dagegen hatte, machte ich mit dem Unterricht weiter.

Abends fand ich mich wie verabredet in Geoffreys Zimmer ein. Ich wusste nicht, ob ich damit das Richtige tat, doch ich wollte ihn nicht nach London gehen lassen, ohne noch einmal seine Nähe gespürt zu haben. Ich klopfte ein wenig zögerlich an, und es dauerte nicht lange, bis er mir öffnete. Insgeheim hatte er mich wohl schon erwartet. Seine Wangen waren röter, als ich es je an ihm gesehen hatte.

Ich räusperte mich kurz, dann sagte ich: »Da bin ich!«

Geoffrey lächelte und machte mir Platz. »Komm rein, ich habe extra für dich aufgeräumt.«

Jetzt spürte ich, wie mein Gesicht heiß wurde. Ich schloss die Tür hinter mir und ging steif wie ein Stock zu dem Stuhl neben seinem Bett.

»Gibt es vielleicht etwas, was du noch wissen möchtest, bevor ich abreise?«, fragte er, während er sich auf dem Bett niederließ. Es klang, als würden wir uns vielleicht jahrelang nicht sehen.

Ich schüttelte den Kopf. Nein, wissen wollte ich nichts von ihm, jedenfalls nicht jetzt.

Eine ganze Weile herrschte Schweigen zwischen uns, dann griff er nach meiner Hand, so unvermutet, dass ich sie nicht mehr zurückziehen konnte.

»Du bist schön, weißt du das?«, fragte er. Ich spürte, wie mir schon wieder das Blut in die Wangen schoss. Ich blickte in seine rehbraunen Augen, und ehe ich es mich versah, spürte ich seine Lippen auf meinen. Er küsste mich tatsächlich auf den Mund! Darüber schien er im nächsten Augenblick genauso erstaunt zu sein wie ich. Hastig wich ich zurück und starrte ihn an. Er ließ mich wieder los.

»Ich ...«, begann ich schließlich, doch er schüttelte den Kopf. Ich brauchte dazu nichts zu sagen. Aber ich wusste, was ich tun musste. Nun griff ich nach seiner Hand, und diesmal war ich diejenige, die ihn küsste. Er zog mich an sich, und schon bald liebkoste er mich in einer Art und Weise, die mir zugleich Lust und Angst bereitete. Angst vor allem deshalb, weil es mich an den Angriff des Tanzlehrers erinnerte, doch nur für einen kurzen Augenblick tauchten diese Bilder wieder vor mir auf.

Dies hier war nicht Murphy, sondern Geoffrey. Mein Freund Geoffrey. Ich konnte ihn riechen und schmecken, und allmählich schwand mein Widerstand. Seine Zunge schob sich weich und warm in meinen Mund, und ich ließ es zu.

Ich glaube, in dieser Nacht hätte ich alles mit mir geschehen lassen. Geoffrey öffnete das Mieder meines Kleides, küsste meinen Hals und fuhr sanft über meine Brüste. Seine Berührungen verursachten in meinem Schoß ein wohliges Ziehen, das ich nie zuvor gefühlt hatte. Ich wollte ihn an jener Stelle spüren, wo ich zu brennen meinte. Meine Hände klammerten sich an seinen Rücken, zogen sein Hemd aus dem Bund seiner Beinkleider und streichelten über seinen Oberkörper. Ich konnte seine Muskeln und seine Rippen spüren, dann wanderten meine Hände tiefer bis zu seinem Gesäß. Mir war schon vorher aufgefallen, dass es fest und klein war, und die Vorstellung, wie es zwischen meinen Schenkeln ruhte, brachte mich fast um den Verstand. Ich wünschte mir nichts sehnlicher, als dass er endlich seinen Hosenbeutel öffnen und zu mir kommen würde.

Doch obwohl ich ihn erregte, entzog er sich mir im nächsten Augenblick. Ich starrte ihn mit fiebrigen Augen an und spürte, wie meine Wangen glühten.

Was war los? Hatte ich etwas falsch gemacht?

Unsere Blicke trafen sich, und ich sah in seinen Augen dasselbe Feuer lodern wie in meinen. Dennoch sagte er: »Es geht nicht. Wir können das nicht tun.«

Da war ich vollkommen anderer Meinung, aber ich war noch zu unerfahren, um ihn einfach an mich zu ziehen und mit Küssen zu überzeugen. Wir richteten uns wieder auf, und für einen Moment herrschte beklommene Stille zwischen uns.

Geoffrey schien meine Enttäuschung zu spüren. Er zog mich in seine Arme und sagte: »Wenn ich zurück bin, kleine Alyson.« Dann gab er mir einen zärtlichen Kuss auf jedes Augenlid. Wahrscheinlich schmeckte er die Tränen darunter, doch er schreckte nicht zurück. Noch nie hatte ich für einen Mann so viel empfunden wie für ihn. Noch nie hatte ich einen derart süßen Schmerz in meiner Brust verspürt, wenn ich daran dachte, ihn für einige Zeit nicht wiederzusehen.

Er hielt mich eine ganze Weile. Ich atmete seinen Geruch ein und wurde allmählich ruhiger. Nur zu gern hätte ich erfahren, wie es war, zur Frau gemacht zu werden. Doch ich musste hinnehmen, dass er noch warten wollte.

Wenn wir damals auch nur die leiseste Ahnung gehabt hätten, was uns in der nächsten Zeit bevorstand, dann hätten wir vielleicht anders darüber gedacht. Aber so blieb Geoffrey ganz Ehrenmann, und der Gedanke daran sollte mich später nicht nur einmal zum Weinen bringen.

»Ich habe hier etwas für dich«, sagte er schließlich und griff sich an den Nacken. Er nahm seine Kette ab, und ich bemerkte, dass er einen Anhänger daran trug. Er sah auf den ersten Blick wie eine durchbohrte Münze aus, doch als er ihn mir auf die Hand legte, erkannte ich, dass ein Bild darauf eingeprägt war. Es zeigte einen Mann, der ein Kind auf den Schultern trug und mit ihm durch einen Fluss watete.

Ich betrachtete es einen Moment lang, dann hörte ich Geoffrey fragen: »Hast du eine Ahnung, was das ist?«

Ich schüttelte den Kopf und ließ den Finger über das Metall gleiten. Es war noch warm von Geoffreys Körper, und erneut spürte ich ein lustvolles Ziehen in meinem Leib.

»Es ist der heilige Christophorus. Weißt du, wer das war?«

Auch das wusste ich nicht. Protestanten verehren keine Heiligen.

»Es gibt viele Legenden um ihn«, erklärte mir Geoffrey daraufhin. »Eine davon erzählt, dass er Menschen über einen gefährlichen Fluss getragen hat. Eines Tages hörte er das Rufen einer Kinderstimme und entdeckte einen Knaben am Ufer. Er wollte ihn über das Wasser tragen und glaubte, es sei keine große Last. Doch kaum hatte er die Mitte des Flusses erreicht, erschien es ihm, als würde er die gesamte Welt auf seinen Schultern tragen. Das Wasser schwoll an, und er glaubte, dass er ertrinken müsse. Nur mit Mühe und Not schaffte er es ans andere Ufer, worauf der Knabe zu ihm sagte: ›Du hast gerade die Last der gesamten Welt auf deinen Schultern getragen. Der Herr, der diese Welt erschaffen hat, war deine Bürde.‹«

»Eine schöne Geschichte«, sagte ich mit einem Lächeln und betrachtete erneut den Riesen und das Kind.

»Sicher weißt du auch nicht, welche Wirkung dem Amulett des heiligen Christophorus zugeschrieben wird?«

»Nein. Meine Mutter hat Amulette stets als Teufelszeug angesehen.«

»Sie sind kein Teufelszeug«, entgegnete Geoffrey sanft und schloss meine Hände um Anhänger und Kette. »Dieses Amulett soll denjenigen, der es trägt, vor einem plötzlichen Tod bewahren. Ich bin kein abergläubischer Mensch, und ich weiß auch, dass Heiligenverehrung eher etwas für die Katholiken ist, aber dieses Amulett nützt dir vielleicht.«

Ich blickte ihn mit großen Augen an. »Warum denn mir? Du gehst schließlich zu deinem ersten Einsatz. Du wirst es eher brauchen.« Ich wollte es ihm zurückgeben, doch er hielt mein Handgelenk fest.

»Ich möchte, dass du es für uns beide trägst. Wenn es an deinem Herzen ruht, wird es mich ebenso schützen wie dich.«

Das bezweifelte ich, aber seine Stimme klang so warm, dass ich es nicht mehr ablehnen konnte.

Geoffrey öffnete meine Hand, nahm die Kette heraus und legte sie mir um. Dann strich er mir über die Wangen und zog mich an sich. Erneut trafen sich unsere Lippen, wenngleich wesentlich sittsamer als zuvor. Ich konnte allerdings spüren, wie schwer es Geoffrey fiel, sich zu beherrschen. Ein Wort von ihm, nur das Anzeichen eines leichten Drängens hätte ich zum Anlass genommen, mich ihm hinzugeben. Doch er blieb standhaft.

Für den Rest des Abends saßen wir schweigend da, bis es Zeit wurde, schlafen zu gehen. Ich wäre am liebsten die ganze Nacht nicht von seiner Seite gewichen, aber diese Entscheidung trafen weder ich noch er, sondern Walsingham.

»Wenn du morgen früh aufwachst, werde ich nicht mehr hier sein«, sagte Geoffrey und nahm meine Hände in die seinen. »Versprich mir, dass du gut auf dich achtgibst.«

»Das müsstest du mir eigentlich versprechen«, entgegnete ich. »Nicht ich begebe mich in Gefahr, sondern du.«

Geoffrey lächelte breit und küsste mich auf die Stirn. »Ich werde schon auf mich aufpassen, keine Sorge. Sei trotzdem vorsichtig. Wenn ich zurückkomme, will ich noch etwas von dir haben.« Mit diesen Worten küssten wir uns noch einmal, dann zog er mein Taschentuch aus dem Ausschnitt und hielt es sich unter die Nase. Ich trug dieses Tüchlein seit kurzem stets bei mir, Lady Ursula hatte ein paar Tropfen ihres Lavendelwassers daraufgeträufelt. Nun sollte es meinen Freund nach London begleiten.

»Damit werde ich immer an dich denken«, sagte er und ließ es unter seinem Hemd verschwinden.

Unsere Blicke trafen sich noch einmal, dann geleitete er mich zur Tür. Bereits jetzt begann ich ihn zu vermissen. Es wäre mir lieber gewesen, wenn er erst am nächsten Tag abgereist wäre, aber Geoffrey hatte seine Entscheidung getroffen.

Ich kehrte in mein Zimmer zurück und lag noch lange wach. Irgendwann hörte ich eine Tür schlagen und wusste, dass mein Freund zur Anlegestelle hinunterging. Wahrscheinlich hatte er dieses Geräusch gemacht, damit ich mitbekam, dass er fortging. Es war sein Abschiedsgruß, allein für mich.

Doch das Geräusch war nicht der einzige Gruß, den er mir hinterlassen hatte. Als ich am nächsten Morgen meine Wäschetruhe öffnete, um ein frisches Hemd herauszunehmen, entdeckte ich einen zusammengerollten Zettel. Geoffrey musste ihn am Vortag hineingeschmuggelt haben. War es vielleicht ein Liebesbrief? Ich nahm ihn an mich, rollte ihn auseinander – und war enttäuscht.

Die Haken und Schleifen, die auf das Papier gekritzelt waren, erinnerten mich an meine ersten Schreibversuche, doch ich ahnte, dass es etwas anderes war. Vielleicht eine Geheimschrift, von der Geoffrey manchmal gesprochen hatte.

Ich legte den Zettel auf der Kommode ab, und nachdem ich mich gewaschen und umgezogen hatte, nahm ich ihn wieder zur Hand.

Ja, es musste eine Geheimschrift sein. Eine Botschaft von Geoffrey, die ich entziffern sollte. Um Hilfe bitten konnte ich ihn nicht, auch wusste ich sie nicht zu entziffern, aber ich würde es schon herausfinden. Ich verstaute das Schreiben wieder in der Wäschetruhe und erinnerte mich mit Schaudern an das vermaledeite Kästchen, das ich immer noch nicht angerührt hatte. Sofort nahm ich mir vor, mich diesem schon bald zu widmen.

Am Frühstückstisch bemerkte man Geoffreys Fehlen zwar, aber niemand war darüber verwundert. Wahrscheinlich hatte er sich am Vortag auch schon von allen anderen verabschiedet. Lady Ursula bedachte ihn beim morgendlichen Tischgebet, und ich konnte nicht anders, als immer wieder zu dem Platz hinüberzuschauen, der jetzt leer war. Auch das Schreibzimmer erschien mir seltsam verlassen. Manchmal ertappte ich mich dabei, auf einen von Geoffreys Kommentaren zu warten, doch als keiner kam, wurde es mir wieder bewusst, dass er fort war.

Von Zeit zu Zeit kamen Spione ins Haus, und ich glaubte immer, es sei Geoffrey, der zurückkehrte, doch dann musste ich ernüchtert feststellen, dass dies nicht der Fall war.

Wenn die Raben, wie ich sie nannte, anwesend waren, verschwand ich auf verschlungenen Wegen zum See – jedenfalls offiziell. Insgeheim belauschte ich sie einige Male, doch gegenüber Lady Ursula ließen sie nur Höflichkeiten und ein paar Bemerkungen über das Wetter fallen. Die wirklich großen Geheimnisse hoben sie für Sir Francis auf.

13. Kapitel

Bald darauf kam es zu einem Ereignis, das eine Wende in meinem Leben bedeutete. Als ich mich eines Morgens wie immer erhob, um mich an meine Übungen zu machen, bemerkte ich ein grässliches Ziehen in meinem Bauch. Ich glaubte zunächst, dass ich mir den Magen verdorben hatte, doch als ich einen Blick auf mein Bett warf, bemerkte ich einen großen dunklen Fleck. Das erste Blut.

Obwohl ich die Frauen oft davon hatte reden hören, wusste ich nicht, was ich tun sollte. Zu Lady Ursula wollte ich damit nicht gehen, blieb also nur Anne. Sie würde den Fleck sowieso bemerken, wenn sie das Laken wusch. Dennoch fiel es mir unendlich schwer, mich ihr anzuvertrauen. Ich wartete den ganzen Tag ab und versuchte, das viele Blut mit einem Tuch aufzufangen.

Als nach dem Abendessen alles ruhig im Haus wurde, schlich ich mich dann doch nach unten. Am Klappern der Töpfe, das von Zeit zu Zeit zu hören war, erkannte ich, dass Anne noch arbeitete. Mr. Calthropp, der wirklich so giftig war, wie Geoffrey ihn mir anfänglich beschrieben hatte, und obendrein noch ein ziemlich dicker und ewig schwitzender Mann, war bereits in seinem Quartier.

Vorsichtig näherte ich mich der Tür und beobachtete Anne für einen Moment dabei, wie sie den großen Suppenkessel schrubbte. Noch zögerte ich, mich bemerkbar zu machen, doch die Magd schien meine Anwesenheit zu spüren, denn sie hob den Kopf.

»Nanu, was suchst du denn hier?«, fragte sie überrascht. Allerdings klang es nicht so, als wollte sie mich jeden Augenblick wieder hinausjagen.

»Ich wollte fragen ...« Ich stockte, denn es war mir plötzlich peinlich, Fragen über eine so persönliche Sache zu stellen.

»Was wolltest du fragen?«, gab Anne zurück und setzte ihre Arbeit am Kessel fort. Ich hörte das Kratzen des Scheuersteins auf dem Metall und spürte, wie eine Gänsehaut meine Arme überzog.

»Nun ja«, entgegnete ich. »Wie bekommt man Blutflecke aus dem Laken?« Etwas Besseres fiel mir nicht ein.

Annes Kopf schnellte nach oben. Augenblicklich unterbrach sie ihr Tun und bedachte mich mit einem verwunderten Blick. »Ist bei dir etwa ...?«

Ich nickte. »Ja, ich habe zu bluten begonnen. Mein Bettlaken ist wohl verdorben.«

Anne musterte mich noch einen Moment, dann legte sie den Scheuerstein beiseite und kam auf mich zu. »Sieh mal einer an, unsere Kleine wird zur Frau!«

Sie umschlang mich mit ihren kräftigen Armen, was mich verwunderte, denn bisher hatten wir nur wenig miteinander gesprochen. Aber dieses Ereignis, das erste Blut, schien uns zu Verbündeten zu machen.

»Binde dir für die nächsten Tage Tücher zwischen die Beine, sonst verdirbst du dir die Kleider. Blutflecke sind schwer rauszukriegen, du solltest sie am besten gleich kalt auswaschen. Mach das bei deinen Tüchern, das Laken kannst du mir geben. Ich bekomme das schon wieder hin.«

Sie lächelte mich an, und ich lächelte unsicher zurück. Mir war, als würde ich vor zahlreichen Fragen bersten, doch ich konnte keine einzige davon stellen. Zum Glück hatte Anne noch ein paar Weisheiten für mich aus ihrem reichen Erfahrungsschatz.

»Von nun an solltest du dir auch gut überlegen, mit wem du ins Heu verschwindest«, sagte sie, als sie mich wieder losließ. »Sonst hast du schneller als du denkst einen Braten in der Röhre.«

»Einen was …?«

»Ein Kind. Ab jetzt kannst du schwanger werden. Hüte dich also vor den Schwänzen der Kerle!« Sie warf den Kopf in den Nacken und lachte auf.

Ich dachte an das Zusammensein mit Geoffrey und den Wunsch, ihn in mir zu spüren.

»Nun schau nicht so entsetzt drein!«, sagte Anne schließlich mit einem Lachen. »Es kann nicht jeden Tag passieren. Es gibt Tage, an denen du Kinder empfangen kannst, und welche, an denen das nicht geht. Man kann das auszählen. Außerdem soll es helfen, wenn man die trockenen Samen der wilden Möhre isst, jeden Tag einen Löffel. Hab den Rat von einer Alten im Dorf bekommen. Du hast doch wohl nicht geglaubt, dass ich wie 'ne Nonne lebe, oder?«

Jetzt, da ich sie genau betrachtete, glaubte ich es wirklich nicht mehr. Anne war sehr hübsch mit ihrem dunklen Haar, den feingeschwungenen Brauen und den vollen Lippen. Sie sprühte nur so vor Lebensfreude. Ich fragte mich, mit welchem der beiden Stallburschen sie wohl ins Heu verschwand. Vielleicht sogar mit beiden? Mit glühenden Wangen bedankte ich mich für ihren Ratschlag und kehrte in mein Zimmer zurück. Die blutigen Tücher tat ich in meine Waschschüssel und brachte das Wasser anschließend nach unten. Anne war immer noch in der Küche und nahm keine Notiz von mir, was mir nur recht war.

Die Tage vergingen und mit ihnen auch mein Unwohlsein. Dann zog erneut ein Unwetter auf. Wie eine Horde hungriger Wölfe heulte der Wind um die Ecken von Barn Elms und rüttelte an den Fenstern.

Ich saß in meinem Zimmer, betrachtete wieder einmal Geoffreys Nachricht und versuchte sie zu entziffern. Die Notizen, die ich mir dazu machte, waren beinahe länger als die Nachricht selbst, aber das störte mich nicht, denn mit jedem Versuch meinte ich, der Lösung einen Schritt näher zu kommen. Daher bekam ich zunächst nicht mit, dass eine Kutsche vorfuhr. Erst, als Hufschlag auf dem Pflaster im Hof zu hören war, wurde ich darauf aufmerksam.

Sofort legte ich meine Notizen beiseite und lief zum Fenster. Vielleicht kehrte ja Geoffrey zurück? Immerhin waren bereits zwei Wochen seit seiner Abreise vergangen, und er hatte gesagt, dass es nur ein kleiner Auftrag sei. Mein Herz pochte vor freudiger Erregung. Ich riss einen Fensterflügel auf, und obwohl mir eine schneidende Brise entgegenströmte, lehnte ich mich nach draußen, um besser sehen zu können.

Zunächst erkannte ich nur die Kutsche. Ich vermochte nicht zu sagen, ob es sich um die von Walsingham handelte oder um das Gefährt eines Besuchers. Bei diesem Wetter war es nicht verwunderlich, wenn jemand um sichere Unterkunft ansuchte.

Als Fackelschein den Hof erleuchtete, konnte ich eine Gestalt im schwarzen Talar ausmachen, die auf die Haustür zustrebte. Das Kleidungsstück blähte sich unter den Windstößen auf wie die Flügel eines Raben. Es war Walsingham. Von Geoffrey jedoch keine Spur.

Etwas sagte mir, dass Walsingham einen guten Grund haben musste, nach Barn Elms zurückzukehren. Hatte es Ärger gegeben?

Einen Moment lang blieb ich ratlos am Fenster stehen. Sollte ich zur Treppe gehen und lauschen? Das war in meinen Augen die beste Möglichkeit, um mein rasendes Herz zu besänftigen. Ich schloss das Fenster und näherte mich auf Zehenspitzen der Zimmertür. Vorsichtig öffnete ich sie und hörte bereits von hier aus die Stimme von Sir Francis. Natürlich konnte ich nicht verstehen, was er sagte, also schlich ich mich näher an die Treppe heran.

Die Anwesenden waren so sehr ins Gespräch vertieft, dass sie meine Schritte nicht hörten. Nun vernahm ich auch die Stimme von Lady Ursula, die wesentlich leiser sprach als ihr Mann, aber genauso in Aufruhr zu sein schien wie er.

Ich hörte nur Walsinghams Antwort. »Er ist abgefangen worden. Der Spanier hat nicht viel Federlesens mit ihm gemacht.«

Meinte er etwa Geoffrey? Ich atmete vor Schreck geräuschvoll ein, und sogleich verstummten die Stimmen. Sie hatten mich entdeckt.

Doch was ich gehört hatte, lähmte mich dermaßen, dass

ich nicht einmal auf die Idee kam, in mein Zimmer zurückzulaufen. Wie eine bußfertige Sünderin stand ich vor der Treppe, als schließlich Walsingham vor mir erschien. Er musterte mich einen Moment lang, dann sagte er: »Komm herunter, Alyson.«

Unten angekommen bemerkte ich, dass Lady Ursulas Augen blutunterlaufen waren. Tränen glitzerten unter ihren Lidern und verbrannten ihre Wangen. Was hatte das zu bedeuten? Mein Herz begann zu rasen. Fragend sah ich Walsingham an.

»Es geht um Geoffrey«, begann er schließlich.

Tief in meinem Innersten krampfte sich etwas zusammen. Das letzte Mal hatte ich dieses Gefühl gehabt, als ich feststellte, dass meine Eltern dem Fieber erlegen waren. »Was ist mit ihm?«

Walsingham atmete tief durch, dann sagte er: »Geoffrey ist tot.«

Ich stand für einen Moment da, als hätte mich der Blitz getroffen.

»Tot?« Dann schüttelte ich ungläubig den Kopf. »Komm mit, ich erzähle dir alles.« Sir Francis fasste mich am Arm und führte mich in sein Studierzimmer. Er setzte mich auf einen Stuhl, während er selbst stehenblieb und zu sprechen begann. »Geoffrey ist auf dem Weg zu seinem Einsatzort von einem spanischen Agenten abgefangen worden. Ich habe geglaubt, für jemanden, dessen Gesicht noch nicht bekannt ist, sei der Auftrag ungefährlich. Aber ich habe die Spanier unterschätzt. Sie haben genau gewusst, dass er zu mir gehört.«

Ich starrte ihn mit offenem Mund an. Die Frage, wer Geoffrey verraten haben könnte, wirbelte durch meinen Kopf. Gleichzeitig hoffte ich, jeden Augenblick mit rasendem Herzen aufzuwachen, den Kopf auf der Tischplatte.

Doch es gab kein Erwachen. Geoffrey war tot. Erst meine Geschwister und jetzt er, der für mich zunächst Bruder und schließlich Freund gewesen war.

»Wer hat ihn getötet?«, fragte ich tonlos und blickte wie betäubt durch Walsingham hindurch.

»Das wissen wir nicht genau, aber es war einer von Estebans Leuten. Oder vielleicht sogar er selbst.«

Esteban! Nicht genug, dass er mich beinahe geschändet und ermordet hätte. Jetzt hatte er mir auch meine erste Liebe genommen! Ich wusste nicht, was ich in diesem Augenblick tun sollte. Ich war nicht fähig zu weinen, obwohl die Trauer wie ein wildes Tier in mir wütete. Stattdessen saß ich nur da, starrte vor mich hin und versuchte, Antworten zu finden, die es nicht gab.

Ob Walsingham noch etwas sagte, wusste ich nicht. Von einem spontanen Impuls getrieben sprang ich auf und rannte aus dem Studierzimmer. Schneller, als Sir Francis mir hätte folgen können, stürmte ich voran. Ich verließ das Haus trotz des Unwetters, rannte über die regennassen Wiesen und suchte den Weg zum Stillen See. Der Wind zerrte so stark an mir, als wollte er mir die Kleider vom Leib reißen, aber das war mir egal. Ein paarmal glitt ich auf dem nassen Gras aus und fiel hin. Ohne den geringsten Schmerz zu spüren erhob ich mich wieder und lief weiter, bis ich an dem sturmgepeitschten See ankam. Die Köpfe der Weiden wogten bedrohlich, ihre Zweige streckten sich wie die Finger eines Ungeheuers nach mir aus. Ich war bis auf die Haut durchnässt, die Regentropfen auf meinem Gesicht vermischten sich mit meinen Tränen. Ich spürte keinerlei Kälte. Die Trauer brannte wie ein Feuer in mir.

Später wusste ich nicht mehr, warum ich diesen Ort gewählt hatte. Vielleicht, weil ich glaubte, dort auf Geoffreys

Seele zu treffen. Weil ich glaubte, dass er, wenn es ihm irgendwie möglich war, aus der Geisterwelt genau zu diesem Platz kommen würde, um mich zu sehen.

Als ich merkte, dass er nicht da war, als mir bewusst wurde, dass er nie mehr da sein würde, schrie ich all meinen Schmerz heraus. Ich schrie und schrie, bis ich keine Stimme mehr hatte und mich die Dunkelheit irgendwann wie ein gnädiger Mantel einhüllte. Ich fiel zu Boden, doch das merkte ich nicht mehr. Das Heulen des Windes verstummte, der Regen hörte auf. Mein Schmerz ebbte ab.

14. Kapitel

Von den Ereignissen der darauffolgenden Tage bekam ich nicht das Geringste mit. Anne erzählte mir später, dass sie in jener Nacht überall nach mir gesucht hatten. Lady Ursula war schließlich in den Sinn gekommen, John und Peter zum Stillen See zu schicken. Die beiden fanden mich dort unter einer Trauerweide, ohnmächtig und vollkommen durchnässt. Sie brachten mich schleunigst zum Haus zurück, doch trotz sofortiger Fürsorge erkrankte ich an einer Lungenentzündung, die mich von einem Fiebertraum in den nächsten gleiten ließ. Tag und Nacht wechselten sie sich mit der Wache an meinem Bett ab, denn ich stand kurz davor, an meinem Fieber zu sterben. Anne und Lady Ursula rieben mir den Rücken mit kaltem Wasser ab und machten mir Wadenwickel, sie flößten mir kalte Sauermilch und Holundersud ein, was letztendlich Erfolg zeigte. Nach einer Woche ging das Fieber zurück, und ich kam wieder zu mir.

Rotes Licht fiel durch das Fenster; ich wusste nicht, ob es Morgen oder Abend war. Mein erster Gedanke galt Geoffrey. Das Fieber hatte mich seinen Tod nicht vergessen lassen. Ich hörte, wie sich neben mir jemand von einem Stuhl erhob. Die Stuhlbeine scharrten leise über den Boden, doch als ich mich umschauen wollte, erfasste mich ein Hustenanfall, der meine Brust dermaßen schmerzen ließ, als wollte sie bersten. Ich umkrampfte das leinene Nachthemd, als könnte ich so den Schmerz vertreiben, aber ich musste ihn aushalten, bis er vorüber war.

Als ich mich wieder beruhigt hatte, erschien das Gesicht von Sir Francis über mir. Dunkle Ringe zogen sich um seine Augen, und seine Wangen wirkten noch schmaler als vorher. Hatte er sich um mich gesorgt oder um Geoffrey getrauert? Plagten ihn gar noch andere Sorgen?

»Schön, dass du wieder wach bist«, hörte ich ihn sagen. »Wie geht es dir?«

Ich konnte nicht sagen, wie es mir ging, denn ich hatte erst seit ein paar Minuten die Augen offen. Die Schmerzen, die mir der Hustenanfall bereitet hatte, vergingen allmählich wieder, doch meine Glieder kamen mir so weich wie Grießbrei vor. »Ich fühle mich schwach«, antwortete ich mit kratziger Stimme, die im ersten Moment nicht zu mir zu gehören schien. »Aber besser.«

Walsingham betrachtete mich noch einen Moment lang prüfend, dann sagte er: »Geoffrey hätte nie gewollt, dass dir etwas zustößt. Er hätte sich gewünscht, dass du in seine Fußstapfen trittst.«

Irgendwie tröstete es mich, dass er von Geoffrey sprach. Offenbar spürte Walsingham dies, denn er fuhr fort: »Ich habe die Nachricht gesehen, die er dir gegeben hat. Vielleicht wird dir das hier bei der Entzifferung helfen.«

Er zog einen kleinen Zettel hervor und legte ihn auf meinen Nachttisch, unter das Buch, das ich zuletzt gelesen hatte. Ich hatte jetzt allerdings keine Kraft, mich darum zu kümmern. Walsingham tupfte mir die Stirn mit einem feuchten Lappen ab.

»Ich bin mir sicher, dass aus dir eine gute Spionin werden wird«, sagte er, als er den Lappen wieder beiseite gelegt hatte. »Ich habe die richtige Wahl getroffen und hoffe, du weißt das auch.«

Ich wusste in diesem Augenblick nur eines. Während ich Walsingham zugehört hatte, war es mir in den Sinn gekommen. »Ich werde ihn rächen«, sagte ich unvermittelt.

Walsinghams Miene veränderte sich nicht. »Schlaf jetzt ein bisschen«, sagte er schließlich, ohne auf meine Worte einzugehen. »Ich werde Anne sagen, dass sie dir ein wenig Milchsuppe kochen soll. Du musst wieder zu Kräften kommen.«

Appetit hatte ich überhaupt keinen, aber Sir Francis zuliebe nickte ich. Ich sah ihm nach, als er das Zimmer verließ, dann tastete ich nach Geoffreys Amulett, das ich stets bei mir trug. Es lag noch immer um meinen Hals, und ich war mir sicher, dass es mich vor dem Tod bewahrt hatte. Meine Hand schloss sich um den Anhänger mit dem Riesen und dem Jesuskind, und es dauerte nur wenige Atemzüge, bis ich wieder einschlief.

Geoffrey fehlte mir sehr. Mir fehlten seine Schritte im Flur. Mir fehlten sein Lachen und sein Spott. Mir fehlten seine Umarmung und sein Trost. Sicher hätte er an meinem Bett gesessen, aber wahrscheinlich wäre ich nicht krank geworden, wenn er noch da gewesen wäre.

Meine Genesung schritt trotzdem beständig voran. Mit Sicherheit war es der Hass auf Geoffreys Mörder, der mich gesunden ließ. Der Arzt, den Walsingham konsultiert hatte, war zuversichtlich, dass ich bald wieder auf den Beinen sein würde. Ich hätte gern an Geoffreys Begräbnis teilgenommen, doch ich wusste nicht einmal, ob eines stattgefunden hatte und wo sich sein Grab befand. Walsingham verlor mir gegenüber kein Wort darüber, und ich wagte nicht, ihn darauf anzusprechen.

Obwohl die Lücke, die Geoffrey hinterlassen hatte, deutlich spürbar war und die Krankheit mich geschwächt hatte, setzte ich meine Studien fort. Zunächst noch im Bett, wobei ich Anne mit der Bitte auf Trab hielt, mir Bücher und Schreibzeug zu bringen. Sobald ich für ein paar Stunden aufstehen konnte, benutzte ich den Tisch unter dem Fenster. Schließlich griff ich nach dem Zettel, den Sir Francis mir zugesteckt hatte. Es war kein kompletter Schlüssel darauf, aber immerhin die Information, dass das am häufigsten verwendete Zeichen in der Nachricht vermutlich der Buchstabe E sei. Ermutigt machte ich mich an die Entzifferung. Nach und nach kam ich auf die einzelnen Buchstaben, und eines Abends Ende November gelang es mir endlich, die Geheimbotschaft zu entziffern.

Sieh unter mein Bett, dort findest du den Schlüssel zum Kästchen.

Geoffrey hatte davon gewusst! Jetzt gab er mir den Schlüssel in die Hand.

Tränen verschleierten meinen Blick. Ich brauchte eine ganze Weile, bis ich das Bett verlassen und mich aufraffen konnte, in sein Zimmer zu gehen. Ich fürchtete mich davor, seinen vertrauten Geruch einzuatmen, ich fürchtete mich vor der Erinnerung und vor der Trauer, die ich dank der Beschäftigung mit der Nachricht einigermaßen in den Griff bekommen hatte. Doch wenn ich nicht den Mut aufbrachte, in sein Zimmer zu gehen, würde ich das Kästchen nie aufbekommen. Und wahrscheinlich auch nie die Gelegenheit erhalten, ihn zu rächen.

Ich erhob mich also, ließ den Zettel auf dem Tisch liegen und ging hinüber. Seit dem Abend seines Abschiedes hatte ich es nicht wieder betreten. Die Luft war kalt und abgestanden, und obwohl Anne sicher von Zeit zu Zeit hier putzte, hatte sich eine feine Staubschicht auf die Möbel gelegt.

Aber all das erschien mir nebensächlich.

Ich trat an sein Bett, kniete mich davor auf den Boden und spähte darunter. Da ich nur Spinnweben sehen konnte, streckte ich die Hand aus. Nach einer Weile ertastete ich etwas Hartes. Es fühlte sich wie ein kleines Kästchen an. Ich schloss die Finger darum und zog es hervor.

Es war eine kleine, schmucklose, rotlackierte Holzschachtel, auf der eine dicke Staubschicht lag, was kein Wunder war, denn sie wartete schon seit einiger Zeit auf mich. Ich pustete den grauen Schleier weg und betrachtete die Schachtel. Es gab kein Schloss daran, was mich schon mal beruhigte. Ich schüttelte sie und hörte etwas klappern, also hob ich den Deckel ab.

Im Inneren des Kästchens lag ein Gegenstand, der in roten Samt eingewickelt war und auf den ersten Blick einem Schlüssel ähnelte. Anstelle eines Bartes hatte dieser Schlüssel zwei Haken, einen kleinen und einen großen. Es war ein Dietrich, aber ich nannte ihn spontan Hakenschlüssel, weil er genau das war. Ein Schlüssel mit Haken. Damit würde ich die Schlösser öffnen können! Geoffrey hatte sogar daran gedacht, dass die Metallplatten geschont werden mussten. Mit dem Samttuch konnte ich sie bedecken, während ich mit dem merkwürdigen Schlüssel im Schloss herumstocherte.

Ich tat alles in die Schachtel zurück und ging zur Tür. Für einen kurzen Moment war es mir, als würde ich Schritte im Gang hören, doch als ich aus der Tür trat, sah ich niemanden.

In meinem Zimmer angekommen, legte ich die Schachtel auf den Tisch und holte das Kästchen mit den Schlössern hervor. Inzwischen war das Licht, das durch das Fenster fiel, so schwach geworden, dass ich eine Kerze brauchte, um mit meiner Arbeit zu beginnen. Nachdem ich mir den Leuchter geholt hatte, öffnete ich die Schachtel und holte das seltsame Werkzeug hervor.

Ich betrachtete es eine Weile, bedeckte die erste Platte mit dem Tuch und schob den Hakenschlüssel vorsichtig in die Öffnung.

Nach einer Weile stieß ich auf einen Widerstand. Vorsichtig drehte ich das Werkzeug weiter herum, um ja nichts abzubrechen. Als es unvermittelt aufsprang, hielt ich überrascht inne und zog den Schlüssel langsam wieder zurück.

Es war mir tatsächlich gelungen! Fasziniert betrachtete ich mein Werk einen Augenblick lang, bevor ich weitermachte. Das zweite Schloss öffnete sich ähnlich schnell und ich glaubte mich schon am Ziel. Doch ich hatte mich zu früh gefreut. Das dritte Schloss hielt eine Überraschung für mich parat.

Ich drehte den Hakenschlüssel siegesgewiss um – doch nichts geschah. Nach einigem Herumprobieren fand ich eine zweite Stelle, in die der Haken griff. Aber als ich versuchte, ihn zu bewegen, rutschte ich ab. Die Spitze des Hakens verfing sich in dem Stoff, und ich war sicher, einen Kratzer auf der Metallplatte hinterlassen zu haben. Heiß und kalt zugleich lief es mir über den Nacken, und zunächst war ich nicht fähig, mich zu rühren. Im Einsatz hätte ich jetzt alles verdorben. Ich dachte an die Strafe, die mich erwartete, ich dachte daran, dass ich die Platte würde ersetzen müssen, obwohl ich keinen einzigen Schilling besaß.

Erst eine ganze Weile später zog ich das Werkzeug zurück und das Tuch fort. Die Flammen spiegelten sich so makellos wie zuvor in dem Metall. Ich atmete tief durch und nachdem ich mich von dem Schrecken erholt hatte, versuchte ich es erneut. Diesmal drehte ich den Haken in die andere Richtung, und tatsächlich: Das Schloss schnappte auf.

Beinahe ungläubig schaute ich drein, und erst jetzt fiel mir auf, dass meine Glieder von der Anstrengung zitterten. Ich hatte es geschafft!

Schnell wickelte ich den Haken wieder in das Tuch ein, dann löste ich das Schloss und hob den Deckel an.

Das Kästchen war mit einem grünen, glänzenden Stoff ausgeschlagen. In der Mitte lag ein Päckchen, das in eine Art Pergament gewickelt war. Als ich es öffnete, fiel mir ein kleiner Dolch entgegen. Er war kaum länger als meine Hand. Die blanke Klinge war mit einem feinen Muster überzogen, der Griff mit hellbraunem Leder umwickelt. Vielleicht würde ich damit eines Tages Geoffreys Mörder zur Strecke bringen.

Hier auf Barn Elms würde ich den Dolch allerdings nicht brauchen, und ich wollte ihn nicht eher an mich nehmen, ehe Sir Francis das Kästchen begutachtet hatte. Momentan weilte er wieder in London, aber spätestens zur Weihnachtszeit wollte er zurück sein. Ich klappte den Deckel zu und versteckte Kästchen und Schlösser in meiner Kleidertruhe. Dann legte ich mich zurück ins Bett und schlief so ruhig wie seit langem nicht mehr.

15. Kapitel

Als der Dezember begann, hielt der Winter in Barn Elms Einzug. Stürme und Unwetter häuften sich, und als ich eines Morgens das Fenster öffnete, war der Garten mit einer feinen Schneeschicht überzogen. Früher hatte ich den Winter immer als etwas Bedrohliches empfunden, denn er hatte bedeutet, dass wir in unserem Unterschlupf frieren mussten. Auch Sir Francis' Haus war alles andere als gut beheizt, doch es gab hier überall Feuer, an dem man sich wärmen konnte.

Je kürzer und dunkler die Tage wurden, desto öfter musste ich an meinen toten Freund denken. Hatte ich bereits geglaubt, dass die ersten Wochen schwer gewesen waren, so musste ich erfahren, dass der Schmerz mit der Zeit noch wuchs. Tagsüber gelang es mir ganz gut, ihn zu ignorieren, aber nachts kam er, griff mit unbarmherziger Hand nach mir und hielt mich wach.

Eines Nachts, als ich es gar nicht mehr aushielt, schlich ich erneut in Geoffreys Zimmer. Die Tränen brannten mir auf den Wangen und in meiner Brust, und ich konnte nicht anders: Ich glitt über die knarrende Diele hinweg und trat ein. Die Luft roch kalt und leblos, aber es war noch immer eine Spur von ihm da. Anne hatte das Bett neu bezogen, und der Geruch der Wiese, auf der sie die Laken und Betttücher gebleicht hatte, stieg mir in die Nase. Ich ging zu der Kleidertruhe neben seinem Bett. Vielleicht fand sich dort etwas von Geoffrey, das ich mitnehmen und in meinem Zimmer verbergen konnte, etwas, worin ich noch seinen Geruch fand und das mir Linderung verschaffte, wenn ich es an mich drückte.

Als ich die Truhe öffnete, erblickte ich tatsächlich einige Kleidungsstücke von Geoffrey. Zwischen den Hemden und Hosen entdeckte ich auch eine kleine Kiste, die auf dem Boden stand. Sie war alt, und mir gefiel die Vorstellung, dass sie Geoffrey gehört hatte. Nicht, weil Walsingham sie ihm gegeben hatte, sondern weil er sie mitgenommen hatte aus seinem früheren Leben. Ich ließ die Finger über die Beschläge gleiten, so vorsichtig, als fürchtete ich, sie damit zu zerstören. Doch sie zerbrachen nicht, also zog ich sie aus der Truhe. Einen Moment lang betrachtete ich die Kiste im Kerzenschein, dann öffnete ich den Deckel. Der Geruch von Eisen und Leder schlug mir entgegen, so deutlich, als hätte er die ganze Zeit über darauf gewartet, in die Nase eines Lebenden zu strömen. Ich konnte nicht erkennen, was darin lag, doch was immer es war, ich ergriff es und zog es hervor. Zu meinem großen Erstaunen hielt ich ein ledernes Wams in der Hand. Es war mit Schnallen und Nieten versehen, die eng genug angebracht waren, um seinen Träger vor einem Bolzenschuss zu bewahren. Ich legte es auf den Boden und holte lederne Beinkleider, nietenbeschlagene Armstulpen und ein schwarzes Hemd hervor. Fasziniert betrachtete ich den Anzug und fragte mich, ob er auch mir passen würde. Frauenkleider waren gut und schön, aber in Männerkleidern konnte man sich besser bewegen.

»Ich wollte es Geoffrey schenken, wenn er zu seinem ersten Einsatz geht«, sagte plötzlich eine Stimme hinter mir. Ich wirbelte herum und sah Lady Ursula im Türrahmen stehen. Vor lauter Faszination hatte ich gar nicht gehört, dass sie die Treppe hinaufgekommen war.

»Leider hat er es versäumt, sich am Morgen von mir zu verabschieden, sonst hätte ich es ihm mitgegeben«, fügte sie hinzu. Unter anderen Umständen hätte ich mich entschuldigt, doch ihr Blick machte mir klar, dass ich nichts Unrechtes getan hatte. Es gab niemanden mehr, dem diese Sachen gehörten. »Die Nieten hätten ihn vielleicht geschützt«, sagte ich und ließ die Finger über das Metall gleiten.

»Nein, das hätten sie nicht«, entgegnete Lady Ursula, und obwohl sie ruhig sprach, hörte ich, dass sie mühsam gegen die aufsteigenden Tränen ankämpfte. »Hat dir mein Mann erzählt, wie er gestorben ist?«

Ich schüttelte den Kopf.

»Er hat einen Bolzen ins Genick bekommen, und dagegen gibt es keinen Schutz. Höchstens eine dicke Eisenplatte, und die trägt für gewöhnlich niemand am Körper. Die Spanier haben ihn nicht nur vom Pferd geholt, sie haben ihn regelrecht hingerichtet. Und das alles nur, weil sie dachten, er habe eine Nachricht bei sich. Geoffrey war allerdings nur das Double für einen anderen Spion, um sie zu verwirren. Estebans Leute hatten an ihm ein Exempel statuiert, als Warnung für meinen Mann. Geoffreys Tod wäre nicht nötig gewesen.«

Kaum hatte sie die letzten Worte gesprochen, sank sie auf die Knie und begann zu weinen. Ich dachte nicht lange darüber nach, kroch zu ihr und schlang die Arme um sie. Noch nie hatte ich Lady Ursula weinen sehen, und mit den Wellen, in denen ihr Körper erzitterte, stiegen auch mir die Tränen in die Augen, bis ich sie nicht mehr zurückhalten konnte.

Irgendwann lösten wir uns wieder voneinander und Lady Ursula sagte: »Wenn du willst, probier es an. Es gehört dir. Geoffrey hätte gewollt, dass du es bekommst. Ich hoffe, dass du deinen Feinden stets entkommen kannst wie ein Fuchs den Jägern.«

»Vielen Dank, Mistress«, entgegnete ich und versuchte mich an einem Lächeln, das sicher sehr unbeholfen aussah.

Lady Ursula nahm es an wie ein Geschenk und erwiderte es. »Gute Nacht, Alyson«, sagte sie schließlich und trat aus der Tür.

»Gute Nacht, Mistress«, erwiderte ich, war mir aber nicht sicher, ob sie es hören würde, denn ihre Schritte tönten bereits von der Treppe her, und wenig später hörte ich die Stufen unter ihren Füßen knacken.

Ich ließ die Hand noch einmal über das Leder des Anzugs gleiten, dann packte ich ihn zurück in die Kiste. In meinem Zimmer stellte ich sie neben meinem Bett ab und legte die Hand darauf, bis ich einschlief.

16. Kapitel

Das Weihnachtsfest kam näher, und auf Barn Elms begann eine Zeit hektischer Betriebsamkeit. Lady Ursula überprüfte die Vorräte und traf zusammen mit Mr. Calthropp die nötigen Vorbereitungen. Am zweiten Feiertag ließ die Familie nämlich den Bedürftigen des naheliegenden Ortes etwas vom Festschmaus zukommen.

Ich half so gut es ging mit, obwohl ich mich deutlich besser in den Spionagekünsten auskannte als im Haushalt. Schon bald stellte ich fest, dass es leichter war, sich an jemanden heranzuschleichen und ihn zu belauschen als eine Gans richtig abzubrennen, ohne dass Federreste in der Haut blieben, die einen beim Essen in den Gaumen stachen.

Sobald Lady Ursula mich von meinen Pflichten entband, schlüpfte ich in meine Männerkleidung und ging hinaus zum Stall. So auch an diesem Morgen. Ich wollte noch ein paar

Runden mit dem Rappen, den ich so gerne ritt, über die reifbedeckten Wiesen jagen.

Nur wenig später lenkte ich das Pferd in Richtung Themse und ritt ein Stück in den Wald hinein. Als die Rehe uns kommen hörten, stoben sie ins Unterholz und suchten schleunigst Deckung. Ich entdeckte ein paar Frischlinge, die ihrer Mutter folgten, doch ich hielt mich von ihnen fern, denn ich wollte mir nicht den Zorn der Bache zuziehen.

Angst davor, einem durch die Wälder streunenden Unhold zu begegnen, hatte ich nicht, dazu war ich dem Haus zu nahe, und ich war mir sicher, dass sich hier niemand an mich heranwagen würde. Eigentlich war das leichtsinnig, aber glücklicherweise sah ich niemanden, der eine Gefahr für mich dargestellt hätte.

Als ich nach einer Weile kehrtmachte, erblickte ich eine Kutsche. Sir Francis kehrte zurück – früher als erwartet! Es wunderte mich ein wenig, dass der Kutsche keine Reiter folgten, aber wahrscheinlich hatte Walsingham andere Vorsorgemaßnahmen getroffen.

Vom Übermut getrieben jagte ich ihr hinterher, ritt einen Bogen und versuchte davor aufzutauchen. Ich trieb den Rappen weiter, und spontan fragte ich mich, ob er es wohl schaffen konnte, das Gespann noch im Lauf zu überspringen. Ich wusste, dass ich dafür Ärger bekommen könnte, großen Ärger sogar, doch daran dachte ich in diesem Augenblick, angestachelt von meinem Wagemut, nicht.

Ich drückte dem Rappen die Hacken in die Flanken und stob auf eine kleine Anhöhe zu. Ehe der Kutscher mich bemerken konnte, schoss ich aus dem Wald. Der Rappe reagierte beinahe wie von selbst. Fast war es, als würden wir über die Pferde hinwegfliegen. Ich spürte den eisigen Wind im Gesicht und die glühende Erregung, es zu schaffen. Sicher landeten wir auf der anderen Seite der Straße, und als ich vor der Kutsche ritt, hörte ich das Fluchen des Kutschers.

Auf dem Hof angekommen zügelte ich das Tier und schaute mich nach dem Gefährt um. Es rollte wenige Augenblicke später heran. Rasch stieg ich aus dem Sattel und strich dem Rappen über den Kopf und die weiche Nase. Dann holte ich ein Stück Kandiszucker, das ich aus der Küche stibitzt hatte, aus der Tasche und schob es ihm zwischen die Lippen. Das Tier kaute genüsslich, während ich zur Kutsche blickte.

Der Kutscher, ein Mann aus dem Dorf, kochte noch immer vor Wut, dennoch überließ er es seinem Herrn, mich abzustrafen.

Walsingham stieg wenig später aus der Kutsche, doch er schaute nur halb so grimmig drein, wie ich es erwartet hätte.

»Willkommen zu Hause, Sir Francis!«, rief ich ihm zu, und es gefiel mir sehr, dass er überrascht auf meine Männerkleider blickte. »Ich hoffe, Ihr hattet eine gute Reise.«

»Es war erträglich«, entgegnete Walsingham, und für einen Moment meinte ich Groll in seiner Stimme zu hören. Doch er erwähnte den Vorfall nicht weiter. »Bring das Pferd weg und komm nachher in mein Studierzimmer«, sagte er nur. »Ich will sehen, wie deine Studien vorangegangen sind.«

Nachdem ich den Rappen versorgt und mich umgezogen hatte, holte ich das Kästchen und meine Niederschriften und klopfte an die Tür. Als Sir Francis mich hereinbat, sah ich zu meiner großen Überraschung, dass wir Besuch hatten. Ich hatte den Mann vorhin in der Kutsche gar nicht bemerkt, aber das hatte Sir Francis wohl auch so beabsichtigt.

Fast fürchtete ich, dass es ein neuer Tanzlehrer war, doch dieser Mann sah ganz anders aus als das Scheusal. Er war hochgewachsen, schlank und dennoch muskulös. Sein schwarzes

Haar wallte lang und glänzend über seine Schultern, seine blauen Augen funkelten wie Edelsteine in dem dunkelhäutigen Gesicht, das am Kinn eine kleine Narbe aufwies. Er trug dunkle Hosen und ein dunkelblaues, mit silbernen Verbrämungen versehenes Wams. Seine Beine steckten in hohen Lederstiefeln, die am Spann mit silbernen Spangen verziert waren. Irgendwie faszinierte er mich.

»Das ist Monsieur La Croix, einer meiner Leibwächter, wenn ich in London weile«, stellte Sir Francis vor. Daraufhin nahm der Mann meine Hand und hauchte einen Kuss darauf. Ich erstarrte, verwirrt und überrascht zugleich. So galant hatte sich noch nie ein Mann mir gegenüber verhalten.

»Er war sehr beeindruckt von deinem Kunststück«, fügte Walsingham hinzu.

»Sir, ich wollte nicht ...«

Er hob die Hand und brachte mich zum Schweigen. »Wenn du etwas tust, dann tu es ohne Reue hinterher, denn Reue macht es nicht ungeschehen. Abgesehen davon, dass du dir dabei den Hals hättest brechen können, war es nicht einmal schlecht. Wenn du dereinst einen Kutscher und seine Passagiere zu Tode erschrecken willst, wirst du damit bestimmt Erfolg haben.«

Angesichts seiner Worte fiel es schwer, keine Reue zu fühlen. Ich ließ den Kopf allerdings oben, wie ein Kind, das sich heimlich über das Gelingen eines Streiches freut.

»Ich freue mich, dass du bemüht bist, auch Dinge zu lernen, die ich dir bisher nicht aufgetragen habe«, sagte Walsingham, nachdem er einen kurzen Blick mit dem Franzosen gewechselt hatte, und deutete auf das Kästchen. »Wie geht es damit voran?«

Ich spürte, dass La Croix mich beobachtete, und da es mir ein wenig unangenehm war, vermied ich es, seinen Blick zu erwidern. »Ich habe es geöffnet«, antwortete ich wahrheitsgemäß. »Mit einem Hakenschlüssel, den ich dank Geoffreys Botschaft gefunden habe.«

Walsingham zeigte keine Regung angesichts dieser Tatsache. Er entzündete ein paar Kerzen, und nachdem ich ihm das Kästchen gereicht hatte, begutachtete er eingehend die Platten. Gespannt wartete ich auf sein Urteil.

»Du hast diese Aufgabe zu meiner Zufriedenheit gelöst«, sagte er nach einigen quälenden Augenblicken. »Aber das Öffnen der Schlösser muss im Ernstfall schnell gehen. Künftig wirst du dabei die Zeit messen. Wenn du im Einsatz bist, darfst du nur wenige Sekunden darauf verwenden, ein Schloss aufzubekommen.«

Er stellte das Kästchen zurück, blickte einmal zu seinem Leibwächter, und wandte sich mir wieder zu. »Hast du dir den Gegenstand in diesem Kästchen schon einmal angesehen?«

Ich nickte. »Ja, es ist ein Dolch.«

Walsingham öffnete den Deckel und nahm die Waffe heraus. »Genaugenommen ist es ein Stilett.« Er reichte mir den Dolch und erklärte weiter: »Es ist die Waffe der Damen und der Spione, klein und gut unter der Kleidung zu verbergen. Ich bin mir sicher, dass sie dir gute Dienste leisten wird. Zuvor musst du allerdings noch etwas lernen.«

Er machte eine kurze Pause, dann deutete er auf den Franzosen.

»Monsieur La Croix ist nicht hier, weil er mich beschützen soll, sondern um dir die Grundlagen der Kampfkunst beizubringen. Ich will nicht, dass du dich duellierst, eine Frau hat andere Einsatzmöglichkeiten – und andere Waffen.«

Der Franzose stieß ein leises, wissendes Lachen aus, auf das Walsingham nicht reagierte.

»Aber im Notfall musst du dich gegen ein Messer oder ein Schwert erwehren können. Sicher schadet es nicht, wenn du weißt, wie man sich eines Angreifers auf diskrete Weise entledigt. All das wird dir Monsieur La Croix beibringen.«

Als ich den Franzosen nun doch ansah, neigte er den Kopf, ohne den Blick von meinem Gesicht abzuwenden, und ich fühlte mich für einen Moment unangenehm an Murphy erinnert. Allerdings hielt das Gefühl nicht lange an, und ich freute mich auf die Unterrichtsstunde in Verteidigungstechniken, die Walsingham mir für den Nachmittag ankündigte.

Ich schob das Stilett, das jetzt offiziell mir gehörte, in meinen Ärmel, nickte den beiden zu, wandte mich um und verließ das Studierzimmer.

Als ich mein Zimmer betrat, lagen ein paar Schlösser sowie Dietriche in verschiedenen Größen auf dem Tisch. Damit war klar, wie ich die nächsten Abende verbringen würde. Ich holte mir die Sanduhr aus dem Schreibzimmer und begann mit meinen Übungen. Sicher würde Walsingham mein Können in den nächsten Tagen überprüfen wollen, und ich wollte ihn erneut verblüffen, indem ich schneller war, als er vielleicht dachte.

Am Nachmittag legte ich wieder den Lederanzug an und fand mich in dem Übungsraum ein, in dem auch Murphy mit mir geübt hatte. Seit Geoffreys Tod hatte ich ihn nicht mehr betreten, die Stunden mit Lady Ursula hatten in ihren Gemächern stattgefunden.

Auch wenn kein Geräusch nach draußen drang, wusste ich, dass La Croix dort war, schließlich hatte ich gelernt, die Anwesenheit von Menschen zu spüren.

Als ich eintrat, stand er am Fenster und blickte hinaus auf den Garten. Von hier aus hatte man einen guten Blick auf die Weinberge, die jetzt kahl aus dem Schnee ragten. Ich war mir nicht sicher, ob er mich bemerkt hatte, also räusperte ich mich. Er verharrte noch einen Moment, ehe er sich umwandte.

»Da, wo ich herkomme, liegt jetzt auch Schnee«, sagte er mit leichter Bitterkeit in der Stimme.

»Aus welchem Teil Frankreichs kommt Ihr denn?«

»Aus der Bretagne.« Er sprach das Wort so zärtlich aus wie den Namen einer Geliebten.

»Was führt Euch nach England?«

»Das erzähle ich dir später. Nun wird es Zeit für unsere erste Lektion.« Er musterte mich von Kopf bis Fuß und sagte mit einem breiten Lächeln: »In den Frauenkleidern hast du mir besser gefallen.«

»Ich bin doch wohl nicht hier, um Euch zu gefallen, oder?«, gab ich prompt zurück.

»Nein, aber wenn du später mal einen Kampf bestreiten musst, solltest du nicht vergessen, dass Männer nachsichtiger mit einem Gegner sind, wenn er eine schöne Frau ist.«

»Ist das so?«, fragte ich spöttisch, immerhin hatte ich es damals auf dem Borough Market ganz anders erfahren.

»Ich kann nur aus eigener Erfahrung sprechen. Allerdings bin ich nicht hier, um dich zu unterrichten, wie du deine Reize einsetzen sollst. Bei mir wirst du lernen, wie du dich gegen harten Stahl wehren kannst.« Mit diesen Worten zog er das Messer an seinem Gürtel aus der Scheide, und holte eine kunstvoll verzierte Klinge hervor. Sie ähnelte ein wenig der Waffe, die der Spanier gezogen hatte, um mich zu töten.

»Einer der ersten Angriffe, vor denen du dich in Acht nehmen musst, ist der eines Feindes, der dir hinterrücks die Kehle durchschneiden will. Etwa so.«

Er packte mich am Arm, zog mich an sich und hielt mir das Messer unters Kinn. Alles ging so schnell, dass er im Ernstfall mit seiner Attacke sicher Erfolg gehabt hätte. Der Stahl lag kalt auf meiner Haut, und für einen Moment genoss La Croix seine Macht. »Wenn du in solch eine Situation gerätst, gibt es zwei Möglichkeiten. Entweder der Angreifer will dir gleich die Kehle durchschneiden, dann wäre es jetzt schon passiert. Oder er will Informationen aus dir herausholen. In dem Fall kannst du ihn hinhalten und deine Gegenwehr planen. Aber du stimmst sicher mit mir überein, dass es besser ist, wenn du dich wehrst, bevor sich der Angreifer für das eine oder andere entscheidet.«

Ich nickte, und er ließ mich wieder los.

»Gut, dann zeige ich dir, was du machen kannst.«

In den nächsten Stunden brachte er mir bei, wie ich mich durch gezielte Tritte und Ellbogenstöße von meinem Gegner befreien und ihm notfalls das Handgelenk brechen konnte, bevor er Gelegenheit hatte, mit dem Messer zuzustoßen. Nachdem ich die Bewegungen kannte, um einen Nahangriff abzuwehren, zeigte mir La Croix, wie man Messerstiche ohne eine Waffe pariert. Er gab mir sogar den Dolch in die Hand und forderte mich auf, ihn anzugreifen. Zwar hatte ich nicht die geringste Chance, aber auch das würde ich sicher bald lernen.

Als ich am Abend den Raum wieder verließ, war ich von oben bis unten durchgeschwitzt. Mein Wams, meine Hose, alles klebte mir am Leib, trotzdem fühlte ich mich seltsam leicht.

La Croix hatte mir angekündigt, morgen mit dem Stockkampf zu beginnen und das Gelernte zu wiederholen. Im Gegensatz zu meinen ersten Tanzstunden freute ich mich darauf.

Später, als alle schliefen, schlich ich mich zum ersten Mal seit langem wieder aus dem Zimmer. Meine Füße berührten nahezu lautlos den Boden unter mir.

Eigentlich hatte ich nicht vor, jemanden zu beobachten oder zu belauschen. Ich fand einfach nur keine Ruhe und hoffte auf Linderung, indem ich mich vor Geoffreys Tür hockte.

Ich hatte den Gang zur Hälfte hinter mich gebracht, als ich plötzlich Stimmen vernahm. Da ich nicht damit gerechnet hatte, dass noch jemand wach war, erstarrte ich und hielt den Atem an. Es waren die Stimmen von Walsingham und La Croix. Sie unterhielten sich zunächst weitestgehend auf Französisch, und ich konnte kaum etwas verstehen. Doch dann verfiel La Croix ins Englische.

»Eure Schülerin ist sehr talentiert. Sie lernt schnell.«

»Deshalb habe ich sie ausgesucht«, entgegnete Walsingham. »Sie hat innerhalb weniger Monate Dinge gelernt, wofür andere Jahre brauchen. Wenn ihre Ausbildung abgeschlossen ist, wird sie zu meinen besten Leuten gehören.«

»Dann sollte sie unbedingt auch fechten und schießen lernen. Sie könnte Euch sehr nützlich in diesen Dingen sein.«

»Sie wird mir mehr nützen, wenn sie ihre Schönheit einsetzt und sich keine Narben auf dem Gesicht einfängt. Ich bin mir sicher, dass sie mit ihrem Aussehen und den Talenten, die einer Frau gegeben sind, mehr Zungen lösen wird als mit einer Waffe. Wenn ich Mörder will, kann ich andere Leute bekommen, und das ohne große Ausbildung. Ich brauche das Mädchen bei Hofe.«

»Dennoch könnte es nicht schaden, wenn sie mit einer Armbrust umgehen kann. Ihre Schönheit ist unbestritten, aber es gibt auch Männer, die dagegen immun sind.« Er machte eine kurze, aber bedeutungsvolle Pause, als meinte er Sir Francis damit. »Umso überraschender wird es ihre Gegner treffen, wenn sie sich auch als waffengewandt erweist.«

Walsingham antwortete eine ganze Weile nichts. Wahrscheinlich musste er sich den Vorschlag seines Leibwächters erst durch den Kopf gehen lassen. Er tat nichts ohne gründliche Überlegung.

»Nun gut, bringt ihr die Grundkenntnisse bei«, sagte er schließlich.« Aber bedenkt, sie ist und bleibt eine Frau, und ich will nicht, dass sie Wissen ansammelt, das ihr später nichts nützt.«

Nutzloses Wissen? Ich konnte mir nicht vorstellen, dass Wissen nutzlos sein konnte, egal, welcher Art es war. Doch bevor ich weiter darüber nachdenken konnte, ertönte ein Rascheln, und ich beschloss, mich zurückzuziehen. Ich wusste nun, dass Walsingham etwas Besonderes mit mir vorhatte, und mit einem wohligen Gefühl von Stolz schlief ich schließlich ein.

17. Kapitel

*I*n den nächsten Tagen unterrichtete mich La Croix im Stockkampf und im Umgang mit der Armbrust. Zu diesem Zweck ritten wir hinaus zum Stillen See, dessen Oberfläche mit einer dünnen Eisschicht bedeckt war. Nur ein paar Spatzen wagten es, sich darauf niederzulassen, doch als sie uns kommen hörten, flogen sie auf. Nachdem sie den See ein paarmal umkreist hatten, ließen sie sich auf den Ästen der Trauerweiden nieder, die mit Rauhreif überzuckert waren und wie ein Märchenschauplatz wirkten.

La Croix und ich brachten unsere Pferde zum Stehen und stiegen ab.

»Zunächst wirst du versuchen, die Baumstämme zu treffen. Wenn du dich gut dabei anstellst, werde ich Zielscheiben aufhängen, die du treffen musst.« Er band die Armbrust von seinem Sattel los und legte sie mir in die Hände. Sie war ganz schön schwer, und ich fragte mich, wie ich es bewerkstelligen sollte, überhaupt einen Schuss damit abzufeuern.

»Ich zeige dir, wie du sie halten musst.« La Croix stellte sich hinter mich und umarmte mich fast bei dem Versuch, mir die Armbrust richtig an die Schulter zu legen. Der Geruch nach Leder und seiner Haut strömte mir in die Nase. Nachdem er die Position der Waffe korrigiert hatte, umfasste er meine Hand und legte sie auf den Auslöser. »Dort musst du drücken, wenn du den Bolzen abfeuern willst«, erklärte er mir und trat einen Schritt zur Seite.

Ganz anders als bei Murphy empfand ich seine Nähe als angenehm, und ich fühlte mich irgendwie bei ihm geborgen wie bei einem väterlichen Freund. Er vermittelte mir Sicherheit und Vertrauen, und ich lauschte seinen Worten aufmerksam. Schließlich sollte ich schießen. Ich hob die Armbrust an die Schulter, wie er es mir gezeigt hatte, und drückte ab. Ein leises Summen ging durch meine Hand, und wenige Augenblicke später schlug der Pfeil durch die Eisdecke des Sees. Eine Ente, die sich in der Nähe befunden hatte, suchte schnatternd das Weite.

»Für den Anfang nicht schlecht«, sagte La Croix. »Jetzt müssen wir es nur noch hinbekommen, dass du die Bäume triffst.«

Am nächsten Tag machten wir auch wieder Schießübungen. Ich war mir sicher, dass La Croix damit über das hinausging, das Walsingham ihm geraten hatte, aber es machte mir großen Spaß. Leider redete der Franzose nicht viel über sich und seine Heimat, obwohl mich das am meisten interessierte. Warum hatte Sir Francis ausgerechnet La Croix für seine Sicherheit angestellt? Franzosen waren zum größten Teil katholisch – La Croix vielleicht nicht? Es war anzunehmen, denn Sir Francis hegte einen ausgeprägten Hass auf die Katholiken. Mit dieser Frage wollte ich ihn allerdings nicht bedrängen. Walsingham hatte gewiss seine Beweggründe, diesem Mann zu vertrauen.

»Wie sieht es in der Bretagne aus?«, fragte ich stattdessen in einer Unterrichtsstunde. Ich richtete die Armbrust auf die Zielscheibe und wartete auf seine Antwort.

Als sie ausblieb, fügte ich hinzu: »Ein Land, das so viele Meilen von uns entfernt ist, kann unmöglich genauso aussehen wie diese Gegend hier.«

Ich blickte zur Seite, und noch immer hielt ich die Armbrust. Sie fühlte sich zunehmend schwer an, aber ich hatte nicht vor, zu feuern, bevor er mir eine Antwort gegeben hatte.

»Nein, es sieht nicht genauso aus. Das Land ist aber von der gleichen rauhen Schönheit.« Ich spürte, dass es ihm schwerfiel, darüber zu sprechen. »Im Frühjahr sind die Wiesen von Nebel umhüllt, im Sommer sind sie grün. Im Herbst leuchten die Wälder golden, und im Winter überzieht Rauhreif die Blätter. Ich bin mir sicher, dass du dasselbe von deiner Heimat sagen würdest, wenn du sie einem Fremden beschreiben sollst.«

Ich drückte den Auslöser und hörte, wie der Bolzen von der Sehne schnellte, durch die Luft sauste und schließlich in der Zielscheibe einschlug. Ich traf genau ins Schwarze, was La Croix mit einem anerkennenden Nicken registrierte.

»Meine Heimat würde ich als von Nebel eingehüllte, sumpfige Straßen beschreiben, dazu viele verwinkelte Häuser, Schweine in den Gassen, Bettler an den Toren und Misthaufen neben den Gebäuden. Das Ganze durchzogen vom brackigen Band der Themse. Bei Euch klingt das doch ein wenig anders, nicht wahr?«

Der Franzose sah mich an und nickte mit einem hintergründigen Lächeln. »Ja, du hast recht. Aber glaub mir, auch wenn meine Heimat in Worten so schön erscheint, sie ist zu einer Hölle geworden, in der niemand meines Glaubens mehr sicher ist. Deshalb habe ich sie verlassen. Das wolltest du doch sicher wissen, nicht wahr?«

Ich nickte stumm. Was seine Heimat zur Hölle werden ließ, konnte ich mir denken. Mittlerweile kannte ich die Geschichte über die Herrschaft der »blutigen Mary« in unserem Land. Wahrscheinlich war es jetzt dort genauso wie damals bei uns.

»Ich bin ein Hugenotte«, fügte La Croix schließlich hinzu. »Wir wurden in unserem Land immer nur geduldet. Mittlerweile ist nicht einmal mehr das der Fall. Vielleicht wird dir Sir Francis eines Tages erzählen, wie ich zu ihm gekommen bin.«

»Warum erzählt Ihr es mir nicht?« Ich senkte die Armbrust und blickte ihn an.

Eine Weile herrschte Stille zwischen uns. Unsere Atemwolken vermischten sich und gefroren. Es war, als wäre die Zeit zu einem einzigen Moment erstarrt.

Dann brach der Franzose den Bann, indem er sagte: »Dein Schuss war wirklich gut.«

Nach diesem Tag fragte ich ihn nicht mehr nach seiner Heimat. Vielleicht würde er es mir irgendwann erzählen, vielleicht auch nicht. Ich würde akzeptieren müssen, dass manche Dinge Zeit brauchten.

Meine Fähigkeiten, Angriffe abzuwehren, verbesserten sich immer mehr, und schließlich kam La Croix zu der Ansicht, dass der Kampfunterricht über den gesamten Tag verteilt werden müsse. Im Dienst musste ich auch auf Überraschungen gefasst sein, und diese bot er mir ständig und überall.

Als ich einen Tag vor Weihnachten nach draußen ging, um Wasser zu holen, schnellte er aus der Weißdornhecke und sprang auf mich zu. Sein Angriff kam so unverhofft, dass er es schaffte, mich zu packen und mir die Klinge an den Hals zu halten. Ich spürte die Kälte des Metalls und wusste nicht, ob es die stumpfe oder die geschliffene Seite war. Zuzutrauen war ihm, dass er die scharfe Seite benutzte, allein um mich zu prüfen.

Für Sekundenbruchteile spürte ich seinen Körper bedrohlich dicht an meinem und seinen Atem in meinem Nacken. Dann reagierte ich. Ich versetzte ihm einen Stoß in die Seite, bog ihm das Handgelenk nach hinten und ging zum Angriff über. La Croix verlor das Messer und fiel im nächsten Augenblick hintenüber. Allerdings hielt er sich geistesgegenwärtig an mir fest und zog mich mit sich.

»Nicht schlecht, Alyson«, gab er keuchend zu. »Doch ich war noch nachsichtig mit dir. Jeder andere hätte dir nicht so viel Zeit gelassen.«

Ich blickte ihm stumm in die Augen, dann erhob ich mich wieder. Von dem unbestimmten Gefühl getrieben, dass mich jemand beobachtete, drehte ich mich um und entdeckte die dunkle Gestalt Walsinghams an einem der Fenster. La Croix bemerkte ihn ebenfalls und stand auf. Er grüßte Sir Francis und griff nach seinem Messer.

»Pass auf deinen Rücken auf«, sagte er zu mir. Dann zog er sich wieder ins Haus zurück. Ich blickte noch immer zu Walsingham hinauf und fragte mich, ob er die ganze Zeit schon dort gestanden hatte. Hatte ihm La Croix zeigen wollen, wie weit ich war? Oder wieso beobachtete mich Walsingham heimlich?

Ich lächelte ihm unsicher zu, griff nach dem Wassereimer, füllte ihn und trug ihn ins Haus.

18. Kapitel

Die Weihnachtstage waren endlich heran, und die Feier verlief so fröhlich, wie ich es bei einem strengen Mann wie Walsingham nicht erwartet hätte. Es gab Gänsebraten, und er sah es uns nach, dass wir schlangen, bis uns das Fett vom Gesicht tropfte. Er selbst hielt sich von den Narreteien fern, doch er unterband es auch nicht, dass Peter und John mit Anne ausgelassen in der Küche tanzten. Peter bewies, dass er sich nicht nur gut mit Pferden auskannte, er konnte auch leidlich Fiedel spielen, und so ertönte Musik zu unserem Tanz. Sogar La Croix saß bei uns und klatschte den Takt zur Musik. Die Wachposten wurden mit heißem Wein versorgt und ließen sich zwischendurch blicken, um sich mit einem Mistelzweig Küsse von Anne abzuholen, indem sie ihr den Zweig über den Kopf hielten. Sie war recht freigiebig und verteilte sogar welche an den Koch, dessen Gesicht vom Wein glühte wie das Feuer in seinem Herd.

Auch mein Gesicht glühte vom Tanzen und vom gewürzten Wein, den ich ausnahmsweise trinken durfte. Doch ich hielt mich zurück, denn ich spürte, dass der Alkohol meine Sinne benebelte, und ich wollte auf keinen Fall die Kontrolle über mich verlieren.

Eine Stunde vor Mitternacht brachen wir zum Gottesdienst im nahegelegenen Dorf auf. St. Mary hieß die Kirche, und sie war sehr gut besucht. Die Walsinghams und wir nahmen Plätze im Patronatsgestühl ein und warteten, bis der Pastor mit seiner Messe begann. Nachdem die Kirchentüren geschlossen waren, zog der Reverend ein und stellte sich auf die Kanzel.

Zum ersten Mal seit vielen Jahren war ich in der Weihnachtsnacht wieder in einer Kirche. Der Gottesdienst war überwältigend und verwirrend, denn er erinnerte mich an die Zeit, in der ich mit meinen Eltern in die Kirche gegangen war. Die Bilder daran überkamen mich so stark, dass ich den Worten des Pastors nicht mehr richtig folgen konnte und fast meinen Einsatz beim Singen verpasste.

Als wir die Kirche verließen, fühlte ich mich traurig. Geoffrey kam mir wieder in den Sinn, und die Vorstellung, dass er jetzt bei Gott war, tröstete mich in keiner Weise. Er war nicht hier bei mir, das war alles, was für mich zählte.

In der Nacht lag ich noch eine ganze Weile wach und dachte an das, was sich in den vergangenen Monaten ereignet hatte. Vor einem Jahr, als ich mit meinen Geschwistern an Weihnachten frierend in der Scheune gesessen und ein paar von den Kuchen, die es als Almosen für die Armen gab, gegessen hatte, hätte ich mir nicht träumen lassen, dass sich so viel verändern würde. Ich brauchte mir jetzt keine Sorgen mehr um Lilly und James zu machen, doch das Gefühl, allein zu sein, nagte an mir. Geoffrey war ebenfalls fort, und ich vermisste nicht nur ihn, sondern auch unsere Freundschaft sehr.

Mit einem Mal überfiel mich eine derartige Melancholie, dass ich mich in meinem Bett aufsetzte und die Arme um die Schultern schlang. War es mein Schicksal, allein zu bleiben?

Niemandem zu vertrauen? Dieser Gedanke ließ das Herz in meiner Brust zusammenkrampfen.

Also schlich ich nach draußen, zu Geoffreys Zimmer, brachte es aber nicht über mich, hineinzugehen. Ich verharrte neben der Tür, und in der Annahme, dass mich niemand hören würde, brach ich in Tränen aus, so heftig, dass ich nicht merkte, wie jemand die Treppe hinaufkam. Erst das verräterische Knarren der Diele brachte mich dazu, aufzuschauen.

La Croix stand direkt neben mir. Sein Wams hatte er ausgezogen, sein Hemd war über der Brust offen. Einen Moment lang trafen sich unsere Blicke, und es war mir furchtbar peinlich, dass er mich so sah.

»Was ist mit dir?«, fragte er und kam näher.

Ich schüttelte den Kopf. Ich wollte ihm gegenüber keine Schwäche zeigen, immerhin war er mein Kampflehrer. Doch er schien es wirklich wissen zu wollen. »Keine Frau weint ohne Grund. Es wird leichter, wenn man jemandem sein Herz ausschüttet, glaub mir.«

Vielleicht hatte er recht, und da es sich gut anfühlte, jemanden zu haben, der sich um einen kümmerte, vertraute ich mich ihm an. Ich erzählte ihm von meinen Geschwistern und von Geoffrey. Ich gestand ihm auch den Schmerz, den ich seit dem Tod meines Freundes fühlte und einfach nicht loswurde, sosehr ich mich auch beschäftigte.

Nachdem ich geendet hatte, betrachtete mich La Croix eine Weile, dann setzte er sich neben mich und legte seinen Arm um meine Schulter. Er war warm, und seine Nähe beruhigte mich wieder ein wenig.

»Du hast mich vor kurzem gefragt, warum meine Heimat zu einer Hölle für mich wurde.« Ich nickte und wischte mit einer fahrigen Handbewegung die Tränen vom Gesicht. »In der Bretagne hatte ich Frau und Kinder. Ich habe als Waffenschmied gearbeitet. Alles war in bester Ordnung, bis zu jenem Tag, an dem die Königinmutter glaubte, die Hugenotten stellten eine Bedrohung für sie dar. Im ganzen Land brach etwas los, das die Leute später die Bartholomäusnacht nannten. Es war das Hochzeitsgeschenk an ihre Tochter Margarete und ihren verhassten Schwiegersohn Heinrich. Sie ließ in der gesamten Stadt die Protestanten niedermetzeln. In derselben Nacht, weitab von Paris kamen einige Männer zu uns, die ich kannte. Ich dachte mir nichts dabei, aber als ich sie wie immer freundlich ansprach, zogen sie ihre Dolche.«

Er stockte, und obwohl ich im Gang kaum etwas sehen konnte, hörte ich seiner Stimme an, dass ihm Tränen über die Wangen rannen.

»Sie haben meine Frau und meine Kinder getötet. Eines der Mädchen hatte rotes Haar wie du. Sie meinten, dass ich Hexen in meinem Haus beherbergt hätte, und wollten auch mich töten. Doch dazu kam es nicht. In einem letzten Aufbäumen ging ich auf sie los und legte dann Feuer. Die Kerle verbrannten in meinem Haus, zusammen mit meiner toten Frau und den beiden Mädchen.«

In diesem Augenblick waren so viele Worte in mir, doch ich konnte sie nicht aussprechen. La Croix war durch eine ähnliche Hölle wie ich gegangen und hatte alles verloren. Das machte uns gewissermaßen zu Verbündeten.

»Ich habe vor Gott geschworen, den Tod meiner Familie zu rächen.« Ich spürte, dass sich sein Blick auf mich richtete. »Du sicher auch, nicht wahr?«

Ich nickte.

»Verliere deinen Schwur nie aus den Augen. Um ihn einzuhalten, musst du nicht unbedingt morden. Aber du kannst jenen, die dir geschadet haben, das Leben zur Hölle machen. Ich werde dir dabei helfen, so gut ich kann.«

Damit beugte er sich zu mir und gab mir einen Kuss auf die Wange. Für einen Moment fühlte ich mich wieder wie in den Armen meines Vaters, und plötzlich schwand die Melancholie. Eine ganze Weile saßen wir noch schweigend nebeneinander im Gang, dann kehrte ich zurück in mein Zimmer und schlief fest und traumlos.

Die Weihnachtstage vergingen, und wir Frauen hatten alle Hände voll zu tun, die Weihnachtsgaben zu verteilen. Die Leute aus dem Dorf kamen in Scharen und ohne Ansicht der Person gaben wir, bis wir nichts mehr hatten. Keiner der Besucher musste leer ausgehen.

La Croix verhielt sich mir gegenüber, als sei nichts geschehen. Wir hatten zwar unsere Geheimnisse geteilt, aber das brachte ihn nicht davon ab, mit dem Unterricht weiterzumachen wie bisher – und mich nicht zu schonen. Im Gegenteil, er nahm mich härter ran denn je, gleich so, als wollte er sicherstellen, dass ich im Ernstfall wirklich jeden Gegner zurückschlagen konnte – und gleich so, wie es ein Vater getan hätte, der seine Tochter vorbereiten wollte.

Schließlich, an einem Januarmorgen, ritten wir wieder zum Stillen See. Ich dachte, dass wir erneut mit der Armbrust üben würden, doch das war nicht der Fall. Er stellte sich vor mich hin und blickte mich eine ganze Weile an.

»Sir Francis schickt mich zurück nach London.«

Ich zog die Augenbrauen hoch. Diese Nachricht hätte ich nicht erwartet. »Was ist mit meiner Ausbildung?«, fragte ich verwundert.

»Das Armbrustschießen kannst du inzwischen alleine üben. Und deine Fähigkeiten, mit dem Messer zu kämpfen, sind mittlerweile so gut, dass du nur noch die Bewegungen wiederholen musst. Ich bin mir sicher, dass du jetzt gut vorbereitet bist.«

Das bezweifelte ich, und ich wollte mich auch noch nicht von ihm trennen. Doch ich musste.

»Vielleicht sehen wir uns bald mal wieder«, sagte er und strich mir über die Wange. »Vergiss nicht, was ich dir beigebracht habe, und pass auf dich auf. Ich lasse dir die Armbrust hier, in London habe ich noch eine andere«, sagte er schließlich zu mir. Danach beugte er sich vor und küsste mich auf die Stirn. »Adieu.«

Unter seiner Berührung schloss ich die Augen, und als ich sie tränengefüllt wieder öffnete, sah ich ihn davonreiten.

Oftmals saß ich in den Tagen nach La Croix' Abreise am Fenster und sehnte ihn zurück. Ich fragte mich, ob Abschiede immer so schmerzvoll waren – egal, ob man jemanden für immer verlor oder nur für eine Weile nicht wiedersah.

Mein Unterricht ging weiter und verdrängte die Gedanken an meinen väterlichen Freund. Vormittags übte ich unter der Aufsicht von Sir Francis, Schlösser zu knacken. Die Sanduhren, die Walsingham zum Stoppen der Zeit benutzte, wurden immer kleiner, und bald schaffte ich drei Schlösser unterschiedlicher Größe innerhalb eines Sanddurchlaufs in der kleinsten.

»Wenn ich dir nicht vertrauen würde, würde ich allmählich ein wenig Angst um die Dinge bekommen, die ich hinter irgendwelchen Schlössern verwahre«, sagte er einmal scherzhaft zu mir, woran ich erkannte, dass er zufrieden war. »Die Spanier würden sich jetzt schon in Grund und Boden fürchten, wenn sie wüssten, wie weit du bist.«

»Ich tue, was ich kann, Sir Francis«, entgegnete ich bescheiden, aber im Stillen freute ich mich sehr über dieses Lob.

»Wenn du so weitermachst, werde ich dich demnächst an den Hof bringen, wo du deine ersten Aufträge erfüllen wirst.«

Meine ersten Aufträge! Gut, das klang nicht so, als wollte er mich gleich gegen die Spanier ins Feld schicken. Aber ich wäre endlich eine richtige Spionin. Wenn ich mich gut machte, bekäme ich sicher auch größere Aufträge. Solche, die Esteban und seinen Mitstreitern erheblichen Schaden zufügten.

Während dieser Lehrstunden glaubte ich, Walsingham ein wenig näher zu sein und die Maske seiner Unnahbarkeit brechen zu sehen, doch das war ein Trugschluss. Außer seiner Frau und seiner Tochter Frances kam er niemandem näher.

»Ein Spion, der allzu schnell emotionale Bindungen eingeht, ist verletzlich und leicht zu betrügen«, mahnte er mich in einer Unterrichtsstunde.

»Heißt das, Spione müssen auf ewig allein bleiben?« Der Gedanke ließ mich ein wenig erschaudern.

Sir Francis beantwortete meine Frage nicht direkt. »Stell dir vor, du verliebst dich unsterblich in jemanden und musst feststellen, dass er ein Verbrecher, ein Feind ist. Was würde dich da mehr treffen, die Einsamkeit davor oder die bittere Erkenntnis danach?«

»Wahrscheinlich die Erkenntnis«, entgegnete ich. »Nicht allen Menschen muss man misstrauen.«

»Das stimmt. Trotzdem wirst du noch sehen, dass es sehr schwer ist, zu unterscheiden. Selbst Menschen, die dir wirkliche Freunde waren, können zu Feinden werden. Menschen, die sich dir als Freund andienen, können von der Gegenseite geschickt und bezahlt sein. Sieh dich also vor, wem du dein Vertrauen schenkst.«

Hätte ich La Croix auch misstrauen sollen, als ich ihm mein Herz ausgeschüttet hatte?

Nein, bestimmt nicht, immerhin war er Walsinghams Leibwächter. Dennoch war ich mir sicher, dass Sir Francis recht hatte, also beschloss ich, mir seine Worte zu merken. Das hieß aber nicht, dass ich gefühlskalt werden würde. Noch immer vermisste ich Geoffrey, und La Croix' väterliche Geborgenheit fehlte mir.

Natürlich sagte ich das Walsingham nicht. Es war meine Sache. Wenn ich erst einmal richtig in den Dienst aufgenommen war, würde ich ohnehin in meinen Entscheidungen frei sein – jedenfalls glaubte ich das damals.

19. Kapitel

Mitte Januar, in einer Vollmondnacht, fand sich wieder Besuch bei uns ein, ungewohnter Besuch. Anstatt einer Kutsche kamen zwei, und als mich die Neugierde an mein Fenster trieb, sah ich, dass zahlreiche Reiter die Ankömmlinge begleiteten. Das konnten keine einfachen Spione sein!

Ich vergrößerte das Sichtloch zwischen den Eisblumen, die meine Fensterscheiben zierten, und versuchte zu erkennen, wer da aus der Kutsche stieg. Im fahlen Mondschein konnte ich einen Mann mit einem weißen Bart ausmachen, der ein wenig vornübergebeugt ging und sich auf einen Stock stützte.

Er trug als Einziger kein Schwarz, die anderen hatten sich allesamt in dunkle Mäntel gehüllt.

Sie verschwanden aus meinem Sichtbereich, und wenig später hörte ich, wie sie ins Haus traten. Leider konnte ich von hier aus nicht verstehen, was sie sagten. Kurz entschlossen schlüpfte ich in den Lederanzug und schlich zur Treppe. Aber die Männer sprachen zu leise, ich musste also näher heran. Der Weg nach unten und durchs Haus war allerdings zu gefährlich. Da ich Lady Ursula nicht begegnen wollte, musste ich wohl oder übel außen herum. Der Schnee würde meine Schritte dämpfen, und die Wachposten waren ohnehin damit beschäftigt, die Grenzen des Anwesens zu sichern. Wenn ich unbemerkt unter das Fenster gelangte, konnte ich meine Neugierde stillen. Rasch holte ich ein Bettlaken aus der Wäschetruhe und drehte es zusammen, damit ich es als Seil verwenden konnte. Dann öffnete ich das Fenster und ignorierte die eisige Luft, die mir entgegenströmte und meine Finger klamm werden ließ. Hundegebell hallte über das Anwesen, doch es galt nicht mir, sondern den Besuchern. Die Tiere würden die Wächter von etwaigen Geräuschen ablenken, und das machte mir Mut.

Nachdem ich das Laken am Fensterkreuz befestigt hatte, kletterte ich nach draußen. Ein leises Knarren ertönte aus dem Fensterrahmen, aber er hielt mein Gewicht aus.

Ein paar Rosendornen streiften das Leder meines Wamses, als ich hinunterkletterte, blieben aber glücklicherweise nicht darin hängen. Als ich das Ende des Lakens erreicht hatte, ließ ich mich fallen und rollte mich beim Aufprall auf dem Boden geschickt ab. Noch einmal blickte ich zu dem Laken auf. Wie Schnee leuchtete es in der Dunkelheit, doch zum Glück war es kein Ernstfall, daher war es nicht weiter schlimm.

Nachdem ich mir sicher war, dass die Luft rein war, schlich ich mich um das Haus herum. Ich hielt mich im Schatten und tat dabei so, als ob ich von einem feindlichen Spion beobachtet werden könnte. Der Schnee unter meinen Füßen knirschte leise, und auch wenn die Anwesenden im Raum es nicht hörten, klang es in meinen Ohren furchtbar laut.

Bald fand ich das Fenster, hinter dem Walsingham mit seinem Besuch tagte, und lauschte gebannt seiner Stimme. Die Gewissensbisse, die zaghaft in mir aufstiegen, schob ich schnell beiseite. Wann hatte ich schon mal die Gelegenheit, zu hören, was ihn in letzter Zeit umtrieb, was in London vor sich ging?

»Die Sache muss ein Ende haben«, sagte er.

Was er wohl meinte? Ich hatte mitbekommen, dass es Probleme mit Maria Stuart gab, der Königin von Schottland, welcher Art diese waren, wusste ich allerdings nicht. Ich hielt den Atem an und lehnte mich vorsichtig an die Wand, um ja kein unnötiges Geräusch zu machen.

»Eine Königin auf den Richtblock zu bringen, ist ein kühnes Unterfangen«, sagte nun eine mir fremde Stimme. Sie klang wesentlich älter als die von Walsingham, und anscheinend war sie von großem Gewicht. »Ihr wisst, Ihre Majestät wird es nicht billigen, wenn ihr ein Leid zustößt. Sie mag Maria als Bedrohung ansehen, aber ihre Angst geht nicht so weit, dass sie ihren Tod will.«

»Wirklich nicht?«, gab Walsingham sehr respektvoll zurück. »Mit Verlaub, Mylord, ich denke, dass sie ihre Meinung sehr schnell ändern wird, wenn sie erfährt, dass Maria ihr nach dem Leben trachtet. Soweit mir meine Leute mitgeteilt haben, versammeln sich derzeit einige Kräfte zu einem Handstreich. Bis jetzt wollen sie Maria nur aus ihrer Gefangenschaft befreien, aber was wäre, wenn sich diese Männer bereiterklärten, die Königin zu töten?«

»Wenn Maria ihnen diesen Auftrag erteilen oder das Attentat billigen würde, wäre es Hochverrat«, entgegnete sein Gesprächspartner.

»Dafür gibt es nur eine Strafe – den Tod!«

»Die Frage ist lediglich, wie Ihr sie dazu bringen wollt, den Mordbefehl zu erteilen«, sagte eine weitere Stimme.

»Wir werden sie nicht dazu bringen«, entgegnete Walsingham. »Mein Plan ist wesentlich komplexer. Er beginnt damit, dass wir ihren Freunden erlauben, Botschaften an sie zu senden.«

»Ihr wollt was?«, erboste sich die Stimme des Mannes, den Walsingham mit Mylord angesprochen hatte.

»Ihr habt richtig gehört, Lord Burghley, wir werden die Eisen so weit lockern, dass Post bis zu ihr gelangen kann. Allerdings nachdem wir sie gelesen und eventuell auch ein wenig ... verbessert haben.«

Die Männer schienen genau zu wissen, was er damit meinte, denn niemand fragte nach.

»Mir ist außerdem zu Ohren gekommen, dass ein gewisser Anthony Babington eine romantische Verehrung für die schottische Königin hegt. Mit ein wenig gutem Zureden wird er sich gewiss dazu hinreißen lassen, seinen Befreiungsplan voranzutreiben. Und ihn vielleicht auch zu erweitern.«

»Inwiefern erweitern?«, fragte Burghley nach.

»Wenn wir Babington dazu bringen können, konkrete Mordpläne auszuarbeiten und diese Maria zuzuspielen, ist damit zu rechnen, dass sie diese unterstützt. Es wird sicher noch eine ganze Weile dauern, aber wie heißt es doch so schön, steter Tropfen höhlt den Stein. Sobald wir Marias Billigung haben, ist eine Anklage wegen Hochverrats möglich. Auch

Ihre Majestät wird davor nicht die Augen verschließen können.«

Bei diesen Worten gefror mir fast das Blut in den Adern. Ich hatte Walsingham viel zugetraut, er war nicht umsonst gefürchtet, dass er solch einen Plan im Sinn hatte, erschreckte mich dennoch ein wenig. Immerhin wusste ich, dass er es nicht aus Bosheit tat, sondern für das Wohl Englands. Maria war nicht nur eine Gefahr für den Thron, sondern auch für die Protestanten. Vielleicht hatte sie ebenso wie die französische Königsmutter vor, Menschen unseres Glaubens abzuschlachten.

»Die Frage ist nur, wie wir die Nachrichten zu ihr bringen«, sagte Burghley nach einer Weile. »Maria mag ein einfaches Gemüt haben, doch dumm ist sie nicht. Sie wird sicher Verdacht schöpfen, wenn wir es ihr allzu leicht machen.«

Bevor ich hören konnte, was Walsingham antwortete, sagte eine leise Stimme hinter mir: »Sieh mal einer an, wen haben wir denn da?«

Ich schrak zusammen, und ehe ich mich herumdrehen konnte, packte mich eine grobe Männerhand, während eine andere ein Messer gegen meine Kehle drückte. Zwar wusste ich nicht, wer mich da ergriff, doch ich reagierte augenblicklich. Instinktiv packte ich den Arm des Mannes und versetzte ihm mit dem freien Ellbogen einen Hieb in die Seite. Da er nicht damit gerechnet hatte, stöhnte er auf und lockerte kurz seinen Griff. Das gab mir die Möglichkeit, ihm blitzschnell und hart gegen das Knie zu treten und mich von ihm zu lösen.

Jetzt konnte ich ihn sehen. Es war kein Wächter, denn der hätte mich erkannt und in Ruhe gelassen. Der Mann vor mir war nicht besonders groß, dafür ziemlich kräftig und hatte helles Haar. Ein Spanier war es nicht, wahrscheinlich gehörte er zu Walsingham. Jedenfalls schien er in mir eine Feindin zu sehen. Ich sah, wie er sein Messer in Angriffsstellung brachte, und meine Muskeln spannten sich an. Als er nach mir stieß, wich ich zur Seite aus. Beim nächsten Angriff war er schon gewandter, aber ich ließ mich einfach auf den Boden fallen, wälzte mich herum und versetzte ihm einen Tritt in die Magengrube. Als er zurücktaumelte, nutzte ich den Moment, um wieder auf die Füße zu kommen. Ich wollte mich ihm gerade wieder zuwenden, als hinter uns ein Fenster aufgerissen wurde. Dieser Moment der Unachtsamkeit genügte meinem Gegenüber, um zuzuschlagen. Er packte mich, riss mich herum und hielt mir erneut das Messer an den Hals. Die Spitze stach mir in die Haut, und es war nur eine Frage der Zeit, bis sie auf meine Schlagader traf.

»Gifford!« Es war Walsinghams Stimme.

»Ihr seid unvorsichtig, Sir Francis«, antwortete mein Häscher keuchend. »Diese Person hier hat vor dem Fenster lange Ohren gemacht. Sagt mir, ob ich ihr den Hals durchschneiden soll.«

»Nein, lasst sie laufen. Sie gehört zu uns.«

Gifford kam seiner Anweisung sofort nach. Wahrscheinlich hätte er genauso schnell zugestochen, wenn Sir Francis anders entschieden hätte.

Ich stieß den Kerl von mir weg und warf ihm einen giftigen Blick zu. Dabei prägte ich mir in Windeseile sein Gesicht ein. Seine Züge waren ziemlich weich, aber nicht unattraktiv. Selbst in der Dunkelheit konnte ich erkennen, dass seine Augen blau waren. Sein dunkelblonder Haarschopf war zerzaust, was jedoch nicht allein an unserem Kampf lag.

»Mister Gifford, darf ich Ihnen Miss Taylor vorstellen?«, sagte Walsingham und funkelte mich zornig an. Das war allerdings die einzige Regung, mit der er sein Missfallen über mein Verhalten ausdrückte. Seine Miene blieb ruhig, ebenso wie seine Stimme. »Alyson, das ist Mister Gilbert Gifford. Einer meiner besten Männer.«

Gifford neigte sich mir mit einem spöttischen Lächeln zu. »Für jemanden, den Sir Francis erst ausbildet, kämpfst du ziemlich gut.«

Und Ihr seid ziemlich rabiat zu Frauen, hätte ich gern geantwortet, doch ich wollte Sir Francis nicht noch weiter verärgern.

»Alyson, geh jetzt wieder in dein Zimmer«, sagte Walsingham nach einer Weile. »Ich will dich nachher sprechen.«

Ich nickte, und nachdem ich Gifford noch einen kurzen Blick zugeworfen hatte, stapfte ich im Schnee los. Erst jetzt spürte ich, dass meine Knochen schmerzten. Während des Kampfes hatte mich die Anspannung keine Schmerzen fühlen lassen. Dafür überkamen sie mich jetzt umso heftiger. In meinem Zimmer ging ich zum Fenster und holte das Laken herein, das mich zweifelsohne verraten hatte. Wenn ich ein Seil benutzt hätte, wäre das sicher nicht passiert. Nur woher hätte ich denn wissen sollen, dass Walsingham draußen einen Aufpasser postiert? Ich hätte es wissen müssen!

Nachdem ich alles wieder einigermaßen in Ordnung gebracht und mich erneut umgezogen hatte, setzte ich mich auf das Bett und wartete. Ich spürte Unruhe, aber wie eine arme Sünderin fühlte ich mich nicht. Dieser Abend hatte mir gezeigt, was ich besser machen musste. Noch einmal würden mir derlei Fehler nicht unterlaufen.

Erst weit nach Mitternacht hörte ich Schritte die Treppe heraufkommen. Die ganze Zeit über hatte ich Geoffreys Amulett gerieben, nicht weil ich Angst vor der Strafe hatte, sondern weil ich mich langweilte. Ich hätte in der Zwischenzeit lesen oder etwas anderes tun können, aber dazu hatte ich keine Lust.

Als Sir Francis durch meine Tür trat, war seine Gestalt ebenso finster wie sein Blick. »Ich muss sagen, dass ich nicht darüber enttäuscht bin, dass du gelauscht hast«, begann er zu meiner großen Überraschung. »Vielmehr bin ich enttäuscht darüber, dass du dich hast erwischen lassen. Wenn du jetzt irgendwo eingesetzt worden wärst, hätten wir dich verloren. Deine Häscher hätten dich gefoltert, und sicher hättest du nach einer Weile alles verraten.«

Nein, verraten hätte ich ganz bestimmt nichts. Und wahrscheinlich hätte ich im Ernstfall auch anders gekämpft.

»Warum hast du dich gegen Gifford gewehrt und ihm nicht gesagt, dass du zum Haus gehörst? Was, wenn er wirklich zugestochen hätte! Deine ganze Ausbildung wäre nutzlos gewesen, dein Leben ausgelöscht durch eine Dummheit!« Walsinghams Stimme hallte wie Donner von den Wänden wider, und ich bildete mir ein, dass sogar die Fenster klirrten. Ich starrte ihn an und sah, dass er kreidebleich war. Er keuchte, und ich wusste, dass er die Pause nur einlegte, weil ihm die Luft ausging. Seine Krankheit verschonte ihn nicht.

»Ich ... ich dachte, er sei ein feindlicher Spion«, begann ich und sah, wie Walsingham die Augenbrauen hochzog. »Ich wollte nicht verraten, zu wem ich gehöre, das hätte Euch in Gefahr bringen können.«

»Wie du gesehen hast, war Gifford darauf vorbereitet, dass jemand auftauchen könnte. Es wäre beinahe dein Ende gewesen. Warum bist du überhaupt auf die Idee gekommen zu lauschen?«

Seine Frage wirkte auf mich, als würde sie einen Knoten in meinem Innersten lösen. »Bitte versteht mich nicht falsch, Sir Francis«, begann ich und nahm meinen Mut zusammen.

»Ich möchte nicht mehr von allem ferngehalten werden. Sobald jemand eintrifft, muss ich auf meinem Zimmer bleiben oder an einem anderen Ort, an dem ich nichts mitbekomme. Dabei bin ich mir sicher, dass ich Euch schon jetzt gute Dienste leisten könnte.«

»Deine Ausbildung ist noch nicht fortgeschritten genug«, sagte Walsingham ruhig, aber ich spürte, dass es tief in seinem Inneren brodelte.

»Ihr habt selbst gesagt, dass ich große Fortschritte gemacht habe«, gab ich zurück und redete mich allmählich warm. »Ich möchte endlich die Gelegenheit haben, Geoffreys Tod zu rächen. Doch das kann ich nicht, indem ich hier rumsitze.«

»Darum geht es dir also hauptsächlich? Du willst Geoffrey rächen?« Wieder ruhte Walsinghams Blick auf mir, dann legte er mir mit einer unvermittelten Geste die Hände auf die Schultern. Er klang irgendwie müde, als er sagte: »Jeder, der Geoffrey gekannt hat, wünscht sich, dass seine Mörder zur Rechenschaft gezogen werden. Jeder Spion in meinen Diensten wartet auf die Gelegenheit, genau das zu tun. Trotzdem würde keiner von ihnen den Kopf verlieren und eine Dummheit begehen, die uns alle gefährden könnte.«

»Ich verstehe nicht, was Ihr damit sagen wollt«, entgegnete ich. Es konnte schlecht eine Dummheit sein, seine Fähigkeiten zu testen!

»Du wirst hier nicht ausgebildet, um irgendwelche persönlichen Belange zu verfolgen. Du bist hier, weil du dem Staat dienen sollst. Das kannst du nur, wenn du am Leben bleibst. Dieser Unsinn eben hätte dich beinahe das Leben gekostet, du solltest dich also fragen, was wichtiger ist. Der Dienst, den du leisten kannst, oder eine übereilte Rache, bei der du vielleicht umkommen würdest.«

Damit hatte er recht, dennoch änderte es nichts an meinem

Wunsch, endlich eingesetzt zu werden. Walsingham konnte das wahrscheinlich von meinem Gesicht ablesen, denn ich verschloss meine Miene absichtlich nicht. Ich wollte, dass er sah, was ich dachte.

»Rache sollte gut durchdacht sein«, sagte er schließlich. »Du erreichst nichts, wenn ich dich einsetze und du die Gefahren, die außerhalb dieses Hauses lauern, nicht kennst. Du magst dich in London gut auskennen, du magst vielleicht wissen, dass es dort Strolche gibt, die dir für ein paar Schillinge die Kehle durchschneiden. Aber du hast noch nicht einmal im Entferntesten eine Ahnung von dem, was unter dieser Oberfläche wirklich lauert.«

»Bitte, Sir Francis, nehmt mich beim nächsten Mal mit nach London. Barn Elms ist zwar der schönste Ort, den ich kenne, aber ich möchte endlich mein Können anwenden und nicht nur üben.«

Walsingham atmete tief durch. Ich war mir sicher, dass es nichts Gutes bedeutete. »Alyson, wir leben in einer gefährlichen Zeit. Ich weiß nicht, wie viel du von unserer Unterredung mitbekommen hast ... Vielleicht hast du nun eine Ahnung, was uns bevorsteht.«

»Maria Stuart?«, fragte ich und sah ihn nicken.

»Ja, sie ist allerdings nur der Kopf der Schlange, die uns bedroht. Wenn Elizabeth ihretwegen fällt, wird das Land in die gleiche Dunkelheit zurücksinken wie zu Zeiten ihrer Schwester Mary. Ich kann nicht ausschließen, dass uns dann ähnliche Zustände drohen wie den Protestanten in Frankreich. Elizabeth darf nicht vor ihrer Zeit die Krone verlieren. Es würde England ins Verderben stürzen.«

Das klang sehr dramatisch, doch vielleicht war es gerade deshalb ratsam, wenn ich endlich etwas zu tun bekam? Wenn ich endlich helfen konnte, diese Bedrohung abzuwenden.

Walsingham musterte mich eine ganze Weile und las aus meinen Gedanken. Langsam ging er zur Tür, doch bevor er nach der Klinke griff, wandte er sich mir noch einmal zu.

»Ich werde morgen nach London reisen. Ich bin mir nicht sicher, ob es für dich das Richtige ist, aber ich werde dich mitnehmen. Du wirst eine Zeitlang bei Mister Phelippes bleiben und deine Fähigkeiten vervollkommnen. Dann werde ich darüber entscheiden, wann und wo du eingesetzt wirst.« Mit diesen Worten verließ er das Zimmer.

Nachdem ich diese Tatsache verdaut hatte, erhob ich mich und begann mit dem Packen. Ich tat alles in mein Bündel, was ich bisher erhalten hatte, den Dolch, die Dietriche, das Kleid und ein Gebetbuch. Als ich damit fertig war, glitt, wie von einem plötzlichen Windzug erfasst, ein Blatt Papier zu Boden. Ich hob es auf und sah, dass es sich um das Bild handelte, das Geoffrey an meinem ersten Tag hier für mich gemacht hatte.

Der Schmetterling …

Ich blickte einen Moment lang darauf, dann entschied ich, es hierzulassen. Es brachte nichts, Erinnerungen nachzuhängen. Vielleicht würde ich irgendwann zurückkehren, oder mein Nachfolger würde es eines Tages finden. Ich legte das Bild in die Truhe und schloss sie.

20. Kapitel

Am Morgen meiner Abreise nach London wartete zu meiner großen Überraschung keine Kutsche auf uns, sondern wir wurden mit einer großen Barke vom Anlegekai vor dem Haus abgeholt. Sir Francis hatte sich, wie er auf meinen erstaunten Blick hin erklärte, für dieses Transportmittel entschieden, weil man seiner Meinung nach bei dieser Witterung leichter mit dem Schiff als mit der Kutsche vorankam. Der breite Strom der Themse fror nie zu, die Wege hingegen waren matschig und schwer zu passieren. Wer die Gäste von vergangener Nacht gewesen waren, verriet er mir auch jetzt nicht, aber ich war mir sicher, dass ich es im Laufe der Zeit herausbekäme.

Nachdem ich mich von allen Bewohnern des Hauses verabschiedet hatte, stieg ich in das Boot und setzte mich neben Sir Francis. Die Sitze waren mit Schaffellen bedeckt, was gegen die Kälte helfen sollte, dennoch schlich sie sich vom Fluss herauf in unsere Glieder.

Der Bootsmann stieß uns vom Kai ab, und sogleich tauchten die Ruderer ihre Riemen in den Fluss. Viel zu tun hatten sie nicht, denn die Themse strömte schnell dahin und trieb uns dem Stadtkern Londons entgegen.

Die ganze Zeit über sprachen wir kein einziges Wort miteinander. Walsingham war wohl immer noch wütend über meinen Kampf mit Gifford. Sein Blick ging starr geradeaus, hinter seiner Stirn tobten die Gedanken, aber er offenbarte sie nicht.

Ich nutzte die Zeit, um den Anblick des Morgenhimmels zu genießen. Ein zartes Rosa zog sich über das darunterliegende Blau, in dem noch die Sterne der vergangenen Nacht zu erahnen waren. Nicht mehr lange, und die Sonne würde vollends über den Horizont steigen. Ich sah ein paar Vögel über das Boot hinwegjagen, zwitschernd verschwanden sie in den kahlen Kronen der Bäume, die das Ufer säumten.

Nie zuvor hatte ich der Natur so viel Aufmerksamkeit geschenkt. Es war, als hätte mir der Aufenthalt auf Barn Elms die Augen geöffnet. Wo ich früher nur darauf geachtet hatte, mich und meine Geschwister satt zu bekommen und nicht zu erfrieren, sah ich nun den Rauhreif auf dem Gras und dem Schilfrohr, ich sah die Reflexion des Himmels im Wasser, ich roch die eisige Schärfe der Morgenluft.

Doch bereits jetzt überkam mich die Ahnung, dass die Zeit, da ich die Gelegenheit hatte, ungestört zu beobachten, vorbei war. Am Abend zuvor war ich noch von Euphorie erfüllt gewesen, inzwischen fragte ich mich, ob ich dem, was mir bevorstand, bereits gewachsen war. Ein Zurück gab es allerdings nicht mehr. Ich hatte Walsingham gebeten, mich mitzunehmen, und ich hatte ihn davon überzeugt, dass ich bereit war. Ich würde mit jeder Aufgabe, die er mir gab, fertig werden müssen.

London ist normalerweise keine Stadt, die ihre Kinder verabschiedet oder willkommen heißt. Sie duldet einfach, dass sie kommen und gehen. Als unsere Barke jedoch an St. Saviour vorbeifuhr, tönte uns helles Glockengeläut wie ein Willkommensgruß entgegen. Zwar wurden in London nicht unablässig irgendwelche Glocken geläutet, doch diese Glocken kannte ich von allen am besten, denn sie waren der Zeitmesser in unserem Versteck gewesen.

Ich steckte den Kopf aus der Kabine, und sofort strömte mir der brackige Geruch der Themse in die Nase. In den Fluten des Flusses, der die Lebensader der Stadt war, glitzerten die Strahlen der roten Wintersonne, die sich ihren Weg durch die graue Wolkendecke bahnte. Die Häuser an beiden Ufern des Flusses waren in Dunst gehüllt und wirkten wie Schatten. Vergeblich versuchte ich, die Angel Alley auszumachen, der Nebel verschluckte sie, als wollte er mir sagen, dass ich nicht mehr dorthin gehörte.

Schließlich fuhren wir unter der London-Brigde hindurch und näherten uns dem Tower. Schon von weitem konnte ich das hoch aufragende Gebäude sehen, ebenso die Raben, die den Turm umkreisten.

Lastkähne und andere Ruderboote begegneten uns, die Schiffer winkten unserem Bootsmann grüßend zu. Walsingham schien die Stimmen von außen allerdings nicht wahrzunehmen. Er starrte immer noch ins Leere, und einen Moment lang wirkte er wie erfroren, so dass ich schon fragen wollte, ob es ihm gutgehe. Als er meinen Blick spürte, schaute er mich an.

»Wir sind gleich da«, sagte er, als müsse er ein ungeduldiges Kind zufriedenstellen, dann richtete sich sein Blick wieder nach vorn. Natürlich konnte er angesichts der Ruderer nicht mit mir über den Unterricht oder andere Dinge sprechen, die den Dienst betrafen. Trotzdem hätten wir über das Wetter oder Ähnliches reden können. Nur das war nicht Walsinghams Art. Schon auf Barn Elms hatte er sich mit mir nie über mehr als den Unterricht unterhalten. Ich war angefüllt mit Informationen über das, was ein Spion können und beachten musste, kannte die englische Geschichte, Grundlagen der Politik und den Inhalt eines großen Teils der Bücher seiner Bibliothek, doch ich wusste noch immer nicht, wer er wirklich war. Seine Miene war stets verschlossen wie jetzt, wirkte zuweilen freundlicher, dann wieder abweisend. Es war schwer, seinen Gesichtsausdruck nicht auf sich zu beziehen und ein schlechtes Gewissen oder Angst zu bekommen.

An der Königstreppe machte unser Boot schließlich halt, wo eine Sänfte auf uns wartete. Von hier aus konnte man sowohl auf den Mittelturm als auch auf den St.-Thomas-Turm blicken. Unterhalb des letzteren Turms befand sich das Traitors Gate, das Verrätertor, durch das Verräter an Staat und Königin in den Tower geführt wurden. Es war fest verschlossen, und niemand in ganz England wünschte zu sehen, wie es sich vor ihm öffnete, denn das bedeutete, dass man schon bald sein Leben auf dem nahen Tower-Hill aushauchte. Die Justiz ging mit Verrätern nicht gerade zimperlich um. Auf meinen Touren durch die Stadt hatte ich mal der Hinrichtung eines Mannes beigewohnt, der des Verrats bezichtigt worden war. Der Henker hatte ihn zunächst aufgehängt und anschließend wieder vom Strick abgenommen. Dann hatte er ihm die Gliedmaßen abgehackt, den Bauch aufgeschlitzt und die Gedärme herausgezogen, bis endlich der Tod eingetreten war. Diese Bilder hatte ich auch jetzt wieder vor Augen, doch ich verdrängte sie schnell und stieg in die Sänfte.

Man trug uns zum Mitteltor, vorbei an dem großen Glockenturm, dessen Glocke im Moment schwieg. Später sollte ich erfahren, dass die Königin während der Herrschaft ihrer Schwester in genau diesem Turm gefangen gehalten wurde. Als ich aus dem Fenster der Sänfte blickte, sah ich den Blutturm mit seinem Tor und den Hallenturm, auf die wir gerade zustrebten. Als wir das Tor passierten, sah ich zwei Gefangene, die von Soldaten flankiert in den Turm gebracht wurden. Irgendwo in diesem Turm mussten auch die Mädchen gewesen sein.

Dann fiel mein Blick auf ein Tiergehege, und zum ersten Mal in meinem Leben sah ich lebendige Löwen. Lady Ursula hatte mir schon mal von denen im Tower erzählt, dass sie mit einem Schiff aus Afrika hierher gebracht worden waren und dass jeder den Namen eines früheren englischen Königs trug. Die majestätischen Tiere mit den dichten Mähnen dösten in ihren Käfigen und nahmen, wie es sich für Könige gehörte, kaum Notiz von uns. Nachdem wir das Gehege passiert hatten, ging die Reise am Tower-Garten vorbei, und nach einer Kurve konnte ich einen Blick auf den

Richtblock auf Tower Green und auf den White Tower werfen. Der Anblick dieses Gebäudes, das ich bisher nur von weitem gesehen hatte, nahm mir für einen Moment den Atem. Noch größer wurde mein Erstaunen, als uns die Sänftenträger genau dorthin brachten. Wollte mich Walsingham etwa dort unterbringen?

Im Innenhof machten wir schließlich halt und stiegen aus. Ich hörte über mir die Raben krächzen, doch es gab so viel anderes zu sehen, dass ich nicht mal daran dachte, zu ihnen aufzublicken.

Auch im Innenhof wimmelte es nur so von Soldaten. Im Gegensatz zu denen in der Stadt trugen sie blaurote Gewänder, auf deren Brust ein E und ein R eingestickt waren. Ihre Uniformen wirkten ein wenig aus der Mode gekommen, dennoch wagte niemand, ihnen keinen Respekt zu zollen.

»Komm mit, ich begleite dich noch bis zu deinem Quartier«, sagte Sir Francis.

Ich bemerkte, dass eine merkwürdige Wandlung mit ihm vorgegangen war. Die Starre, die während der Fahrt auf seinen Gesichtszügen gelegen hatte, war von ihm abgefallen. Seine Miene schien sich verfinstert zu haben, gleichzeitig strahlte er eine Kraft und Würde aus, die ich in Barn Elms nie an ihm gesehen hatte. Ich bemerkte, dass die Soldaten ihn fast schon furchtsam musterten. Mich hingegen beachtete niemand, und es schien auch niemandem aufzufallen, dass ich ein Mädchen war.

Sir Francis führte mich durch die dunklen, teilweise mit prächtigen Teppichen behangenen Gänge des White Tower und dann ein paar Treppen hinauf, bis wir vor einer kleinen, etwas schiefen Tür stehen blieben.

»Hier wirst du während deiner Zeit in London wohnen«, sagte er, und als er die Tür öffnete, zuckte ich zusammen.

Das Geräusch, das die Angeln von sich gaben, war markerschütternd. »Meine Räumlichkeiten befinden sich zwei Treppen unter diesem Raum. Ich selbst werde in mein Stadthaus in der Seething Lane ziehen, mich dort allerdings nur aufhalten, wenn mich die Königin von meinem Dienst entbindet.«

In einer der Unterrichtsstunden hatte mir Walsingham erzählt, die Königin verlange von ihren Höflingen, dass diese ständig am Hof anwesend waren. Strenge Strafen drohten, wenn man gegen diese Anweisung verstieß. Wer zum Günstling aufsteigen wollte, blieb so lange wie möglich in der Nähe der Königin. Walsingham hatte es nicht nötig, Karriere zu machen, und er konnte es sich auch erlauben, länger vom Hof fernzubleiben, wenn es sein Dienst verlangte.

Ich nickte und ließ den Blick durch das Zimmer schweifen. Die weiß gekalkten Wände waren sauber und ordentlich, mehrere Teppiche waren aufgehängt worden, um die Kälte ein wenig abzuhalten. Der Raum war nicht groß, hatte dafür aber einen Kamin, der in diesen Mauern auch sehr vonnöten war.

»Nachher wirst du dich bei Mister Phelippes einfinden. Ich werde einem Diener sagen, dass er dich abholen und dir den Weg zeigen soll. In der Zwischenzeit werde ich Vorbereitungen für den Dienst bei Hofe treffen. Danach sehen wir weiter.«

Seine Stimme klang kalt und unverbindlich. Die Tatsache, dass ich mein Quartier hier im Tower hatte und nicht in seinem Stadthaus, machte mir klar, dass meine Lehrzeit vorbei war. Aber ich war nicht traurig darüber. Im Tower als Gefangene zu sitzen, war kein Vergnügen, wenn man dagegen hier wohnte, konnte es durchaus interessant sein. Der

Tower war ein Labyrinth aus Gebäuden, Gängen und Mauern; ihn ganz zu durchlaufen oder gar zu durchschleichen konnte mehr als einen ganzen Tag dauern.

»Solange ich dir keine anderen Anweisungen erteile, wirst du dich als Junge verkleiden und dich auch so verhalten«, instruierte er mich weiterhin. »Dein Name hier ist Albert, merk dir das. Phelippes mag keine Frauen, und er lehnt es ab, welche zu unterrichten, denn er ist der Meinung, dass es nur Unglück bringt. Das Entschlüsseln von Geoffreys Nachricht hast du ganz gut gemeistert, aber du wirst erstaunt sein, wie viele Arten der Verschlüsselungen es gibt und welche Tricks dein neuer Lehrmeister beherrscht.«

Das hörte sich nicht schlecht an, wenngleich ich lieber ein wenig praktischen Unterricht bekommen hätte. Jemanden belauschen oder irgendwen bestehlen. Walsinghams Miene machte mir allerdings klar, dass ich mich vorerst mit der Arbeit bei Phelippes zufriedengeben musste.

»Vermeide es, Aufsehen zu erregen. Lass dich nicht auf Wettkämpfe mit den Soldaten ein. Niemand braucht zu erfahren, was du weißt und was du kannst, jedenfalls keiner, den ich dir nicht als Lehrmeister zugeteilt habe. Der Tower ist zwar groß, trotzdem gibt es viele wache Augen hier. Wehe, wenn mir zu Ohren kommt, dass sich ein rothaariger Bengel im Tower großtut. Gehen wir beide gemeinsam an einen Ort, wirst du als mein Diener auftreten, aber das wird vorerst nicht geschehen. Wenn ich mit dir sprechen will, werde ich dich finden, lass dir also nicht einfallen, den Tower ohne meine Erlaubnis zu verlassen.«

Ich nickte. Solange ich tat, was er verlangte, würde alles in Ordnung sein.

»Ich werde dafür sorgen, dass du nicht zu fragen brauchst, wenn du etwas haben willst. Sobald es etwas Neues für dich gibt, werde ich es dich wissen lassen.« Damit wandte er sich um und verschwand in der Dunkelheit des Ganges.

Ich stand einen Augenblick lang da, als sei ich mitten in der Wildnis ausgesetzt worden. Dann schloss ich die Tür, legte mein Bündel auf dem Bett ab und trat ans Fenster. Von hier aus hatte ich einen besseren Blick auf den königlichen Garten, allerdings lohnte es sich momentan nicht. Erst im Frühjahr würde er wieder eine Augenweide sein, doch ich war mir nicht sicher, ob ich dann noch hier sein würde. Ich ließ den Blick zu der Mauer schweifen, die den Tower umgab. Wachen liefen auf den Gängen entlang, weitere Gefangene konnte ich nicht ausmachen.

Über mir krächzten die Raben, und während ich wieder an die Geschichte meines Vaters dachte, schloss ich das Fenster und machte mich bereit für meinen ersten Tag bei Phelippes.

21. Kapitel

Der Diener kam etwa eine Viertelstunde später. Er klopfte an meine Tür, und als ich öffnete, fragte er: »Albert Taylor?«

Ich musterte den schmalgesichtigen, etwas blassen Jüngling, der kaum älter war als ich selbst, und nickte. »Ja, der bin ich.«

»Sir Francis hat mir gesagt, dass ich Euch zu Master Phelippes bringen soll.« Anscheinend merkte auch er nicht, dass ich kein Knabe war.

Ich schloss mich ihm an, und er führte mich wieder nach unten. Wir folgten einem langen Gang, der an einer Treppe endete. Sie führte ins erste Kellergeschoss, und ich dachte schon, dass wir in einen Kerker hinabsteigen würden. Stattdessen nahmen wir einen finsteren, mit Fackeln beleuchteten Gang, der sich an die Treppe anschloss, bis wir vor einer schweren, eisenbeschlagenen Tür haltmachten. Der Diener klopfte, und kurze Zeit später ertönte eine kratzige Männerstimme.

»Verdammt, hat das nicht bis nachher Zeit?«

Der Junge blickte sich nach mir um und schien über diese Begrüßung genauso erstaunt zu sein wie ich. Ich konnte mir nur schwerlich ein Grinsen verkneifen, als ich mir vorstellte, welches Gesicht Phelippes ziehen würde, wenn Sir Francis vor der Tür stünde. Wahrscheinlich pflegte Walsingham im Tower jedoch nicht anzuklopfen, bevor er einen Raum betrat. Zögerlich öffnete der Diener die Tür. Er hatte von Sir Francis die Order bekommen, mich hier abzuliefern, also wollte er seinen Auftrag auch erledigen. Er steckte den Kopf durch den Türspalt, und wie nicht anders zu erwarten, fuhr der Herr dieser Gemächer ihn an.

»Was willst du hier? Ich denke, ich soll diesen verdammten Brief noch heute fertigmachen!«

Anscheinend hatte ihm Walsingham eine schier unlösbare Aufgabe gestellt.

»Sir, ich habe hier den Jungen, den ich auf Geheiß von Sir Francis zu Euch bringen sollte.«

Phelippes brummte missmutig, doch er bedeutete dem Diener, mich einzulassen. Der Junge trat zur Seite, und in seinen Augen konnte ich deutlich die Erleichterung sehen, dass er wieder von hier weg durfte.

Das konnte ja heiter werden!

Als ich eintrat, kam Phelippes hinter seinem Schreibpult hervor. Das Licht in dem Raum war mehr als spärlich, und ich fragte mich, warum er nicht ein Zimmer weiter oben bezogen hatte. Ein Leuchter mit drei brennenden Kerzen stand auf dem Tisch, dabei war es noch nicht einmal Mittag.

Nachdem ich den Raum kurz in Augenschein genommen hatte, musterte ich meinen neuen Lehrmeister, und mich erfasste eine leise Ahnung, warum er Frauen nicht leiden konnte. Phelippes war ein hässlicher Mann, daran konnte auch das weiche Kerzenlicht nichts ändern. Pockennarben verunzierten sein Gesicht, und sein Blick war tückisch. Das Lächeln auf seinen Lippen ließ mich schaudern, denn auch sie waren von den Pocken nicht verschont geblieben. Es wirkte grotesk und eisig, wobei Letzteres eher an seinem Wesen zu liegen schien. Das alles war nichts, um ein Frauenherz für sich zu gewinnen. Mir war sein Aussehen allerdings egal, denn ich war nur hier, um etwas von ihm zu lernen.

»Wie ist dein Name, Junge?«, fragte er mich barsch.

Ich wusste, dass meine Stimme viel zu hell für einen Jungen war, selbst für einen, der mit vierzehn noch nicht in den Stimmbruch gekommen war. Also senkte ich die Stimme so gut es ging und antwortete: »Albert Taylor, Sir.«

Phelippes musterte mich weiterhin. Nahm er mir meine Tarnung nicht ab?

Ich hatte die Männerkleider angelegt, die ich auch schon auf der Reise hierher getragen hatte. Braune Strumpfhosen, eine Pluderhose mit schwarzen Einsätzen, ein schmuckloses braunes Wams und darunter, um die Brust, eine enganliegende Leinenbinde. Mein Busen war noch nicht besonders groß, aber er war inzwischen deutlich sichtbar, und so musste ich zu dieser Maßnahme greifen. Über meinen Schultern lag ein grober grüner Mantel, und angesichts der Temperaturen, die hier unten herrschten, bereute ich kein bisschen, ihn mitgenommen zu haben. Bei jedem Atemzug stieg eine weiße

Wolke vor meinem Mund auf, und ich spürte bereits jetzt, dass mir die Hände klamm wurden.

»So, mein Junge, du bist also hier, um die Kunst des Verschlüsselns zu lernen«, sagte Phelippes, nachdem er die Musterung beendet und mich anscheinend als Schüler akzeptiert hatte. »Sir Francis meinte, du hättest ein gewisses Talent dafür.«

»Es ehrt mich, dass Sir Francis so eine gute Meinung von mir hat«, entgegnete ich bescheiden.

Phelippes stieß ein rauhes Lachen aus. »Reden kannst du also auch gut! Ich bin mir sicher, dass aus dir mal ein brauchbarer Spion wird. Aber erst einmal gibt es noch viel, was du lernen musst.«

»Dazu bin ich hier, Sir«, entgegnete ich, worauf mein Lehrmeister begann, seine Unterlagen zu durchwühlen. Soweit ich es erkennen konnte, waren die Blätter mit den seltsamsten Zeichen bekritzelt. Ich fragte mich, ob man von ihrer Form auf einen bestimmten Buchstaben schließen konnte, doch damit mich Phelippes nicht für allzu neugierig hielt – was ich zweifelsohne war –, senkte ich den Blick wieder und wartete darauf, dass er mit seinem Unterricht begann.

»Nun gut«, sagte er schließlich. »Fangen wir mit dem an, was du schon weißt.« Wahrscheinlich glaubte er, dass Walsingham mich bereits unterwiesen hatte. »Mit welcher Art von Verschlüsselung bist du bisher vertraut?«

Ich erzählte ihm, wie ich Geoffreys Botschaft entschlüsselt hatte.

Phelippes zog seine buschigen Augenbrauen hoch und sah mich fast schon erstaunt an. »Nicht schlecht für den Anfang. Wie lange hast du dafür gebraucht?«

»Eine Woche«, entgegnete ich, denn zusammengenommen war das in etwa die Zeit, die ich während meiner Krankheit auf das Entschlüsseln der Nachricht verwendet hatte.

Dazu sagte Phelippes nichts, doch ich war ihm schon dankbar, dass er nicht lachte. Ich wusste selbst, dass diese Zeitspanne für ihn inakzeptabel war, aber deshalb war ich schließlich hier und sollte von ihm lernen.

»Die Art der Verschlüsselung, die du genannt hast, wird Nomenklator genannt. Sagt dir der Name etwas?«

»Nein, Sir.«

»Nun, bald wird er dir etwas sagen.« Er sah auf sein Schreibpult, und da er das, was er suchte, nicht auf den ersten Blick fand, begann er, in dem Dokumentenstapel herumzuwühlen. Nach einer Weile wurde er fündig. Er reichte mir ein Blatt Papier und deutete auf einen schäbigen Tisch in der Nähe der schmutzigen Fenster. »Setz dich dort hin und versuche, dieses Schreiben zu entschlüsseln. Sollte dir etwas unklar sein, kannst du dich gern an mich wenden. Man lernt am besten aus der Übung.«

Das war alles, was er mir an Anweisung gab. Ich begab mich zu dem Tisch, auf dem ein paar Federn, Papier und ein Tintenfass auf mich warteten. Nachdem ich alle Kerzen in dem Leuchter entzündet hatte, machte ich mich an die Arbeit. Zu gern hätte ich etwas mehr Licht gehabt, doch als ich darum bat, betonte mein Lehrmeister, Licht von draußen sei nur eine unwillkommene Ablenkung. In Wirklichkeit fürchtete sich Phelippes wegen seines Aussehens davor. Hier unten, in der Dunkelheit, konnte ihn niemand wegen seines entstellten Gesichts verlachen.

Ich rückte die Kerze also dichter an das Papier heran und achtete darauf, dass kein Wachs darauftropfen konnte. Eine der Grundregeln der Spionage war, keine Spuren zu hinterlassen, das galt auch für Briefe, die man entzifferte und vielleicht später weitergeben wollte.

Den ganzen Tag saß ich über diesem Schriftstück, ohne dass Phelippes mir einmal über die Schulter geblickt hätte. Zunächst fiel mir das Entziffern alles andere als leicht, dann erinnerte ich mich wieder an den Schlüssel, den ich selbst entwickelt hatte, und es ging voran.

Als sich der Tag dem Ende zuneigte, hatte ich die Hälfte des Dokuments entziffert. Ein paar Wörter waren noch unklar, aber mittlerweile konnte ich daraus entnehmen, dass es ein Bericht über einen französischen, in London stationierten Spion war, der von Walsingham überwacht wurde. Es war nichts Aufregendes und Wichtiges, aus diesem Grund hatte Phelippes es mir wohl auch überlassen.

Kurz bevor er den Raum verließ, kam er noch einmal zu mir. Er betrachtete das Blatt, sah mich zwischendurch an, legte das Papier wieder auf den Tisch und sagte nur: »Morgen kannst du damit weitermachen.«

Damit war mein erster Tag bei ihm vorüber.

Ich kehrte in mein Zimmer zurück, in der Hoffnung, dass sich Walsingham nach mir erkundigen würde, doch er ließ sich nicht blicken. Dafür hielt er seine Zusage, dass ich um nichts zu bitten brauchte. Essen und ein Krug Wasser standen auf dem Tisch, auf der Kommode lagen ein paar Bücher. Schwer und groß waren sie. Eines davon erkannte ich schon an dem Einband, es war der Machiavelli, den Geoffrey in den ersten Tagen meiner Anwesenheit auf Barn Elms gelesen hatte.

Ich nahm meine Mahlzeit ein und legte mich dann auf das Bett. Ich konnte hören, wie Befehle im Hof erklangen, wie Waffen rasselten und wie jemand schnellen Schrittes durch den Gang unter mir lief.

All diese Geräusche entfernten sich schließlich, und ich schlief so wie ich war ein.

22. Kapitel

Der nächste Morgen hielt eine Überraschung für mich bereit. Als ich das Zimmer verlassen wollte, merkte ich, dass die Tür verschlossen war.

Zunächst erschrak ich und glaubte an einen bösen Scherz oder zumindest an eine Verwechslung, doch dann kam mir in den Sinn, dass es Absicht sein könnte. Ich erinnerte mich an die letzten Unterrichtsstunden auf Barn Elms und ahnte, wer dahintersteckte und welchen Zweck diese Übung hatte. Walsingham wollte wahrscheinlich, dass ich unerwartete Situationen meisterte.

Ich kehrte zum Bett zurück, zog mein Bündel darunter hervor und packte die Dietriche aus. Das Schloss in meiner Zimmertür war nicht besonders groß, dafür aber ziemlich massiv. Ich rechnete mit einem großen Widerstand, also suchte ich einen Dietrich mit kräftigen Haken aus. Als Nächstes spähte ich durch das Schlüsselloch und sah, dass der Schlüssel noch steckte. Ihn musste ich zunächst aus dem Schloss befördern, bevor ich die Tür öffnen konnte. Mit dem Dietrich ging das nicht, ohne die Haken zu riskieren, also holte ich mein Stilett hervor.

Es tat mir ein wenig leid um die blankpolierte Klinge, die ihre Scheide noch nie verlassen hatte. Aber früher oder später musste ich ihr sowieso Kerben verpassen, deren Bedeutung ich später mal meinen Enkeln erklären konnte.

Vorsichtig schob ich die Klinge in das Schlüsselloch, traf den Bart des Schlüssels und drückte ihn hinaus. Sekundenbruchteile später klirrte es. Jetzt konnte ich mit meinem Dietrich zu Werke gehen. Ich brauchte nur wenige Augenblicke, und die Tür war offen. Schnell ließ ich den Dietrich in meiner Tasche verschwinden und zog die Tür auf.

Als ich den Kopf nach draußen streckte, gewahrte ich aus dem Augenwinkel heraus eine Bewegung. Ich blickte mich um, doch zu sehen war niemand, obwohl ich hätte schwören können, dass Walsingham dort gestanden hatte.

Ich nahm den Schlüssel vom Boden auf und verließ das Zimmer. Die Aktion mit dem Schloss hatte mich bereits genug Zeit gekostet. Rasch verschloss ich die Tür mit dem rechtmäßigen Schlüssel und ließ ihn stecken, wie ich es auch schon am Tag zuvor getan hatte. Dann machte ich mich auf den Weg zu Phelippes.

Mein Lehrmeister hatte an diesem Morgen Besuch.

Als ich eintrat, erblickte ich einen Mann, der in einen langen schwarzen Mantel gehüllt war. Er und Phelippes waren in ein Gespräch vertieft, das sie meinetwegen unterbrachen.

»Guten Morgen, Sir«, sagte ich, worauf sich der Mann in dem Mantel umdrehte.

Der Blick seiner blauen Augen war mir noch bestens bekannt, und auch er schien mich wiederzuerkennen. Gifford! Anscheinend brachte er neue Nachrichten aus Schottland.

»Ah, da ist ja mein Lehrjunge!«, rief Phelippes beiläufig aus. »Master Gifford, das ist Albert Taylor. Sir Francis hat ihn mir gestern untergeschoben.«

Gifford war ein Meister der Selbstbeherrschung, dennoch konnte ich ihm ansehen, wie schwer es ihm fiel, ein Grinsen zu verbergen.

»Guten Morgen, Albert.« Meinen neuen Namen sprach Gifford so genüsslich aus, als hätte er einen Löffel Honig im Mund.

»Guten Morgen, Sir«, sagte ich und wollte an ihm vorbei zu meinem Platz.

Doch mein Lehrherr hatte die Absicht, seinen Gast noch ein wenig zu preisen, und so sagte er zu mir: »Sieh dir Master Gifford genau an, mein Junge, und arbeite daran, genauso ein gelehrter und stattlicher Herr zu werden wie er.«

Ich presste die Lippen zusammen, damit ich nicht grinsen musste. Stattlich und gelehrt konnte ich noch hinbekommen, aber ein Herr würde ich dagegen ganz gewiss nicht werden.

Nach dem ersten Zusammentreffen mit Gifford hätte ich es nicht für möglich gehalten, dass ich mich dereinst mit ihm verschwören könnte – aber genau das war jetzt der Fall.

»Ich bin mir sicher, dass Albert viel bei Euch lernen wird«, entgegnete er diplomatisch, und an dem Lächeln auf Phelippes Gesicht konnte ich erkennen, wie gut ihm diese Antwort gefiel. Er klopfte mir auf die Schulter, dass ich unter dem Schlag fast zusammenknickte. »Nur ein wenig schmächtig ist er noch. Aber sobald er seine ersten Humpen und Mädchen gestemmt hat, wird er sicher zu Kräften kommen.«

»Er wird sich schon noch körperlich entwickeln«, sagte Phelippes im Brustton der Überzeugung. »Und wenn nicht, werde ich Walsingham bitten, ihn bei mir zu lassen. Unterstützung kann ich immer brauchen.«

Ich konnte Gifford ansehen, dass er in diesem Augenblick dasselbe dachte wie ich. Phelippes würde seine Meinung sehr schnell ändern, wenn offenbar wurde, dass ich ein Mädchen war. Noch bestand diese Gefahr nicht, doch irgendwann würde es sich nicht mehr verbergen lassen. »Nun denn, Master Phelippes, ich muss Euch leider schon wieder verlassen«, sagte Gifford schließlich und nickte mir zum Abschied zu. »Mach deinem Lehrmeister keine Sorgen, Albert.«

»Ganz sicher nicht«, entgegnete ich, und um ein Haar hätte ich einen Knicks gemacht, aber ich konnte mir die Bewegung gerade noch verkneifen. Stattdessen nickte ich ihm zu, wie es ein Junge auch getan hätte.

Nachdem Gifford gegangen war, begab ich mich an meinen Platz. Phelippes wirkte erleichtert, dass sein Gast fort war. Gifford bewertete ihn sicher nicht nach seinem Äußeren, dennoch hatte er lieber mit seinen Papieren zu tun als mit Menschen. Er trat ebenfalls hinter sein Schreibpult und begann mit der Entzifferung des Schreibens, das er gerade erhalten hatte. Wir arbeiteten beide schweigend im Schein der Kerzen vor uns hin. Wie viel Zeit verging, wusste ich nicht, aber nach einer Weile schien er fertig zu sein. Er erhob sich und verließ den Raum, ohne zu sagen, wohin er ging.

Ich nutzte die kleine Pause, um aufzustehen und das Fenster zu öffnen. Die Winterluft war nicht ganz so schneidend wie an den Tagen zuvor, und es war gut, dass mal wieder Frischluft in den Raum strömte.

Von diesem Fenster aus konnte ich den Hof überblicken, und wenig später sah ich, wie eine Kutsche die Toreinfahrt hochrollte.

Der Hufschlag der Pferde dröhnte laut über das Pflaster, und auf einmal geriet die gesamte Wachmannschaft in Aufruhr. Kommandos hallten von den Mauern wider, Waffen klirrten. Ich hörte, wie sich die Soldaten gegenseitig etwas zuriefen, konnte jedoch nichts verstehen.

Ich wusste, dass der Aufruhr mit dem Besuch zu tun hatte. Warum nur benahmen sich alle, als sei die Königin persönlich eingetroffen?

Soldaten öffneten den Kutschenschlag und zerrten wenig später eine Gestalt nach draußen. Es war ein Mann in schmutzigen Kleidern. Dennoch konnte man erkennen, dass er ein Gaukler sein musste, und irgendwie erinnerte er mich an jemanden.

Richtig, der Mann vom Marktplatz. Der Spießgeselle des Schwarzbartes. War er es? Ich war mir nicht sicher, denn sein Gesicht und sein Haar waren von einer schwarzen Kapuze bedeckt. Der Gefangene war nicht allein in der Kutsche. Mit ihm stiegen zwei schwarz gekleidete Männer aus, die mich an meine Häscher erinnerten. Sie packten den Mann an den Armen, und ohne Rücksicht darauf zu nehmen, dass ihm die Ketten an den Fußknöcheln keine großen Schritte erlaubten, zerrten sie ihn mit sich.

Bevor ich sehen konnte, wohin sie ihn brachten, öffnete sich hinter mir die Tür. Der Luftzug erfasste das Papier auf meinem Tisch und wehte es herunter. Die Kerzenflamme erlosch. Erschrocken wirbelte ich herum und sah Phelippes in der Tür stehen.

Er musterte mich missbilligend. »Ich denke, du bist hier, weil du etwas lernen willst, und nicht, um aus dem Fenster zu gaffen!«

»Ja, Sir.«

»Na, dann mal an die Arbeit!«

Schnell schloss ich das Fenster und machte mich daran, die Papiere vom Boden aufzusammeln und die Kerze zu entzünden.

»Bist du mit dem Entschlüsseln fertig?«, fragte er mich dann, in der Hoffnung, mir einen weiteren Rüffel verpassen zu können.

Ich nickte und brachte ihm das Blatt mit der Lösung.

Er betrachtete es einen Moment lang, nickte und gab dann

ein »Hm, hm, hm« von sich. Ich wartete auf irgendeine Reaktion – vergebens. Nachdem er seine Unterlagen erneut durchsucht hatte, gab er mir ein weiteres verschlüsseltes Dokument und bedeutete mir, mich wieder auf meinen Platz zu setzen. Es konnte sein, dass er nur deshalb nichts über meine Entschlüsselung sagte, weil er über meine Saumseligkeit böse war, aber irgendwie hatte ich das Gefühl, dass ich von ihm kein Lob zu hören bekäme. Ich machte mich also wieder an die Arbeit und versuchte die Fragen, die beim Anblick des Gefangenen in mir aufgekommen waren, so gut es ging zu verdrängen.

23. Kapitel

Der Gedanke an den Gefangenen hatte mir den ganzen Tag über keine Ruhe gelassen. Nur mit halbem Verstand arbeitete ich an der Entschlüsselung. In der anderen Hälfte wirbelten die Fragen nur so umher. War es wirklich Estebans Spießgeselle? Oder war es ein anderer Verräter? Warum hatte dieser Mann eine Kapuze getragen? War er vielleicht von Adel?

Ich konnte kaum den Abend abwarten.

Phelippes hatte meine Unruhe nicht bemerkt. Nach Beendigung unseres Tagwerks wünschte er mir eine gute Nacht und blies die Kerzen aus.

So schnell ich konnte, kehrte ich in mein Zimmer zurück. Das Abendessen rührte ich nicht an; die Neugierde plagte mich derart, dass ich keinen Hunger hatte. Ich beschloss, nach dem Mann zu suchen. Wenn ich ihn nicht fand, würde ich zumindest nach den Mädchen sehen, die ich damals im

Kerker bemerkt hatte. Die vier Rothaarigen, deren Bild ich ebenfalls nicht vergessen konnte.

Kaum war die Dunkelheit über den Tower hereingebrochen, warf ich mir meinen Mantel über und machte mich auf den Weg. Der Gedanke, dass Walsingham etwas dagegen haben könnte, kam mir nur kurz. Ich war mir allerdings sicher, dass er in seinem Haus in der Seething Lane war.

Wo sich die Zelle der Mädchen befunden hatte, wusste ich noch genau. Ich brauchte nur die Augen zu schließen, um den Weg wieder vor mir zu haben. Leise schlich ich durch den Gang und näherte mich der Treppe. Niemand nahm an mir Anstoß. An der Treppe angekommen, blickte ich noch einmal zurück und setzte dann meinen Weg fort. Den White Tower konnte ich problemlos verlassen, aber damit war ich noch lange nicht am Ziel. Die Mädchen waren im Blutturm untergebracht gewesen, dort, wo man mich ebenfalls für kurze Zeit gefangen gehalten hatte. Hoch ragte der trutzige Bau in den nächtlichen Himmel, Fackellicht tanzte auf seinen Mauern. Allerdings war es bis dorthin noch ein langer Weg. Meine Schritte hallten leise von den Steinen wider, doch das Geräusch wurde vom Wind verschluckt, der um den Cold Harbour heulte.

Kaum hatte ich das Gebäude passiert, marschierte eine Wachmannschaft den Weg zum White Tower entlang. Ich hatte von den Soldaten zwar nichts zu befürchten, aber vielleicht hatte Walsingham den Männern gesagt, dass sie auf mich achtgeben sollten. Ich wollte nicht, dass sie mich sahen. Schnell zog ich mich in die Tür zurück und wartete, bis die Männer vorüber waren.

Sie bemerkten mich nicht. Ich hörte, wie sie sich von irgendwelchen Schankmädchen und deren Vorzüge erzählten, doch das interessierte mich nicht. Als sie in Richtung der großen Halle verschwunden waren, trat ich wieder nach draußen und lief weiter. Nach einer Weile passierte ich das Wirtschaftsgebäude vor dem Cold Harbour und traf wiederum auf Wachposten. An ihnen vorbeischleichen konnte ich nicht, denn der Mond schien hell auf den Platz. Also tat ich, was Walsingham mir geraten hatte: Ich war unauffällig. Rasch zog ich mir die Kapuze über den Kopf und ging auf die Soldaten zu, als würde ich dazugehören. Zwar fiel es mir alles andere als leicht, keine Unsicherheit zu zeigen, doch die Mannschaft nahm keine Notiz von mir. Und so erreichte ich wenige Augenblicke später die Pforte des Blutturms. Sie war weder bewacht noch verschlossen, und so schlüpfte ich einfach hindurch. Der dahinterliegende Gang war finster, nur vereinzelt malte eine rußende Fackel einen Lichtfleck auf den Steinfußboden.

Nach einer Weile erklang wieder das Stöhnen und Jammern der Gefangenen. Ich war ihnen also ganz nahe. Ich passierte eine offenstehende Gittertür, und während ich mich den Zellen näherte, hoffte ich, dass die Wachen nicht gerade auf einem Kontrollgang waren. Gittertür für Gittertür schritt ich ab und folgte dabei den Bildern in meinem Kopf. Ich hatte mir sogar gemerkt, welche anderen Gefangenen in den Zellen gesessen hatten. In der Zwischenzeit hatte sich einiges verändert, Zellen, die leergestanden hatten, waren besetzt und umgekehrt standen einige andere nun leer.

Die meisten Häftlinge bemerkten mich nicht oder schauten durch mich hindurch. Andere, die mich wahrnahmen, hatten nicht mehr die Kraft, mir flehend die Arme entgegenzustrecken.

Nach einer Weile wurde mir klar, dass die Zelle mit den Mädchen ganz in der Nähe sein musste. Mein Herz begann zu rasen. Sollte ich sie ansprechen, wenn sie noch dort waren? Sollte ich sie fragen, was sie hierher verschlagen hatte? Oder war es besser, einfach nur stumm an ihnen vorbeizugehen? Was sollte ich tun, wenn sie mich ansprachen?

Als ich jedoch an der Zelle angekommen war, musste ich zu meiner großen Enttäuschung feststellen, dass die Mädchen verschwunden waren.

»Was suchst du hier, Alyson?«, fragte plötzlich eine Stimme aus der Dunkelheit.

Ich erstarrte augenblicklich und war nicht einmal dazu imstande, aufzuschreien. Langsam drehte ich mich um und sah, wie Walsinghams Gesicht aus der Dunkelheit auftauchte. Da ich ihm unterwegs nicht begegnet war, musste er mir gefolgt sein. Ich fragte mich, wie lange schon.

»Heute Morgen habe ich gesehen, wie ein Gefangener in den Tower gebracht wurde«, antwortete ich schnell. »Ich wollte nachsehen, wo man ihn untergebracht hat, weil ich glaubte, ihn wiedererkannt zu haben.«

Walsinghams Gesicht zeigte keine Regung. Ich war mir sicher, dass er mich durchschaute. Es war zwar nicht gelogen, dass ich nach dem Mann suchte, aber ich hatte auch die Mädchen wiedersehen wollen.

»Was meinst du, wer war dieser Mann?«

»Der Gaukler vom Marktplatz, Estebans Kumpan.«

»Ganz recht. Ich habe dir doch mal erzählt, was wir mit feindlichen Spionen machen, nicht wahr?«

»Ja, das habt Ihr.« Ich spürte, wie sich etwas in meinem Inneren zusammenkrampfte.

»Dann ist es vielleicht an der Zeit, dass du erfährst, wie unsere Verhörmethoden genau aussehen.«

Er bedeutete mir, mitzukommen, und während sich das Unwohlsein in meiner Magengrube verstärkte, folgte ich ihm bis hinunter in den Kerker. Ich glaubte zunächst, dass er mich in ein weiteres Verhörzimmer führte, doch wir gingen noch ein paar Stockwerke tiefer, in den Folterkeller. Dieser Raum war vollgestellt mit allem, was Menschen Schmerzen bereitete. Es gab eine Streckbank und eine Esse, in der ein helles Feuer loderte, als wollte man hier Eisen schmieden. Die Stäbe, die in der Glut lagen, waren allerdings zu etwas anderem gedacht. Der Geruch nach verbranntem Fleisch stieg mir in die Nase und erinnerte mich makabererweise an einen Tag auf Barn Elms, an dem Mr. Calthropp mal eine Lammkeule angebrannt war.

Hier unten gab es keine Fenster, und so war nicht gesagt, dass der verschmorte Geruch vom heutigen Tag stammte. Wahrscheinlich verließ er diese Gewölbe gar nicht mehr.

Zuerst sah ich den Henker und seine beiden Knechte. Ersterer trug auch hier unten seine lederne Maske, während die Gesichter der Gesellen unbedeckt waren. Sie mochten vielleicht sechzehn oder siebzehn Jahre alt sein. Obwohl sie ansonsten schlank waren, traten ihre Arm- und Brustmuskeln durch die schwere Arbeit deutlich hervor. Sobald sie Walsingham erblickten, neigten sie die Köpfe.

Ich schaute mich noch eine Weile um, und als ich den Kopf hob, sah ich den Mann, um den sie sich kümmern wollten. Er hing an einem dicken Seil vom Deckenbalken herab. Seine Arme waren unnatürlich verrenkt, und damit die Schmerzen noch größer wurden, hatte man ihm Gewichte an die Beine gebunden.

»Das ist Señor Perez, alias Mister Cavendish, alias Monsieur Dupree. Ein kleineres Licht in den Reihen von Philipps Spionen, dennoch erhoffen wir uns einige wichtige Informationen von ihm.«

Ich hatte mich nicht getäuscht, es war der Mann vom Marktplatz. Sein dichtes dunkelblondes Haar war verfilzt und schmutzig, seine Wangen mit Bartstoppeln übersät. Ob er mich auch erkannte, wusste ich nicht. Sein Gesicht war vor Schmerz so verzerrt, dass andere Regungen davon nicht mehr abzulesen waren.

»Leider hat Gott diesen Mann mit einem fürchterlichen Starrsinn bedacht. Unsere bisherigen Methoden haben bei ihm keinen Effekt gezeigt, also werden wir ihn jetzt noch ein wenig gründlicher befragen müssen.«

Walsingham sprach die Worte so, dass mir ein eisiger Schauer über das Rückgrat kroch. Ich war mir nicht sicher, ob ich das Hängen mit den Gewichten ausgehalten hätte. An alles andere wollte ich gar nicht erst denken.

»Master Thomas, fahrt mit der Tortur fort!«, sagte Walsingham zum Henker.

Dieser neigte erneut das Haupt und hieß seine Gehilfen, den Gefangenen vom Seil abzunehmen.

Der Spanier war nicht mehr in der Lage, allein zu stehen. Kaum waren die Gewichte von seinen Füßen losgebunden und er von den Seilen befreit, sackte er in sich zusammen. Das hielt die Henkersknechte allerdings nicht davon ab, ihn zu einer Figur neben der Streckbank zu schleppen. Sie hatte die Gestalt einer Frau, zumindest äußerlich. Im Inneren erwartete den Gefangenen sicher eine böse Überraschung. Der Mann schien genau zu wissen, was ihm nun drohte, denn er brach allein schon beim Anblick des Geräts in heftige Gebete aus, gesprochen in seiner Muttersprache.

»Die Scavenger's Daughter«, hörte ich Walsingham hinter mir flüstern. »Des Gassenkehrers Tochter. In Deutschland nennt man dieses Werkzeug Eiserne Jungfrau, in Spanien Mater Dolorosa. Sie ist sehr effektiv, um verstockten Spionen die Zunge zu lösen. Wie du sehen kannst, braucht man den

Spion noch gar nicht dort einzuspannen, um seinen Mut ins Bodenlose sinken zu lassen.«

Damit ging er an mir vorbei, und ich konnte nun beobachten, wie er den Foltermeister anwies, die Tür des Gerätes zu öffnen. Der Spanier, sonst sicher kein furchtsamer Mann, fing an zu wimmern.

»Wollt Ihr nun reden, Perez, oder Bekanntschaft mit der Lady machen?«, hallte Walsinghams Stimme donnernd hinter ihm.

Der Gefangene schien ihn jedoch nicht zu hören, denn sein Blick war starr auf die Dornen gerichtet, die aus dem Gerät hervorstachen. Wenn man ihn in dieses sargähnliche Gebilde steckte und die Tür hinter ihm schloss, würden ihn die Dornen durchbohren. Sicher nicht so, dass er gleich starb, aber er würde gewiss höllische Qualen erleiden.

Nach einer Weile murmelte der Gefangene etwas, das ich nicht verstehen konnte, jedenfalls gab Walsingham dem Henker das Zeichen, anzufangen. Als die beiden Knechte den Gefangenen packten und ihn auf die Scavenger's Daughter zustießen, fing er an lauthals zu beten. Die Dornen waren drohend auf seinen Leib gerichtet. Doch nicht allein sie waren das Erschreckende an diesem Folterinstrument. Auf dem Boden befand sich eine hölzerne Platte, die eigentlich harmlos aussah. Dabei war gerade sie das Gefährlichste an der ganzen Sache.

»Siehst du die Falltür dort unten?«, hörte ich Walsinghams Stimme in meinem Nacken. »Wird der Gefangene in dieses Gerät eingesperrt, stechen lediglich die Dornen in seine Haut. Er verliert Blut und erleidet Schmerzen, aber er bleibt am Leben. Wird jedoch diese Falltür betätigt, schnellen verborgene Schwerter aus den Wänden und schneiden ihn in Stücke. Was von ihm übrigbleibt, landet in der Themse und wird von den Fluten weggerissen. Nie werden die Spanier erfahren, wo ihr Spion geblieben ist, und sie werden auch vergeblich nach seiner Leiche suchen.«

Allein Walsinghams Schilderung verursachte mir eine Gänsehaut. Ich war mir sicher, dass der Gefangene seine Worte verstanden hatte. Gewiss hatte er auch gehört, dass Sir Francis' Stimme bei der Beschreibung leicht amüsiert geklungen hatte, als sei er stolz auf diese Errungenschaft des Towers.

Walsingham fragte ihn erneut, ob er etwas zu sagen habe, und schließlich brach der Wille des Mannes.

»Ich gestehe!«, brüllte er in akzentfreiem Englisch, worauf ihn die Henkersknechte wieder zurückzerrten. Ich konnte sehen, dass die Dornen ein Stück weit in seine Haut eingedrungen waren. Wäre er nur einen Augenblick länger starrsinnig geblieben, hätte ihn die Umarmung der Scavenger's Daughter das Leben gekostet.

Walsingham ließ den Gefangenen zurück auf die Streckbank binden. »Sorgt dafür, dass er es sich nicht noch einmal überlegt!«, wies er den Henker und seine Knechte an und wandte sich dann mir zu. »Ich geleite dich wieder nach oben.«

So gern ich gehört hätte, welche Informationen Walsingham von dem Spanier wollte, so froh war ich, von hier fortzukommen. Ich hatte Antwort auf die Frage erhalten, wer der Mann war und was man mit ihm machte. Nun wusste ich auch, was mir drohte, wenn ich versagte.

»Du wolltest nicht nur wissen, wo der Gefangene abgeblieben ist, nicht wahr?«, sagte Walsingham, nachdem wir eine Weile nebeneinanderher gegangen waren. »Du wolltest nach den Mädchen suchen, die du damals hier gesehen hast.«

»Ja, ich wollte wissen, was aus ihnen geworden ist«, entgegnete ich, und ohne hinzuschauen wusste ich, dass Walsingham mich bohrend musterte.

»Es gibt Dinge, die man besser nicht weiß und nach denen man besser nicht fragt. Auch als Spion nicht.«

Das konnte nur bedeuten, dass sie beiseitegeschafft worden waren. Plötzlich fühlte ich mich, als würde mir jemand die Kehle zuschnüren. Ich wollte mit einem Mal nur noch raus aus dem Tower. Doch ich konnte nicht. Meine Schläfen begannen zu schmerzen, und wenn mich jemand gefragt hätte, hätte ich es zweifellos auf die schlechte Luft geschoben. Die Schmerzen kamen von dem, was ich gesehen hatte und was ich mir vorstellte. Ich konnte beim besten Willen nicht sagen, welches von beidem schlimmer war.

»Ich weiß, dass dieser Anblick beim ersten Mal schwer zu verkraften ist, doch wenn du im Dienst der Königin stehst, musst du wissen, dass dir so etwas blühen kann«, sagte Walsingham und blieb stehen. »Die Spanier werden dich ebenso wenig schonen, wie ich diesen Spion schonen werde. Es ist ein grausames Spiel, Alyson, aber für diejenigen, die es beherrschen, ist es lohnenswert. Ich bin mir sicher, dass du darin eines Tages eine Meisterin sein wirst.«

Ich blieb nun ebenfalls stehen und sah auf. Ich hatte geglaubt, in Walsinghams Gesicht zu blicken, aber ich schaute nur in die Schwärze. Für einen Moment war ich geneigt zu glauben, dass diese Worte nur in meinem Kopf existiert hatten, doch dem war nicht so. Walsingham hatte mir lediglich demonstriert, wie es ausgehen konnte, wenn man das »Spiel« nicht beherrschte.

Eine ganze Weile stand ich in dem Gang, dann suchte ich meinen Weg nach draußen. Vor dem Bloody Tower saßen noch immer die Wachen. Obwohl ich mir jetzt keinerlei Mühe mehr gab, mich zu verstecken, nahmen sie keine Notiz von mir. Ich war anscheinend auf dem besten Weg, ein ebensolcher Schatten zu werden wie Gifford oder Walsingham.

24. Kapitel

In den nachfolgenden Tagen bekam ich Walsingham nur selten zu Gesicht. Zusammen mit Lord Burghley wartete er auf neue Nachrichten aus Schottland. Was aus dem Gefangenen wurde, wusste ich nicht. Doch da ich ihn nie wieder sah, war er wohl in Stücke gehackt in der Themse gelandet. Immerhin hatte er geredet, und zwar genug, um den Lauf späterer Ereignisse mitzubestimmen. Doch davon merkte ich in Phelippes' Keller nicht viel.

Allerdings sah ich die Korrespondenz, und auch wenn ich die Unbeteiligte oder vielmehr den Unbeteiligten spielte, verfolgte ich interessiert, was Phelippes über die Schriftstücke von sich gab. Manchmal fluchte er unmutig über Maria Stuart, dann wieder verwünschte er die Spanier, oder er lachte über die Unwissenheit von Marias Gefolgsleuten. Walsinghams Plan schien sich zum Besten zu entwickeln.

Nach einer Weile überbrachte Gifford Phelippes neue Briefe aus Schottland. Immer, wenn er bei uns war, musterte er mich grinsend, als wollte er später einen Preis für sein Stillschweigen verlangen.

Mich dagegen beschäftigte Phelippes weiterhin mit alten Briefen, die längst ihre Bedeutung verloren hatten. Wie es mir schien, hatte er schon lange keinen Lehrling gehabt. Er wusste nicht, was er mit mir anfangen sollte, und war dankbar, wenn ich ihn nicht behelligte.

Ab und zu kamen weitere Männer in den Raum und machten sich daran, Dokumente zu entziffern. Sie sprachen nur wenig, und wenn sie konzentriert arbeiteten, hätte man eine Nadel auf den Boden fallen hören.

Ebenso leise versah ich meinen Dienst, und mein Lehrmeister war wohl zufrieden. Genau wusste ich es nicht, denn er bewertete meine Ergebnisse meist nur mit einem »Hm« und legte sie dann beiseite. Doch wenn es etwas auszusetzen gegeben hätte, hätte er es gewiss nicht für sich behalten.

Eines Tages legte er mir einen neuen Brief auf den Tisch. Ich erkannte, dass es einer von denen war, die er vor kurzem erhalten hatte. Er hatte ihn zweifellos schon bearbeitet.

»Sieh dir die Zeichen genau an und sag mir dann, was daran anders ist als an den Dokumenten, die ich dir bisher gegeben habe.« Damit wandte er sich um und kehrte zu seinem Platz zurück.

Ich wusste, dass ich die Besonderheit erst dann herausfinden würde, wenn ich das gesamte Dokument übersetzt hatte. Gewissenhaft zählte ich die Zeichen und machte mir Notizen. Stutzig wurde ich erst, als ich bemerkte, dass es zwei verschiedene Zeichen mit exakt derselben Anzahl gab. Mittlerweile hatte ich über die Verschlüsselungen so viel gelernt, dass sich die Buchstaben in ihrer Zahl nie glichen, es gab immer einen, der häufiger war als alle anderen. Nachdem ich eine ganze Weile darüber gegrübelt hatte, sah ich ein, dass ich mir von Phelippes helfen lassen musste. Wahrscheinlich würde er sich darüber freuen, dass ich mich an den Zeichen festgebissen hatte.

»Sir«, begann ich und musste mich räuspern, denn es kam mir so vor, als hätte ich schon seit Jahren kein Wort mehr gesprochen. »Sir, ich habe hier …«

»Du hast sie also gefunden.«

»Was meinen Sie, Sir?«

»Die Blender. Du hast die Blender gefunden.«

Ich hörte dieses Wort zum ersten Mal. »Blender?«

»Dir ist doch sicher aufgefallen, dass es in dem Text mehrere Zeichen mit gleicher Anzahl gibt«, antwortete Phelippes. »Ich habe dir ein leichtes Beispiel ausgesucht, denn normalerweise wollen die Blender nicht gefunden werden. Diese willkürlich eingestreuten Zeichen dienen nämlich dazu, denjenigen, der nicht eingeweiht ist, zu verwirren.«

»Aber der Empfänger dieses Briefes ...«, wandte ich ein, und wieder gab mir Phelippes die Antwort, bevor ich die Frage zu Ende stellen konnte.

»Der weiß natürlich um die Blender, denn er kennt den genauen Schlüssel. Die Schriftstücke, die ich dir vor ein paar Wochen gegeben habe, waren im Gegensatz zu diesem hier einfache Spielereien. Komm her, ich zeige dir etwas.«

Ich erhob mich und ging zu seinem Tisch hinüber. Das Dokument, das dort lag, war am Vortag angekommen, und wie immer hatte er kein Wort darüber verloren.

»Das hier.« Er tippte mit dem Zeigefinger auf den Brief. »Das ist die wahre Herausforderung. Diesen Brief hat Maria Stuart eigenhändig geschrieben, und sie ist sehr gewitzt darin, Blender einzusetzen. Denn jedes Mal verwendet sie andere Zeichen dafür.« Phelippes beugte sich nah an mich heran, so nah, dass ich seine Pockennarben überdeutlich sehen konnte.

»Diese Stuart ist ein ganz gerissenes Weib, mein Junge. Es ist gar nicht so lange her, dass Walsinghams Leute eine Botschaft abgefangen haben. Darin hat sie ihren Freunden Hinweise gegeben, wie sie eine Geheimschrift erstellen könnten. Zum Beispiel, indem man Papier oder ein Tuch in eine Mischung aus Alaun, Wasser und Ammoniak taucht und eine Nachricht aufschreibt. Erst wenn man dieses Papier anfeuchtet, wird die Schrift sichtbar. Es klappt tatsächlich, und für deine späteren Missionen solltest du dir diese Methode gut merken. Es gibt noch eine zweite, aber um die in England anwenden zu können, müsstest du schon sehr gut mit Francis Drake oder einem der anderen Kapitäne befreundet sein.«

»Welche Methode ist das?«

»Der Saft einer Frucht, die man Zitrone nennt. Eine Botschaft, die du damit schreibst, ist im ersten Moment unsichtbar, aber unter Einwirkung von Wärme taucht sie wie von Geisterhand auf dem Papier auf. Du musst nur sehen, dass du das Papier nicht über einer Kerzenflamme aus Versehen verbrennst, das wäre dumm.« Er stieß ein Lachen aus und fuhr dann mit seinem Vortrag fort. »Nicht, dass die Stuart Zitronen hätte, das ist eher eine Spezialität der Spanier. Aber das braucht sie auch nicht. Sie hat genug andere Ideen, zum Beispiel Bücher zu manipulieren oder Dokumente in ausgehöhlten Stiefelabsätzen zu transportieren. Wäre sie ein Mann, könnte sie uns noch gefährlicher werden als jetzt schon.«

»Wo bekommt man Alaun und Ammoniak her?«, fragte ich wissbegierig.

»Beides müsstest du beim Tuchmacher oder beim Färber erhalten. In jeder größeren Stadt wird es einen geben, es sollte also kein Problem sein. Für Marias Untertanen war es jedenfalls nicht weiter schwer, an diese Dinge zu kommen, nur leider ist die Verschwörung aufgeflogen. Hat dir Sir Francis je von Throckmorton erzählt?«

Das hatte er tatsächlich, allerdings nur oberflächlich. Throckmorton war an einem Komplott beteiligt gewesen, das es den Spaniern ermöglichen sollte, in England zu landen. Dieses wurde vereitelt, woraufhin er gefoltert und hingerichtet und Mendoza, der spanische Botschafter, des Landes verwiesen worden war.

»Ja, das hat er, Sir«, antwortete ich mit fester Stimme.

»Als Maria das zu Ohren gekommen ist, hat sie ihre Taktik geändert. Kein Alaun mehr oder Bücher, seit neuestem benutzt sie verschiedene Codes. Der Brief, den du vor dir hast, ist aus den Zeichen des Tierkreises und einigen anderen Symbolen erstellt worden. Manchmal schreibt die schottische Königin Briefe auch so, dass man eine bestimmte Schablone darüberhalten muss, damit man die Nachricht lesen kann. Es hat mich zu Anfang höllisch viel Zeit gekostet, dieses System zu durchschauen, aber mittlerweile ist sie sich ihrer Sache so sicher, dass sie kaum noch Veränderungen vornimmt. Unser Informationsfluss läuft hervorragend, weder die inländischen noch die ausländischen Freunde bemerken etwas. Immerhin war es mein Einfall, ihr die Post in Weinfässern zu schicken. Gifford hat den Franzosen diese Idee zwar als die seine verkauft, aber die Nachwelt wird wissen, dass sie von mir stammt!« Stolz reckte er die Brust, und ich musste zugeben, dass diese List ihm durchaus zuzutrauen war, nach allem, was ich bisher von seinem Handwerk gesehen hatte.

»Aber ich verspreche dir, wir werden dieser Frau endlich das Handwerk legen! Es reicht, dass sie ihren Ehemann ermorden ließ und es vielen anderen guten Männern durch ihre Verführungskünste den Kopf kostete. Jetzt ist diese Metze selbst dran, und ich werde an dem Tag, an dem sie hingerichtet wird, ein Dankgebet in St. Paul sprechen!« Er stieß ein böses Lachen aus, befingerte noch ein wenig das Blatt, das vor mir lag, und wandte sich dann erneut an mich. »Wenn du also von mir lernst, mein Junge, dann lernst du von einem Mann, der schon viele Dinge gesehen und getan hat. Es tut mir fast ein bisschen leid, dass du nicht in meine Fußstapfen treten wirst.«

Ich blickte ihn an, was er wahrscheinlich als Überraschung auffasste.

»Sir Francis hat mir erzählt, wie er dich einzusetzen gedenkt«, erklärte Phelippes deshalb. »Ich war mir nicht sicher, ob dieses Wissen etwas für einen gewöhnlichen Spion ist, denn wenn jeder seiner Leute das könnte, würde er mich bald nicht mehr brauchen. Aber ich bin zu der Erkenntnis gekommen, dass du wissen musst, wie man den Feind verwirrt, mein Junge. Ich bin mir sicher, dass du dieses Wissen eines Tages brauchen wirst.« Er klopfte mir auf die Schulter und zog sich wieder zurück.

Ich blickte ihm verwundert hinterher. Es war das erste Mal, dass er etwas Persönliches zu mir sagte und mir ein wenig Sympathie entgegenbrachte. Zum ersten Mal hatte ich das Gefühl, dass er sich wirklich für mich und meine Ausbildung interessierte, und ich wusste, dass mir das meine Zeit hier unten in diesem finsteren Loch wesentlich erleichtern würde.

25. Kapitel

Der Winter gebärdete sich in den nächsten Wochen noch einmal wie ein wildes Tier. Mal prasselten Schneestürme auf den Tower nieder, dann wieder heulte der Wind grauenerregend um die Türme und Mauern. Doch schließlich besserte sich das Wetter. Ich brauchte im Keller nicht so oft meine Hände anzuhauchen oder sie heimlich über die Kerzenflamme zu halten, damit sie fürs Schreiben geschmeidig wurden.

Nachdem Phelippes meinte, dass meine Dechiffrierungskünste ausreichend waren, ließ er mich selbst verschlüsseln und versuchte dann, meine Botschaften zu entziffern. Er meinte, dass ich erst dann gut sei, wenn ihm eine Nachricht von mir wirklich Kopfzerbrechen bereiten würde, allerdings bezweifelte ich, dass ich dazu fähig war. Immerhin machte mir die Arbeit mittlerweile Spaß.

In jenen Tagen kamen nur wenige Nachrichten aus Schottland, und es schien, als hätten Maria Stuart und ihre Getreuen die Lust am Briefwechsel verloren. Stunden-, ja tagelang zerbrach ich mir den Kopf, wie ich meinen Lehrherrn in die Irre führen konnte. Ich vertauschte Buchstaben, setzte Blender, verwendete Abkürzungen – alles umsonst. So hässlich Phelippes war, so klug war er auch. »Mit diesen Spielereien kannst du vielleicht die Spanier narren, aber nicht mich!«, behauptete er jedes Mal und schickte mich an meinen Platz zurück.

Zwischendurch brachte er mir bei, Briefe zu öffnen, ohne dabei Siegel zu brechen oder jemanden meinen Zugriff bemerken zu lassen. Ich lernte, Schriften nachzuahmen und Dokumente wieder so zu ordnen, dass sie auf ein und derselben Stelle lagen, von der ich sie weggenommen hatte. An einem gewittrigen Abend kam Walsingham unvermittelt zu mir. Ich hatte ihn seit Tagen nicht gesehen, denn seine Pflichten nahmen ihn voll und ganz ein, und das war ihm anzusehen. Obwohl er unverändert Stärke ausstrahlte, hatte seine Gesundheit gelitten. Der Geruch von Medizin schien jetzt sogar in seinen Kleidern zu hängen. Ich fragte mich, ob er mich aus dem Keller holen wollte, aber zunächst hörte es sich nicht danach an.

»Mister Phelippes ist recht zufrieden mit deiner Arbeit«, begann er. »Er sagt, du hättest das Zeug dazu, ihn eines Tages abzulösen.«

»Danke, Sir«, entgegnete ich, doch ich ahnte bereits, dass er nicht hier war, um mich zu loben. »Es gibt Neuigkeiten aus Schottland. Phelippes hat es dir vielleicht schon erzählt.«

Ich schüttelte den Kopf. »Er erzählt mir nur selten etwas.«

Walsingham lächelte ein wenig und sagte: »Dann sollte ich dich wohl langsam einweihen. Deine Lehrzeit ist zwar noch nicht vorbei, aber ich will nicht ausschließen, dass wir dich demnächst brauchen.«

»Ihr meint, ich soll eingesetzt werden?«

Walsingham nickte. »Ja. Die Ereignisse in Schottland schreiten jetzt schnell voran. Wir haben Marias Getreue so weit, dass sie konkrete Mordpläne gegen Elizabeth hegen. Gifford ist in den inneren Kreis der Verräter vorgedrungen und tut alles, um ihr Vertrauen in ihn zu festigen. Sie halten ihn bereits für den zuverlässigsten Mann dort.« Walsingham lachte in bösem Vergnügen auf. »Ich würde nur zu gern ihre Gesichter sehen, wenn sie erfahren, dass sie eine Schlange an ihrem Busen genährt haben.«

Die Falle war also zugeschnappt! All die Briefe in Weinfässern und das gute Zureden vermeintlicher Freunde trugen nun Früchte. Böse Früchte, die zum Tod einer Königin führen konnten. Ich hegte keine Sympathien für Maria Stuart, wusste aber auch nicht, ob ich mich auf die Art und Weise, wie sie dem Richtblock nähergebracht wurde, freuen sollte.

»Wir müssen davon ausgehen, dass es in der nächsten Zeit zu einem Mordanschlag auf die Königin kommen wird«, fuhr Walsingham fort und riss mich aus meinen Gedanken. »Du wirst nach Greenwich reisen und als eine ihrer Kammerfrauen in ihrer Nähe bleiben. Ich werde dich so bald wie möglich mit Ihrer Majestät bekanntmachen.«

Nur mühsam konnte ich meine Freude darüber verbergen. Endlich kam ich aus diesem Keller raus! Endlich konnte aus dem Lehrling mit dem schrecklichen Namen Albert wieder das Mädchen Alyson werden. Ich zitterte innerlich vor Erregung.

»Was ist mit Mister Phelippes?«, fragte ich.

»Er wird schon bald auf Reisen gehen und kann sich ohnehin nicht länger um deine Ausbildung kümmern. Du weißt alles, was du wissen musst, und in ruhigeren Zeiten kannst du an der Perfektionierung deiner Fähigkeiten arbeiten. Jetzt wirst du am Hofe der Königin gebraucht. Ich habe dir ein Kleid auf dein Zimmer gebracht, das du tragen wirst, und ich erwarte, dass du dein Haar wie das einer Dame frisierst. Ich möchte, dass du in einer Viertelstunde wieder hier bist.«

»Ja, Sir«, entgegnete ich.

Als ich das Arbeitszimmer verlassen hatte, musste ich mich zwingen, nicht zu meinem Quartier zu rennen. Mein erster Einsatz! Wenn ich es nicht falsch verstanden hatte, sollte ich sogar auf das Leben der Königin achtgeben!

In meinem Zimmer angekommen, sah ich das Kleid auf dem Bett liegen. Es war dunkelgrün und mit goldfarbenen Borten abgesetzt. Das Mieder war mit goldfarbenen Ranken verziert. Selbst das Sonntagskleid einer reichen Bürgersfrau sah nicht so schön aus. Auf dem Stuhl neben meinem Bett hing ein farblich passender Umhang, der mit Pelz gefüttert war. Ich beeilte mich sehr, mich umzuziehen und meine Sachen zusammenzupacken. Auch meinen Lederanzug nahm ich vorsichtshalber mit. Nachdem ich meinen Zopf gelöst und mir die Haare frisiert hatte, griff ich nach meinem Bündel und verließ das Zimmer.

Ungesehen gelangte ich zu Walsinghams Studierzimmer, wo Sir Francis zum Aufbruch gerüstet vor dem Schreibpult stand und auf mich wartete. Sämtliche Dokumente waren von der Tischplatte verschwunden, dafür bemerkte ich eine Schatulle auf dem Stuhl davor.

»Es gibt noch ein paar Dinge, die du wissen musst, bevor du dich an den Hof begibst«, sagte er, als ich die Tür hinter mir zugezogen hatte. »Zum Ersten darfst du niemandem sagen, dass du in meinen Diensten stehst. Einzig und allein die Königin wird es wissen, die anderen Hofdamen dürfen es nicht erfahren, denn eine von ihnen könnte durchaus als Agentin für die Spanier oder Franzosen arbeiten. Wenn sie dich enttarnt, könnte das dein Tod sein, und du kannst mir glauben, dass dieser eher durch einen vergifteten Kamm oder eine tödliche Beigabe in deinem Essen als durch einen Dolch kommen wird.«

»Verstanden, Sir Francis.« Erst neulich hatte ich ein verbotenes Buch eines Italieners aus dem Umkreis Lucrezia Borgias gelesen, in dem beschrieben war, wie man Menschen durch Gift ausschalten konnte.

»Außerdem wirst du während deines Aufenthaltes am Hof einen anderen Namen tragen.« Mit diesen Worten zog er einen versiegelten Umschlag unter seinem Talar hervor.

»Dein Name wird Beatrice Walton sein. Du bist die jüngste Tochter eines Landadeligen namens George Walton. Informationen zu deiner Herkunft und Familiengeschichte findest du in dem Umschlag hier. Du wirst dir nach deiner Ankunft bei Hofe alles gut durchlesen und verinnerlichen und den Brief anschließend verbrennen. Achte darauf, dass keine Reste im Kamin übrig bleiben.«

»Wird es denn niemandem auffallen, dass ich nicht die

echte Beatrice bin?«, fragte ich und wusste in diesem Augenblick selbst nicht, warum sich mir die Kehle zuschnürte.

»Die echte Beatrice ist vor drei Monaten an Schwindsucht gestorben. Sie hatte wie du rotes Haar und war ungefähr in deinem Alter. Walton ist ein Bekannter von mir, er hat sich einverstanden erklärt, den Tod seiner Tochter unseretwegen zu verheimlichen.«

Ich sollte also in die Rolle einer Toten schlüpfen. Behaglich war mir dabei nicht gerade, aber ich würde mich wohl daran gewöhnen müssen.

»Wie gesagt, alles Weitere findest du in dem Schreiben«, fuhr Walsingham fort, als ich nichts dazu sagte und lediglich nickte. »Bei Hofe wirst du die Königin und ihre getreuen Damen genau im Auge behalten. Du wirst hören, was sie vor Ihrer Majestät sagen, und du wirst dir merken, was sie hinter ihrem Rücken sagen – egal, wie banal es dir erscheinen mag. Solltest du den Verdacht haben, dass das Leben der Königin in Gefahr ist, wirst du alles tun, um einen Anschlag zu verhindern.«

»Und wenn ich etwas in Erfahrung bringe, was Ihr unbedingt wissen müsst?«

»Ich habe einen Kontaktmann bei Hofe. Wer das ist, brauchst du vorerst nicht zu wissen, er wird sich dir rechtzeitig offenbaren. Von Zeit zu Zeit verlangt die Königin einen Rapport von mir, wodurch wir ab und zu die Gelegenheit zu einem Gespräch haben werden. Du wirst mir dann alles mitteilen, was du in Erfahrung bringen konntest. Schreibe es aber nicht auf, sondern merke es dir.«

»Sehr wohl, Sir.«

»Soweit ich weiß, war Beatrice zwar recht hübsch, doch sie war keineswegs gut bewandert in Lesen und Schreiben. Offenbare also niemandem dein Wissen, und sei vorsichtig bei den spitzfindigen Unterhaltungen der Hofdamen. Sie haben viel Zeit, einander zu beobachten. Wenn sie merken, dass du ihnen zumindest gleichrangig, wenn nicht sogar überlegen bist, werden sie dich meiden. Gibst du dich hingegen ein wenig einfältig, werden sie dich nicht als Gefahr ansehen und vielleicht sogar Bemerkungen fallenlassen, die wichtig für uns sein können. Lass niemanden wissen, wer du wirklich bist.«

Auf diese Worte hin blickte er mich ernst an. Er wollte prüfen, ob ich bereit war, die Last eines anderen Lebens auf mich zu nehmen. Wenn ich getötet wurde, was dann? Würde man mich als Beatrice begraben? Nein, an den Tod wollte ich jetzt nicht denken. Daher erwiderte ich seinen Blick offen und furchtlos, und das schien ihm zu gefallen.

»Alles Weitere wirst du im Laufe deines Aufenthaltes in Greenwich erfahren«, sagte er schließlich und legte mir eine Hand auf die Schulter. »Hast du deine Sachen gepackt?«

Ich hielt mein Bündel hoch.

Walsingham betrachtete es skeptisch, und als wüsste er, was sich unter dem groben Stoff verbarg, sagte er: »Lass niemanden sehen, was du darin hast. Es würde einer Hofdame nicht gut zu Gesicht stehen, wenn bei ihr Männerkleidung gefunden wird.«

Das war mir klar, es überraschte mich allerdings, dass er nicht sagte, ich solle sie hierlassen. Vielleicht würde ich sie ja brauchen.

»Ich werde meine persönlichen Sachen gut verstecken, das kann ich inzwischen«, erwiderte ich. In Walsinghams Kohlenaugen glomm Belustigung auf, doch er entgegnete nur: »Komm, die Kutsche wartet sicher schon auf uns.«

Kurz darauf saßen wir in derselben schweren Kutsche, die mich damals nach Barn Elms gebracht hatte. Ein bleicher

Wintermond schien in das Fenster, dazwischen huschten die Schatten von Geäst an uns vorbei. Hinter uns ritt eine Eskorte aus vier Männern. La Croix war nicht dabei. Da ich auch im Tower schon häufiger nach ihm Ausschau gehalten hatte, nahm ich all meinen Mut zusammen und fragte Sir Francis nach ihm.

Walsingham blickte mich nicht an, als er antwortete: »Ich habe ihn mit einem wichtigen Auftrag betraut. In Schottland.« Da er spürte, dass mir diese Antwort nicht genügte, redete er weiter. »Du hast ihn gemocht, nicht wahr?«

Ich nickte.

»Hast du dich je gefragt, wie er in meine Dienste gekommen ist?«

Ich erzählte ihm alles, was ich von dem Franzosen über die schreckliche Bartholomäusnacht erfahren hatte.

»Als die Wirren der Bartholomäusnacht begannen, weilte ich gerade als Botschafter in Paris«, begann Sir Francis, nachdem ich geendet hatte. »Noch nie zuvor habe ich solch eine Grausamkeit gesehen.«

Ich bemerkte, dass sich sein Tonfall änderte. Er starrte in die Dunkelheit, während er sich die Ereignisse von damals wieder ins Gedächtnis rief. Seine Miene wirkte auf einmal wächsern, so als hätte seine Seele den Körper verlassen. Nach einer Weile sprach er weiter, und ich bekam eine Gänsehaut.

»Es war der Tag der Hochzeit von Prinzessin Margarete mit Heinrich von Navarra. An diesem Tag waren zahlreiche Hugenotten in Paris, denn Heinrich war einer von ihnen. Ihnen war freies Geleit garantiert worden, doch die Pläne Caterina de Medicis waren andere. Sie wollte das Beisammensein nutzen, um einen vernichtenden Schlag gegen die ihr verhassten Protestanten auszuführen. Sie nutzte die Arglosigkeit der

Gäste aus und bedrängte ihren Sohn, König Karl IX., den Befehl zur Ermordung sämtlicher Hugenotten in Frankreich zu erteilen. Zunächst wurde Coligny, ihr Führer, angeschossen, und als bekannt wurde, dass er überleben würde, metzelten ihn mehrere Soldaten auf Befehl der Königsmutter nieder. Danach begann ein Massaker in den Straßen von Paris. Jeder bekannte Protestant wurde abgeschlachtet, egal ob Frauen und Kinder, junge Männer oder Greise. Innerhalb weniger Stunden türmten sich Berge von Leichen in den Straßen.« Walsingham machte eine kurze Pause, und in seinen schwarzen Pupillen blitzte das Mondlicht. Ich meinte, die Schrecken von damals in seinem Gesicht sehen zu können. Die Schreie der Sterbenden und das Flehen jener, die dem kalten Stahl ins Auge blicken mussten.

»Mein Leben stand ebenfalls auf dem Spiel, denn Caterina machte auch vor Ausländern nicht halt. Trotzdem versuchte ich, so viele Menschen wie möglich zu retten. Jene, die wussten, dass sie in meinem Haus Schutz finden würden, kamen zu mir, doch bald war es überfüllt, und wir mussten die Gesuche der Leute ablehnen. Schließlich zwang man Heinrich dazu, seinem Glauben abzuschwören und zum Katholizismus überzutreten. Damit hörte es vorerst auf. Aus Angst floh ich schließlich in die Bretagne. Ich wollte weg aus Frankreich, doch Elizabeth konnte meinem Gesuch nicht nachgeben, sie brauchte mich. Schließlich traf ich auf einen Mann. Er wirkte verwildert, Blut klebte an seinen Kleidern, und er brach direkt vor unserer Kutsche zusammen, entkräftet und schwer verletzt. Im Fieberwahn erzählte er mir seine Geschichte, und als er wieder zu Kräften gekommen war, bot er sich an, mir zu dienen.«

Ich versuchte mir La Croix auf dem Krankenlager vorzustellen, erschöpft und fiebrig, beseelt von Rachegelüsten. Es tat mir sehr leid um seine Familie, und ich wusste, dass ich nur eines für ihn tun konnte: helfen, dass seine Feinde ihre Strafe bekamen.

Nachdem Sir Francis geendet hatte, schwieg er eine ganze Weile. Das Rumpeln der Kutschenräder übertönte seinen Atem und meinen Herzschlag. Ich konnte ebenfalls nichts darauf sagen. Stumm starrte ich in die Dunkelheit. Walsingham betrachtete mich noch eine ganze Weile, doch er sagte nichts mehr. Er hing seinen eigenen Gedanken nach, bis schließlich Greenwich vor uns auftauchte.

Zweites Buch

Am Hof der Königin
1586

26. Kapitel

Auf dem Schlosshof angekommen, brachte der Kutscher die Pferde zum Stehen, und schon bald wurden wir von einigen Soldaten umringt. Walsingham ließ uns beim Haushofmeister melden, dann stiegen wir aus.

Der Mond schien hell auf die Türme von Greenwich Castle, und auch wenn man nicht viel davon sehen konnte, machte es einen majestätischen Eindruck. Wir schritten durch die Galerie, deren Bogengänge den Blick auf den Garten freigaben. Ich erkannte Rosenstöcke, die mit Schnee und Eis überzogen und auf dem Boden von Tannenzweigen bedeckt waren. Im Sommer waren sie sicher ein herrlicher Anblick, und ich versuchte mir den Duft vorzustellen, der dann in den Palast wehte.

Ich weiß nicht, warum, doch dabei fiel mir etwas ein, das ich die ganze Zeit über verdrängt hatte.

Murphy!

Walsingham hatte damals gemeint, dass er für mich zu einem Problem bei Hofe werden könnte. Wir hatten seit seiner Abreise nicht mehr über den Tanzmeister gesprochen, und ich hatte ihn einfach nur vergessen wollen. Doch jetzt drängte sich mir die knochige Gestalt wieder in den

Sinn, und ich fragte mich, ob er zurzeit ebenfalls bei Hofe weilte. Wenn ja, würde er sicher versuchen, sich an mir zu rächen.

»Sir Francis«, begann ich ein wenig zaghaft. Meine Stimme hallte von den Säulen der Galerie wider.

Walsingham wandte sich mir nicht zu, aber mit einem fast unmerklichen Nicken bedeutete er mir, dass er mir zuhörte.

»Was ist eigentlich aus Mister Murphy geworden?« Ich wollte nicht direkt fragen, ob er hier in Greenwich war. Sicher veranstaltete die Königin auch hier Bälle und brauchte einen Tanzmeister.

Sir Francis ließ sich Zeit mit seiner Antwort. Es schien, als müsse auch er sich an die damaligen Ereignisse erinnern, obwohl ich bezweifelte, dass er ein schwaches Gedächtnis hatte. »Ich denke, dass es ihm gutgehen wird, dort, wo er ist«, sagte er schließlich mit teilnahmsloser Stimme. »Tote pflegen keine Sorgen mehr zu haben.«

Murphy war tot? Ich erinnerte mich schwach daran, dass Sir Francis gemeint hatte, er werde sich um den Tanzmeister kümmern.

Dass er wirklich sein Leben lassen musste, damit hätte ich nicht gerechnet. Ich blickte Walsingham überrascht an, doch ich bekam nicht mehr die Chance, genauer nachzufragen. Der in ein gelb-rotes Wams gekleidete Haushofmeister erschien, um uns nach unserem Begehr zu fragen. Als Walsingham ihm sagte, dass er wegen der neuen Hofdame gekommen sei und sie der Königin vorstellen wolle, entfernte sich der Mann sofort wieder. Allerdings blieb er nicht lange genug weg, damit ich unser Gespräch erneut aufnehmen konnte.

In Windeseile war er wieder zurück und eröffnete Walsingham, dass die Königin geneigt sei, mit uns zu sprechen.

Sir Francis hatte wie so häufig seine undurchdringliche Maske aufgesetzt. Er nickte dem Haushofmeister zu und machte sich auf den Weg. Bemüht, möglichst keine Unsicherheit zu zeigen, folgte ich ihm.

Walsingham kannte sich im Palast hervorragend aus und führte mich schnurstracks zu einer Tür im ersten Obergeschoss. Die Wache, die davor postiert war, meldete unser Eintreffen, und wir durften eintreten.

Bei dem Raum handelte es sich um Elizabeths Kabinett. Schöne Wandteppiche und hohe Bücherregale dominierten den Raum, außerdem gab es ein Schreibpult und einen reichverzierten Tisch, hinter dem Elizabeth saß.

Sie hatte sich anscheinend schon zu Bett begeben und war wegen unserer Ankunft geweckt worden. Über ihrem Nachtkleid trug sie einen rotsamtenen Morgenmantel, der an den Ärmeln mit goldenen Phönixen bestickt und an der Brust gesteppt war. Ihr Haar war unter einer Perücke verborgen, einer der einfacheren, wie ich noch sehen sollte. Ich machte meinen schönsten Hofknicks und verharrte in der Stellung, bis sie so gnädig war, mich anzusprechen.

»Majestät, verzeiht die nächtliche Störung, aber die Sorge um Eure Sicherheit erfordert ...«

Weiter kam Walsingham nicht. Elizabeth musste ihm ein Zeichen gegeben haben, das ihn verstummen ließ. Dann fragte sie: »Wer ist dieses Mädchen?«

»Das, Eure Majestät, ist Eure getreue Dienerin Beatrice Walton. Ich wollte Euch gnädigst vorschlagen, sie in die Reihen Eurer Hofdamen aufzunehmen.«

»Warum sollte ich das tun, Walsingham?«, entgegnete die Königin schnippisch.

Ich hätte sie gern angesehen, doch ich wollte sie nicht verärgern, indem ich mich vor der Zeit rührte.

»Es ist zu Eurer Sicherheit, Majestät.«

Warum erwähnte er das, stellte mich jedoch nicht unter meinem richtigen Namen vor?

»Zu meiner Sicherheit?«, durchschnitt die Stimme der Königin wie ein Messer die Luft. »Ihr wisst, was ich von den meisten Eurer Sicherheitsmaßnahmen halte.«

»Mit Verlaub, aber die junge Lady ist ebenso diskret wie wirkungsvoll. Miss Beatrice stammt aus einer Adelsfamilie und wird für Euch gewiss unterhaltsam sein. Außerdem wird sie versuchen, jegliche Gefahr und Falschheit von Eurer Majestät fernzuhalten.«

Die Königin musterte mich eindringlich, das spürte ich. Dennoch hielt ich den Blick gesenkt, bis sie sagte: »Steh auf!«

Ich leistete ihrem Befehl Folge, und endlich konnte ich sie genauer betrachten. Früher hatte ich immer versucht, mir die Königin vorzustellen. Ich wusste, dass sie rotes Haar hatte und schön war. Doch was ich nun sah, hatte ich nicht erwartet. Ihr Gesicht war schmal, schneeweiß gepudert – und das einer alten Frau. Gewiss war sie schön, aber die Jahre der Verantwortung hatten sichtlich an ihr gezehrt. Ihre dunklen Augen lagen in tiefen Höhlen und blickten tückisch. Ihr Mund war zu einem schmalen Strich zusammengepresst, und selbst die rote Farbe auf ihren Lippen konnte ihm keine Fülle verleihen.

Unser Besuch schien der Königin nicht recht zu sein. Offenbar war ihr Walsingham trotz seiner bedingungslosen Loyalität suspekt. Sie glaubte zwar nicht, dass er ihren Thron gefährdete, und sie vertraute ihm auch, was ihre Sicherheit anging. Dank ihm war sie immerhin schon des Öfteren dem Tod entgangen. Dennoch missfiel ihr seine Art, und auch wenn sie, wie ich später herausfinden sollte, einen Spitznamen für ihn hatte, mochte sie ihn nicht. Das Gleiche galt wohl auch für mich.

»Ihr wollt mir also einen Eurer Raben unterschmuggeln, Sir Francis«, sagte sie in eisigem Tonfall. »Noch dazu einen derart jungen. Woher habt Ihr sie?«

»Sie befindet sich seit einiger Zeit bei mir in der Ausbildung«, antwortete Walsingham. »Ich dachte, sie sei eine perfekte Ergänzung für Eure Edelfräulein.«

Wieder musterte mich Elizabeth, und ich senkte, wie ich es gelernt hatte, demütig den Kopf. »Wie soll dieses Kind für meine Sicherheit sorgen?«

»Sie wird Ohren und Augen offenhalten und Euch und mich über alles unterrichten, was sie an Reden über und gegen Eure Majestät aufschnappt.«

»Sie soll also meinen Hof ausspionieren.«

Walsingham neigte zustimmend den Kopf. »Ich bin mir sicher, dass keiner meiner Leute so unauffällig sein wird wie sie.«

Der Blick der Königin wurde allmählich bohrend. Sie versuchte wohl abzuwägen, inwiefern ein Spion, der ihr so nahe war, nützlich sein konnte.

Ich war mir dessen bewusst, dass ich nicht nur die Meinungen ihrer Höflinge und eventueller Feinde aufschnappen würde, ich würde auch sehr viel über die Königin erfahren. Dinge, die niemand wissen sollte, auch Walsingham nicht. Indem ich ihren Hof ausspionierte, spionierte ich sie ebenfalls aus. Elizabeth war nicht so dumm, das nicht zu erkennen.

Aber die Königin liebte die Gefahr. Walsingham war keiner von ihren Höflingen, mit denen sie spielen konnte. Er achtete sie als Königin, doch er versuchte nicht, sich ihr als Favorit anzudienen, wie es andere taten. Er versuchte auch nicht, ihre Zuneigung zu erringen. Er war stets korrekt, dunkel und sachlich kühl, und solche Männer mochte Elizabeth nicht. Diejenigen, die ihr wie Schoßhündchen zu Füßen lagen, waren nun mal einfacher zu handhaben.

Daher überraschte es mich, dass sie seiner Bitte stattgab.

»Gut, dann lasst sie hier.« Sie machte eine gleichgültige Handbewegung, die Walsingham zeigen sollte, dass sie keine Angst vor ihm hatte. »Ich habe zwar schon sechs Edelfräulein, aber da sich der Vater einer der Damen mit Heiratsgedanken trägt, werde ich sie durch die Kleine hier ersetzen können. Ich erwarte sie morgen früh um sieben in meinen Gemächern. Weist meinen Haushofmeister an, ihr ein Quartier im Haus und ein entsprechendes Gewand zu geben. Mit Euch will ich später noch einmal reden.« Damit war für sie die Sache erledigt.

»Vielen Dank, Eure Majestät.«

Walsingham verneigte sich und ich ebenso, dann verließen wir das Kabinett.

Nachdem Sir Francis mit dem Haushofmeister gesprochen hatte, gab man mir eine Kammer, in der sonst die Dienstboten der Gäste untergebracht waren. Das Zimmer war dunkel und unbehaglich, und wahrscheinlich war bei Hofe schon lange kein Besuch mehr mit großem Gefolge eingetroffen, denn von der getäfelten Decke hingen nicht wenige Spinnweben herab.

Walsingham wartete, bis ich eingetreten war, dann wandte er sich zum Gehen.

»Weilt Ihr noch eine Weile hier in Greenwich, Sir Francis?«, fragte ich und bemerkte, dass ich wie ein kleines Kind klang, das seinen Vater bat, noch ein wenig dazubleiben. Meine anfängliche Freude darüber, die Königin persönlich kennenzulernen, war verflogen, und mich beschlich eine leise Ahnung, dass mich hier eine schwere Zeit erwartete. Hier würde es niemanden geben, den ich fragen konnte, abgesehen von dem geheimnisvollen Kontaktmann, der sich mir erst später zeigen wollte. Hier war ich voll und ganz auf mich gestellt.

Walsingham nickte. »Ich werde die Zeit nutzen und Ihre Majestät über unsere Fortschritte in Schottland in Kenntnis setzen, doch ich glaube nicht, dass wir uns sehen werden. Du hast jetzt deine Pflichten, Alyson. Versieh sie gut und vergiss nicht, wann immer es dir möglich ist, deine Studien fortzusetzen.«

Ich nickte gehorsam und verabschiedete mich von Sir Francis. Nachdem er gegangen war, nahm ich das Schreiben hervor, das er mir gegeben hatte. Ich erfuhr einiges über die Familie Walton, zum Beispiel, dass meine vorgebliche Mutter am Kindbettfieber gestorben war und dass ich keine Geschwister hatte. Wie hart hatte es den Vater wohl getroffen, als seine Tochter gestorben war? Machte es ihm wirklich nichts aus, wenn ich nun ihren Platz einnahm?

Antworten auf diese Fragen würde ich ohnehin nicht bekommen, also las ich weiter und erfuhr, wo das Familiengut lag, das Walton von Heinrich VIII. erhalten hatte, und wie groß es war. Außerdem stand dort, dass mein »Vater« an Gicht und einigen anderen Krankheiten litt. Dadurch war die Möglichkeit gegeben, mich zwischendurch immer mal wieder für andere Aufträge abzuziehen und vorzugeben, dass ich ihn pflegen müsse.

Als sich die Nacht ihrer Mitte zuneigte, war ich, zumindest was mein Wissen anging, zu einer Walton geworden. Alles andere würde sich zeigen, aber ich war zuversichtlich. Ich riss den Brief in winzige Stücke und warf sie in den Kamin.

Erst, als ich mir sicher war, dass das Papier verglüht war, begab ich mich ins Bett.

27. Kapitel

Ungefähr zur gleichen Zeit reiste Phelippes nach Chartley, wo Maria Stuart mittlerweile untergebracht war. Ihr Bewacher Amyas Paulet arbeitete eng mit Walsingham zusammen und war dafür zuständig, dass Maria ihre Korrespondenz auch weiterhin aufrechterhalten konnte. Wahrscheinlich sollte Phelippes ihre Antworten gleich an Ort und Stelle dechiffrieren. Gifford wurde bei den Verschwörern gebraucht. Er hatte es geschafft, Babingtons Vertrauen zu gewinnen, und da die Verschwörung allmählich ihren Höhepunkt erreichte, durfte er nicht riskieren, entdeckt zu werden.

Insgeheim wäre ich gern mit Phelippes gefahren, um wenigstens einmal die Frau zu sehen, die Walsingham so sehr hasste. Doch ich war dazu bestimmt, Elizabeth zu dienen. Am Morgen meldete ich mich zum Dienst, kurz nachdem die Königin wach geworden war.

Das Schlafgemach war deutlich größer als das von Lady Ursula auf Barn Elms, aber die empfing des Abends ja auch keine Schar von Verehrern. Die schweren samtenen Vorhänge waren zurückgezogen, und helles Tageslicht strömte durch die Fenster. Der Geruch frischer Laken hing in der Luft, parfümiert mit einem Hauch Lavendel. Anstelle von Binsenmatten lagen Teppiche auf dem Fußboden, die jeden Schritt verschluckten oder zumindest dämpften.

Als ich eintrat, schwirrten mehrere Frauen um Elizabeth herum wie Bienen um einen Honigtopf. Einige trugen Kleider umher, einige kämmten Perücken, andere rührten Schminke an und kümmerten sich um den Schmuck.

Es waren zwölf junge Frauen, die einfache, aber aus gutem Stoff gefertigte Kleider trugen, und sechs Mädchen, die mit weißen Kleidern angetan waren wie ich. Ich betrachtete sie einen Moment lang, und als sie mich wahrnahmen, blickten sie mich ebenfalls an, allerdings ohne ihre Tätigkeit zu unterbrechen, denn dies hätte die Königin ganz sicher erzürnt.

»Du kommst spät«, tadelte sie mich. »Ich erwarte Pünktlichkeit von meinen Hofdamen, das gilt auch für die jüngsten.«

Ihr Ton war schneidend, und ich wagte nicht, ihr zu sagen, dass sie mir in der vergangenen Nacht selbst diese Zeit genannt hatte. Es war noch nicht einmal sieben Uhr, wenn ich mich beim morgendlichen Glockenläuten nicht verzählt hatte.

»Verzeiht, Eure Majestät«, entgegnete ich nur und machte meinen Knicks – nicht den letzten an diesem Tag. Die Königin hatte ein Talent dafür, ihren Hofdamen Knieschmerzen zu bereiten.

Mit einer einfachen Bitte um Verzeihung war die Sache für Elizabeth jedoch nicht abgetan. »Du bist jetzt an meinem Hof, und an dem herrscht ein anderer Wind als in den Gemäuern deines Vaters. Ich verlange von dir, dass du wach bist, wenn ich wach bin, und dass du da bist, wenn ich dich brauche. Jeder an meinem Hof hat sich daran zu halten, hast du das verstanden?«

»Ja, Majestät«, entgegnete ich demütig.

»Noch etwas, und das ist das Wichtigste, was du lernen

solltest, wenn du hierbleiben willst. Ich verlange von meinen Damen Keuschheit. Wenn dich einer der Höflinge mit Galanterien bedrängt, wirst du mir sofort Bescheid geben, damit ich den Sittenstrolch in den Tower bringen lassen kann. Sobald ich herausfinde, dass du auch nur einen Mann ermunterst, wirst du dort landen.«

»Ganz wie Ihr wollt, Majestät.« Ich machte erneut einen Hofknicks, worin sie mich so lange beließ, bis meine Beine zu zittern begannen. Erst als sie sah, dass ich wankte, gebot sie mir, an die Arbeit zu gehen.

Wenn ich gedacht hatte, dass dieses Willkommen in Elizabeths Diensten das Schlimmste war, was mich bei Hofe erwarten konnte, hatte ich mich gewaltig getäuscht.

Bereits nach ein paar Stunden begann ich, den Keller, die verschlüsselten Dokumente und Phelippes' Pockennarben zu vermissen. Als Kammerfräulein der Königin musste ich den anderen Frauen beim Ankleiden und Waschen zur Hand gehen, Kleider und Kämme bereitlegen, das Bett machen, Hauben und Tücher sortieren und den Haarputz herbeischaffen. An sich waren das keine schweren Tätigkeiten, sie wurden mir nur schwergemacht durch den Spott der Königin. Ihre Abneigung hatte ich bereits am vergangenen Abend gespürt, aber jetzt wurde es richtig schlimm. Mit den anderen Hofdamen war sie seit Jahren vertraut, und die meisten waren auch ein gutes Stück älter als ich. Sie schnitten mich, wo sie nur konnten, um der Königin zu gefallen, und Elizabeth genoss es in vollen Zügen.

Nachdem sie mich eine Weile schweigend ertragen hatten, gingen die Sticheleien los. Natürlich nahmen sie zunächst das ins Visier, was an mir am auffälligsten war und was als Erstes den Neid der Königin erregen konnte: mein Haar. Wie ich gesehen hatte, war ihres mittlerweile dünn und ergraut, lediglich ihre Perücken strahlten in jugendlichem Rot zwischen den Perlen und Edelsteinen.

»Was haltet Ihr davon, Majestät, Euch einen neuen Kopfputz anfertigen zu lassen«, sagte eine der Frauen wie beiläufig. »Eure neue Dienerin wird Euch sicher mit Freuden ihre Haarpracht zur Verfügung stellen.«

Sie nannte mich eine Dienerin und sah mich somit nicht als ihresgleichen an. Ich wusste nicht, was Elizabeth mehr amüsierte, diese Tatsache oder die Bemerkung an sich.

»Du hast recht, Jane, vielleicht sollte ich deinen Vorschlag in Erwägung ziehen«, antwortete sie und fächelte sich mit einem eleganten Fächer aus Reiherfedern Luft zu. »Allerdings würde es ziemlich schäbig aussehen, wenn ich eine Kahlköpfige in meinem Gefolge hätte. Man würde sicher glauben, sie sei krank. Welchen Eindruck würde das auf unsere Gäste machen?«

Die Hofdamen kicherten, und Jane blickte mich an, als hätte sie einen Frosch verschluckt.

Anscheinend war ich ihr auf Anhieb unsympathisch gewesen; immerhin büßte sie bereits einen Teil ihrer Jugend und Schönheit ein und sah mich womöglich als Konkurrenz an. Unter ihrem vormals sicher hübschen Kinn wölbte sich bereits eine Fettwulst, und ihre Gesichtszüge verschwammen.

»Was ist, würdest du nicht gern dein Haar für die Königin opfern?«, stichelte Jane weiter.

»Ich würde alles für meine Königin tun«, entgegnete ich mit gesenktem Blick.

Doch wenn ich gehofft hatte, dass diese Bemerkung Elizabeth für mich einnähme, hatte ich mich getäuscht. Sie zeigte mir ganz deutlich, auf wessen Seite sie stand.

»Das werde ich berücksichtigen, wenn ich das nächste Mal jemanden brauche, der meinen Nachttopf leert«, entgegnete sie auf meine Worte, worauf die Hofdamen erneut auflachten.

Jane musterte mich hämisch, und ich wartete regelrecht darauf, dass sie sich wie ein Hund, der gerade auf Befehl zugebissen hatte, an das Bein ihrer Herrin schmiegte.

Der Zorn krampfte sich in meiner Brust zusammen und spiegelte sich auch in meinem Blick, was Elizabeth sofort bemerkte. Sie war offensichtlich zufrieden.

Zwar hatte ich gedacht, dass es an diesem Tag nicht schlimmer kommen könne, doch genau das war der Fall. Lord Robert Dudley, der Graf von Leicester, schickte sich an, seine Königin zu besuchen. Ich wusste noch nicht viel über die Beziehungen am Hof, doch aus dem Wispern der Kammerfrauen erfuhr ich sogleich, dass er wohl ihr Liebhaber war.

Früher mochte er vielleicht einmal sehr gut ausgesehen haben, aber das Alter hatte ihm schon gewaltig zugesetzt. Sein dunkles Haar war grau, sein Leib schwer geworden. Einzig seine geraden und wohlgeformten Beine waren noch ein Blickfang, doch solche Beine hätte jeder Bauernjunge zu bieten gehabt.

Aufgeputzt wie ein Pfau betrat er die Gemächer der Königin. Er trug ein silberfarbenes Wams, das mit einem aufwendigen Muster bestickt und mit breiten Silberborten verbrämt war. Seine Beinkleider waren aus dem gleichen Stoff wie das Wams gefertigt, und durch die Schlitze drängte sich senfgelbe Seide. Seine Beine steckten ebenfalls in silberfarbenen Strümpfen. Unter dem Arm trug er eine Pralinenschachtel, die für Elizabeth gedacht war, und auf dem Gesicht ein Lächeln, das jede Frau, die ihm gefiel, in sein Bett einlud.

Einem strengen Ritual folgend stellten sich die Hofdamen in einer Reihe auf, neben ihnen die Edelfräulein. Ich stellte mich als siebte zu ihnen, und da der Graf von Leicester kein Dummkopf war und zählen konnte, errang ich sogleich seine Aufmerksamkeit.

»Wie ich sehe, habt Ihr eine neue Jungfrau an Eurem Hofe«, sagte er zu Elizabeth und lächelte mir zu. »Zudem noch eine recht hübsche.«

Da mein Blick nicht nur auf Lord Robert, sondern auch auf der Königin lag, entging mir das Blitzen in ihren Augen nicht, als er auf mich zukam und eine Hand unter mein Kinn legte, um es anzuheben.

»Magst du mir nicht deinen Namen nennen, schönes Kind?«

»Beatrice«, brachte ich so züchtig wie ich konnte über die Lippen. Auch ohne die Königin anzuschauen, spürte ich, dass der Zorn in ihr hochschnellte wie ein Kastenteufel.

»Sie ist eine Empfehlung von Sir Francis.« Den Namen spie sie aus wie ein Stück fauliges Obst.

Sichtlich überrascht zog Dudley die Augenbrauen hoch. »Ich wusste gar nicht, dass der alte Mohr so einen guten Geschmack hat.« Unter dem Blick des Grafen fühlte ich mich ebenso unbehaglich wie vor einiger Zeit unter den Blicken des Tanzlehrers. »Auch wusste ich nicht, dass er neuerdings an so jungen Frauen Gefallen findet. Sir Francis wird zunehmend wunderlich, wie mir scheint.«

Damit stand der zweite Grund fest, warum sie mich nicht mochte: Ich war jung. Denn selbst wenn sie die mächtigste Frau der Welt war, konnte sie ihre Jugend nicht per Befehl oder Drohung wiedererlangen.

Elizabeth nickte ihren Kammerfrauen zu, die sofort wussten, was sie zu tun hatten. Schweigend und mit raschelnden Röcken verließen sie den Raum. Ich wollte mich ihnen anschließen, doch Lord Roberts Arm war schneller. Er hielt mich fest, und aus dem Augenwinkel heraus konnte ich sehen, es fehlte nicht viel daran, dass die Königin aufgesprungen wäre und mich geohrfeigt hätte. Dabei hätte eigentlich Lord Robert die Ohrfeige verdient gehabt.

»Lass dieses schöne Kind ruhig hier«, sagte er und ging nahtlos zu der vertraulichen Anrede für die Königin über. »Ich würde es gern ein wenig länger betrachten.«

Anscheinend hatte er vor, Elizabeth zu reizen, aber das war eine Sache, die sie unter sich austragen sollten.

Hilfesuchend blickte ich zu ihr hinüber, denn ich wollte nicht gegen ihren Befehl verstoßen. In ihren Augen sah ich allerdings nichts weiter als rasende Eifersucht, und das, obwohl ich Dudley keineswegs ermuntert hatte. Wahrscheinlich gab sie mir die Schuld allein deswegen, weil ich wagte, jünger zu sein als sie – und weil ich dennoch ihr Ebenbild war.

»Sie soll sich rausscheren, sonst lasse ich die Wache rufen!«, donnerte ihre Stimme über meinen und Dudleys Kopf hinweg. Ob sie damit meinte, dass sie ihn in den Tower werfen lassen wollte oder mich, wusste ich nicht. Doch er ließ mich sofort los. Er hatte endlich mitbekommen, dass er den Bogen überspannt hatte.

Ich knickste schnell und verschwand aus dem Raum. Wenn ich Pech hatte, würde ich bereits heute den ersten Nachttopf leeren müssen.

Nachdem die Tür hinter mir ins Schloss gefallen war, lehnte ich mich an die Wand daneben. Die anderen Damen waren bereits zur Galerie gelaufen. Von dort konnte ich ihr Lachen und Schnattern hören. Für einen Moment rang ich mit mir, ob ich ihnen folgen sollte oder nicht. Schließlich entschied ich mich dafür und ging ebenfalls in Richtung Galerie. Die Gespräche der Frauen waren hier besser zu verstehen. Sie waren so sehr darin vertieft, dass sie keine Notiz von mir nahmen. Augenblicklich verlangsamte ich meinen Schritt. Die Lust, sie heimlich zu belauschen, überkam mich, und ich verbarg mich sogleich hinter einer Säule. Jane Ashley und die anderen enttäuschten mich nicht.

»Habt ihr das gesehen?«, fragte sie. »Die Kleine und Lord Robert? Die Königin hat vor Wut gekocht!«

»Ja, es war fast so wie damals bei Lettice Knollys«, pflichtete ihr Kate bei. »Erinnert ihr euch noch, wie Elizabeth ihr zugezischt hat, sie solle sich nicht an fremdem Eigentum vergreifen?«

»Ja, und dann der Wutanfall, als sie erfahren hatte, dass er sie geheiratet hat!«

Die Frauen brachen in Gelächter aus, und schließlich schlug Jane Ashley dem Fass den Boden aus.

»Ich bin mir sicher, dass die Kleine demnächst in seinem Bett landen wird. Umso besser für uns, dann sind wir sie bald los. Ich bin mir sicher, dass er ihr seinen Bastard zwischen die Beine spritzt.«

Diese Worte nahmen mir den Atem. Nur schwerlich konnte ich mich beherrschen, nicht hinter der Säule vorzustürmen, Jane bei den Haaren zu packen und ihr eine anständige Tracht Prügel zu verpassen – so, wie ich es bei La Croix gelernt hatte. Doch wenn ich das getan hätte, hätte ich mich verraten. Walsingham hätte von diesem Vorfall erfahren und mich hart dafür bestraft. Da mein Zorn keinen anderen Weg fand, sich zu äußern, stiegen mir Tränen in die Augen. Ich ließ sie lautlos über die Wangen laufen und wandte mich um. Es war gut, zu wissen, woran ich bei Jane Ashley war, mehr von ihrem Geschwätz wollte ich mir jedoch nicht anhören. So lautlos, wie ich gekommen war, verschwand ich auch wieder.

Die Wachposten in der Nähe sahen zu mir herüber, aber ich kümmerte mich nicht um sie. Ich kühlte meine glühenden Wangen mit meinen eiskalten Händen und kämpfte weiterhin mit den Tränen, bis ich den Schatten einer Bewegung zu sehen meinte.

Sofort wirbelte ich herum. Was immer dort gewesen war, war im nächsten Augenblick verschwunden. Eigentlich hatte ich vorgehabt, in mein Quartier zurückzukehren, nun entschied ich mich allerdings dafür, vor der Tür sitzen zu bleiben. Es gab eine Nische ganz in der Nähe, in die ich mich hockte. Auch wenn ich vielleicht zu schwach war, einen Attentäter zu bekämpfen, melden konnte ich ihn. Daher machte ich mich in der Nische so klein wie möglich und wartete. Ich hörte die Königin lachen, ich hörte die Wächter am Ende des Ganges reden. Anscheinend hatten sie vergessen, dass ich noch da war. Irgendwann gingen die Hofdamen wieder an mir vorbei, ohne Notiz von mir zu nehmen. In der Nische war ich unsichtbar geworden, und das gefiel mir, denn durch meine Fähigkeiten, von denen sie nichts ahnten, fühlte ich mich ihnen überlegen. Ich hoffte sehr, dass die Zeit kommen würde, da ich der Königin meinen Wert beweisen konnte.

28. Kapitel

Elizabeth hatte mich trotz des Vorfalls keineswegs von meinem Dienst entbunden. Ich war dabei, als sie sich auskleiden ließ und sah die Narben, die wahrscheinlich die Blattern auf ihrem Körper hinterlassen hatten. Durch die eisige Stille, die in ihrem Schlafzimmer herrschte, hatte ich die

Muße, ihren Körper näher zu betrachten, und ich fragte mich, wann sie wohl so schwer erkrankt gewesen war. Darauf hätten mir die Damen niemals eine Antwort gegeben, oder besser gesagt, ich hätte es nicht gewagt, sie danach zu fragen. Aber Walsingham würde es mir sicher erzählen. Ich senkte also wieder den Blick und setzte meine Arbeit fort. Als die Königin bereit war, ins Bett zu gehen, das heißt, als die Bettwärmer die Decken genug erhitzt hatten, dass sie darunterschlüpfen konnte, entließ sie ihre Damen in die Nacht. Alle, außer mir.

»Beatrice, du bleibst hier«, rief sie in strengem Ton, als ich mich zur Tür wenden wollte.

Ich verneigte mich so tief es ging und sah den anderen aus dem Augenwinkel heraus nach, wie sie die Schlafkammer verließen. Gewiss verging Lady Jane geradezu vor Schadenfreude, denn sie rechnete wohl fest damit, dass die Königin mich für den Vorfall mit Dudley noch einmal rügte. Ich rechnete ebenfalls damit, doch nachdem die Königin mich eine Weile gemustert hatte, sagte sie mit eisiger Stimme: »Du hast meine Narben betrachtet.«

Ich spürte, wie mir das Blut in die Wangen schoss. Obwohl ich hinter ihr gestanden hatte, hatte sie es gespürt. Leugnen war zwecklos, dennoch wollte ich es nicht zugeben.

»Sie sind mir ins Auge gefallen, Majestät, verzeiht.«

»Du fragst dich sicher, woher ich sie habe.«

Ich hielt es für klüger, nichts darauf zu antworten. Offenbar die richtige Einschätzung, denn Elizabeth fuhr sogleich fort. »Es ist schon über zwanzig Jahre her. Als junge Frau erkrankte ich an den Blattern, und jedermann dachte, dass ich sterben würde, genau wie ich selbst. Doch Gott wollte, dass ich mein Amt noch eine Weile ausübe. Die Krankheit ist vergangen, die Narben sind geblieben.« Sie starrte an mir vorbei, als wollte sie damit etwas ganz anderes sagen. Narben hatte sie wohl nicht nur von den Blattern davongetragen. Schließlich fing sie sich wieder, und ihre Stimme wurde schneidend. »Hältst du mich für eine alte Frau?«

Die Königin war eine Meisterin darin, solche Fragen zu stellen, bei denen man sich, egal, was man antwortete, um Kopf und Kragen redete. Davon abgesehen wusste ich, dass sie von mir weder Heuchelei noch die Wahrheit erwartete, die sie ohnehin bereits kannte.

»Majestät sind von Gestalt her erhaben und vom Geiste her weise. Alter ist nichts, was einen Herrscher anficht.«

An Elizabeths Lächeln erkannte ich, dass ihr die Antwort gefiel. Aber gleich darauf verhärteten sich ihre Züge wieder. »Du hast mich nicht anzustarren, du hast deine Arbeit zu verrichten. Wenn Lord Robert noch einmal hier auftaucht, wirst du dich unverzüglich in deine Ecke zurückziehen, hast du verstanden!«

Ich nickte. Es ging also doch um den Grafen von Leicester.

»Ich erwarte außerdem mehr Pünktlichkeit und Gehorsam von dir!«, fuhr sie fort. »Andernfalls werde ich dafür sorgen, dass man dich wegen Hurerei anklagt, genauso, wie es damals meiner Cousine Catherine ergangen ist, die sich eingebildet hat, ohne meine Erlaubnis heiraten zu müssen.«

Ihre Worte waren deutlich. Sie machte mir unmissverständlich klar, dass ich die Finger von Dudley lassen sollte. Was mir nicht schwerfallen würde, nach allem, was ich von ihm gesehen hatte. Für einen Moment wartete sie noch auf eine Erwiderung von mir.

»Ich werde Euch gehorsam dienen«, war alles, was ich hervorbringen konnte. Elizabeth war zufrieden und bedeutete nun auch mir zu gehen.

Ich eilte in meine Kammer und sank auf mein Bett. Der Zorn über die Beschuldigungen, Mutmaßungen und das eifersüchtige Verhalten der Königin hatte sich zusammengeballt und tobte in mir wie ein Sturm. Am liebsten hätte ich mit Dingen um mich geworfen, aber das durfte ich nicht. Ich musste mich wie eine Dame benehmen, und anscheinend gehörten Demütigungen zum Leben einer Dame dazu. Als einziger Trost blieb mir der Gedanke, dass ich nicht für immer hier aushalten musste. Sicher gab mir Sir Francis irgendwann einen anderen Auftrag. Ob es mir dabei besserginge, war fraglich, aber dann brauchte ich wenigstens nicht diese launische Königin zu ertragen. Und diese dummen Gänse, die sich Hofdamen nannten.

Während ich noch sinnierte, öffnete sich meine Zimmertür. Blitzschnell hob ich den Kopf und tastete nach meinem Dolch. Im nächsten Moment erkannte ich die schwarze Gestalt, die sich aus den Schatten schälte. Es war Walsingham.

»Sir Francis, Ihr seid hier?«, wunderte ich mich.

Er nickte, und als er die Tür hinter sich zugezogen hatte, sagte er: »Du hast dich ziemlich gut gehalten, wie ich gehört habe.«

»Wer hat Euch das erzählt?«

»Ihre Majestät.«

»Hat sie Euch auch erzählt, dass sie wegen Lord Robert so erzürnt auf mich war?«

Walsingham lächelte wissend. »Hüte dich vor dem Grafen von Leicester. Du hast sicher mitbekommen, welche Meinung die Königin über Hofdamen hegt. Sie mag jeden anderen Höfling, der versucht, sich dir in unziemlicher Weise zu nähern, in den Tower stecken lassen, aber nicht Dudley. Wenn du dich mit ihm einlässt, wird sie dich strafen.«

Jetzt fing mein Lehrmeister auch noch genauso an wie seine Herrin.

»Sir Francis, ich würde nie ...« Weiter kam ich mit meiner Beteuerung nicht, denn er hob die Hand und gebot mir zu schweigen.

»Ich halte dich für vernünftig genug, dich nicht mit ihm einzulassen. Nur manchmal ist es nicht deine Entscheidung.«

Ich wusste, was er damit meinte. Wenn es Dudley einfiel, mich nehmen zu wollen, würde er es tun, ohne dass ihn jemand davon abhalten würde. Leider konnte ich dann auch nicht so einfach meinen Dolch ziehen und ihn erledigen.

»Geh ihm nach Möglichkeit aus dem Weg. Wenn die Königin es ablehnt, dich weiter an ihrem Hof zu haben, kann selbst ich nichts mehr tun. Noch sieht sie ein, dass es ihrer Sicherheit dienlich ist, wenn du da bist, aber sobald sie glaubt, dass Dudley sich in erhöhtem Maße für dich interessiert, wird sie ihre Meinung ändern.«

Ich fragte mich nur, wie ich es anstellen sollte. Dudley war sicher öfter bei der Königin, und auch wenn er mich nicht mehr vor ihren Augen anfassen würde, so mochte er es vielleicht hinter ihrem Rücken versuchen.

»Darf ich mich denn nicht wehren, wenn er zudringlich wird?«, hakte ich unmutig nach.

»Wenn möglich, nicht. Vielleicht findest du ja einen Weg, sein Interesse von dir abzubringen.«

»Soll ich ihm vielleicht heißen Wein in den Schritt gießen?«

Walsingham lächelte schadenfroh. »Warum nicht? Ich überlasse es deiner Phantasie. Nur verletze ihn nicht, denn das wird die Königin ebenso wenig dulden.«

Ich merkte schon, dass es am besten wäre, Lord Robert gar

nicht erst unter die Augen zu treten. Vielleicht konnte ich Unwohlsein vorschützen, sobald sein Besuch angekündigt wurde. Eine überzeugende Ohnmacht müsste zu bewerkstelligen sein.

»Du hast deine Pflicht jedenfalls sehr gut erfüllt, und ich erwarte von dir, dass du dies auch weiterhin tun wirst«, sagte Walsingham abschließend, und damit war das Thema Lord Robert für ihn abgeschlossen. »Es wird sicher nicht leicht werden, die Königin führt zuweilen eine ziemlich direkte Rede und ist mitunter sehr verletzend. Doch du musst lernen, das auszuhalten und vor allem zu überhören. Denk immer an das Wohl der Königin, sonst nichts.«

»Das werde ich, aber wenn ich ihre Nachttöpfe leeren muss, wird es ein wenig schwierig werden.«

»Hat sie dir das angedroht?«

Ich nickte.

»Wie es aussieht, hat sie dich ins Herz geschlossen.«

»Verzeiht, aber ...« Ich konnte nicht glauben, dass Walsingham das sagte.

»Wenn das alles ist, womit sie dir gedroht hat, kann man sagen, dass sie dich als Leibwache akzeptiert hat. Ich wusste, dass sie mir mit ihrer Entrüstung über dich etwas vorspielt.« Er lachte kurz auf. »Sie liebt das Theater, deshalb macht sie auch selbst ständig welches. Tief in ihrem Inneren weiß sie, dass ich im Recht bin. Sie weiß um die Gefahr, in der sie schwebt. Auch wenn sie dich glauben machen will, dass du keinerlei Macht hast, eine Gefahr von ihr abzuwenden, solltest du nicht aufgeben und weiterhin über sie wachen.«

Er legte eine kurze Pause ein und blickte mich an, dann sagte er so leise, als würde er mir ein Geheimnis anvertrauen: »Die Königin mag hart und manchmal spöttisch erscheinen, aber im Grunde genommen tut sie das, was jeder Mensch gelegentlich oder gar ständig tut: Sie trägt eine Maske. Elizabeth darf es sich nicht erlauben, schwach zu erscheinen, niemals! Dennoch ist sie genauso schwach und verletzlich wie jeder von uns. Wenn sie dir gegenüber verletzend ist und vielleicht auch über mich spottet, heißt das noch lange nicht, dass sie uns beide hasst. Sie tut nur das, was man von einer Königin erwartet. Sie ist launisch, zornig und verletzend. Auf diese Art prüft sie, wie loyal ihr Gegenüber ist. Du hast bewiesen, dass du zu ihr stehst. Daran solltest du in erster Linie denken, wenn sie und ihre Hofdamen dich demnächst wieder einmal angehen.«

Ich nickte, und als ich die Sache noch einmal überdachte, musste ich zugeben, dass nicht die Königin mit den Sticheleien angefangen hatte, sondern ihre Hofdamen. Vielleicht war alles gar nicht so schlimm, wie ich es mir im Moment ausmalte.

»Ich habe erreicht, dass du ein Quartier in der Nähe der Königin bekommst, morgen früh kannst du dort einziehen«, sagte Walsingham noch und wandte sich dann wieder der Tür zu. »Ich verlasse mich darauf, dass du Augen und Ohren offenhältst und alles tust, damit niemand der Königin zu nahe tritt. Mich wirst du für eine Weile nicht sehen, du musst also allein entscheiden. Ich verlasse mich auf dich. Du weißt, worauf es ankommt.«

»Ja, Sir«, entgegnete ich und sah ihm nach, als er das Zimmer verließ. Dann erhob ich mich und ging zum Fenster zurück. Der Abend lag wie ein rotes Tuch über dem Palast von Greenwich, und die milde Luft beruhigte meine Sinne wieder ein wenig. Ich ließ mir Walsinghams Worte durch den Kopf gehen und war nun fest entschlossen, auch am kommenden Morgen zum Dienst zu erscheinen. Wenn es sein musste, schon um fünf oder noch früher, um das Aufwachen der Königin nicht zu verpassen. Außerdem musste ich mir ein dickeres Fell zulegen, was Elizabeth und ihre Hofdamen anging.

29. Kapitel

Was sich an jenem Tag angedeutet hatte, wurde in den nächsten Tagen und Wochen zur Gewissheit. Jane Ashley hatte vor, meine Nemesis zu werden. Sie schnitt mich, sie tuschelte mit den anderen Hofdamen über mich, sie verspottete mich, wo sie nur konnte. Ich versuchte, ihr möglichst aus dem Weg zu gehen, was schwierig war, denn wir mussten den ganzen Tag über in der Nähe der Königin ausharren. Elizabeth fand an ihren Spötteleien sichtlich Gefallen, und sie unterstützte die Hofdamen, wo sie nur konnte. Den ganzen Tag über kämpfte ich mit meiner Beherrschung und versuchte zu ignorieren, was sie über mich und hinter meinem Rücken sagten.

Mein dickes Fell wuchs tatsächlich, allerdings nicht so schnell, wie ich es mir gewünscht hätte. Immer wieder fand Jane Ashley etwas, womit sie mich verletzen konnte. Manchmal fragte ich mich schon, ob sie hellsehen konnte, aber das war natürlich Unsinn. Sie hatte bloß mehr Lebenserfahrung als ich und bereits mit vielen Hofdamen zu tun gehabt. Lediglich während der abendlichen Empfangsrunden in den königlichen Gemächern gab sie Ruhe, aber da hatte sie auch damit zu tun, den Höflingen und Speichelleckern, die die Königin umflatterten wie die Motten eine Kerzenflamme, schöne Augen zu machen. Unter den Hofdamen herrschte in diesem Punkt harte Konkurrenz.

Ich hingegen war bemüht, so wenig wie möglich aufzufallen. Damit, dass ich die siebte der Damen war, fiel ich natürlich auf, und die Höflinge hatten ständig Appetit auf neue blutjunge Zofen. Dass die meisten von ihnen – Dudley eingeschlossen – meine Väter oder sogar Großväter hätten sein können, machte ihnen offenbar nichts aus.

Im Gegensatz zu Dudley schienen sie jedoch im Hinterkopf zu haben, dass es gefährlich werden konnte, sich unter den Augen der Königin einer von uns zu nähern. Ich erntete zwar bewundernde Blicke, und einige Männer gaben mir sogar einen Handkuss, aber ihr Augenmerk war die meiste Zeit auf Elizabeth gerichtet. Zum Glück vergaß mich die Königin bald über den Schmeicheleien der Kavaliere.

Am nächsten Morgen begann allerdings wieder alles von neuem. Nachdem Jane all meine Merkmale, derer es nicht viele gab, zielsicher aufgespießt und zum Ziel ihres Spottes gemacht hatte, begann sie, mich für Missgeschicke zur Rechenschaft zu ziehen. Ein Fleck hier, eine fehlende Perle da, zu viel Parfüm auf den Handschuhen Ihrer Majestät oder ein kaputter Verschluss einer Kette. All dies versuchte sie mir in die Schuhe zu schieben. »Die Perle fehlt erst, seitdem Beatrice in unserer Mitte ist«, oder »Wahrscheinlich hat sie beim Anrühren der Schminke nicht aufgepasst.« Und so weiter.

Bei den Versuchen, mich gegen Janes Sticheleien und Beschuldigungen zu wehren oder ihnen gänzlich zu entgehen, arbeitete mein Verstand so gut wie noch nie, und so nahm ich nach einer Weile auch andere Dinge wahr.

Die Hofdamen, die gegen mich Geschlossenheit demonstrierten, waren im Inneren uneins. Beth Throckmorton, eine Frau mit weizenblondem Haar und der Ausstrahlung eines schön geformten Eiszapfens, war eine der Hauptfeindinnen

Janes. Trotz ihres brisanten Nachnamens war sie die Nummer zwei unter den Damen, doch das reichte ihr nicht. Sie missgönnte Jane den Einfluss bei der Königin und hetzte bei jeder Gelegenheit gegen ihr Aussehen und ihre Abstammung. Dabei hätte es ihr, deren Familie ein Verräter gegen die Königin entsprang, besser zu Gesicht gestanden, wenn sie den Mund gehalten hätte.

Die Edelfräulein waren wiederum eine Welt für sich. Sie waren entweder genauso alt wie ich oder geringfügig älter, dafür aber aus den höchsten Kreisen des Adels. Eine von ihnen war die Tochter des Grafen von Arundel, einer der ältesten Adelsfamilien Englands. Eine weitere, die ich während meiner Zeit bei Hofe etwas näher kennenlernte, war die Heiratskandidatin, die ich in Bälde ersetzen sollte. Kathy beteiligte sich als Einzige meist nicht an den Spötteleien gegen mich. Das hatte durchaus seinen Grund. Als ich ein wenig länger in Elizabeths Hofstaat war, bemerkte ich, dass die anderen Fräulein sie beneideten und die Hofdamen sie sogar verabscheuten.

Zunächst dachte ich, es sei aus Neid über ihre bevorstehende Heirat, aber dann kam mir ein anderer Verdacht. Walsingham hatte zwar immer von einem Kontaktmann gesprochen, doch was war, wenn sie meine Kontaktfrau war? Die Umstände, ihre Person betreffend, waren jedenfalls sehr merkwürdig. Was, wenn die Heirat nur Tarnung war? Vielleicht hatte er Kathy ebenso wie mich ausgebildet, und ihre Zeit bei Hofe war nun abgelaufen und sie erhielt einen anderen Auftrag?

Ich beschloss, sie im Auge zu behalten. Auf jeden Fall hatte Jane Ashley sie mehr und mehr im Visier, was uns zu stillen Verbündeten werden ließ. Helfen konnte ich ihr jedoch leider nicht. Zu deutlich hallten Walsinghams Worte in mir nach, dass ich mir keine Feinde bei Hofe machen sollte. Wenn sich unsere Blicke jedoch trafen, lächelten wir uns aufmunternd zu.

Ich versuchte also, meine Arbeit so gut und unauffällig wie möglich zu machen. Wenn ich neben Jane Ashley stehen und die Tücher halten musste, hinter denen die königlichen Leibärzte ihre Untersuchungen an der Königin durchführten, versuchte ich, sie nicht anzusehen, damit sie sich nicht von mir provoziert fühlte. Wenn wir Handschuhe, Perücken, Krägen und Kleider bereitlegen mussten, ließ ich größte Sorgfalt walten, damit sie mir keinen Fehler nachweisen konnte. So ging es eine Weile ganz gut, bis es schließlich zu einem Vorfall kam, bei dem ich nicht länger ruhig bleiben konnte.

Den ganzen Vormittag über herrschte eine gelöste Atmosphäre in den königlichen Gemächern. Die Hofdamen unterhielten sich über die Waden von Sir Francis Drake, der Elizabeth am Vorabend seine Aufwartung gemacht hatte. Außerdem war ein neues Stück von Christopher Marlowe, das die sogenannten »Admirals Men« aufführten, die von Lord Howard gegründete Theatertruppe, Gegenstand ihres Geschwätzes.

Dann schlug Jane Ashley zu.

Einer der Spiegel der Königin rutschte von der Kommode und schlug laut klirrend auf den Boden auf, so unglücklich, dass er den Teppich verfehlte und das Glas in tausend Stücke zerschellte. Augenblicklich erstarrten die Frauen, und jene, die dabei gewesen waren, sich um Elizabeths Kopfputz zu kümmern, blickten erschrocken auf.

Die Szene, die sich ihnen bot, war eindeutig. Der Spiegel lag zwischen Jane Ashley und Kathy. Diese schaute erschrocken auf den Spiegel, die Hände auf ihren Rock gepresst.

Jane hatte die Hand erhoben, und ich war mir sicher, dass sie den Spiegel mit ihrem Ärmel absichtlich zu Fall gebracht hatte. Natürlich würde sie das bestreiten, und da sie die Lieblingsdame der Königin war, würde Elizabeth eher ihr Gehör schenken als Kathy.

»Ungeschicktes Ding!«

Jane hob schon die Hand, um Kathy zu schlagen, doch dazu kam sie nicht. Da ich gerade in der Nähe war, ergriff ich blitzschnell ihren Arm, bevor sie dem Mädchen eine Ohrfeige geben konnte. Zum einen, weil ich es als Ungerechtigkeit ansah, zum anderen, weil ich der festen Überzeugung war, Kathy sei meine Kontaktfrau. Wenn wir uns nicht gegenseitig schützten, wer sollte es dann tun?

In dem Augenblick, als sich meine Finger um Janes Handgelenk schlossen, wusste ich, dass ich Ärger bekommen würde, doch es war mir egal.

Jane hatte mit meiner Kraft nicht gerechnet und erst recht nicht damit, dass ich den Mut hatte, mich ihr entgegenzustellen.

»Was erlaubst du dir?«, fuhr sie mich an, und diesmal wich ich ihrem Blick nicht aus.

»Kathy hatte keine Schuld daran, dass der Spiegel zu Boden gefallen ist«, sagte ich laut, worauf augenblicklich alles Gewisper verebbte.

Der Blick der Königin brannte wie eine Ohrfeige auf meiner rechten Gesichtshälfte, aber ich kümmerte mich nicht darum. Jane Ashley kochte vor Zorn. Selbstverständlich prügelten sich Hofdamen nicht untereinander. Die älteren hatten lediglich das Recht, die jungen Fräulein zu ohrfeigen, wenn ihnen ein Fehler unterlief. Aber Kathys Fehler war nicht der Spiegel gewesen. Egal, was der wahre Grund war, sicherlich hatte die Königin Jane angestachelt, Kathy eine

Tat unterzuschieben. Gewiss hätte Elizabeth die Ohrfeige genossen, aber daraus wurde nun nichts mehr. Einen Moment lang verharrten Jane und ich, als sei die Zeit stehengeblieben.

»Jane!«, rief die Königin schließlich. »Vertändle deine Zeit nicht mit Dingen, die es nicht wert sind.«

Wütend riss sich die Hofdame aus meinem Griff los, und daran, dass sie die Hand auf die Stelle legte, an der sich meine Nägel befunden hatten, erkannte ich, dass ich zu fest zugegriffen hatte. Ihr Blick sagte mir, dass sie sich dafür rächen würde, doch davor hatte ich keine Angst. Als ich mich umwandte, traf mich der Blick der Königin. Sie wirkte belustigt. Wahrscheinlich bot ihr der Streit zwischen mir und Jane, die mir augenscheinlich überlegen war, weitaus bessere Unterhaltung als eine Ohrfeige für Kathy.

Sie äußerte sich weder zu dem Spiegel noch zu dem Vorfall, sondern beobachtete nur, wie Jane und ich uns noch einen Moment lang wie zwei streitlustige Hähne musterten. Dann gingen wir beide wieder an die Arbeit und redeten den ganzen Tag lang nicht mehr miteinander, was ich nicht im Geringsten bedauerte.

Am Abend, nachdem uns die Königin entlassen hatte, klopfte es zaghaft an meine Zimmertür. Ich glaubte, es sei einer der Diener, der fragen wollte, ob ich noch etwas brauchte, doch als ich den Türflügel aufzog, sah ich Kathy im Gang stehen. Ihr Gesicht war genauso blass wie ihr Kleid, und ich konnte erkennen, dass ihre Augen gerötet waren. Hatte Jane ihr etwa wieder etwas angetan?

»Du hättest sie mich ohrfeigen lassen sollen«, wisperte sie so leise, dass ihre Stimme kaum einen Widerhall an den Wänden fand. »Es wäre nicht das erste Mal gewesen.«

Ich schüttelte den Kopf. »Sie hatte kein Recht dazu. Ihre

Majestät hätte sicher nicht gewollt, dass du zu Unrecht geschlagen wirst.«

Kathy blickte mich an, als sei sie fest vom Gegenteil überzeugt. »Vielleicht«, raunte sie und sah sich kurz nach beiden Seiten um, so als fürchte sie, dass uns jemand belauschen könnte. »Auf jeden Fall danke ich dir, und wenn es etwas gibt, das ich für dich tun kann, sag es mir ruhig.«

Sie brauchte nichts hinzuzufügen, um mich wissen zu lassen, dass ich in ihr eine Freundin gewonnen hatte. Für einen Moment standen wir uns noch gegenüber, dann raffte sie ihre Röcke, wandte sich um und rauschte davon. Ihre Schritte waren auf den Binsenmatten des Ganges kaum zu hören.

Ich blickte ihr kurz nach, ehe ich die Tür verschloss und mich auf mein Bett setzte. Walsingham würde von dem Vorfall sicher erfahren und gewiss nicht begeistert sein, aber ich konnte nicht anders. Wenn er mich deswegen zur Seite nahm, würde ich ihn fragen, ob Kathy auch in seinen Diensten stand.

Am nächsten Morgen herrschte eisige Stille, als ich die Gemächer der Königin betrat. Die Damen verstummten augenblicklich, und Kathy warf mir einen Blick zu, der höchstes Unwohlsein verriet. Jane hatte die ganze Nacht hindurch Zeit gehabt, einen Racheplan für mich zu schmieden. Die Königin würde an diesem Tag nicht in ihren Gemächern bleiben, sie hatte eine Audienz mit dem Staatsrat anberaumt, bei dem sie sich nicht von ihren Damen begleiten ließ. Wir legten ihr eine Robe in ihren persönlichen Farben – Schwarz und Weiß – an und begleiteten sie bis zur Galerie. Dort knicksten wir, ehe die Königin ihren Weg begleitet von Wachen allein fortsetzte. Nachdem sie hinter der Tür des Raumes verschwunden war, in dem das Gespräch stattfinden sollte, blieben wir im Gang. Gerade, als ich mich zu einem der hohen Rundbögen begeben und auf den Garten hinabsehen wollte, baute sich Jane vor mir auf. Sie rührte mich wohlweislich nicht an, stellte sich mir aber so in den Weg, dass ich nicht an ihr vorbeikonnte.

»Wage es nicht noch einmal, mich anzurühren«, zischte sie mir zu. »Sonst werde ich dafür sorgen, dass du schneller von diesem Hof verschwindest, als dir lieb ist. Dann kannst du dich wieder um die Schweineställe deines Vaters kümmern.«

Ohne meine Erwiderung abzuwarten, wirbelte sie herum und verschwand.

An diesem Abend traf ich wieder einmal auf Walsingham.

Die Königin nahm seine Zeit fast vollständig in Anspruch, und so kam es nur zu einem kurzen Gespräch. Ich hatte keine besonderen Neuigkeiten, jedenfalls nichts, was die Königin betraf. Die Spannungen zwischen mir und Jane hielt ich für nicht wichtig genug, um sie zu erwähnen.

»Was ist mit Eurem Kontaktmann?«, fragte ich ihn, während wir nebeneinander die menschenleere Galerie hinaufgingen. Direkt nach Kathy zu fragen, wagte ich nicht. »Bisher hat er sich mir noch nicht offenbart.«

Walsingham lächelte kaum merklich. »Wie du selbst gesagt hast, es gab nichts, was die Königin bedroht hätte. Wäre das der Fall gewesen, hätte er sich dir gezeigt.«

»Ich denke, ich soll ihn darauf aufmerksam machen, dass ...«

»Hüte deine Zunge in diesen Mauern«, unterbrach mich Walsingham leise und dennoch scharf. »Wenn es an der Zeit ist, wird er sich dir zu erkennen geben. Solange hat er ein Auge auf dich, also versieh deinen Dienst so gut, als würde ich neben dir stehen.«

Mit dieser Bemerkung hatte er sich in meinen Augen verraten. Mir war aufgefallen, wie leise Kathy ging, wie aufmerksam sie sich verhielt. Ich wollte die Informantin keineswegs bloßstellen, ich wollte nur wissen, wer es war. Zwischen all dem höfischen Getue und der Enge, die mich die Ausritte auf Barn Elms noch mehr vermissen ließen, war das eine Herausforderung, die meine Langeweile vielleicht vertrieb.

Ich begleitete Sir Francis noch ein kurzes Stück, dann verschwand ich in einem Seitengang, damit die Wächter oder wache Augen nicht irgendeinen Schluss ziehen konnten.

30. Kapitel

Der Morgen, an dem Robin in mein Leben trat, begann mit Rauhreif und einer Sonne, die stechend von einem eisblauen Himmel herabschien. Ich sah ihn, als ich im Gefolge der Königin durch die Galerie lief.

Er verneigte sich vor Elizabeth, und genau in dem Augenblick, als er wieder aufschaute, trafen sich unsere Blicke.

Er hatte nichts von Geoffreys Schalk, doch seine Züge waren ebenmäßig, und er hatte eine Ausstrahlung, der man sich nicht so leicht entziehen konnte. Sein Haar war dunkelblond, seine Augen leuchteten so blau wie der Himmel, und ich glaubte nicht, dass er wesentlich älter war als ich selbst.

Während unsere Blicke eine Spur zu lange aneinander haftenblieben, ging mir die Warnung der Königin durch den Sinn. Ebenso war ich mir voll und ganz bewusst, dass Jane jede Möglichkeit, sich an mir zu rächen, nutzen würde.

Eine bestand zum Beispiel darin, dass ich mich in einen Mann vom Hof verliebte. Ich kannte diesen Jungen nicht, ich wusste nicht, was seine Absichten waren und ob das Lächeln, mit dem er mich bedachte, mehr war als eben nur ein Lächeln. Aber ich spürte schon damals, dass ich ihn nicht zum letzten Mal sehen würde. Es war wie ein Blitz, der aus dem Himmel direkt in einen Baumstamm fuhr, und ich ahnte, dass sich unsere Wege irgendwann kreuzen würden und dass ich dann sehr vorsichtig sein musste, wenn ich die Königin und Walsingham nicht verärgern wollte.

Als wir endlich an dem jungen Mann vorbei waren, hörte ich Kathy neben mir flüstern: »Das ist der Sohn von John Carlisle, einem der Sekretäre des Haushofmeisters. Wahrscheinlich ist er gerade dabei, in die Fußstapfen seines Vaters zu treten.«

»Aha«, antwortete ich nur, worauf mich Kathy vielsagend anfunkelte.

»Es machen ein paar Gerüchte von ihm die Runde.«
»Welche?«
»Er soll schon mit etlichen Frauen gesehen worden sein, vornehmlich mit welchen, die neu bei Hofe sind. Anscheinend denkt er, dass sie leichter zu verführen sind.«

»Wirklich?« Ich blickte mich nach ihm um, doch er war mittlerweile verschwunden.

»Außerdem soll er eine Vorliebe für Frauen mit rötlichem Haar haben. Eine große Vorliebe sogar. An deiner Stelle wäre ich vorsichtig.« Sie musterte meinen Haarschopf, den ich daraufhin schüttelte.

»Keine Sorge, ich habe nicht vor, mich mit ihm einzulassen.« Das behauptete ich zumindest, auch wenn ich tief in meinem Inneren wusste, dass es anders aussah. Robin Carlisle hatte etwas Anziehendes an sich, das mich reizte. Natürlich musste ich mich in Acht nehmen, besonders wegen Jane. Doch glücklicherweise kannte sie meine Gedanken nicht.

An diesem Abend war Jane Ashley nicht in den Gemächern der Königin zugegen. Sie schützte Unwohlsein vor – zum ersten Mal, seit ich in Elizabeths Dienste eingetreten war. Ich fragte mich, was der wirkliche Grund war. Traf sie sich etwa mit einem Liebhaber? Oder holte sie zum Schlag gegen mich aus?

Die Königin empfing wie immer ihre Kavaliere, unter anderem auch Lord Robert. Die ganze Zeit über konnte ich seinen Blick spüren, er verfolgte mich wie ein wachsamer Falke seine Beute. Ich erwiderte seinen Blick nicht, sondern plauderte weiter mit den anderen Damen – und behielt dabei die ganze Zeit die Königin im Auge. Spanier waren es zwar nicht, die ihr den Hof machten, aber einige Schotten, die vielleicht mit Maria Stuart sympathisierten. Die Ärmel und Hosenbeine der Männer waren weit genug, um darin einen Dolch zu verstecken. Sicher hatte der Mann, der damals auf dem Borough Market sein Leben ließ, auch nicht gesehen, dass seine Angreifer bewaffnet gewesen waren.

Die Stimmung war gelöst. Die meiste Zeit über gackerte die Königin wie ein junges Mädchen, und fast alle Kavaliere hatten gegenüber Lord Robert das Nachsehen. Nachdem er gemerkt hatte, dass er mich nicht dazu bringen konnte, ihn anzuhimmeln, schenkte er ihr seine volle Aufmerksamkeit, und wie so oft war er der Letzte, der die Gemächer der Königin verließ.

Nachdem auch er gegangen war, kleideten wir die Königin aus, brachten ihren Schmuck fort und begannen sie mit Rosenwasser zu waschen. Als wir fertig waren, entließ sie uns, das heißt, sie entließ die anderen. Mich bat sie dagegen, noch ein Weilchen bei ihr zu bleiben.

Im Hofknicks erstarrt, wartete ich auf das, was sie mir mitzuteilen hatte. »Du hast sehr wache Augen«, sagte sie, nachdem sie mich eine Weile betrachtet hatte.

»Sie sind wachsam zu Eurem Wohl, Majestät«, entgegnete ich und hoffte, den richtigen Ton getroffen zu haben.

»Daran habe ich keinen Zweifel.« Die Stimme der Königin wurde so schneidend wie an jenem Tag, als Lord Robert mich noch eine Weile hatte betrachten wollen. »Was hältst du von Graf Leicester?«, fragte sie daraufhin, und ich war erstaunt, wie gut ich sie inzwischen einschätzen konnte. »Findest du ihn attraktiv?«

O nein, nicht schon wieder! Sagte ich jetzt, dass ich ihn unattraktiv fände, hielte sie mich entweder für eine Lügnerin, oder sie glaubte, dass das Gegenteil der Fall sei. Gab ich dagegen zu, dass er attraktiv war, hatte sie einen Grund, mich zu ohrfeigen.

»Ich finde, dass er eine stattliche Erscheinung ist, Majestät, doch das wird Euch wohl jeder am Hofe bestätigen. Meine Meinung ist viel zu gering, um Geltung zu haben.«

»Wie ich sehe, hat dich Sir Francis in Diplomatie unterrichtet.«

Glücklicherweise waren die anderen schon fort. Walsingham hätte es sicher nicht gemocht, wenn sie mich vor den anderen mit ihm in Verbindung gebracht hätte.

»Du weißt sicher, dass keine Königin es schätzt, wenn sich eine ihrer Dienerinnen an ihrem Eigentum vergreift.«

»Dessen bin ich mir durchaus bewusst, Eure Majestät.« Ich dachte wieder an das Geschwätz über Lettice Knollys. »Und ich versichere Euch, ich werde nichts von dem anrühren, was Euch gehört.«

»Das hoffe ich sehr für dich«, entgegnete Elizabeth vieldeutig.

Ich spürte ihren Blick in meinem Nacken, und einen Moment lang fühlte es sich an wie ein Beil, mit dem der Henker Maß nimmt.

»Ich habe bemerkt, wie dich die Männer mustern, Beatrice. Es würde dir gewiss nicht schwerfallen, einen Gemahl zu finden.«

Sie wollte mich in eine Falle locken, das war mir klar. Hatte Jane etwa mitbekommen, wie mich der junge Höfling beobachtet hatte? Hatte sie ihrer Herrin vielleicht etwas Verleumderisches über mich erzählt?

»Ich habe Euch Treue gelobt, Majestät, und daran werde ich mich halten.«

Das Beil kam meinem Nacken näher. Natürlich glaubte sie mir nicht.

»Das hoffe ich für dich. Ich halte nichts davon, mich mit liederlichen Frauen zu umgeben. Gerade du als eine der Jungfrauen solltest darauf achten, dem Beispiel deiner Königin zu folgen.«

»Das werde ich, Majestät.«

Das Beil verharrte noch einen Moment lang in meinem Nacken, ehe es sich wieder hob. Die Königin wandte ihren Blick dem Fenster zu, in dem sich ihre Gestalt spiegelte. Im Nachthemd war sie nichts weiter als eine Frau, die den Höhepunkt ihrer Schönheit überschritten hatte. So würde sie sich gewiss nie einem ihrer Kavaliere zeigen. Ich war mir sicher, dass sie ihre Warnung aussprach, weil sie wusste, dass sie es von der reinen Schönheit und Jugend mit keiner von uns mehr aufnehmen konnte.

»Gute Nacht, Beatrice«, sagte sie schließlich, worauf ich mich trotz schmerzender Knie noch ein bisschen tiefer verneigte.

»Gute Nacht, Eure Majestät.« Damit erhob ich mich und ging.

Auf dem Gang war außer den Wachen niemand mehr, ich konnte also beim Laufen meinen Gedanken nachhängen. Mich beschlich das ungute Gefühl, dass manche Dinge nur komplizierter würden, und wie zur Bestätigung tauchte auf dem Weg zu meinem Quartier plötzlich eine Gestalt vor mir auf.

Es war der junge Mann aus der Galerie! Er musste die ganze Zeit über im Gang auf mich gewartet haben.

Er trug ein einfaches dunkelblaues Wams, das an den Ärmeln und über der Brust geschlitzt war. Darunter blitzte ein schneeweißes Hemd hervor. Sein Haar war nicht so ordentlich, wie es sein sollte, und seine blauen Augen funkelten im Lichtschein der Fackeln. In der Hand hielt er ein Sträußchen Schneeglöckchen, die momentan überall aus dem Boden schossen.

»Ich dachte, es könne nicht schaden, Euch eine kleine Freude zu machen«, sagte er, als er mir mit einem fast schon schüchtern zu nennenden Lächeln die Blumen reichte.

Ich schlug die Augen nieder, wie es sich für eine sittsame Dame gehört, und musste zugleich an Kathys warnenden Blick und Walsinghams Worte denken, dass ich bei Hofe niemandem trauen durfte. Vielleicht hatte Jane Ashley diesen Burschen auf mich angesetzt, um mich ins Verderben zu stürzen.

»Ihr wisst, dass Ihr im Tower endet, wenn Ihr versucht, eine Hofdame der Königin zu verführen«, entgegnete ich, in der Hoffnung, eine Regung auf seinem Gesicht möge ihn verraten. Doch alles, was ich sah, war sein Lächeln, offen, herzlich, ein wenig verschmitzt, aber bestimmt nicht hintergründig. Mit den Blumen, die er immer noch in der Hand hielt und die schon ein wenig die Köpfe hängen ließen, wirkte er auf mich wie ein Bauernjunge, der versuchte, ein Mädchen aus seinem Dorf für sich einzunehmen. Ich konnte das Geschenk einfach nicht ablehnen, wollte es aber auch nicht annehmen.

»Die Blumen brauchen Wasser«, sagte ich daher und nahm ihm das Sträußlein aus der Hand. »Ihr werdet sie noch verderben, wenn Ihr sie länger haltet.«

Das Lächeln des jungen Mannes wurde breiter. »Was ist mit dem Tower? Immerhin habt Ihr jetzt mein Geschenk angenommen.«

»Ich stelle sie lediglich ins Wasser«, entgegnete ich und musste nun ebenfalls lächeln.

Einen Moment lang sahen wir uns an, dann legte er unvermittelt die Hand auf seine Brust und verneigte sich vor mir. »Verzeiht bitte, dass ich so unhöflich war, mich Euch noch nicht vorzustellen. Mein Name ist Robert Carlisle. Alle, die mich mögen, nennen mich Robin. Es wäre mir eine Ehre, wenn Ihr mich ebenfalls so nennen würdet.«

»Ich ziehe es vor, Euch Mister Carlisle zu nennen«, entgegnete ich distanziert und wollte an ihm vorbeigehen, doch er ließ mich nicht.

»Auch wenn ich Eure Sympathie bislang noch nicht genieße, darf ich wenigstens Euren Namen erfahren?«

»Warum wollt Ihr das?«, fragte ich zurück, und irgendwie gefiel es mir, diesen Burschen ein wenig zappeln zu lassen.

»Weil ich vielleicht nicht weiterleben kann, wenn ich ihn nicht weiß.«

»Ihr übertreibt.«

Er fasste sich mit einer theatralischen Geste an die Brust.

»Nein, das tue ich nicht. Sagt Ihr es mir nicht, wird mein Herz auf der Stelle stehenbleiben, und jedermann wird Euch fragen, warum dieser arme Bursche den Tod vor Eurer Tür erlitt.«

»Höre ich da etwa Selbstmitleid?«

»Nein, ich hänge nur an meinem Leben. Daher bitte ich Euch erneut inständig, mir Euren Namen zu nennen.«

Beinahe hätte ich laut aufgelacht. Geoffrey war gewiss kein ernster Mensch gewesen, doch ich bezweifelte, dass er versucht hätte, mich auf solch eine Weise kennenzulernen. Vielleicht war an diesem Burschen ein Possenreißer verlorengegangen. Er sah mich jedenfalls mit einem Hundeblick an, der selbst die Königin an ihrem schlechtesten Tag hätte erweichen können, und so entschloss ich mich, ihm meinen Namen zu sagen. Den Namen, den ich hier am Hof trug. Immerhin war daran nichts Unkeusches.

»Beatrice Walton.«

Eine Dame hätte jetzt wahrscheinlich ihre Hand vorgestreckt, um sie von dem Kavalier küssen zu lassen, genauso hatte es mir Lady Ursula zumindest beigebracht. Doch ich wollte nicht, dass er mich berührte. Wenn Lady Jane oder einer ihrer Liebhaber dies sehen würde, wäre ich geliefert.

»Ich werde Euren Namen von Dichtern besingen lassen«, entgegnete Robin daraufhin überschwenglich und reizte mich damit beinahe zum Lachen.

»Wenn Ihr mir einen Gefallen tun wollt, dann lasst mich jetzt allein. Ich habe nicht vor, mich in Eure Sammlung einreihen zu lassen.«

Robin zog die Augenbrauen hoch. »Sammlung?«

»Man hört so einiges über Euch. Zum Beispiel, dass Ihr großen Appetit auf alles habt, was einen rötlichen Schopf hat.«

»Das stimmt so nicht, die rothaarigen Männer lasse ich schon in Ruhe … Ihr seid ziemlich scharfzüngig, Lady Beatrice. Ich glaube, über Euch könnte ich jede andere Frau vergessen.«

»Redet keinen Unsinn und geht jetzt! Ich glaube, ich höre bereits die Wachen kommen, um Euch in den Tower zu werfen.«

»Ich hoffe trotzdem, dass ich Euch wiedersehen darf.« Er schenkte mir noch ein Lächeln, verneigte sich vor mir und ging.

Mit den Schneeglöckchen in der Hand sah ich ihm nach, und bevor er sich nach mir umdrehen konnte, verschwand ich hinter meiner Tür.

In meinem Zimmer stellte ich die Blumen ins Wasser und wusste nicht, ob ich mir wünschen sollte, dass er wiederkam oder fernblieb. Ich fühlte mich geschmeichelt, aber gleichzeitig wusste ich auch, dass ich meinen Auftrag in Gefahr brachte, wenn ich ihm nachgab. Liebe verlangt Ehrlichkeit, und die konnte ich ihm nicht zuteil werden lassen.

Ich entschloss mich daher, seinen Annäherungsversuchen, von denen sicher weitere folgen würden, zurückhaltend zu begegnen und ihn zu nichts zu ermutigen. Der Dienst an meiner Königin, der mein Leben sicherte, war mir wichtiger, als eine Romanze, die mich auch noch das wenige kosten würde, was ich besaß.

31. Kapitel

Die Tage und Wochen vergingen. Der Frühling hielt allmählich in Greenwich Einzug, früher als erwartet, doch von allen willkommen. Die Luft, lange vom Geruch nach brackigem Seewasser bestimmt, gewann ein süßliches Aroma. Ich dachte zu der Zeit oft an den Landsitz in Barn Elms, den ich vor nunmehr drei Monaten verlassen hatte. Die Weißdornbüsche in Lady Ursulas Garten begannen sicher schon zu blühen, und die Rosen trieben Knospen und Blätter aus.

Auch Walsingham hatte ich schon länger nicht gesehen. Wenn, dann war er meist dunkel und still an mir vorbeigegangen, ohne mich zu beachten.

Das Leben am Hof blühte mit den ersten Blüten auf.

Ich hoffte immer noch, dass Kathy sich mir als Kontaktperson offenbarte, doch anscheinend hatte sie strikte Anweisungen. Schließlich verließ sie den Kreis der Damen, vorgeblich, um ihren Platz an der Seite ihres Ehemanns einzunehmen. Er war, wie die Gerüchte besagten, etliche Jahre älter als sie, und ich war mir nicht sicher, ob sie glücklich sein würde, wenn dem wirklich so war. Aber ich blieb bei meiner Vermutung, dass sie eine fertig ausgebildete Spionin war.

Jedenfalls verabschiedete ich sie mit einer herzlichen Umarmung und versicherte ihr, dass sie mir fehlen werde. »Vielleicht lade ich dich später mal auf mein Gut ein«, sagte sie mit einem Zwinkern, dann stieg sie in die Sänfte und wurde davongetragen.

Robin bemühte sich mittlerweile ziemlich hartnäckig um mich, und ich kam mir zuweilen ein wenig grausam vor, da ich ihn beharrlich abwies und versuchte, ihn zu ignorieren. Nach und nach musste ich jedoch einsehen, dass er es wohl ehrlich meinte. Fast jeden zweiten Tag stand ein neuer Strauß Schneeglöckchen vor meiner Tür, später waren es dann Krokusse und Osterglocken. Aus dem königlichen Garten stammten sie ganz sicher nicht, denn das hätte ihn den Kopf kosten können. Wahrscheinlich machte er sich wirklich die Mühe, die umliegenden Wiesen nach den Blumen abzusuchen.

Mir war es jedes Mal unheimlich peinlich, den Strauß vorzufinden, denn jemand, der es darauf angelegt hätte, vielleicht sogar Jane, hätte dieses Zeichen seiner Zuneigung richtig deuten und uns Schwierigkeiten bereiten können. Doch das passierte nicht.

Jane hatte sicher nicht aufgegeben, aber das Fehlschlagen ihres Plans, vielleicht auch die Tatsache, dass Kathy sich auf meine Seite gestellt hatte, hatte sie für eine Zeit davon abgebracht, mich anzugreifen.

Zwar kam ich längst nicht gut mit ihr aus, aber sie beschuldigte mich nicht mehr irgendwelcher Dinge, die ich nicht getan hatte. Sicher redete sie noch immer hinter meinem Rücken, und ganz bestimmt hetzte sie bei den anderen Damen und der Königin über mich, doch sie griff mich nicht mehr offen an.

Jetzt, da das Wetter besser wurde, entflohen wir häufiger der Enge des Palastes. Wie ich feststellen konnte, hatte Elizabeth eine große Liebe für die Natur, denn sie frönte häufig dem Bogenschießen und dem Reiten. Diese Betätigungen waren Walsingham ein Dorn im Auge, denn die Königin bei einem Ausritt zu schützen, war nahezu unmöglich. Hinter dichtem Buschwerk konnte sich ein Attentäter gut verbergen, und ein geübter Armbrustschütze brauchte sein Versteck nicht einmal zu verlassen.

Wenn wir wieder einmal durch die Gärten spazierten oder über die Wiesen ritten, hielt ich den Blick daher stets auf die Büsche und Sträucher in der Gegend gerichtet, und wenn wir durch die Gänge liefen, spähte ich in die Ecken. Aber nie konnte ich jemanden entdecken, der Elizabeth nach dem Leben getrachtet hätte.

Nur zu gern hätte ich gewusst, welche Fortschritte in Schottland erzielt worden waren, doch ich war abgeschnitten von allem. Allerdings sollte die trügerische Ruhe schon bald ein Ende haben.

Am Nachmittag des Karfreitags beschloss die Königin, nach dem Gottesdienst einen Spaziergang durch den Park zu unternehmen. Kurz zuvor hatte sie sich über ein erneutes Schreiben Walsinghams mokiert, der sie gebeten hatte, von Aufenthalten im Freien abzusehen. Doch Elizabeth wäre nicht Elizabeth, wenn sie auf ihren Staatssekretär gehört hätte.

»Bin ich denn eine von Walsinghams Kreaturen, dass er meint, über mich befehlen zu müssen?«, rief sie aus, und ihr Blick fiel dabei auf mich.

Doch die anderen, auch Jane, wussten nicht genug, um daraus etwas zu schlussfolgern. Wir kleideten Ihre Majestät also an, ihren Wünschen gemäß in einer Weise, als erwarte sie, Lord Robert im Park zu treffen – was jedoch nicht sein konnte. Sie hatte ihn nämlich mittlerweile in die Niederlande geschickt, um die Protestanten im Kampf gegen die Spanier zu unterstützen.

Die Sonne schien, und das Frühlingsgrün war wie immer eine Wohltat für meine Augen. Der Park war groß, und die ersten Blüten verliehen der Luft einen herrlich süßen Duft, der dazu einlud, sich ins Gras zu legen, in die Wolken zu starren und zu träumen. Das war allerdings undenkbar für mich, denn wenn zutraf, was Walsingham befürchtete, war das Leben der Königin jederzeit in Gefahr.

Elizabeth hingegen hegte nicht die geringste Sorge. »Es ist fast so wie an jenem Tag, als ich die Nachricht erhalten habe, dass meine Schwester Mary gestorben ist«, rief sie aus, nachdem wir uns ein Stück weit vom Palast entfernt hatten. Dabei reckte sie die Arme zur Seite und atmete tief ein. »Ihr erinnert euch gewiss nicht mehr, einige von euch waren noch nicht einmal geboren.« Damit meinte sie wohl mich, aber das waren zur Abwechslung mal neutrale Worte. »Eigentlich war es Winter, doch an jenem Novembertag war es warm wie im Sommer. Ich werde mich immer an diesen Tag erinnern, der mich endgültig aus meiner Gefangenschaft befreit hat.«

Mir kam wieder in den Sinn, was mein Vater einst erzählt hatte. Damals hatte ich ihm nicht glauben wollen, dass man eine Prinzessin gefangennehmen konnte. Aber wie ich erfahren hatte, arbeiteten gewisse Herren mittlerweile sogar daran, eine Königin wegen Hochverrats anzuklagen und ihren Kopf zu fordern.

Eine Bewegung, die ich nur aus dem Augenwinkel wahrnahm, erregte meine Aufmerksamkeit. Ohne es zu merken, war ich ein wenig zurückgefallen, nachdem ich ohnehin schon nicht in erster Reihe gegangen war. Zum einen, weil ich nicht wollte, dass Elizabeths misstrauischer Blick auf mir ruhte, zum anderen, weil ich die gesamte Gruppe von hier aus besser im Blick hatte. Diese Entscheidung hatte ich instinktiv getroffen, und offenbar lag ich damit genau richtig. Zwischen zwei Weißdornbüschen ganz in der Nähe des Weges, den die Königin einschlug, tauchte plötzlich eine Gestalt auf.

Der Mann trug schwarze Kleider, das war aber auch das Einzige an ihm, woran ich mich später erinnern sollte. Das Messer, das er in der Hand hielt und das in der Sonne aufblitzte, prägte sich mir dagegen deutlich ein. Er bewegte sich so schnell und leise, dass niemand merkte, wie er sich näherte. Die Hofdamen gackerten fröhlich mit der Königin, Elizabeth war versunken in ihre eigenen Worte. Nur ich sah diesen Mann.

Ich wusste, dass ich gegen ihn keine Chance hatte, und wahrscheinlich musste ich auch damit rechnen, dass er mir das Messer in die Seite stach, um mich aus dem Weg zu räumen. Innerhalb von Sekundenbruchteilen traf ich eine Entscheidung. Elizabeth war wichtig für England, wichtig für das Volk, daher durfte ich den Mann gar nicht erst in ihre Nähe kommen lassen. Mit einem lauten Aufschrei rannte ich auf ihn zu und rief: »Die Königin, schützt die Königin!«

Der Mörder hörte meinen Ruf und zögerte. Lange genug, damit ich ihm in den Rücken springen und ihn zu Boden reißen konnte. Dass er sich dabei das Messer selbst in den Leib rammte, bekam ich erst später mit. Ebenso wie die Tatsache, dass er nicht allein war. Nachdem ich den Mann zu Fall gebracht hatte, hörte ich einen Schrei. Ich blickte auf und sah gerade noch, dass Jane Ashley, von einem Bolzen in die Brust getroffen, zusammenbrach.

»Da ist noch einer!«, rief ich den Wachen zu, die inzwischen herbeigeeilt waren.

Der Hauptmann der Wache machte meine Worte zu einem Befehl, und während mich ein paar Soldaten von dem ersten Attentäter herunterhoben, machten sich die anderen an die Verfolgung des zweiten. Als die Wache den ersten Mann herumdrehte, sah ich, dass das Messer in der rechten Seite seines Unterleibes steckte. Der Stich hatte ihn zwar nicht getötet, aber so hatte zumindest ich nicht die Klinge in den Leib bekommen. Die Kammerfrauen scharten sich inzwischen um Elizabeth und zerrten sie mit sich. Jane blieb auf dem Boden liegen. Ich rannte zu ihr.

»Beatrice«, raunte sie, als sie mein Gesicht über dem ihren auftauchen sah. Ihre Lippen waren blutverschmiert, ein feines rotes Rinnsal floss aus ihrem linken Mundwinkel über ihre blasse Wange und versickerte in ihrem dunklen Haar.

Ich griff nach dem Bolzen und wollte ihn aus der Wunde ziehen, doch sie legte ihre Hand auf meine, um mich davon abzuhalten. Sie wusste, dass es nichts mehr bringen würde. Im nächsten Augenblick wurde ihr Blick starr, und ihre Hand fiel zur Seite.

Ich betrachtete sie noch eine ganze Weile, nachdem ich ihr die Augen zugedrückt hatte. Sie wirkte wie ein Engel, der gestürzt war und es nicht überlebt hatte.

»Alles in Ordnung mit Euch, Madam?«, fragte mich einer der Soldaten. Es war der Hauptmann von Elizabeths Leibgarde. Er war mir bisher immer steif wie eine Marionette erschienen, aber der Anblick Jane Ashleys rührte ihn dermaßen, dass Tränen in seinen dunklen Augen glitzerten.

»Ja, mir geht es gut«, entgegnete ich und erhob mich langsam. Erst später merkte ich, dass Janes Blut auf mein Kleid geflossen war. Brennendes Rot auf unschuldigem Weiß. Ich drückte den Rücken meiner rechten Hand gegen meine glühenden Wangen und starrte dabei auf den Leichnam und den Blutfleck, der sich auf dem feinen Stoff ausbreitete. Unverwandt starrte ich auf Janes porzellanfarbenes Gesicht, und erst als der Hauptmann mich am Arm berührte, schaffte ich es, den Blick von ihr loszureißen.

»Ihr solltet zur Königin gehen«, sagte er mit zitternder Stimme zu mir.

Ich nickte und erhob mich. Der Anblick der toten Jane Ashley brannte sich in meinen Verstand ein, ob ich es wollte oder nicht. Er begleitete mich zurück in den Palast, zu den Gemächern der Königin, und ich wusste, dass er mich bis in meine Träume verfolgen würde.

Inzwischen hatten die anderen Hofdamen Ihre Majestät in

ihre Gemächer zurückgeführt. Die Kammerfrauen umflatterten sie wie Hennen ihre kostbaren Küken. Sie rieben ihr die Schläfen mit Rosenöl ein und wuschen ihre Hände. Das Blut von Jane Ashley klebte allerdings nicht an ihr, sondern an mir.

Als die Königin mich eintreten sah, gebot sie den Frauen Einhalt. »Was ist mit Jane?«, fragte sie, und aus ihrer Stimme klang Sorge, aber auch Gewissheit. Einen solchen Angriff überlebte man für gewöhnlich nicht.

»Sie ist tot«, antwortete ich, senkte jedoch nicht den Kopf, denn ich wollte ihr Gesicht sehen.

Wie blass die Königin unter ihrer Schminke wirklich war, vermochte ich nicht zu sagen, aber in ihre Augen trat ein entsetzter Ausdruck. Die Maske, von der Walsingham gesprochen hatte, lüftete sich zum ersten Mal in meinem Beisein. Allerdings nur für einen sehr kurzen Moment. Als sich der erste Schrecken ein wenig gelegt hatte, war sie wieder ganz die Königin. Was sie sagte, klang in meinen Ohren furchtbar grausam.

»Dann wird man wohl einen Ersatz für sie finden müssen. Geh und säubere dich, ich will nicht, dass du mit befleckten Kleidern in meinen Gemächern herumläufst und überall das Blut verteilst.«

Mir war das nur recht so, also knickste ich und verließ den Raum.

Auch wenn ich Jane nicht gemocht hatte, freute mich ihr Tod keineswegs, im Gegenteil, sie tat mir leid. Es war anders als in dem Augenblick, als ich erfuhr, dass Geoffrey tot war, anders als in dem Augenblick, als ich gesagt bekam, dass meine Geschwister tot aufgefunden worden waren.

Jane hatte mich furchtbar behandelt, sie hatte keine Gemeinheit ausgelassen, aber das Opfer, das sie für die Königin gebracht hatte, ließ immerhin eine distanzierte Trauer in mir aufsteigen.

Nachdem ich das Blut abgewaschen und mich umgezogen hatte, kehrte ich in die Gemächer der Königin zurück. Stille herrschte dort. Elizabeth lag auf ihrem Bett und starrte auf den golddurchwirkten Baldachin. Die anderen Hofdamen musterten mich, und ich erwiderte ihren Blick kurz. Dann begab ich mich auf meinen Platz. Ich griff nach dem Stickrahmen, arbeitete allerdings nicht weiter. Stattdessen starrte ich den weißen Stoff an und hatte in der pulsierenden Stille wieder die blutüberströmte Jane Ashley vor mir.

32. Kapitel

An diesem Abend fiel die gewöhnliche gesellige Runde aus. Elizabeth wünschte weder Musikanten noch Höflinge, noch ihre Damen bei sich. Sie ließ sich auskleiden, warf sich einen Morgenmantel aus schwerem grünem Brokat über und schickte uns fort.

Ich konnte nicht sagen, dass ich traurig darüber war. So brauchte ich es mir wenigstens nicht gefallen zu lassen, von den Höflingen lüstern angegafft zu werden.

Als ich zu meinem Quartier zurückkehrte, fand ich dort zu meiner großen Überraschung Robin vor. Er hatte anscheinend schon eine ganze Weile vor meiner Tür zugebracht, obwohl ich ihm mehrmals gesagt hatte, dass er es bleibenlassen sollte. Doch angesichts dessen, dass er blass bis unter den Haarschopf war und auch ein wenig zittrig wirkte, brachte ich es nicht über mich, ihn fortzuschicken.

»Beatrice, wie geht es Euch?«, fragte er sogleich, worauf ich ihm gebot zu schweigen.

Ich zog ihn in mein Gemach, und sobald die Tür ins Schloss gefallen war, fiel ich ihm um den Hals – etwas, das ich vermutlich nicht getan hätte, wenn es nicht zu diesem Vorfall gekommen wäre.

»Es war so schrecklich«, raunte ich in den Kragen seines Wamses hinein. »Ihr hättet Jane sehen sollen. Ich hätte ihr so gern geholfen.«

Robin wirkte von meiner Initiative zunächst überrascht, doch dann strich er mir beruhigend über den Rücken. »Es war Gottes Wille. Seid froh, dass der Königin nichts passiert ist. Und Euch.«

Froh war ich in keiner Weise. Janes Tod wäre nicht nötig gewesen. Ich war mir sicher, dass es einen anderen Weg gegeben hätte, um die Königin zu schützen. Aber nun war es eben so gekommen, und sosehr ich mir wünschte, die Zeit zurückdrehen zu können, ich vermochte es nicht. Ich blickte Robin an und war mir sicher, dass er noch etwas sagen wollte, doch dazu kam es nicht mehr.

Im nächsten Augenblick klopfte es an meine Zimmertür. Augenblicklich löste ich mich von Robin und bedeutete ihm, dass er sich verstecken solle. Auch wenn die Königin um ihre liebste Hofdame trauerte, würde sie es nicht gern sehen, wenn ich einen Mann in mein Zimmer ließ.

Als sich Robin neben den Kamin gestellt hatte, so, dass ihn niemand sehen konnte, öffnete ich und erblickte einen Diener.

»Miss Beatrice, Ihre Majestät wünscht Euch umgehend zu sehen.«

Hatte sie es sich etwa mit der Gesellschaft überlegt?

»Ich komme sofort«, entgegnete ich und bedeutete dem Diener, dass er gehen könne. Zu den Gemächern der Königin brauchte mich niemand zu geleiten.

Der Mann nickte und zog sich zurück. Erst, als er im Gang verschwunden war, schloss ich die Tür und wandte mich an Robin. »Die Luft ist rein!«

Er trat wieder neben dem Kamin hervor.

»Ihr habt es gehört«, sagte ich.

Er nickte und fragte: »Darf ich hier auf Euch warten?«

Ich schüttelte den Kopf. »Nein, geht besser. Ihr wisst, die Königin schätzt es nicht, wenn sich ihre Hofdamen mit Männern abgeben. Vielleicht sucht noch jemand nach mir, und es wäre sicher kompromittierend, wenn man Euch hier fände.«

Ich hätte damit gerechnet, dass er eine kecke Antwort geben würde, doch er nickte nur verständnisvoll. Zum Dank gab ich ihm einen Kuss auf die Wange, dann verließ er mein Gemach. Ich brachte noch schnell meine Haare in Ordnung und verließ den Raum ebenfalls.

Vor den Gemächern der Königin erblickte ich eine Eskorte, die vor der Tür wartete und sich mit den dort postierten Wächtern unterhielt. Elizabeth hatte anscheinend Besuch. Nur was sollte ich jetzt dort? Brauchte sie jemanden, den sie wie einen Tanzbären vorführen konnte? Die Wachen wussten offenbar Bescheid, denn sie traten augenblicklich zur Seite. Ich ging hinein, und ohne nach rechts oder links zu blicken machte ich einen Hofknicks.

»Komm her!«, forderte Elizabeths Stimme, und als ich mich aufrichtete, sah ich zu meiner großen Überraschung, dass Walsingham ebenfalls anwesend war. Zu ihm gehörte also die Eskorte. Nun wusste ich auch, dass es um das Attentat ging. Wahrscheinlich wollte die Königin Sir Francis vorwerfen, dass er die Gefahr nicht früh genug erkannt hatte. Welche Rolle sollte ich spielen? Die des Prügelknaben?

»Sir Francis, es scheint wirklich so, als hätte Eure Kreatur mir das Leben gerettet«, begann Elizabeth nach einer Weile. Ihr Gesicht war mehr denn je eine Maske.

Zwar ärgerte es mich noch immer ein wenig, dass sie mich Kreatur nannte, aber da es noch eines der schmeichelhafteren Schimpfwörter in ihrem Repertoire war, schlug ich folgsam die Augen nieder und wartete, was alles folgen würde.

Elizabeth musterte mich noch einen Moment lang, dann fuhr sie mit ihrer Rede fort. »Aber warum musstet Ihr noch eine davon in meinen Hofstaat einschleusen? Ihr haltet mich wohl für eine Idiotin!«

Ich blickte auf. Noch eine? Was meinte sie damit? Ich sah zu Walsingham hinüber, aber der reagierte nicht. Allerdings schien er von den Worten der Königin nicht im Geringsten überrascht zu sein.

Ganz im Gegensatz zu mir. Bedeuteten ihre Worte etwa, dass Jane Ashley eine von uns war? Hatte ich mich in meiner Vermutung, dass es Kathy war, so sehr getäuscht? Wenn das hier vorbei war, hoffte ich, Walsingham werde mich aufklären.

»Majestät wissen, dass ich um Euer Wohl besorgt bin. Zuweilen erfordert die Sorge gewisse Vorsichtsmaßnahmen.«

»Schließen die etwa auch mich ein? Ich soll also nicht wissen, wer Tag für Tag in meiner Nähe ist. Wer mir die Haare bürstet und meine Kleider zurechtlegt. Ihr wollt, dass ich Euch ausgeliefert bin, habe ich recht?«

Ich fühlte mich zunehmend unwohl, denn wie es aussah, braute sich da gerade ein Disput der Königin mit ihrem ersten Staatssekretär zusammen, der eigentlich nicht für meine Ohren bestimmt war. Aber da mich niemand entließ, wagte ich auch nicht, mich bemerkbar zu machen.

»Ehrlich gesagt weiß ich manchmal wirklich nicht, ob Ihr mein Freund oder mein Feind seid«, raunte die Königin nach einer Weile. »Ihr hättet Jane ebenso den Befehl geben können, mich zu töten.«

Walsingham neigte den Kopf. »Das würde mir niemals in den Sinn kommen, Majestät.«

»Das sagt sich schnell, aber letztlich werden es Eure Taten zeigen, Walsingham. Immerhin seid Ihr so anständig gewesen, mir vorher zu sagen, was mit diesem Mädchen hier ist. Ihr hättet mir Beatrice ebenso unterschieben können wie Jane.«

Schnell senkte ich den Kopf, damit sie mein Lächeln nicht sah. Sie hielt mich tatsächlich immer noch für Waltons tote Tochter. Ob Walsingham es innerlich genoss, seine Herrin dermaßen an der Nase herumzuführen? Jedenfalls ließ er sich wie immer nichts anmerken. Und Elizabeth bemerkte nichts.

»Ehrlich gesagt habe ich Euch für einen Narren gehalten, mir dieses Kind zur Seite zu stellen. Aber ich glaube, ich habe mich getäuscht. Sie hat wirklich das Talent, Mörder zu erkennen. Wir wären froh, wenn Ihr sie uns noch eine Weile überlassen könntet.«

Ihre Worte, mit denen sie wieder in den Majestätsplural verfiel, überraschten mich sehr, doch Walsingham verzog immer noch keine Miene. Auch er trug wieder seine Maske.

»Wenn sie Euch keine allzu große Last ist, Majestät«, antwortete er gedehnt.

Elizabeth lachte auf und warf den Kopf in den Nacken. »Stets ein Diplomat, was, Walsingham? Eine Last ist sie nicht. Ein wenig aufmüpfig vielleicht, aber Ihr hattet recht, sie hat wirklich gute Augen, und sie scheut sich nicht davor, ihr Leben für das ihrer Königin einzusetzen.«

Ich glaubte, mich verhört zu haben. Konnte es sein, dass mich die Königin zum ersten Mal lobte?

Walsingham schien darüber ebenso erstaunt zu sein wie ich, nur schaffte er es, diese Regung ein wenig besser zu verbergen.

»Majestät sind zu gütig«, entgegnete er.

Elizabeth achtete nicht darauf. Sie hatte mein Staunen bemerkt.

»Was starrst du mich so an?« Sofort schlug ich die Augen nieder. »Verzeiht, Majestät, ich wollte nicht ...«

»Sie macht immer so große Augen, als sei sie über die ganze Welt erstaunt«, sagte Elizabeth zu Walsingham.

Der lächelte. »Die Jugend hat es zuweilen an sich, noch über alles zu staunen, Majestät. Ihr solltet es ihr nicht übelnehmen.«

Die Königin ließ ihren Blick noch einen Moment lang auf mir ruhen, dann kehrte sie hinter ihr Pult zurück. »Beatrice, du kannst gehen«, sagte sie.

Nachdem ich Walsingham noch einmal angeblickt hatte, machte ich einen Knicks und beeilte mich, aus dem Raum zu kommen, bevor Elizabeths Laune wieder umschlug.

Todmüde kehrte ich in mein Zimmer zurück, doch kaum hatte ich mich ausgekleidet und mein Nachthemd übergeworden, klopfte es an die Tür.

Ich glaubte zunächst, dass es ein Diener oder wieder Robin sei, aber als ich öffnete, erblickte ich Walsingham im Dunkel des Ganges. Sein Gesicht schwebte wie immer bleich über dem Rest seines Körpers.

»Alyson, ich muss mit dir reden.«

Ich trat zur Seite und ließ ihn ein. Der Gedanke, dass ihn jemand gesehen haben könnte, kam mir erst gar nicht. Walsingham war niemals unvorsichtig.

Den Zweck dieser Unterredung kannte ich nicht, doch als ich die Tür hinter uns geschlossen hatte, sagte Walsingham: »Wie du dir nach den Worten der Königin vielleicht denken kannst, war Jane Ashley eine von uns. Sie war deine Kontaktperson. Jetzt kann ich es dir offenbaren.«

Ich blickte ihn verwundert an. Verwundert deshalb, weil die vermeintliche Hofdame sich mir gegenüber nicht gerade wie eine Gleichgesinnte verhalten hatte. Aber vielleicht waren genau das ihre Tarnung und ihr Befehl gewesen.

»Ich hatte sie aus dem Kreis der Hofdamen angeworben, weil sie mir die Opferbereiteste zu sein schien«, fuhr Walsingham fort, nachdem er mir einen Moment gegeben hatte, um die Nachricht zu verdauen.

»Die Opferbereiteste?«, fragte ich. »Hatte sie etwa von vornherein die Aufgabe, den Bolzenfang zu spielen?«

»Ja, das hatte sie. Oder besser gesagt, sie hatte sich freiwillig dazu entschieden. Die Königin war ihr Ein und Alles.«

Das hatte ich gesehen, und es machte mich traurig. Hätte sie ihr Leben behalten, und alles wäre weitergelaufen wie bisher, hätte ich sie wahrscheinlich immer noch zum Teufel gewünscht. Aber ihr Tod hatte alles geändert. »Warum hat sie mir nicht gesagt, dass sie es ist?«

»Wenn wirklich Gefahr gedroht hätte, die man hätte voraussehen können, wäre sie sicher zu dir gekommen. Das, was geschehen ist, war nicht geplant, aber anscheinend von Gott so gewollt. Jetzt wirst du für eine Weile die einzige Agentin hier sein.«

In diesen Worten, obwohl sie leise, fast sanft gesprochen

waren, lag die ganze Last, die mein Amt ab sofort beinhaltete. Nun musste ich wirklich allein auf die Königin achtgeben – und vielleicht noch mehr.

Eine Frage hatte ich allerdings noch an Sir Francis. »Warum hat sich Jane mir gegenüber so feindselig benommen? Habt Ihr es ihr aufgetragen?«

Walsingham nickte. »Ja, das habe ich. Zum einen sollte zwischen euch keine Verbindung bestehen, die euch früher oder später verraten hätte. Zum anderen wollte ich, dass dich Jane mit den Gepflogenheiten am Hof bekanntmacht.«

»Keine der anderen Damen hat mir so zugesetzt wie sie!«

»Sie hat ein wenig übertrieben, aber am Londoner Hof weht oft noch ein rauherer Wind als hier.«

»Und muss ich mich beim nächsten Mal vor die Königin werfen, wenn wieder ein Bolzen angeflogen kommt?«

»Du meinst, ob ich davor zurückschrecken würde, dein Leben zu opfern, wenn es dem Wohl des Staates dient?« Walsinghams Stimme wurde schneidend. »Nein, ganz gewiss nicht. Genauso würde ich mein eigenes Leben oder das Leben meiner Frau opfern. Aber dafür habe ich dich nicht ausgebildet. Du hast die Fähigkeit, einen Angriff wie diesen vorauszusehen und abzuwenden.«

Ich blickte ihn fragend an. »Wie hätte ich wissen sollen, dass da noch ein zweiter Mann ist? Immerhin habe ich den ersten mit dem Dolch abgefangen.«

»Das war auch richtig. Aber in solch einer Situation musst du mit allem rechnen. Manche Fanatiker laufen allein los und glauben, wenn sie die Königin töten, beenden sie einen Missstand. Doch es gibt auch solche, die in Gruppen arbeiten und sich durch ihre Freunde absichern lassen. Wenn einer es nicht schafft, dann der andere.«

Das leuchtete mir ein, dennoch fragte ich mich, wie ich

den Schuss des zweiten Mannes hätte verhindern sollen. Geoffreys Worte, dass Spione meist Partner hatten, wie Attentäter auch, kamen mir in den Sinn. Ohne dass ich es wusste, war Jane meine Partnerin gewesen, und sie hatte wie eine solche gehandelt. Wahrscheinlich war Walsingham sogar der Ansicht, dass wir sehr gut zusammengearbeitet hatten.

»Alyson, die jüngsten Ereignisse machen dir hoffentlich deutlich, wie gefährlich die Situation ist.« Walsinghams Hände legten sich schwer auf meine Schultern. Ich zeigte keine Regung und blieb so starr stehen wie ein Baumstamm. »Sei wachsam und vertraue niemandem, hast du mich verstanden? Eine Weile wirst du noch für die Sicherheit der Königin sorgen müssen, von nun an mehr denn je. Ich werde versuchen, einen Ersatz für Jane Ashley zu finden.«

Ich nickte nur.

»Sei vorsichtig, ich will nicht, dass deine Ausbildung umsonst war«, sagte Walsingham daraufhin. »Ich werde mich schon bald bei dir melden und dir neue Anweisungen geben. Bis dahin machst du weiter wie bisher. Ich glaube nicht, dass es zu einem neuen Anschlag kommen wird, jedenfalls nicht demnächst. Wer auch immer dahintersteckt, hat eine herbe Niederlage hinnehmen müssen, und er wird eine Weile brauchen, um erneut zuschlagen zu können. Bis dahin hast du Zeit, dich vorzubereiten, und wenn es so weit ist, erwarte ich, dass du ohne zu zögern handeln wirst, ist das klar?«

Ich nickte erneut, betäubt von seinen Worten.

»Jetzt ruh dich aus. Die Königin braucht dich. England braucht dich.«

Mit diesen Worten ging er hinaus. Ich ließ mich auf mein Bett sinken und bat still um eine traumlose Nacht.

33. Kapitel

Jane Ashley wurde kurz nach Ostern begraben, in der Gruft ihrer Familie in Norfolk. Dass sie eine von Walsinghams »Kreaturen« war und zudem heimlich angeworben, hatte sie bei der Königin in Ungnade gebracht. Samt und sonders untersagte Elizabeth uns daher, bei Janes Begräbnis zu erscheinen. Als wäre nichts gewesen, veranstaltete sie eine Gesellschaft nach der anderen und versuchte, das, was geschehen war, lachend unter den Teppich zu kehren. Die Höflinge machten mit und spielten ihr etwas vor, doch ich spürte, dass ihnen der Tod Jane Ashleys schwer im Magen lag – und das nicht nur, weil sie von nun an auf die Stelldicheins mit ihr verzichten mussten. Leicht hätte auch einer von ihnen an den Attentäter geraten können, und ich war mir sicher, dass diese Männer sehr an ihrem Leben hingen und es nicht ohne weiteres für Elizabeth hergeben würden – auch wenn sie das jederzeit beteuern würden.

Bald tuschelten die Angestellten, dass Lady Jane mit ihrem Lebenswandel dem Teufel geradezu die Tür geöffnet habe. Beth Throckmorton, die sich selbst an diversen Höflingen schadlos hielt, sprach nach Ablauf einer kurzen Trauerfrist nur noch abfällig über Jane und bezeichnete sie als Tochter eines Emporkömmlings. Sie glaubte, dass ich ihr beispringen würde, immerhin hatte ich offensichtlich unter Jane gelitten. Doch ich blieb schweigsam und zurückhaltend. Hier bei Hofe musste man mit allem rechnen, das hatte mich Walsingham gelehrt.

Meine Schweigsamkeit und Zurückhaltung kamen natürlich nicht gut an, dennoch ließen mich die anderen in Ruhe. Ich war durch meine Aktion in der Gunst der Königin gestiegen, das wussten sie.

Die Unsicherheit am Hof wurde allerdings größer. Es war nicht auszuschließen, dass es einen weiteren Anschlag geben würde. Die Königin zeigte ihre Angst nicht öffentlich, doch selbst wenn die Sonne schien, zog sie es vor, in ihren Gemächern zu bleiben. Walsingham würde frohlocken, das wusste ich.

Nach einer Weile erhielt ich wie versprochen Nachricht von ihm. Getarnt war das Schriftstück als Schreiben meines Vaters, und natürlich war es verschlüsselt. Er informierte mich darüber, dass die Identität der beiden Attentäter – der zweite war kürzlich in der Nähe von Greenwich gefasst worden – inzwischen gelüftet war. Es handelte sich dabei um zwei Jesuiten, alle beide Mitglieder jenes katholischen Ordens, der als Armee des Papstes verschrien war.

Angeblich hatte auch dieser Orden vor einiger Zeit eine persönliche Nachricht des Papstes erhalten, in der er die Bemühungen, Elizabeth vom Thron zu stürzen, guthieß und demjenigen das Himmelreich versprach, der einen tödlichen Stoß gegen die Königin führte. Ob das päpstliche Himmelreich den Attentätern sicher war, wusste ich nicht, aber auf jeden Fall verschlechterte die Tat die Situation der Katholiken im Lande. Nicht wenige forderten ein Verbot der katholischen Kirche und auf den Straßen Londons wurden immer öfter Katholiken angegriffen. Die Attentäter sollten jedenfalls dem Henker überstellt werden, die Unterschrift Elizabeths unter dem Todesurteil war reine Formsache. Und tatsächlich dauerte es nicht lange, bis die Köpfe der beiden auf dem Blutgerüst vom Tower Hill fielen.

Kurze Zeit darauf fasste Ihre Majestät den Entschluss, nach London zurückzukehren.

Ich freute mich sehr, meine Heimatstadt wiederzusehen,

doch es gab etwas, das diese Freude ein wenig trübte. Ich war mir sicher, dass Robin hierbleiben würde, denn er gehörte wie sein Vater zum Palast von Greenwich. Bisher hatte ich nicht herausfinden können, welche Funktion er genau innehatte – außer, dass er der Sohn des Sekretärs war, in dessen Gesellschaft ich ihn allerdings nie sah. Allerdings hatte sich Kathys Behauptung, er habe eine Vorliebe für Rothaarige, bewahrheitet. Zwar hatte er in jüngster Zeit keine der Mägde angesprochen, dennoch hatte ich mich stets davor gefürchtet, ihn näher an mich heranzulassen. Nun fürchtete ich dagegen, dass er mich vergessen würde.

Wäre ich eine andere gewesen als die, die ich war, hätte ich ihn am Abend vor der Abreise noch einmal aufgesucht und mit ihm gesprochen. Aber ich blieb die ganze Zeit über in der Nähe der Königin und war vollauf beschäftigt mit den Reisevorbereitungen.

Mit einem großen Gefolge hielten wir schließlich in London Einzug, umjubelt von zahlreichen Zuschauern, die den Weg säumten.

Den Whitehall Palace hatte ich auf meinen Rundgängen zwar schon zu Gesicht bekommen, aber nicht mehr als die trutzigen Mauern und hohen Türme. Jetzt fuhren wir durch das mächtige Tor ins Innere. Der Hufschlag und das Rumpeln der Räder hallten von den mächtigen Mauern wider, die von Fackellicht erhellt waren. Ich sah Bedienstete und Soldaten über den Hof eilen, wesentlich mehr als in Greenwich.

Nachdem ich die Kutsche verlassen hatte, atmete ich endlich wieder Londoner Luft. Sie roch nach Brackwasser, Schlamm, Mist und Blumen. Auch hier hatte der Frühling einiges verändert, und da der Sommer nahte, war es noch angenehm mild. Der Mond schien hell auf den Hof, und ich war froh, wieder hier zu sein.

Nachdem wir die Königin zu ihren Gemächern begleitet und unsere Pflicht getan hatten, zogen wir uns in unsere Quartiere zurück. Meines lag ein wenig von den anderen entfernt, und um es zu erreichen, musste ich einen Gang durchqueren, der trotz des Fackellichts finster wirkte. Einsam hallten meine Schritte von den hohen Wänden wider, und obwohl ich mir sicher war, dass ich hier nichts zu befürchten hatte, fühlte ich mich beobachtet. Für einen kurzen Moment hielt ich inne und sah mich um, doch ich konnte niemanden entdecken.

Das Geschnatter der anderen Hofdamen ertönte gedämpft am Ende des Ganges, sonst konnte ich nichts hören. Dennoch, das seltsame Gefühl blieb. Wartete etwa Sir Francis in meinem Zimmer? Ich setzte meinen Weg fort und erreichte bald die Tür zu meiner Kammer.

Bevor ich sie jedoch öffnen konnte, schnellte eine Hand aus der Dunkelheit und packte mich. Ich wollte schreien, aber es gelang mir nicht. Wer mich auch immer zur Seite zog, verschloss mir mit der freien Hand blitzschnell den Mund. Ich war mir sicher, dass sich die Freunde des Attentäters an mir rächen wollten.

Panisch tastete ich nach meinem Dolch und wollte gerade zustechen, als eine Stimme in meinem Nacken flüsterte: »Ich bin's, Gifford.«

»Was wollt Ihr hier?«, fauchte ich ihn ärgerlich an und schob den Dolch wieder in meinen Ärmel zurück.

Als Gifford dies bemerkte grinste er breit. »Nur gut, dass du damit nicht zugestochen hast.«

»Euer Glück!«, entgegnete ich. »Warum seid Ihr mir nachgeschlichen?«

»Sir Francis will dich sehen. Wie du weißt, ist er ein Freund der Diskretion.«

Bei Gifford konnte er sich sicher sein, dass alles diskret über die Bühne ging, das wusste ich.

»Bringt mich zu ihm!«, forderte ich, worauf mich Gifford noch einen Moment lang angrinste und dann voranging.

»Du hast ziemlich viel Temperament«, flüsterte er, nachdem wir in einen langen Gang eingebogen waren. »Ich möchte später mal nicht gegen dich kämpfen müssen.«

»Das werdet Ihr wohl auch nicht müssen.« Meine Stimme klang gereizt, aber das schien ihn nur zu amüsieren.

»Außerdem hast du ein großes Talent für die Maskerade. Ich bin mir sicher, dass Sir Francis dich mit einigen interessanten Aufgaben betrauen wird.«

Ich wusste nicht, was er damit bezwecken wollte, aber ich hatte keine Lust, mit ihm zu reden. Weder über den Dienst noch über etwas anderes. Nachdem ich ihn eine Weile angeschwiegen hatte, merkte er es endlich, und schwieg ebenfalls. Erst, als wir unser Ziel erreicht hatten, wandte er sich wieder an mich.

»Ah, da sind wir ja.«

Dankbar verdrehte ich die Augen gen Himmel. Gifford mochte Walsinghams bester Mann sein, dennoch konnte ich seiner Gesellschaft nicht viel abgewinnen. Ganz im Gegensatz zu ihm.

»Viel Vergnügen«, sagte er noch, klopfte dreimal in einem bestimmten Rhythmus gegen die Tür und öffnete sie.

Walsingham saß inmitten des Raumes hinter einem Schreibpult. Lediglich eine einzelne Kerze brannte auf einem schäbigen Zinnleuchter. Das Licht flackerte gespenstisch auf seinem bleichen Gesicht; seine Kleidung und seine Kappe verschluckten die spärlichen Strahlen, so dass es aussah, als schwebte sein Kopf über der Tischplatte. Es roch nach Tinte und Ruß.

»Guten Abend, Alyson, komm näher.«

Ich erwiderte seinen Gruß und ging auf ihn zu. Über den Klang meiner Schritte hinweg hörte ich den Wind vor dem Fenster raunen. Walsingham blieb steif sitzen und gab nicht das geringste Geräusch von sich. Für einen kurzen Augenblick glaubte ich fast, er hätte den Atem angehalten. Aber seine Brust hob und senkte sich, und dass er seine Umwelt nicht mit Geräuschen belästigte, war seine Art von Diskretion.

»Du hast deine Probezeit gut gemeistert«, sagte er schließlich, ohne die Miene zu verziehen.

»Vielen Dank, Sir«, entgegnete ich. »Ich werde dich von nun an nicht mehr rufen lassen, wenn ich etwas zu besprechen habe, sondern dir ein Zeichen geben. Dann wirst du dich unverzüglich zu mir begeben, egal, was du gerade zu tun hast.«

Ich nickte. »Was ist das für ein Zeichen?«

»Kennst du die Bedeutung des lateinischen Begriffs ›sub rosa‹?«

»Das ist eine Umschreibung für etwas, das geheim bleiben soll. Die Römer haben Rosen verwendet, wenn sie bei Besprechungen nicht gestört werden oder wenn sie ihren Gesprächspartnern signalisieren wollten, dass etwas nicht weitererzählt werden darf.«

Walsingham nickte. »Du hast meine Bibliothek wirklich gut genutzt. Egal, an welchem Ort du dich befindest, halte stets nach einer Rose oder Teilen davon Ausschau. Auch wenn es dir vollkommen willkürlich erscheint, sobald du eine Rose außerhalb des Gartens siehst, kommst du zu mir.«

Ich nickte und hoffte nur, dass der Gärtner nicht so nachlässig war, Schnittabfälle in meinen Weg zu streuen.

»Ich werde dich ab sofort nicht mehr wie einen Lehrling behandeln, was du noch wissen musst, wirst du ab sofort durch Erfahrung lernen.«

Das war genau das, was ich wollte! Ich wurde endlich eingesetzt. Und zwar richtig, nicht nur, um zu beobachten.

»Ich habe auch gleich einen Auftrag für dich. Du wirst dich noch heute Nacht aus dem Palast schleichen und zu einer Taverne am Hafen gehen. *Black Anchor* ist ihr Name. Hast du schon mal davon gehört?«

Ich nickte. Der *Black Anchor* war eines der verrufensten Gasthäuser Londons. Kein Ort, an den sich eine junge Dame wagen sollte. Wenn überhaupt, hatte ich mich früher in der Nähe dieses Hauses nur bei Tag aufgehalten. Der Wirt war allerdings ein gutmütiger Mann, der mir zuweilen ein paar Lebensmittel zugesteckt hatte. Seiner Einladung, am Abend zu ihm zu kommen, war ich aber nie gefolgt, wahrscheinlich zu seinem und meinem Wohl. Aber die Zeiten hatten sich geändert. Ich war kein verängstigtes Straßenmädchen mehr.

»Dort wirst du dich umhören und darauf warten, dass ein Kapitän namens Álvaro Pintero auftaucht. Ich möchte, dass du ihm ein paar Unterlagen abnimmst.«

»Welche Unterlagen?«

»Befehle für die spanischen Spione hier in London. Du wirst sie ihm stehlen, bevor er sie seinem Kontaktmann übergeben kann.«

»Aber er wird wissen, dass Ihr dahintersteckt.«

»Nicht unbedingt. Vielleicht war es unpräzise, dass ich von Stehlen gesprochen habe. Ich will, dass du die echten Dokumente gegen falsche austauschst. Mister Phelippes hat ein paar andere Befehle erstellt, die du Pintero unterschieben wirst.«

Mit diesen Worten gab er mir einen versiegelten Umschlag. Es war keine Aufschrift darauf, vermutlich war das Siegel das einzige Kennzeichen seiner Echtheit. Und natürlich die gefälschte Handschrift.

Ich fragte mich, wie Phelippes das alles geschafft hatte, wo er doch mit der Korrespondenz zwischen Maria Stuart und Babington vollauf beschäftigt war und noch dazu in Chartley weilte. Wahrscheinlich hatte Gifford den gefälschten Brief gleich mitgenommen, da er schon mal auf dem Weg war.

»Ein Mann wird im Schankraum eine Schlägerei anzetteln, in die er möglichst auch Pintero verwickeln wird. Du wirst die Zeit nutzen und dich auf sein Zimmer schleichen.«

»Woher weiß ich, welches seines ist?«

»Wahrscheinlich wird er bei seiner Ankunft zuerst nach oben gehen und seine Kiste abstellen. Du wirst ihm unauffällig folgen und ihn beobachten. Wenn du das Zimmer kennst, wirst du warten, bis die Luft rein ist, und dann handeln.«

»Was, wenn ich versage?«

»In meinem Dienst gibt es dieses Wort nicht, Alyson. Wenn etwas nicht so läuft, wie du es geplant hast, wirst du dir einen anderen Weg ausdenken. Ich bin mir sicher, dass dein früherer Lebenswandel dir genügend Einfallsreichtum beschert hat.«

Und ob er das hatte! Nur musste ich mir eingestehen, dass ich sehr oft den einfachsten Weg gewählt hatte. Aber warum sollte dieser hier falsch sein? Immerhin hatte ich dadurch auf der Straße überlebt.

»Hast du noch irgendwelche Fragen zu deinem Auftrag?« Er fragte nicht, ob ich ihn annehmen wolle oder nicht.

Ich schüttelte den Kopf. »Nein, Sir, ich habe alles verstanden.«

»Gut, dann verlasse ich mich heute Abend auf dich. Wie du vom Hof verschwindest, ist deine Sache.« Er zog ein Kuvert unter seinen Unterlagen hervor und reichte es mir. »Hier steht, wie du am besten aus dem Schloss gelangst. An der Geheimtür wird dich jemand erwarten und dafür sorgen, dass du sie passieren kannst. Wenn du wieder zurück bist, bringst du die Dokumente unverzüglich zu mir. Lass niemand anderen einen Blick darauf werfen und verteidige sie mit deinem Leben, wenn es sein muss.«

Letzteres hatte ich nicht vor, zumindest nicht für ein paar Papiere. Meine Vorliebe für einfache Lösungen würde mich schon eine Möglichkeit finden lassen, ungeschoren aus der Sache rauszukommen.

Ich öffnete den Umschlag und betrachtete die Karte so lange, wie es nötig war, um sie mir einzuprägen. Danach reichte ich Walsingham das Papier, der es mit einer eleganten Handbewegung über die Kerzenflamme hielt.

»Geh jetzt«, sagte er leise, während er zusah, wie die Karte zu Asche wurde. »Und lass dich von niemandem beobachten.«

Ich nickte, wandte mich um und verließ ohne Gruß den Raum. Fast fürchtete ich schon, einen breit grinsenden Gifford vor der Tür vorzufinden, doch dem war nicht so. Der Gang war leer. Ich musste den Weg zu meiner Kammer allein finden.

Schon bald konnte ich das Gelächter der Wachen hören, die mir zwar hinterherschauten, aber nichts nachriefen, da sie an meinem weißen Kleid erkannten, dass ich eine von Elizabeths Damen war.

Allerdings waren nicht nur Wachen unterwegs.

»Miss Beatrice!«, tönte es unvermittelt hinter mir. Die Stimme war mir so vertraut, dass ich augenblicklich stehenblieb und herumwirbelte.

Vor mir stand Robin. Er trug ein schlichtes braunes Reisewams, was mir die Gewissheit gab, dass er erst vor kurzem hier angekommen war. Hatte man ihn etwa in den Londoner Hofstaat versetzt? Hatte er sich gar meinetwegen versetzen lassen?

Während ich ihn betrachtete, nahm ich mir vor, mehr über ihn herauszufinden. »Ich bin froh, Euch heil wiederzusehen!«, fügte er hinzu.

Gemäß den Regeln des Spiels, die wir beide ohne Absprache aufgestellt hatten, blieb ich kühl und verbarg meine Freude über das Widersehen mit ihm, den ich längst verloren geglaubt hatte. »Was sucht Ihr hier? Verfolgt Ihr mich etwa?«

Robin wusste, dass ich die Kratzbürste nur spielte, daher verfiel er wieder in die Rolle des blinden Liebenden, den die Ablehnung seiner Angebeteten nicht abschrecken konnte.

»Ich werde Euch überallhin folgen, wohin es Euch auch verschlägt.«

»Das klingt in meinen Ohren wie eine Drohung.«

»Eine zärtliche Drohung, holde Miss!«, korrigierte er mich lachend. »Glaubt mir, ich könnte nie etwas tun, was Euch schadet.«

Das glaubte ich ihm sofort, sprach doch aus seinem Blick eine bedingungslose Verliebtheit. Gern wäre ich ein wenig von der Rolle der Widerspenstigen abgewichen, aber das war unmöglich. Zum einen wurden wir beobachtet, zum anderen hatte ich einen Auftrag für heute Nacht. Ich durfte keinesfalls das Risiko eingehen, dass Robin mich in Männertracht aus dem Palast schleichen sah. Er würde mich sofort zur

Rede stellen und wissen wollen, was vor sich ging. Schlimmstenfalls würde Walsingham ihn als Gefahr betrachten und dafür sorgen, dass er verschwand, genau wie Murphy. Hier durfte niemand wissen, wer ich wirklich war. Doch die Unterhaltung abrupt abzubrechen, hätte ihn sicher neugierig gemacht. Also entschloss ich mich, noch einen Moment stehenzubleiben und ihm wenigstens ein paar Abschiedsworte zu gewähren.

»Werdet Ihr mich nun wieder mit Euren Blumen belästigen?«, fragte ich und sah ihn bis über beide Ohren grinsen.

»Wenn Ihr es wünscht?«

Ja, das wünschte ich, und er wusste es genau. Ich gab ihm allerdings keine Antwort darauf.

»Gute Nacht, Mister Carlisle«, sagte ich förmlich, knickste kurz und wandte mich um. Ich spürte seinen Blick in meinem Rücken, und das half mir, mich zur Ruhe zu zwingen und nicht zu rennen.

Nach dem Erlebnis mit Gifford lief ich noch aufmerksamer durch den Gang, der zu meinem Zimmer führte, doch ich konnte nichts Verdächtiges entdecken.

34. Kapitel

Als ich die Zimmertür hinter mir zugezogen hatte, lehnte ich für ein paar Augenblicke am Türflügel und blickte zum Fenster, durch das diffuses Licht hereinfiel.

Mein erster richtiger Auftrag! Obwohl ich wusste, dass es gefährlich werden würde, war ich so freudig erregt, als würde ich mich mit einem Liebhaber treffen.

Nach einer Weile ging ich zum Bett und holte mein Bündel aus meinem Versteck. Ich legte mein weißes Kleid ab, schlüpfte in den Lederanzug und band mein Haar fest zusammen. Aus dem Edelfräulein Beatrice wurde zunächst wieder Alyson und schließlich Albert. Dann verstaute ich meinen Dolch und meine Dietriche. Auch in Tavernen gab es Schlüssel, und ein Mann wie Pintero würde sicher davon Gebrauch machen.

Als ich fertig war, schlich ich mich hinaus auf den Gang und an den Wachen vorbei, die mich aber nicht bemerkten. Ich folgte der Zeichnung, die sich in meinen Geist eingebrannt hatte, und erreichte bald die Tür, durch die ich ungesehen ins Freie entschwinden konnte.

Der Mann, der mich dort erwartete, war klein und gebückt und wurde für sein Amt und sein Schweigen wohl sehr gut bezahlt. Er musterte mich kurz, und noch bevor ich seine fauligen Zähne im Zwielicht sehen konnte, roch ich sie. Seine Augen wirkten glasig wie die eines Betrunkenen, doch sein Verstand war hellwach.

»Guten Weg, junger Mann!«, rief er mir nach, und ich konnte nur schwerlich ein zufriedenes Lächeln unterdrücken.

Die Geheimtür führte direkt in den Garten des Palastes, von wo aus ich zum Flussufer lief. Die Taverne befand sich in Hafennähe, wenn ich mich beeilte, würde ich gegen Mitternacht dort sein.

Dichter Nebel hüllte die Straßen von London ein. Es war kaum jemand unterwegs, und die Lichter in den Fenstern waren größtenteils erloschen. Einen kurzen Moment lang dachte ich an früher, verdrängte diesen Gedanken allerdings sofort wieder und konzentrierte mich auf den bevorstehenden Auftrag.

Ich fand den *Black Anchor* mit traumwandlerischer Sicherheit, und als ich eintraf, konnte ich eine Schiffsglocke läuten hören. Es musste Mitternacht sein, denn sie läutete in vier Doppelschlägen, was Seeleute acht Glasen nannten. Um Mitternacht begann nämlich die sogenannte »Hundswache«, die bis um vier Uhr morgens andauerte. Mit den acht Glasen wurde die erste Nachtwache abgelöst und die zweite begann. Ich trat auf die Tür zu, doch bevor ich sie öffnen konnte, flog sie von allein auf, und zwei Männer, eine hysterisch lachende Frau in ihrer Mitte, torkelten auf mich zu. Ihre Kleider waren schäbig und stanken nach Schweiß und Tabakrauch. Das Mieder der Frau war bereits halb offen, und ich konnte mir lebhaft vorstellen, was sie in der dunklen Ecke taten, in die sie sich, ohne mich zu beachten, zurückzogen. Bevor ich das Stöhnen hören konnte, betrat ich den Schankraum.

Die Luft nahm mir für einen kurzen Moment den Atem. Sie war zum Schneiden dick, doch ich gewöhnte mich schnell wieder daran. Diese Taverne war wirklich kein Ort für eine junge Dame, aber ich war – zumindest äußerlich – ja keine. Mein Dolch steckte in meinem Ärmel, das Leder lag warm auf meiner Haut. Ich mochte als junger Kerkerknecht durchgehen, jedenfalls beachtete mich niemand. Ich tat so, als würde ich hierher gehören, aber in Wirklichkeit wanderte mein Blick durch den Raum und erfasste jeden der Gäste in meinem Gesichtskreis.

Ein zerlumpter Fiedler saß in einer Ecke und gab ein Lied zum Besten, das mehr schräge Noten als gerade enthielt. Seine Kleider standen nur so vor Dreck, und wahrscheinlich war sein Geruch so furchtbar, dass die Leute es sogar durch die Bier- und Tabakwolke riechen konnten, die wie ein drohendes Gewitter über den Köpfen der Gäste schwebte. Ich musterte die Männer an den Tischen und die ungepflegten Huren, die entweder auf dem Schoß eines Freiers saßen oder mit dem Hintern wackelnd zwischen den Tischen umherstolzierten, um einen Gast dazu zu bringen, sie anzugrabschen. Eine dieser Frauen juchzte auf, als ihr Freier sein stoppelbärtiges Gesicht zwischen ihren verkrusteten Brüsten vergrub.

Nach dem Mann, der die Prügelei anzetteln sollte, suchte ich zunächst vergebens, aber das erwartete ich mittlerweile auch nicht anders von Walsinghams Leuten. Angst vor Langeweile brauchte ich trotzdem nicht zu haben, denn im nächsten Augenblick öffnete sich die Tür, und ein hochgewachsener, schwerleibiger Mann mit schwarzem Bart trat ein. Er hatte sein lockiges Haar zu einem Zopf zusammengebunden, so dass ich einen Blick auf den goldenen Ring werfen konnte, der sein Ohrläppchen zierte. Ihm folgte ein junger Mann, dem man ansah, dass er sein Kajütenjunge war. Kein Zweifel, der Fremde, der in gebrochenem Englisch den Wirt herbeirief, war Pintero. Wie es Walsingham vorhergesehen hatte, ließ er sich ein Zimmer geben. Dank seines starken Akzentes konnte ich seine Stimme problemlos unter den anderen ausmachen.

Ich überlegte kurz, wie ich ihm am besten nachschleichen könnte, und kam zu dem Schluss, dass es vielleicht klüger wäre, ihm zuvorzukommen. Also löste ich mich von meinem Fenster und strebte, ohne mich nach dem Kapitän umzudrehen, der Treppe zu. Man hätte mich durchaus für jemanden halten können, der einen Bekannten suchte. Zügig ging ich nach oben und blickte mich kurz in dem Gang um. Wie es sich für ein Wirtshaus dieser Art gehörte, war er nur spärlich beleuchtet, was mir sehr gelegen kam.

Hinter einer Zimmertür tönte mir lautes Stöhnen entgegen. Der Freier musste gut genug bezahlt haben, um sich mit seiner Hure nicht draußen in irgendwelchen dunklen Ecken herumdrücken zu müssen. Ich hatte allerdings nicht vor, das näher zu ergründen, sondern hoffte nur, dass die beiden immer noch so heftig bei der Sache waren, wenn ich mir Pinteros Zimmer vornahm.

Wenige Augenblicke später hörte ich Schritte die Treppe hinaufkommen. Rasch verbarg ich mich im Schatten der Biegung, die der Gang ein ganzes Stück weit hinter der Tür machte und verharrte an die Wand gepresst. Meine Gestalt verschmolz mit dem Schatten, hoffentlich gut genug, dass ich nicht auffiel. Mein Standplatz war so gewählt, dass ich den Gang im Auge behalten konnte. Ich sah zunächst den Wirt, dann den Kapitän. Sein Leib nahm den Gang so vollständig ein, dass der Kajütenjunge hinter ihm kaum zu erkennen war. Ich hoffte nur, dass er den Kleinen nicht in seinem Zimmer warten ließ, dann wäre ich wohl gezwungen, ihn auszuschalten.

»Kommen Sie, Señor Pintero, dies hier ist das beste Zimmer im ganzen Haus«, sagte der Wirt und fuchtelte mit seiner Kerze gefährlich dicht vor dem Bart des Kapitäns herum, was dieser mit einem missbilligenden Blick quittierte. Allerdings konnte ich mir so das Gesicht des Kapitäns genau einprägen. Emsig stieß der Wirt die Tür auf und trat in das Zimmer, aus dem wenig später ein schwacher Lichtschein drang. Wahrscheinlich hatte er eine Lampe entzündet. Noch einen kurzen Moment lang pries der Wirt seine Herberge und beteuerte, seine Gäste würden sich hier stets wohlfühlen.

Dann verließ er den Raum, und die beiden Männer waren allein.

Ich blieb in meiner Ecke und schaute ihm nach, wie er zur Treppe schlurfte. Jetzt musste ich nur noch darauf warten, dass Pintero und sein Begleiter wieder nach unten gingen.

Nach einer Weile öffnete sich eine Tür, doch es war nicht die des spanischen Kapitäns. Ein Pärchen kam aus einem der Zimmer. Sogleich strömte der Geruch von fettigen Laken, verschwitzten Leibern und Wein in den Gang. Während die beiden auf mich zukamen, verharrte ich vollkommen reglos im Schatten. Meine Tarnung war offenbar perfekt, denn das Pärchen lief an mir vorbei. Ihre Sinne waren von dem vergangenen Rausch wohl noch so vernebelt, dass sie mich nicht bemerkten, als sie Arm in Arm der Treppe zustrebten.

Kaum war das Paar verschwunden, öffnete sich Pinteros Tür. Ich presste mich wieder dichter an die Wand. Der Kapitän verließ, sich am Gemächt kratzend, das Zimmer, sein Kajütenjunge folgte ihm mit gesenktem Nacken, nachdem er das Licht gelöscht hatte. Für einen kurzen Moment konnte ich einen Blick auf seine Gestalt werfen. Er war kaum älter als ich und schien mehr Schläge als Essen von seinem Herrn zu bekommen. Dennoch trottete er ihm wie ein treues Hündchen hinterher. Er schloss die Tür hinter sich ab, und gemeinsam liefen sie zur Treppe.

Nachdem sie nach unten gegangen waren, zog ich ein Tuch aus der Tasche und band es vors Gesicht. Falls der Zimmerbewohner eher zurückkehrte, sollte er nicht sehen, wer sich da gerade an seinen Taschen zu schaffen machte. Als ich fertig war, löste ich mich aus dem Schatten und zog so leise wie möglich meine Dietriche aus dem Hosenbund. Ich musste mich beeilen. Um den Kapitän würde sich mein unsichtbarer Helfer kümmern, doch es war gut möglich, dass die Hure in einem unpassenden Moment mit einem neuen Freier wieder nach oben kam.

Ohne Umschweife schob ich einen in der Größe passenden Dietrich in das Schlüsselloch und versuchte, das Schloss zu öffnen. Vielleicht hätte man dem Wirt nahelegen sollen, sich besser um seine Türen zu kümmern. Mir war es allerdings recht, dass das Schloss leichter als erwartet aufschnappte. Während ich hörte, wie Schritte die Treppe hinaufkamen, betrat ich das Zimmer und machte so leise wie möglich die Tür hinter mir zu. Ein Licht zu entzünden hätte zu viel Zeit gekostet, doch der Mond kam mir zu Hilfe, und so entdeckte ich sofort den Seesack und die Tasche des Kapitäns neben dem Bett.

Unter anderen Umständen hätte der Kapitän sein Schiff zur Nachtruhe wohl nicht verlassen, doch jetzt brauchte er einen Ort, an dem er sich ungestört mit seinem Kontaktmann unterhalten konnte. Vorzuschützen, dass er hier übernachten wollte, war die beste Tarnung. Niemand würde es wagen, ihn im »Schlaf« zu stören, niemand würde Anstoß daran nehmen, dass er sich hier überhaupt ein Zimmer nahm.

Ich entschied mich, zunächst in der Tasche nach den Dokumenten zu suchen, und hatte dabei im Hinterkopf, dass der Kapitän sie vielleicht auch am Körper tragen könnte. Ich würde niemals wichtige Dokumente in einem Herbergszimmer zurücklassen.

Mit einem Ohr lauschte ich den Geräuschen, die die obere Etage erfüllten. Ich hörte, wie die Hure und ein neuer Freier an der Tür des Kapitäns vorbeigingen, ebenso das anhaltende Stöhnen im Zimmer neben der Treppe.

Von einem Tumult bisher keine Spur, aber vielleicht ließ sich das Opfer, das sich Walsinghams Mann ausgesucht hatte, nicht so leicht provozieren. Eine Schlägerei mit Pintero wollte ich mir erst gar nicht ausmalen, dieser massige Kerl schlug sicher einer emsigen Axt im Walde gleich eine Schneise in die Masse seiner Gegner.

Auf jeden Fall fand ich in der Tasche etwas, das den Dokumenten, die ich von Walsingham erhalten hatte, sehr ähnelte. Ich war erleichtert, dass ich nicht den Seesack durchsuchen musste, der sicher voller speckiger Wäsche und zugehöriger Tierchen war.

Ich hatte gerade die echten Dokumente unter meinem Wams verschwinden lassen, als sich schwere Schritte der Tür näherten. Entweder hatte die Schlägerei nicht lange angehalten, oder Pintero und sein Kontaktmann hatten sich nicht daran beteiligt. Auf alle Fälle kam er schneller wieder zurück, als mir lieb war.

Für einen Moment lang war ich starr vor Schreck, dann handelte ich. Ich schob die falschen Dokumente in die Tasche, verschloss sie und lief zum Fenster. Hinunterspringen würde ich nur, wenn direkt unter dem Fenster ein Misthaufen war. Andernfalls musste ich wohl oder übel den Weg über die Dächer nehmen.

Ich hatte gerade den Fensterflügel geöffnet, als hinter mir jemand die Tür aufriss.

Nur kurz konnte ich mich nach den Männern umdrehen, die in der Tür standen und mich anstarrten, als sei ich der heilige Nepomuk. Einer von ihnen war Pintero, was mich nicht weiter erstaunte. Dafür erschreckte mich die Anwesenheit des anderen bis ins Mark. Es war der Schwarzbart vom Marktplatz – Esteban!

Kurz trafen sich unsere Blicke, und obwohl mich das Tuch davor bewahrte, dass er mich wiedererkannte, lief ein heißes Brennen durch meinen Körper. Meine Nackenhaare stellten sich auf, allerdings nicht aus Angst, sondern aus Hass. Für einen Moment war es mir, als könnte ich erneut seine Hände auf meinem Körper spüren.

Doch dann fiel mir ein, dass es nur mein Lederwams war,

das sich an meine Haut schmiegte und mich von diesem Mann trennte. Ich reagierte, so schnell es meinen Muskeln möglich war, kletterte auf das Fensterbrett und sprang.

35. Kapitel

In London standen die Häuser ziemlich dicht, deshalb landete ich mit einem Satz auf dem Dach des benachbarten Hauses, das etwas niedriger war als die Schenke, rappelte mich auf und lief los. Die Schindeln waren rutschig vom Nebel, daher glitt ich nicht nur einmal darauf aus. Doch als ich den First erreicht und überquert hatte, ließ ich mich bis zu einem bestimmten Punkt herunterrutschen und holte Schwung, um auf das nächste Dach zu springen.

Wie ich es nicht anders erwartet hatte, war mir Esteban gefolgt. Ich hörte seinen Leib schwer auf das Hausdach hinter mir krachen. Für einen kurzen Augenblick wünschte ich mir, dass er einbrechen möge, und dabei verlor ich den Halt. Ich rutschte ein Stück weit der Traufe entgegen, konnte mich aber halten und wieder nach oben ziehen.

Als ich wieder auf den Schindeln stand, blickte ich mich um und sah, dass Esteban auf der anderen Seite des Daches angekommen war. Nicht mehr lange, und er hatte mich erreicht. Doch das wollte ich auf gar keinen Fall. Zwar hatte ich jetzt keinen Schwung mehr, um auf das nächste Dach zu springen, trotzdem musste ich es wagen. Ich machte einen Satz über die Gasse und landete auf den Schindeln. Ein paar von ihnen brachen unter meinem Gewicht ein, doch glücklicherweise hatte ich eine Stelle erwischt, unter der sich ein

Dachbalken befand. Ich konnte mich abstützen und hastete erneut das Dach hinauf.

Esteban folgte mir noch immer. Als ich eingebrochen war, hatte er kurz aufgelacht, und jetzt setzte er ebenfalls zum Sprung an. Ich spürte, wie mir die kalte Luft in die Lungen schnitt, als ich mich an den Dachfirst klammerte und mich daran hochzog. Mein Vorsprung war fast komplett geschmolzen, daher musste ich von den Dächern herunter und laufen. Einen Misthaufen, der meinen Sprung abfangen konnte, sah ich noch immer nicht, doch das Haus gegenüber hatte eine Rosenleiter. Daran, dass mir die nackten Dornen wahrscheinlich die Hände zerkratzen und die anderen Damen das am nächsten Tag bemerken könnten, dachte ich zunächst nicht. Hinter mir hörte ich, wie sich Esteban über den First mühte. Ich blickte mich um, holte Schwung und sprang auf das Dach des Schuppens. Allerdings war es keineswegs so stabil, wie ich angenommen hatte.

Plötzlich ertönte unter mir ein Knacken, und im nächsten Moment ging es abwärts. Mit einem Aufschrei stürzte ich in die Tiefe. Beim Aufprall hätte ich mir sicher nicht alle Knochen zertrümmert, aber es war möglich, dass ich mir ein Bein brach, was das Ende meiner Flucht und meines Lebens bedeuten würde. Dieser Gedanke kam mir allerdings nur kurz. Das Schicksal hatte Nachsicht mit mir, denn ich prallte nicht auf den nackten Boden, sondern landete in einem Heuhaufen.

Während ich mich aus den Heumengen kämpfte, ging es mir durch den Kopf, dass Esteban vielleicht schon vom anderen Dach herunter war und auf den Schuppen zustürmte. Ich musste hier raus, und zwar sofort! Schnell sprang ich wieder auf die Füße und rannte zur Tür. Kurz lauschte ich, denn wenn ich Pech hatte, stand Esteban direkt davor! Hektisch blickte ich mich um, doch es gab keinen anderen Ausgang aus dem Schuppen. Also stieß ich die Tür auf und rannte los.

Esteban war noch nicht vom Dach herunter, aber als er die Tür auffliegen hörte, sah er auf, und in dem Moment, in dem er mich entdeckte, sprang er ab.

Ich schaute mich nicht nach ihm um, sondern rannte, was das Zeug hielt. Hinter mir hörte ich ein Fluchen und wusste, dass Esteban davon abgehalten worden sein musste, mir zu folgen. Trotzdem wiegte ich mich nicht in Sicherheit, sondern hastete weiter in Richtung Flussufer, bis ich schließlich den Whitehall Palace vor mir sah.

Das Heu, das unter mein Wams geraten war, piekste mich, und der Schweiß rann mir nur so über die Haut. Ich dampfte wie ein Pferd, das man im Galopp vorwärtsgetrieben hatte, als ich wieder bei der Pforte ankam. Erst hier zog ich mir das Tuch vom Gesicht, damit mich der Wächter nicht irrtümlich für einen Strolch hielt.

Der hagere Kerl stand noch immer dort und grinste dümmlich. »Hat Euch der Spaziergang gefallen?«, fragte er, als er an mir vorbeihuschte, und ich hoffte, dass meine Tarnung wirklich so perfekt war, wie ich dachte.

Jedenfalls beeilte ich mich, an ihm vorbeizukommen und zu Walsinghams Tür zu gelangen. Dabei ließ ich dieselbe Vorsicht walten wie auf dem Weg zur geheimen Pforte. Der Gedanke, dass sich Walsingham in der Zwischenzeit zu Bett begeben haben könnte, kam mir erst gar nicht. Ich wusste, dass er hinter seiner Tür auf mich wartete.

Genau so war es auch.

Er saß über ein Buch gebeugt am Schreibpult, als ich eintrat. Auf ein Anklopfen hatte ich verzichtet, da es zu viel Aufsehen erregt hätte. Ich zog die Tür so leise es ging hinter mir zu und schritt zu ihm hinüber. Er ließ sich noch einen Moment Zeit, wahrscheinlich, um einen Satz zu Ende zu lesen, dann blickte er auf.

»Nun?«

»Ich habe sie.« Mit einem breiten Lächeln zog ich das Kuvert unter meinem Wams hervor. Es war ebenfalls ein wenig von meinem Schweiß durchnässt, aber ich war mir sicher, dass die Buchstaben nicht verwischt waren.

Walsingham griff zu einem kleinen Dolch, öffnete das Siegel und zog zwei engbeschriebene Blätter hervor. Auch ohne näher hinzuschauen, konnte ich erkennen, dass es keine Buchstaben, sondern Zeichen waren, in denen die Nachricht verfasst war. Phelippes würde also wieder zu tun bekommen. Für mich dagegen war die Sache erledigt. Ich hatte meinen ersten Auftrag erfolgreich zu Ende gebracht! Jedenfalls dachte ich das.

»Weißt du, was mit Thomas ist?«, fragte Walsingham allerdings, nachdem er die Dokumente überflogen hatte.

Ich ging davon aus, dass er damit den Mann meinte, der die Schlägerei anzetteln sollte. »Nein, Sir, ich hatte keine Zeit, um nach ihm zu sehen.«

Jetzt blickte er auf und musterte mich. »Bist du erwischt worden?«

Es hatte wohl keinen Zweck, die Sache zu leugnen. »Jemand hat mich verfolgt, aber ich habe ihn abhängen können.«

»Verdammt!« Walsingham fuhr mit einer Impulsivität in die Höhe, die ich nicht an ihm kannte. »Hast du erkennen können, wer hinter dir her war? Hast du sein Gesicht gesehen?«

Seine Worte schossen siedendheiß durch meine Glieder. Mir wurde mit einem Mal klar, welche Folgen das Zusammentreffen mit dem spanischen Meisterspion für mich haben konnte. Zumal mein unsichtbarer Partner noch immer nichts von sich hören ließ.

»Es war Esteban«, antwortete ich wahrheitsgemäß, denn Ausflüchte oder Verheimlichungen nützten uns nichts.

Walsinghams Wangen wurden mit einem Mal grau. Er verzog nach wie vor keine Miene, doch ich wusste, dass es ihm nicht gefiel, diesen Namen zu hören. »Hat er dein Gesicht erkennen können?«, fragte er nach einer Weile, und seiner Stirn konnte ich fast schon ansehen, wie sich dahinter der Gedanke zusammenbraute, mich aus London fortzuschaffen.

»Ich denke nicht, es war ziemlich dunkel, und ich hatte das Licht im Rücken, als ich im Raum stand. Außerdem hatte ich mir ein Tuch umgebunden.«

»Wie bist du ihm entkommen?«

Ich schilderte ihm meine Flucht in wenigen Worten.

Walsingham musterte mich von Kopf bis Fuß. Dass ich ihn nicht anlog, stand außer Zweifel.

Plötzlich wurde die Tür aufgerissen, und ein Mann stürzte herein. Er war genauso abgehetzt wie ich, doch seine Kleidung sah ein ganzes Stück schlechter aus. Sein dunkles Haar war zerzaust, sein stoppelbärtiges Gesicht glitzerte nur so vor Schweiß. Er musste derjenige sein, der sich mit den Tavernengästen die Schlägerei liefern sollte. Er hatte sich so gut getarnt, dass ich nicht auf ihn aufmerksam geworden war.

War Esteban auch hinter ihm hergewesen?

»Thomas!«, rief Walsingham aus und wirkte sichtlich erleichtert, ganz im Gegensatz zu dem Mann.

»Sir, es ist nicht alles so gelaufen, wie es sollte«, erstattete er sofort Bericht. »Pintero hat seinen kleinen Matrosen in die Schlacht geschickt und sich selbst mit Esteban nach oben begeben. Hat sie die Dokumente bekommen?«

Jetzt erst blickte er zu mir hinüber, und im Gegensatz zu mir schien er die ganze Zeit über gewusst zu haben, wer ich war. Wahrscheinlich hatte Walsingham ihm aufgetragen, mich zu beobachten.

»Ja, sie hat das Schreiben, aber Esteban hätte sie beinahe erwischt. Glücklicherweise konnte sie ihm entkommen, doch ich hätte mehr Sorgfalt von dir erwartet!«

Es überraschte mich zunächst, dass er Thomas rügte und nicht mich. Später wurde mir klar, dass die Arbeit eines Spions stets nur so gut war wie die seiner Helfer. Ob und wann Esteban in das Zimmer gekommen wäre, hatte allein davon abgehangen, wie viel Tumult Thomas im Schankraum veranstaltet hatte. Anscheinend war der Streit nicht ausreichend gewesen, wenn Pintero und Esteban sich so einfach hatten absetzen können.

»Gut, du kannst gehen.« Walsingham machte eine Geste in Richtung Tür.

Der Mann verbeugte sich kurz, und nachdem er mir einen kurzen Blick zugeworfen hatte, zog er sich zurück.

»Du wirst morgen ganz normal zum Dienst erscheinen«, wandte sich Walsingham an mich, sobald sich die Tür hinter Thomas geschlossen hatte. »Aber sei auf der Hut. Auch Esteban hat seine Leute am Hof, von einigen wissen nicht einmal wir etwas.«

»Ich bin mir sicher, dass er mich nicht erkannt hat.«

»Das mag sein, aber er weiß jetzt, dass wir jemanden haben, der sehr flink ist. Sei auf der Hut.«

Ich nickte. »Und neue Aufträge?«

»Die wirst du natürlich bekommen, doch erst einmal wirst du bei der Königin bleiben. Meine Leute werden zunächst herausfinden, welche Schritte Esteban einleitet. Vielleicht glaubt er wirklich, dass du nur versucht hast, die Dokumente zu stehlen, das wäre für uns alle das Beste. Er wird die Dokumente in seiner Tasche für echt halten und die Befehle so weitergeben. Aber bis wir das genau wissen, müssen wir vorsichtig sein.«

Ich nickte. Hätte ich auch nur geahnt, dass Esteban in der Taverne war, dann hätte ich mich selbstverständlich anders verhalten. Obwohl ich mich gründlich umgesehen hatte, hatte ich ihn nicht entdeckt, und das zeigte mir, dass ich noch einiges lernen musste, was diesen Mann betraf.

»Gut, dann geh jetzt. Wenn ich wieder einen Auftrag für dich habe, werde ich es dich wissen lassen.«

Ich wünschte ihm eine gute Nacht und zog mich zurück.

Stille hatte sich über Whitehall gesenkt, nicht einmal die Wachposten gaben übermäßig laute Geräusche von sich. Im Schutz der Dunkelheit schlich ich zu meinem Zimmer, kleidete mich aus und wusch mich, denn der Schweiß klebte an meinem Leib wie Leim. Danach verstaute ich meine Sachen wieder unter dem Bett und legte mich hin, um einer unruhigen Nacht entgegenzudämmern.

36. Kapitel

Wie Walsingham es verlangt hatte, erschien ich am nächsten Morgen wie immer bei meinem Dienst. Die Kratzer an meinem Handrücken hatte ich mit etwas Schminke übertüncht, weshalb ich aufpassen musste, nicht die Kleider oder Hemden Ihrer Majestät zu verschmieren.

Ich war hundemüde, und meine Arme schmerzten, aber

sonst hielt ich mich gut. Ich war noch nie besonders schwatzhaft gewesen und hörte den anderen ohnehin lieber zu, daher fiel es auch heute nicht auf, dass ich schwieg. Allerdings hatte die Königin verstärkt ein Auge auf mich, wie ich irritiert feststellte.

Am Nachmittag wünschte Elizabeth, sich ein wenig hinzulegen, da sie meinte, sich eine Erkältung zugezogen zu haben. In Wirklichkeit war dies aber nur der Vorwand dafür, ihre Damen fortzuschicken und mich noch eine Weile dazubehalten. Mir war mulmig zumute. Daran, dass ich Lord Robert schöne Augen gemacht hatte, konnte es allerdings nicht liegen, denn er weilte noch immer in den Niederlanden. Elizabeth hatte einen anderen gewichtigen Grund.

»Mir ist zu Ohren gekommen, dass man dich mit einem jungen Mann hat reden sehen«, sagte sie. »Sogar sehr vertraut.«

Das sollte vertraut gewesen sein? Die Wachposten, von denen die Information stammte, hatten wahrscheinlich ein bisschen mehr hineininterpretiert, damit der Palast einen neuerlichen Skandal hatte.

»Es war jemand, den ich aus Greenwich kenne, Robert Carlisle ist sein Name, der Sohn eines Eurer Sekretäre. Er macht mir allerdings nicht den Hof, wir unterhalten uns nur wie Bruder und Schwester.« Ich blickte ihr dabei in die Augen, damit sie sich davon überzeugen konnte, dass es nicht gelogen war – auch wenn es in meinem Herzen mittlerweile ganz anders aussah. Doch wahrscheinlich erwartete sie von einer »Kreatur Walsinghams«, dass sie die Kunst des Lügens perfekt beherrsche.

»Ich hätte nicht gedacht, dass mir je eine meiner Damen so viele Gedanken bereiten könnte. Was sagt mir, dass du nicht auf Befehl deines Herrn auch ein Messer gegen mich führen würdest?«

»Meine Herrin seid Ihr, Majestät, und mein Herr ist Gott. Ich würde nicht wagen, Euch anzutasten.« Untertänig neigte ich den Kopf, und dem Schweigen, das meinen Worten folgte, konnte ich entnehmen, dass Elizabeth mit meiner Antwort zufrieden war – auch wenn sie ihr nicht traute.

»Geh jetzt«, sagte sie nach einer Weile. »Und denke an das, was ich dir an deinem ersten Tag gesagt habe.«

»Ich werde es beherzigen, Majestät.« Ich machte den schönsten Hofknicks, zu dem ich fähig war, und verließ die Schlafkammer – mit Elizabeths Pfeilblick zwischen den Schulterblättern.

Nur wenige Augenblicke, nachdem ich mich von der Tür der königlichen Gemächer entfernt hatte, tauchte Robin vor mir auf, gleich so, als hätte es in seinen Ohren geklingelt. Ich betete, dass er mich nicht ansprechen würde, denn ich hörte das Gewisper der anderen Hofdamen ganz in der Nähe.

Als könnte er meine Gedanken lesen, schwieg er, doch sein Lächeln und sein Blick fuhren mir wie ein Blitz ins Herz. Ich war unfähig, mich abzuwenden, ich musste ihn immerfort ansehen. Ich wusste, dass es nicht gut für mich sein würde, ihm näherzukommen, immerhin konnte ich schon bald wieder vom Hof abgezogen werden, und dann würde ich ihn vergessen müssen. Aber mein Herz kämpfte heftig gegen meinen Verstand und redete mir mit leiser Stimme ein, dass eine kurze, oberflächliche Romanze nicht schaden könnte. Eine Liebschaft hatten nahezu alle Damen des Hofes, wenn auch nicht öffentlich, weil sie wussten, dass sie sich damit den Zorn der Königin einhandelten.

Ehe ich weiterdenken konnte, war Robin bereits wieder verschwunden, wahrscheinlich hatte er zu tun oder war ebenfalls wegen seines Betragens gerügt worden. Ich ging zu den anderen Damen und lauschte ihrem sinnlosen Geschwätz, bis die Königin wieder nach uns schickte.

Am Abend, als ich zu meinem Zimmer zurückkehrte, stand wieder ein Strauß Blumen vor meiner Tür. Es waren Wiesenblumen vom Ufer der Themse. Wahrscheinlich hatte es Robin deswegen so eilig gehabt. Ich sah mich um, ob mich auch niemand beobachtete, dann nahm ich die Blumen aus der kleinen Nische neben der Tür und trug sie in mein Zimmer. Ich stellte sie in eine Vase und dachte mir zunächst nichts dabei, als ich den Blick über meinen Bücherstapel schweifen ließ. Doch nach einer Weile merkte ich, dass etwas anders war als sonst. Eines der Bücher war leicht zur Seite gedreht, so als wäre jemand dabei überrascht worden, wie er darin gelesen hatte. Als hätte er es hastig wieder beiseite gelegt. Ich betrachtete es einen Moment lang, dann ging ich zu dem Bücherstapel und zog das fragliche Buch heraus. Als normaler Mensch hätte ich sicher keinen Anstoß daran genommen. Aber ich war eine Spionin!

Vorsichtig blätterte ich das Buch auf, im Hinterkopf Walsinghams Worte, dass ich vorsichtig sein sollte, doch ich erwartete von einer Buchseite keine Gefahr. Selbst wenn man einen Buchumschlag vergiften würde, würde es demjenigen, dem der Anschlag galt, nur ein Brennen auf der Hand verursachen. Wie mir Lady Ursula beigebracht hatte, ließ sich so vor allem beweisen, dass jemand in einem Buch geschnüffelt hatte. Töten würde es allerdings gewiss niemanden.

Das Buch war allerdings nicht von jemandem berührt worden, der vorhatte, mir Schaden zuzufügen. Nachdem ich ein Weilchen darin geblättert hatte, fiel mir auf, dass Zeichen zwischen die gedruckten Zeilen geschrieben waren, wenn auch ganz schwach. Bei einigen waren Buchstaben ergänzt worden, so dass es wie eine künstlerische Erweiterung aussah. Mir kam wieder in den Sinn, was Phelippes über Maria Stuart gesagt hatte und sogleich machte ich mich an die Entzifferung.

Derjenige, der mir eine Nachricht überbringen wollte, hatte sich dafür entschieden, auf jeder zehnten Seite ein Zeichen zu hinterlassen. Ich kopierte sie auf ein Blatt Papier und begann. Über meinen Eifer vergaß ich sogar, mehr Licht zu machen, doch das war nicht entscheidend. Die Verschlüsselung war so einfach gewählt, dass ich die Bedeutung der Zeichen bald herausgefunden hatte.

Am Vorhang.

Ich legte das Buch beiseite und ging zum Fenster, um den Vorhang abzutasten. Ich konnte nichts Verdächtiges finden, bis ich zum Saum gelangte. Auf den ersten Blick fiel es nicht weiter auf, doch als ich ihn in die Hand nahm, spürte ich, dass ein Stück Papier zwischen dem Stoff steckte. Ich zog es langsam hervor. Es war eng zusammengefaltet, und ich erkannte Walsinghams Handschrift. Er hatte offenbar die Möglichkeit in Betracht gezogen, dass auch jemand anderes die Nachricht finden konnte. Sie klang deshalb seltsam und für jemanden, der nicht eingeweiht war, äußerst merkwürdig.

Der Fisch wurde an Land gezogen, das Schiff hat die Segel gesetzt.

Ich wusste zunächst ebenfalls nicht, was damit gemeint sein könnte, doch dann kam es mir in den Sinn. Das Schiff deutete auf Pintero hin, und der Fisch war die Nachricht, die ich ihm untergeschoben hatte. Der Satz konnte daher nichts anderes bedeuten, als dass die Spanier die falschen Informationen geschluckt hatten und Pintero wieder abgereist war.

Damit war zwar mein Verbleib in London gesichert, doch Vorsicht musste ich trotzdem walten lassen. Die Dokumente mögen die Spanier für echt anerkannt haben, aber Esteban hatte mich gesehen, und er würde mich vielleicht wiedererkennen. Außerdem war es möglich, dass seine Leute hier im Schloss herumschnüffelten – genauso leicht, wie Walsingham irgendwelche Dienstboten anheuern konnte, würde auch Esteban Mitstreiter finden. Ich verbrannte also den Zettel, strich den Vorhang wieder glatt und legte das Buch auf den Stapel zurück.

Als ich zu Bett ging, nahm ich mir vor, ab sofort ein Haar ins Schlüsselloch zu tun, denn es konnte sein, dass eines Tages kein Freund oder Verbündeter hier eindrang, sondern ein Feind, der vorhatte, mich zu töten.

Einige Zeit später, zum Maibeginn, der die süße Vorahnung des Sommers mit sich trug, sollte ein großer Ball in Whitehall stattfinden. Walsingham wäre nicht Walsingham gewesen, wenn ein paar Tage vorher nicht ein Rosenzweig an meinem Fenster gesteckt hätte. Mein nächster Auftrag stand unmittelbar bevor.

Da vorgeschütztes Unwohlsein aufgefallen wäre und am Ende gar die Frage aufgeworfen hätte, ob ich schwanger sei, bot ich mich an, eines der Kleider Ihrer Majestät zu holen, was eigentlich die Aufgabe einer der Kammerfrauen gewesen wäre. Ich gab vor, dafür Sorge tragen zu wollen, dass es nicht beschädigt wurde, und auch wenn Elizabeth sicher ahnte, dass es nur ein Vorwand war, ließ sie mich gehen.

Ich wusste, dass es auffallen würde, wenn ich rannte, also schritt ich lediglich zügig aus und bereitete mich darauf vor, ein Donnerwetter zu erleben, wenn ich verspätet mit dem Kleid bei der Königin ankam.

»Was hat dich aufgehalten?«, fragte Walsingham, als ich eintrat, ohne von dem Dokument aufzublicken, das er vor sich hatte.

»Ich musste mir einen Grund für mein Verschwinden ausdenken«, erklärte ich.

Walsingham sah auf und begann dann ohne Umschweife, seinen Auftrag für mich darzulegen. »Es wird einen Ball geben, davon hast du sicher schon gehört, nicht wahr?«

Ich nickte.

»Unter den Gästen wird ein Mann sein, der einen Ring trägt. Diesen Ring brauchen wir, denn er hat ein Wappen, mit dem wir ein Schreiben siegeln müssen.«

»Wer ist dieser Mann?«, fragte ich und stellte mich darauf ein, meine Diebeskünste erneut zum Einsatz zu bringen. Jemandem einen Ring vom Finger zu stehlen, war ziemlich schwierig, aber nicht unmöglich, sofern man ein passendes Ablenkungsmanöver fand und der Ring nicht zu eng auf dem Finger saß.

»Das wissen wir noch nicht. Es wird ein Spanier sein, der sich anlässlich der Feierlichkeiten bei Hofe aufhalten wird. Mendoza wird es ganz sicher nicht sein, sein Gesicht ist bekannt. Aber derjenige muss hoch genug im Rang sein, um zu diesem Fest eingeladen zu werden, und gleichzeitig mit Estebans Leuten verbandelt sein.«

»Wieso ist er hier? Warum braucht Ihr gerade seinen Ring?«

»Das sind Dinge, die du nicht wissen musst. Das Einzige, worum du dich kümmern musst, ist der Ring. Wie alles Weitere vonstatten geht, werde ich dir mitteilen, sobald wir Bescheid wissen, um wen es sich handelt. Sieh zu, dass du während des Balls einmal hierher in mein Studierzimmer kommen kannst.«

»Ihr werdet nicht auf dem Ball sein?«, fragte ich verwundert. Normalerweise wünschte es die Königin, dass alle ihre Höflinge an den Festlichkeiten teilnahmen. Erst neulich hatte es einen Höfling sehr viel Schmeicheleien und teure Geschenke gekostet, dass er seinen Urlaub unerlaubt um einen Tag verlängert hatte. Die Königin war bereits geneigt gewesen, ihn in den Tower zu schicken, hatte aber angesichts der treuen Hundemiene und der vielen Gaben großzügig von einer Bestrafung abgesehen.

»Selbstverständlich werde ich dort sein, doch wie immer werde ich es vorziehen, im Hintergrund zu bleiben. Meine Leute sammeln bereits seit Tagen Informationen, und alles deutet darauf hin, dass es dem ehemaligen Botschafter Mendoza gelungen ist, ein paar Verwandte bei Hofe einzuschleusen. Wenn schon nicht Verwandte, dann Treugesinnte, die den Willen ihres Königs unterstützen und damit den von Maria Stuart.«

Es war das erste Mal, dass er die schottische Königin, die eigentlich keine mehr war, mir gegenüber wieder erwähnte. Soweit ich mitbekommen hatte, weilte Thomas Phelippes immer noch in Schottland, um Briefe zu dechiffrieren. Ich konnte mir nicht verkneifen zu fragen: »Gibt es Neuigkeiten aus Schottland?«

Sir Francis musterte mich eine ganze Weile, bevor er antwortete: »Keine, die dich betreffen. Allerdings zeichnet sich ein gewisser … Erfolg ab, auch wenn wir unsere Ermittlungen noch eine Weile weiterführen müssen. Der Ring, den du beschaffen sollst, ist von zentraler Bedeutung dafür. Ich erwarte dich in der Ballnacht hier.«

Er nannte mir keine Zeit; ich musste also damit rechnen,

dass er mich beobachten ließ und sich aus dem Ballsaal entfernte, sobald ich hinausging.

»Verstanden, Sir Francis«, entgegnete ich und knickste kurz. Dann verließ ich das Studierzimmer wieder, um das Kleid abzuholen – und den Schimpf für meine Verspätung. Aber daran hatte ich mich schon gewöhnt.

37. Kapitel

Die Vorbereitungen für den Ball begannen schon viele Tage vorher und nahmen den gesamten Hofstaat in Anspruch. Pagen eilten durch die Gänge und schleppten Truhen mit Kleidern und Schmuck. Köche und Mägde waren mit dem Geschirr und dem Herbeischaffen der Köstlichkeiten beschäftigt, die den Gaumen der Gäste erfreuen sollten. Die unterschiedlichsten Gerüche drangen auch in die Gemächer der Königin, die nicht gerade glücklich darüber war. Sie beschwerte sich, dass sie Kopfschmerzen bekomme, wenn weiterhin der Küchendunst durch das Fenster hereinwehte, und hieß uns, ihr mit Rosen- und Lavendelöl getränkte Tücher zu reichen.

Nachdem wir sie gebadet und ihr Haar so gerichtet hatten, dass wir ihr zum Abschluss die Perücke aufsetzen konnten, begannen wir mit dem Ankleiden. Uns Hofdamen und Fräulein hatte man Mägde geschickt, anders wären wir wohl nicht in die Roben gekommen, denen wir jetzt auf keinen Fall Wasser- oder Puderflecke versetzen durften.

Ich trug eines der Kleider, welche die Königin ihren Edelfräulein zugewiesen hatte. Natürlich unterschied es sich von denen der Hofdamen, die ganz in Grün, wie das frische Frühlingslaub, gekleidet waren. Wir repräsentierten den vergehenden Schnee, und so waren unsere Kleider aus weißem Atlas gefertigt und um die Brust herum so eng gearbeitet, dass sie auch einen kleinen Busen prall erscheinen ließen. Ich gefiel mir außerordentlich gut darin, wenngleich ich mich nicht wohlfühlte. Meine Bewegungsfreiheit war eingeschränkt, und wie ich bereits am eigenen Leib erfahren hatte, war für eine junge Frau in Walsinghams Diensten zuweilen nichts wertvoller als die Fähigkeit, schnell rennen und klettern zu können. Ich freute mich schon vorab darauf, nach dem Fest wieder in meine eigenen Kleider zu schlüpfen.

Die Königin selbst sah sich als die krönende Blüte und hatte sich eigens für diesen Anlass eine neue Robe schneidern lassen. Sie bestand aus rotem Samt mit Goldbordüren und hatte ein beinahe schamlos zu nennendes Dekolleté. Außerdem entschied sich Elizabeth für die Juwelen, die Lord Robert ihr vor einigen Tagen hatte schicken lassen. Die Hofdamen hatten die ganze Zeit über nichts anderes zu tun, als zu mutmaßen, ob der Graf ebenfalls auf dem Ball erscheinen würde. Ich hingegen zerbrach mir darüber den Kopf, wie ich ungesehen von den Festivitäten verschwinden konnte, um Walsingham aufzusuchen. Sicher machte es einen schlechten Eindruck, wenn ich einfach so davonlief. Die einzige Möglichkeit war, zu tanzen, bis ich Grund hatte, mich bei einem Spaziergang ein wenig zu erfrischen. Doch würde Elizabeth ihren Jungfrauen erlauben, ausgelassen umherzutollen? Immerhin sollten wir keusch bleiben, und ich wusste beim besten Willen nicht, wie ich eine keusche Volta tanzen sollte. Aber vielleicht wurde die Königin selbst so sehr von Schmeicheleien eingenommen, dass sie mein Tun und später auch mein Fehlen gar nicht bemerkte.

Nachdem wir das anstrengende Ritual des Ankleidens hinter uns gebracht hatten, verharrten wir noch eine Weile in der Schlafkammer der Königin und beobachteten vom Fenster aus die eintreffenden Gäste. Neben den Höflingen waren zahlreiche auswärtige Edelleute eingeladen, nicht zu vergessen all die Botschafter und deren Ratgeber. Kutschen fuhren auf, Sänftenträger liefen sich die Füße wund. Die Edelfrauen überlegten, wem sie beim Tanzen den Vorzug geben sollten. Ich dagegen betrachtete die Kutschen und Sänften mit den Augen einer Spionin, und obwohl ich es nicht musste, prägte ich sie mir für den Fall der Fälle ein.

Schließlich hatte Elizabeth ihre Gäste und Kavaliere lange genug warten lassen. Unter Fanfarenklang zogen die Königin und ihr Gefolge im Ballsaal ein. Elizabeth ging voran, gefolgt von ihren Hofdamen, denen wir Edelfräulein wiederum folgten. Ich ging neben Lady Arundel, deren Wangen vor lauter Vorfreude glühten, als würde sie gleich einen schmerzlich vermissten Geliebten wiedertreffen. Ihre Blicke streiften über die Männer, die uns bewundernd musterten, und auch ich sah mir die Herren genau an, wenngleich aus anderen Gründen. Nachdem ich mir sicher sein konnte, Murphy hier nicht vorzufinden, wollte ich wissen, ob Esteban unter den Gästen war. Natürlich gefiel es auch mir, die Blicke der Männer zu spüren, nur achtete ich bei meiner Suche kaum darauf.

Ausmachen konnte ich den Spanier zunächst nicht, doch das beruhigte mich nicht sonderlich. Trotzdem konnte jederzeit eine Hand aus der Menge schießen und mit einem Dolch nach der Königin stechen. Auch konnte Esteban sich derart maskiert haben, dass ich ihn nicht wiedererkannte. Schwer würde es ihm sicher nicht fallen, in dem Gewand eines Edelmanns in der Menge unterzugehen.

Überall sah ich rauschende Gewänder in allen Farben des Regenbogens, eine Wolke aus verschiedenen Parfüms erfüllte die Luft und überdeckte die Körpergerüche der Gäste, wenn auch nur mangelhaft – zumindest für meine Nase. Den Schweiß unter den Achseln und den Speck an den Krägen konnte ich trotzdem riechen, und ich war froh, als wir durch die Gäste hindurch waren und neben dem Königsthron Platz nehmen konnten.

Von hier aus war die Menschenmenge leichter zu überblicken, und es fiel mir auch auf, dass sie gewisse Lager bildeten. Südländisch aussehende Männer standen eher mit ihresgleichen beisammen als mit englisch aussehenden Herren, und auch ihre Mode unterschied sich voneinander.

Nachdem die bedeutendsten Adligen und die Botschafter der Königin ihre Aufwartung gemacht hatten, eröffnete Elizabeth das Fest offiziell. Kurz darauf konnte ich beobachten, wie sich selbst der würdigste Adlige in einen Vielfraß verwandelte. Gebratene Kapaune, Gänseschenkel und Lammkeulen wurden zuhauf in fettverschmierte Münder geschoben. Ein wenig erinnerte mich die Stimmung hier an den *Black Anchor*, nur dass die Herren ihre Gesichter nicht in den Dekolletés der Ladys versenkten – jedenfalls jetzt noch nicht.

Nach dem Festmahl ging das Aufwarten weiter, und schon bald schwirrte mir der Kopf nicht nur davon, die Männer in der Nähe der Königin im Auge zu behalten. Hunderte Wortfetzen flogen durcheinander wie Blätter bei einem Herbststurm. Schließlich ließ Elizabeth aufspielen, und in stiller Absprache holte Lord Robert sie zum ersten Tanz.

Selbst jetzt, da sie die fünfzig überschritten hatte, bewegte sich die Königin mit einer Grazie, mit der kaum eine Frau mithalten konnte. Sogar geübte und geschmeidige Tänzerinnen wie Beth Throckmorton und andere Damen des Adels sahen gegen Elizabeth blass aus. An meine eigenen Tanzkünste wollte ich gar nicht erst denken.

Die Königin hatte uns und sich Tanzstunden geben lassen, doch ich hatte mich stets in der hintersten Reihe gehalten, für den Fall, dass meine Bewegungen holpriger ausfielen, als ich dachte. Es war eine Sache gewesen, mit Geoffrey zu tanzen, aber es würde eine andere sein, einen wesentlich erfahreneren Tanzpartner zu haben. Wahrscheinlich würde ich nicht darum herumkommen, wenigstens einmal auf die Tanzfläche gebeten zu werden.

Wie die Edelfräulein die Blicke der Männer in Elizabeths Gesellschaften anzogen, so wurden auch wir nicht von den Herren übersehen. All jene, die sich in den Gemächern der Königin lediglich mit Blicken hatten abfinden müssen, nutzten die Gelegenheit und forderten uns zum Tanz. Auch auf mich steuerten die Kavaliere zu, und ich sah mich schon unbeholfen und zum Gespött der anderen Gäste durch den Tanzsaal stolpern.

Einer der Herren beeilte sich besonders, zu mir zu kommen. Sein Haar war schwarz und lockig, er trug einen Spitzbart, und seine Augen leuchteten in einem schelmischen Grün. Eines seiner Ohrläppchen war durchstochen; ein goldener Ohrring glänzte im Kerzenschein. Sein schwarzes, goldverbrämtes Wams saß ebenso tadellos wie seine Beinkleider und seine Strümpfe, und der weiße Kragen war perfekt gestärkt. Dennoch ging von ihm etwas Wildes aus, und als die anderen Männer erkannten, welche Dame er ins Auge gefasst hatte, wichen wie unwillkürlich ein Stück zurück. Keiner von ihnen würde es wagen, sich einen Händel mit ihm zu liefern.

Der Fremde betrachtete mich noch einen kurzen Augenblick, dann verneigte er sich vor mir. Getuschel ertönte in meinem Rücken, und als mir der Fremde seinen Namen nannte, wusste ich auch, warum.

»Sir Walter Raleigh macht Euch seine Aufwartung, edles Fräulein«, sagte er und verbeugte sich vor mir mit der Grazie eines Schauspielers. »Würdet Ihr mir die Ehre dieses Tanzes erweisen?«

Dieser Mann war mir nicht unbekannt. Als in einer Gesellschaftsrunde sein Name fiel, gab eine der Damen die Anekdote zum Besten, wie Raleigh vor einem Jahr seinen Mantel vor den Füßen der Königin ausgebreitet hatte, um sie davor zu bewahren, im durchnässten Boden zu versinken. Ich hatte mich damals gewundert, dass er bei keiner der Abendrunden anwesend gewesen war, aber vielleicht hatten ihn geschäftliche Dinge abgehalten. Er war nicht nur Elizabeths Höfling, er war auch Kapitän und musste sich um seine Schiffe kümmern.

Warum dieser Mann gerade mich als Tanzpartnerin auserkoren hatte, wusste ich nicht, aber es wäre ganz sicher eine unerhörte Frechheit gewesen, ihm einen Korb zu geben. Außerdem gefiel er mir besser als so manch anderer hier, daher reichte ich ihm mit einem huldvollen Lächeln die Hand. Aus dem Tuscheln wurde ein Raunen, als er mich zur Tanzfläche führte.

Obwohl ein Seemann, war Raleigh ein geschickter Tänzer. Wir tanzten eine Gaillarde, die zu einer Volta wurde, da die Königin dem Tanzmeister etwas Entsprechendes zugerufen hatte. Bei all unseren Bewegungen hielt Raleigh den gebührenden Abstand zu mir, selbst die Hebefigur bei der Volta nutzte er nicht aus, wie es Murphy damals getan hatte. Doch er schwieg nicht beim Tanzen, und er war voller Neugierde, was meine Person anging.

»Haltet mich nicht für einen Rüpel, aber wie ist Euer Name?«

Da ich mich auf die Tanzschritte konzentrierte, wäre mir

beinahe mein wirklicher Name herausgerutscht, aber zum Glück fing ich mich rechtzeitig wieder. »Beatrice«, antwortete ich.

»Ein schöner Name.« Raleigh lächelte mich an. »Ich werde ihn und Euer Bild auf meine nächste Fahrt mitnehmen.«

»Ihr wollt erneut in See stechen?«

»Früher oder später werde ich es zu Ehren Ihrer Majestät tun«, antwortete er, und fast schon sehnsuchtsvoll glitt sein Blick hinüber zur Königin, die weiterhin mit Lord Robert tanzte.

Jetzt glaubte ich zu verstehen, warum er mich ausgewählt hatte. Da er Elizabeth nicht als Tanzpartnerin bekommen konnte, nahm er mich, ihr Double. Er war ein kluger Mann, und wahrscheinlich war ihm wie manch anderem auch aufgefallen, dass ich der Königin ziemlich ähnlich sah.

»Doch jetzt sollten wir unseren Tanz fortsetzen.«

Das taten wir auch, bis der letzte Takt der Volta verklungen war. Raleigh brachte mich unter den Blicken der Höflinge und Adligen zu meinem Platz zurück und verabschiedete sich von mir, wahrscheinlich, um auf seine Chance bei Elizabeth zu warten.

Der Tanz hatte mich allerdings den anderen Kavalieren empfohlen, und so brauchte ich mich nicht einmal groß zu verstellen, als ich der Gesellschaft entfloh, um ein wenig frische Luft zu schnappen.

Ich lief durch die Galerie und wollte schon dem Gang zustreben, der zu Walsinghams Studierzimmer führte, als ich plötzlich Schritte hinter mir vernahm.

Sir Francis konnte es nicht sein, denn es war nicht seine Art, so laut aufzutreten. War es etwa Esteban, der mich unter den Ballgästen entdeckt und wiedererkannt hatte?

Vor Schreck blieb mir beinahe das Herz stehen.

38. Kapitel

»Wohin so schnell?«, tönte eine Stimme in meinem Rücken.

Es war nicht die von Esteban, so viel war klar. Dennoch bedeutete das nicht, dass ich mich in Sicherheit wiegen konnte. Ich verlangsamte meinen Schritt und wandte mich schließlich um.

Zu meiner großen Überraschung stand kein spanischer Spion vor mir, sondern Lord Dudley. Wie mir sein Schwanken verriet, hatte er dem Wein gut zugesprochen. Dennoch schien sein Interesse an mir ungebrochen. Auch wenn er die ganze Zeit über mit der Königin getanzt und es nicht gewagt hatte, mich aufzufordern, musste er mich im Blick behalten haben.

»Wartet, schönes Kind, begleitet mich ein Stück.«

Ganz sicher war es nicht Begleitung, die er im Sinne hatte. Trotzdem blieb mir nichts anderes übrig, als seiner Bitte stattzugeben. Ich fragte mich, wie er es geschafft hatte, dem Bannkreis Elizabeths zu entkommen. Wenn sie bemerkte, dass er und ich gleichermaßen auf dem Fest fehlten, schickte sie vielleicht die Wachen los, uns zu finden.

»Was treibt Euch fort von den Festlichkeiten?«, fragte er, als er aufgeholt hatte und neben mir ging. Der Klang seiner Stimme warnte mich.

»Ich wollte mich nur ein wenig abkühlen«, entgegnete ich und ging im Geiste bereits alle Möglichkeiten durch, ihm zu entkommen.

»Ich habe gesehen, wie Ihr getanzt habt, Ihr seid sehr begabt.«

Ich schlug scheu die Augen nieder, jedenfalls musste es so

für ihn aussehen. Unter meinen gesenkten Lidern suchte ich allerdings nach einem Fluchtweg. Oder nach Verbündeten. Es gab so viele Wachen im Palast, warum konnte nicht gerade jetzt eine davon auftauchen. Ob sie eingreifen würden, wenn mich Lord Robert bedrängte, war eine andere Frage, doch ganz gewiss würden sie der Königin zukommen lassen, was hier geschehen war. Wenn Leicester schon nicht mich fürchtete, dann wenigstens die Eifersucht der Königin. Die Gänge blieben leer, wir waren weiterhin allein.

Lord Dudley wusste das, und schließlich wollte er nicht mehr länger warten. Er fasste mich bei der Hand und zog mich an sich. Sein Atem, der in kurzen Stößen über mein Gesicht strich, war weingeschwängert. »Ich bin mir sicher, dass Ihr noch zahlreiche andere Talente habt, Beatrice, und es wäre mir eine große Freude, sie Euch zu entlocken.«

Seine rechte Hand legte sich auf meinen Hintern und zog mich an seine Hüften. Selbst durch die vielen Röcke konnte ich sein Gemächt spüren. Zwar hieß es, dass Wein die Männer schlaff machte, aber bei Lord Robert schien das nicht der Fall zu sein. Sein Glied war hart, und wenn mir jetzt nichts einfiel, womit ich mich von ihm lösen konnte, ohne ihn beißen, kratzen oder erstechen zu müssen, würde er es wohl bald in mich rammen.

Ich stemmte die Hände abwehrend gegen seine Brust, merkte allerdings, dass ich seiner Kraft und Gier nichts entgegenzusetzen hatte. »Bitte, bedenkt die Folgen«, sagte ich und hoffte, dass ihn der Verweis auf den Tower bremsen würde. »Wenn es die Königin erfährt ...«

»Du meinst, sie würde mich in den Tower werfen lassen?« Seine Hände strichen begehrlich über meinen Hintern, dann drängte er mich an die Mauer. Die Erinnerung an Murphy stieg wieder in mir auf und verursachte mir Übelkeit.

Ich war mir nicht mehr sicher, ob ich mich davon abhalten konnte, ihn zu beißen oder ihm das Knie zwischen die Beine zu rammen.

»Ja, das meine ich, Sir. Die Königin ...«

Ehe ich weitersprechen konnte, presste er mir seine Lippen auf den Mund. Damit nicht genug, denn seine Zunge schob sich gierig in meine Mundhöhle, und er ließ so lange nicht von mir ab, bis ihm selbst die Luft knapp wurde.

»Die gute Bess muss ja nichts von dem erfahren, was wir tun, oder?«, keuchte er erregt und nestelte an seinem Hosenbeutel. »Es wird nicht lange dauern, und wenn du vor Wonne nicht allzu laut schreist, wird es auch niemand erfahren.«

Wieder schoss sein Kopf vor, doch diesmal küsste er nicht meinen Mund, sondern meine Schulter. Noch immer kämpfte ich mit mir, ob ich endlich handeln sollte, noch immer fragte ich mich, ob es gut wäre, ihn zu meinem Feind zu machen.

»Ah, Miss Beatrice, da seid Ihr ja!« Wie ein Geist tauchte Sir Francis plötzlich hinter uns auf. Auch eine Festivität wie diese konnte ihn nicht dazu bewegen, etwas anderes als Schwarz zu tragen. Ich war jedenfalls froh, dass er da war.

Ob er schon die ganze Zeit über im Gang gestanden hatte, wusste ich nicht, doch wenn er uns beobachtet hatte, würde er der Königin einiges zu erzählen haben. Das wusste Lord Robert, und sofort schoss ihm das Blut ins Gesicht. Die Erregung, die ihn zuvor noch fest im Griff gehabt hatte, schwand augenblicklich, und mit einer ebenso verstohlenen wie geübten Handbewegung verschloss er seinen Hosenbeutel.

»Sir Francis, was schleicht Ihr durch diese dunklen Gänge?«, entgegnete er, um Heiterkeit bemüht. »Wollt Ihr den Ball nicht durch Eure Gesellschaft bereichern?«

»Ich bin mir sicher, dass Ihr eine größere Bereicherung

seid als ich, Mylord. Die Königin schätzt meine Anwesenheit nicht halb so sehr wie die Eure.« Obwohl Sir Francis dem Grafen von Leicester keinen Befehl erteilte, wusste dieser nur zu gut, dass er zu gehen hatte.

Dudley räusperte sich, als sei er erkältet. Er wusste, was über ihn hereinbrechen würde, wenn Elizabeth erfuhr, dass er versucht hatte, sich einem Edelfräulein unsittlich zu nähern.

»Es tut mir sehr leid, aber ich fürchte, wir müssen unser Gespräch ein anderes Mal fortführen«, sagte er zu mir, nahm meine Hand und hauchte einen Kuss darauf. Ich lächelte ihm huldvoll zu, und nachdem er Walsingham noch einen finsteren Blick zugeworfen hatte, entfernte er sich. Sir Francis brauchte mir nicht zu sagen, dass ich ihm folgen sollte. Wortlos schloss ich mich ihm an, und wir durchquerten den langen Gang bis hin zu seinem Quartier.

»Ich hatte dir doch geraten, vorsichtig zu sein, was Lord Robert angeht«, begann er leicht verstimmt, sobald er die Tür hinter sich zugezogen hatte.

»Ich war vorsichtig, doch ich konnte nicht wissen, dass er ebenfalls frische Luft schnappen wollte.«

»Wahrscheinlich hat er seine Adleraugen schon die ganze Zeit auf dir gehabt und wollte die Chance nutzen, dich allein anzutreffen«, schlussfolgerte Walsingham richtig, wenngleich ich nichts von seiner Beobachtung mitbekommen hatte. »Du musst besser aufpassen. Ein Spiel mit ihm ist ein Spiel mit dem Feuer, denn es bedeutet ...«

»Dass ich mich an königlichen Besitztümern vergreife, ich weiß, Sir Francis«, beendete ich an seiner Stelle den Satz. Sicher war es unziemlich, aber ich war nicht hier, um mit ihm über Lord Robert zu diskutieren.

Walsingham betrachtete mich einen Moment lang stra-

fend, doch dann entsann er sich wieder auf seine Pflicht.
»Wir wissen jetzt, wer unser Mann ist.«
»Wer?«
»Sein Name ist Gonzago Montserrat de Ysidro, ein spanischer Baron aus dem Umfeld des ehemaligen Botschafters Mendoza. Da sein Freund zurzeit in Frankreich weilt, soll er den spanischen König davon unterrichten, wie weit die Verschwörung gegen Elizabeth gediehen ist. Außerdem soll er, was noch wichtiger ist, Maria einen Brief schreiben und sie seiner Unterstützung versichern.«
»Dazu braucht Ihr also den Siegelring. Soll ich versuchen, den Mann niederzuschlagen?«
Walsingham blickte auf und lächelte vieldeutig. »Mir ist aufgefallen, dass Señor Montserrat zwar ein großes Interesse an den Damen hat, diese jedoch nicht geneigt sind, es zu erwidern. Vielleicht könntest du sein Interesse auf dich ziehen und ihn dazu bringen, dich mit auf sein Zimmer zu nehmen.«
»Ich soll ihn verführen?«
»In gewisser Weise schon«, antwortete Sir Francis. »Allerdings nicht bis zum Äußersten, denn wir können es uns nicht erlauben, dass du schwanger wirst. Außerdem müssen wir vermeiden, dass die Königin etwas davon erfährt.«
Wenn die Strafen auch für die ausländischen Gäste galten, brauchten wir uns bei Montserrat wohl keine Sorgen zu machen. Aber das war nicht das, was Walsingham wollte.
»Du wirst geschickt vorgehen müssen«, erklärte er nach einer Weile und ging zu dem unvermeidlichen Bücherregal. Er nahm ein Buch hervor, das wie alle anderen aussah, doch als er es aufschlug, konnte ich sehen, dass darin ein kleines Fach eingelassen war. Darin steckte eine winzige Phiole, die Walsingham hervornahm und auf den Tisch stellte.

»Was ist das?«

»Ein Schlafmittel. Ein ziemlich starkes sogar, gewonnen aus Schlafmohn. Die weiteren Zutaten kenne ich nicht, denn wenn es um Gifte geht, sind die Italiener überaus verschwiegen. Jedenfalls wirst du Montserrat etwas von diesem Gift einflößen. Nicht mehr als fünf Tropfen, immerhin wollen wir ihn nicht töten. Wenn du es ihm verabreicht hast, wirst du ihn dir noch ein paar Minuten lang vom Leib halten müssen.«

Ich zog die Augenbrauen hoch. Bereits jetzt dämmerte es mir, dass mir diese Viertelstunde wie eine Ewigkeit vorkommen würde, wenn Montserrat erst einmal in Stimmung gekommen war. Ganz zu schweigen von dem, was ich mir einfallen lassen musste, wenn ihn die Ungeduld überkam. »Kann ich ihm nicht mehr davon geben?«

»Nein, das könnte ihn töten«, antwortete Walsingham und legte mir die Phiole in die Hand. Ich ließ sie in meinem Mieder verschwinden. »Gib Acht, dass Montserrat nichts passiert. Er darf auf keinen Fall merken, welches Spiel wir mit ihm treiben. Und wir wollen auch keine Leiche in seinem Schlafzimmer. Sobald du mit ihm verschwunden bist, werde ich einen Mann zu dir schicken. Er wird als Wächter verkleidet sein, und dir den Ring abnehmen, sobald du ihn hast. Du wirst in dem Zimmer bleiben und darauf warten, dass er ihn zurückbringt. Anschließend wirst du ihn wieder an Montserrats Finger stecken und das Zimmer verlassen.«

»Wie lange wird das Mittel wirken?«

»Lange genug, um die Spanier glauben zu lassen, dass er nach dem Genuss deiner Vorzüge eingeschlafen ist. Wenn das Mittel seine volle Wirkung entfaltet, wird er nicht einmal mehr wissen, mit welcher Hofdame er sich eingelassen hat. Du brauchst dich also nur darum zu kümmern, wie du ihm das Mittel einflößt und wie du den Ring von seinem Finger bekommst. Alles andere wird die Sorge meiner Leute sein.«

Ich nickte. Es hörte sich leicht an, auch wenn ich wusste, dass es ein gutes Stück Arbeit sein würde. Sicher war es leichter, als sich Lord Robert vom Hals zu halten. Auf dem Weg zurück in den Ballsaal musste ich aufpassen, ihm nicht über den Weg zu laufen.

»Hast du noch irgendwelche Fragen?«

Ich nickte und fragte dann: »Wie sieht Montserrat genau aus?«

Walsingham lächelte böse. »Ich bin mir sicher, dass er dir sofort ins Auge fallen wird, denn der Hof Ihrer Majestät hat zuvor noch nie einen derart ungestalteten Mann gesehen.«

Mir wäre es lieber gewesen, wenn er ihn mir gezeigt hätte, aber ich wusste, dass das nicht ging. Es war bereits schlimm genug, dass Lord Robert von unserem Aufeinandertreffen wusste.

Daher nickte ich nur und sah zu, dass ich aus dem Raum kam, um meinen Auftrag zu erfüllen.

39. Kapitel

Montserrat war in der Tat keine Augenweide. Er war ein kleinwüchsiger Mann und zeigte alle Merkmale einer inzestuösen Herkunft. Wahrscheinlich war in seiner Familie nicht nur einmal ein Cousin mit einer Cousine per päpstlichem Dispens verheiratet worden. Seine Nase war klein und schief, die Konturen seines Gesichts waren verwaschen und seine Augen im Verhältnis zum Rest seines Kopfes riesig. Sicher eine wahre Herausforderung für jeden Porträtmaler, wenn er nicht vorhatte, bei ihm in Ungnade zu fallen.

Mich widerte allein der Gedanke an, mich von ihm berühren zu lassen, aber ich hatte keine andere Wahl. Ich würde ihm so lange Theater vorspielen müssen, bis ich an seinen Ring kam. Diesen hütete er wie seinen Augapfel. Während ich ihn beobachtete, sah ich mehrmals, dass er ihn anhauchte und mit der Hand darüber rieb, als wollte er einen kostbaren Edelstein polieren. Das Wappen war von weitem nicht zu erkennen, doch das war vorerst egal. Wenn ich ihm den Ring vom Finger zog, würde ich ihn betrachten können. Jetzt musste ich erst einmal dafür sorgen, dass ich in sein Blickfeld geriet, dass ich seine Aufmerksamkeit erregte und dabei nicht so plump wie eine Magd wirkte.

Die Gelegenheit dazu bot sich mir, als Montserrat mit ein paar Herren zu der Tafel ging, auf der Schalen mit Obst und Süßigkeiten standen. Da es für ein Edelfräulein keine Schande war, dem türkischen Honig zu frönen, machte ich mich ebenfalls darüber her.

Montserrat unterhielt sich lebhaft mit zwei anderen Männern, von denen zu meiner großen Erleichterung keiner Esteban war. Ich schaffte es, mich unbemerkt neben ihn zu stellen, und just in dem Augenblick, als er die Hand nach einem Apfel ausstreckte, schoss auch meine Hand wie zufällig vor. Die Berührung war nur kurz, doch sie hatte den gewünschten Effekt. Unsere Blicke trafen sich.

Ich stellte fest, dass seine Augen, obwohl groß und irgendwie fehl am Platze in seinem Gesicht, gar nicht mal so übel waren. Sie funkelten dunkel wie das Gewand, das er trug.

Wenn ich mich auf seine Augen konzentrierte, würde ich die Leidenschaft sicher glaubhaft spielen – jedenfalls so lange, bis ich ihm das Schlafmittel einflößen konnte. Also setzte ich mein strahlendstes Lächeln auf und betrachtete ihn länger, als es schicklich war. Dann wandte ich mich dem Obst zu und ließ eine Traube so genussvoll wie nur möglich zwischen meinen Lippen verschwinden.

Montserrats Kehlkopf sprang auf und nieder, und es schien schon, als sei er gewillt, mich jeden Augenblick anzusprechen, doch da beugte sich einer seiner Begleiter zu ihm und flüsterte ihm etwas ins Ohr. Montserrat nickte, dann richtete er seinen Blick wieder auf mich. Zu gern hätte ich gewusst, was ihm der Mann gesagt hatte. Auf alle Fälle war es wichtig genug, um ihn für einen Moment von mir abzulenken. Er wandte sich nun ganz seinen Begleitern zu und tauschte ein paar Worte mit ihnen aus. Obwohl ich in meinem weißen Kleid alles andere als unauffällig war, sah keiner von ihnen zu mir herüber, und das gab mir die Gelegenheit, sie zu beobachten.

Ihr Gespräch mochte auf den ersten Blick unauffällig erscheinen, doch plötzlich bemerkte ich, wie der Mann, der Montserrat beiseitegenommen hatte, in seinen Ärmel griff. Zwischen seinen Fingern war der Gegenstand, den er hervorzog, kaum zu erkennen. Ich schätzte, dass es eine kleine Schriftrolle war. Hatten es die Spanier etwa geschafft, irgendwelche Botschaften Maria Stuarts an Gifford vorbeizuschmuggeln? Oder bekam er gerade Instruktionen aus dem Heimatland?

Meine Neugierde war geweckt, und ich nahm mir vor, ihm nicht nur den Ring zu stehlen, sondern auch nach dem Schriftstück zu suchen. Es konnte ein Liebesbrief oder die Adresse eines Freudenhauses sein – aber auch die Wegbeschreibung zu einem geheimen Treff oder ein Brief, der den Tod vieler Menschen zur Folge haben würde. Ich musste es genau wissen.

Noch eine ganze Weile redeten die Männer miteinander, und ich musste mir bald etwas anderes einfallen lassen, als wie eine hungrige Katze um den Tisch herumzustreifen. Daher wandte ich mich den Tanzenden zu und hoffte, keiner der Höflinge möge mich ansprechen, um mich zum Tanz zu bitten. Mich an der Hand eines anderen zu sehen, hätte Montserrat vielleicht entmutigt. Also machte ich mich trotz meines weißen Kleides unsichtbar für sie und wartete.

Nur wenig später zeigte sich, dass mein Lächeln nicht ohne Wirkung geblieben war. Montserrat begann mich zu suchen. Zunächst mit Blicken, denen ich auswich, bevor sie mich erreichen konnten. Einen Zufall vortäuschend, schaute ich kurz darauf zu ihm hinüber. Sein Gesicht glühte vom Wein, wahrscheinlich hatte er sich Mut angetrunken. Jedenfalls bahnte er sich seinen Weg durch die Höflinge, die ihn kaum beachteten, und stand schließlich vor mir. Er machte eine grazile Verbeugung und blickte mich fiebernd an.

»Darf ich Euch um diesen Tanz bitten?«

Der Kapellmeister stimmte gerade eine Gaillarde an. Da die Königin auf ihrem Platz saß und sich von den Höflingen umschmeicheln ließ, brauchte ich nicht zu befürchten, dass darauf eine Volta folgen würde. Ich reichte Montserrat die Hand, wie es sich gehörte, und ließ mich von ihm auf die Tanzfläche führen. Dabei entging mir nicht, dass einige Damen und auch Herren die Köpfe zusammensteckten. Wahrscheinlich hätte niemand geglaubt, dass sich eine der Damen dazu bereiterklären könnte, mit ihm zu tanzen.

Zu meiner Überraschung war er ein guter Tänzer, vielleicht

sogar mit Raleigh zu vergleichen. Gelegentlich bewegte er sich ein wenig steif; ob das an seiner Gestalt lag oder ob ihm lediglich die Übung fehlte, wusste ich nicht. Es war nicht weiter von Bedeutung. Die Ballgäste begafften uns sowieso, und auch den anderen Hofdamen entging sicher nicht, dass ich mit dem Spanier tanzte. Wahrscheinlich würden sie mich am nächsten Tag mit Spott belegen, aber ich hatte die Gewissheit, dass sie nicht wussten, wer ich wirklich war. Wem ich diente. Sie sahen nur die Oberfläche, ich hingegen blickte darunter. Während sie sich heute allein oder mit einem Liebhaber ins Bett zurückzogen, half ich, England und die Königin zu bewahren. Auch in späteren Jahren, zu anderen Gelegenheiten würde das mein Schild sein.

Noch eine Weile blieben wir auf der Tanzfläche, folgten zusammen mit den anderen der Musik und formten Figuren. Dann war der Moment gekommen, in dem es aufgefallen wäre, wenn wir länger zusammengeblieben wären. Ich sah mich nach der Königin und den anderen Damen um. Leider konnte ich sie im Gewirr edler Stoffe nicht ausmachen, aber die Edelfräulein wirbelten wie Schneeflocken zwischen den Gästen umher. Die Königin war immer noch damit beschäftigt, sich umschmeicheln zu lassen. Lord Robert war an ihrer Seite, und es erfreute mich, dass er nicht nach mir Ausschau hielt. Jetzt oder nie, dachte ich mir.

»Ihr wollt Eure Zeit doch sicher nicht mit Tanzen vergeuden«, hauchte ich Montserrat auf Spanisch ins Ohr.

Wie ich es nicht anders erwartet hätte, ging ein Zittern durch seinen Körper. Er starrte mich an, und ich fragte mich schon, ob er mich verstanden hatte. Doch dann sagte er mit einem unsicheren Lächeln ebenfalls auf Spanisch: »Zeit zu vergeuden ist sicher eine unverzeihliche Sünde.«

»Dann lasst sie uns nutzen.«

Ich blickte ihm noch einen Moment lang in die Augen, dann wandte ich mich um und strebte der Tür zu, auf dem gleichen Weg, den ich zuvor genommen hatte, um ein wenig Luft zu schnappen. Montserrat durchschaute mein Vorhaben und folgte mir in einigem Abstand. Ich brauchte mich nicht umzudrehen, um es zu wissen. Draußen angekommen, führte ich ihn wie einen treuen Schoßhund die Galerie entlang, und als ich mir sicher war, dass uns niemand sehen konnte, zog ich ihn hinter einen Vorhang.

Er musterte mich überrascht, doch ich ließ ihm keine Zeit, irgendwelche Fragen zu stellen. Ich nahm seinen Kopf in beide Hände und presste meine Lippen auf seinen Mund. Glücklicherweise schmeckte er nach Wein und den Trauben, die er zuvor gegessen hatte, sonst hätte ich wohl Mühe gehabt, meine Rolle weiterzuspielen. Kurz darauf ließ ich wieder von ihm ab und sah, dass sein Gesicht fast dunkelrot glühte. Seine Lippen zitterten, und sein Blick wurde unstet. Obwohl er ein erwachsener Mann war, brachte er nicht ein einziges Wort heraus.

Das war der Augenblick, um ihn zu ködern.

»Vielleicht sollten wir uns einen anderen Ort suchen, um zu ... reden.«

Ich war erstaunt, wie leicht mir diese Worte über die Lippen kamen. Allerdings sagte ich mir, dass nicht Alyson das sagte, sondern Beatrice, das Edelfräulein der Königin. Nicht oft dachte ich daran, dass ich lediglich eine Rolle spielte, aber in diesem Augenblick war es sehr hilfreich. Montserrat war von meinem Vorstoß dermaßen verwirrt, dass er immer noch nicht mehr tun konnte, als den Mund auf- und zuzuklappen.

»Wir könnten in Euer Zimmer gehen«, half ich ihm auf die Sprünge, woraufhin er nickte.

Jedem anderen Mann, der die Verführungskünste der Frauen gewohnt war, wäre dieser Vorschlag seltsam vorgekommen, doch Montserrat war kein bisschen misstrauisch. Er war blind vor Lust. Wahrscheinlich hätte ich einen Dolch ziehen und ihn töten können, ohne dass er Gegenwehr geleistet hätte. Aber das war nicht mein Auftrag.

Als ich ihn dicht genug hinter mir spürte, wandte ich mich um und streckte lächelnd die Hand nach ihm aus. Er ergriff sie, überholte mich und zog mich durch die Gänge des Palastes.

40. Kapitel

Montserrats Zimmer lag ein wenig abseits des verschachtelten Labyrinths von Whitehall Palace. Es war einem Gast seines Standes entsprechend eingerichtet. Die dunklen Vorhänge verbreiteten tagsüber gewiss die dem spanischen Hof nachgesagte Melancholie, die wohl zum Wohlbefinden des Barons beitrug. Das Feuer im Kamin flackerte und malte gelbe Flecken auf den schweren Samt und die Pfosten des Bettes, das in der Raummitte stand. Dessen Vorhänge waren ebenfalls blau und wurden von silbernen Kordeln zusammengehalten. Ein seltsamer Geruch hing in der Luft, säuerlich, aber nicht unangenehm. Selbst in den Parfümflakons der Königin fand sich kein Duft, der diesem glich.

Einen Moment lang blieb ich in der Tür stehen, als wollte mich der Duft daran hindern, einzutreten. Schließlich gewöhnte sich meine Nase daran, und ich ging weiter. Montserrat war dicht hinter mir. Leise schloss er die Tür. Ich spürte seinen Atem in meinem Nacken und rechnete damit, dass er mich berührte. Doch das tat er nicht.

»Ich bin überrascht von Euch«, sagte er leise. »Normalerweise pflegen mich die Damen auszulachen, wenn ich ihre Gesellschaft suche. Ihr dagegen ...«

Ich war mir nicht sicher, ob mir eine glaubhafte Lüge einfallen würde. Daher wandte ich mich um und blickte ihn einfach nur an. Auf meinem Gesicht lag die unschuldig-verführerische Miene, die ich bei Lady Ursula so gewissenhaft einstudiert hatte.

Wenn er ein Mann von Schönheit oder Attraktivität gewesen wäre, so wäre es mir nicht schwergefallen. Ebenso wenig wie bei Geoffrey oder Robin. Doch Montserrat war nicht nur hässlich, er half auch den Feinden Englands, indem er eine geheime Schriftrolle an sich nahm.

Trotzdem ließ ich zu, dass er mich berührte. Er war kein Mann großer Worte, jedenfalls nicht bei Frauen. Ein wenig ungelenk zog er mich an sich und küsste mich. Ich hätte das Schauspiel verlängern und Widerstand leisten können, aber das tat ich nicht. Er küsste mich, sanfter als ich ihn, dann spürte ich seine Hände überall. Ein längst eingeschlafener Hunger erwachte in ihm, ich erkannte es an der Wärme seiner Hände und dem Drängen seiner Lippen. Ich berührte seine Brust, und als ließe Gott Gnade mit mir walten, schickte er mir die Vision meines letzten Zusammenseins mit Geoffrey. Wie ich sein Hemd geöffnet hatte, wie ich ihn gestreichelt hatte. Mit geschlossenen Augen wiederholte ich meine Handlungen von damals, und erst als der Spanier aufstöhnte, kam ich wieder zu mir.

»Ihr habt für eine Jungfrau der Königin ein beachtliches Temperament«, sagte er leise. »Wer hat Euch das beigebracht?«

Ich lächelte ihn an. »Meint Ihr nicht, dass eine Frau reizvoller ist, wenn sie ihre Geheimnisse für sich behält?« Ich war mir der Dreistigkeit bewusst, die in diesen Worten lag, immerhin hatte ich nicht nur ein Geheimnis. Gerade deshalb schöpfte Montserrat wohl keinen Verdacht.

Wieder küsste er mich, wieder schloss ich die Augen, in der Hoffnung, Geoffrey zu sehen, doch diesmal blieb mir die Vision versagt. Der Spanier spürte keinen Unterschied. Er drängte mich zum Bett, und wenig später lagen wir darauf, er über mir. Seine Hände fuhren mein linkes Bein hinauf und strichen begehrlich über den Seidenstrumpf. Wahrscheinlich wusste er genauso wie ich, dass es ein schwieriges Unterfangen war, eine Hofdame auszukleiden, aber um seinen Hunger zu stillen, würde es ihm bereits genügen, zwischen meine Schenkel zu dringen. Genau das schien er vorzuhaben, glücklicherweise erkannte ich sein Vorhaben jedoch frühzeitig, und da er nicht nur klein, sondern auch leicht war, schaffte ich es, ihn herumzuwälzen. Rittlings setzte ich mich auf ihn und hörte ihn lachen.

»Ihr liebt also das Reiten! In meiner Heimat gibt es viele edle Pferde, vielleicht habt Ihr bald die Gelegenheit, sie aus der Nähe zu betrachten.«

Diese Worte, in der Unachtsamkeit der Leidenschaft gesprochen, verrieten mehr, als er sicher hatte preisgeben wollen. Sie verrieten mir auch, dass die Botschaft in seinem Ärmel keine harmlose war. Wahrscheinlich rechnete er mit dem Erfolg des Komplotts gegen die Königin und dem damit verbundenen Einzug des spanischen Königs in Whitehall. Aber noch war es nicht so weit. Ich tat so, als hätte ich seine Anspielung nicht verstanden, kicherte, wie es Jane Ashley beim Anblick der Höflinge getan hatte, und beugte mich über ihn. Mein Gesicht war dicht vor ihm, seine Lippen wollten mir bereits entgegenkommen, doch ich wich ihm aus und küsste seine verschwitzte Stirn.

»Ihr glüht ja!«, rief ich besorgt aus. »Vielleicht sollten wir vorher etwas trinken.«

Montserrat widersprach mir nicht. Er entließ mich aus seiner Umarmung, und ich ging zu der Anrichte, auf der sich das Kaminfeuer in einer Karaffe dunklen Weins fing.

Dass dort nur ein Becher stand, irritierte mich. Ich hatte nicht vor, ebenfalls etwas von dem Schlafmittel zu mir zu nehmen, doch Montserrat würde zweifellos wollen, dass ich davon trank. Vielleicht konnte ich ihn dazu bringen, als Erster davon zu trinken.

Nachdem ich mich vergewissert hatte, dass er mein Tun nicht verfolgen konnte, zog ich rasch die Phiole aus meinem Ärmel und ließ ein paar Tropfen des Mittels in das Glas fallen. Nicht zu viel, hatte Walsingham gemahnt, und daran hielt ich mich. Danach verschloss ich die Phiole und schob sie in meinen Ärmel zurück. Fast empfand ich ein wenig Mitleid mit diesem ahnungslosen, hässlichen kleinen Kerl, aber ich schob es beiseite, denn Mitleid mit dem Feind zu haben, hieß, sich selbst dem Henker auszuliefern.

Ich nahm den Becher in die Hand, wandte mich um und ging zu ihm hinüber. Keuchend lag er auf dem Bett und streckte die Hand nach mir aus. Seine Finger berührten meinen Handrücken, als er den Wein entgegennahm.

»Trinkt Ihr zuerst einen Schluck, damit ich den Geschmack Eurer Lippen auf dem Becher schmecke«, sagte er und hielt ihn mir an den Mund.

Ein kurzer Moment der Panik befiel mich, dann griff ich danach und hob ihn an die Lippen. Dabei ließ ich den Blick nicht von ihm. Der Wein, den er auf dem Fest zu sich genommen hatte, mochte ihn vielleicht benebelt haben, aber er hatte sein Bewusstsein noch nicht so sehr getrübt, dass er nicht wachsam war.

Da kam mir eine Idee. In dem kurzen Moment, als der Becher an meinen Lippen ruhte, sammelte ich Speichel und legte den Kopf ein wenig in den Nacken. Meine Lippen waren allerdings fest verschlossen, und als er erwartete, mich schlucken zu sehen, schluckte ich meine eigene Spucke. Für ihn glaubhaft genug, um seine Lippen gierig um die Stelle zu schließen, wo mein Mund den Becher berührt hatte.

Er nahm einen großen Zug und blickte mich an. Damit er mich nicht zwingen konnte, erneut zu »trinken«, glitt ich an ihm hinab und machte mich, wie er es sich insgeheim wünschte, an seinen Beinkleidern zu schaffen. Ein starker Geruch nach Moschus, der mich zunächst wie ein Schlag in die Magengrube traf, strömte mir entgegen, doch das war immer noch besser als der Wein. Angeheizt von der Vorstellung dessen, was ich gleich mit ihm machen würde, trank Montserrat noch einen Schluck und dann noch einen. Ich fragte mich, wie weit ich gehen musste, bis er schlief, und griff beherzt in seinen Hosenbeutel. Sein Glied war hart, aber im nächsten Moment zeigte der Wein seine Wirkung.

»Was ist das?«, fragte Montserrat, und seine Hand sackte schlaff nach unten. Die restlichen Tropfen Wein ergossen sich auf das Laken, was ihn später glauben lassen würde, dass er lediglich betrunken war.

Als lautes Schnarchen ertönte, atmete ich auf. Obwohl nun nicht mehr zu übersehen war, dass das Mittel wirkte, blieb ich noch eine Weile bei ihm. Erst als ich mir ganz sicher war, dass er nichts mehr mitbekam, löste ich mich von ihm und kniete neben dem Bett nieder. Er hatte die Schriftrolle in den rechten Ärmel geschoben, und genau dort fand ich sie. Vorsichtig zog ich sie hervor, und nachdem ich sie entrollt hatte, warf ich einen kurzen Blick auf die Geheimschrift. Diese hätte ich auch selbst entziffern können, allerdings hatte ich jetzt keine Zeit dazu. Ich entschloss mich daher, sie dem Boten mitsamt dem Ring zu übergeben.

Mit der Schriftrolle in der Hand ging ich zur anderen Seite des Bettes. Langsam holte ich seine linke Hand unter seinem Körper hervor und versuchte den Ring von seiner Hand zu ziehen. Obwohl seine Finger dünn wie Spinnenbeine waren, bekam ich den Ring nur bis zum ersten Knöchel. Wenn ich große Gewalt angewendet hätte, hätte ich ihn vielleicht auch so abstreifen können. Doch vermutlich hätte ich Montserrat dabei verletzt. Der Spanier hätte dann natürlich sofort bemerkt, dass jemand versucht hatte, an den Ring zu kommen. Es musste anders gehen.

Ich überlegte, und obwohl es mich ekelte, diesen Mann auch nur einen Moment länger anzufassen, schob ich mir schließlich seinen Finger in den Mund. Als seine Haut von meinem Speichel glänzte, konnte ich den Ring problemlos abziehen. Einen Moment lang betrachtete ich das Wappen darauf, einen Schild, der von zwei Greifen gehalten wurde. Ein federgeschmückter Helm schwebte über dem Schild, ein Banner verband die beiden Greife an der rechten und linken Kralle.

Ohne dass der Träger es wusste, würde dieses Wappen helfen, eine Königin in die Falle zu locken. Ich brachte mein Kleid wieder in Ordnung und eilte zur Tür. Der Mann, der wie versprochen dort stand und uns zweifelsohne belauscht hatte, lächelte mich breit an. Ich erwiderte sein Lächeln nicht, sondern drückte ihm stumm den Ring und die Schriftrolle in die Hand. Wegen des Schreibens musterte er mich verwundert, doch ich nickte ihm zu, dass es schon seine Richtigkeit hätte, worauf er sich verneigte und loslief.

Ich schaute ihm kurz nach, bevor ich mich wieder in das Zimmer zurückzog und den Riegel verschloss, für den Fall, dass jemand nach Montserrat suchte. Jetzt begann die Zeit des Wartens. Mein Blick lag unruhig auf Montserrat. Noch schnarchte er, nur was sollte ich tun, wenn er früher als erwartet erwachte? Ihm noch mehr von dem Mittel einflößen oder ihn bewusstlos schlagen? Letzteres hätte Spuren hinterlassen, und wie mir Walsingham beigebracht hatte, durfte ein Spion keine Spuren zurücklassen. Mir blieb also nichts weiter übrig, als geduldig auszuharren. Das Zimmer war so still, dass ich hören konnte, wie nach einer Weile Schritte den Korridor entlangkamen. Mein Kontaktmann konnte es unmöglich sein – er hätte Flügel besitzen müssen, um die Strecke zwischen dem Zimmer und Walsinghams Gemächern in so kurzer Zeit zurückzulegen. Außerdem waren es mehrere Männer.

Ich hoffte, dass es lediglich eine Wache auf ihrem Rundgang war, doch ich täuschte mich. Die Schritte machten vor der Tür halt, und mit einem Mal wusste ich, dass es Montserrats Gefährten waren. In seiner blinden Gier, mich zu finden, hatte er sicher vergessen, sich bei ihnen abzumelden, und nun waren sie auf der Suche nach ihm. Hatte ihnen vielleicht jemand gesagt, dass er mit mir hinausgegangen war?

Das musste nicht unbedingt der Fall sein, denn wir hatten den Saal nicht miteinander, sondern nacheinander verlassen. Anscheinend hatten wir uns den Blicken seiner Begleiter vollständig entzogen. Ihn in seinem Zimmer zu suchen, nachdem man ihn weder im Ballsaal noch in den Gängen gefunden hatte, war nur logisch. Angesichts des Dokuments, das der Spanier bei sich gehabt hatte, war er für seine Leute wohl auch ziemlich kostbar.

»Señor Montserrat!«, rief eine Männerstimme, und eine Faust hämmerte gegen die Tür. »Seid Ihr da?«

Wenn mir jetzt nichts einfiel, würden sie sicher gewaltsam hier eindringen. Wie sollte ich ihnen dann erklären, dass ihr Herr bewusstlos war? Die Nacht in der Taverne kam mir wieder in den Sinn. Das Stöhnen der Hure, das bis auf den Gang hinausgedrungen war und jedem, der an der Tür vorbeigegangen war, klargemacht hatte, dass hier nicht gestört werden sollte. Ich wusste genau, dass ich Montserrats Stimme nicht nachahmen konnte, aber vielleicht konnte ich den Männern vor der Tür ein wenig Leidenschaft vorspielen, damit sie merkten, dass ihrem Herrn nichts passiert war.

Als die Männer härter gegen die Tür hämmerten, begann ich mit meiner Täuschungsaktion. Während ich Montserrat im Blick behielt, um sicherzustellen, dass er nicht aufwachte, fing ich an, auf dem Bett herumzuhüpfen, bis es kräftig quietschte. Leider war es wesentlich besser gefedert als das im *Black Anchor*, denn es gab kaum Geräusche von sich. Das musste meine Stimme besorgen.

Ich kicherte und stöhnte, und obwohl der Raum von meinen Geräuschen erfüllt war, konnte ich die Anwesenheit der Männer vor der Tür hören. Sicher spähten sie durch das Schlüsselloch, aber auch das konnte kaum ihren Verdacht erregen. Sie sahen nur mich, wie ich auf dem Bett herumsprang, als würde ich einen Hengst einreiten wollen. Da sie anscheinend genau das von ihrem Herrn erwarteten, zogen sie nach einer Weile wieder ab.

Kaum war ich mir sicher, dass sie fort waren, blieb ich still auf dem Bett sitzen. Meine Hände kribbelten, meine Stimmbänder brannten. Ich lauschte dem Rauschen des Blutes in meinen Ohren und dem Schnarchen des Spaniers, das allmählich in ruhige Atemzüge überging. Bedeutete dies, dass er erwachte?

Mein Herz begann zu rasen, und ich sann nach Möglichkeiten, ihm noch mehr von dem Schlafmittel einzuflößen, ohne ihn zu töten. Zu allem Überfluss ertönten erneut Schritte vor der Tür, und wenn ich Pech hatte, wollten seine Begleiter nachsehen, ob er endlich fertig war. Als ich mich zur Ruhe zwang, hörte ich, dass es lediglich die Schritte einer einzelnen Person waren. Diese klopfte nun sanft gegen die Tür, und ich wusste, dass dies mein Kontaktmann war.

Ich erhob mich vom Bett und lief zur Tür. Als ich öffnete, sah ich in das vertraute Gesicht des Boten. Er lächelte mir zu und reichte mir Ring und Schriftrolle. Einen Kommentar bekam ich von ihm nicht, wahrscheinlich wollte Walsingham mit mir allein über das Schriftstück sprechen.

Nachdem ich die Tür wieder zugezogen hatte, brachte ich alles an seinen Platz zurück: den Ring an den Finger des Spaniers, die Schriftrolle in seinen Ärmel. Da er immer noch schlief und wahrscheinlich auch weiterschlafen würde, konnte ich das Zimmer in aller Ruhe verlassen. Meine Arbeit war getan. Wenn es stimmte, was Walsingham von dem Mittel behauptete, würde sich Montserrat vielleicht sogar nicht mehr an mich erinnern.

Ich wusste allerdings, dass ich unmöglich auf den Ball zurückkehren konnte, ohne Verdacht zu erregen. Mit Sicherheit hatte Walsingham dafür gesorgt, dass mein Fehlen nicht auffiel. Lord Robert war bestimmt noch im Ballsaal, demnach verschwendete die Königin gewiss keine weiteren Gedanken an mich.

Ich hätte jetzt in mein Zimmer zurücklaufen und dort vielleicht eine Nachricht von Walsingham vorfinden können. Aber das wollte ich nicht. Ich wollte etwas anderes.

41. Kapitel

Obwohl es nicht zum Äußersten gekommen war, hatte ich das Gefühl, mich befleckt zu haben. Daher wollte ich Linderung erfahren, ich wollte, dass mich jemand hielt, auch wenn ich ihm nicht sagen konnte, was mich wirklich zu ihm trieb. Ich wollte etwas, das mich darauf vorbereitete, falls ich wieder mal aufgefordert werden sollte, einen Mann zu verführen.

Noch in derselben Nacht suchte ich Robin auf. Wovor es mich bei Montserrat noch gegraust hatte, ersehnte ich nun von ihm, auch auf die Gefahr hin, dass er vielleicht im Tower landete. Auch auf die Gefahr hin, dass ich nur eine weitere rothaarige Eroberung für ihn war.

Gut möglich, dass er noch auf dem Ball war, obwohl ich ihn den ganzen Abend über nicht gesehen hatte. Ich war mir nicht sicher, was ich tun sollte, wenn ich ihn nicht in seinem Zimmer fand. Sollte ich warten oder fortgehen? Diese Frage erledigte sich im nächsten Augenblick von selbst.

Als ich die Tür leise öffnete, fand ich ihn am Fenster stehend vor. Er betrachtete den Mond, der seine Konturen nachzeichnete. Er hatte sich seines Wamses entledigt, und so ließ das Licht seinen Körper durch das Hemd hindurchscheinen. Da er offenbar nicht gehört hatte, dass ich eingetreten war, schloss ich die Tür geräuschvoll. Sofort wandte er sich um.

»Beatrice«, rief er verwundert aus. »Was führt Euch zu mir?«

»Ich ... ich wollte dich sehen«, sagte ich, und meine Vernunft sagte mir, dass es besser wäre, zu gehen. Aber mein Herz war diesmal stärker. Die ganze Zeit über hatte ich es in Ketten legen müssen, was Robin betraf, nun konnte ich endlich verwirklichen, wonach ich mich schon so lange gesehnt hatte. »Ich habe dich beim Ball nicht bemerkt ...«

Robin kam lächelnd auf mich zu. »Ich war nicht dort. Jedenfalls nicht offiziell. Ich habe einen Blick auf den Zug geworfen, der in den Saal eingezogen ist, und eine Weile am Rand gestanden, aber ich bin keineswegs so wichtig, dass meine Anwesenheit erforderlich gewesen wäre. Ich ziehe die Stille vor und verbringe die Zeit lieber mit einer Frau, die mein Herz berührt.«

»Gibt es denn so viele davon?«, fragte ich zurück. Ich spielte auf die Liebschaften an, die man ihm nachsagte, aber er ging nicht darauf ein. »Im Moment gibt es nur eine.«

Jetzt stand er direkt vor mir. Ich konnte seine Haut und sein Haar riechen, den Lavendel und das Zedernholz, die in der Wäschetruhe zwischen den Wäschestücken lagen und ihren Duft an sein Hemd abgegeben hatten. Ich konnte ihm in die Augen sehen, und obwohl sie eine ganz andere Farbe hatten als die von Geoffrey, meinte ich, darin ebenso zu versinken wie in der Nacht, als mein Freund ohne es zu wissen für immer fortging.

Eine ganze Weile blickten wir uns nur an, dann bewegte Robin sich.

Mein Herz raste, als ich seine Hände auf meinen Hüften

spürte. Er schien zu wissen, was mich zu ihm getrieben hatte.

»Noch kannst du zurück«, sagte er, doch seine Stimme klang nicht so, als meinte er es ernst. Die Hitze seines Körpers wallte zu mir auf und brachte mich dazu, mir mein Kleid vom Leib zu ziehen.

»Wäre ich hier, wenn ich das nicht wollte?«, fragte ich ihn und präsentierte mich ihm in voller Nacktheit. Robin stand für eine ganze Weile wie versteinert vor mir und beobachtete, wie das Licht meinen Körper umspielte. Mein Herz raste, aber es gab nichts, das mich von meinem Entschluss hätte abbringen können. Ich ging zu ihm, legte ihm die Hände um den Nacken und schmiegte mich an ihn. Mir schien, als ob Robin etwas sagen wollte, doch das konnte ich nicht zulassen, weil es nur den Augenblick zerstört hätte. Ich presste ihm also kurzerhand die Lippen auf den Mund, vielleicht etwas ungelenk, trotzdem erwiderte Robin meinen Kuss, und die Lust erblühte wie eine Rose in uns. Ich half ihm aus den Kleidern, dann erkundeten wir mit den Händen unsere Körper und ließen uns auf das Bett sinken.

Erneut trafen sich unsere Lippen, doch dann reichte es ihm nicht mehr, die Konturen meines Körpers mit den Händen nachzuziehen. Mit wachsendem Feuer küsste er meine Schultern, meinen Hals und meine Brüste, zog mit der Zunge eine lange feuchte Spur über meinen Bauch, die sich auf meinen rechten Schenkel fortsetzte. Zwischen meinen Beinen spürte ich Feuer und Schmerz zugleich, ein süßes Ziehen, das nur er lindern konnte.

Das Brennen, das mich durchzog, als er in mich eindrang, war so überwältigend, dass mir Tränen in die Augen schossen. Mein Atem stockte, und ich erstarrte. Er bemerkte es und hielt sofort inne, ohne mich allerdings zu verlassen.

»Tut es sehr weh?«, fragte er, und ich konnte weder nicken noch den Kopf schütteln.

Nach einer Weile konnte ich wieder atmen, und auch der Schmerz ließ endlich nach. Ich bemerkte etwas Feuchtes und Warmes zwischen meinen Schenkeln, genau dort, wo er in mir war, und ich wusste, dass es mein Blut war.

»Ist es bei jedem Mal so?«, fragte ich leise und sah, dass er den Kopf schüttelte.

»Nein, wohl nur beim ersten Mal.« Er blickte mich an, und ich konnte seine Ungeduld spüren. Dennoch fragte er mich: »Soll ich aufhören?«

Wahrscheinlich wäre er enttäuscht gewesen, wenn ich ihn tatsächlich darum gebeten hätte, doch ich war mir sicher, dass er meinem Wunsch nachgekommen wäre. Ich wollte aber den Kuss des Spaniers und seine Berührungen vergessen, und das konnte ich nur, indem Robin dem etwas entgegensetzte, das machtvoller war.

»Nein, mach weiter!«, entgegnete ich und presste ihn fast schon verzweifelt an mich.

Er begann, sich auf mir zu bewegen, zunächst langsam, dann immer schneller. Ich spürte den Druck seines Körpers, seine Küsse an meinem Hals, seinen Schoß an meinem und sein Glied in meinem Leib. Ich spürte, wie sich das süße Ziehen verdichtete, anschwoll und schließlich seinen Höhepunkt erreichte. Unterbewusst merkte ich, dass mein Stöhnen vorhin in dem Zimmer falsch geklungen hatte; der Laut, der mir nun ohne Überlegung über die Lippen kam, war der echte Klang der Lust. Doch darüber konnte ich nicht weiter nachdenken. Die Wogen eines mir bislang unbekannten Meeres schlugen über mir zusammen und löschten jeden Gedanken aus. Robin ließ sich keuchend auf mich sinken, und ich spürte seinen Samen feucht und klebrig an meinem Schenkel, als er aus mir herausglitt.

Keiner von uns war in den nächsten Augenblicken fähig zu sprechen. Aneinandergeschmiegt sahen wir zunächst uns an und starrten dann zur Decke. Ich fürchtete fast, dass Robin anfangen würde, von Heirat zu phantasieren, aber zu meiner großen Erleichterung schwieg er weiterhin. Erst nach einer Weile fragte er mich: »Wann sehe ich dich wieder?«

»Na, jeden Tag!«, entgegnete ich, worauf er sich herumwälzte und mir ins Gesicht lächelte.

»So meinte ich es nicht. Ich meinte, wann ich dich so wiedersehe wie gerade eben.«

»Das wird sich zeigen.« Ich zog ihn zu mir heran, und wir küssten uns.

Eine ganze Weile blieben wir so liegen und blickten in die Nacht. Der Mond wanderte am Fensterkreuz vorbei, und der Lärm aus dem Ballsaal verstummte allmählich.

Eine teigige Schwere bemächtigte sich meiner Glieder, bis ich ohne einen Gedanken und ohne das Bewusstsein von Gefahr in einen tiefen Schlaf sank.

42. Kapitel

Wie mir Kathy einmal erzählt hatte, gehörte es in früheren Zeiten zu den Pflichten der Kammerfrauen, regelmäßig die Bettlaken der Königin zu betrachten und so festzustellen, ob ihre monatliche Blutung fristgerecht einsetzte. Diese Aufgabe hatte sich erledigt, seit sie das fünfzigste Lebensjahr überschritten hatte. Die Sorge Lord Burghleys, sie könnte von den Umtrieben mit Lord Robert schwanger werden, war damit überflüssig, und es war egal geworden, welche Flecke sich in dem weißen Linnen fanden.

Ob Lord Robert in dieser Nacht bei der Königin gewesen war, wusste ich nicht. Zu Beginn der Morgendämmerung erhob ich mich aus Robins Bett. Mein Jungfrauenblut klebte an seinem Laken, doch es würde keinen Verdacht erregen, wenn die Wäscherinnen es aus seinem Zimmer holten. Er hätte schließlich jedes Mädchen hernehmen können.

Rasch zog ich mich an, was bei dem aufwendigen Kleid nicht einfach war. Allerdings musste es nicht perfekt sitzen, denn die Königin erwartete mich in normaler Kleidung in ihren Gemächern. Wenn ich es schaffte, ungesehen zu meinem Zimmer zu kommen, konnte ich mich dort in aller Ruhe umziehen. Dann würde nur meine Blässe verraten, dass die vergangene Nacht kurz für mich gewesen war.

Bevor ich Robins Zimmer verließ, hauchte ich ihm noch einen Kuss auf die Stirn und tauchte in das Dunkel des Ganges ein.

Zu dieser Stunde war es ungewöhnlich still im Palast. Selbst die Wachen hatten wohl ihren Teil beim Ball abbekommen, so dass sie jetzt mit mehr oder weniger roter Nase in den Wachräumen saßen oder quer über den Tischen lagen. Ich war mir sicher, dass Walsingham dies missbilligen würde.

Als ich in mein Zimmer zurückkehrte, fand ich eine Rose auf dem Tisch. Zunächst erschrak ich darüber, denn wenn sein Bote hier gewesen war, hatte er ihm auch sicher berichtet, dass er mich nicht vorgefunden hatte. Natürlich konnte ich dies auf meinen Aufenthalt auf dem Ball schieben, doch was war, wenn der Mann die Rose erst in den Morgenstunden gebracht hatte, als ich schon längst wieder hätte hier sein müssen? Bevor die Panik überhandnehmen konnte, beschloss ich, so zu tun, als wäre nichts gewesen. Wenn mich Walsingham wegen Robin rügen wollte, würde er es tun, egal, ob ich mich blicken ließ oder nicht. Nur machte eine Weigerung alles noch schlimmer. Also wusch ich mich, brachte meine Haare in Ordnung und zog mein gewöhnliches Kleid an. Danach machte ich mich auf den Weg zu Sir Francis. Ich war mir sicher, dass die Königin an diesem Morgen länger schlafen würde, ebenso wie alle anderen Damen. Vielleicht würden einige von ihnen sogar wie ich in den Armen ihres Kavaliers erwachen. Beim Gedanken an Robin schlich sich ein Lächeln auf mein Gesicht, das ich allerdings von meinen Zügen wischte, als ich an Sir Francis' Tür angekommen war.

Ich klopfte kurz und trat auf seinen Ruf hin ein. Er stand am Fenster, wie Robin, und als er sich umwandte, sah ich, dass er die ganze Nacht über nicht geschlafen hatte.

»Ihr wolltet mich sehen?«

Walsingham nickte kurz und kam dann auf mich zu. »Gestern Abend hast du sehr gute Arbeit geleistet. Nicht nur wegen des Rings, sondern auch wegen der Nachricht, die du abgefangen hast.«

Ich hatte so etwas erwartet, trotzdem verbarg ich meine Freude darüber. Immerhin konnte die Rüge immer noch kommen. »Ich hoffe, sie war Euch von Nutzen.«

»Von großem Nutzen. Es war eine geheime Botschaft an Maria Stuart, in der Philipp Maria ein weiteres Mal seine Unterstützung zusagt, allerdings auch darauf drängt, die Sache möglichst bald zu einem Ende zu bringen.«

»Diese Nachricht wird er jetzt auch überbringen, nicht wahr?« Ich bezweifelte, dass jemand in so kurzer Zeit eine glaubhafte Kopie des Textes hätte erstellen können.

»Ja, selbstverständlich, alles andere hätte deine Mission zunichtegemacht. Wir haben die Zeichen in aller Eile kopiert und sie wenige Stunden später entschlüsseln können. Der spanische König ist, was Kodierungen angeht, verglichen mit Maria ein Dilettant, aber das wird sie angesichts des Inhaltes nicht weiter stören. Sie wird ihre Getreuen antreiben, und ich bin mir sicher, dass Babington und seine Mitstreiter schon bald nach London kommen werden, um den Weg für die Schottin freizumachen.«

»Dann müssen wir also jederzeit mit einem Attentat rechnen?«

Walsingham nickte. »Ja, aber bisher ist es nicht so weit. Die jungen Burschen sind noch ein wenig unentschlossen. Bis sie sich für eine Mordmethode entscheiden können, wird es sicher ein Weilchen dauern. Ich werde dir auf jeden Fall rechtzeitig Bescheid geben lassen; bis dahin wirst du so weitermachen wie bisher.«

»Was ist mit Montserrat? Ahnt er, dass er an der Nase herumgeführt worden ist?«

»Señor Montserrat ist heute Morgen in Richtung Schottland abgereist, wahrscheinlich mit gehörigen Kopfschmerzen, aber wie mir meine Leute bestätigt haben, ohne jeglichen Verdacht.«

Walsingham lächelte. »Sieh zu, dass sich deine wachen Augen auch weiterhin so bezahlt machen.«

Ich machte einen kleinen Knicks, wagte jedoch nicht, mich umzuwenden, weil ich fürchtete, dass noch etwas kommen würde.

»Gibt es noch etwas, Alyson?«, fragte Walsingham.

Ich schüttelte den Kopf und verschwand, bevor er es sich noch einmal überlegen konnte.

Auf die Freude über Walsinghams Lob folgte allerdings bald die Ernüchterung. Mir wurde klar, dass die Nacht mit Robin Konsequenzen haben könnte.

Auslöser war die Unpässlichkeit Lady Morrigans, die während des Bettenmachens zusammenbrach. Schon bald vermutete Beth Throckmorton, dass ein Stelldichein mit einem ihrer Verehrer Früchte tragen könnte. Mit Schrecken dachte ich an die Nacht mit Robin und daran, dass bei mir demnächst wieder der Blutfluss einsetzen müsste.

Wenn er denn einsetzte ...

Eine furchtbare Angst überkam mich. Was war, wenn ich schwanger geworden war? Es gab niemanden, dem ich mich anvertrauen konnte. Quälende Tage der Ungewissheit und des Zweifels folgten. Robin ging ich vorerst aus dem Weg, was ihn sicher verwunderte. Dennoch stellte er jeden Tag Blumen vor meine Tür. Dann, eines Nachts, suchte mich ein furchtbarer Krampf heim, und als ich mich aus dem Bett wälzte, konnte ich im Mondschein einen dunklen Fleck auf dem Bettlaken erkennen.

Ich war noch mal davongekommen, aber ich wollte das Glück keineswegs herausfordern. Bei passender Gelegenheit horchte ich eines meiner Dienstmädchen aus und erfuhr, dass es in der Stadt eine Alte gab, die Kräuter zusammenmischte, mit denen man einer Schwangerschaft entgehen konnte. Ich schickte sie daraufhin los, etwas davon für jene »Bekannte« zu holen, die ich erfunden hatte, und mit einigen Schillingen erkaufte ich das Schweigen des Mädchens. Ob das Geld sie davon abzuhalten vermochte, Walsingham etwas zu erzählen, wusste ich nicht, aber wenigstens würden die Besuche bei Robin keine Folgen für mich haben, die mich in den Tower bringen oder sogar das Leben kosten konnten.

43. Kapitel

Nach zwei ereignislosen Monaten, die ich dazu nutzte, mich regelmäßig heimlich mit Robin zu treffen – dank des Suds, den ich mir aus den Kräutern bereitete, war es nun ungefährlich –, steckte wieder eine Rose unter meiner Bettdecke. Es war eine von Elizabeths Lieblingsrosen, und man riskierte eine Ohrfeige, wenn man auch nur ein Blütenblatt abzupfte.

In der Zwischenzeit war der Garten zu voller Pracht erblüht und Elizabeths Angst vor einem Anschlag abgeflaut. Zwar wagte sie nicht, ihre gewohnten Sommerreisen anzutreten – eine Empfehlung von Walsingham, der sie mal stattgegeben hatte –, doch sie ging spazieren, ritt und zeigte sich dem Volk von London, wann immer es möglich war.

Ich hatte nicht wenig damit zu tun, die Augen offenzuhalten, denn ich spürte, dass sich etwas anbahnte. Die Wachen waren aufmerksamer als sonst, und ich sah Walsingham immer öfter mit forschem Schritt durch die Gänge eilen. War das Ende des Komplotts nahe? Walsingham musste jedenfalls etwas Wichtiges von mir wollen, wenn er mir diese Nachricht schickte.

Unter dem Vorwand, Zahnschmerzen zu haben und mir Nelken aus der Küche holen zu wollen, verschwand ich aus den Gemächern der Königin und ging zum Studierzimmer von Sir Francis. Diesmal war er nicht allein; ein Mann war bei ihm, ein Spion, wie ich vermutete. Er stand seitlich neben dem Schreibpult, und so konnte ich zunächst nur sein Profil betrachten, bevor er mir sein Gesicht ganz zuwandte.

Ein gewisser Schalk spielte in seinen Augen. Sein braunes Haar und sein Bart waren nach der neuesten Mode frisiert, seine Kleidung war unauffällig. Mit dem braunen Wams, den braunen Beinkleidern und den hohen Stiefeln, an denen der Schmutz der Straße haftete, wäre er ebenso gut als Bürgerssohn wie als Handwerker durchgegangen. Der Zustand seiner Stiefel ließ darauf schließen, dass er sich schon eine ganze Weile in den Straßen Londons herumgetrieben hatte. Ich musterte ihn so unauffällig wie ich konnte, aber es entging ihm nicht.

»Dieses Mädchen hat sehr wache Augen, Sir Francis«, sagte er, kaum dass ich die Tür hinter mir zugezogen hatte. »Wäre ich mir nicht sicher, dass die Knöpfe meines Wamses halten, würde ich fürchten, dass sie mich allein mit ihrem Blick ausziehen könnte.«

Ich spürte, wie ich rot wurde, dennoch senkte ich nicht den Blick.

»Ich glaube kaum, dass das ihre Aufgabe ist und dass Ihr für sie Verwendung hättet«, entgegnete Walsingham völlig unbeteiligt.

»Behauptet das nicht, Sir Francis! Ich könnte sie als Knaben in meine Theatertruppe einschmuggeln. Sie würde einen sehr hübschen Knaben abgeben und sich bestimmt gut in einem meiner Stücke machen. Sag, Mädchen, hast du nicht Lust, beim Theater zu sein?«

Er zwinkerte mir zu und zeigte mir damit, dass er es nicht ernst meinte. Ich lächelte ihn an und fühlte mich ein wenig verwirrt angesichts seiner Art und seines Aussehens. Er hatte das Talent, die Menschen allein mit einem Lächeln für sich einzunehmen – und sie sich mit einem einzigen falschen Wort zum Feind zu machen.

»Mein Freund Geoffrey hätte Euch ganz gewiss keinen Korb gegeben, aber ich fürchte, mir fehlt das Talent«, antwortete ich so höflich es mir möglich war. »Ihr wollt doch sicher nicht, dass die Leute vor mir aus dem Theater fliehen.«

»Schlagfertig ist sie auch!« Der Mann warf lachend den Kopf in den Nacken. »Passt nur auf, Sir Francis, eine scharfe Zunge ist zuweilen gefährlicher als ein Dolch.«

Ich sagte daraufhin nichts mehr und wandte mich stattdessen an Walsingham, der angesichts der Schäkerei dreinblickte, als sei eines seiner Magengeschwüre soeben aufgebrochen. »Ihr wolltet mich sprechen, Sir Francis?«

»Wir haben neue Nachrichten, was die Verschwörung gegen Ihre Majestät angeht. Da du in den nächsten Tagen eine zentrale Rolle spielen sollst, werde ich dich in die wichtigsten Dinge einweihen.«

Ich blickte zwischen dem Fremden und meinem Dienstherrn hin und her und fragte mich, welche Rolle Ersterer dabei spielen sollte.

»Ihr könnt gehen, Mister Marlowe. Wenn ich Eurer Dienste bedarf, werde ich wieder nach Euch schicken.«

Der Angesprochene verneigte sich vor Sir Francis, und nachdem er mich erneut zwinkernd angelächelt hatte, verließ er den Raum.

»Marlowe?«, fragte ich, als er die Tür hinter sich geschlossen hatte. »Christopher Marlowe? Der Dichter?« Seine Stücke waren mehr denn je Gesprächsthema bei Hofe. Dass er für Walsingham arbeitete, überraschte mich sehr.

»Ja, genau der. Er hat eine ziemlich flinke Zunge, was ihn sicher irgendwann einmal in Schwierigkeiten bringen wird. Aber es war unbestritten ein großes Glück, dass ich ihn für unsere Dienste gewinnen konnte. Momentan gastiert er mit seiner Truppe in London. Wenn die schlimmsten Wirren hinter uns liegen, solltest du mal eine seiner Aufführungen besuchen, er hat wirklich Talent.«

Wenn Sir Francis das sagte, stimmte es, denn er hegte nicht nur ein großes Interesse an Büchern, sondern fand auch Gefallen an Theaterstücken, eine der wenigen Vorlieben, die er mit der Königin teilte.

»Was hattet Ihr ihm aufgetragen?«

Normalerweise schwieg sich Walsingham aus, was die Aufträge anderer Spione anging. Auch wenn er uns viele wichtige Geheimnisse anvertraute, schien er keinem von uns hundertprozentig zu vertrauen – wie er es auch mir geraten hatte.

Doch an diesem Tag machte er eine Ausnahme, indem er antwortete: »Er hat sich in Babingtons Nähe begeben und ein wenig die Ohren aufgehalten.«

»Was ist mit Gifford?«

»Der weilte so lange in Schottland, mittlerweile müsste er aber wieder auf dem Weg hierher sein. Mister Marlowe hat herausgefunden, dass sich ein gewisser Pater Ballard mit Babington und seinen Spießgesellen getroffen hat. Wahrscheinlich werden die Pläne, die Königin zu töten, jetzt konkreter. Ich glaube sogar, dass der Anschlag unmittelbar bevorsteht.« Ein hintergründiges Lächeln trat auf seine Züge. »Stell dir vor, Babington war gestern Abend bei mir und hat mich um eine Unterredung gebeten. Der Grund war so nichtig, dass ich Mühe hatte, ihn nicht auszulachen, diesen einfältigen Tropf. In Wirklichkeit wollte er nur wissen, ob ich einen Verdacht gegen ihn hege.«

»Warum habt Ihr ihn nicht gleich festnehmen lassen? Habt Ihr nicht genügend Beweise gegen ihn?«

»Doch, die habe ich. Aber es reicht nicht, wenn uns nur einer von ihnen ins Netz geht. Babington hat viele Männer um sich geschart und ihnen sicher auch Anweisungen gegeben, was sie tun sollen, wenn er gefangen genommen oder getötet wird. Hätte ich ihn verhaftet, dann hätte ich preisgegeben, dass ich über all seine Machenschaften Bescheid weiß. Seine Anhänger hätten schleunigst das Weite gesucht und vielleicht versucht, Maria Stuart zu entführen und sie so in Sicherheit zu bringen. Es wäre nicht das erste Mal. Ich kann es mir nicht erlauben, dass diese Frau nach Frankreich verschwindet, wo sie unter dem Schutz ihrer Verwandten steht. Ich will, dass sie für die Komplotte gegen die Königin bestraft wird.« Bei diesen Worten funkelten seine Augen fanatisch, und ein wenig bewunderte ich die Kraft, mit der er sein Vorhaben verfolgte. Gleichzeitig machte er mir damit Angst. Niemand konnte wissen, ob er nicht irgendwann bei Walsingham in Ungnade fiel, auch seine Spione nicht. Wenn er einen jeden, der seinen Hass auf sich zog, genauso hartnäckig verfolgte wie Maria Stuart, würde er sich wohl nicht mehr lange seines Lebens erfreuen.

»Wie lautet mein Auftrag?«, fragte ich und ahnte, dass ich mich nicht erneut in Tavernen herumtreiben sollte. Dafür hatte er jetzt Marlowe.

»Ich werde dich als Doppelgängerin für Ihre Majestät einsetzen«, antwortete Walsingham.

»Wir werden die Königin an einen sicheren Ort bringen und dich in ihrem Kabinett postieren.«

»Wird das den Spaniern nicht auffallen?«

Walsingham lächelte überlegen. »Wir werden schon dafür sorgen, dass es ihnen nicht auffällt. Nicht einmal Mendoza würde den Unterschied bemerken.«

»Vielleicht sollten wir zunächst damit anfangen, Elizabeths Damen zu narren.«

»Nein, das halte ich für zu gefährlich. Genauso leicht, wie ich Jane Ashley unbemerkt anwerben konnte, könnte eine der anderen Damen in spanischen Diensten stehen. Auch wenn dein schauspielerisches Talent nicht schlecht ist, an der Aufgabe, Elizabeths Charakter nachzuempfinden, dürftest sogar du scheitern. Ein Botschafter dagegen achtet nur auf die äußere Hülle, und diese nachzuempfinden ist nicht schwer. Frauen, die die Königin tagtäglich umgeben, kann man nicht so leicht narren. Es ist also besser, Elizabeth schickt ihre Damen vorher aus dem Zimmer. Wir sorgen für alles weitere.«

Der Plan klang einfach, allerdings hatte er einen Haken. Ich war auch eine der Damen. Mich müsste sie dann ebenso wie die anderen nach draußen schicken.

Walsingham schien mir meine Bedenken vom Gesicht ablesen zu können. »Sobald sich die Damen zerstreut haben, wirst du zu uns zurückkommen. Durch eine Geheimtür versteht sich, denn die Spanier sollten nicht merken, dass wir informiert sind. Wo sich diese Tür befindet, wirst du rechtzeitig erfahren.«

Ich war mir nicht sicher, ob das alles so klappen würde, wie es sich Walsingham ausmalte, aber ich musste ihm wohl oder übel vertrauen.

»Das wäre erst einmal alles, du kannst jetzt zu deinem Dienst zurückkehren«, sagte er. Ich knickste und machte mich auf den Weg. Allerdings nicht, ohne vorher in der Küche vorbeizuschauen und mir beim Koch ein paar Nelken aushändigen zu lassen. Eine davon zerkaute ich und merkte schon bald, dass sie nur in der Suppe ein Genuss waren – und wenn man wirkliche Zahnschmerzen hatte. Aber meine Tarnung war perfekt, wie ich feststellen konnte, als sich eine der Damen lautstark über den Nelkengeruch mokierte, der mich wie ein Schleier umgab.

44. Kapitel

Die Stunde der Wahrheit kam schneller, als es mir lieb war. Den ganzen Tag über hatte ich meine Unruhe bezwingen müssen, und als Walsingham endlich in den Gemächern der Königin erschien, wusste ich, dass der Attentäter auf dem Weg hierher und womöglich sogar schon im Palast war.

»Majestät, ich muss Euch dringlich um eine Unterredung bitten«, sagte Sir Francis.

Wie abgesprochen entließ uns Elizabeth, auch mich, und kaum war der gackernde Pulk der Damen aus der Tür, suchte ich nach einer Gelegenheit, mich von ihnen abzusondern. Sie gingen in die Galerie, und wahrscheinlich würden sie mich vermissen, aber das war mir egal. Auf halbem Weg erblickte ich einen Mann, der wie zufällig im Gang stand, jedenfalls hätte dies für jeden anderen so ausgesehen. Doch ich bemerkte eine Rosenblüte zwischen seinen behandschuhten Fingern und wusste sofort, dass er mich zum Geheimgang geleiten sollte. Kurz trafen sich unsere Blicke, dann wandte er sich um und verschwand in einem Seitengang. Ich ließ mich ein wenig zurückfallen, und als ich mir sicher war, dass mir die Damen keine Aufmerksamkeit schenkten, folgte ich ihm.

Der Mann war nicht etwa in dem Gang verschwunden,

sondern wartete dort auf mich. Ohne ein Wort zu verlieren, geleitete er mich in einen kleinen Raum und zur Geheimtür. Diese war unter der Täfelung zwar kaum auszumachen, aber ich fand sie, und nachdem ich sie hinter mir zugezogen hatte, trat ich in einen langen, von Fackeln erhellten Gang.

Nachdem ich eine ganze Weile gelaufen war und mit meinem Rocksaum die Ratten in ihre Verstecke zurückgescheucht hatte, erreichte ich eine Wand, gegen die ich einmal kurz klopfte. Wenig später öffnete sie sich, und ich befand mich wieder in den Gemächern der Königin. Inzwischen war auch Lord Burghley anwesend. Er trug einen roten Talar, eine farblich passende Mütze und einen weißen Tellerkragen. In der Hand hielt er seinen Gehstock. Ein paarmal war ich ihm bereits im Gefolge der Königin begegnet, doch mehr als einen kurzen Blick hatte er nicht für mich übriggehabt. Nun musterte er mich mit seinen klugen Augen.

»Es ist also so weit«, sagte Elizabeth, als sie mich erblickte, und zum ersten Mal konnte ich ihr ansehen, dass die Angelegenheit mit Maria auch bei ihr Spuren hinterlassen hatte.

»Ja, Eure Majestät, es ist so weit«, entgegnete Walsingham. »Die Verschwörer haben den Höhepunkt ihres Treibens erreicht, und wie ich aus gutunterrichteter Quelle weiß, werden sie Euch vermutlich noch in dieser Nacht nach dem Leben trachten.«

»Was soll ich jetzt tun?« Elizabeths Stimme klang schneidend, wie immer, wenn sie neue Sicherheitsmaßnahmen von ihrem ersten Staatssekretär erklärt bekam. Allerdings wusste sie diesmal auch, dass sie diese nicht so einfach umgehen konnte. »Soll ich jetzt etwa auch so ein Kettenhemd anlegen, wie es meine Schwester kurz vor ihrem Tod getan hat, als sie einem paranoiden Wahn verfallen ist?«

»Nein, Majestät, das verlangt niemand von Euch«, entgegnete Walsingham »Meine Maßnahmen werden Euch nicht wesentlich einschränken. Ich möchte lediglich, dass Ihr Euch in dieser Nacht an einem anderen Ort im Palast zur Ruhe begebt. Außerdem rate ich Euch davon ab, noch spätabends in Euer Kabinett zu gehen. Miss Beatrice wird als Eure Doppelgängerin dort weilen, um die Attentäter in die Irre zu führen. Ihr werdet die ganze Zeit über von meinen Männern bewacht und könnt unverzüglich in Eure Gemächer zurückkehren, sobald die Gefahr gebannt ist.«

Ich hätte damit gerechnet, dass Elizabeth protestierte, doch das war nicht der Fall. Mit nachdenklicher Miene lauschte sie den Vorschlägen ihres Staatssekretärs. »Was, wenn die Attentäter bemerken, dass sie nicht die Richtige ist?« Sie deutete mit dem Kopf kurz auf mich.

»Dann, Majestät, wird es zu spät sein«, entgegnete Walsingham. »Sie wird der Lockvogel sein, und Ihr könnt Euch auch darauf verlassen, dass ich sie bestens vorbereitet habe.«

»Sie soll sich also in die Klinge des Angreifers werfen?«, entgegnete die Königin mit einem spöttischen Lächeln.

»Wenn sie Euch damit schützen kann, wird sie es tun«, antwortete Walsingham und blickte mich mit seinen Kohleaugen an. »Aber ich bin mir sicher, dass sie es zu verhindern weiß.«

Nun wurde mir doch ein wenig seltsam zumute. Der Kampf mit Gifford war eher eine Übung gewesen. La Croix hatte mich ebenfalls hart rangenommen und dennoch nicht ernsthaft vorgehabt, mich zu töten.

Der Mann, der sich mir in dieser Nacht entgegenstellen würde, war schlimmstenfalls ein ausgebildeter Mörder. Damit war er eine wesentlich größere Herausforderung als die beiden. Aber ich hatte nicht vor, mich vor ihr zu drücken.

Ich würde den Attentäter zur Strecke bringen, wenn es nötig war.

»Nun denn, tut, was Ihr nicht lassen könnt, Walsingham«, sagte die Königin schließlich und machte eine wegwerfende Handbewegung, so als sei es ihr egal, was aus mir wurde. Und das war es wahrscheinlich auch. Nicht ein einziges Mal hatte sie Jane nach ihrem Tod erwähnt, mir blühte gewiss dasselbe Schicksal.

Sir Francis verneigte sich vor Elizabeth und bedeutete mir, mitzukommen. Hinter einem Wandschirm warteten eine Robe der Königin und zwei Dienstmägde auf mich, die ich noch nie gesehen hatte. Wie ich später erfahren sollte, stammten die aus Walsinghams Stadthaus und genossen sein vollstes Vertrauen. Sie kleideten mich an, schminkten mich und setzten mir eine Perücke auf. Als ich hinter dem Wandschirm hervortrat, musterten mich die Königin und ihre beiden Berater prüfend.

»Seid Ihr sicher, dass es funktionieren wird, Sir Francis?«, meldete Cecil alsbald seine Bedenken an.

»Mein Plan ist bestens durchdacht, Mylord«, antwortete Walsingham. »Estebans Leute werden den Brocken wohl geschluckt haben und nun darauf warten, dass die Attentäter zuschlagen. Ich bin mir sicher, dass die Spanier sie nach Leibeskräften unterstützen werden.«

»Glaubt Ihr wirklich, die Spanier wären so dumm?«, entgegnete Lord Burghley. »Sie werden sich sicher nicht dabei erwischen lassen, wenn sie die Attentäter ins Schloss holen.«

»Das schließt nicht aus, dass sie in den Palast kommen werden! Ihr wisst selbst am besten, dass es in Whitehall so manchen geheimen Gang gibt.« Walsingham blickte mich an. »Diese junge Frau wird den Platz der Königin einnehmen, bis die Gefahr gebannt ist. Nur so können wir sicherstellen, dass England nicht in Gefahr gerät.«

Ich war dagegen sehr wohl in Gefahr, doch das war in diesem Augenblick Nebensache.

Burghley musterte mich erneut, wahrscheinlich glaubte er, dass die Mörder den Schwindel sofort bemerken würden. Aber in so kurzer Zeit konnte er auch keinen Gegenvorschlag anbringen. Walsingham hatte stets sorgfältig und durchdacht für die Sicherheit der Königin gesorgt. Daher lenkte er ein.

»Gut, Sir Francis, ich vertraue darauf, dass Ihr wisst, was Ihr tut.«

Das wusste er, und nachdem durch den Geheimgang noch ein paar Männer seines Vertrauens hereingekommen waren, verließen wir Elizabeths Gemächer in Richtung Kabinett.

45. Kapitel

Walsingham und Cecil hatten nach außen hin alles so arrangiert, dass sich die Königin zum Zeitpunkt des mutmaßlichen Attentates in ihrem Kabinett aufhalten würde. Dieser Raum war bestens zu überwachen, bot den Übeltätern aber gleichzeitig eine Chance, ihr Vorhaben zu offenbaren und zuzuschlagen. Sicher hatte Sir Francis den Wachen geboten, scheinbar Nachsicht walten zu lassen, sollte sich irgendwer dem Raum nähern.

Nachdem sich die Tür hinter uns geschlossen hatte, wandte sich Walsingham mir zu. »Ich will nicht verhehlen, dass es für dich gefährlich werden kann, aber dafür habe ich dich ausbilden lassen.«

Ich nickte, woraufhin er mir einen kleinen Dolch reichte. Mir fiel siedendheiß ein, dass ich meinen eigenen hätte bei mir tragen müssen, doch Walsingham hatte gewusst, dass ich vorher nicht noch in mein Zimmer laufen und meine Waffe holen konnte.

»Das hier ist zu deinem Schutz, wenngleich ich hoffe, dass es nicht zu einem Kampf kommen wird. Eigentlich musst du nur warten. Meine Leute sind überall im Palast verstreut und passen auf, dass sich dir niemand nähert. Sollte dennoch jemand in diesen Raum eindringen, hast du den Dolch. Zögere nicht, ihn einzusetzen, denn wer die Hand gegen dich erhebt, der erhebt sie auch gegen die Königin. Ein toter Attentäter ist besser als eine tote Spionin.«

Ich nickte auf Sir Francis' Worte und begab mich dann zu dem Schreibpult, hinter dem für gewöhnlich die Königin saß. Zu jeder anderen Zeit hätte ich es faszinierend gefunden, hier zu sitzen, doch jetzt war die Tischplatte für mich wie jede andere auch.

Die wichtigen Dokumente waren abgeräumt worden, lediglich ein paar weiße Blätter und frisch gespitzte Gänsefedern lagen vor mir. Das silberne Tintenfass war feinsäuberlich verschlossen. In einem kurzen Anflug von Galgenhumor fragte ich mich, ob ich bei der Gelegenheit gleich mein Testament aufsetzen sollte. Dabei hatte ich nicht vor, in dieser Nacht zu sterben.

»Ich denke, wir wären dann so weit«, wandte sich Sir Francis an Lord Burghley. Die beiden Männer drehten sich um, ohne mir noch einen Blick zuzuwerfen, und verließen den Raum.

Die plötzliche Stille lastete wie ein schweres Bündel auf mir. Sie saß mir im Nacken und dröhnte in meinen Ohren. Der Wind strich um den Palast, so sanft, dass er wie das Atmen eines schlafenden Kindes klang. Nachdem ich eine Weile steif dagesessen und den wenigen Geräuschen in meiner Umgebung gelauscht hatte, konnte ich nicht anders, als mich zu bewegen. Ich zog die Schultern vor und wackelte mit den Beinen. Alles Dinge, die eine Königin sicher nie tun würde, zumindest dann nicht, wenn jemand in der Nähe war. Das Kleid war unbequem, obwohl es nicht zu eng saß, und ich fragte mich, wie Elizabeth es darin aushielt, wenn sie den Staatsgeschäften nachging oder auf einem Ball tanzte. Wahrscheinlich war sie von Kindesbeinen an dazu erzogen worden, es auszuhalten.

Nachdem weitere Augenblicke verstrichen waren, fing ich an, unruhig mit den Fingern auf das Pult zu trommeln. Ich musste mich zwingen, nicht nach dem Dolch zu tasten und auch nicht ständig nach dem Amulett um meinen Hals zu greifen. Ich war mir noch immer nicht sicher, ob es helfen würde, auch wenn ich bislang von größerem Unheil verschont geblieben war.

Um meine Unruhe ein wenig beiseite zu drängen, sah ich mich im Studierzimmer der Königin um und kannte schon nach wenigen Augenblicken jedes einzelne Detail. Da ich sonst nichts zu tun hatte, prägte ich mir ein, wie die Bilder aufgehängt waren, wie das Muster des Teppichs unter mir verlief, welche Schnitzereien in den Standfuß des Schreibpults eingeritzt waren. Zwischenzeitlich griff ich nach der Schreibfeder und schrieb einige Wörter auf, die keinen rechten Sinn ergaben, aber wenn der Attentäter gerade jetzt hereinstürmte, würde es tatsächlich so aussehen, als sei ich Elizabeth bei der Arbeit. Wieder und wieder ging ich durch, was zu tun war, wenn er käme, doch ich wusste, dass es für so einen Fall keine Vorbereitung gab. Ich musste mich wohl oder übel überraschen lassen.

Minuten verstrichen, wie viele, wusste ich nicht. Es konnte auch eine halbe oder eine ganze Stunde gewesen sein. Mein Zeitgefühl war bei dieser vollkommenen Langeweile nicht allzu gut.

Plötzlich veränderte sich etwas. Das Geräusch, das an mein Ohr drang, klang wie ein Kratzen. Vor allem aber klang es warnend. Nur wenige Sekunden später wusste ich, wovor es mich warnen wollte. Klirrend brach eine Scheibe entzwei, und als ich von meinem Platz auffuhr, konnte ich sehen, dass ein Mann im Raum landete. Er war von Kopf bis Fuß in Schwarz gekleidet, wodurch der Hirschfänger, den er in der Hand hielt, nur noch deutlicher hervorblitzte. Er ähnelte sehr dem Mann, der damals in Greenwich verhaftet worden war.

Ich riss die Augen auf und schrie, gleichzeitig wanderte meine Hand in meinen Ärmel und umfasste den Griff des Dolches.

Der Angreifer starrte mich fast schon überrascht an. Augenblicklich schien er zu realisieren, dass ich nicht Elizabeth war, und er schien auch zu wissen, warum ich hier war. Doch anstatt das Weite zu suchen, entschied er sich, mich anzugreifen. Er schwang sein Messer vor dem Körper und stieß dann zu. So schnell ich konnte wich ich zur Seite und zog meine eigene Waffe. Die Robe, in der ich steckte, behinderte mich ein wenig bei meinen Bewegungen, aber der Miene des Angreifers entnahm ich, dass er damit rechnete, dass ich mit dem Dolch auch umgehen konnte.

»Wo ist die Königin?«, fragte er. Seine Stimme klang ein wenig heiser, so als hätte er schon eine ganze Weile auf dem Dach des Palastes ausgeharrt. »Sag es mir, und ich lasse dich am Leben.«

»Ihr seht nicht so aus, als könntet Ihr entscheiden, wer am Leben bleibt und wer stirbt«, entgegnete ich frech und machte mich bereit, auf einen weiteren Angriff zu reagieren.

Der Mann war blitzschnell, doch ich hatte den Vorteil, klein und viele Jahre jünger zu sein. Ich schlüpfte einfach unter seinem hervorschnellenden Arm hindurch und riss meinen Dolch hoch. Ich schlitzte ihm das Wams an der Seite auf und traf wohl auch seine Haut, denn plötzlich wich er zurück. »Verdammtes Miststück«, zischte er durch die Zähne und stürmte wutentbrannt auf mich zu. Ich führte einen weiteren Stoß aus, der allerdings ins Leere ging, und als ich versuchte, mich zu fangen, trat mir der Mann auf die Schleppe des Kleides.

Ich hätte mir nichts daraus gemacht, den Stoff zu zerreißen, aber die Schneiderinnen der Königin hatten gute Arbeit geleistet. Ich kam nicht von der Stelle, und der Mörder nutzte seine Gelegenheit. Er packte mich an den Haaren, bekam allerdings nur die Perücke zu fassen. Als er sie einen Moment lang überrascht betrachtete, nutzte ich diesen Augenblick, um so gut es ging herumzuwirbeln und ihm einen Stich in den Oberschenkel zu verpassen. Ich hätte genauso gut auf das Herz zielen können, doch ich wusste, dass Walsingham noch ein paar Fragen an ihn hatte. Der Attentäter sprang jedenfalls zurück und gab die Schleppe des Kleides frei.

Mein Herz raste, und der Puls in meinen Schläfen schmerzte, da hechtete der Mörder ein weiteres Mal auf mich zu. Plötzlich wurde die Tür aufgerissen. Der Attentäter blickte auf, und ich nutzte die Gelegenheit, um von ihm wegzukommen. Aus den Augenwinkeln konnte ich sehen, wie Wachen durch das Türgeviert strömten. Sie rannten dem Schwarzgekleideten entgegen, und dieser sah wohl nur noch eine Möglichkeit, um sein Werk zu vollenden: Er schleuderte mir das Messer entgegen. Der Stahl blitzte auf, und instinktiv wich ich zur Seite aus. Die Klinge verfehlte meine Brust, traf jedoch meinen Ärmel und nagelte ihn an die Wand, vor der ich stand. Das war allerdings das Letzte, was der Attentäter tun konnte. Die Wachen stürzten sich auf ihn, und einmal seiner Waffe beraubt, konnte er ihnen nichts mehr entgegensetzen. Kurz noch blickte er mich an, erkannte sein Scheitern und wurde dann von den Soldaten herumgerissen und zu Boden gezwungen.

Wenige Augenblicke später löste sich Walsinghams Gestalt aus der Finsternis jenseits des Türgevierts. Mit wallenden Gewändern, wie ein Racheengel, kam er auf den Gefangenen zu. Er betrachtete ihn wortlos, aber allein aus seinem Blick konnte der Mann lesen, was ihn erwartete.

Nach einer Weile wandte sich Sir Francis mir zu. Ich stand noch an Ort und Stelle, zog aber im nächsten Augenblick das Messer aus meinem Ärmel und warf es zu Boden.

»Alles in Ordnung?«, fragte Walsingham, nachdem er seinen Männern bedeutet hatte, den Attentäter fortzuschaffen.

Ich nickte, obwohl meine Muskeln immer noch ein wenig zitterten. »Ja, ich denke schon.«

»Gott hat seine schützende Hand über dich gehalten. Ich bin sehr froh, dass du unversehrt bist.«

Ich wusste wirklich nicht, ob Gott zugegen gewesen war, als die Scheibe zerbrach, trotzdem dankte ich ihm im Stillen. Und ich war froh, dass Walsinghams Leute so gute Ohren hatten. Ich beobachtete, wie die Wachen den Attentäter aus dem Raum führten, dann fragte ich: »War das Babington?«

Sir Francis schüttelte den Kopf. »Nein, wahrscheinlich einer seiner Spießgesellen, der einfallsreicher war als der Drahtzieher des Komplotts selbst. Oder einer unserer spanischen Freunde. Wir werden es herausfinden.«

»Was geschieht nun mit ihm? Und mit Babington?«

»Der Attentäter wird sich natürlich verantworten müssen.

Meine Männer werden versuchen, ihm das Versteck von Babington zu entlocken. Sie sind ihm allerdings schon auf der Spur, und auch die Wachen an den Toren haben den Befehl, nach ihm und den anderen Ausschau zu halten. Unsere Feinde sind gefangen wie Ratten in einem Käfig.« Sir Francis blickte zufrieden drein wie schon lange nicht mehr. Für einen Moment überstrahlte sein Lächeln sogar die Spuren der vergangenen sorgenvollen Wochen und Monate.

»Und was wird aus Maria Stuart?«

»Dasselbe wie aus jedem Hochverräter«, antwortete Walsingham. »Sie wird vor ein Gericht gestellt, wie auch ihre Handlanger. Aber das ist vorerst nicht deine Sorge.« Er legte seine Hand auf meine Schulter. »Lass dich auskleiden und geh auf dein Zimmer. Sobald es Neuigkeiten gibt, werde ich sie dir zukommen lassen.«

»Wie Ihr meint, Sir.« Ich knickste und machte mich auf den Weg in die Privatgemächer der Königin.

Nachdem ich wieder in mein Kleid geschlüpft war, eilte ich zu meinem Zimmer. Ich ertappte mich dabei, wie ich misstrauisch in alle dunklen Winkel der Gänge spähte, als könnte jeden Augenblick ein weiterer Attentäter vor mir auftauchen.

Ein Geräusch ließ mich innehalten. Es waren hastige Schritte, und ich fragte mich voller Schrecken, ob es am Ende doch jemandem gelungen war, in den Palast einzudringen, um die Königin zu töten. Während mir ein eisiger Schauer über den Nacken rann, wirbelte ich herum und griff nach dem Dolch, den ich wieder in meinem Ärmel verborgen hatte. Für einige bange Minuten beobachtete ich den Fremden, der auf mich zukam. Das Gesicht war unter einer Kapuze verborgen, der Mantel umwehte seine Gestalt wie eine Flagge. Doch kaum war er in den Lichtkreis einer der Fackeln getreten, erkannte ich ihn.

Gilbert Gifford!

»Du willst mich doch wohl nicht niederstechen, oder?«, fragte er, deutete auf die Waffe in meiner Hand und setzte ein breites Lächeln auf.

Ich schob den Dolch wieder in meinen Ärmel zurück. »Nicht, wenn Ihr kein spanischer Spion seid.«

»Das bin ich weiß Gott nicht!«, gab Gifford mit einem breiten Lächeln zurück. »Sir Francis hat mir gerade erzählt, dass du dich gut als Double gemacht hast.«

»Was wollt Ihr hier?«, fragte ich, denn er war gewiss nicht hier, um mir Komplimente zu machen.

»Ich bin hier, um dich mitzunehmen.«

»Mitnehmen? Wohin?«

»Das wirst du sehen. Zieh dir etwas Bequemeres an, vielleicht den Anzug, den du bei unserer ersten Begegnung getragen hast. Sicher willst du dir dein Kleid auf Londons schmutzigen Straßen nicht verderben.«

Ich fragte mich, was ich auf Londons Straßen sollte, zumal Walsingham gemeint hatte, dass ich mich ein wenig ausruhen solle. Aber Giffords Blick ließ keinen Zweifel daran, dass ich ihn begleiten musste. »Also gut, wartet hier.«

Er nickte, und ich wandte mich um. Für einen Moment war es mir, als nähme ich eine Bewegung im Schatten wahr, doch als ich noch einmal hinsah, konnte ich nichts entdecken. Wahrscheinlich hatte ich mich getäuscht. Rasch lief ich an den Säulen vorbei durch den Gang zu meinem Zimmer. So schnell ich konnte, riss ich mir das Kleid vom Leib und schlüpfte in die Männersachen. Auf meinem Weg zur Tür band ich mir das Haar zusammen und schlich dann wieder aus dem Zimmer.

Gifford stand noch immer an Ort und Stelle, und noch bevor ich mich ihm nähern konnte, beobachtete ich, dass eine Gestalt aus dem Schatten neben ihm schoss. Hatte ich mich also doch nicht getäuscht! Ich wusste nicht, wer dieser Mann war, aber ich sah einen Dolch in einer Hand aufblitzen. Gifford reagierte nicht, wahrscheinlich glaubte er, dass ich zu ihm zurückkehrte.

»Gifford!«, rief ich und zog meinen Dolch, nur um im nächsten Augenblick zu erkennen, dass der Spion den Unbekannten sehr wohl erwartet hatte.

Er wirbelte herum und zog ebenfalls eine Waffe unter seinem Mantel hervor. Es war ein Schwert. Der Angreifer bemerkte es in seinem Eifer nicht und lief genau in die Klinge. Das Metall bohrte sich durch seinen Leib und trat durch den Rücken wieder aus. Der Mann stöhnte auf und ließ die Waffe fallen. Wenig später sank er zu Boden. Gifford zog das Schwert ohne eine erkennbare Regung auf seinem Gesicht aus dem Körper des Mannes. Es dauerte nicht lange, bis sich eine Blutlache auf dem Boden ausbreitete.

»Spanier.« Gifford spie das Wort regelrecht aus.

Ich starrte ihn entsetzt an. Hätte Gifford nur ein wenig später reagiert, läge er tot auf dem Boden. Sicher hätte der Attentäter dann auch versucht, mich zu töten. Eine ganze Weile brachte ich kein Wort hervor. Mein Blick wanderte zwischen dem Mann in der Blutlache und Gifford hin und her, der sein Schwert noch immer in der Hand hielt, als erwarte er weitere Angriffe.

»Du hast dich doch wohl nicht erschrocken, oder?«, fragte er und lächelte mir zu, als hätte der Vorfall nicht stattgefunden.

»Natürlich nicht!«, entgegnete ich trotzig, obwohl mir der Schrecken in die Glieder gefahren war.

»Gut so! Schreckhaftigkeit ist nichts für Spione, du musst

ruhig bleiben, egal wie brenzlig die Situation ist. Sonst begehst du vielleicht lebensgefährliche Fehler.« Er blickte mitleidslos auf den Toten. »Ich wusste, dass er dort war«, entgegnete Gifford, während er sein Schwert mit seinem Mantel säuberte und wieder in die Scheide schob. »Ich hatte ihn schon auf dem Weg zu dir bemerkt. Nur war ich mir nicht sicher, ob er zu mir wollte oder zu dir.« Er musterte mich. »Aber ich denke, du warst sein Ziel. Was liegt näher, als die Doppelgängerin der Königin auszuschalten?«

Ich muss zugeben, dass seine Worte mich noch mehr erschreckten als das Auftauchen des Mörders. Sie bedeuteten nichts anderes, als dass ich aufgeflogen war. Wollte Walsingham deshalb, dass ich mit Gifford ging?

»Was wird nun mit ihm?«, fragte ich. Der Spion zuckte mit den Schultern. Nicht, weil er es nicht wusste, sondern weil es ihm egal war. »Die Krähen werden ihn fressen oder die Würmer. Ich werde einem von Walsinghams Männern Bescheid geben, dass er hier aufräumen soll. Jetzt komm, man wird es nicht mögen, wenn wir zu spät sind.«

Mit diesen Worten ging er voran, und nachdem ich noch einmal auf den Toten und die Blutlache geblickt hatte, schloss ich mich ihm an.

46. Kapitel

Es war schon eine ganze Weile her, dass ich nachts durch die Straßen von London gestreift war. Die Schatten der Häuser wirkten gespenstisch, und im Mondschein, der es zuweilen schaffte, die Wolkendecke über der

Stadt zu durchdringen, glänzte das Pflaster nass. Erst vor kurzem hatte es einen Sommerregen gegeben, dementsprechend roch die Luft frisch und grün. Aus der Ferne hörte ich laute Stimmen, wahrscheinlich stammten sie aus einer Taverne. Ich hätte Gifford gern gefragt, was der Grund dieser Wanderung war, aber darauf hätte ich ganz sicher keine Antwort bekommen.

Wir hielten uns wie Diebe im Schatten, und ich ertappte mich zwischendurch, wie ich mich nach allen Seiten umsah. Gifford war sicher auch aufmerksam, doch merkte man es ihm nicht an. Zielsicher führte er mich durch zahlreiche Gassen, und nach einer ganzen Weile, in der es mir vorgekommen war, als hätten wir ganz London durchwandert, machten wir vor einem weißgetünchten Haus mit schwarzen Fachwerkbalken halt, dessen Buntglasfenster hell im Mondlicht schimmerten. Kein Lichtstrahl drang nach draußen, dennoch hatte ich das Gefühl, dass man uns erwartete.

Ich täuschte mich nicht. Gifford brauchte nicht zu klopfen, damit uns aufgetan wurde. Wie von Geisterhand ging die Tür auf, und schweigend traten wir ein. Küchengeruch strömte uns entgegen, und erst nach einigen Momenten flammte das Licht einer Kerze auf. In dem goldenen Schein der Flamme sah ich das Gesicht eines Mannes, den ich auf Anfang vierzig schätzte. Seine Augenbrauen waren buschig und grau meliert. Letzteres galt sicher auch für sein Haupthaar, das in dem fahlen Licht allerdings nicht zu erkennen war. Gifford kannte er bereits, mich musterte er dagegen eindringlich.

»Ist sie das?«, fragte er, und mein Begleiter nickte.
»Weiß sie, dass sie die Kinder nicht wecken darf?«
Kinder? Hörte ich richtig? Ich blickte zu Gifford.
»Du darfst deine Geschwister sehen«, antwortete er, bevor

ich ihm eine Frage stellen konnte. »Du darfst sie sehen, aber auf keinen Fall wecken, hast du verstanden?«

Ich konnte es nicht fassen. Meine Geschwister waren am Leben? Ich holte tief Luft, um etwas zu sagen.

Gifford warf mir einen warnenden Blick zu. »Später.«

Ich war so erschrocken und verwirrt, wie man es nur sein konnte, wenn man erfuhr, dass Totgeglaubte am Leben waren. Tränen stiegen mir in die Augen, doch Gifford erlaubte sie mir nicht.

»Sie wird die beiden nicht wecken«, sagte er zum Hausherrn und bedeutete mir, mit ihm zu gehen.

Der Mann nickte, und ich folgte ihm zur Treppe, fühlte mich dabei aber, als würde jemand anderes meine Gliedmaßen bewegen.

Mein Verstand konnte es nicht sein, denn der war mir der Frage beschäftigt, warum Walsingham mir erzählt hatte, dass meine Geschwister tot seien. Warum er in Kauf genommen hatte, dass ich seine Männer für die Mörder der beiden hielt. Wollte er mich prüfen? Wollte er mir die Ablenkung vom Hals schaffen? Die Angst um Lilly und James? Doch warum erfuhr ich gerade jetzt das Gegenteil? Ich hatte ihren Tod zwar nicht vergessen, mich allerdings inzwischen damit abgefunden ...

Die obere Etage des Hauses erinnerte mich ein wenig an Barn Elms, auch hier gingen zahlreiche Türen vom Gang ab. Der Hausherr, der mir seinen Namen wohl aus Sicherheitsgründen nicht genannt hatte, führte mich zu einer der hintersten. So leise wie möglich öffnete er sie und drückte mir den Kerzenhalter in die Hand.

»Sieh sie dir an und vergewissere dich, dass es ihnen gutgeht. Aber weck sie nicht. Es ist besser, wenn sie nicht wissen, dass du hier warst.«

»Was habt Ihr ihnen erzählt?«, fragte ich und ahnte, dass man ihnen dasselbe mitgeteilt hatte wie mir. Dass ich tot sei.

»Das tut nichts zur Sache!«, entgegnete der Mann kalt. »Jetzt geh, du hast nicht viel Zeit.«

Es war mir, als würde sich eine eisige Hand um meine Kehle legen. Die beiden Kleinen hielten mich für tot, und um ihrer Sicherheit willen durften sie nie erfahren, dass es nur eine Lüge war. Ich war mir auf einmal nicht mehr sicher, ob ich sie sehen wollte. Doch dann nickte ich dem Mann zu, und er öffnete daraufhin die Tür.

Das Mondlicht, das durch das Fenster fiel, malte einen bunten Fleck auf den Fußboden, und vage war zu erahnen, dass in dem Raum zwei Betten standen. Ich konnte das Atmen zweier Kinder hören und den süßen Duft riechen, der von ihnen ausging und der mich immer beruhigt hatte, wenn ich sie in der Scheune in meinen Armen gehalten hatte. Ich wagte kaum, näher zu treten, denn ich fürchtete, dass sie bereits dadurch erwachen könnten. Der Lichtschein der Kerze vermischte sich mit dem bunten Lichtfleck auf dem Fußboden und fiel schließlich auch auf die Betten. Rechts von mir lag Lilly, in ihre Decke eingekuschelt wie ein Kätzchen. Sie schlief ruhig, nicht einmal ihre Augenlider flatterten, wie sie es früher manchmal getan hatten. Ihr Gesicht war ein wenig runder, als ich es in Erinnerung hatte; es schien ihr hier sichtlich gutzugehen. Sie sah aus wie ein kleiner Engel, und ich spürte, wie die Tränen in mir aufstiegen, als ich mich daran erinnerte, wie sie redete und sich bewegte. Der Wunsch, sie in die Arme zu nehmen, wurde fast schon übermächtig und tobte in meiner Brust wie ein wildes Tier. Der Schmerz, den ich bei der Todesnachricht gefühlt hatte, stieg wieder in mir auf. Mit aller Kraft kämpfte ich dagegen an und wandte mich auch nicht ab, denn wenn ein Blick auf meine Geschwister alles sein sollte, was ich bekommen konnte, wollte ich jeden Augenblick nutzen.

Nachdem ich Lilly noch eine Weile beim Schlafen zugeschaut hatte, wandte ich mich James zu. Auch sein Gesicht war runder, doch zwischen seinen Augenbrauen erkannte ich eine kleine Sorgenfalte, die auf die Stirn eines Kindes nicht gehörte. Es sah so aus, als träumte er schlecht. Früher hatte ich ihn manchmal beruhigt, indem ich mit dem Finger über die Falte strich, doch das wagte ich jetzt nicht. Ich blickte ihn nur an, und nach einigen weiteren Momenten wandte ich mich um und verließ den Raum. Auch wenn Walsingham grausam gewesen war, er hatte sein Versprechen gehalten. Jetzt war ich an der Reihe, es ihm gleichzutun.

Gifford hatte in der Zwischenzeit auf einer Bank unterhalb des Fensters Platz genommen. Als er uns kommen hörte, erhob er sich, doch er fragte nicht, ob ich die beiden gesehen hatte und zufrieden war. Wahrscheinlich wusste er, dass Letzteres nicht zutraf.

»In deinem Interesse und dem deiner Geschwister rate ich dir, nicht noch einmal herzukommen«, mahnte mich der Hausherr. Wahrscheinlich glaubte er, dass Gifford es von ihm erwartete. »Die beiden sind nur sicher, solange niemand weiß, dass sie zu dir gehören. Nicht einmal sie selbst dürfen es wissen.«

Ich nickte stumm. Gifford erhob sich, bedankte sich bei dem Hausherrn und zog mich nach draußen.

Eine Weile gingen wir schweigend nebeneinander her. Obwohl in meinem Kopf viele Fragen tobten, brachte ich zunächst keine einzige heraus.

»Warum?«, presste ich schließlich hervor.

»Es ist zu deiner und ihrer Sicherheit. Sir Francis wollte

nicht, dass du dich ablenken lässt. Daher wäre es auch ein großer Fehler, ihm zu erzählen, dass du etwas anderes weißt.«

Anscheinend hatte dieser Abend noch nicht all seine Überraschungen preisgegeben.

»Ihr meint ...«

Gifford lächelte süffisant. »Er weiß es nicht, und du tätest gut daran, darüber zu schweigen.«

»Woher wusstet Ihr Bescheid?«

»Walsingham hat es mir gesagt, nachdem du und ich auf Barn Elms aneinandergeraten waren. Er erzählte mir, wo er dich herhat, welchen Hintergrund du hast und was du weißt. Ich fand es grausam, dass er dich im Ungewissen gelassen hat, und dachte mir, ich könnte dir einen kleinen Gefallen tun.«

In Wirklichkeit hatte er mir zeigen wollen, mit welchen Tricks Sir Francis arbeitete. Vielleicht gab es zwischen ihnen auch ein geheimes Ringen, von dem niemand etwas wusste. Ich wusste in diesem Augenblick nur, dass es vielleicht besser gewesen wäre, wenn Gifford mir diesen Gefallen nicht getan hätte.

Wir liefen zurück in Richtung Whitehall Palace, vorbei an Häusern und Tavernen, in denen der Lärm inzwischen verklungen war. Als ein paar Reiter aus einer Seitenstraße kamen, drückten wir uns in den Schatten. Es waren Soldaten Ihrer Majestät.

»Wie es aussieht, haben sie Babington immer noch nicht«, raunte Gifford mir zu, als die Streife vorbei war. »Aber er wird uns nicht entkommen.«

»Was, wenn er in die Themse springt?«, fragte ich.

Gifford schüttelte den Kopf. »Das würde seinen Tod bedeuten. Außerdem bin ich mir nicht sicher, ob er schwimmen kann. Du wirst sehen, in ein paar Tagen haben wir ihn, und dann hat der Spuk in diesem Land ein Ende. Zumindest für eine gewisse Zeit.«

Wir gingen weiter, bis wir den Palast erreicht hatten. Genauso problemlos, wie wir hinausgelangt waren, konnten wir auch wieder hinein. Die Geheimtür leistete uns beste Dienste.

Im Innenhof war alles still. Sämtliche Lichter des Palastes waren erloschen. Wir betraten ihn durch den Eingang für die Dienerschaft und strebten dann meinem Quartier zu. Als wir den Gang zu meinem Zimmer betraten, sah ich, dass der Leichnam des spanischen Spions bereits fortgeschafft worden war. Auch der Blutfleck war verschwunden. Nichts erinnerte mehr daran, dass hier ein Kampf stattgefunden hatte. Walsinghams Männer waren überaus diskret.

»Ich hoffe, du bist zufrieden«, sagte Gifford, kurz bevor wir meine Zimmertür erreicht hatten. »Und ich rate dir, dein Geheimnis zu bewahren.«

Ich nickte und versuchte mich an einem Lächeln. Vielleicht sollte ich wirklich zufrieden sein, sagte ich mir. Immerhin wusste ich, dass meine Geschwister nicht tot waren. »Keine Sorge, Mister Gifford, bei mir sind Geheimnisse aller Art sicher«, entgegnete ich und sah ihn erneut lächeln.

»Nun gut, ich denke, das ist eine gute Basis für eine weitere Zusammenarbeit.«

Noch bevor ich darauf etwas entgegnen konnte, verschwand er in der Dunkelheit des Ganges.

Schlafen konnte ich in dieser Nacht nicht, immer wieder gingen mir die Ereignisse des vergangenen Tages durch den Sinn und ich sah meine Geschwister vor mir, so nah und gleichzeitig so fern.

Ich wusste nur eines, womit ich die Bilder vertreiben konnte. Daher erhob ich mich schließlich aus dem Bett und schlich mich trotz der Gefahr, dass ein weiterer Attentäter lauern könnte, durch die Gänge zu Robins Zimmer.

Ich hatte erwartet, dass er in seinem Bett liegen würde, doch er saß auf dem Fensterbrett und blickte in den Mond, der seiner schwarzen Silhouette ein wenig Farbe verlieh. Als er mich hörte, drehte er sich abrupt um. Wusste er von dem, was vorgefallen war? Sicher hatte er mitbekommen, dass der Palast in heller Aufregung gewesen war. Dass der Attentäter gefasst worden war.

»Wo warst du?«, fragte er, und seine Stimme klang, als hätte er Tränen vergossen.

»Hast du dir Sorgen um mich gemacht?«, fragte ich und trat zu ihm.

Er nickte, wandte mir den Blick aber nicht zu. »Du bist mir in den vergangenen Wochen aus dem Weg gegangen.«

»Ich hatte meine Gründe«, antwortete ich, obwohl ich wusste, dass es alles andere als überzeugend klang.

»Hast du einen anderen?«

Diese Frage konnte ich beantworten, ohne zu lügen. »Nein, dann wäre ich nicht hier.«

Robin sagte nichts darauf, und sein Schweigen traf mich mehr, als es jedes Wort gekonnt hätte. Ich brauchte eine Ausrede, die ihn überzeugte, die glaubhaft war. Mehr denn je fand ich es furchtbar, dass ich ihm nicht die Wahrheit über mich sagen konnte, aber das war ich Walsingham schuldig.

»Es war ...« Ich stockte und senkte den Kopf. »Meinem Vater geht es in letzter Zeit nicht sehr gut«, antwortete ich nach kurzem Zögern und dachte an den alten Walton. »Ich mache mir große Sorgen um ihn und muss bei der Arbeit sehr aufpassen, dass mir keine Fehler unterlaufen. Ihre Majestät kann sehr ungehalten werden, wenn man Spiegel zerbricht oder ihre Kleider beschmutzt.«

Ich spürte Robins Blick, wahrscheinlich erwartete er, dass ich ihn ansah, um die Wahrheit meiner Worte zu bestätigen. Das tat ich im nächsten Augenblick, denn nicht umsonst hatte mich Walsingham gelehrt, nahezu perfekt zu lügen.

Wir musterten uns eine ganze Weile, dann kam er auf mich zu und sagte: »Das wusste ich nicht. Aber vielleicht hättest du es mir erzählen können.«

Ich nickte und beschloss, ihm eine entsprechende Nachricht zukommen zu lassen, wenn ich wieder einen Auftrag bekam, der mich länger von ihm fernhielt.

»Ein zerbrochener Spiegel kann übrigens sieben Jahre Pech bringen. Hast du etwa einen fallenlassen?« Er strich mir zärtlich eine Haarsträhne aus dem Gesicht.

»Nein, natürlich nicht. Allerdings habe ich bereits erlebt, wie Ihre Majestät …«

Bevor ich weitersprechen konnte, legte er mir einen Finger auf die Lippen. »Lass uns nicht mehr über die Königin sprechen. Du bist doch sicher aus einem anderen Grund zu mir gekommen?«

Ich nickte, und wenig später fanden sich unsere Lippen zu einem leidenschaftlichen Kuss. Ich spielte mit seiner Zunge, saugte ihm den Atem aus der Kehle und ließ zu, dass er Gleiches mit mir tat.

Fast verzweifelt liebten wir uns in dieser Nacht, diesmal ohne einen bleiernen Schlaf, denn schlafen wollte ich nicht. Ich wollte spüren, was es heißt, zu leben, ich wollte die Leidenschaft wieder und wieder, denn ich ahnte bereits, dass schon bald eine Zeit kommen würde, in der ich getrennt von ihm sein musste. Giffords Andeutung war nicht nur bloße Neckerei gewesen, sicher würde Walsingham mir bald einen anderen Auftrag geben. Also genoss ich die Momente, die mir mit Robin blieben, und schloss das, was ich von ihm bekam, in eine kleine Kammer meines Herzens ein, um diese zu betreten, wenn die Zeiten dunkler und kälter wurden.

47. Kapitel

Zehn Tage nach der Festnahme des ersten Attentäters wurden Babington und seine restlichen Spießgesellen gefasst. Sie hatten sich im St. John's Wood versteckt, einem kleinen Waldstück nahe London. Der entscheidende Hinweis kam von Gifford. Es war sein letzter grandioser Auftritt in dieser Farce, und wenn Babington und seine Getreuen noch immer nicht erkannten, dass sie eine Schlange an ihrem Busen genährt hatten, dann mussten sie schon ziemliche Narren sein.

Unter dem Geläut sämtlicher Glocken Londons, die die Errettung der Königin aus tödlicher Gefahr anzeigten, brachte man sie von einem Trupp Soldaten in den Tower. Vom Fenster meines Quartiers aus beobachtete ich die abgerissenen Gestalten und wusste nicht so recht, ob ich Mitleid mit ihnen haben oder sie verdammen sollte. Hätten die Sterne besser für sie gestanden, hätte man jetzt vielleicht Elizabeth zu Grabe getragen.

Mit Babington und seinen Spießgesellen wurde kein langes Federlesen gemacht. Nachdem sie vernommen und gefoltert worden waren, brachte man sie in den Kerker, wo sie auf ihr Urteil warteten. Für den versuchten Mord an einer Königin konnte die Strafe nur Tod durch das Beil des Henkers bedeuten.

Ich war mir sicher gewesen, dass Walsingham mich jetzt

aus Elizabeths Hofstaat fortnehmen würde, allein schon wegen des Vorfalls mit dem Mann im Schatten, den ihm Gifford natürlich zugetragen hatte. Doch als einzige Konsequenz erhielt ich ein anderes Zimmer, was ich gegenüber Robin mit den extrem zugigen Fenstern im alten Raum erklärte. Ihm blieb nichts anderes übrig, als es hinzunehmen, allerdings bot es auch einen Vorteil, denn sein Zimmer war nun nicht mehr so weit von meinem entfernt, weshalb er nicht betrübt war.

Ich dagegen war beunruhigt, denn wenn mich die Mörder einmal gefunden hatten, würde es ihnen sicher auch ein zweites Mal gelingen. Walsingham tat meine Befürchtung damit ab, dass ich wachsam sein sollte, aber ich hielt es für Leichtsinn. Irgendwann musste selbst der wachsamste Spion schlafen, und der Schlaf hatte zuweilen die dumme Angewohnheit, auch dann über einen zu kommen, wenn man es nicht wollte. Ich behielt meine beiden Dolche unter meinem Kopfkissen, bereit, damit zuzustoßen, sobald sich mir jemand näherte. Natürlich lief ich damit Gefahr, jemanden zu verletzen oder gar zu töten, der mir nicht ans Leben wollte, aber so erschien ich wenigstens nicht wie ein gehetztes und übermüdetes Tier zu meinem Dienst.

In der folgenden Zeit sah ich Sir Francis nur selten, doch wenn, dann strotzte er nur so vor Energie. Seine gesundheitlichen Beschwerden schienen mit der Festnahme der Attentäter abgeklungen zu sein. Leidenschaftlich, ja fast fanatisch trieb er den Gerichtsprozess voran und sorgte auch dafür, dass Maria Stuart vom Scheitern ihres Komplotts erfuhr. Die Hinrichtung Babingtons wurde schließlich auf den 20. September festgesetzt.

Die darauf resultierende Geschäftigkeit, die unter Walsinghams Leuten herrschte, brachte sie dazu, weniger auf mich zu achten, und das begann ich weidlich auszunutzen. Nicht nur für meine Schäferstündchen mit Robin.

Er stellte mittlerweile keine Fragen mehr, wenn ich mich nicht bei ihm sehen ließ. Er war sich der Gefahr, wegen der Beziehung zu mir eingekerkert zu werden, bewusst, und so liebten wir uns nur dann, wenn ich zu ihm kam. Über Vernachlässigung konnte er sich nicht beklagen, denn wir trafen uns, sooft es ging.

Allerdings häuften sich die Momente, in denen ich sehnsuchtsvoll aus dem Fenster starrte und an meine Geschwister dachte. Walsingham hatte recht, der Gedanke an sie lenkte mich ab. Jetzt, da ich wusste, dass sie lebten, sorgte ich mich wieder um ihre Sicherheit. Nach einer Weile sah ich ein, dass es besser war, wenn ich sie aus meinem Gedächtnis strich und sie als das ansah, zu dem sie mittlerweile geworden waren: zu den Kindern eines angesehenen Londoner Ehepaars. Sie würden gewiss ohne Sorge und Gefahr aufwachsen, und mehr konnte ich nicht verlangen. Auch wenn ich es nie schaffen würde, sie zu vergessen, konnte ich mich ganz auf mein Leben und meine Arbeit konzentrieren.

Wenige Tage später begann der Hof mit den Vorbereitungen zur Abreise nach Greenwich, die allerdings ohne mich stattfinden sollte. Noch an jenem Tag, als der Kopf und alle anderen Glieder Babingtons und seiner Spießgesellen vom Blutgerüst gerollt waren, nahm mich Walsingham beiseite. Er setzte mich davon in Kenntnis, dass ich schon am nächsten Abend nach Fotheringhay reisen sollte.

Es überraschte mich zwar, aber ich ließ es mir nicht anmerken. »Wird Ihre Majestät den wahren Grund erfahren?«, fragte ich stattdessen.

»Ich werde ihr andeuten, dass du in meinen Diensten unterwegs sein wirst.«

»Was ist mit den Hofdamen?« Und was war mit Robin? Was würde er denken, wenn ich verschwand, ohne ihm eine Nachricht zu hinterlassen? Ich hätte es zwar tun können, aber ich war mir nicht sicher, ob der Brief in die richtigen Hände geriet.

»Ich werde ihnen Bescheid geben lassen, dass man dich unvermittelt auf das Landgut deines Vaters gerufen hat, um ihn zu pflegen, da er schwer erkrankt ist.«

»Wird das nicht auffallen?«

Walsingham schüttelte den Kopf. »Nein, ganz sicher nicht. Es kommt zuweilen vor, dass Damen vom Hof fortgerufen werden, weil ihre Angehörigen krank sind. Die Königin erteilt zwar nicht immer ihre Erlaubnis dazu, aber in deinem Fall wird sie es tun.«

»Was soll ich in Fotheringhay?«

»Du wirst die Stelle einer Dienstmagd antreten und dich so unauffällig wie möglich verhalten. Ich bin davon überzeugt, dass es dir schon bald nützlich sein wird, wenn du weißt, wer Maria ist und wie ihr Haushalt auf Fotheringhay ausgesehen hat.«

»Wann soll es losgehen?«, fragte ich und überlegte gleichzeitig, wie ich Robin von meiner Abwesenheit informieren sollte.

»Heute Abend«, antwortete Walsingham und machte mir damit klar, dass es keinen Abschied geben würde. »Wenn du nachher bei der Königin bist, wird dir ein Page einen Brief überbringen. Nach Dienstschluss wirst du die Königin dann bitten, dich zu entlassen. Sie wird zu dem Zeitpunkt bereits eingeweiht sein, aber der Form halber solltest du noch einmal mit ihr sprechen. Danach wirst du unverzüglich packen und dich in die Galerie begeben. Dort wird eine Kutsche auf dich warten.«

Ich nickte und fragte dann: »Gibt es sonst noch etwas, das ich wissen muss?«

»Nein, ich denke, dass deine wachen Augen alles sehen werden, was sie brauchen. Es ist gut möglich, dass wir uns in Fotheringhay begegnen werden, aber ich kann dir nur raten, deine Tarnung nicht zunichtezumachen.«

Da er von Tarnung sprach, erwartete er sicher, dass ich mich nicht nur umsah, sondern auch in seinem Auftrag lauschte.

»Wenn du mir etwas Wichtiges sagen möchtest, dann wende dich an den Mann, der dich damals vor dem Geheimgang in Empfang genommen hat. Er wird mich begleiten, falls ich nach Fotheringhay komme.« Anscheinend war es bereits eine ausgemachte Sache. »Jetzt geh und melde dich bei der Königin zurück. Sie wird sich gewiss schon fragen, wo du bleibst.«

Ich knickste und eilte dann zu meinem Zimmer, um die nötigen Reisevorbereitungen zu treffen.

Drittes Buch

Tod einer Königin
1586/87

48. Kapitel

Wie angekündigt erwartete mich die Kutsche kurz vor Sonnenuntergang. Mit einem beklemmenden Gefühl in der Brust stieg ich ein. Zu gern hätte ich mich von Robin verabschiedet, aber das war mir nicht möglich gewesen.

Nachdem wir London hinter uns gelassen hatten, begann meine Verwandlung. Unter dem gegenüberliegenden Sitz fand ich ein Kleiderbündel, in dem sich ein schlichtes graues Leinenkleid, eine Haube und ein grober Wollmantel befanden. Aus der braven Hofdame und Tochter Beatrice, die ihren Vater pflegen wollte, wurde nun wieder Alyson. Ein klein wenig war ich froh, wieder ich selbst sein zu können, wenngleich ich wusste, dass das gute Leben nun ein Ende hatte. Meine Hände würden von der Küchenarbeit aufspringen, und sicher war es in der Gesindekammer nicht so warm wie in meinem Zimmer in Whitehall. Aber so war nun mal das Leben einer Spionin, und im Vergleich zu der Scheune, in der meine Geschwister und ich gehaust hatten, wirkte selbst der Schlosskeller noch gemütlich.

Nachdem ich fertig umgezogen war, verstaute ich mein Kleid in dem Bündel und schob es wieder unter den Sitz.

Auch wenn ich mein einfachstes Kleid getragen hatte, war dieses immer noch zu fein für eine Dienstmagd.

Die Fahrt dauerte länger, als ich gedacht hätte. Zwischendurch machten wir an einem Rasthaus halt, allerdings verbot mir der Kutscher auszusteigen. Was er den Wirtsleuten erzählte, wusste ich nicht, auf jeden Fall bekam ich einen Korb mit Essen und einen Humpen Bier, und nach der langen Fahrt verzehrte ich beides mit Genuss. Währenddessen wurden die Pferde gewechselt. Die neuen Tiere waren ganz schön temperamentvoll; obwohl die Kutsche sehr schwer war, ruckte sie doch einige Male bedrohlich hin und her, so dass ich fast den Inhalt meines Humpens auf meine Kleider verschüttete. Was sollte man in Fotheringhay denken, wenn ich nach Bier stinkend dort ankam?

Glücklicherweise passierte jedoch nichts, und wenig später ging die Reise weiter. Ich wollte mich schon fragen, ob der Kutscher denn nie Schlaf brauchte, aber Walsingham hatte alles getan, um eine schnelle Reise zu gewährleisten. Im Gasthaus wartete bereits ein zweiter Mann. Dieser warf einen kurzen Blick in die Kutsche, wahrscheinlich um nachzusehen, ob ich noch da war. Er stellte sich mir nicht vor, sondern nickte nur kurz, und nachdem er die Tür wieder zugeschlagen hatte, kletterte er auf den Kutschbock.

Am Abend des darauffolgenden Tages, nach einer weiteren kurzen Rast und nur wenigen Stunden Schlaf, erreichten wir unser Ziel. Wir überquerten den Fluss Nene, über den sich eine Steinbrücke spannte, passierten die Fotheringhay Church, deren weißer Glockenturm sich im Mondschein schon fast gespenstisch vom dunklen Himmel abhob, und erreichten endlich Fotheringhay Castle.

Es schien auf einer Art Insel im Fluss zu liegen und reckte seine trutzigen Mauern und hohen Türme dem Mondlicht entgegen. Zeit, um diesen malerischen Anblick zu genießen, hatte ich allerdings nicht.

Die Kutsche würde nicht auf den Schlosshof rollen, das ahnte ich, als ich die Männer am Wegrand stehen sah. Die beiden hätten genauso gut Wegelagerer sein können, aber ich wusste, dass es sich um Walsinghams Leute handelte. Die Kutsche fuhr direkt auf sie zu und kam neben ihnen zum Stehen.

»Ist das unsere Fracht?«, fragte einer der Männer, und sein Begleiter stieß ein rauhes Lachen aus.

Sofort nahm ich meinen Dolch an mich; immerhin konnte ich nicht wissen, ob sie auf dumme Gedanken kommen würden.

Der Kutscher antwortete ihnen nicht, sondern schlug nur mit der Hand auf das Dach. Ich blickte nach draußen.

»Oh, das ist ja eine hübsche Kleine!«, entfuhr es dem Ersten. »Und sie sieht der anderen wirklich ähnlich.«

Welche »andere« er meinte, vermochte ich nicht zu sagen, doch sicher würde ich es bald erfahren. Der zweite Mann öffnete die Kutschentür und streckte mir seine Hand entgegen. Es war eindeutig nicht die Hand eines Stallburschen, sondern die eines Mannes, der es gewohnt war, eine Waffe zu führen. Ich ergriff sie nicht und stieg allein aus. Die beiden überragten mich um gut einen Kopf. Wenn sie vorhatten, über mich herzufallen, würde ich ihnen nur mit Schnelligkeit begegnen können. Auch wenn sie in Walsinghams Diensten standen, waren sie immer noch Männer.

Einer von ihnen hob mich auf das Pferd, das sie bei sich hatten, der andere schloss die Kutschentür und gab dem Kutscher das Zeichen, dass er abfahren konnte.

»Was du hier tun sollst, weißt du?«, erkundigte sich einer der beiden. Nach meinem Namen fragte er mich nicht.

»Ich soll als Dienstmagd arbeiten«, antwortete ich und bemühte mich, keine Furcht zu zeigen, obwohl mir nicht gerade wohl zumute war.

Die Männer lachten auf. »Sicher, nicht nur das. Du brauchst es uns nicht zu sagen, wir wissen Bescheid. Aber wenn dich ein anderer fragt, solltest du besser bei der Antwort bleiben.«

Ich war mir nicht sicher, ob die beiden mich für dumm hielten, doch ich wollte keinen Streit, und so schwieg ich. Die Gefahr durch Marias verschwörerische Freunde war gebannt, die durch die Spanier dagegen nicht. Von den beiden hier konnte mein Leben abhängen, da wollte ich es mir mit ihnen nicht verscherzen.

Der eine Mann fasste das Pferd bei den Zügeln, der andere trottete ihm hinterher. Mir blieb nichts anderes übrig, als mich an der Mähne festzuhalten, die zottig und ungepflegt war. An die vielen Flöhe, die es sich bestimmt in dem Fell gemütlich machten, wollte ich erst gar nicht denken.

Nach einer Weile erreichten wir das Schloss. Außer den Wachposten und uns war offenbar niemand mehr auf den Beinen. Ich hörte die Männer miteinander reden, doch ich bekam sie nicht zu Gesicht, denn der Bogen, den wir machten, war ebenso wie die Unaufmerksamkeit der Wächter groß genug.

An der Rückseite des Schlosses hielten wir an, und ehe mich die Männer noch einmal anfassen konnten, sprang ich allein von dem Pferderücken hinunter. Meine beiden Begleiter führten mich zu einer kleinen, im hohen Gras verborgenen Tür, an die sich ein finsterer, von Modergerüchen erfüllter Gang anschloss. Hier konnte ich mich nur auf mein Gehör und meinen Tastsinn verlassen. Der Mann, der hinter mir ging, verschloss die Tür und folgte mir.

Der Keller war dunkel, bis auf eine Fackel, die mit ihrem unsteten Licht einen gelben Fleck auf den Boden malte. Die Steine dahinter waren rußgeschwärzt. Von irgendwoher meinte ich leises Fiepen zu hören. Ratten waren hier ebenso zu Gast wie im Tower und in Whitehall.

»Da rein!«, befahl mir einer der Männer und deutete auf eine kleine Tür, die ich vorher nicht ausgemacht hatte.

Ich blickte ihn einen Moment lang an, dann setzte ich mich in Bewegung. Die Angeln quietschten leise, als ich den Türflügel aufzog. Ich erwartete, dass mich jemand nach oben führen würde, aber der Raum war leer. Ein paar Holzfässer standen darin, neben zwei Fackeln gab es auch einige Kerzen als Lichtquellen. Ich umklammerte mein Bündel fester und sah mich um. Obwohl der Raum größer war, wirkte er auf mich wie eine Gefängniszelle. Ich hatte das Gefühl, beobachtet zu werden, doch ich konnte in den Schatten niemanden entdecken. Was sollte ich hier?

Ich ließ den Blick durch den Raum wandern und versuchte, das beklommene Gefühl in meiner Brust zu ignorieren.

Plötzlich öffnete sich die Tür hinter mir. Ich wandte mich um und konnte zunächst nur den Umriss einer Frauengestalt ausmachen. Dann sah ich ihr Gesicht. Es war ein Mädchen, kaum älter als ich. Ebenso wie ich trug sie die Kleider einer Dienstmagd, ebenso wie ich hatte sie rotes Haar und blasse Haut. Ich erstarrte, als ich merkte, wie ähnlich sie mir sah. Es war wie damals, als ich die vier Mädchen im Kerker gesehen hatte. Nur dass dieses Mädchen nicht hinter Gittern saß und eher erschrocken als flehentlich dreinblickte.

Das war also »die andere«, von der die Männer gesprochen hatten. War sie eingeweiht worden, dass ich sie ersetzen sollte?

Ich zweifelte daran, denn sie wirkte genauso überrascht wie ich.

»Ich sollte …«, brachte sie hervor, doch das waren die einzigen Worte, die sie in meiner Gegenwart sprach.

Denn nun tauchte hinter ihr einer der Männer auf, die mich hierher geführt hatten. Bevor die Kleine reagieren konnte, packte er sie, presste ihr die Hand auf den Mund und zerrte sie mit sich. Wollte er sie jetzt ebenso wie die vier anderen im Tower in Haft bringen? Kam sie etwa in dieselbe Zelle? Oder stand ihr gar Schlimmeres bevor?

»He, was soll das?«, fragte ich, doch der Mann war längst verschwunden.

Als ich ihm nachlaufen wollte, packte mich sein Begleiter. »Bleib hier, oder willst du alles verderben?«

Ich funkelte ihn zornig an und riss mich los, woraufhin der Mann loslachte. Erst jetzt erkannte ich, dass ihm die beiden oberen Schneidezähne fehlten. Wahrscheinlich hatte er sie bei einer Schlägerei eingebüßt. Sein Haar war noch immer unter der Kapuze verborgen, aber eine braune Locke war ihm über das rechte Auge gefallen. Sie schien ihn nicht zu stören, denn er machte keine Anstalten, sie beiseitezustreichen.

»Ich bin übrigens Will, das da hinten ist Tom. Walsingham hat uns hergeschickt, um aufzupassen, dass Maria nicht das Weite sucht. Vor einigen Jahren ist ihr das nämlich gelungen, aber da war sie noch in Schottland, und diese Dummköpfe in ihren Röcken haben sie einfach durch die Lappen gehen lassen.«

»In ihren Röcken?«, fragte ich.

»Ja, sie tragen da oben Röcke. Wahrscheinlich, um schneller an die Frauen ranzukommen.«

Er schob sein Becken obszön vor und zurück und wartete sicher darauf, dass ich den Blick schüchtern abwandte. Aber diese Freude machte ich ihm nicht. Stattdessen blickte ich ihn frech an und wollte gerade noch etwas zu den Rockträgern fragen, da kehrte sein Freund auch schon zurück. In der Hand hielt er ein Bündel, und sogleich verging mir meine gerade erst zurückgekehrte Fröhlichkeit wieder.

»Hier, nimm das«, sagte er und streckte es mir entgegen.

Ohne hinzusehen wusste ich, dass es die Kleider des Mädchens waren. Sie waren noch warm und rochen nach ihr.

»Zieh das an und mach dich dann an die Arbeit.«

»Was ist mit dem Mädchen? Wer ist sie?«

»Ihr Name ist Amy Warden. Oder besser gesagt, es war ihr Name. Jetzt bist du Amy.«

Seine Worte erschreckten mich so sehr, dass ich im ersten Moment nicht fähig war, etwas zu entgegnen. »Was wird mit ihr?«, fragte ich nach einer Weile.

»Das brauchst du nicht zu wissen. Du wirst ihre Stelle einnehmen und tun, was man dir gesagt hat.«

»Ihr werdet sie doch nicht töten?« Ich hatte nicht vor, mich wie ein kleines Kind wegschicken zu lassen.

»Stell keine Fragen, sonst gehst du mit ihr!« Der Mann funkelte mich zornig an.

Gleichzeitig schien er zu wissen, dass er seine Drohung nicht wahrmachen konnte. Seine Antwort sagte mir allerdings alles.

»Wird es niemandem auffallen, wenn ich ihre Stelle einnehme?«, fragte ich, nachdem ich dem Mann einen Moment lang in die Augen geblickt hatte.

»Sie ist erst seit kurzem hier. Eine Dienstmagd von so niederem Rang nehmen höchstens die Wachsoldaten näher in Augenschein. Sie hat den Kopf meist gesenkt gehalten und sich immer ein wenig dumm angestellt, wenn sie einen Kessel tragen oder einen Eimer holen sollte. Meist hat sie sich das Wasser über die Füße geschüttet. Es könnte also nicht schaden, wenn du dich ebenfalls ein wenig ungeschickt gibst. Und jetzt zieh dich um.«

»Vor Euch, oder was?«

Der Mann grinste, als wollte er meine Frage mit ja beantworten.

»Nein, natürlich nicht. Ich werde Eure Durchlaucht allein lassen.«

Damit verbeugte er sich spöttisch, und ich musste feststellen, dass Walsinghams Spione nicht alle so kultiviert wie Gifford oder Marlowe waren. Wahrscheinlich gehörten dieser Mann und sein Begleiter zu jenen von Walsinghams Leuten, deren Dienste er sich mit Geld erkaufte.

Ich schloss die Tür hinter ihm, hängte die Haube, die ich mir in der Kutsche übergezogen hatte, vor das Schlüsselloch, dann entledigte ich mich meines Kleides. Ein wenig unbehaglich war es mir schon, die Sachen der Magd überzuziehen, besonders angesichts des Schicksals, das ihr meinetwegen zuteil geworden war. Walsingham würde meine Skrupel sicher ebenso wenig gutheißen wie die beiden Männer vor der Tür, also verbarg ich sie. Als ich umgezogen war und mein Kleid in meinem Bündel verstaut hatte, trat ich wieder nach draußen.

Die beiden Männer schreckten nicht etwa von der Tür zurück, sondern standen gelangweilt im Gang. Derjenige, der das Mädchen ergriffen hatte, kratzte sich gerade die Fingernägel mit seinem Messer sauber. Ich fragte mich, ob er ihr damit wohl den Hals durchgeschnitten hatte.

»Ich bin mir wirklich nicht sicher, ob ich den Platz dieses Mädchens einnehmen kann«, sagte ich und brachte sie dazu, mich anzusehen.

Und wie sie mich ansahen! Unwillkürlich schob ich die

Hand in mein Bündel, bis ich den Griff eines der Messer fühlen konnte. »Was meinst du, Will?«, fragte der Mann mit dem Messer seinen Begleiter. »Ein bisschen mehr obenrum hatte Amy schon, oder?«

Ich konnte mir ein missbilligendes Schnaufen nicht verkneifen.

»Nun ärgere sie nicht, Tom. Ich bin mir sicher, dass es niemand merken wird. Wenn sie den Rücken durchdrückt, wird es schon nach mehr aussehen. Außerdem wird sie sicher noch ein wenig zulegen bei Charlottes guter Küche.«

Will zwinkerte mir zu, Tom funkelte mich finster an, doch dann besannen sie sich wieder auf ihre Aufgabe.

»Komm, ich zeige dir, wo sich was im Haus befindet. Amy wusste es bereits, wenn du jetzt erst nachfragen musst, wird es auffallen.« Mit diesen Worten stieß Will eine Tür auf.

Sie führte in einen langen, von Mondlicht beleuchteten Gang. Säulen warfen ihre Schatten auf den grauen Stein unter unseren Füßen.

Während Tom zurückblieb, fasste mich Will am Arm und zog mich mit sich. »Sei leise, damit wir den Stallmeister nicht wecken. Der Kerl hat gute Ohren, und besonders wach sind seine Sinne, wenn er eine Frau wittert.«

»Was machen wir, wenn er uns jetzt sieht?«

»Dann tun wir einfach so, als würde ich dich gerade vögeln. Er mag ein verdammter Bastard sein, aber er geht nicht dazwischen, wenn einer es mit einem Dienstmädchen treibt. Lieber schaut er zu und hobelt sich dabei einen.«

»Hobelt sich einen?«, wiederholte ich und fühlte mich wie eine Jungfer, die geradewegs aus einem Kloster kommt. Will deutete mit der Hand an, was er meinte, und lachte. »Du musst anscheinend noch viel lernen, liebe Amy. Wenn du willst, zeige ich dir mal, wie es geht. Du brauchst dich nur nackt auszuziehen, und schon werde ich keine Probleme damit haben.«

»Hast du sie denn sonst?«, fragte ich keck und war froh, dass er nicht sehen konnte, wie mir das Blut ins Gesicht schoss.

»Nein, keineswegs, und ich verspreche dir, du wirst in der nächsten Zeit der Grund sein, warum ich es mir überhaupt mache.«

»Schmeichelhaft«, erwiderte ich. »Aber wird man davon nicht blind?«

»Oha, du weißt ja doch Bescheid! Glaube mir, blind bin ich noch nicht geworden, und auch John Fournay erfreut sich eines guten Augenlichts. Du wirst es spätestens dann merken, wenn der Stallmeister dir mit Stielaugen in den Ausschnitt schielt.«

Das waren ja heitere Aussichten!

Blicke in den Ausschnitt konnten mich nicht mehr schrecken – solange es dabei blieb. Bei Will dagegen war ich mir nicht sicher, ob er mehr wollte, doch das konnte er vergessen.

»Damit weißt du auch schon alles, was du über ihn erfahren musst«, fuhr Will im Plauderton fort, während ich wachsam den Hof im Auge behielt. Mittlerweile gingen wir wieder im Schatten, dennoch war es möglich, dass jemand versehentlich aus dem Fenster sah oder von seinem Lager hochschreckte. Natürlich konnte Will behaupten, dass er mit mir zusammen war, aber hätte das die echte Amy getan?

Zeit, um weiter über sie nachzudenken, hatte ich nicht, denn Will begann die Hausangestellten aufzuzählen. »Da wären Charlotte die Köchin, Sally und Maggie, die beiden Dienstmägde, Warren, Phil und Pete, die Stallburschen, Tom und ich, die als Kutscher und Mädchen für alles fungieren, und natürlich der Stallmeister, der gleichzeitig der Verwalter des Schlosses ist, wenn die hohen Herrschaften nicht zugegen sind. Das ist das reguläre Personal des Schlosses. Hinzu kommen all die Frauen und persönlichen Mägde, die Ihre königliche Hoheit mitgebracht hat, ihr Haushofmeister Melville, ihr Leibarzt und ihre beiden Sekretäre Nau und Curle. Mit denen wirst du eher weniger zu tun haben, aber es kann nicht schaden, wenn du sie kennst. Ganz wichtig ist Amyas Paulet, ihm solltest du stets züchtig und mit Respekt begegnen, denn er ist der Kerkermeister Ihrer Hoheit. Außerdem befindet sich momentan auch die Gräfin Shrewsbury auf Fotheringhay. Mit ihr wirst du ebenfalls nur wenig zu tun haben, weil sie zwei eigene Diener und zwei Kammerfrauen mitgebracht hat. Trotzdem kann es sein, dass sie mal eine Bitte an dich richten, wenn du ihnen begegnest. Diese wirst du ohne nachzufragen ausführen, verstanden?«

Ich nickte und war mir sicher, dass diese Bitten eher spärlich ausfallen würden, denn wie ich aus Whitehall wusste, ließen die Herrschaften sich lieber von ihren eigenen Dienern versorgen, denen sie vertrauten.

Nachdem wir eine Weile umhergegangen waren und Will mir dabei erklärt hatte, welchen Raum ich wo finden konnte, gelangten wir an eine schwere Holztür.

»Diese Tür führt in die Küche, den Keller und die Unterkünfte des Gesindes. Du hast deinen Platz neben dem Ofen, und soweit ich weiß, hat Amy auch ihre Sachen dort gelagert. Du solltest sie mal durchsehen, um nicht fragen zu müssen.«

Der Gedanke, in den persönlichen Dingen der Magd herumzuschnüffeln, war mir ebenso unangenehm, wie ihre Kleider zu tragen. Doch Wills Worte gaben mir den Mut, erneut zu fragen, was mit ihr geschehen war.

»Sag mir nur eines, habt ihr sie wirklich ...« Ich senkte die Stimme, bevor ich fortfuhr. »Habt ihr sie wirklich getötet?«

Will blickte mich daraufhin lange und ernst an. »Ich weiß, dass du noch ziemlich neu bist. Aber wenn du in unserer Welt überleben willst, legst du deine Skrupel besser ab und fragst nicht nach Schuld und Unschuld oder welche Opfer du bringen musst. Du bringst sie eben. Am besten, du vergisst das Mädchen. Die Kleine war für das große Spiel nicht wichtig. Solange du dafür wichtig bist, wird es dir nicht so ergehen, glaub mir. Nur begehe nicht die Dummheit, dich unwichtig zu machen.«

Was er damit sagen wollte, war eindeutig, und mich wunderte es sehr, diese Worte aus dem Mund eines Kutschers und »Mädchens für alles« zu hören. Wahrscheinlich trug er hier ebenso eine Maske wie ich. Ich blickte ihn einen Moment lang schweigend an. Wie aus dem Nichts flammte sein Lächeln wieder auf. »Ich bin mir sicher, dass du ein kluges Mädchen bist und weißt, was gut für dich ist. Alles andere bekommen wir auch noch hin.« Er sagte es, als sei er für meine Ausbildung zuständig. »Denk dran, Amys erste Aufgabe war, morgens das Feuer im Küchenofen zu entfachen. Alles, was du dazu brauchst, findest du in der Küche. Bei deinen wachen Augen muss ich dir sicher nicht sagen, wo. Wenn du es einmal vergisst oder verschläfst, wirst du von Charlotte ein großes Donnerwetter zu hören bekommen. Schlimmstenfalls wird sie dich dem Stallmeister melden, und der lädt dich dann zu einem Gespräch unter vier Augen ein.« Wieder bewegte er die Hüften vor und zurück, und ich verstand sofort.

»Du weißt, was du zu tun hast. Mach deine Sache so gut es geht. Wenn du eine Frage hast, kannst du zu mir kommen, aber nicht ständig, denn manchmal muss ich es auch den anderen Mädchen hier besorgen.« Damit verschwand er, ohne mir eine gute Nacht zu wünschen.

Ich blickte ihm noch einen Moment lang hinterher, dann wandte ich mich mit einem klammen Gefühl in der Brust um und ging in die Küche. Meine Augen hatten sich inzwischen so gut an die Dunkelheit gewöhnt, dass ich kein Licht brauchte, um zu der Ecke zu finden, die Amy als Schlafplatz diente.

Ich sah mich kurz um und prägte mir ein, wo alles lag, danach begab ich mich auf den Strohsack neben der Herdesse. Wenigstens frieren würde ich im Winter nicht.

Will hatte recht gehabt, Amy hatte ihre Schätze unter dem Strohsack versteckt. Eingewickelt in ein kleines Tuch, lagen sie in Kopfhöhe unter dem rauhen Stoff. Da ich mir sicher war, dass ich in dieser Nacht ohnehin nicht schlafen konnte, wickelte ich das Bündel auf und betrachtete die Kleinode.

Dabei war es mir, als würde mir jemand die Kehle zusammenschnüren. Meinetwegen war das Mädchen gestorben. Jetzt wühlte ich auch noch in ihren Sachen herum. Fast fühlte ich mich, als hätte ich sie selbst getötet, doch ich versuchte, diesen Gedanken zu verdrängen.

Amy besaß nicht viel. Ein Gebetbuch, einen Holzkamm, aus dem schon zahlreiche Zinken fehlten, und etwas, das wie das Innenleben einer Brosche aussah. Das aufgemalte Bild war kaum noch zu erkennen, und ich hätte auf Anhieb nicht sagen können, was ihr daran wohl wichtig gewesen war.

Dass sie ein Gebetbuch besaß, deutete darauf hin, dass sie lesen konnte – recht ungewöhnlich für eine Magd. Hatte sie das Buch versteckt, damit niemand ihre Fähigkeit bemerkte? Woher hatte Amy es überhaupt? Oder war es letztlich eine

Finte von Walsingham, um mir auf diese Weise Nachrichten zukommen zu lassen?

Mittlerweile geriet mir kaum mehr etwas in den Weg, ohne dass mir in den Sinn kam, Sir Francis habe es mir zuspielen lassen. Ein Gebetbuch in den Habseligkeiten einer Magd, die für Walsingham unwichtig genug war, um ihr Leben wegzuwerfen – das konnte nur seine Handschrift sein! In der Dunkelheit war es allerdings müßig, zwischen den Seiten nach Spuren von ihm zu suchen. Das würde ich tun, wenn es hell war und mir die Arbeit im Schloss Zeit dazu ließ.

Ich ließ das Büchlein zusammen mit den anderen Dingen wieder in seinem Versteck verschwinden und legte mich auf den Strohsack. Nach den Nächten in der Kutsche bestand nicht mehr die Gefahr, dass ich wie am ersten Morgen meiner Reise hochschreckte und nicht wusste, wo ich war. Ich hoffte nur, ich war früh genug wach, um das Feuer zu entfachen und mir nicht die Schelte der Köchin einzufangen. Sonst wurde sie am Ende noch dazu verleitet, mich genauer zu betrachten.

49. Kapitel

Meine Sorge war unbegründet, denn schon vor dem ersten Hahnenschrei ertönte ein derartiger Lärm auf dem Hof, dass ich von meinem Lager hochschreckte. Hufschlag und das Wiehern eines Pferdes drangen an mein Ohr. Dazwischen das Fluchen einer Männerstimme.

Das erste graue Morgenlicht fiel durch das Fenster, und als ich mich aufrichtete, sah ich, wie ein Mann versuchte, ein wild gewordenes Pferd zu bändigen. Er traktierte es mit einer langen Gerte, und zwar so sehr, dass sich sein graues Fell bereits von Blut rot färbte. Von dem Mann konnte ich nur den Rücken ausmachen, aber an seiner Kleidung erkannte ich, dass es der Stallmeister sein musste. Er war zwar nicht dick, dennoch hatte er eine breite Statur, und auf seinem Hinterkopf war seine dunkelblonde Haarpracht schon reichlich schütter. Das Pferd, das er am Zügel hielt und das immer wieder stieg, wehrte sich standhaft mit seinen Hufen, doch letzten Endes musste es sich der Gewalt seines Herrn beugen, als es die Gerte mitten auf die Nüstern traf. Wiehernd ging es zu Boden, senkte den Kopf, und es schien, als würde es ebenso wie wir Menschen versuchen, den Schmerz zu verdauen, indem es sich zusammenkrümmte.

»Da hast du's, verflixte Schindmähre!«, schimpfte der Mann, und als seien die Prügel vorhin nicht genug gewesen, versetzte er dem Tier einen weiteren Schlag mit der Gerte. »Machst du das noch einmal, schlage ich dich tot!«

Das Tier verstand seine Worte sicher nicht, doch ich traute diesem Mann zu, dass er seine Drohung ohne zu zögern wahrmachte. Wenn einer der Stallburschen Ihrer Majestät so mit ihren Pferden umgegangen wäre, hätte er sich im Tower wiedergefunden. Aber anscheinend gehörte dem Mann das Tier, denn er schickte sich im nächsten Augenblick an, aufzusteigen. Dabei wandte er mir kurz sein Gesicht zu. Seine Züge waren ebenfalls breit und dennoch kantig. Er trug einen Bart auf Oberlippe und Kinn, und seine Augen glichen denen eines Schweins. Hinter der trüben Scheibe schien er mich zu sehen, denn sein Blick verharrte länger als nötig auf dem Haus. Ich beobachtete, wie er einen Mundwinkel verzog, was wohl so etwas wie ein Lächeln werden sollte, dann zog er das Pferd mit einem Ruck herum, hieb ihm die Hacken in die Flanken und sprengte auf das Haupttor zu, das augenblicklich geöffnet wurde.

Ich blickte ihm ein wenig unwohl nach, denn ein Mann, der so auf ein Tier einprügelte, ging sicher nicht besser mit Menschen um. Doch Zeit zum Nachdenken hatte ich nicht, denn ich musste mich an die Arbeit machen.

Da ich wusste, dass dem Gesinde meine gepflegten Hände auffallen würden, sorgte ich in der ersten Zeit, als ich noch keine Schwielen daran hatte, stets dafür, dass sie schmutzig waren, vor allem, wenn ich den anderen nahekommen musste. Auch mein Gesicht bekam einen Hauch von Ruß, und ich hoffte, dass ich dadurch als Amy durchging. Wenn erst einmal ein paar Wochen vergangen waren, würden sie sich gewiss an meinen Anblick gewöhnt und die alte Amy vergessen haben.

Nachdem ich Feuer gemacht und Wasser aufgesetzt hatte, wartete ich auf die anderen Bediensteten. Ich hätte mir inzwischen zwar das Gebetbuch vornehmen und es nach Hinweisen auf Walsingham absuchen können, aber ich wollte nicht beim Lesen ertappt werden.

Die Erste, die sich schließlich in der Küche blicken ließ, war die Köchin Charlotte. Sie war eine etwas rundliche Frau in den mittleren Jahren, die ein Bein ein wenig nachzog und deren Gesicht von dem Dunst, dem sie ständig ausgesetzt war, immerfort gerötet war. Ich war mir nicht sicher, ob Amy der Köchin einen guten Morgen gewünscht hatte, auch hatte ich nur kurz ihre Stimme hören können. Trotzdem grüßte ich die Frau so freundlich, wie ich konnte, was ihr einen verwunderten Blick entlockte.

»Nanu, heute so guter Laune, Kleine? Du kriegst doch sonst nicht die Zähne auseinander!«

Amy war also maulfaul, aber das hatte ich nicht wissen

können. Schnell senkte ich den Blick, was die Köchin als Verlegenheit auslegte, und damit tat ich genau das Richtige.

»Na, ich wusste gleich, du wirst schon anders werden«, sagte sie, und wenig später klopfte sie mir auf den Rücken. Jetzt war sie mir ganz nahe, dennoch schien sie nicht zu merken, dass ich nicht Amy war. Wahrscheinlich hatte sie von dem schweigsamen Mädchen bisher keine große Notiz genommen. »Ein bisschen Schüchternheit ist bei einem Mädchen nicht schlecht, aber sie findet leichter einen Mann, wenn sie auch mal einen Ton von sich gibt. Auch wenn die Kerle später immer behaupten, dass sie lieber 'ne Stumme heiraten wollen, weil die ihnen nicht ständig widerspricht.«

Sie lachte auf und begutachtete meine Arbeit. »Immerhin hast du schon Feuer gemacht und Wasser aufgesetzt. Daran ist bestimmt dieser Fournay schuld, der wieder auf sein Pferd eingeprügelt hat, was?«

Anscheinend machte er das öfter, und wenigstens an diesen Tagen konnte ich mich darauf verlassen, nicht zu verschlafen. »Warum tut er das?«, fragte ich, während ich mit einem Lappen noch einmal über den Holztisch wischte, obwohl dieser vom Vortag noch sauber war.

»Weil er grausam ist, ganz einfach. Mich wundert es, dass du diese Frage erst jetzt stellst. Dir hat wohl heute Nacht die Sonne ins Gemüt geschienen.«

Anscheinend war Amy nicht nur schweigsam, sondern auch von trägem Verstand. Will hätte mir dies ruhig sagen können, dann hätte ich mir die Fragen und den Gruß verkniffen. Dennoch schien Charlotte keinen Zweifel an meiner Identität zu haben.

»Geh raus und hol' mir noch einen Eimer Wasser«, sagte

sie zu mir, und damit war das Thema Stallmeister beendet. Wahrscheinlich ging sie davon aus, dass ich in den Tagen zuvor genug über ihn mitgehört hatte.

Ich nahm den Wassereimer, der neben dem Holzstapel bei der Tür stand, und ging nach draußen. Der Brunnen befand sich in der Mitte des Hofes, ich konnte also so tun, als würde ich diese Arbeit jeden Tag besorgen.

Ein paar Hühner flatterten aufgeregt vor mir auf, im nächsten Moment eilte ein Schwein an dem Brunnen vorbei. In der Hinsicht waren sich das Schloss und London ähnlich, wenngleich das Pflaster des Hofes sauberer war als die meisten Straßen der Hauptstadt. Ich schöpfte Wasser und sah mir dabei den Hof an. Ich prägte mir jede Tür, jeden Balken und jedes Fenster ein. Hinter einem davon bemerkte ich eine dunkle Gestalt, die auf den Hof blickte. Durch die schwarzen Gewänder, die sie trug, wirkte ihr Kopf, als schwebte er, da es in dem Raum völlig dunkel war. Das erinnerte mich an Walsingham, doch die Gestalt gehörte einer Frau. »He, Amy, träumst du schon wieder!«, ertönte plötzlich eine Stimme und riss mich aus meiner Beobachtung fort. Als ich mich umwandte, erkannte ich Will. Zusammen mit Tom war er aus einer der Türen getreten.

»Wer träumt hier?«, fragte ich zurück und hörte, wie die Männer auflachten. »Ich bin doch schon unterwegs!« Ich nahm den vollen Eimer, doch bevor ich mich damit in Bewegung setzte, blickte ich noch einmal zum Fenster auf.

Das Gesicht war inzwischen verschwunden, nur die Dunkelheit war geblieben. Also kehrte ich in die Küche zurück und ging Charlotte zur Hand.

Nach und nach fanden sich auch alle anderen Bediensteten des Schlosses zum Frühstück ein. Jetzt schlug die Stunde der Wahrheit. Vor wie vielen Augen würde ich bestehen können?

Ich stand neben dem großen Kessel, in dem der Morgenbrei blubberte, und rührte kräftig um. Dabei tat ich, als sei es völlig selbstverständlich, und damit konnte ich schon mal die Stallburschen täuschen. Sie nahmen kaum Notiz von mir und schwangen sich sogleich auf eine der beiden langen Holzbänke neben dem Tisch.

Die etwas später hereinkommenden Dienstmädchen beäugten mich länger als die jungen Männer, und fast dachte ich schon, sie hätten erkannt, dass ich nicht Amy war. Dabei war das Einzige, was sie an mir auszusetzen hatten, die Art und Weise, wie ich mein Haar trug.

»Heute sehen deine Haare ganz anders aus, warum trägst du sie offen?«, fragte ein Mädchen namens Sally.

Sie hatte blondes Haar, rosige Haut, und ihre Augen funkelten grün wie die einer Katze. Die Magd neben ihr, Anne, war brünett und hatte die wasserblauen Augen eines Kindes. Die beiden trugen einfache graue Leinenkleider und hatten ihre Haare im Nacken zusammengebunden. Anne hatte zusätzlich noch eine Haube aufgesetzt, wie es auch Anne auf Barn Elms stets getan hatte.

Anscheinend hatte auch Amy ihre Haare normalerweise unter einer Haube verborgen.

»Ich ...«, begann ich ein wenig zögerlich.

»Was hast du Sally, bis du etwa neidisch auf Amys rotes Hexenhaar?«, rief einer der Stallburschen schließlich und lockerte damit die Situation. »Sie sieht doch mit offenem Haar viel hübscher aus!«

»Nein, natürlich bin ich nicht neidisch!«, konterte Sally. »Aber bislang haben wir es nicht zu sehen bekommen. Scheinst wohl langsam aufzutauen, wie?« Sie grinste mich an, und ich konnte nicht sagen, ob sie es freundlich oder spöttisch meinte. Auf jeden Fall schien die Sache damit erledigt zu sein, denn sie setzte sich an den Tisch.

Nach und nach fanden sich noch einige andere Bedienstete ein, denen ich zunächst keine Tätigkeit zuordnen konnte, aber in den nächsten Tagen würde ich das ganz sicher noch erfahren. Tom und Will folgten im Anschluss. Sie bedachten mich mit einem breiten Grinsen, und als hätte Will Sallys Worte hören können, sagte er: »Du siehst heute so anders aus, Amy. Haben wir was verpasst?«

Ich wünschte, er hätte sich die Bemerkung verkniffen.

»Siehst du, Will fällt es auch auf!«, sagte Sally und lächelte ihn in einer Weise an, die man nur als Verliebtheit bezeichnen konnte. »Die liebe Amy scheint heute Nacht Besuch vom Heiligen Geist oder sonst jemand bekommen zu haben.«

»Oder vom Stallmeister!«, fügte der zweite Stallbursche hinzu, und alle Anwesenden brachen in schallendes Gelächter aus.

»Bei mir war niemand!«, entgegnete ich lauter, als ich es gewollt hatte, doch die Heiterkeit riss so lange nicht ab, bis Charlotte dazwischenging.

»Nun lasst das Mädchen endlich in Ruhe, ihr Schandmäuler! Wenn der Stallmeister hier gewesen wäre, hätte ich es sicher bemerkt und ihn mit dem Kochlöffel vertrieben. Also seid jetzt ruhig und esst, der Graf wird es nicht dulden, wenn ihr zu spät an die Arbeit geht.«

Damit wurde es schlagartig still, und alle schaufelten das Frühstück in sich hinein. Fast fürchtete ich schon, dass Fournay ebenfalls gleich auftauchte, doch das war nicht der Fall.

Dass mein erster Eindruck stimmte, bestätigte sich wenige Augenblicke später. Obwohl Charlotte den Schandmäulern

Ruhe geboten hatte, fingen sie nach einer Weile erneut mit ihrer Lästerei an. Glücklicherweise war ich nicht mehr ihr Ziel.

»Am besten, ihr geht Fournay heute aus dem Weg«, warnte einer der Stallburschen die Mägde und damit auch mich. »Ihm sitzt die Peitsche wieder ziemlich locker. Er hat wohl gestern keine gefunden, bei der er einen wegstecken kann.«

»Hat er es nicht im Moment auf eine der katholischen Mägde abgesehen?«, fragte Tom und blickte kurz zu mir hinüber, als wollte er mir raten, gut zuzuhören.

»Wer hat es nicht auf sie abgesehen?«, fragte der Stallbursche. »Ich würde mit denen auch gern mal ein Stündchen im Heu verbringen, allein schon deshalb, um den Teufel aus ihnen herauszuficken!«

Bei dieser Wortwahl verschluckte sich Charlotte an ihrem Brei und fing an zu husten. Die Magd, die neben ihr saß, klopfte ihr auf den Rücken, und als sie nach einer Weile wieder Luft holen konnte, sagte sie tadelnd: »Jack, habe ich dir nicht schon tausendmal gesagt, dass du solche Reden im Stall schwingen sollst und nicht hier, wo dich die jungen Mädchen hören können.«

Sally und Anne kicherten los, anscheinend konnte sie die Redensart des Stallburschen nicht mehr schrecken. Ebenso wenig ließ sich der Junge von der Ermahnung der Köchin beeindrucken.

»Verzeiht, Lady Charlotte, ich wollte Euer feines Gehör nicht kränken.« Während er redete, erhob er sich und machte eine Verbeugung, die selbst mich auflachen ließ.

»Lausebengel!«, bekam er daraufhin zu hören, und als Charlotte wieder nach ihrem Löffel griff, tat sie so, als würde sie ihre Ohren verschließen.

Die Stallburschen, die dieses Schauspiel offenbar schon kannten, fuhren daraufhin mit ihren Lästereien fort.

»Ihr müsstet mal sehen, wie sich Fournay benimmt, wenn Marias Dienerinnen oder Damen durch die Gänge eilen und er sie zufällig beobachten kann. Er stiert ihnen wie ein Soldat hinterher, der schon seit Jahren kein Weibsbild mehr zu sehen bekommen hat. Wahrscheinlich fragt er sich, ob katholische Frauen anders sind als protestantische.«

»Soll er sich das ruhig fragen, dann haben wir wenigstens Ruhe vor ihm!«, entgegnete Sally. Anne fügte hinzu: »Wenn er uns sieht, greift er uns an den Hintern. Das macht wohl den Unterschied zu den Katholischen aus.«

»Meinst du wirklich, dass er es dabei belassen wird?«, meldete sich Will zu Wort und schob seine Schüssel von sich weg. Anscheinend hatte er ein gutes Gespür für das, was wichtig war, und am wichtigsten war ihm in diesem Augenblick ein voller Magen gewesen. Erst danach kam das Geschwätz.

»Nein, früher oder später wird er sich eine von denen greifen. Entweder er überredet sie, oder er zerrt sie einfach ins Stroh.« Wieder traf mich Toms Blick. Glaubte er, dass mir selbiges ebenfalls bevorstand?

»Als ob ein Kerl wie Fournay eine Frau überreden könnte, freiwillig mit ins Stroh zu kommen!«, lästerte nun wieder Sally. »Mir könnte er tausend Goldstücke bieten, ich würde nicht mit ihm gehen.«

»Gut, dass du das sagst. Dann weiß ich ja, dass ich noch mehr Gold zusammenkratzen muss, um dich rumzukriegen.«

Auf Wills Worte lachten die Bediensteten wieder los, und nun bekam Sally einen roten Kopf.

Auf diese Art und Weise ging das Geschwätz weiter, bis

alle aufgegessen hatten. Dann begab sich ein jeder an die Arbeit.

Für mich war diese halbe Stunde sehr wertvoll gewesen, denn ich hatte die Bediensteten besser kennengelernt, als ich es getan hätte, wenn Will mir von ihnen erzählt hätte.

Sicher hätten sie nicht so unbeschwert geplappert, wenn Fournay mit am Tisch gesessen hätte. Wenn mich mein Gespür nicht täuschte, waren sämtliche Mitglieder der Dienerschaft in ihrer Abneigung zu ihm vereint. Dennoch blieb er bislang eine unbekannte Größe für mich, denn außer dass er unbeherrscht und ein Schürzenjäger war, wusste ich nichts von ihm. Doch ich hoffte, das würde sich bald ändern.

50. Kapitel

Den ganzen Tag über beschäftigte mich Charlotte in der Küche. Ich putzte Gemüse, trug Holzscheite, hielt das Feuer am Brennen. Was die anderen Mägde taten, wusste ich nicht, denn ich kam nur selten aus der Küche heraus. Wenn ich sie mal sah, trugen sie gerade irgendwelche Körbe über den Hof und kicherten wie kleine Mädchen. Dafür bekam ich nur zu deutlich mit, dass Fournay am späten Vormittag zurückkehrte. Er preschte mit demselben Getöse auf den Hof, mit dem er losgeritten war. Das Pferd hatte Schaum vor dem Maul, und während des Ritts hatte der Stallmeister wohl weiter auf das Tier eingeschlagen. Frisches Blut floss über verkrustetes, und wahrscheinlich war die arme Kreatur froh, wenn sie wieder den Stallburschen übergeben wurde. Interessanter als das Pferd war allerdings Fournay für mich, denn mein Instinkt sagte mir, dass ich mich vor ihm besonders in Acht nehmen musste. Mit dem wilden Blick eines Wahnsinnigen lief er über den Hof, die Reitgerte noch immer in der Hand. Ich war mir sicher, dass er auf jeden einprügeln würde, der ihm aus Versehen in den Weg kam.

Zur Mittagszeit saß er mit uns am Tisch. Wie ich es nicht anders erwartet hatte, herrschte Totenstille. Alle senkten den Blick über ihrer Suppe, nicht einmal Banalitäten wurden zur Sprache gebracht. Dafür musterte Fournay die anwesenden Frauen gründlich. Nun ja, nicht etwa Charlotte, die war ihm wohl zu alt, aber die Mägde nahm er überaus lange in Augenschein.

Ich spürte, wie sein Blick über meinen Kopf streifte. In der Zwischenzeit hatte ich mir eine Haube aufgesetzt, allerdings war sie verrutscht, wie ich erst jetzt merkte, da seine Aufmerksamkeit auf mir lag. Ein paar Haarsträhnen kringelten sich vor dem nicht mehr ganz so weißen Stoff, und die schienen ihn über die Maßen zu faszinieren. Er wandte den Blick erst von mir ab, als ihm einfiel, dass seine Mahlzeit kalt wurde.

Ich hätte kein Problem damit gehabt, ihn frech anzufunkeln und darauf zu warten, dass er die Augen niederschlug, doch das entsprach eher dem, was Alyson getan hätte. Hier aber war ich Amy, die scheue, schüchterne Magd, von der man hoffte, dass sie eines Tages auftaute, und so tat ich, als bemerkte ich sein Glotzen nicht.

Nach dem Mittagessen verschwand er wieder in den weitläufigen Gängen des Schlosses, und wie mir Charlotte erklärte, pflegte er sein Abendmahl immer in seinen Gemächern einzunehmen. Allerdings brauchten wir es ihm nicht zu bringen, er holte es sich selbst und zog sich anschließend zurück. Doch ich täuschte mich, wenn ich glaubte, ihn für heute nicht mehr zu Gesicht zu bekommen.

Als ich am Abend noch einmal hinausging, um Feuerholz für den nächsten Tag zu holen, traf ich Fournay. Ich war mir nicht sicher, ob es Zufall war oder ob er mir hinterhergeschlichen war. Auf jeden Fall tauchte er just in dem Augenblick auf, als ich den Holzstapel erreichte.

»Noch so spät draußen, Amy?« Sein Gesicht verzog sich zu einem schmierigen Grinsen.

Er kannte mich also. Ich hoffte nur, dass Amy nicht zu denen gehörte, die Fournay sich bereits vorgenommen hatte. Diesen Part meiner Tarnung würde ich gern aussparen. Doch wie es aussah, war es nicht der Fall, denn er behielt seine Hände bei sich. Lediglich sein Blick lag auf mir, als könnte er mein Kleid durchdringen.

»Ich hole Holz«, entgegnete ich, wagte allerdings nicht, ihm den Rücken zuzukehren. Immerhin wusste ich noch nicht, wozu er fähig war.

»Wirst am Ende noch fleißig, wie?«

Offenbar war Amy auch beim Arbeiten nicht die Schnellste gewesen. Mittlerweile fragte ich mich, warum sie überhaupt hier angestellt worden war, und in mir kam der Verdacht hoch, dass man sie nur deshalb nicht hinausgeworfen hatte, weil Walsingham sie gebraucht hatte, um sie gegen mich austauschen zu können.

»Was ich jetzt besorge, muss ich morgen früh nicht erledigen«, entgegnete ich, worauf der Stallmeister näher auf mich zukam. So nahe, dass ich ihn riechen konnte. Er roch nach Stall, Stroh und Samen, nach ungewaschenen Haaren, fauligen Zähnen und Pisse. Nicht, dass es so etwas nicht auch an Elizabeths Hof gegeben hätte, doch von keinem der Höflinge ging solch eine Bedrohung aus wie von diesem Mann.

»Gilt das auch für andere Sachen?«, fragte er, und ich beobachtete entsetzt, wie er sich über die Lippen leckte.

»Ich verstehe nicht, was Ihr meint«, gab ich zurück, obwohl ich es ganz genau wusste.

»Wenn du magst, kann ich es dir zeigen. Heut Nacht im Stall.«

Ich bin mir nicht sicher, ob ich es wissen will, hätte ich um ein Haar geantwortet, doch da bekam ich Schützenhilfe von jemand Unbekanntem.

»Mister Fournay!«, tönte eine mir fremde Stimme über den Hof. Sie klang energisch, und auf jeden Fall war sie wichtig genug, um den Stallmeister von mir abzubringen.

Nur mit Mühe konnte ich meine Erleichterung verbergen. Fournay hielt dagegen mit seiner Enttäuschung nicht hinter dem Berg. Seine Miene sah aus, als hätte er den ganzen Tag über ununterbrochen im Regen gestanden.

»Verzeih mir. Vielleicht könnten wir die Unterredung ein anderes Mal fortsetzen.«

Ich konnte nicht behaupten, dass ich darauf erpicht war. Wahrscheinlich würde er versuchen, mir künftig öfter über den Weg zu laufen, doch wenn ich es einrichten konnte, würde ich die Nähe zu ihm meiden.

Für einen kurzen Moment funkelte er mich lächelnd an, danach wandte er sich um und folgte dem Ruf, der nun schon zum zweiten Mal erklang. Ich blickte ihm nach, als wollte ich sichergehen, dass er sich wirklich entfernte, dann bückte ich mich nach dem Holz und füllte die Stiege.

»Na, wie hat dir der erste Tag geschmeckt?«

Ich fuhr zusammen und ließ vor Schreck das Holzscheit fallen, das ich gerade in der Hand hielt.

»Himmel!«, rief ich aus, und als ich mich umwandte, sah ich Will neben dem Holzhaufen lehnen. Anscheinend hatte er die ganze Zeit über schon dort gestanden und mein Gespräch mit dem Stallmeister belauscht. Ich hatte mich so sehr auf Fournay konzentriert, dass ich ihn nicht bemerkt hatte.

»Wie soll er geschmeckt haben? Glaubst du etwa, ich habe in meinem Leben noch nie gearbeitet?« Damit machte ich mich daran, Holz in die Stiege zu stapeln.

»Wenn man deine zarten Hände so betrachtet, ja, aber das muss nichts heißen.«

»Du hast keine Ahnung«, gab ich zurück, doch ich hatte auch nicht vor, ihm meine Geschichte zu erzählen.

»Mag sein, aber nach dem, was ich so höre, sind alle sehr erfreut über die Wandlung, die mit Amy vorgegangen ist. Sie meinen, dass du jetzt nicht mehr so maulfaul bist.«

»Das ist ja auch kein Kunststück«, entgegnete ich, denn dafür, dass ich nicht die echte Amy war, wollte ich mich auf keinen Fall loben lassen. »Das arme Ding scheint ziemlich schüchtern und unsicher gewesen zu sein.«

»Ganz im Gegensatz zu dir, wie?«

»Es ist nicht meine Art, alles hinzunehmen. Besonders dann nicht, wenn ein Kerl wie dieser Fournay versucht, sich an mich heranzumachen.«

Ich brauchte Will nicht zu erzählen, welches Angebot ich von dem Stallmeister bekommen hatte, da er uns belauscht hatte, wusste er es.

»Dem könntest du ganz leicht entgehen, wenn du dich mit mir erwischen lässt.«

»Meinst du wirklich, das würde etwas nützen?«

Ich bückte mich nach dem Holz, denn ich wollte fertig sein, bevor der Stallmeister noch einmal auf dem Hof erschien.

»Zumindest würde Fournay sehen, dass er nicht dein Erster ist. Und das würde ihm gehörig den Appetit verderben.«

»Wer sagt dir denn, dass du der Erste wärst?«

»Oho, du bist wirklich ganz anders als Amy. Die hätte einen roten Kopf bekommen und sich ohne ein Wort zu sagen in die Küche verzogen.«

»An deiner Stelle würde ich solche Sachen nicht so frei herausposaunen«, gab ich zurück. »Und jetzt wäre es wohl besser, wenn ich mich wie Amy ins Haus zurückziehe, sonst falle ich noch auf.« Ich wandte mich um und ließ ihn, sein Lachen ignorierend, stehen.

Als es im Schloss ruhig wurde, legte ich mich ebenfalls auf meinen Strohsack, doch obwohl ich hundemüde von der ungewohnten Arbeit war, konnte ich nicht einschlafen. Die Gedanken schwirrten mir nur so durch den Kopf, und ich fragte mich, ob ich nicht meine Fähigkeiten, die während des Dienstes bei der Königin ein wenig eingeschlafen waren, wieder auffrischen sollte. Da ich hier außer Will und Tom niemanden fragen konnte, was sich wo befand, würde ich das Schloss allein erkunden müssen. Vielleicht bekam ich dabei das eine oder andere von Maria Stuart mit. Sicher, großen Schaden konnte sie jetzt nicht mehr anrichten, da ihre Gerichtsverhandlung gewiss war. Doch womöglich brauchte ich es für die rätselhafte Mission, auf die mich Walsingham zu schicken gedachte.

Nachdem sich der Schlaf nicht einstellen wollte, erhob ich mich und schlich aus der Küche. Von wem Fournay gerufen worden war und was man von ihm verlangt hatte, wusste ich nicht. Aber vielleicht konnte ich ihn belauschen. Das wäre eine angemessene Herausforderung, denn ich musste es schaffen, ihm nicht über den Weg zu laufen. Ganz offensichtlich war er in der Laune, eine Frau zu sich ins Heu zu holen, und die wollte ich ganz gewiss nicht sein.

Ich folgte dem langen Gang, der sich an die Küche anschloss, und stieg dann eine Treppe hinauf. Fotheringhay war im Gegensatz zum Tower und den Königspalästen totenstill. Zwar gab es auch hier Wachen, doch die hielten sich um diese Zeit in der Wachstube und ihren Quartieren auf. Das Anwesen war von einer kräftigen Mauer umgeben, an der sich eventuelle Befreier den Kopf blutig geschlagen hätten.

Aber wer sollte sie jetzt noch befreien wollen? Babington hatte sicher all seine Spießgesellen verraten. Wenn ihnen inzwischen nicht schon der Kopf abgeschlagen worden war, rotteten sie im Tower vor sich hin. Und die Schotten? Einige von ihnen waren vielleicht noch auf der Seite ihrer ehemaligen Königin, die Mehrheit sah sie allerdings als Königs- und Gattenmörderin an.

Der Verfall griff um sich, wahrscheinlich waren diese Gemäuer nur noch dafür gedacht, hochrangige Gefangene unter Kontrolle zu halten. Ich bezweifelte, dass Elizabeth eine ihrer Reisen hierher machen und für eine Weile bleiben würde.

Ich wagte mich an diesem Abend nicht allzu weit von der Küche fort, aber immerhin so weit, dass ich in die Nähe von Marias Gemächern kam. Ich konnte hören, dass sich trotz der späten Stunde etwas hinter den Türen rührte. Frauenstimmen erklangen, sie sprachen untereinander nur französisch, und da wusste ich, dass Maria nicht weit sein konnte. Wie ich auf Barn Elms gelernt hatte, war sie einst die Gemahlin des französischen Königs gewesen, sie war als Kind nach Frankreich verschifft worden und hatte bis zu ihrer Jugend nichts anderes als Französisch gesprochen.

Um genauer hinzuhören, was sie sprachen, fehlte mir allerdings die Gelegenheit, denn schon bald wurde die Tür aufgerissen, und ich konnte mich nur noch schnell in die Dunkelheit flüchten. Ich sah einen Mann, der mit einer dunklen Tasche aus dem Gemach kam. Später sollte ich erfahren, dass es sich um Marias Leibarzt handelte. War ihr die Nachricht vom Schicksal Babingtons etwa auf den Magen geschlagen? Ich verharrte still in meinem Versteck, eins geworden mit dem Stein, und wartete, bis der Arzt und die Damen vorüber waren. Danach lief ich wieder nach unten. Wo Maria jetzt zu finden war, wusste ich, alles andere würde sich zeigen.

51. Kapitel

Die nächsten Tage vergingen genauso wie der erste, und allmählich wurde ich sicherer. Ich lernte neben der Gräfin von Shrewsbury auch Amyas Paulet kennen, der Maria immer noch bewachte. Paulet war ein strenger, nach außen hin kalt wirkender Mann, aber ich merkte schnell, dass sich dahinter jemand verbarg, der alles andere als frohgemut an seiner Last schleppte. Immerhin war er der Bewacher einer Königin, und er wusste genau, dass man ihm das nie vergessen würde. So klammerte er sich fest an seinen Glauben und hoffte, das Richtige zu tun.

Nach und nach bekam ich auch Marias Kammerfrauen und Mägde zu Gesicht und musste zugeben, dass sie durchaus hübsch waren – kein Wunder, dass Fournay ihnen nachstellte.

Dem Stallmeister begegnete ich glücklicherweise nur selten. Die Vorstellung mit seinem armen Pferd gab er allerdings täglich. Nachdem er das Tier geprügelt hatte, musste er es abends wohl mit Salben behandeln, um die Verletzungen zu lindern, denn man konnte die Misshandlungen kaum sehen.

Tom erklärte mir auf meine Nachfrage, dass Fournay die Kunst beherrsche, jemandem große Schmerzen zuzufügen, ohne dass Spuren zurückblieben. Als ich ihn fragte, wie das gehen sollte, zuckte er nur mit den Schultern.

»Das weiß ich nicht, aber wäre er hier nicht zum Stallmeister ernannt worden, würde er wahrscheinlich im Tower arbeiten. Dort würde er sicher bald zu großem Ansehen kommen, denn er würde einen Gefangenen lange foltern und ihm große Schmerzen bereiten können, ohne dass er stirbt.«

Ich hatte bei seinen Worten wieder vor Augen, wie der Spanier in der Folterkammer des Towers von der Decke gehangen und wie man ihn vor die Scavenger's Daughter gestellt hatte. Ja, Fournay wäre ausgezeichnet geeignet für diese Arbeit, wenngleich er sie sicher mit der Rute erledigen würde.

Eigentlich hätte ich bei all dem Neuen und zuweilen Absonderlichen, das mir auf dem Schloss begegnete, keine Zeit haben dürfen, London und Robin zu vermissen. Doch immer, wenn es Abend wurde, tat ich es, und besonders mein Geliebter fehlte mir sehr. Die vorübergehende Trennung von meiner Heimatstadt verkraftete ich ganz gut, an Robin zu denken verursachte meinem Herzen dagegen ein sehnsuchtsvolles Brennen. Dieser Schmerz ließ sich nur dadurch lindern, indem ich mich beschäftigte. Im Schein von Kerzenresten, die ich sammelte, durchsuchte ich das Gebetbuch nach kodierten Nachrichten, die es allerdings nicht gab, und schlich weiter durch das Schloss, um es besser kennenzulernen. Zuweilen begegnete ich Tom und Will, manchmal hörte ich die Stimme des Verwalters, der mit Paulet redete, allerdings nur belangloses Zeug, das ich schnell wieder vergaß. Von Maria und ihrem Hofstaat bekam ich des Nachts nichts zu sehen, die meiste Zeit herrschte Schweigen in den Gängen.

Wenn ich dann wieder auf mein Lager zurückkehrte, musste ich allerdings einsehen, dass all das nichts brachte. Sobald ich die Augen schloss, dachte ich an Robin, ich sehnte mich nach seinen Küssen und seinen Zärtlichkeiten, nach der Berührung seiner Haut und dem Geräusch seines Atems, wenn wir ermattet nebeneinanderlagen und dem Morgen entgegendämmerten. Hier hörte ich nur den Wind, der um das Schloss strich, ich hörte das Bellen der Hunde, und statt seine weiche Haut an meinem Rücken zu spüren, piekste mich das Stroh und bissen mich die Flöhe. Anstelle zärtlicher Küsse bekam ich von dem einen oder anderen Kerl einen Klaps auf den Hintern, wenn ich zu dicht an ihm vorbeiging. Schimpfen nützte nichts, die Kerle lachten bloß und machten es wieder. Ich hörte nicht nur einmal, wie Sally und Anne albern kicherten, wenn die Soldaten ihnen irgendwelche Anzüglichkeiten nachriefen, ich tat meist so, als hörte ich es nicht, und fortan glaubten sie alle, dass ich entweder hochnäsig oder auf den Kopf gefallen sei. Aber wie mich Walsingham gelehrt hatte, ist es besser, wenn einen der Gegner unterschätzt. Die Männer hier waren keineswegs meine Gegner, dennoch waren sie Menschen, die ich an der Nase herumführen musste, und ich glaubte, dass ich inzwischen ganz gut darin war.

Eines Morgens, nachdem fast zwei Wochen vergangen waren, rief mich Charlotte zu sich. Inzwischen war ich der Waschküche zugeteilt worden, weil Anne mit Fieber daniederlag. Mit Sally kam ich recht gut aus, wie ich herausfand, hatte sie ein Auge auf Will geworfen und wurde nur dann unleidlich, wenn sie glaubte, jemand mache sich an ihn heran. Von mir konnte sie das tatsächlich annehmen, denn im Gegensatz zu Tom, der sich weitestgehend von mir fernhielt, lief mir Will täglich über den Weg. Er versorgte mich mit Tratsch und Informationen aus London, die ihm wer auch immer zuspielte. Unweit des Schlosses gab es ein kleines Dorf, und die Bediensteten munkelten, dass dort eine Geliebte von Fournay wohnte, die ihm einen Bastard geboren habe. Dies sei der Grund, warum er jeden Morgen fortritt. Für mich war es dagegen viel interessanter, zu wissen, dass es dort eine Schänke gab, in der sich Will und Tom mit Walsinghams Leuten trafen.

An jenem Tag also, als Charlotte mich zu sich rief, betraute sie mich mit einer Aufgabe, mit der ich nicht gerechnet hätte.

»Geh nach oben und bring das hier den Dienern von Maria«, sagte sie und drückte mir ein volles und ziemlich schweres Tablett in die Hand. »Den Diener, der es sonst immer abgeholt hat, hat wohl die Gicht gepackt, und die anderen Dienerinnen haben zu tun. Ich will nicht, dass es kalt wird, also beeil dich, Kleine.«

Ich nickte und hastete los. Ich war froh darüber, dass ich die vergangenen Abende damit zugebracht hatte, durch das Schloss zu schleichen. Nun konnte ich es mir sparen, nach dem Weg zu fragen. Rasch stieg ich die Stufen hinauf und kam schließlich an der Tür an, die ich schon Nächte zuvor aufgesucht hatte. Auf dem Gang herrschte reges Treiben. Man konnte nicht sagen, dass die Stimmung ausgelassen war, aber die Frauen redeten so miteinander, wie es auch Elizabeths Damen taten. Zunächst bemerkten sie mich nicht, doch dann wurde eine von ihnen auf mich aufmerksam. Sie hatte blondes Haar und ein rundes Gesicht. Wenn ich mich nicht irrte, war sie nur wenig älter als ich.

»Ich bringe das Essen für die Königin«, sagte ich, denn es wäre wohl ein riesiger Fauxpas gewesen, wenn ich von einer Gefangenen gesprochen hätte.

Die Frau, die mir das Tablett abnahm, lächelte mich an und entgegnete: »Gott segne dich.« Im nächsten Moment verschwand sie hinter einer der Türen. Ich hatte gehofft, dass ich persönlich zu Maria durchgelassen werden würde, aber wahrscheinlich hatten die Diener strikte Order von Paulet, keinen von uns zu ihr zu lassen, auf dass sie unseren Glauben nicht verderben möge.

Einen Moment lang verharrte ich an Ort und Stelle, und irgendwie schien ich, ohne ein Versteck gesucht zu haben, unsichtbar zu werden. Die Frauen führten ihr Gespräch fort, und nach einer Weile öffnete sich eine der Türen. Aus dieser kam nicht etwa wieder die Magd mit dem Tablett, sondern ein Mann in einem dunklen Mönchsgewand, wahrscheinlich der Beichtvater Marias. Er bedachte mich mit einem kurzen Blick, lächelte dann und wandte sich wieder ab.

Wenn man Walsinghams Reden glaubte, waren alle Katholiken nicht viel besser als der Mörder, dem ich im Studierzimmer der Königin gegenübergestanden hatte. Ich dagegen sah sie als Menschen, sie waren nicht anders als wir, auch wenn ihr Gebetbuch sich von unserem unterschied.

Dieser Gedanke, der zu gefährlich war, um ihn laut auszusprechen, lähmte mich einen Moment lang, doch dann rief ich mich wieder zur Ordnung. Was sollten die Frauen von mir denken, wenn ich traumverloren zwischen ihnen stand, eine Magd, geringer noch als sie selbst? So ruhig wie möglich wandte ich mich um, folgte dem Gang und stieg eine Treppe hinunter. Danach noch eine. Irgendwann stand ich wieder in Charlottes Küche.

»Wo warst du denn so lange?«, fragte sie mich und lenkte gleich im nächsten Augenblick ein. »Ach, ich hab vergessen, dass du noch nie da oben warst. Ich hätte ja Sally geschickt, aber die hat noch immer mit der Wäsche zu tun.«

Ich hätte darauf entgegnen können, dass ich nach dem Weg fragen musste, ich hätte behaupten können, dass ich mich verlaufen hatte, doch das alles war bereits in ihrer Einsicht enthalten. Also sagte ich nichts und machte mich wieder an die Arbeit – mit dem Gedanken im Hinterkopf, warum es eigentlich so wichtig war, die richtige Religion zu haben. Und warum diese Frage Landsleute, vielleicht sogar Nachbarn entzweien konnte.

52. Kapitel

Knapp zwei Wochen später fand sich das Gericht auf Fotheringhay ein. Man schrieb den 8. Oktober 1586, und allmählich bekamen wir den herannahenden Herbst zu spüren. Laub wehte durch die Ritzen der Mauern ins Schloss und tanzte auf dem Hof im Wind. Der Stallmeister schalt jetzt nicht mehr über die Sonne, die einem den Schweiß unter das Hemd trieb, sondern über das viele Laub. Eigentlich hatte er damit keine Arbeit, schließlich mussten wir und die Stallburschen fegen, dennoch tönte nicht nur einmal seine Stimme über den Hof.

Die Wutausbrüche ließ Fournay erst bleiben, als er mitbekam, dass sich der Zug näherte. Stattdessen verlegte er sich darauf, die Stallburschen anzutreiben, dass sie den Hof fegten und das Tor aufsperrten. Des Laubs konnten sie zwar nicht Herr werden, aber Fournay hatte sich ausreichend abreagiert und konnte die Gäste mit einem falschen Lächeln begrüßen.

Zahlreiche Kutschen und Reiter fanden sich im Schloss ein. Für einen Moment erschien es mir, als würde die Königin selbst anreisen, um ihrer verräterischen Verwandten und Rivalin um die Krone einen Besuch abzustatten. Was sie und ihre Hofdamen wohl sagen würden, wenn sie mich hier sahen?

Wahrscheinlich würden sie mich nicht wiedererkennen, denn mittlerweile spielte ich Amy nicht mehr, ich war zu Amy geworden. Doch Walsingham? Der würde sich ganz gewiss nicht täuschen lassen, allein deshalb nicht, weil er mich in diese Rolle gesteckt hatte.

Die Königin kam nicht, dafür aber Walsingham und Burghley als Hauptankläger. Begleitet wurden sie von mehreren Richtern, Staatsräten und Peers, die als Zeugen fungierten. So prachtvoll ihr Einzug in Fotheringhay auch war, für uns bedeutete es eine Menge Mehrarbeit. Charlotte warf lediglich einen kurzen Blick nach draußen und murrte dann: »So viele zusätzliche Mäuler! Es sieht fast so aus, als sei der komplette Hofstaat der Königin hier angekommen.«

Dass es viele Mäuler waren, stimmte, aber von einem Hofstaat konnte keine Rede sein. Doch ich wollte sie nicht belehren; sie hätte mich daraufhin entweder gescholten oder gefragt, woher ich das wisse.

»Nun schimpf nicht, Charlotte, wir werden sie schon satt bekommen«, entgegnete ich, während ich versuchte, Walsingham unter der Menge der Neuankömmlinge auszumachen. Das war recht schwierig, denn die Männer trugen allesamt Schwarz, und wo er sonst wie ein Rabe im Schnee auffiel, war er jetzt einer unter vielen.

»Pah, dir reichen die Schwielen, die du an den Händen hast, wohl noch nicht! Mehr Gäste machen auch mehr Wäsche und mehr Lauferei. So, wie die aussehen, werden sie sicher eine ganze Weile bleiben. Wollen wir hoffen, dass der Haushofmeister genug Essen herbeikarrt, damit die hohen Herren nicht murren. Und jetzt vertändle deine Zeit nicht damit, aus dem Fenster zu gaffen!«

Mir blieb nichts anderes übrig, als zu tun, was sie sagte. Während ich Gemüse putzte, spähte ich immer wieder verstohlen hinaus, doch ich konnte Walsingham nicht ausmachen. Schließlich sagte ich mir, dass er schon nach mir rufen würde, wenn er es für nötig hielt. Ansonsten musste ich meinen Dienst wie immer versehen.

Wie sich kurz darauf herausstellte, hatten die hohen Herrschaften ihr eigenes Personal mitgebracht. Charlotte, die anfangs darüber gewettert hatte, dass wir mehr zu tun bekommen würden, sah es überhaupt nicht gern, dass zwei weitere Köche ihr den Herd streitig machten. Sie brachten neue Moden herein und redeten ihr ins Handwerk, wo sie nur konnten – und das bereits eine Stunde, nachdem sie die Küche betreten hatten. Doch sosehr die Köchin sich darüber auch aufregte, es änderte nichts. Der Graf von Kent bestand auf seine beiden Leibköche, und diese würden so lange bei uns bleiben, bis die Gerichtsverhandlung vorüber war.

Wir Mägde konnten uns leider nicht über Unterstützung freuen. Für uns nahm die Arbeit tatsächlich zu, aber ich war auch froh darüber. Niemand hatte mehr Zeit zu schwatzen, dennoch gab es viel zu hören. Die Gäste nahmen den Stallmeister dermaßen in Anspruch, dass er gar nicht mehr dazu kam, den Mägden nachzustellen. Das besserte zwar nicht seine Laune, allerdings wusste er, dass er sich vor den hohen Herren nicht wie die Axt im Walde benehmen durfte. Sogar die morgendlichen Gertenhiebe für sein Pferd fielen weg, so dass ich tatsächlich aufpassen musste, nicht zu verschlafen. Das waren zum Glück alles Neuerungen, die mir gefielen, und ich hoffte, im Gegensatz zu Charlotte, dass das Gericht möglichst lange tagen möge.

Am Abend jenes Tages gab mir Will Bescheid, dass Walsingham mich sehen wolle. Er sagte es mir nicht mit Worten, er drückte mir eine Hagebutte in die Hand. Walsingham vergaß wirklich nichts. Rosenblüten gab es momentan nicht, dafür aber Hagebutten, und es fiel nicht weiter auf, wenn ein Bediensteter einer Magd eine von den roten Früchten gab. Treffpunkt war der Keller, in dem Alyson zu Amy geworden war. Sobald im Schloss alles ruhig geworden war, lief ich dorthin.

Walsingham erwartete mich in dem Lagerraum, in dem ich mich umgezogen hatte. Er begrüßte mich mit den Worten: »Wie ich sehe, hast du dich in deine Rolle gut eingelebt.«

»Wie es meine Aufgabe ist«, entgegnete ich, machte einen Knicks und zog die Tür hinter mir zu.

»Bist du Maria schon begegnet?«

Ich schüttelte den Kopf und hielt es für unnütz, ihm zu erzählen, dass ich bereits oben in der Nähe ihrer Gemächer war. Selbst gesehen hatte ich die schottische Königin nicht, also war es keine Lüge. »Nein, bisher nicht. Ich versehe den Dienst im unteren Teil des Schlosses.«

Walsingham nahm die Information mit einem Nicken zur Kenntnis und sagte: »In den nächsten Tagen wirst du versuchen, dem Prozess beizuwohnen. Ich will, dass du Marias Aussagen mitbekommst und was ihr geantwortet wird.«

Ich ahnte, dass es schwierig werden würde, denn eine einfache Dienstmagd ließen sie ganz gewiss nicht in den Verhandlungsraum. Aber wenn ich derartige Bedenken anmeldete, würde mir Walsingham bestimmt antworten, dass es meine Sorge sei und dass ein Spion niemals erwarten dürfe, sein Problem würde von anderen gelöst.

»Verstanden, Sir Francis«, antwortete ich und fragte mich, ob er mich wirklich nur deshalb sehen wollte. Ich hätte ohnehin versucht, einige Fetzen des Prozesses zu erhaschen.

»Übrigens hat die Königin den Grund deiner Abreise positiv aufgenommen. Auch die Hofdamen hegen keinen Argwohn wegen deiner Abwesenheit. Es gibt zwar hier und da das Gerücht, dass du eine Engelmacherin aufgesucht hast, aber der Mund, aus dem das kommt, ist für seine Schwatzhaftigkeit berüchtigt, daher braucht es uns nicht weiter zu bekümmern.«

Engelmacherin? Beinahe hätte ich gefragt, was das sei, und ich kam mir schrecklich dumm vor, als es mir wieder einfiel. Ich konnte mir schon denken, wer dieses Gerücht in die Welt setzen wollte. Nach Jane Ashleys Tod hatte Beth Throckmorton nicht nur ihren Platz unter den Damen der Königin eingenommen, sie glaubte anscheinend auch, dass sie das Versprühen von Gift und Galle gleich mit übernehmen musste. Aber das konnte mir egal sein. »Vielen Dank für die Nachricht, Sir«, entgegnete ich daher, denn was sollte ich sonst dazu sagen?

»Also gut, ich denke, dass wir in den nächsten Tagen nicht dazu kommen werden, miteinander zu sprechen«, sagte Sir Francis, nachdem er mich einen Moment lang gemustert hatte. »Wenn sich etwas Wichtiges ergibt, wirst du es über Will oder Tom erfahren. Das gilt auch für die Zeitspanne, die du noch hier verbringen wirst. Wenn es an der Zeit ist, zurückzukehren, werde ich es dich wissen lassen.«

Damit bedeutete er mir, dass ich gehen konnte. Ich knickste und kehrte in die Küche zurück. Mein nächtlicher Spaziergang würde heute ausfallen müssen, doch ich hatte ja genug, worüber ich nachdenken konnte.

Die Stimmung war in jenen Tagen von Erwartung aufgeladen. Wie ich aus den Reden der Bediensteten erfuhr, weigerte sich Maria das Gericht anzuerkennen – und vor ihm zu erscheinen. Solange sie das nicht tat, konnte der Prozess nicht begonnen werden, denn es stand ihr zu, sich zu den Beschuldigungen zu äußern. Mit angehaltenem Atem wartete jeder auf ihre Entscheidung. Der fanatische Graf von Kent schimpfte auf die Ketzerin und ihre Halsstarrigkeit, der weichherzigere Graf von Shrewsbury versuchte, sie mit diplomatischen Worten zur Vernunft zu bewegen. Ich wollte erst gar nicht wissen, was in Walsingham vor sich ging. Gewiss, er war kein Mensch, der laut wurde und wie angestochen durch sein Quartier marschierte. Seine Dämonen tobten eher im Inneren, und je mehr Zorn sich dort anstaute, desto heftiger war später die Rache seines Körpers.

Schließlich kam die Erlösung. Maria lenkte ein und erklärte sich einverstanden, vor Gericht zu erscheinen. Wir erfuhren es von einem der Kutscher, die die hohen Herren hergebracht hatten.

»Jetzt werden sie ihr wohl endlich den Kopf abschlagen«, schloss er seinen Bericht. »Es ist auch richtig so, eine Königsmörderin hat es nicht anders verdient. Erst jagt sie ihren Ehemann in die Luft, jetzt will sie unsere Königin ermorden lassen. Nein, ich sage euch, an dem Tag, wenn ihr Kopf rollt, werde ich mir einen großen Krug Ale holen und auf den Henker trinken!«

Damit stand er nicht allein da, denn wie Will mir berichtet hatte, wartete wohl bereits ganz England auf Marias Hinrichtung.

Aber diese gab es nicht ohne einen vorherigen Prozess, der noch am selben Nachmittag eröffnet wurde. Natürlich war er dem normalen Personal nicht zugänglich, nicht einmal Marias Mägde und Damen durften daran teilnehmen. Wiederum blieb uns nichts anderes übrig, als zu warten.

Besser gesagt, den anderen blieb nichts weiter übrig. Ich dagegen musste einen Weg finden, um den Prozess zu verfolgen. Einen der Soldaten zu bestechen wäre eine Möglichkeit gewesen, doch womit? Ich hatte keinen einzigen Schilling, und meinen Körper wollte ich ihm nicht anbieten. Eine weitere Möglichkeit wäre gewesen, einen Wächter zu überwältigen, doch das erschien mir zu riskant. Schnell konnte ich als Sympathisantin Marias angesehen werden, und ich bezweifelte, dass Walsingham auch nur einen Finger krumm machen würde, um mich aus Schwierigkeiten herauszuholen.

Während ich nach einer Alternative suchte, kam diese in der Gestalt von Sally auf mich zu.

»Was meinst du, wollen wir uns mal ansehen, was bei der Verhandlung los ist?«, fragte sie.

Dieser Vorschlag kam völlig überraschend. Warum kam sie gerade zu mir? Ihre Freundin Anne war längst wieder auf den Beinen.

Als könnte sie meine Gedanken lesen, fügte sie hinzu: »Ich habe Anne schon gefragt, aber die hat Angst. Und allein traue ich mich nicht zwischen die Soldaten. Was ist, bist du denn gar nicht neugierig?«

Natürlich war ich neugierig, und so ging ich mit ihr. Sally überraschte mich damit, wie gut sie sich im Schloss auskannte, vor allem, was versteckte Winkel anging. Sie zog mich an den Wachen vorbei in einen kleinen Gang, der sich direkt neben der großen Halle befand, in der die Verhandlung tagte. Anscheinend kam nicht oft jemand hierher, denn von der Decke hingen lange Spinnweben. Die Luft roch modrig, mit Sicherheit gab es hier nicht nur lebende Ratten, sondern auch Kadaver, die langsam vor sich hin faulten.

Der Geruch war allerdings schnell vergessen, als ich die Stimmen hörte. Sie waren so deutlich, als würde man direkt neben den Richtern stehen. Ich fragte mich, ob es hier irgendwo auch eine kleine Tür gab, durch die man heimlich in den Saal gelangen konnte, aber ich wollte jetzt nicht danach suchen.

»Das ist sie! Maria!«, sagte Sally, und ich lauschte wie gebannt den Worten, die eine kräftige und ein wenig ältliche Stimme gerade aussprach.

»Wer sagt Euch denn, dass Walsingham die Briefe nicht selbst verfasst hat?«

Diese Anschuldigung wog schwer und zog ein laues Raunen nach sich. Ich wusste allerdings, dass Sir Francis keine Miene verziehen würde. In seiner gewohnt würdevollen Art würde er sich erheben und einen Moment lang durch den Raum blicken.

Und tatsächlich, nach einer Zeitspanne, in der er all das hätte tun können, hörte ich seine Stimme: »Ich versichere bei Gott, dass ich alles getan habe, um das Wohl unserer gnädigen Majestät zu schützen. Aber nie hätte ich mich auf ein solch gottloses Unterfangen eingelassen, wie es mir hier vorgeworfen wird. Ich rufe Gott als meinen Zeugen an, dass ich stets nach bestem Wissen und Gewissen gehandelt habe.«

Damit sprach er nicht mal eine Lüge aus, denn er hatte tatsächlich nichts mit den Briefen zu tun gehabt. Phelippes mochte sie entziffert und an einigen Stellen vielleicht etwas verschönert haben, doch ganz sicher hatte er nicht in das Hauptbeweisstück eingegriffen. Walsingham wusste, dass er sich den Zorn Elizabeths eingehandelt hätte, wenn ihr Derartiges zu Ohren gekommen wäre.

»Meinst du wirklich, dass er es getan hat?«, hörte ich Sally flüstern.

»Du meinst, die Briefe gefälscht?«

Sie nickte.

»Das weiß ich nicht«, antwortete ich. »Es geht unsereins ja auch nichts an.«

»Aber wenn er nun ...«

Ich schüttelte den Kopf und lauschte wieder.

Bevor sich Maria allerdings zu Walsinghams Aussage äußern konnte, ertönte eine Stimme hinter uns.

»Was tut ihr hier?«

Ohne dass wir es bemerkt hatten, war Amyas Paulet hinter uns getreten, und seine Blicke durchbohrten uns regelrecht. Mir fiel ein, dass wir die Tür, die in den Gang führte, offengelassen hatten. Dass hätte uns nicht passieren dürfen! Auf jeden Fall sah es ganz so aus, als hätten wir in Paulets Augen gerade eine Todsünde begangen. Ich fragte mich, warum ich ihn nicht kommen gehört hatte – und warum er gewusst hatte, dass sich hier jemand aufhielt.

»Wir ...«, brachte ich hervor und blickte zu Sally, die der Mut fast vollständig verlassen hatte. Ihr Gesicht war so rot wie die Ahornblätter, die sicher schon wieder auf dem Hof herumwirbelten. »Wir wollen nur ...«

»Ihr wolltet lauschen, das ist mir klar! Geht an eure Arbeit, das hier ist nichts für euch!«

Wir knicksten und machten uns von dannen.

Viel war es nicht, was ich vom Prozess mitbekommen hatte, doch ich tröstete mich damit, dass ich nun den geheimen Gang kannte. Der Prozess würde sicher ein Weilchen dauern, und vielleicht hatte ich in den nächsten Tagen Gelegenheit, mich noch einmal heimlich fortzustehlen.

53. Kapitel

Wie ich einsehen musste, sollte es keine weitere Gelegenheit geben, den Prozess zu verfolgen. Zwei Tage nach der Verhandlungseröffnung sprengte ein Reiter durch das Schlosstor. Zunächst dachte ich, Fournay kehrte von seinem morgendlichen Ausritt zurück, aber dann erkannte ich, dass es sich um einen königlichen Boten handelte. Kaum dass sein Pferd zum Stehen gekommen war, sprang er aus dem Sattel und rannte zum Haupteingang.

»Was gaffst du denn schon wieder aus dem Fenster, Kleine?«, fragte Charlotte, die gerade in die Küche kam.

»Da ist ein Bote gekommen«, antwortete ich und fragte mich gleichzeitig, was er hier sollte. Normalerweise mussten die Richter alle nötigen Befugnisse bei sich haben. Oder hatte es sich die Königin inzwischen anders überlegt?

»Wollen wir hoffen, dass seine Botschaft die Vielfraße wieder abreisen lässt«, entgegnete die Köchin. »Und dass sie diese beiden Besserwisser gleich mitnehmen.«

Damit meinte sie zweifelsohne die Köche des Grafen von Kent. Deren Kochkunst vermochte ich nicht zu beurteilen, denn die Mahlzeiten, die sie zubereiteten, waren nur für die Herren Richter bestimmt, doch nach den Gerüchen zu urteilen mussten sie Charlotte um Längen übertroffen haben.

Ihre Bitte wurde erhört. Kaum war der Bote nach kurzem Aufenthalt wieder verschwunden, kam Will zu uns. »Die Herren Richter werden noch heute abreisen. Die Königin hat sie zurück nach London beordert, wo sie über ihren Richterspruch Auskunft geben sollen.«

War Elizabeth so ungeduldig, die Verräterin aufs Schafott zu bringen? Oder zögerte sie? Weder kannte ich die Gründe des Abzugs noch stand es mir zu, darüber zu urteilen. Eines wusste ich allerdings, als ich sah, wie sich der Zug der Richter langsam durch das Tor wälzte: Meine Zeit auf Fotheringhay war noch lange nicht zu Ende. Tatsächlich sollte sich etwas ereignen, das meine Zeit hier noch ein wenig erschweren würde.

In der Nacht nach der Abreise der Richter schreckte mich ein Geräusch aus dem Schlaf. Es klang zunächst wie das Quietschen einer Tür, die jemand offengelassen hatte und die nun im Wind hin und her schaukelte. Als ich mich jedoch erhob, um sie zu schließen, hörte ich, dass es kein Quietschen war. Es waren Schreie, die durch eine Hand auf dem Mund unterdrückt werden sollten und dennoch zu vernehmen waren. Die Stimme klang hell, und ich hatte keinen Zweifel, dass es eine Frau war, die dort schrie.

Es konnte Lust sein, die sie dazu brachte, doch in meinen Ohren klang es eher, als würde sie vor Schmerz und Furcht schreien. Ich wusste, dass es vielleicht besser gewesen wäre, mich wieder auf meinen Strohsack zu legen und die Laute zu ignorieren. Aber das konnte ich nicht. Immerhin war es möglich, dass dort gerade jemand umgebracht wurde. Also legte ich mir mein Wolltuch um die Schultern und ging nach draußen, denn ich war mir sicher, dass die Geräusche von dort kamen.

Der Hof war dunkel, nur zeitweilig schaffte es der Mond, sein Licht durch die dahinrasenden Wolken zu schicken. Doch das wenige Licht reichte meinen Augen. Außerdem wollte ich mich von meinen Ohren leiten lassen. Diese führten mich unweigerlich zum Stall. In einem der kleinen Fenster bemerkte ich einen Lichtschein, und ich sah auch, dass die Tür offenstand – und das, obwohl der Stallmeister streng darauf achtete, dass zum Abend alle Türen geschlossen waren.

Die Schreie wurden spitzer, und zwischendurch vernahm ich ein Rascheln. Mein Gefühl sagte mir, dass das, was ich da hörte, nicht ganz freiwillig vonstatten ging. Ich wollte ohne guten Grund nicht durch die Tür treten, also schlich ich zum Fenster und stellte mich dort auf die Zehenspitzen. Durch das

Buntglas hätte ich nicht viel erkennen können, doch es war nicht ganz geschlossen, und ein schwacher Druck reichte bereits, um es aufzustoßen. Im nächsten Moment erblickte ich einen Mann und eine Frau. Letztere lag auf dem Stroh, und soweit ich sehen konnte, waren ihre Hände mit einem groben Seil an einen Balken gefesselt. Um den Mund hatte sie ein Tuch, um ihre Schreie zu unterdrücken – und damit der Mann die Hände frei hatte.

Ihn erkannte ich sofort: Fournay! Und vor ihm lag eine der Mägde Marias. Mittlerweile hatte ich herausgefunden, dass sie denselben Flügel bewohnten, in dem auch ihre Königin untergebracht war. Normalerweise blieben sie unter sich, und bisher hatte ich noch keine von ihnen bei uns in der Küche oder in anderen Bereichen, die wir bewirtschafteten, gesehen. Doch irgendwie musste sie dem Stallmeister in die Fänge geraten sein. »Verdammtes Weibsstück, stell dich nicht so an. Ich hatte noch nie eine Katholikin, und ich wette, dir hat es auch noch kein Anglikaner besorgt.« Keuchend drängte er ihr die Beine auseinander, so brutal, dass ihr Schreien wieder lauter wurde.

Die Frau war einer Ohnmacht nahe. Wenn ich jetzt nicht handelte, würde er sie vielleicht schwängern – oder Schlimmeres. Also schob ich die Tür auf und orientierte mich kurz im Stall. Ich konnte hören, wie die Pferde die Standbeine wechselten. Als sie mich witterten, schnaubten sie leise und wandten die Köpfe, doch das hörte Fournay in seiner Gier nicht. Ich hatte keine Ahnung, wie ich diesen Mann von seinem Treiben abbringen konnte. Ich hätte Alarm schlagen können, aber wahrscheinlich hätte dies trotz der offensichtlichen Situation bedeutet, dass die Magd ihre Ehre verlor. Der Stallmeister hätte sicher eine Geldstrafe bekommen, und dabei wäre es dann belassen worden. Nein, ich musste einen anderen Weg finden, und zwar schnell, denn nun sah ich, dass er sich keuchend auf sie sinken ließ.

Die Magd schrie erneut auf, dann begann ihr Körper unter heftigem Schluchzen zu zucken. Mein Blick fiel auf eine Sense, die zwischen den Streben eines Y-förmigen Balkens hing. Mit dieser würde ich ihn vielleicht zum Aufhören zwingen können, wenn ich sie ihm an die Kehle hielt.

»Was tut Ihr da?«, fragte ich und brachte ihn dazu, innezuhalten. Doch er rückte keinen Fingerbreit von der Gefesselten ab, die mich mit großen Augen anstarrte. »Bist du das, Amy?«, fragte er und stieß ein rauhes Lachen aus. Er hatte meine Stimme erkannt. Dieser Bastard hatte einen schärferen Verstand, als ich ihm zugetraut hatte. »Wenn du willst, kannst du die Nächste sein. Bei dir werde ich nicht einmal Fesseln brauchen.«

»Lass sie los!«, fuhr ich ihn an und griff nach der Sense.

»Warum sollte ich das tun?«, gab er zurück, und noch immer drehte er sich nicht zu mir um. »Weil du mir das sagst? Ich bin hier der Stallmeister und kann vögeln, wen ich mag. Der kleinen Katholikenmöse gefällt das doch.«

»Sie sieht nicht so aus, als würde es ihr gefallen«, zischte ich angriffslustig. »Jetzt komm von ihr runter, sonst wirst du es bereuen.«

Solche Töne hätte die alte Amy ganz sicher nicht angeschlagen.

»Du hast heute Nacht wohl von Mut geträumt, was? Verschwinde, sonst mache ich dir Beine.«

Darauf entgegnete ich nichts, sondern hob die Sense. Ich hatte nicht vor, ihn zu töten, ich wollte ihn lediglich von der Magd wegscheuchen. Als Fournay das scharfe Sensenblatt an seiner Kehle spürte, wusste er, dass er mir weder Beine machen noch sein Tun fortsetzen konnte.

»Bist du verrückt geworden, elendes Miststück!«, fuhr er mich an, worauf ich das Sensenblatt noch fester an seinen Hals drückte.

»Komm raus aus ihr, sonst verpasse ich dir eine Rasur mit der Sense«, gab ich leise zurück.

Fournay kam meiner Aufforderung nach und erhob sich.

Die Brust des Mädchens vor ihm hob und senkte sich heftig, erleichtert. An ihren Röcken konnte ich Blut sehen. Das sollte sie gewollt haben? Noch dazu mit einem Widerling wie Fournay?

»Das wirst du bereuen«, knurrte er, allerdings wagte er nicht einmal, seinen Hosenbeutel wieder zu schließen.

»Ich denke, du wirst es bereuen, wenn du noch einmal versuchst, dich über eine von uns herzumachen«, entgegnete ich seelenruhig. »Tust du das, wird diese Sense dein Tod sein, das verspreche ich dir.«

Ein mutiges Versprechen, wenn man unsere Positionen bedachte. Offiziell war ich hier nur eine Magd, er dagegen war der Stallmeister des Schlosses. Wenn er bei Paulet vorsprach, würde ich entlassen werden, es sei denn, Walsingham wollte preisgeben, dass er einen seiner Raben hier eingeschleust hatte. Der Stallmeister musste wiederum damit rechnen, dass ich von dem erzählte, was er hier getan hatte. Paulet verabscheute als überzeugter Puritaner jegliche Sünde, und nichts anderes hatte Fournay begangen.

»Was ist hier los!«, tönte plötzlich hinter uns eine Stimme. Als ich mich umwandte, sah ich Tom in der Tür stehen. Anscheinend konnte niemand einen Schritt über den Hof machen, ohne dass es einer der beiden Raben mitbekam. In diesem Fall war ich mal ganz froh, dass er auftauchte. Die Situation zu erklären, war nicht nötig. Tom sah die Sense in meiner Hand, er sah Fournays heruntergelassene Hose, und er sah das blutüberströmte Mädchen. Ich ließ die Waffe sinken, als sein Blick mich traf, und aus seinen Augen konnte ich lesen, dass mich großer Ärger erwartete. Dabei hatte ich der Magd nur helfen wollen.

Tom stand es nicht zu, den Verwalter zu ermahnen. Natürlich könnte er dafür sorgen, dass Fournay entlassen wurde, doch dadurch wäre er gewiss enttarnt worden. Glücklicherweise brauchte der Stallmeister keine Worte, um zu wissen, was er zu tun hatte. Da er von der Sense nichts mehr zu befürchten hatte, zog er seine Beinkleider hoch und brachte sie so gut es ging in Ordnung. Als er damit fertig war, wandte er sich um. Der Blick, den er mir zuwarf, barg in sich das Versprechen, Rache zu nehmen für seine Bloßstellung. Vielleicht schon morgen, vielleicht erst in ein paar Wochen, aber wenn die passende Gelegenheit gekommen war, würde er zuschlagen und es mir heimzahlen. Von nun an würde ich gut auf meinen Rücken achten müssen.

Schließlich rauschte er an Tom vorbei, und nachdem sich dieser vergewissert hatte, dass der Stallmeister fort war, sagte er zu mir: »Mach sie los und bring sie ins Haus, damit sie sich waschen kann.«

»Was wird mit ihm?«, fragte ich und deutete in die Richtung, in der Fournay verschwunden war.

»Das wird sich zeigen«, antwortete Tom kühl, und das lag sicher nicht nur daran, dass uns die Magd zuhörte. »Sieh zu, dass du dich von weiterem Ärger fernhältst.«

Damit wandte er sich um, und ich hatte das Gefühl, die Dummheit meines Lebens begangen zu haben. Zeit, um darüber nachzudenken, hatte ich jedoch nicht. Die Magd befand sich noch immer in ihrer misslichen Lage. Ich ging zu ihr und machte sie los. Der Stallmeister hatte die Knoten sehr fest gezogen, so als gelte es, einen Ochsen zu halten.

Zum einen bedauerte ich, meine Messer nicht mitgenommen zu haben, doch zum anderen hätte ich sie ohnehin nicht benutzen können, ohne das Aufsehen der Magd zu erregen. Also benutzte ich meine Finger, und wenig später konnte ich die Seile lösen.

Die ganze Zeit über verharrte die junge Frau wie versteinert, doch jetzt, da sich die Fessel um ihre Handgelenke löste, löste sich auch die Fessel des Schreckens in ihrem Inneren.

Sie schluchzte auf und klammerte sich zitternd an mich. »Warum hast du das getan? Warum hast du das bloß getan?«, wollte sie von mir wissen. »Fournay wird dich töten, er wird dich töten.«

»Nein, das wird er nicht«, sprach ich in ihre aufgelösten Locken, die von Angstschweiß verklebt waren. »Er wird auch dich nicht noch einmal anrühren.«

Davon war sie nicht sonderlich überzeugt. »Warum setzt du dein Leben für eine Katholikin aufs Spiel? Warum hast du mir geholfen?«

»Ich habe dich nicht als Katholikin betrachtet, sondern als Menschen, als Frau«, entgegnete ich. »Du hast nichts Unrechtes getan, warum sollte ich zulassen, dass dir Unrecht geschieht? Es ist Christenpflicht, einem anderen zu helfen.«

Auf diese Worte hin verebbte ihr Schluchzen, und sie sah mich mit großen Augen an. »Danke«, brachte sie irgendwann über die Lippen und ließ sich von mir aufhelfen. »Ich heiße übrigens Sarah.«

»Ich bin Amy«, gab ich zurück, und bevor sie noch in irgendwelche Dankesreden verfallen konnte, fügte ich hinzu: »Komm jetzt ins Haus, wir müssen dich saubermachen.«

Ich führte sie über den Hof in die Küche, die sie sonst nicht betrat. Wir mussten leise sein, denn Charlotte hatte ein sehr feines Gehör. Ich goss lauwarmes Wasser in einen Bottich und bedeutete Sarah, dass sie sich ausziehen sollte. Sie gehorchte, und ich suchte währenddessen mein zweites Kleid hervor, jenes, das ich in der Kutsche gefunden hatte.

»Zieh das so lange an, bis deines wieder sauber ist!«, sagte ich, während die Magd zitternd in den Bottich stieg.

»Aber ...«

»Kein Aber, du ziehst es an, oder willst du mit blutbesudelten Kleidern herumlaufen?«

Sarah schüttelte den Kopf. »Sie werden mich fragen, woher ich es habe.«

»Du kannst ihnen ruhig sagen, dass es von mir ist. Behaupte einfach, ich hätte dir Holundersaft übergegossen. Das ist vielleicht die beste Erklärung für den Fall, dass ich die Flecken in deinem Kleid nicht ganz rausbekomme.«

Während ich sprach, blickte ich auf den Wäschehaufen und musste wieder an Jane Ashley und deren Blut auf meinem weißen Kleid denken. Damals waren die Flecken nicht ganz rausgegangen, allerdings hatte man mir ein neues gegeben, und damit war die Sache vergessen gewesen.

Auch wenn Sarah vielleicht nicht ganz einverstanden war, ihrer Umwelt diese Lüge aufzutischen, sie wusch sich schweigend in dem Zuber, und genauso schweigend kleidete sie sich wieder an. Ich schüttete das blutige Wasser aus, und schließlich standen wir uns zum letzten Mal in dieser Nacht gegenüber.

»Ich werde dir dein eigenes Kleid bringen, wenn es fertig ist«, sagte ich, worauf sie nickte.

»Und ich werde für dich beten, dass deine Hilfsbereitschaft nicht etwas Furchtbares nach sich ziehen wird.«

Das war ein seltsames Angebot, aber es war nicht unbegründet, das wusste ich. Nun gut, sollte sie für mich beten, ob es etwas bringen würde, würde sich zeigen.

»Halte dich von Fournay fern, wenn du kannst«, gab ich ihr mit auf den Weg und ließ sie gehen.

Noch in der Nacht weichte ich ihr blutiges Kleid ein und wusch es gleich bei Tagesanbruch. Ich wollte nicht, dass sie der Schmach ausgesetzt wurde, also schmuggelte ich es so diskret wie möglich unter die zu trocknende Wäsche. Nur ich wusste, dass es ihr gehörte, und mit etwas Glück konnte ich es ihr bringen, ohne dass es jemand mitbekam.

Nachdem alles erledigt war, legte ich mich mit offenen Augen auf den Strohsack und dachte über die Tragweite meines Handelns nach. Ich würde nicht mehr ohne meine Dolche vor die Tür treten können, ich würde mich darauf einstellen müssen, zu kämpfen, wenn ich dem Stallmeister allein begegnete. Ich musste damit rechnen, als Krüppel oder tot das Schloss zu verlassen.

54. Kapitel

Am nächsten Morgen lag eine merkwürdig klamme Stille auf dem Anwesen. Die Schweine und Hühner auf dem Hof, die Vögel in der Luft, sogar der Wind, der sonst immer um die Mauern strich – sie alle schwiegen ob des Ungeheuerlichen, das ich getan hatte. Zumindest kam es mir so vor. Der Stallmeister verzichtete sogar auf seinen morgendlichen Ausritt, doch das Gewieher seines Pferdes brauchte ich mittlerweile nicht mehr, um wach zu werden.

Ich konnte nicht behaupten, dass mich nicht doch ein wenig die Angst packte. Da Fournay nicht fortgeritten war, würde er sicher zum Frühstück hier aufkreuzen. Natürlich würde er nicht versuchen, mich vor allen anderen grün und blau zu schlagen. Allerdings ließ ein Mann wie er eine Schmach, wie ich sie ihm beigebracht hatte, nicht so einfach auf sich sitzen.

Glücklicherweise blieb er dem morgendlichen Mahl fern, doch wie es aussah, hatten die Stallburschen bereits erfahren, was geschehen war. Sie musterten mich mit mitleidigen Blicken, und die allmorgendliche Heiterkeit blieb aus. Als Charlotte sich darüber wunderte, meinten sie ausweichend, dass sie eine schlechte Nacht gehabt hätten. Wieder ruhte ihr Blick auf mir, so als meinten sie, dass sie mich an diesem Morgen zum letzten Mal lebend sehen würden. Ich hätte Charlotte von den Vorgängen in der vergangenen Nacht erzählen können, ich hätte sie bitten können, mich bei der Arbeit im Haus zu lassen, aber das wollte ich nicht. Ich hatte mir die Suppe eingebrockt, nun musste ich sie auch auslöffeln. Trotz allem bereute ich es nicht, diesen Mistkerl von Sarah heruntergeholt zu haben.

Nach dem Frühstück musste ich hinaus zum Brunnen, Wasser holen. Meine Dolche trug ich im Untergewand, dicht an meinem Leib. Wenn es Fournay gelang, mich zu Fall zu bringen, würde ich mich damit verteidigen müssen. Ich schritt über den Hof, ließ den Blick aufmerksam über den Platz schweifen, doch ich sah nur die Stallburschen und die Soldaten. Fournay musste immer noch im Schloss sein. Am Brunnen angekommen, begann ich mit dem Schöpfen, und diesmal tat ich es so, dass ich dazwischen auch lauschen konnte, ob jemand hinter mir auftauchte.

Tatsächlich hörte ich wenig später Schritte und war der Meinung, dass es Fournay war. Nur mühsam konnte ich mich bezwingen, nicht herumzuwirbeln. Ich tat so, als wäre es mir egal, ob er hinter mich trat, denn ich wollte ihn mit meiner Gegenaktion überraschen. Dazu kam es nicht, denn er stand nicht hinter mir. Es war Will, wie ich unschwer an seiner Stimme hören konnte. »Du hast dir verdammt viel Ärger eingebrockt, weißt du das?«, raunte er mir in den Nacken. »Der Verwalter hat gedroht, dir den Hals durchzuschneiden.«

Nichts anderes hatte ich erwartet. »Hätte ich etwa zusehen sollen, wie er das Mädchen vergewaltigt?«

»Ja, das hättest du. Dann hättest du deine Mission hier in Ruhe zu Ende bringen können. Jetzt wird Fournay versuchen, sich an dir für den entgangenen Happen zu rächen.«

»Entgangener Happen?« Ich wandte mich um und blickte ihn an. »Will, sie ist ein Mensch wie ich auch.«

»Sie ist eine Frau, und als Frau würde sie stets die Schuld bekommen. Fournay wird behaupten, dass sie ihn verführt hat. Er könnte auch behaupten, dass du ihn umbringen wolltest, was ja keine Lüge ist, denn du hast ihm die Sense an die Kehle gehalten. Warum musst du dich in Dinge einmischen, die dich nichts angehen und die nicht zu deinem Auftrag gehören? Kümmere dich um deine Angelegenheiten und ignoriere das, was andere machen. Du bist nicht hier, um privates Unrecht zu verhindern, sondern um deinem Land zu dienen!«

Seine Worte erschütterten mich. Sollte ich wirklich tatenlos zusehen, wenn das Leben eines Menschen bedroht war? Sollte ich wegsehen, wenn jemand Hilfe benötigte? Wollte Walsingham, dass ich das hier lernte? Ein Unmensch zu werden?

»Du würdest also zusehen, wenn mich jemand töten würde? Obwohl du es vielleicht könntest, würdest du mir nicht helfen?«

»Ja«, antwortete Will, und nur an der Pause, die er nach diesem schnell ausgesprochenen Wort machte, erkannte ich, dass er nicht ganz so sicher war. »Wenn es meinem Land dient, würde ich es tun. Wenn ich Gefahr laufe, dadurch enttarnt zu werden und mein eigenes Leben zu verlieren, würde ich es tun.«

»Was ist mit deinem Gewissen?«

Will trat einen weiteren Schritt auf mich zu. »Hör mir gut zu, Gewissen ist etwas, was wir uns nicht leisten können, wenn wir überleben wollen. Ich rate dir noch einmal, halte dich von weiterem Ärger fern. Sicher wird Fournay dir Schwierigkeiten bereiten und dabei das Unschuldslamm spielen. Das wirst du durchstehen, ohne ihn anzugreifen und ohne jemandem etwas zu sagen.«

»Fournay bekommt also keine Strafe für das, was er getan hat?«

»Nein, wahrscheinlich nicht, damit musst du dich abfinden.«

»Was, wenn er versucht, mich zu töten?«

Die Antwort blitzte mich aus Wills Augen an, bevor er den Mund aufmachen konnte. »Manchmal gibt es Dinge, die sind nicht zu vermeiden. Denk darüber nach und handle gemäß der Situation. Wenn du dir sicher bist, dass es sein muss, töte ihn. Aber vorher werden Tom und ich sehen, was wir für dich tun können.«

Damit war die Unterredung beendet. Will drehte sich um und zog von dannen. Ich blickte ihm kurz nach, dann beeilte ich mich, die Wassereimer zu füllen, um ins Haus und damit unter Leute zu kommen.

Tatsächlich taten Will und Tom etwas für mich. Ich weiß nicht, was sie mit Fournay abgesprochen hatten, aber er ging mir weitestgehend aus dem Weg. Wenn wir uns doch einmal unter die Augen kamen, tat er so, als sei ich nicht da. Wenn ich ihm allerdings den Rücken zukehrte, spürte ich seinen Blick wie einen Dolch zwischen den Schulterblättern.

Sarah sah ich einige Male, allerdings hatten wir kaum Gelegenheit, miteinander zu sprechen. Selbst der Tausch unserer Kleider vollzog sich still und heimlich. Wenn sich unsere Blicke trafen, entdeckte ich Freundlichkeit und Dank darin. Wahrscheinlich wären wir unter anderen Umständen Freundinnen geworden, doch so weit wollte ich sie nicht an mich heranlassen, denn sie diente Maria, und wenn diese tot war, würde ich wahrscheinlich nie wieder etwas von ihr hören.

Dann kam der Tag, an dem ich fest der Waschküche zugeteilt wurde. Die Waschküche machte keinen Unterschied, für welchen Herrn sie arbeitete. Hier trafen gleichermaßen die Wäschestücke der Königin und der Diener ein.

Fournay wusste natürlich darüber Bescheid, denn Paulet besprach mit ihm alles, was auf dem Schloss passierte. So kam es, dass ich eines Morgens, wie immer als Erste, die Waschküche betrat und mir ein beißender Geruch entgegenströmte. Ich brauchte nicht lange zu überlegen, was es war und woher es kam. Am Abend zuvor hatte ich die Wäsche in einem großen Zuber eingeweicht. Das Wasser darin war nun braun gefärbt von Jauche. Ob Fournay selbst Hand angelegt oder seinen Stallburschen befohlen hatte, es zu tun, wusste ich nicht. Ich kam jedenfalls nicht umhin, den Bottich auszuschöpfen und neues Wasser einzufüllen.

Als ich zum Brunnen ging, meinte ich Fournays Gesicht irgendwo aus dem Dunkel des Stalltores auftauchen zu sehen.

Der Kampf hatte also begonnen, er hatte seinen ersten Angriff erfolgreich durchgeführt. Doch ich gab mir nicht die Blöße, mit krummem Rücken umherzuschleichen, ich ging so aufrecht ich konnte mit meinen Wassereimern zur Waschküche, und als die anderen Mägde kamen, war nur noch ein Hauch des Geruchs übrig.

»Hat Jack wieder seine Sachen zwischen die Wäsche geschmuggelt, oder warum stinkt es hier wie im Stall?«, murrte Sally, als sie zur Tür hereinkam.

»Ersteres«, entgegnete ich und griff nach dem Besen neben der Tür. »Er hat auch gleich ein paar Klumpen von seinen Stiefeln verloren.« Damit fegte ich demonstrativ in Richtung Tür, und Sally war's zufrieden.

Am Nachmittag nahm mich Will beiseite. Wusste er von dem Streich und wollte prüfen, ob ich mich beklagte?

»Fournay hat sich inzwischen wieder ein wenig beruhigt«, raunte er mir zu, als ich die Wäsche auf die Leine hängte. »Er will dir immerhin nicht mehr den Hals durchschneiden.«

»Dafür will er mich im Stall vergewaltigen, oder was?« Meine Amy-Maske bröckelte in diesem Augenblick ein wenig.

»Er wird dir Ärger machen, darauf kannst du wetten, aber er weiß jetzt auch, dass er dir nichts tun darf. Ich habe beiläufig fallenlassen, dass ich mal ausprobieren will, ob du mich ranlässt. Fournay weiß natürlich, dass ich von den Vorgängen durch Tom gehört habe. Du hättest mal sehen sollen, was für einen sauren Blick er mir zugeworfen hat! Trotzdem ist ihm jetzt klar, dass du einen Beschützer hast. Ich werde ihn nicht für etwas zur Rechenschaft ziehen können, aber immerhin ist dein Leben nicht mehr bedroht.«

Ich hatte große Lust, ihm mit einer Frechheit zu antworten, doch ich wusste auch, dass er es gar nicht nötig gehabt hätte, mir in dieser Weise beizuspringen. »Danke«, brachte ich also hervor, denn ich war ihm tatsächlich sehr dankbar.

»Das klingt nicht so, als wolltest du mich tatsächlich ranlassen«, entgegnete er mit einem breiten Grinsen.

»Ist das etwa Bedingung? Dann hättest du mich vorher fragen sollen, ich hätte gewiss verzichtet.«

Meine Antwort konnte ihn nicht verdrießen. »Sei nicht so spröde, ich könnte dir sehr viel Freude bereiten. Die Frauen, die ich bisher hatte, haben sich alle nicht beklagt. Ich musste sie dazu auch nicht an einen Balken fesseln.«

Ich blickte an ihm hinab und musste zugeben, dass vielleicht etwas daran war. Will war keineswegs hässlich und zudem gut gebaut. Die Frauen beklagten sich sicher nicht – dennoch gehörte ich nicht zu jenen, die seine Dienste in Anspruch nehmen wollten.

»Glaubst du wirklich, die scheue Amy würde sich auf so etwas einlassen?«

»Man soll die Hoffnung nicht aufgeben«, entgegnete er, und ehe ich etwas dagegen tun konnte, beugte er sich vor und drückte mir einen Kuss auf den Mund.

Ich wusste nicht, ob Fournay in der Nähe war und es gesehen hatte. Wenn ja, so würde er Wills Worte bestätigt sehen. Wenn nicht, hatte Will das Vergnügen. Unter anderen Umständen hätte ich ihn sicher geohrfeigt, aber nun sollte er den Kuss ruhig haben. Ich hatte schließlich auch den Spanier geküsst, um an den Ring zu kommen, jetzt sollte Will mich ruhig küssen, wenn es meinem Schutz diente.

Er ließ mich jedenfalls nach diesem Kuss stehen und kehrte in das Wirtschaftsgebäude des Schlosses zurück. Ich blieb allein mit der Wäsche.

55. Kapitel

In den nächsten Tagen ereigneten sich noch einige andere unschöne Dinge, und das, obwohl ich gewissermaßen unter Wills Schutz stand. Fournay schien wissen zu wollen, wann ich die Nerven verlor und entweder das Feld räumte oder bei Paulet vorsprach. Tote Ratten auf meinem Strohsack, blutverschmierte Mäuse zwischen der Wäsche, einmal sogar der Hoden eines Wallachs, der kurz zuvor gelegt worden war. Das alles schreckte mich weit weniger, als Fournay annahm. Er wusste nicht, dass ich aus London kam und Schmutz gewöhnt war. Nach einer Weile reizten mich seine Taten beinahe schon zum Lachen.

Nachdem die Angriffe mit toten Tieren ausgereizt waren, verlegte er sich darauf, sein Pferd über die zum Bleichen ausgebreitete Wäsche zu jagen. Einmal ging eines der Kutschenpferde »versehentlich« durch, so dass sämtliche Wäsche von den Leinen gerissen wurde und in den Dreck fiel. Ich hätte mich bei Will ausweinen können, doch wahrscheinlich hätte er nur wieder gesagt, dass er nichts für mich tun könne. Wer den Mut gehabt hatte, den Verwalter von einer Frau herunterzuholen, musste auch den Mut haben, seinen Zorn auszuhalten. Ich erduldete also alles schweigend und versuchte, das schwarze Untier in meiner Brust, das nach einer Weile forderte, Fournay im Schlaf den Hals durchzuschneiden, im Zaum zu halten.

Und siehe da, mit der Zeit hörten die direkten Streiche auf. Nicht, weil Fournay mir vergeben oder das Geschehene vergessen hatte. Er schien der Spielchen nur überdrüssig zu werden, denn er musste einsehen, dass er mich damit nicht brechen konnte.

Was blieb, war eine schwelende Spannung, eine Glut, die noch nicht genügend Nahrung fand, um wirklich zu entflammen. Ich hielt mich von Fournay fern und schlief wie damals bei Murphy schon mit einem offenen Auge. Mehr als je zuvor hielt ich des Nachts Geoffreys Amulett in der Hand und hoffte, dass die ihm nachgesagte Wirkung zutraf. Bisher war ich stets mit dem Leben davongekommen, doch ob der heilige Christophorus auch mit einem Menschen wie Fournay rechnete?

Nach dem Herbst brach eine Zeit der Ruhe an, auch für das Personal. Nachdem die ersten Laken draußen steif gefroren waren, hängten wir sie in der Waschküche auf, und so war sie auch vor Angriffen durch Pferdehufe geschützt.

Über Fournays Rachefeldzug trat der Prozess gegen Maria Stuart fast in den Hintergrund. Zwei Monate war es nun her, dass das Gericht abgezogen war, und noch immer war keine Nachricht aus London eingetroffen. Ich war mittlerweile so weit, dass ich Fotheringhay nicht mehr sehen konnte. Die feuchten Mauern, der graue Himmel, die finsteren Fenster – all das setzte meinem Gemüt genauso zu wie der Anblick des Stallmeisters, dem ich die Pest an den Hals wünschte.

Also ging ich eines Abends zu Will. Vielleicht wusste er etwas, das mich ein wenig aufheitern konnte.

»Hast du Sehnsucht, meine Schöne?«, fragte er mich spöttisch, nachdem ich ihn aus seinem Quartier geholt hatte.

»Sehe ich so aus?«

»Was führt dich dann hierher, wenn nicht die Qualen der Sehnsucht?«

Ich hatte keine Lust mehr auf seine Späßchen und kam daher gleich auf den Punkt. »Was meinst du, warum brauchen sie so lange, bis das Urteil verkündet wird?«

»Kannst es wohl gar nicht mehr abwarten, bis ihr Kopf rollt, wie?«, entgegnete Will, und bevor ich etwas Gegenteiliges behaupten konnte, fügte er hinzu: »Mir ist zu Ohren gekommen, dass der Graf von Leicester bei Walsingham wegen eines Briefes vorgesprochen hat, den Maria an Ihre Majestät geschickt hat. Er soll die Königin zu Tränen gerührt haben, und Leicester äußerte die Befürchtung, dass es zu einer weiteren Verzögerung kommen könnte. Wie es aussieht, hat Elizabeth Angst, das Blut einer Verwandten, die Maria nun mal ist, zu vergießen. Allerdings nicht aus Sentimentalität, sondern vielmehr weil sie einen Krieg zwischen England und Spanien befürchtet. Philipp hat ihr offen mit einer Invasion gedroht, und so ist ihr Zögern verständlich.«

Das war also die Kehrseite der Medaille! Bisher hatte ich nur Walsinghams Sichtweise mitbekommen, nämlich dass die Königin vor den Umtrieben Marias geschützt werden musste. In seinen Bemühungen schien er allerdings die Gefahr, die aus dem Ausland drohte, außer Acht zu lassen. Oder etwa nicht? Ich hatte erfahren, dass Walsingham alles mit größter Sorgfalt durchdachte. Ich konnte nicht glauben, dass er in diesem Punkt nachlässig war. Vielleicht steckte dahinter ein weitaus größerer Plan, als wir im Moment vermuten konnten? Auf jeden Fall hatte Will damit auch die Frage beantwortet, die ich nicht gestellt hatte. Ich würde wohl noch eine ganze Weile hierbleiben müssen.

»Möchtest du sonst noch etwas wissen, oder habe ich etwa doch deine Leidenschaft entflammt?«

»Nein, warum ...«

»Leise!«, gebot er mir plötzlich und blickte mir über die Schulter.

»Verdammt, der Stallmeister«, raunte er nur wenig später,

drückte mich an die Wand und schirmte mich mit seinem Körper ab.

»Soll das wieder ein Scherz sein?«, fragte ich, aber als ich kurz über seine Schulter spähte, erblickte ich tatsächlich Fournay. Er kam auf uns zu und fragte sich gewiss, was ich mit Will hier draußen tat.

»Erinnerst du dich noch daran, was ich bei deiner Ankunft gesagt habe?«

»Dass du mich vögeln willst.«

»Ja, genau das. Zumindest sollten wir uns küssen.«

Die Schritte des Stallmeisters kamen bedrohlich näher. Will überlegte nicht lange und presste seine Lippen auf meine. Dabei zog er mich so fest an sich, dass ich fast keine Luft mehr bekam. Gleichzeitig spürte ich, wie sich sein Glied versteifte. Ich konnte nicht verhehlen, dass ein begehrliches Ziehen in meinem Schoß aufflammte. Doch sogleich kam mir Robin wieder in den Sinn, und ich verdrängte den Wunsch, der in mir aufkeimte.

Nach einer Weile entfernten sich Fournays Schritte wieder, er hatte uns vielleicht bemerkt, allerdings nach dem Erlebnis mit mir keine Lust zuzuschauen. Will ließ nun wieder ab von mir. Sein Gesicht war gerötet, und sein Atem ging schwer. Er starrte mich einen Moment lang an, als wollte er mir tatsächlich unter den Rock gehen.

»Er ist weg«, sagte ich, und nachdem sich Will wieder beruhigt hatte, entgegnete er: »Sieh zu, dass du in dein Quartier kommst, bevor er dich erwischen kann.«

»Aber ...«

»Geh! Er weiß zwar, dass ich dich schütze, trotzdem wird es ihn nicht davon abhalten, zu versuchen, dich ins Heu zu ziehen!«

Damit stieß er mich von sich, härter, als es nötig war. Ich

blickte ihn noch einen Moment lang verwundert an, dann rannte ich los und tauchte in die Dunkelheit ein, bis ich schließlich die Küche erreicht hatte.

Die nächsten Tage vergingen in gespannter Erwartung. Des Öfteren sah ich Gestalten an die Fenster treten, so als warteten sie jeden Augenblick auf einen Herold, der den Tod der Königin verkündete.

Dann kam endlich ein Reiter. Es war ein Abend kurz nach Weihnachten, und ich fragte mich, ob Elizabeth vielleicht deshalb so lange gewartet hatte. Der Bote sprengte wie vom Teufel verfolgt auf den Schlosshof, und als Fournay ihm entgegentrat, sagte er, dass er Mr. Paulet sprechen wolle. Der Stallmeister kam dem Wunsch augenblicklich nach und führte den Fremden zu ihm.

Ich hätte zu gern gewusst, welche Nachricht er überbrachte und ob es tatsächlich das Todesurteil war. Außer Will und Tom konnte mir niemand davon berichten, also beschloss ich, all meine Vorsicht im Hinblick auf Fournay fahrenzulassen und zu den beiden zu gehen.

Als im Schloss wieder alles still geworden war und die Bediensteten in ihren Kammern lagen, erhob ich mich von meinem Strohsack und machte mich auf den Weg zu ihrem Quartier. Weit kam ich nicht, denn plötzlich bemerkte ich zwei Personen in einem der Seitengänge. Sie sprachen leise, aber allein dass sie dort standen, war dermaßen verdächtig, dass ich nicht einfach an ihnen vorbeilaufen konnte. Ich drückte mich in den Schatten und näherte mich den Männern so leise wie möglich.

»Was Ihre Majestät da verlangt, ist Wahnsinn!«, hörte ich den einen von ihnen sagen, und ich erkannte deutlich die Stimme von Amyas Paulet. Jetzt klang sie allerdings nicht mehr würdevoll und korrekt, sondern so, als hätte jemand von ihm verlangt, sich in den Fluss zu stürzen. Natürlich würde die Königin nicht sein Leben wollen, aber ich war mir sicher, dass der Wunsch nicht weniger schwierig zu erfüllen sein würde.

Zu gern hätte ich gewusst, wer der andere Mann war, doch ich konnte ihn nicht erkennen. Auch die Stimme kam mir nicht bekannt vor.

»Ich bin mir sicher, dass Ihr der Königin Euren Standpunkt darlegen könnt, allerdings müsst Ihr damit rechnen, dass Ihr nicht mehr die volle Gnade Ihrer Majestät findet.«

»Sie hat mich zu Marias Kerkermeister gemacht, und ich erfülle diese Aufgabe mit Freuden, weil sie unserer Religion dient. Trotzdem kann sie auf keinen Fall von mir verlangen, dass ich Maria umbringe oder sie durch jemanden umbringen lasse! Das verstößt gegen meinen Glauben!«

Ich konnte nicht fassen, was ich da hörte. Elizabeth sollte einen Mordbefehl gegen die schottische Königin erteilt haben? Oder präziser, sie sollte Paulet befohlen haben, sie selbst zu töten? Ich wusste, dass sie mit dem Verkünden des Todesurteils zögerte, doch dass sie sich jetzt auf diesem Weg aus der Verantwortung schleichen wollte ... Das war unmöglich, nichtsdestotrotz hatte ich es mit eigenen Ohren gehört. Welcher Irrsinn hatte Elizabeth befallen, auf so eine Idee zu kommen?

»Dann kann ich Euch nur raten, Euch auf Euren Glauben zu berufen«, sagte Paulets Begleiter. »Das wird der einzige Grund sein, den Ihre Majestät gelten lassen wird.«

»Gut, ich werde noch heute einen Brief aufsetzen, den Ihr der Königin bringen könnt. Ich werde alles tun, um ihr zu dienen, aber ich werde mein Gewissen nicht mit solch einem dunklen Fleck belasten.«

Damit gingen die beiden Männer auseinander. Ich drückte

mich fester an die Wand und verschmolz mit der Dunkelheit. Paulet lief dicht an mir vorbei, ohne mich zu bemerken. Auch der andere Mann verschwand, allerdings genau in die Richtung, in die auch ich musste. Traf er sich vielleicht mit Will?

Wenn ja, so würde er sogleich Bescheid bekommen von dem, was ich gehört hatte. Doch was war, wenn niemand davon wusste? Wenn nicht einmal Walsingham etwas von der Anweisung ahnte? Mein Verstand sagte mir zwar, dass dieser Vorschlag durchaus von ihm gekommen sein konnte, mein Gefühl sprach sich allerdings entschieden dagegen aus. Nein, Walsingham war verschlagen, doch wenn er gewollt hätte, dass Maria gemeuchelt wurde, hätte er all den Aufwand zuvor nicht getrieben. Dass Paulet sich nicht darauf einlassen wollte, wäre vielleicht ein Grund gewesen, sich nicht zu sorgen, mein Gefühl sagte mir allerdings, dass es besser war, wenn ich mich mit einem meiner Kontaktleute besprach.

Das würde ich morgen früh auch noch können. Da ich nicht wusste, zu wem der zweite Mann gehörte und wo er wartete, war es besser, wenn ich zu meinem Quartier zurückkehrte. Ich schlich mich also zur Küche und war mir sicher, dass ich allein auf dem Hof war. Da schoss eine Hand aus der Dunkelheit und zerrte mich mit sich. Ich hegte keinen Zweifel daran, dass Fournay mir aufgelauert hatte, und Wills Ratschlag befolgend, griff ich augenblicklich nach meinem Dolch. Ich drückte die Klingenspitze unter seinen Hals und merkte zum Glück im letzten Moment, dass es sich nicht um den Stallmeister handelte. Dazu stank dieser Mann einfach zu wenig!

»Nicht schlecht«, sagte eine Stimme, und als mich der Angreifer ein Stück weiter ins Licht zog, erkannte ich, dass es sich um Tom handelte. »Wenn ich Fournay gewesen wäre, wäre ich jetzt wohl tot, oder?«

»Worauf Ihr Euch verlassen könnt!«, entgegnete ich und schob den Dolch wieder unter mein Mieder.

»Will spricht gerade mit dem Boten. Da er ahnte, dass du zu ihm kommen wolltest, hat er mich losgeschickt. Ich bin mir sicher, du weißt inzwischen darüber Bescheid, dass Mister Paulet ein Schreiben von der Königin bekommen hat. Jedenfalls müsstest du dem Boten über den Weg gelaufen sein.«

»Das bin ich, und ich habe auch gehört, was sie gesprochen haben. Paulet hat nicht vor, auf den Vorschlag einzugehen.«

»Das haben wir uns fast gedacht. Schade, damit hat er sich die Gelegenheit verspielt, große Ehren zu empfangen.«

»Ich denke eher, dass er damit seinen Kopf gerettet hat. Oder glaubt Ihr wirklich, dass die Königin es ihm vergolten hätte? Sie hätte ihn als Sündenbock hinrichten lassen, für den Mord an einer Königin.«

Hätte ich nicht gewusst, dass Tom auf meiner Seite war, hätte mich das Lächeln, das er aufsetzte, schaudern lassen.

»Du scheinst die Königin ziemlich gut zu kennen.«

»Das hier ist nicht das erste Mal, dass ich losgeschickt werde, um die Ohren offen zu halten.«

»Dann hast du deine Ohren bisher sehr gut eingesetzt. Es stimmt, die Königin vergilt manche Taten nicht so, wie sie es vorgibt. Es hätte ein großes Geschrei gegeben, Paulet wäre dem Henker überantwortet worden, und damit hätte sich die Sache erledigt. Aber wenn du mich fragst, ich hätte mein Leben auch nicht aufs Spiel gesetzt, um meiner Königin das Gewissen zu erleichtern.«

»Warum tut sie sich so schwer? Maria hat versucht, sie ermorden zu lassen!«

»Das stimmt, dennoch ist Maria die schottische Königin,

auch wenn sie ihren königlichen Baldachin inzwischen abgebaut haben. Wenn sie stirbt, gibt es Krieg. Sicher wetzt Philipp von Spanien bereits die Messer.«

Genau das war auch schon Wills Vermutung gewesen. Zu gern hätte ich jetzt mit Walsingham gesprochen. War er dafür, den Krieg zu führen, oder nicht? Walsingham hasste die Spanier und freute sich gewiss, wenn ihnen ein empfindlicher Schlag beigebracht würde. Doch Elizabeth schien sich vor Kriegen zu scheuen. Hatte Walsingham ihr vielleicht doch geraten, diesen Brief zu verfassen? Eine Ermordung hinterrücks passte eher zu einem Spion ...

»Zerbrich dir nicht den Kopf anderer«, sagte Tom, als er meine Nachdenklichkeit bemerkte. »Wie du vorhin gesagt hast, du bist hier, um die Ohren offen zu halten. Alles andere überlasse den Großen.«

Damit klopfte er mir auf die Schulter und zog sich wieder in die Dunkelheit zurück. Ich setzte mich ebenfalls in Bewegung, denn ich wollte Fournay beim besten Willen nicht in die Arme laufen. Nun hieß es abwarten, was geschehen würde.

56. Kapitel

Der Brief an die Königin ging noch in derselben Nacht auf die Reise. Sicher rief er ein Donnerwetter in Whitehall hervor, aber auch wenn Paulet jetzt nicht mehr der geschätzte Kerkermeister war, konnte er sein Leben weiterleben, anstatt es kurz nach Maria auf dem Schafott zu lassen. Jetzt, da es keine andere Möglichkeit mehr gab, Maria aus dem Weg zu schaffen, wurde das Todesurteil verkündet.

Allerdings dauerte es noch eine ganze Weile, bis sich die Königin dazu entschloss, den Vollstreckungsbefehl zu unterschreiben.

Davon bekamen wir zunächst nichts mit, doch wenig später ereignete sich etwas, das uns noch eine Weile zu denken gab. In der Nacht des 29. Januar flammte ein Licht am Himmel auf, direkt über dem Schloss. Zunächst hielt ich es für ein herannahendes Gewitter, aber ich konnte kein Donnergrollen hören. Ich erhob mich von meinem Strohsack und trat ans Fenster, um das Phänomen zu beobachten, allerdings verschwand es ebenso plötzlich, wie es gekommen war. Am nächsten Morgen hörte ich die Mägde sagen, dass Maria Stuart in der Nacht zusammengebrochen war, weil sie glaubte, dass diese Erscheinung ein Todesomen sei. Ich maß dem zunächst keine Bedeutung bei, was sich jedoch änderte, als in den Abendstunden des 5. Februar erneut ein Reiter in Fotheringhay ankam. Vom Küchenfenster aus konnte ich beobachten, wie er sein Pferd so hart aufnahm, dass es sich wiehernd auf die Hinterhand stellte. Der Mann trug Schwarz wie jener Bote, der Geoffrey damals in den Tod geholt hatte. Ich ahnte jedenfalls, dass die Nachricht, die er brachte, keine gute sein würde. Soweit ich es mitbekam, wurde er sogleich zu Paulet vorgelassen.

Wenig später kam Sarah weinend zu mir in die Gesindestube. »Beale hat den Vollstreckungsbefehl gebracht!«, schluchzte sie und brach noch in der Tür zusammen. »Mein Gott, sie werden die Königin tatsächlich hinrichten.«

Offenbar war das merkwürdige Licht wirklich ein Todesbote gewesen. Ich half der Magd auf, wusste aber nicht, was ich zum Trost sagen sollte. Sie ahnte ja nicht einmal, dass mein Lehrmeister jener Mann war, der ihre Herrin in eine Falle gelockt und ihre Anhänger durch Gifford zum Mord an

Elizabeth aufgestachelt hatte. Natürlich hätte Maria genauso gut allein darauf kommen können, ihre Konkurrentin ermorden zu lassen, und letzten Endes hatte sie den Mordplan ja auch gutgeheißen. Aber was wusste Sarah denn schon von den intriganten Spielen, die hinter der Fassade dieser Welt getrieben wurden?

Für die Bediensteten und Vertrauten Marias brach eine Welt zusammen, für die Protestanten auf dem Schloss hieß es lediglich, dass das Theater schon bald ein Ende haben und die lästigen Gäste wieder abziehen würden. Für mich bedeutete es das Ende meiner Mission, was ich unter den gegebenen Umständen sogar sehr begrüßte. Marias Schicksal hatte mich früher einmal berührt, inzwischen war sie mir egal. Von ihr ging keine Bedrohung mehr aus – zumindest nicht im Land. Wenn sie tot war, würde sie vergessen werden, wie alle Toten zuvor.

Das alles konnte ich Sarah natürlich nicht sagen. Daher hielt ich sie nur still in meinen Armen, heuchelte Betroffenheit so gut ich konnte und stellte mich darauf ein, diesen Ort schon bald zu verlassen. Ich wollte zurück nach London, weit weg von dem Verwalter, von dem ich ahnte, dass er noch immer daran dachte, mir meinen Angriff im Stall heimzuzahlen.

Am 7. Februar trafen der Sheriff von London mit seinen Männern und der Henker ein. Letzteren erkannte ich wieder, als er mit seinem Gehilfen über den Hof ging, und ich würde nie vergessen, wie Walsingham ihm befohlen hatte, angesichts des Spaniers seines Amtes zu walten.

Ich fragte mich, ob Sir Francis ebenfalls bei der Hinrichtung zugegen sein würde, doch als ich mich bei Will erkundigte, antwortete er: »Man sagt, er sei krank geworden. Böse Zungen behaupten sogar, dass er sich krank gestellt hat, damit auf seinen Schultern nicht die Bürde des Todesurteils lastet.«

Das erschien mir seltsam, immerhin hatte er es auch nicht als Bürde empfunden, gegen Maria Stuart zu arbeiten. Wahrscheinlich handelte es sich wirklich um eine Krankheit, verursacht von der Hektik der vergangenen Tage.

Nach und nach trafen auch die Handwerker ein. Zeitweilig herrschte ein ziemliches Gewimmel auf dem Schlosshof, und ich rechnete fest damit, dass sie das Schafott für die Königin auf dem Hof errichteten. Aber dem war nicht so. Per königlichem Befehl, wie mir Will zuflüsterte, sollte die Hinrichtung in der großen Halle stattfinden. Immerhin war Maria keine gemeine Verbrecherin, sondern edlen Geblüts, und deshalb sollte auch nur edles Blut zusehen, wie sie zur Hölle fuhr.

In den nächsten Stunden riss der Strom an Besuchern nicht ab. Auch die Grafen von Kent und Shrewsbury kamen samt ihren Köchen wieder, und Letztere trieben die arme Charlotte beinahe in den Wahnsinn. Ein Gutes hatte das ganze Theater jedoch: Fournay wurde jetzt gänzlich davon abgebracht, sich mit Racheplänen gegen mich zu befassen. Es galt, sämtliche Pferde der hohen Herrschaften zu versorgen, und auch wenn er selbst keinen Finger krumm machte, so hatte er doch darauf zu achten, dass die Tiere vernünftig untergebracht waren.

Lange würden die Herrschaften allerdings nicht bleiben. Sobald Marias Kopf gefallen war, würden sie sicher keine Zeit damit verschwenden, in diesem zerfallenen Schloss zu weilen. Sie würden zu ihren eigenen Besitztümern zurückkehren und ihren Kindern und Enkeln davon erzählen, wie sie Zeuge wurden, dass eine gesalbte Königin hingerichtet wurde.

Doch damit konnte ich die Köchin nicht beruhigen. Ich machte mich still an die Arbeit wie immer und hoffte inständig, dass der morgige Tag mein letzter in Fotheringhay sein würde.

Den ganzen Tag über tönte das Hämmern der Handwerker durch das Schloss. Das Schafott wuchs beständig, wie ich mich mit eigenen Augen überzeugen konnte, als Charlotte mich losschickte, um den Männern etwas zu Essen zu bringen.

Das hölzerne Gerüst nahm den größten Teil des Raumes ein, fast wie eine Bühne, auf der ein blutiges Stück zum Besten gegeben werden sollte. Ringsherum schufen sie Platz für die Zuschauer, und ich fragte mich, wie so viele Herrschaften in die Halle passen sollten. Sicher würde hier ein größeres Gedränge herrschen als bei einem von Elizabeths Hofbällen.

Als ich die Halle wieder verließ und in die Küche zurückwollte, stieß ich mit jemandem zusammen. Allein an dem unangenehmen Geruch erkannte ich, dass es sich um den Stallmeister handelte. Seine Hand schnellte vor und packte mich am Arm. Dabei grinste er mich an, als wollte er mich sogleich ins Heu zerren – oder Schlimmeres mit mir anstellen. Ich hätte schreien können, doch ich tat es nicht. Nicht, weil ich vor Angst wie gelähmt gewesen wäre, vielmehr bereitete ich mich darauf vor, angemessen zu reagieren. Doch Fournay war kein Dummkopf, der es riskierte, bei einer seiner Taten Zeugen zu haben. Eine ganze Weile musterte er mich wortlos, dann stieß er mich von sich und betrat die Halle.

Während ich mich noch fragte, was das Ganze zu bedeuten hatte, lief ich zurück in die Küche. War das Zusammentreffen wirklich nur ein Zufall gewesen, oder beobachtete er mich? Während der ganzen Zeit, seit ich ihn im Stall gestellt hatte, war er mir nicht mehr so nahe gewesen. Wollte er mir zeigen, dass meine Zeit gekommen war? Dass er endlich Rache an mir nehmen wollte?

Darüber nachdenken konnte ich nicht. Bis zum Abend waren zahlreiche Dinge zu erledigen, und ich kam nicht einmal mehr dazu, mit Tom oder Will zu sprechen.

Als es dunkel wurde, erschien der Graf von Shrewsbury völlig überraschend bei uns. Marias Henkersmahlzeit war bereits in ihre Gemächer gebracht worden, und eigentlich gab es für uns nichts mehr zu tun. Umso erstaunter waren wir, als er anordnete, dass wir uns in Marias Gemächern einfinden sollten. »Ihre königliche Hoheit wünscht, sich auch von euch zu verabschieden«, sagte er.

Als königliche Hoheit bezeichnete er sie, nicht als Königin. Ich sah zu Charlotte, Anne und Sally hinüber, die sich gegenseitig verlegene Blicke zuwarfen. Ich hatte nie gehört, dass sie über Maria schlecht gesprochen hatten, dennoch war es ihnen wohl nicht unrecht, dass die Königin hingerichtet wurde.

Jetzt, da Shrewsbury ihnen eröffnete, dass Maria sie sehen wollte, schien es ihnen unangenehm zu sein. Oder fürchteten sie, unter katholischen Einfluss zu geraten?

»Gut, wir kommen«, sagte Charlotte, und nachdem sie sich noch einmal die Hände an ihrer Schürze abgewischt hatte, band sie sie ab und schritt forsch voran. Wir Mägde folgten ihr, und ich fragte mich, ob diese Einladung auch für den Stallmeister galt. Zum Glück konnte ich ihn nirgendwo ausmachen.

Wir fanden uns zusammen mit Marias persönlichen Bediensteten in dem Raum ein, der in den vergangenen Monaten ihr Gefängnis gewesen war. Ich hatte ein paarmal vor der Tür gestanden und hineingespäht, doch nun betrat ich den Raum zum ersten Mal. Ein paar zerschlissene Wandteppiche versuchten, die hier herrschende Kälte zu lindern, aber das gelang ihnen ebenso wenig wie dem steinernen Kamin, in dem die Flammen hochloderten. Die Binsenmatten auf dem Fußboden waren sicher noch schlimmer verwanzt als die in den Bedienstetenunterkünften auf Whitehall oder Greenwich, außerdem sahen sie aus, als gehörten sie endgültig ins Feuer und nicht auf den Fußboden. Neben dem Feuer gab es mehrere Kandelaber als Lichtquellen. Mitten in diesem Lichtschein saß sie.

Zum ersten Mal bekam ich Maria Stuart von nahem zu Gesicht, und ich war überrascht, kleine Ähnlichkeiten zu Elizabeth darin zu finden. Auch sie hatte rotes Haar, wenngleich es eher dem Rotbraun von Kastanien glich. Ihre Züge waren energisch und schmal, genauso wie die von Elizabeth. Beide Frauen waren schlank, obwohl ich schätzte, dass Maria ein wenig größer war.

In vielen Dingen unterschieden sie sich allerdings auch voneinander. Wo Elizabeths Augen schwarzen Untiefen ähnelten, in denen der Unvorsichtige versinken konnte, leuchtete bei Maria ein warmes Braun. Es wirkte unschuldig und war sicher der Grund, warum Männer wie Babington bereit waren, ihr Leben für sie zu geben. Wo Elizabeths Mund ihre Sinnlichkeit verriet, verrieten Marias schmale Lippen die Unrast der vergangenen Jahre, die Verfolgungen, die Haft an verschiedenen Orten. Wo Elizabeth trotz ihrer Strenge eine leichte Verderbtheit und auch Lebensfreude ausstrahlte, wirkte Maria wie eine Nonne – auch wenn ich mittlerweile wusste, dass ihr Lebenswandel alles andere als keusch und fromm gewesen war. Der Glaube war das Letzte, was ihr geblieben war, und daran klammerte sie sich nun.

Die flackernden Kerzenflammen zauberten von weitem besehen etwas Unstetes auf das Gesicht der Königin, doch als wir näher an sie herantraten, konnte ich erkennen, dass ihre Züge vollkommen ruhig waren. Entweder hatte sie wirklich keine Angst vor dem Tod, oder sie war eine Meisterin der Verstellungskunst. Auf ihrem Schoß, unterhalb ihrer langen, schmalen Hände, hatte sie ein Taschentuch liegen, das mit einem Wappen und einem Motto in französischer Sprache bestickt war. *En ma fin est mon commencement* – In meinem Ende liegt mein Anbeginn.

Sie wartete, bis wir uns alle um sie herum versammelt hatten. Jedem von uns sah sie einzeln ins Gesicht, und aus dem Augenwinkel heraus konnte ich beobachten, wie selbst jene, die vormals nicht besonders gut auf sie zu sprechen gewesen waren, beschämt den Blick senkten.

»Ich wollte euch danken für alles, was ihr getan habt. Ihr habt mir, einer armen Dienerin der Kirche, die Barmherzigkeit gezeigt, die einem Christen das Himmelreich öffnet. Jetzt, da ich so kurz vor meiner Erlösung stehe, möchte ich jedem von euch ein Andenken überreichen, denn Besitz wird ab morgen bedeutungslos für mich sein. Ihr dagegen, die ihr noch länger auf Erden weilt, könnt es vielleicht gebrauchen.«

Damit begann eine der seltsamsten Szenen, die ich jemals erlebt hatte. Maria Stuart teilte tatsächlich ihre Habe auf. Ihre Kleider, ihren Schmuck, ihre Kruzifixe, ja sogar ihre Bänder, Kämme und Haarteile fanden neue Besitzer. Einigen ihrer persönlichen Bediensteten vermachte sie Geld, andere erhielten das Recht, ihre Kutsche zu benutzen, wieder andere schickte sie nach Frankreich, wo eine neue Anstellung auf sie wartete.

Nachdem alle Leute, die ihr stets nur Gutes getan hatten, bedacht waren, waren wir an der Reihe, die sie entweder gar nicht oder höchstens vom Sehen her kannte. Ich war mir nicht sicher, was sie damit bezwecken wollte. Uns bekehren? Nein, das war zu einfach. Meinte sie, dass ein besseres Licht auf sie fiele, wenn Diener anderen Glaubens ihre Mildtätigkeit bezeugten?

»Du da!«, sagte sie plötzlich und deutete auf mich. »Komm zu mir, mein Kind.«

Ich knickste und trat auf sie zu.

»Dein Haar ist so rot wie meines, deshalb will ich dir das hier vermachen.« Mit einer eleganten Handbewegung zog sie eine ihrer Nadeln aus der Perücke. Dass sich dadurch eine ihrer Schleifen löste und zu Boden fiel, kümmerte sie nicht weiter. Sie reichte mir die Nadel mit dem Kopf voran, und ich konnte erkennen, dass sie zu einer feinen Rosenblüte gearbeitet war. »Nimm sie und behalte deine Königin in guter Erinnerung.« Sie musste wissen, dass sie nicht meine Königin war, aber das war offenbar nicht von Belang.

Ich verneigte mich tief und senkte demütig den Blick. Die Nadel, obwohl sie kalt war, brannte in meiner Hand, als Maria meine Finger darum schloss. Seltsamerweise waren ihre Hände warm, was ich nicht erwartet hätte von einer Frau, die in wenigen Stunden sterben sollte. Nein, die ruhige Miene war auf keinen Fall eine Maske. Spätestens ihre Hände hätten sie verraten müssen.

»Ergebensten Dank, Hoheit«, antwortete ich und zog mich wieder in die Reihen der anderen Diener zurück. Ich spürte, dass mich Sally ein wenig neidisch musterte, doch ich blickte sie nicht an. Noch eine ganze Weile ruhten meine Augen auf dem Gesicht Maria Stuarts, denn ich wollte mir jeden ihrer Züge genau einprägen.

Nacheinander mussten auch die anderen vortreten und erhielten ebenfalls etwas Persönliches von ihr. Hier eine Schleife, dort eine Spange. Ich fragte mich die ganze Zeit, warum Fournay nicht anwesend war. Hatte er seinen Dank schon bekommen? Oder gehörte er zu jenen, denen Maria nicht danken wollte? Ich konnte mir auch nicht vorstellen, dass der Graf von Kent einen besonderen Dank von ihr erhalten würde.

Nachdem das Schauspiel vorüber war, wurden wir wieder fortgeschickt. Kaum hatte sich die Tür hinter uns geschlossen, brach Charlotte in leises Schluchzen aus. Was Maria erreichen wollte, hatte sie erreicht. Zumindest bei der Köchin, und das, obwohl sie Protestantin war. Doch auch mich hatte sie nachdenklich gestimmt. Ich dachte an den Mörder, der mir gegenübergestanden hatte, und an die Unterredung in Barn Elms. Dort hatte bereits festgestanden, dass sie sterben würde. Höchstwahrscheinlich sogar schon, bevor ich in die Dienste Walsinghams getreten war. Warum hatte diese Frau nie die Würde und die Klugheit besessen, die sie in der vergangenen Stunde an den Tag gelegt hatte? Warum hatte sie nicht nachgedacht und den Mordvorschlag abgewiesen? Hatte sie die Gefangenschaft ermüdet und sie daher dieses Hasardspiel beginnen lassen? Oder hatte sie sich wirklich eingebildet, dass es klappen und sie den Thron besteigen könnte?

In meinem Ende liegt mein Anbeginn. Glaubte sie wirklich daran? Ihr Verhalten würde mir auf ewig ein Rätsel sein.

57. Kapitel

Am nächsten Morgen war das Wetter klar, die Sonne erhob sich als glutrote Scheibe hinter dem Horizont. Eine aufgeregte Horde Spatzen fiel über den Hof her und scherte sich nicht um die Tiere, die dort bereits herumliefen. Laut zwitschernd hüpften sie über den Boden, auf der Suche nach ein paar Körnchen, die ihre kleinen Mägen stopften.

Ich stand am Fenster, und während ich die Vögel beobachtete, rechnete ich damit, dass wir zusammengerufen würden, um Marias Hinrichtung beizuwohnen. Doch der mürrische Paulet, der inzwischen seine Kopfwäsche von der Königin erhalten hatte, hatte sich als Wiedergutmachung wohl vorgenommen, der ehemaligen schottischen Königin das Leben möglichst schwerzumachen – solange es noch währte.

Er erlaubte nur ein paar von ihren Gefolgsleuten, sie zum Richtblock zu begleiten, und ihren Beichtvater schloss er gänzlich aus, damit er sie in ihrer Irrlehre nicht bekräftigen konnte. Als ob das in diesem Augenblick noch wichtig gewesen wäre! Aber es ließ Paulet und auch den Grafen von Kent, der diese Anweisung eigentlich herausgegeben hatte, vor den Puritanern gut dastehen. Und wahrscheinlich auch vor ihnen selbst.

Für uns begann also ein ganz normaler Tag, und ich fragte mich, wie ich es am besten anstellen konnte, um wenigstens einen kurzen Blick auf die Hinrichtung zu werfen. Nicht weil ich blutrünstig war, sondern weil Walsingham es mir aufgetragen hatte. Vielleicht konnte ich mich an Will und Tom wenden ...

Als ich nach draußen wollte, um Holz zu holen, stand Sarah unvermittelt neben mir. »Willst du es dir ansehen?«

»Was?«, fragte ich ein wenig einfältig, obwohl ich es eigentlich hätte wissen müssen.

»Willst du sehen, wie meine Königin stirbt?«

Die Art und Weise, wie sie die Worte aussprach, ließen mich zweifeln, ob sie nicht doch den Verstand verloren hatte. Körperlich war sie unversehrt, aber es war gut möglich, dass ihre Seele unter allem, was sich in den vergangenen Monaten ereignet hatte, gelitten hatte. Dann fiel mir wieder ein, dass sie Katholikin war und dass nicht Wahnsinn aus ihren Worten sprach. Maria hatte in den vergangenen Tagen alles dafür getan, um als Märtyrerin dazustehen. Sie sterben zu sehen bedeutete für die Katholiken in diesem Schloss nur, dass sie als Heilige im Schoße Gottes aufgenommen würde.

»Du hast sicher gehört, dass wir nicht dabei sein sollen«, antwortete ich.

Sarah ließ sich nicht beirren. »Ich weiß, wie wir es können.«

Ich dachte an das, was Walsingham mir geraten hatte. Ich sollte mir so viel wie möglich ansehen. Warum nicht auch, wie der Kopf Marias fiel?

»Komm!«, rief sie mir zu, fasste mich am Arm und zog mich mit sich. Obwohl ich auf meinen nächtlichen Spaziergängen viel von dem Schloss gesehen hatte, kannte sich Sarah um einiges besser darin aus. Ich dachte zunächst, dass wir wieder in diesen Gang gehen würden, doch wenn Sarah nur hätte lauschen wollen, hätte sie sich auch unter die Fenster der großen Halle stellen können. Sie wollte wohl tatsächlich etwas sehen können, also führte sie mich durch mehrere verwinkelte Gänge, bis wir schließlich in einem kleinen Kellerraum ankamen, den ich bisher nicht bemerkt hatte. Hätte Sally diesen Ort ebenfalls gekannt, hätte uns Amyas Paulet seinerzeit nicht beim Lauschen ertappt.

Von hier aus hatten wir einen sehr guten Blick in die Halle – auch wenn wir größtenteils nur Füße zu Gesicht bekamen. Das Schafott, an dem die Handwerker die ganze Nacht über gearbeitet hatten, war fertig, der Henker mit seinem langen Beil stand bereit. Von Maria noch keine Spur, wahrscheinlich befand sie sich immer noch in der Kapelle und betete. Ein anglikanischer Reverend wartete neben dem Richtblock, und gedämpftes Murmeln erfüllte die große Halle von Fotheringhay.

Maria war es anscheinend doch gestattet worden, jemanden aus ihrem Gefolge mitzunehmen, allerdings waren es nur wenige Menschen. Ihre liebsten Damen waren darunter, ihre Sekretäre und ihr Arzt. Doch diese Personen wurden unwichtig, als Maria endlich eintrat. Ich bekam sie nur zur Hälfte zu sehen, konnte aber erkennen, dass sie ein dunkles Kleid trug und gestützt werden musste. Die Königin trat vor das Schafott, und ihre Damen begannen sie auszukleiden. Unter dem schwarzen Überkleid kamen blutrote Unterkleider zum Vorschein. Anschließend stieg sie auf das Schafott und betete.

Der Geistliche redete auf sie ein, dass sie ihren falschen Glauben aufgeben solle, doch Maria ignorierte ihn, und als ihr sein Geschwätz zu viel wurde, sprach sie einfach lauter.

Nun stimmten auch die anderen Anwesenden ein, und deutlicher hätte nicht werden können, wie sehr ein Gebetbuch Landsleute zu entzweien vermochte. Die Adligen, die gekommen waren, um Maria sterben zu sehen, beteten auf Englisch, die Anhänger Marias auf Latein. Die Stimmen mischten sich zu einer fast unerträglichen Kakophonie. Als ich zur Seite blickte, merkte ich, dass Sarah den Kopf gesenkt hielt und ebenfalls betete – auf Latein.

So ging es eine ganze Weile. Ich verharrte reglos neben Sarah und wartete, bis die Gebete verhallten. Erst war es still, dann vernahm ich Schritte. Maria erklomm die Stufen zum Schafott!

Was genau in der Halle vor sich ging, konnte ich nur hören. Der Henker kniete vor ihr nieder und bat sie, wie es Brauch war, um Vergebung. Danach begab sich die schottische Königin zum Richtblock. Sie sank auf die Knie, was ich nur an ihren Röcken ausmachte. Dann hielt die Menge den Atem an, was nur bedeuten konnte, dass der Henker sein Beil – kein Schwert, wie es eigentlich einer Königin zustand – in die Höhe riss.

Sarah neben mir erstarrte ebenfalls. Mühsam kämpfte sie gegen das Schluchzen an, das in ihrer Brust aufstieg. Schließlich schob sie sich einen Zipfel ihres Kleides zwischen die Zähne und biss darauf, um so gegen die Trauer anzukommen. Ich hingegen fühlte nichts. Sicher, Maria hatte mich beschenkt, und persönlich hatte sie mir nichts angetan. Doch genau so, wie ich sie nie richtig kennengelernt hatte, ging mir auch ihr Tod nicht nahe. War ich abgestumpft? Hatte ich, ohne es zu merken, etwa verinnerlicht, was Will zu mir gesagt hatte?

Der erste Beilschlag riss mich aus meinen Gedanken. Ein Schrei ging durch die Menge, ein ersticktes Raunen folgte. Der Henker hatte nicht richtig getroffen, sonst wäre dem Schrei ein dumpfer Aufprall gefolgt. Marias Kopf saß noch auf ihren Schultern, jedenfalls halbwegs. Der Henker holte ein zweites Mal aus. Sarah neben mir schien einer Ohnmacht nahe. Ich dagegen starrte wie gebannt auf das Schafott, wo ich die Vorgänge nicht sehen, aber hören konnte. Das Beil ging erneut nieder, der Kopf fiel.

Die Menge hielt den Atem an, jetzt würde der Henker gleich nach dem abgeschlagenen Haupt greifen. Das tat er, doch dann passierte etwas, was selbst er nicht hatte vorhersehen können. Der Kopf glitt ihm aus der Hand. Das Haupt fiel zu Boden und rollte vom Schafott herunter. Direkt auf die Zuschauer zu. Direkt auf unser Guckloch zu. Ein weiterer Schrei ging durch die Menge, und ich konnte plötzlich das Gesicht Marias sehen. Ihr Haar war in Wirklichkeit grau und kurz geschoren, ihre Lider waren halb geschlossen und ihre Wangen blutbespritzt. Der Mund zuckte, als würde sie noch immer beten, nur kam kein Laut mehr heraus. Während ich wie gebannt in dieses Antlitz sah, hörte ich neben mir einen dumpfen Aufprall. Sarah war in Ohnmacht gefallen. Ich beugte mich über sie und versuchte, sie wieder zu Bewusstsein zu bringen. Dabei entging mir, dass jemand auf uns zukam und Marias Haupt aufhob. Als ich zwischendurch wieder aufblickte, war es verschwunden. Von irgendwoher ertönte das Kläffen eines kleinen Hundes, doch darauf achtete ich nicht, denn ich musste mich weiter um Sarah kümmern. Es dauerte eine ganze Weile, bis die Magd wieder bei Bewusstsein war. Schließlich half ich ihr auf die Beine. »Es ist vorbei«, flüsterte ich ihr leise zu. »Deine Königin ist erlöst.«

Das schien sie allerdings nur wenig zu trösten. Sie brach in Tränen aus, während ich sie festhielt, und erst nach einer Weile schaffte sie es, wieder einen Fuß vor den anderen zu setzen.

Glücklicherweise begegnete mir der Sarg mit Marias Leichnam erst, als ich Sarah schon wieder in ihr Quartier gebracht hatte. Vier dunkel gekleidete Männer trugen ihn, und ich konnte beobachten, wie Blut aus den Ritzen quoll. Die roten Tropfen zogen eine blutige Spur über den Boden, und ich wusste, dass wir die nächsten Stunden damit zubringen würden, das Blut aufzuwischen.

58. Kapitel

Tatsächlich wurden wir am Nachmittag herbeigerufen, die große Halle zu säubern. Wäre ich eine wahre Freundin gewesen, hätte ich Sarah einen blutigen Fetzen mitgebracht, aber allein der metallische Geruch, der mir dabei in die Nase stieg, ließ mich in dem Augenblick gar nicht erst daran denken.

Noch am selben Tag wurden das blutgetränkte Kleid, Marias Gebetbuch und sogar der Richtblock, auf dem sie ihren Kopf verloren hatte, auf dem Schlosshof verbrannt. Auf diese Weise wollte man verhindern, dass sich ihre Anhänger Reliquien schufen.

Sämtliche Anwesenden auf Fotheringhay waren dabei zugegen. Sally und Anne scherzten boshaft darüber, dass vielleicht auch Marias kleiner Hund verbrannt würde, für den Fall, dass ihre Seele in ihn gefahren war.

Schon bald erzählte man sich, der kleine Terrier sei unmittelbar nach der Hinrichtung aus den Röcken der Königin gesprungen, was den Zuschauern für einen Moment den Eindruck vermittelt hatte, dass sich der tote Leib von einem Wunder beseelt bewegte. Ich hatte das nicht mehr mitbekommen, da ich mit Sarah beschäftigt gewesen war.

Marias Überreste wurden aus dem Schloss in eine kleine Kirche geschafft. Wann und wie sie bestattet werden sollte, wusste ich nicht.

Während der Verbrennung von Marias persönlichen Sachen sah ich auch den Stallmeister wieder. Er musterte mich erneut mit seinem verheißungsvollen Messerblick, doch vielleicht brauchte ich ihn nicht mehr lange zu ertragen. Bisher hatten Will und Tom zwar nichts davon gesagt, dass ich nach London zurückkehren konnte. Dennoch sorgte ich dafür, dass mein Bündel griffbereit unter dem Strohsack lag, denn ich wusste, dass meine Abreise keine offizielle sein würde.

Am Abend, als ich gewohnheitsmäßig nach meinem Bündel schaute, entdeckte ich zwischen den Seiten des Gebetbuches einen Zettel. Er stammte von Will, wie ich unschwer an der ungelenken Handschrift erkannte. Er teilte mir mit, dass ich mich noch in derselben Nacht im Stall einfinden solle, wo er mir alles Weitere erklären wollte. Ich hoffte sehr, er möge mir sagen, dass ich wieder zurückkönne. Mein Auftrag war mit Marias Tod hinfällig geworden. Ich hatte mir alles gemerkt, und dank Sarah würde ich ihm sogar die Hinrichtung bis ins kleinste Detail beschreiben können.

Zwar erschien es mir ein wenig seltsam, dass Will mich nicht aufsuchte, sondern um ein Treffen bat – noch dazu in der Wirkungsstätte des Stallmeisters. Doch dann sagte ich mir, dass ihn gewiss etwas Wichtiges davon abgehalten hatte, es mir persönlich zu sagen. Vielleicht war ich ja auch nicht zu erreichen gewesen, weil ich mit Sarah die Hinrichtung beobachtet hatte.

Ich packte also mein Bündel zusammen und machte mich zu gegebener Zeit auf den Weg. Der Mond schien hell auf den Schlosshof – eine gute Gelegenheit, sich alles noch einmal anzusehen. Doch das war nicht nötig, denn mittlerweile hatte sich mir das Bild des Schlosses ins Gedächtnis eingebrannt. Mit schnellen Schritten lief ich zum Stall, denn ich hatte keine Lust, auch nur einen Moment länger als nötig hierzubleiben. Von Sarah hätte ich mich vielleicht noch gern verabschiedet, aber die Damen und Mägde hatten sich zur Trauer in ihre Räume eingeschlossen. Warten, bis sie wieder herauskamen, wollte ich nicht.

Im Stallfenster sah ich eine Lampe brennen, wie damals, als ich Sarah aus Fournays Fängen befreit hatte. Doch diesmal gab es keine Geräusche. Wenn Will im Stall war, dann war der Stallmeister sicher nicht hier. Dennoch schob ich die Tür vorsichtig auf und spähte in die Dunkelheit, bevor ich eintrat. Die Ecken im hinteren Teil des Gebäudes vermochte das Licht nicht zu erreichen. Ich lauschte, doch außer dem Schnauben der Pferde konnte ich nichts hören. Ich wusste, dass Will sich wie alle Spione leise bewegte. Vielleicht wollte er mich auf die Probe stellen. Gerade als ich nach ihm rufen wollte, bemerkte ich aus dem Augenwinkel heraus eine Bewegung. Ich dachte zunächst, es sei Will, doch es war Fournay, der mir aus den Schatten entgegensprang. In einer Hand hielt er ein Seil, und sogleich versuchte er, mich damit zu fesseln.

»Hab ich dich, du kleines Miststück! Du weißt ja gar nicht, wie lange ich auf diese Gelegenheit gewartet habe!«

Ich glaubte nicht, dass er jeden Abend im Stall auf mich gewartet hatte. Mir kam eher in den Sinn, dass er mir die Nachricht zugesteckt haben könnte. Er wusste, wo ich schlief, und es war ihm durchaus möglich gewesen, den Zettel in einem unbeobachteten Moment in das Gebetbuch zu stecken. Nur woher hätte er von meiner Abreise wissen sollen? Eine Antwort auf die Frage fand ich jetzt allerdings nicht. Ich musste mich aus seinen Armen befreien, die wie eine Eisenklammer um meine Brust lagen. Den Strick konnte er immerhin auch dazu nutzen, um mich zu strangulieren. Dieser Gedanke ließ das Untier in mir erwachen, und ich trat ihm mit aller Kraft gegen das Schienbein. Natürlich wäre es wirkungsvoller gewesen, wenn ich Stiefel getragen hätte, doch auch so lockerte sich sein Griff. Zwar nicht viel, aber genug, dass ich eines der Messer zu fassen bekam, die ich wie immer im Rockbund trug. Damit versetzte ich ihm einen Stich in den Arm, worauf er aufschrie und mich augenblicklich losließ.

Ich hätte ihm stattdessen zwischen die Rippen stechen sollen. Dass ich es nicht getan hatte, sollte sich als fataler Fehler erweisen. Doch ehe es so weit war, zog ich auch meinen zweiten Dolch und wandte mich ihm mit beiden Waffen zu. Jeden anderen hätte allein seine Miene in die Flucht geschlagen, aber ich hatte keine Angst vor ihm.

»Du willst es also auf die Art, das kannst du haben«, keuchte er und griff nach der Sense, die wieder an dem Balken hing und mit der ich ihm eigentlich den Tod versprochen hatte. Ohne langes Federlesen fasste er sie am hinteren Ende und hieb auf mich ein. Mir blieb nichts anderes übrig, als einen Satz nach hinten zu machen. Fournay lachte hämisch auf. »Na, hast du jetzt immer noch so eine große Klappe? Ich denke, du wolltest mich mit der Sense töten. Also komm und hol sie dir! Ich werde dich damit in Stücke schneiden und in den Fluss werfen.«

Mit diesen Worten führte er einige große Schwünge mit der Sense aus, um mich auf Distanz zu halten. Mir blieb nichts anderes übrig, als eines meiner Messer zu werfen, denn nach und nach näherte ich mich der Scheunenwand.

Ich schleuderte die Klinge von mir, in der Hoffnung, dass sie ihn treffen würde, aber die Aktion war für Fournay natürlich vorhersehbar gewesen. Er holte noch einmal aus und kam mir mit dem Sensenblatt so nahe, dass ich keine andere Wahl hatte, als erneut nach hinten zu springen. Genau das war ein Fehler. Ich verlor den Halt und fiel nach hinten. Zwar landete ich weich im Stroh, aber dafür war Fournay im nächsten Augenblick über mir. Ich konnte sein schweres Keuchen hören und sah mich bereits gefesselt an dem Balken hängen.

Doch der Stallmeister hatte mittlerweile nicht mehr im Sinn, mich zu vergewaltigen. Er wollte mich töten, und dazu brauchte er nicht einmal mehr seinen Strick oder die Sense. »Ich werde dich nicht mit der Sense zur Hölle schicken, sondern mit meinen bloßen Händen.«

Im nächsten Moment legten sich seine breiten Hände um meine Kehle und drückten zu. Nicht so, als wollte er mir Angst oder mich gefügig machen. Er drückte so fest zu, dass rote und schwarze Punkte vor meinen Augen aufflammten. Ich hatte das Gefühl, dass er mir gleich den Kehlkopf brechen würde. Meine Lungen versuchten krampfhaft, nach Luft zu schnappen, und schienen gleichzeitig bei dem Versuch zerreißen zu wollen. Noch immer war ich versucht, Fournay abzuwehren, doch meine Arme wurden zusehends lahm, und die Geräusche ringsherum verschwammen. In diesem Augenblick war ich mir sicher, dass ich sterben würde.

Als das Dunkel bereits begann, sich um mich herum zusammenzuziehen, meinte ich plötzlich, ein Gesicht über Fournays Schulter zu erkennen. War das der Todesengel, der mich in sein Reich holen wollte?

Bevor ich auch nur die Gelegenheit hatte, eine Antwort auf diese Frage zu finden, blitzte etwas im Lichtschein auf, und nur wenige Augenblicke später schoss mir etwas Feuchtes, Warmes entgegen. Fournays Griff lockerte sich, und ich konnte mich selbst laut nach Luft schnappen hören. Das Dunkel und die roten Punkte verschwanden, die Empfindungen meiner Sinne kehrten zurück, und ich hatte einen metallischen Geschmack im Mund. Den schweren Leib auf mir nahm ich für eine Weile gar nicht mehr wahr. In dem Versuch, die versäumten Atemzüge nachzuholen, keuchte und hustete ich, bis mir die Tränen kamen, dann endlich wälzte sich der Körper von mir herunter. Was war geschehen? Hatte jemand Fournay abgehalten, so wie ich es damals getan hatte?

Nach einer Weile wurde mein Blick wieder klar und mein Atem ruhiger. Als ich schluckte, schmerzte mein Hals, aber ich bekam Luft, und das war das Einzige, was zählte. Ich drehte mich um und sah als Erstes Wills Gesicht. Er stand über mir, und in der Hand hielt er die Sense.

Von einer plötzlichen Ahnung beseelt, ließ ich den Blick

am Stiel hinuntergleiten, bis ich das Sensenblatt betrachtete. Selbst im Zwielicht konnte ich erkennen, dass es rot von Blut war. Als mein Blick die Wanderschaft fortsetzte und den Boden erreichte, entdeckte ich Fournay. Seine Augen waren in blankem Entsetzen aufgerissen, an seiner Kehle klaffte ein tiefer Spalt. Eine Blutlache glänzte unter ihm, und sein Blut hatte nicht nur mein Kleid durchnässt, sondern war mir auf das Gesicht und in den Mund gespritzt. Ich spuckte aus, auch wenn ich vor Ekel kaum Speichel hatte. Ich wollte nur den widerlichen Geschmack von Fournays Blut loswerden.

»Weißt du eigentlich, wie froh ich bin, dass du wieder von hier verschwindest?«, fragte Will schließlich in schneidendem Ton. Doch seine Augen sagten mir, dass er froh war, zur rechten Zeit hier gewesen zu sein. »Du machst nur Ärger. Ständig triffst du falsche Entscheidungen. Du hättest ihn töten sollen, als du die Gelegenheit dazu hattest.«

Ich blickte ihn unverständig an. Hatte er etwa die ganze Zeit hier im Stall gestanden und uns beobachtet? Hatte er tatsächlich zugelassen, dass Fournay mich zu Boden zwang und mich würgte?

»Du hättest es jederzeit beenden können, nicht wahr?«, krächzte ich.

»Ja, das hätte ich«, entgegnete er und warf die Sense neben die Leiche auf den Boden. »Vermutlich hätte der Kerl mich nicht einmal angegriffen, wenn er mich bemerkt hätte. Aber ich wollte sehen, was geschieht. Ich wollte wissen, was du tust. Ob du ihn wirklich tötest, wie du es angekündigt hast. Doch du hast versagt. Kein Spion kann sich den Luxus leisten, Skrupel zu haben. Aber du hattest sie, und wäre ich nicht gewesen, wärst du jetzt tot!« Seine Augen glühten förmlich vor Wut. »Beim nächsten Mal werde ich nicht da sein, da wirst du dich entscheiden müssen. Deine Skrupel oder dein Leben. Allerdings glaube ich, dass du gleich bei deinem ersten richtigen Einsatz als Leiche enden wirst, du Närrin.«

Es waren nicht so sehr seine Worte, die mich trafen, sondern eher die Tatsache, dass dies hier alles nicht nötig gewesen wäre. Dass er es hätte beenden können, noch bevor es angefangen hatte. Stattdessen hatte er mich beobachtet. Einfach nur beobachtet.

Mit einem wilden Schrei fuhr ich auf. Meine Beine versagten mir fast den Dienst, aber ich schaffte es, mich Will entgegenzuwerfen. Die Sense stellte keine Gefahr mehr für mich dar, und meine Attacke kam anscheinend so überraschend für ihn, dass er nicht einmal mehr nach seinem Messer greifen konnte. Ich riss ihn zu Boden und begann, mit aller Kraft, die mir noch geblieben war, auf ihn einzuschlagen.

Er wehrte sich nicht. Wahrscheinlich wusste er, dass ich mich nur abreagieren musste. Er steckte meine Schläge ein, bis mir die Arme erlahmten. Irgendwann ließ ich mich keuchend auf seine Knie sinken. Will verharrte eine ganze Weile unter mir, ehe er die Hand nach mir ausstreckte. Ich ließ zu, dass er mich berührte, mir sanft über den Arm strich.

»Du hast einen Dämon in dir. Nutze ihn, wenn es nottut. Aber nutze ihn so, dass du nur denen schadest, denen geschadet werden muss. Schade nie dir selbst, sonst wird er sich eines Tages gegen dich wenden und dich zerstören.«

Solche Worte aus seinem Mund zu hören, verwunderte mich. Ich erhob mich von ihm und klopfte mir das Stroh von den Kleidern. Den Geschmack von Fournays Blut hatte ich immer noch im Mund, aber er würde vergehen. Spätestens dann, wenn ich Robins Lippen wieder auf den meinen spürte.

Ich blickte zum Fenster. Der Morgen war noch fern, und wie es schien, hatte niemand im Schloss den Tumult im Stall bemerkt.

»Du musst reiten«, sagte Will, als er sich ebenfalls wieder erhob. »Walsingham hat mir gesagt, dass ich dich zurückschicken soll, sobald die Königin tot ist.«

»Dann war die Nachricht also kein fauler Trick von Fournay?«

»Nein, die Nachricht stammte schon von mir. Doch der Kerl hat dich beobachtet. Ich sage es dir noch einmal, töte, wenn du die Gelegenheit dazu hast. Denke nicht darüber nach, wen es trifft und dass er ein Mensch ist. Sage dir, dass er es genauso mit dir machen würde. Töte ihn sofort und schnell, das ist die einzige Gnade, die du solchen Leuten wie Fournay erweisen darfst.«

Ich nickte. Jetzt, da sich das schwarze Wesen wieder zurückgezogen hatte, war mein Verstand klar genug, um Einsicht zu zeigen. Ja, ich hätte ihn sofort töten sollen. Ab sofort würde es kein Zögern mehr geben.

Wills Blick ruhte noch einen Moment lang auf mir, dann wandte er sich den Pferden zu. Er wählte das Tier, das ich an meinem ersten Morgen hier vor allen anderen zu Gesicht bekommen hatte: den Grauschimmel des Stallmeisters. Nachdem er ihn gezäumt und gesattelt hatte, brachte er ihn zu mir und sagte: »Ich schätze mal, dass Fournay ihn dort, wo er jetzt ist, nicht gebrauchen kann. Nimm du ihn, jedenfalls so lange, bis du in London bist.«

»Was geschieht mit ihm?« Während ich die Zügel nahm, blickte ich auf die Leiche. Das Blut wurde langsam, aber sicher von seinen Kleidern aufgesogen.

»Das lass mal meine Sorge sein«, entgegnete Will. »Mach es gut, Amy.«

»Aly…« Weiter kam ich nicht, denn er legte mir einen Finger auf die Lippen.

»Für mich bist du Amy. Wenn mich jemand foltert, um deinen Namen herauszufinden, werde ich sagen, dass du Amy heißt. Amy, deren Leiche man im Fluss finden wird. Amy, von der man sich erzählen wird, dass sie den Stallmeister getötet und sich anschließend selbst gerichtet hat. Einfach nur Amy, verstehst du?«

Ich nickte. Ja, auch das verstand ich inzwischen. Ein falscher Name war ein besserer Schutz als ein Harnisch oder ein Dolch. Ich nahm also mein Bündel auf und schwang mich in den Sattel.

»Danke für alles«, sagte ich, als ich den Grauschimmel neben Will zum Stehen brachte. Ich beugte mich hinunter und gab ihm einen Kuss.

Daraufhin lächelte er schief. »Etwas mehr hätte ich mir schon erhofft. Aber gut, der Spatz in der Hand ist besser als die Taube auf dem Dach.« Ich konnte mir denken, worüber er enttäuscht war, doch anstatt noch etwas dazu zu sagen, fügte er lediglich hinzu: »Reite nach Norden, im Waldstück wird dich eine Kutsche erwarten. Wenn du in London bist, sprich erst einmal mit Walsingham.«

»Ist gut.«

»Viel Glück!«

Damit schlug er meinem Pferd auf die Kruppe. Ich sprengte dem Tor entgegen, wo Tom auf mich wartete, und nachdem ich ihm kurz zugewunken hatte, stürmte ich zum Tor hinaus und galoppierte über die Brücke, die sich über die Nene spannte.

Ein wenig abseits des Schlosses wartete tatsächlich eine

Kutsche auf mich. Ich ließ das Pferd dort, wo es war, stieg ein und machte mich auf den Weg nach London, ohne einen Blick zurückzuwerfen.

59. Kapitel

Im Schein der kühlen Wintersonne fuhren wir durch die Straßen von London direkt auf den Tower zu. Ich war froh darüber, wieder in meine Heimatstadt zurückzukehren. Die Ereignisse auf Fotheringhay waren von der Art, die ich nur ungern im Gedächtnis behalten wollte. Gänzlich streichen konnte ich sie allerdings auch nicht, denn sie hatten mich einiges gelehrt. Insbesondere, dass es sich nicht lohnte, einem Dreckskerl das Leben zu lassen. Früher oder später wäre Fournay ohnehin gestorben, wenn schon nicht durch Wills Sensenstreich, dann vielleicht von der Hand eines jungen Burschen, an dessen Mädchen er sich vergriffen hätte. Ich wollte nicht mehr an ihn denken.

Stattdessen blickte ich nach vorne, auf das Treffen mit Robin. Wie sehr ich ihn vermisst hatte! Ich würde irgendwann einen neuen Auftrag bekommen, so viel war klar, allerdings hoffte ich, dass mich Walsingham noch eine Weile bei Hofe belassen würde, damit ich wieder mit Robin zusammentreffen konnte. Allein die Erinnerung an sein Gesicht ließ mich lächeln, und so stieg ich im Hof des Towers gut gelaunt aus der Kutsche.

Man führte mich schnurstracks in Walsinghams Studierzimmer, wo mich jedoch nicht er, sondern einer seiner Männer erwartete.

»Sir Francis ist immer noch krank«, erklärte er mir. »Aber er hat mir den Auftrag erteilt, Euch zu ihm zu führen, sobald Ihr wieder hier seid.«

Das tat er dann auch. Er brachte mich in Walsinghams Stadthaus gleich neben dem Tower, und tatsächlich fand ich meinen Dienstherrn bleicher und hagerer als sonst in seinen Gemächern vor.

Kaum trat ich ihm unter die Augen, straffte er sich wieder und verlangte sogleich Bericht. Diesen gab ich ihm nur zu gern. Ich schilderte die Hinrichtung Marias, die Verbrennung ihrer Habseligkeiten und die Vorgänge im Haus. Noch während ich sprach, überlegte ich, ob ich Sir Francis erzählen sollte, dass die Königin Paulet hatte anstiften wollen, Maria Stuart zu ermorden. Ich entschied mich dafür, denn vielleicht würde das ein gutes Licht auf mich werfen.

Walsingham zog erstaunt die Augenbrauen hoch. Führte er mir ein Schauspiel vor, oder hatte er es wirklich nicht gewusst?

»Ich merke schon, ich war einige Zeit nicht mehr am Königshof«, war sein einziger Kommentar dazu. Wahrscheinlich würde er seine Leute in Whitehall befragen.

Ich berichtete also weiter und ließ auch die Schwierigkeiten mit Fournay nicht aus, denn ich wusste, dass Will und Tom ihm früher oder später davon berichten würden. Der Tod eines Stallmeisters konnte nicht so einfach unter die Binsenmatten gekehrt werden. Da holte ich mir lieber gleich die Rüge dafür ab.

»Das war sehr leichtsinnig von dir«, sagte Walsingham wie erwartet. »Ich hoffe, du wirst dich beim nächsten Mal ein wenig mehr vorsehen – und Dinge, die dich nichts angehen, übersehen.«

Ich war mir sicher, dass ich auch beim nächsten Mal nicht darüber hinwegsehen würde, wenn ein Mann eine Frau vergewaltigte. Nur würde ich den Bastard künftig gleich töten.

»Verstanden, Sir Francis.«

Walsingham musterte mich einen Moment lang, ehe er sagte: »Ich glaube, ich brauche dich nicht zu ermahnen, dir alles einzuprägen, was du dort gesehen hast, denn ich weiß, dass dein Gedächtnis hervorragend ist. In Kürze werde ich dich auf eine neue Mission schicken, allerdings ist es vorerst vonnöten, dass du an den Hof zurückkehrst und dort ein paar Tage bleibst. In der Zwischenzeit ist der alte Walton verstorben, diese Nachricht ist bei Hofe allerdings noch nicht bekannt. Du wirst sie in Kürze offiziell bekommen und sogleich abreisen.«

Ich nickte, und angesichts der vielen Krankheiten, die Walton gehabt hatte, überraschte es mich nicht, dass er gestorben war.

»Wenn ich dich losschicke, wirst du als Dienstmagd Amy reisen, daher deine Zeit auf Fotheringhay. Mehr sage ich dir, wenn es so weit ist. Jetzt geh und zieh dich um. Anschließend wirst du nach Whitehall gebracht.«

Damit war die Unterredung beendet. Ich verabschiedete mich von ihm und kehrte auf gleichem Wege, wie ich ins Haus gekommen war, in den Tower zurück. Dort bekam ich ein neues Kleid und stieg wieder in die Kutsche.

Wenig später ging es los nach Whitehall, wo mich der Haushofmeister in Empfang nahm. Natürlich verlangte die Königin, dass ich sofort meinen Dienst antrat, und das bedeutete für mich, dass ich blitzschnell die Rolle der Amy verlassen und in die der Beatrice schlüpfen musste. Angesichts meiner familiären Umstände würde es sicher nicht auffallen, dass ich nicht mehr ganz die Frau war, die vor fünf Monaten den Hofstaat verlassen hatte.

Ich hatte geglaubt, dass der Tag erst einmal ruhig verlaufen würde, doch da hatte ich mich gewaltig getäuscht.

Der Tod Maria Stuarts hatte bei Elizabeth nicht etwa Erleichterung hervorgerufen. Ganz im Gegenteil! Die Königin war unbeherrschter und zorniger denn je, und wie aus dem Gewisper ihrer Damen zu entnehmen war, lag es daran, dass das Urteil an der ehemaligen schottischen Königin angeblich ohne ihr Wissen vollstreckt worden war. Ich konnte mir nicht vorstellen, dass dies der Fall war, doch wenn Elizabeth ihre Empörung schauspielerte, so tat sie es perfekt. Sie verweigerte die Mahlzeiten, wischte einmal sogar zornig einen Teller vom Tisch, so dass er auf dem Boden zerschellte. Wir räumten stumm die Scherben beiseite und fragten uns, was noch alles kommen würde.

Und es kam allerhand!

Sie ließ William Davison, den Vertreter Walsinghams während seiner Abwesenheit, rufen und schickte uns aus dem Raum. Doch bis in die Galerie konnte man das Donnerwetter hören, das über dem armen Mann wegen seines angeblichen Vergehens niederging.

»Die Königin war außer sich, als sie von der Hinrichtung hörte«, berichtete Beth Throckmorton. »Gut möglich, dass sie den armen Davison gleich in den Tower werfen lässt. Und an das, was Cecil blüht, will ich gar nicht erst denken. Walsingham, der alte Fuchs, ist ja rechtzeitig krank geworden.«

Demnach dachte man am Londoner Hof dasselbe wie in Fotheringhay. Wie es sich zeigen sollte, hatte Beth Throckmorton völlig recht. Als Davison die Gemächer der Königin wieder verließ, tat er es in Begleitung der Wache. Anstatt nach uns zu verlangen, zitierte Elizabeth sogleich Lord Burghley zu sich. Er bekam auf gleiche Art und Weise den Kopf gewaschen, wurde allerdings nicht in den Tower gesteckt, sondern reiste noch am selben Tag ab.

Nachdem Beth Throckmorton sich einen Moment lang galant mit einem der Soldaten unterhalten hatte, gab sie uns das Ziel bekannt. »Lord Burghley hat um Demission gebeten, und die Königin hat sie erteilt. Er wird sich auf sein Landgut in Barnes zurückziehen.«

Ich war sprachlos und vergaß für einen Moment den Gedanken, dass ich mit Robin jetzt auch gern ein galantes Gespräch geführt hätte – doch leider war mir mein Liebster bisher nicht begegnet. Wusste er etwa noch nicht, dass ich angekommen war? Oder wollte er angesichts der angespannten Situation am Hof nichts riskieren?

Die Entlassung Cecils schockierte mich, denn er war der engste Vertraute der Königin, und im Gegensatz zu Walsingham mochte Elizabeth ihn. Irgendwie hatte ich das Gefühl, dass hier etwas nicht stimmte. Eine Königin, die nichts von den Umtrieben ihrer Untergebenen wusste und anschließend gleich ihren treuesten Diener entließ, konnte nur Teil einer Posse sein. Mir fiel wieder ein, was Will auf Fotheringhay zu mir gesagt hatte. Elizabeth habe gezögert, weil sie einen Krieg mit Spanien befürchtete. Wollte sie die Spanier nun etwa glauben machen, dass sie nichts mit Marias Tod zu tun hatte? Spielte Cecil mit, um seine Königin und sein Land zu schützen? Bevor ich weiter darüber nachdenken konnte, wurden wir zur Königin gerufen, die nach dem Donnerwetter ein wenig Zerstreuung brauchte.

Als wir ihr Gemach betraten, lief sie durch den Raum wie ein gefangenes Tier im Käfig. Es war eigentlich ihre Angewohnheit, dabei leise vor sich hin zu schimpfen, diesmal jedoch tat sie es nicht. Sie wirkte besorgter, als ich sie je gesehen hatte, und ich fragte mich, ob an meinem Gedanken vielleicht doch etwas dran war. Kurz darauf verfiel sie wieder in die Rolle der schändlich Betrogenen. Zahlreiche Weinkrämpfe suchten sie heim, wie echt sie waren, konnte ich nicht beurteilen, denn Elizabeth war eine wahre Meisterin der Verstellung. Schließlich bestand sie darauf, dass wir sie neu einkleideten, denn das schwarze Kleid, das sie trug, war ihr noch zu prachtvoll und damit zu unpassend für eine Königin, die ihre Verwandte betrauern musste.

»Du hast wirklich Glück, dass du erst jetzt wieder hier bist«, wandte sich Kate Morrigan an mich, die allen Gerüchten zum Trotz nicht schwanger war. Wir waren gerade auf dem Weg in die Kleiderkammer, um der Königin das geforderte Trauergewand zu holen. »Seit sie von der Hinrichtung gehört hat, führt sie sich so auf. Am ersten Tag war es noch schlimmer, da hat sie sich in ihre Gemächer eingeschlossen und niemanden zu sich gelassen, nicht mal Lord Robert.«

Das musste schon was heißen!

»Heute Nacht werden wir wohl wieder kein Auge zubekommen. Sie hat in den vergangenen Tagen nicht eine Stunde geschlafen. Gott allein weiß, woher sie die Kraft nimmt.«

Ich konnte mich also darauf einstellen, dass aus einem Wiedersehen mit Robin in dieser Nacht nichts werden würde. Oder vielleicht doch?

Jedenfalls hielt das seltsame Benehmen der Königin an. Die gewohnte Abendrunde fiel aus, Lord Robert stand sich vor der Tür die Beine in den Bauch, aber Elizabeth wollte ihn partout nicht empfangen, und unser Dienst zog sich in die Länge.

Dann, ganz überraschend, verkündete die Königin, dass sie jetzt zu Bett gehen wolle, damit ihr von Kummer ausgezehrter Körper ein wenig Kraft schöpfen könne. Wir kleideten sie also aus, beheizten die Bettwärmer, und nachdem wir uns vergewissert hatten, dass sie keine Wünsche mehr hatte, verließen wir ihre Gemächer. Für alle Fälle wollte sich Beth Throckmorton, ganz der Liebling Ihrer Majestät, bereithalten, damit sie Elizabeth beispringen konnte, wenn es nötig war. Den Damen, ganz besonders mir, war es nur recht, denn so hatten wir noch einige Stunden für uns. Wie ich die Zeit nutzen würde, wusste ich genau.

60. Kapitel

Anstatt in mein Zimmer zurückzukehren, schlich ich zu Robins Quartier. Ich wollte Gewissheit, ob er mich immer noch liebte oder ob die Zeit, die zwischen unseren Treffen lag, die Flamme zum Erlöschen gebracht hatte. Meine Sinne waren bis zum Zerreißen gespannt, als ich mich dem Gang näherte, in dem sein Zimmer lag. Ich war mir sicher, dass mir bislang niemand gefolgt war, und strebte doppelt so vorsichtig wie sonst auf seine Tür zu. Ein Klopfen, so zaghaft es auch sein mochte, hätte mich vielleicht verraten, also verzichtete ich darauf und drückte gleich die Klinke herunter. Ich wusste, wenn ich ihn jetzt in den Armen einer anderen vorfinden würde, würde es mir das Herz zerreißen, aber ich musste es wagen.

Als ich eintrat, fand ich ihn wie schon so oft am Fenster vor. Sogleich wandte er sich um, und beim Anblick seines Gesichts und des Lächelns, das er aufsetzte, stiegen mir Tränen in die Augen. Es gab so viel zu sagen, dennoch brachte weder er noch ich ein Wort heraus. Ich flog in seine Arme, und als sich unsere Lippen trafen, war es so, als ob ich niemals fort gewesen wäre. Die Leidenschaft war mit unserer Trennung nur gewachsen, und ich war heilfroh, dass ich mich auf Wills Werben nicht eingelassen hatte.

Als wir uns wieder trennten, wollte ich ihm erzählen, wie es bei meinem »Vater« gewesen war und wie sehr ich ihn vermisst hatte, doch er legte mir einfach den Finger auf die Lippen und bewahrte mich so davor, ihn anzulügen. Fast zärtlich entkleidete er mich, und ich tat Gleiches mit ihm, bis wir nackt wie Adam und Eva voreinander saßen und er begann, meine Haut mit Küssen zu bedecken. Mit einem Mal wurde alles, was ich in den vergangenen Wochen und Monaten erlebt hatte, bedeutungslos. Der Angriff Fournays, der Tod der Königin, das Treffen mit Walsingham, alles verschwamm, und hätte Robin mich in diesem Augenblick gebeten, mit ihm zu fliehen, hätte ich es vielleicht sogar getan.

Aber er tat es nicht, denn er wusste ja nicht, wer ich wirklich war, was ich tat und womit ich mein Gewissen belastete.

Als er schließlich in mich drang und ich seine weiche Haut auf meiner spüren konnte, kamen die Tränen erneut, allerdings waren es keine bitteren, sondern Tränen des Glücks. Eines Glücks, das nur noch wenige Augenblicke andauern sollte, denn plötzlich wurde die Tür aufgerissen. Robin und ich schreckten hoch. Er tastete nach seinem Dolch, und ich war versucht, dasselbe zu tun, doch dann erkannte ich, dass es Walsinghams Männer waren. Von Kopf bis Fuß in Schwarz gekleidet kamen sie auf uns zu. Ihr Auftauchen bedeutete nichts Gutes, das war mir klar.

»Lady Beatrice, bedeckt Euch und kommt mit uns!«, fuhr mich der Anführer an. »Auf der Stelle.«

»Warum?«, fragte Robin.

Ich dagegen konnte es mir schon denken. Die Tatsache, dass sie mich im Bett überrascht hatten, deutete darauf hin, dass Walsingham seinem Unmut über meine Beziehung zu Robin Luft machen wollte. Aber ich war mir sicher, dass ich das genauso überstehen würde wie alles andere zuvor. Ich legte meine Hand beruhigend auf Robins Arm und spürte, dass er vor Zorn zitterte. »Ist schon in Ordnung«, sagte ich leise, bevor der Anführer der Abordnung antworten konnte, und erhob mich.

Ich machte mir nicht die Mühe, meine Blöße mit Laken zu bedecken. Nackt, wie ich war, stieg ich aus dem Bett, und mein Blick brachte die Männer nach anfänglichem Zögern endlich dazu, sich umzuwenden. Ich zog mich an, während Robin mich verwirrt musterte. Er wagte nicht zu fragen, was los war. Ich hätte ihm ohnehin keine Antwort gegeben. Und die Männer, die mich holten, ebenso wenig.

Als ich fertig war, ging ich zu ihnen. Noch einmal blickte ich mich zu Robin um und wusste, dass ich ihn lange Zeit nicht wiedersehen würde. Walsingham würde entweder mich oder ihn fortschicken, so viel war klar. Ein letztes Mal wollte ich ihn betrachten, wie er mit nacktem Oberkörper im Bett saß, in seinem Inneren ein gefangener Stier, der vor Zorn kochte, sich aber von seinen Ketten nicht lösen konnte. Ich blickte ihn an, bis Tränen alles um mich herum verschwimmen ließen, dann folgte ich Walsinghams Leuten.

Sie brachten mich zum Tower, und ich fürchtete fast schon, dass sie mich jetzt einkerkern würden. Immerhin führten mich die Männer nicht in den Blutturm, sondern brachten mich zu Walsinghams Studierzimmer. Sir Francis musste extra hergekommen sein, denn zuvor hatte ich ihn ja in seinem Stadthaus besucht. Der Anführer klopfte an und öffnete die

Tür, eintreten musste ich allerdings allein. Walsingham saß wie immer hinter seinem Schreibpult, seine Miene wirkte wie versteinert. Trotzdem konnte ich ihm ansehen, dass er alles wusste. Alles.

Ich trat forsch auf ihn zu, denn ich wollte ihm zeigen, dass ich keine Angst vor ihm hatte.

Die beiden Männer verschlossen hinter mir die Tür, und nachdem er mich noch einen Moment lang strafend angeblickt hatte, fragte er: »Wie lange triffst du dich schon mit diesem Burschen?«

Ich sah ihn an und sagte erst einmal nichts. Wahrscheinlich hatten ihn seine Leute bereits unterrichtet. Er hatte mich sicher die ganze Zeit über beobachten lassen. Nur durch wen? Ich schämte mich nicht dafür, dass ich mit Robin im Bett erwischt worden war, sondern dafür, nicht bemerkt zu haben, dass mir jemand gefolgt war. War es vielleicht Gifford gewesen?

»Etwa ein Dreivierteljahr.«

Er musterte mich, als würde er sich fragen, wie ich es geschafft hatte, in der Zeit nicht schwanger zu werden. »Erinnerst du dich an das, was ich dir zu Anfang ans Herz gelegt habe?«, fragte er nach einer Weile. »Dass es für einen Spion nicht gut ist, wenn er den Kopf verliert?«

Ich nickte. Ja, das hatte er mir damals in Barn Elms gesagt. Nur hatte ich nicht das Gefühl, meine Arbeit wegen Robin schlechter zu verrichten. Ohne Widerspruch war ich nach Fotheringhay gegangen und hatte auch sonst getan, was er von mir verlangte.

»Sagte ich dir nicht auch, dass du niemandem trauen sollst?«

Wieder nickte ich.

»Ich weiß, dass sich dein Verstand alles merkt, was er einmal hört. Warum also lässt du dich mit diesem Burschen ein?« Ich spürte genau, wie der Zorn in ihm schwelte. Seine Stimme klang gefasst, doch sie hatte einen gefährlichen Unterton.

»Robin stellt keine Gefahr für uns dar«, versuchte ich mich vorsichtig zu verteidigen. Walsingham in Zorn zu versetzen, konnte bedeuten, dass ich mich bestenfalls im Tower wiederfand – und schlimmstenfalls mit einem Messer im Rücken in der Themse.

»Wie willst du das einschätzen?«, fuhr er mich unvermittelt an und sprang von seinem Stuhl auf. Die Maske seiner Selbstbeherrschung fiel von ihm ab, als hätte sie der Wind davongeweht. »Er könnte ein feindlicher Spion sein, der auf dich angesetzt wurde, um dein Vertrauen zu gewinnen.«

Wenn ich alles glaubte, aber nicht das. Ich war mir sicher, dass Robin mir nie etwas Böses antun oder mich verraten würde. »Er ist nur ein Diener, Sir Francis, der Sohn eines Sekretärs. Ihr müsstet mich doch mittlerweile gut genug kennen, um zu wissen, dass ich keine Geheimnisse preisgebe.«

»Auch nicht im Liebestaumel?«

»Selbst da nicht!«, entgegnete ich, obwohl ich der Meinung war, dass es ihn nichts anging, mit wem ich das Lager teilte. Immerhin hatte er dies auch beinahe bei Montserrat verlangt.

Walsingham schnaubte spöttisch. »Du bist noch ein Kind und hast keine Ahnung von all den Dingen, die man aus Liebe tut. Liebe kann blind machen, wenn du es nicht sogar schon bist. Woher will ich wissen, dass sie dich nicht schon zum Instrument der Gegenseite gemacht haben?«

Meine Selbstbeherrschung begann zu wanken. Am liebsten hätte ich ihn angeschrien, dass seine Mutmaßungen haltlos waren, trotzdem zwang ich mich zur Ruhe, wie er es mir beigebracht hatte. »Ich habe Euch stets treu gedient, und ich werde Euch auch weiterhin treu dienen. Ich mag vielleicht jung sein, aber ich weiß sehr wohl zu unterscheiden, was Dienst und was Privatleben ist. Ich würde niemals jemandem Geheimnisse verraten, nicht einmal meinem eigenen Mann. Doch ich werde ja wohl das Recht haben, jemanden zu lieben.«

Walsinghams Blick wurde stechend. »Ein Spion hat kein Privatleben. Er hat auch nicht das Recht, jemand anderen zu lieben als die Königin und den Staat, solange er in dessen Diensten steht. Deine Liebelei mit diesem Burschen ist töricht, und wenn du sie nicht unterbindest, wird sie dich ins Verderben stürzen. Das werde ich nicht zulassen, und ich werde auch nicht davor zurückschrecken, dir jedes einzelne deiner vermeintlichen Rechte zu nehmen. Ich werde nicht zulassen, dass irgendwelche Liebeleien dich vom klaren Denken abhalten und den Staat gefährden.«

Schlimmer als seine Worte hätten auch Ohrfeigen nicht sein können. Walsingham verbot mir also, mich zu verlieben. Er verbot mir, jemanden zu haben, bei dem ich wenigstens ein bisschen Trost finden konnte, wenngleich es mir unmöglich war, ihm je die volle Wahrheit zu sagen. Woher nahm er nur diese Kälte?

»Ich versichere Euch, Sir Francis, ich versehe meinen Dienst nach wie vor so gut ich kann.« Ich spürte, wie ein Zittern meinen Körper erfasste.

»Wirklich?« Walsingham musterte mich eisig. »Wie erklärst du es dir dann, dass ich dich beschatten lassen konnte, ohne dass du etwas davon gemerkt hast? Die Männer, die ich eingesetzt habe, waren nicht einmal besonders gut, trotzdem haben sie es geschafft, sich vor dir zu verbergen. Was meinst du, woran liegt das? Fällst du der Altersschwäche anheim?

Oder warst du nur blind, weil du die ganze Zeit über diesen Burschen im Kopf hattest?«

Ich hätte es abstreiten können, doch abgesehen davon, dass Walsingham mir nicht geglaubt hätte, musste ich meinen Fehler zugeben. Ich hatte meine Beschatter tatsächlich nicht bemerkt, und das hätte mir nicht passieren dürfen.

»Einer meiner Grundsätze lautet, dass schmerzhafte Leiden auch eine schmerzhafte Kur brauchen, und ich bin froh, dass ich dein Leiden rechtzeitig erkannt habe, bevor du für uns unbrauchbar geworden wärst.«

Jetzt war es endgültig vorbei mit meiner Beherrschung. Er sprach von mir wie von einem Jagdhund, der seine gute Nase verloren hätte, wenn er der Fleischeslust nachgab. »Meint Ihr, ich will ein eisiges Monstrum werden?«, schmetterte ich ihm hilflos entgegen, und Tränen stiegen mir in die Augen. »Meint Ihr, ich will, wenn ich alt bin, feststellen, dass mein Herz aus Stein ist? Ihr selbst habt eine Frau und könnt sehr wohl Euren Dienst versehen! Warum gönnt Ihr mir nicht ein wenig Glück?«

Walsingham musterte mich daraufhin lange. »Glück ist etwas für eitle Dummköpfe«, sagte er dann. »So verhält es sich auch mit der Liebe. Du bist noch zu jung, um das richtige Maß finden zu können. Wenn du selbst nicht so klug bist, die Finger von Robert Carlisle zu lassen, werde ich es dir eben verbieten.«

»Wie wollt Ihr das tun?« Meine Augen brannten wie Feuer von den Tränen und dem Zorn in meinem Inneren. »Ihr seid nicht mein Vater!«

»Ich habe hier ein Papier«, sagte er und deutete auf das Schreibpult. »Wenn du die Finger nicht von dem Burschen lässt, werde ich ihn in den Tower bringen lassen. Du kennst die Richtlinien der Königin. Derjenige, der eine Hofdame verführt, wird mit Haft bestraft. Obendrein könnte ich vorbringen, dass Robin Carlisle für die Gegenseite arbeitet. Das würde seinen Tod bedeuten.«

Ich hätte ihm gern entgegengeschmettert, dass ich in dem Fall für Robin aussagen würde, aber meine Wut würgte mich so sehr, dass ich kein einziges Wort hervorbrachte.

»Solltest du auf den unseligen Gedanken kommen, das Gegenteil zu behaupten, wovon ich ausgehe, wenn du tatsächlich so liebesblind bist, wie es mir vorkommt, dann wird es dir ebenso ergehen.«

Ich meinte für einen Moment, der Boden würde unter meinen Füßen wanken. Ich hätte nie gedacht, dass Walsingham seine Instrumente der Macht auch gegen mich einsetzen würde.

»Du solltest es dir also gut überlegen, ob du an dieser Liebelei festhalten willst oder ob es Dinge gibt, die größer sind als das. Wenn du weiterhin in meinen Diensten bleiben willst, werde ich dir nichts nachtragen. Falls nicht, werde ich dieses Dokument unterzeichnen, also wähle.«

Ich konnte nichts anderes tun als schluchzen. Dabei war es noch nicht einmal so sehr die Aussicht, dass ich Robin nie wiedersehen würde, die mich zu Tränen rührte. Ich schluchzte darüber, dass Sir Francis fähig war, mir so etwas anzutun. Doch er war kein Mann, der sich von Tränen rühren ließ. »Geh jetzt auf dein Zimmer und überlege es dir«, sagte er mit eisiger Stimme und gab mir so zu verstehen, dass die Diskussion für ihn beendet war. »Ich bete dafür, dass Gott dir die richtige Entscheidung eingibt.«

Mir blieb nichts anderes übrig, als zu knicksen und wankend den Raum zu verlassen. Mir war, als müsste ich jeden Augenblick zu Boden gehen, doch glücklicherweise behielt mein Verstand die Kontrolle über meinen Körper. Kurz sah ich mich um, in der Hoffnung, Walsinghams Gesicht zu sehen, doch er wandte sich dem Fenster zu und bewegte sich wohl erst wieder, als er meine Schritte im Gang nicht mehr hören konnte.

61. Kapitel

Es folgte eine der grauenvollsten Nächte, die ich je durchlebt hatte. Tränenüberströmt warf ich mich auf mein kaltes Bett. Ich weinte aus vollstem Herzen, kreischte, stöhnte und schluchzte. Es war mir, als würde mein Innerstes zerreißen, und ich war erfüllt vom Hass auf Walsingham und auf mich selbst. Immerhin hatte ich mich freiwillig in sein Netz begeben und musste nun hinnehmen, dass ich zu einer Leibeigenen geworden war, einer Leibeigenen des Staates und der Königin. Sie und Walsingham konnten entscheiden, ob ich lieben oder heiraten durfte, sie konnten entscheiden, ob ich lebte oder starb. Ich vermochte nicht zu sagen, was mich mehr weinen ließ, der Verlust meines Geliebten oder der meiner Freiheit.

Irgendwann waren die Tränen versiegt, und auch wenn mein Leib noch immer unter heftigem Schluchzen erbebte, wollten sie nicht mehr fließen. Ich hatte das Gefühl, dass meine Glieder taub wurden, und sicher hätte es mir in dieser Nacht nichts ausgemacht, einfach einzuschlafen und nie wieder aufzuwachen. Aber ein ansonsten gesundes Mädchen von sechzehn Jahren stirbt nicht so einfach, schon gar nicht an Liebesleid.

Nach einer Weile schlief ich ein, ohne es zu wollen, und als die ersten Sonnenstrahlen durch das Fenster fielen, erwachte ich mit geschwollenen Augen. Der Schmerz, der in das dunkle Vergessen gedrängt worden war, kehrte mit voller Wucht zu mir zurück. Mir fiel auch ein, dass ich eine Entscheidung treffen musste. Eine Entscheidung, die für einen vernünftigen Kopf bereits feststehen musste.

Glücklicherweise war meine Vernunft groß genug, um einzusehen, dass ich mich fügen musste – auch wenn ich es nur unter innerlichem Protest tat. Aber dafür interessierte sich in diesen Mauern niemand, am allerwenigsten Walsingham.

Nachdem ich mich angekleidet und meine Augen mit einem nassen Lappen gekühlt hatte, ging ich zu ihm. Einer Dienstmagd hatte ich aufgetragen, mich bei Beth Throckmorton krankzumelden, und so schritt ich durch die Gänge bis zu der Tür, hinter der er auf mich wartete. Als ich sein Studierzimmer betrat, sah ich das Papier auf dem Tisch liegen. Daneben eine Feder, die nur darauf wartete, benutzt zu werden.

»Nun, hast du es dir überlegt?« Die Stimme kam aus der Tiefe des Raumes. Walsingham stand neben dem Fenster, doch das Licht streifte seine Gestalt kaum. Er wirkte noch blasser als gestern, aber das lag sicher an seiner zurückliegenden Krankheit und nicht an mir, also machte ich mir von vornherein keine Illusionen.

»Ja, Sir.«

»Wie lautet deine Antwort?«

Es waren die schwersten Worte, die ich je über die Lippen bringen musste. Trotzdem wollten mir auch jetzt keine Tränen mehr in die Augen treten. Alles, was ich hätte ausweinen können, war in mein Kopfkissen gesickert.

»Ich entscheide mich für den Dienst.«

Walsingham nahm meine Worte ohne eine Regung hin. Er blieb noch eine Weile am Fenster stehen und blickte in die Morgendämmerung. Dann wandte er sich um und ging zum Schreibpult. Ohne ein Wort zu verlieren, hielt er das Papier über die Flamme und verbrannte es. Ich hätte jetzt einen Rückzieher machen können, doch er wusste genauso gut wie ich, dass dieses Dokument im Handumdrehen neu geschrieben war. Noch einmal würde er sich nicht von mir an der Nase herumführen lassen.

»Was geschieht mit ...« Ich wagte nicht, seinen Namen auszusprechen, doch Walsingham wusste, wen ich meinte.

»Ich werde ihn zurückversetzen lassen nach Greenwich. Und unter Beobachtung halten. Sollte er Anstalten machen, dich zu suchen oder mit dir zu sprechen, werde ich ihn in den Tower stecken.«

»Aber ich ...«

»Es hängt nicht von dir ab. Er weiß, was ihm blüht, ich habe ihm eine entsprechende Nachricht zukommen lassen. Wenn er sich als Dummkopf erweist, wird er die Konsequenzen tragen müssen. Du trägst dafür keine Verantwortung.« Damit schloss er von vornherein aus, dass ich mich der romantischen Vorstellung hingab, Robin könnte mich retten kommen.

»Wie Ihr wollt, Sir Francis«, entgegnete ich resigniert und verneigte mich.

»Ich weiß, dass du dein Bestes geben wirst, Alyson«, sagte er, nachdem er mich eine Weile gemustert hatte, aber überraschenderweise klang seine Stimme nicht mehr drohend. »Bei der Mission, die dir bevorsteht, geht es nicht um mich oder die Königin, sondern um England. Mich kannst du hassen, aber dem Staat solltest du dienen, denn er ist der Boden, auf dem du stehst, und die Luft, die du atmest. Um ihn zu schützen, wirst du dein Meisterwerk abliefern, hast du mich verstanden?«

Ich nickte und spürte mein Herz schwer in der Brust. Warum hatte alles so kommen müssen? Darauf würde mir niemand eine Antwort geben können, das wusste ich, dennoch wünschte ich, dass es die Ereignisse der vergangenen Stunden nicht gegeben hätte. Ich wünschte, dass ich ein Herz gehabt hätte, das sich der Liebe verschließen konnte, dann wäre Robin meinetwegen nicht ins Unglück gestürzt worden. So etwas, das schwor ich mir, würde nie mehr geschehen. Ich wollte nicht länger das Unglück für Menschen sein, die ich liebte.

»Wie du weißt, wollte ich dich erst später fortschicken, aber die Umstände machen eine Beschleunigung notwendig. Du wirst nach Cádiz reisen und als schottische Dienstmagd Amy in die Dienste des Marqués de Santa Cruz treten.«

Die tote Dienstmagd verfolgte mich also immer noch.

»Du wirst ihn ausspionieren und versuchen, alles über die bevorstehende spanische Invasion herauszufinden. Philipp hat vor, in England zu landen, und zwar mit Hilfe des Prinzen von Parma, der in den Niederlanden mit Truppen auf ihn wartet. Ich möchte, dass du alles zu diesem Vorgang sammelst, jeder kleine Fetzen könnte wichtig sein. Ich will wissen, wann der Großadmiral plant, seine Truppen in die Niederlande zu schicken, ich will wissen, mit wie vielen Männern wir es an Land und auf See zu tun bekommen werden.«

Walsingham machte eine kleine Pause, und ich war mir sicher, dass er von meinem Gesicht die Frage ablesen konnte, warum gerade ich dafür geeignet erschien, diese schwierige Aufgabe zu meistern.

»Als Hausangestellte, zudem noch eine Emigrantin aus Marias Hof, wirst du bei Santa Cruz willkommen sein und keinen Verdacht erregen. Maria Stuart hat Briefe an alle katholischen Fürsten geschickt und sie aufgefordert, sich ihres Gesindes anzunehmen.«

Auch nach ihrer Verurteilung hatte man anscheinend all ihre Briefe abgefangen, und da diese Anweisung Walsingham zupasskam, auch zugestellt.

»Ich werde dir jemanden mitgeben, mit dem du in Spanien Kontakt halten wirst und der dafür sorgen wird, dass die Nachrichten sicher bei uns ankommen. Deine Ausbildung ist nun abgeschlossen, Alyson. Es wird Zeit, dass du dich für dein Land bewährst.«

Ich nickte.

Da Walsingham keine andere Antwort zu erwarten schien, fügte er hinzu: »Die Flotte, die in Spanien auf uns lauert, ist die größte, die die Menschheit je gesehen hat. Der König von Spanien arbeitet nicht erst seit Maria Stuarts Tod daran. Es gibt schon länger Bestrebungen seinerseits, eine Invasion auf England zu starten. Mit der Hinrichtung Marias haben wir ihm lediglich einen Grund geliefert.« Er blickte mich an, als wollte er wissen, ob ich mich fragte, warum die Königin hingerichtet worden war. Aber aus meiner Miene konnte er nichts herauslesen.

»Doch jetzt ist der Zeitpunkt gekommen, an dem wir zurückschlagen können. Mit deiner Hilfe werden wir es vielleicht schaffen, einen Vorteil zu gewinnen und die Gefahr von unserer Heimat abzuwenden.«

»Warum habt Ihr bisher keine anderen Spione losgeschickt, um etwas über die Schlachtpläne herauszufinden?« Mit dieser Frage konnte ich nicht länger hinter dem Berg halten.

»Weil kein Spion zuvor deine Qualitäten hatte. Ich habe dich nicht nur wegen der Königin ausgebildet, sondern auch weil ich jemanden brauchte, den ich in Spanien einsetzen kann. Ich habe eine ganze Zeit lang nicht gewusst, dass du es sein könntest, aber nun bin ich mir sicher, dass du die Richtige bist. Enttäusche mich nicht.« Die Drohung in seinen Worten war nicht zu überhören.

»Ich werde Euch nicht enttäuschen«, gab ich zurück und blickte ihm in die Augen, tiefer und rebellischer, als ich es je zuvor gewagt hätte. »Trotzdem werdet Ihr aus mir nicht die gleiche eisige Kreatur machen, die Ihr selbst seid.«

Damit wandte ich mich um und verließ den Raum. Er hätte mir ob meiner Frechheit eine Wache hinterherschicken können, doch das tat er nicht. Er wusste, dass ich meine Arbeit erledigen würde.

Viertes Buch

Die Passion des Marqués de Santa Cruz

1587

62. Kapitel

In der schweren Kutsche, die in den frühen Morgenstunden herbeigerollt war und vor dem geheimen Ausgang wartete, saß bereits mein Kontaktmann, und dieser war niemand anderes als Gilbert Gifford. In einen braunen Mantel und ein schwarzes Reisewams gehüllt, begrüßte er mich kurz, dann schloss er die Tür, und das Gefährt ruckte an. Walsingham hatte sich nicht die Mühe gemacht, mich zu verabschieden, und irgendwie war ich auch froh darüber.

Unser Ziel war Plymouth. Dort sollten wir uns auf ein Schiff begeben, das uns nach Cádiz bringen würde. Ich trug Hose und Wams, denn ich wollte die große Zahl Männer nicht wissen lassen, dass ich eine Frau war. Das hätte sie womöglich nur zu Dummheiten verleitet. Gifford blickte mich überrascht an, und es kam, wie ich es von ihm nicht anders erwartet hätte: Er konnte seine Zunge nicht im Zaum halten.

»Die Männerkleider stehen dir fast besser als das Weiberzeug.«

»Meint Ihr?«, entgegnete ich bissig. »Um dieses Kompliment zurückgeben zu können, müsste ich Euch einmal in Frauenkleidern sehen.«

»Vielleicht hast du in Spanien ja Gelegenheit dazu.« Er grinste breit. »Ich hatte schon immer Lust herauszufinden, wie es ist, all diesen Putz zu tragen.«

Die Bemerkung, dass er alles andere als eine hübsche Frau abgeben würde, sparte ich mir und blickte wortlos aus dem Fenster. Wir fuhren an der Themse entlang, doch viel konnte ich von ihren dunklen Fluten nicht sehen, denn der Himmel war bestenfalls dunkelgrau. Nach einer Weile überfiel mich die Schwermut. Ich hatte wieder Robin vor mir und kämpfte gegen die Tränen an, die bei dem Gedanken, dass ich ihn vielleicht nie wiedersehen würde, aufsteigen wollten.

Bevor ich allerdings noch tiefer in Grübeleien verfallen konnte, meldete sich Gifford erneut zu Wort. Er schien zu spüren, dass ich ein wenig Ablenkung brauchte. »Ich hatte dir ja versprochen, dass wir beide schon bald zusammenarbeiten.«

»Das habt Ihr in der Tat«, entgegnete ich kühl, in der Absicht, mich nicht von ihm ärgern zu lassen.

»Hast du denn keine Angst, in der nächsten Zeit von Katholiken umzingelt zu sein?«, fragte er ein wenig mokant.

»Ich habe vor nichts und niemandem Angst, Gifford«, entgegnete ich.

»Auch nicht vor mir? Ich bin Katholik.«

Das verwunderte mich sehr, doch ich wollte ihm nicht den Triumph gewähren, mich erstaunt zu sehen. »Weiß Walsingham davon?«, fragte ich daher so ungerührt, wie es mir möglich war. Bei allem Hass gegen die Katholiken, den er an den Tag legte, erstaunte es mich zutiefst, dass er einen katholischen Spion in seinen Reihen duldete. Immerhin war es möglich, dass er zwei Herren diente. Aber was Babington und Maria Stuart anging, hatte er seine Loyalität bereits bewiesen.

»Natürlich weiß er davon«, antwortete Gifford mit einem hintergründigen Lächeln. »Er fürchtet mich zwar nicht, aber er vertraut mir auch nicht voll und ganz. Das macht allerdings nichts, denn letztlich muss ich nur einem Menschen gegenüber loyal sein, und zwar mir selbst. Außerdem habe ich erkannt, dass Elizabeth, auch wenn sie einen anderen Glauben als ich hat, die beste Königin ist, die England bislang hatte.«

»Sagt Ihr das, damit ich Euch nicht bei Walsingham anschwärze?«

»Nein, ich sage es, weil es meine Überzeugung ist. Gerade du dürftest doch nicht viel vom Anschwärzen unter Kollegen halten.«

Ich spürte, wie mir das Blut ins Gesicht schoss und damit auch ein ungeheuerlicher Verdacht. Hatte er mich etwa die ganze Zeit bespitzelt und war dafür verantwortlich, dass ich von Robin getrennt worden war?

»Wie meint Ihr das?«, fuhr ich ihn scharf an und sah etwas in seinen Augen aufblitzen.

»Ich meine deinen kleinen Freund, diesen Carlisle. Er kann sich glücklich schätzen, dass er nicht im Tower gelandet ist, obwohl er eines der Edelfräulein der Königin verführt hat.«

Ich hatte mir eigentlich geschworen, mich durch nichts provozieren zu lassen, doch bei seinen Worten konnte ich nicht ruhig bleiben. Ich fuhr von meinem Sitz auf, aber bevor ich ihn erreichen konnte, hielt er meine Hände fest. Er war mir nun so nahe, dass er mich hätte küssen können, wenn er es gewollt hätte.

»Bleib ruhig, kleine Lady«, sagte er, und sein Atem strich über meine Wangen. »Du lässt dich ja immer noch von deinem Temperament zu Dummheiten verführen. Egal, ob jemand dich oder einen anderen Menschen beleidigt, den du magst, bleib ruhig.«

Ich riss mich los und ließ mich wieder auf meinen Platz sinken.

Gifford grinste mich herausfordernd an. »Das zornige Funkeln in deinen Augen ist das schönste, das ich je an einer Frau gesehen habe. Schade nur, dass du zu jung für mich bist.«

»Glaubt Ihr wirklich, ich würde mich mit Euch einlassen?«, entgegnete ich giftig, was ihn nicht im Geringsten beeindruckte.

»Nein, das glaube ich nicht. Und ich würde es auch nicht wollen. Immerhin will ich bei Sir Francis nicht in Ungnade fallen.«

»Wie meint Ihr das?«

Gifford setzte ein hintergründiges Lächeln auf, und ich bereitete mich innerlich vor, auf eine neuerliche Unverschämtheit seinerseits zu reagieren.

»Ich habe mich schon lange gefragt, warum Walsingham ausgerechnet ein junges Mädchen ausgebildet hat. Böse Zungen behaupten, dass er dem Reiz einer jungen Schönheit erlegen sei, wie es vielen Männern in seinem Alter ergeht.«

Ich wollte erneut auffahren, denn das war wirklich eine Lüge. Doch bevor ich mich erregen konnte, fügte Gifford hinzu: »Wir beide kennen Sir Francis' puritanisches Herz und wissen, dass er sich keinerlei Freude als den Dienst an Ihrer Majestät gönnt. Also stelle ich diese Behauptung erst gar nicht auf.«

»Aha, und was glaubt Ihr, welchen Grund er hatte?«

»Ich schätze, dass er in dir so etwas wie eine Tochter sieht. Vielleicht sogar seine Tochter, die er vor Jahren verloren hat.«

Wieso Tochter? Ich wusste, dass er eine Tochter hatte, doch Frances erfreute sich bester Gesundheit. »Ich verstehe nicht, was Ihr meint«, entgegnete ich.

Gifford musterte mich prüfend. »Du wusstest nicht, dass er eine zweite Tochter hatte?«

Ich schüttelte den Kopf.

»Nun, dann bist du jetzt im Bilde. Ihr Name war Mary. Sie starb im zarten Kindesalter, und vor Kummer wäre Lady Ursula ihr fast gefolgt. Sie hatte bereits ihre zwei Söhne aus erster Ehe bei einer Pulverexplosion verloren. Walsingham war davon ebenfalls ziemlich mitgenommen worden. Das sieht man ihm gar nicht an, nicht wahr?«

Ich enthielt mich einer Äußerung, denn ich war mir mit einem Mal nicht mehr sicher, ob Gifford den Auftrag hatte, mich auszuhorchen und meine Loyalität auf die Probe zu stellen.

Mein Schweigen konnte ihn aber nicht davon abbringen, weiterzureden. »Ich könnte mir vorstellen, dass er in dir die verlorene Mary gesehen hat. Das würde auch erklären, warum er dich aus den Armen dieses Burschen gerissen hat. Einem Vater ist der Liebhaber seiner Tochter selten gut genug.«

Diese Aussage traf mich wie eine Ohrfeige. Nur zu gern hätte ich erwidert, dass er sich irrte, aber auf einmal wurde mir klar, was er meinte. Für meine Verfehlung hätte ich eigentlich viel härter bestraft werden müssen. Hätte Sir Francis mich vielleicht sogar töten lassen, wenn ich nicht die gewesen wäre, die ich bin?

Nein, diesen Gedanken wollte ich gar nicht erst zulassen. Sicher waren dies nur Hirngespinste eines Gelehrten, der zum Agenten geworden war. Oder der gewitzte Versuch, meinen Zorn zu kühlen und sich meiner Dienste zu versichern.

Warum sonst sollte Walsingham Gifford auf die Nase gebunden haben, dass man mich von Robin fortgeholt hatte?

Ich war mir sicher, dass mich Gifford in eine Falle locken wollte.

»Ihr redet dummes Zeug«, antwortete ich und drehte den Kopf zur Seite. Glücklicherweise erkannte er endlich, dass ich nicht weiter darüber sprechen wollte, und so schwiegen wir uns an, bis wir Plymouth erreichten.

Bei unserer Ankunft lag die Hafenstadt in dichtem Nebel. Die Luft war gesättigt vom Geruch nach Schlamm, Seetang und Fisch. Möwen kreisten über der Kutsche und begrüßten uns mit ihrem schrillen Kreischen. Es wurden mehr, je näher wir dem Hafen kamen, und auch der Geruch, zuvor nur eine leichte Note, wurde schlimmer. Wir hielten nicht direkt neben den Schiffen, das wäre laut Gifford zu auffällig gewesen.

»Unter den Spaniern geht das Gerücht, dass es einen sehr wandlungsfähigen neuen Spion geben soll. Er soll nicht mal davor zurückschrecken, in Frauenkleider zu schlüpfen.«

Ich musste an meinen Auftritt in der Taverne und das Zusammentreffen mit Esteban denken. Ich musste ihn wohl beeindruckt haben, und was das Wichtigste war: Er hielt mich für einen Mann!

Die Kutsche bog in eine kleine, stinkende Gasse, und erneut war ich froh, dass ich meine Männerkleidung bereits angelegt hatte. Es gab hier zahlreiche dunkle Ecken, in denen nicht wenige Gestalten lungerten, die eine Frau als leichte Beute ansahen. Aber ich war unter dem Leder nicht als Frau zu erkennen.

»Solltest du Angst haben, allein durch diese finstere Gasse zu gehen, kann ich dich beruhigen«, sagte Gifford spöttisch, als die Kutschentür aufschwang. »Dort drüben wartet jemand, der dich in Empfang nehmen und zum Schiff bringen wird.«

»Meint Ihr wirklich, ich habe Angst?«, entgegnete ich giftig.

Gifford musterte mich von Kopf bis Fuß, dann grinste er. »Ich bin mir sicher, dass du deine Sache schon machen wirst. Einen guten Anreiz hast du ja.« Damit war klar, dass er die ganze Geschichte kannte – inklusive der Bedingungen, damit Robin verschont blieb.

Ich funkelte ihn wütend an.

»Auf dem Schiff sehen wir uns wieder!«, sagte Gifford zu mir und nickte grüßend zu dem Mann hinüber, der ein wenig entfernt von mir aus einer Mauernische trat und auf uns zukam.

Die Kutsche ruckte an und verschwand. Nun stand ich dem Fremden allein gegenüber. Er war hochgewachsen und hatte dichtes dunkelblondes Haar. Die Farbe seiner Augen war eine Mischung zwischen Blau und Grün. An der Schläfe hatte er ein Muttermal, genau konnte ich es jedoch nicht erkennen. Als er mich anlächelte, sah ich, dass ihm zwei Zähne fehlten, wahrscheinlich hatte er sie bei einer Schlägerei eingebüßt.

»Ich bin John«, stellte er sich mir vor. Seinen Nachnamen verriet er mir nicht, aber das verwunderte mich nicht mehr. Wahrscheinlich war sein richtiger Vorname auch nicht John.

»Ich heiße Amy«, entgegnete ich und musterte ihn von Kopf bis Fuß. Seine Kleider und Stiefel waren schwarz, aber nicht so streng geschnitten, wie ich es vom Hof her kannte.

»Dann komm, Amy, oder soll ich dich besser Amyas nennen?« John grinste mich breit an, und ich wusste, worauf er anspielte.

»Mit diesem Namen würde ich wohl kaum auf das Schiff kommen, oder?«, entgegnete ich, worauf John fast schon bewundernd die Unterlippe vorschob.

»Weder auf den Kopf noch auf den Mund gefallen. Wie soll ich dich denn nennen, kühner Bursche?«

»Albert«, antwortete ich, denn diese Rolle hatte ich schon einmal gespielt. »Nenn mich einfach Albert.«

»Gut, Albert, dann bringe ich dich jetzt zu deinem Schiff.«

Damit ging er voran, und ich schloss mich ihm an. Ich fragte mich, welchen Namen unser Schiff wohl trug, doch ich wollte meinen Begleiter nicht danach fragen.

Nach einer Weile tauchte der Hafen vor uns auf. Den Anblick werde ich ganz sicher nie vergessen. Unzählige Mastbäume reckten sich in den bleigrauen Himmel; sie wirkten wie ein Winterwald, der über Nacht sein Laub verloren hatte. Die Segel waren eingeholt, und gemütlich schaukelten die Schiffsrümpfe in der Meeresströmung. Das Geräusch der Wellen, die sich an der Kaimauer brachen, mischte sich mit dem Knarren der Schiffsbalken und den Rufen der Matrosen. Sieben Glasen wurden angeschlagen, und das auf nahezu allen größeren Schiffen, wodurch der Eindruck eines großen Glockenspiels entstand.

»Das ist sie«, sagte John durch das Gebimmel und deutete auf das Schiff direkt vor uns. »Die *Santa Magdalena*.«

Wie alle spanischen Galeonen war auch dieses Schiff ziemlich schwerfällig, durch die Größe machte es allerdings einen gewaltigen Eindruck auf mich. Die Kanonenluken waren bunt angestrichen, und eine Meerjungfrau mit grüngoldenem Schwanz diente als Galionsfigur.

»Warte hier«, sagte John zu mir, als wir dem Schiff bereits ganz nahe waren. Ein paar Seeleute waren an Deck und sahen zu uns herunter. »Ich werde mit dem Captain sprechen, dann hole ich dich.« Damit wandte er sich um und lief den Steg hinauf.

Ich blickte ihm nach und betrachtete wieder das Schiff. Die Matrosen starrten noch immer in meine Richtung, doch sie schienen nicht zu merken, dass ich ein Mädchen war. Nach einer Weile kehrte John zurück und bedeutete mir, dass ich an Bord kommen könne. Er zeigte mir mein Quartier, und kurz bekam ich auch den Captain zu sehen, einen schwarzbärtigen Mann mit wilder Mähne und einem goldenen Ring im rechten Ohr.

Nach und nach kamen die anderen Passagiere an Bord, unter ihnen Gifford, und nachdem acht Glasen geschlagen worden waren, legte das Schiff ab.

63. Kapitel

Eine sturmreiche Zeit kam auf uns zu, denn das Meer gebärdete sich während der Überfahrt so unbändig wie die Pferde in Elizabeths Stall. Oder ihre Höflinge im Bett. Ans Bett wollte ich jedoch gar nicht erst denken, denn es schmerzte mich sehr, von Robin getrennt zu sein, vielleicht sogar für immer.

Doch die Unbilden des Wetters ließen nicht viel Zeit für die Sehnsucht. Bei einem besonders heftigen Orkan entgingen wir nur knapp dem Sinken, Elmsfeuer versetzten die Mannschaft nicht nur einmal in Aufregung.

Als wäre das noch nicht genug, musste ich mir große Mühe geben zu verbergen, dass ich ein Mädchen war. Die Seeleute waren dem seltsamen Aberglauben erlegen, eine Frau an Bord bringe Unglück. Natürlich fragte ich mich angesichts des Sturms, ob vielleicht etwas dran sein konnte, doch wenn, wären wir wahrscheinlich gesunken. Nichtsdestotrotz durfte ich bei den Männern an Bord nicht in Verdacht geraten, und das erwies sich als ziemliche Herausforderung. Nicht nur einmal wurde ich von Kopf bis Fuß durchnässt, und dank des guten Lebens am Hof war es inzwischen ein rechtes Kunststück, meine Weiblichkeit zu verbergen. Ständig musste ich auf der Hut sein, und jede normale Handlung wurde zu einem komplizierten Unterfangen, bei dem ich von Gifford und John keine Unterstützung erwarten durfte. Genaugenommen wollte ich gar nicht, dass sie mir halfen. Immerhin war ich eine Spionin und kein kleines Kind mehr!

Nach drei Wochen, zwei Unwettern und einem Mastbruch, der auf offener See geflickt werden musste, hatten wir es endlich geschafft. Als sich unser Schiff der Südküste Spaniens näherte, rief Gifford mich an Deck, damit ich die Schönheit des Meeres in diesen Breiten betrachten konnte. Das Klima hatte sich in den vergangenen Tagen stark verändert, mittlerweile konnte man die Luft bereits als warm bezeichnen. Als ich auf das Oberdeck trat, schien die Sonne von einem wolkenlosen Himmel herab. Die von zahlreichen Regengüssen weißgewaschenen Segel blähten sich unter dem warmen Wind, und das Schiff schaukelte sanft wie eine Wiege. Jetzt, da es ruhig war, wirkte das Meer wie ein dunkleres Abbild des beinahe wolkenlosen Himmels. Es war wirklich ein großer Unterschied zu England, wo Himmel und Meer meist eine Wand aus Grautönen war.

Gifford lehnte an der Reling, und obwohl er mich nicht sehen konnte, wusste er, dass ich mich ihm näherte.

»Schau es dir genau an«, sagte er, als ich mich neben ihn

stellte. »Einen solchen Anblick wirst du in deinem Leben nicht so schnell wieder bekommen.« Er deutete auf den Horizont, und obwohl ich nicht wusste, was das weitere Leben für mich bereithalten würde, musste ich ihm recht geben.

Vom Meer aus besehen wirkte Cádiz wie ein Juwel. Es lag im Süden Spaniens, in nicht allzu großer Entfernung zu Afrika, und dementsprechend warm war es hier. Die Stadtmauern und die Hafeneinfahrt leuchteten im hellen Sonnenlicht.

»Sieh mal dort, der Kirchturm, das ist die Iglesia de Santa Cruz«, erklärte mir Gifford und wies auf das Bauwerk, das wie eine weiße Nadelspitze in den dunkelblauen Himmel ragte. »Das Schloss da hinten nennen sie Castillo de Santa Catalina.« Er deutete auf das nächste hoch aufragende Gebäude, das neben ein paar Weinstöcken lag, die direkt aufs Meer hinausblickten. Dann wandte er sich um und zeigte auf den Leuchtturm und die Sandbank in unserer Nähe. »Da, die Sandbank von San Sebastian. Ich wette, so viele Heilige wie hier hast du in deinem ganzen Leben noch nicht angetroffen.

»Gut möglich«, entgegnete ich. »Vielleicht solltet Ihr Euch hier als Fremdenführer verdingen.«

»Werde ich vielleicht tun, nirgendwo sonst bekommt man so viel Geschwätz zu hören wie von Ausländern. Aber hier interessieren mich eher die inländischen Sitten und Gebräuche.« Was er damit meinte, brauchte er nicht hinzuzusetzen. Er wandte sich dem Hafen zu und sagte: »Siehst du die vielen Schiffe?«

Ich antwortete mit einem Nicken. Ja, die Mastbäume, die sich wie ein Wald dem Himmel entgegenreckten, waren ebenso wenig zu übersehen wie der goldene Putz an den Schiffsleibern und den hohen Aufbauten.

»Die Galeonen der westindischen Wache. Genauso imposant wie schwerfällig. Daneben ein Teil der Galeeren von Santa Cruz. Der Marqués ist berühmt dafür, Flüsse und Mündungen so gut wie kein anderer zu durchfahren. Dass er Galeeren verwendet, mag rückschrittlich erscheinen, doch wenn er damit in die Themse gelangen würde, hätten wir ein ernsthaftes Problem. Galeeren sind nicht von Wind und Strömungen abhängig. Nur von der Peitsche der Antreiber, die den Sklaven die Haut vom Rücken zieht, wenn sie nicht schnell genug rudern.«

Flüsse und Mündungen merkte ich mir. Wenn Santa Cruz Spezialist für solche Dinge war, fänden sich in seinen Unterlagen sicher als Erstes Informationen darüber – von Papieren über seine Schiffe mal ganz abgesehen.

»Wenn es zu einer Invasion kommt, wird die Flotte wahrscheinlich von hier aus starten. Weißt du, wie die Spanier sie nennen?«

Ich schüttelte den Kopf.

»*Armada grande y felisma*. Du solltest dir mit deiner Arbeit nicht zu viel Zeit lassen, der König ist ungeduldig und Santa Cruz zu allem entschlossen.«

Wieder antwortete ich ihm lediglich mit einem Nicken, dann betrachtete ich noch einmal die Schiffe. Es war bereits jetzt ein stattliches Aufgebot – jedenfalls soweit ich es beurteilen konnte. Armada war genau das richtige Wort dafür. Wenn man nun bedachte, dass auch noch Schiffe aus anderen Häfen dazukommen würden ...

»Wie ich sehe, ist die *Florencia* nicht dabei«, riss mich Gifford aus meinen Gedanken.

»Die *Florencia*?«, fragte ich.

»Eines der mächtigsten Schiffe der Armada. Wahrscheinlich ist Santa Cruz damit gerade unterwegs. Er soll es dem toskanischen Herzog abgenommen haben. Früher hieß es wohl *San Francesco*. Die Spanier haben den Kapitän ehrenvoll in Lissabon empfangen, ihn aber nicht mehr aus dem Hafen gelassen. Als es ihm nicht geheuer war und er einfach lossegeln wollte, drohte ihm Santa Cruz, ihn im Hafenbecken zu versenken. Dem Kapitän blieb nichts anderes übrig, als sich der Flotte anzuschließen, die gegen Sir Francis Drake in die Schlacht zog, und so kamen die Spanier zu einem der besten Schiffe, die es auf der Welt gibt.«

»Scheint nicht dumm zu sein, der Großadmiral.«

»Nein, das ist er wirklich nicht, du solltest also vorsichtig sein. Er hat bei Lepanto die Türken bekämpft, und er weiß sehr viel über Kriegslisten. Was meinst du denn, warum ausgerechnet du hergeschickt worden bist und nicht ein junger Mann?«

Jetzt wurde mir einiges klar. Einem Mann traute man eher zu, dass er spionierte, ein junges Mädchen galt dagegen als harmlos. Wie hatte Walsingham einst zu La Croix gesagt? Ich würde mit meiner Schönheit Zungen lösen? War der spanische Generalkapitän jemand, der sich von einem jungen Mädchen schwachmachen ließ? Ich dachte wieder an seinen unansehnlichen Landsmann in Whitehall, doch jemand, der so erfolgreich und mächtig war wie Álvaro de Bazán, Baron de Santa Cruz, würde sich sicher nicht so leicht verführen lassen.

»Sei auf alle Fälle vorsichtig. Man sagt Santa Cruz nach, dass er gütig zu seinen Untergebenen ist, aber zum Feind über alle Maßen grausam. Ich glaube nicht, dass deine Schönheit ihn noch rühren wird, wenn er mitbekommt, wer du bist. Er hat die Grausamkeit von den Türken gelernt und wird sicher auch nicht davor zurückschrecken, sie gegenüber einer Frau anzuwenden, wenn diese sich als eine Feindin seines Landes entpuppt.«

»Ich werde es beherzigen«, entgegnete ich und konnte nicht von mir behaupten, dass mich diese Worte kaltließen.

»Ich wünsche dir auf jeden Fall viel Glück und werde da sein, wenn du Hilfe brauchst.« Damit steckte Gifford mir einen Zettel zu und verschwand dann wieder in seinem Quartier.

Ich blieb noch eine Weile an der Reling stehen und rollte den Zettel auseinander. Gifford hatte eine einfache Verschlüsselung gewählt, so dass ich nicht viel Zeit darauf verwenden musste, sie zu durchschauen. Die Botschaft enthielt nur zwei Wörter: »Marktplatz« und »Brunnen«. Wahrscheinlich bezeichneten sie den Ort, an dem ich mich mit Gifford treffen sollte. Wann das sein sollte, verriet er mir nicht, wahrscheinlich hing dies aber auch davon ab, wie es mit meinen Nachforschungen voranging und ob ich die Gelegenheit hatte, diese Orte aufzusuchen. Wonach ich im Haus von Santa Cruz Ausschau halten und worauf ich achten sollte, wusste ich immerhin: Dokumente und Informationen über die bevorstehende Invasion.

Einen Moment noch betrachtete ich den Zettel, dann riss ich ihn entzwei und ließ ihn ins Wasser fallen. Das Kielwasser des Schiffes erfasste die Schnipsel und verschlang sie.

Als sich eine Hand auf meine Schulter legte, fuhr ich zusammen und wirbelte herum. Es war John. »Na, na, wer wird denn gleich so erschrecken?«, fragte er in spöttischem Ton.

»Ich habe mich nicht erschreckt!«, entgegnete ich und schob seine Hand weg. Sie hatte da nichts zu suchen.

»Dann ist es ja gut.« John grinste mich an. »Hast du deine Sachen schon gepackt?«

»Ich habe nicht viel zu packen«, entgegnete ich. »Meint Ihr, ich sollte mich umziehen? Der Großadmiral ist doch auch ein Seemann, nicht, dass auch er in mir irgendein Unglück sieht, wenn ich in Männerkleidern vor ihm stehe.«

John blickte mich daraufhin an, als wollte er sagen, dass genau ich zu seinem Unglück werden konnte, doch er sprach es nicht aus.

»Nein, bleib so, wie du bist«, entgegnete er stattdessen. »Immerhin habe ich dich so aus Schottland fortgeschmuggelt, da wird dir der Großadmiral die Männerkleider verzeihen.« Er musterte mich von Kopf bis Fuß, was mir ziemlich unangenehm war, dann fügte er im Flüsterton hinzu: »Außerdem bezweifle ich, dass du den Marqués schon heute zu Gesicht bekommen wirst. Er ist ein vielbeschäftigter Mann und wird sich gewiss nicht sofort jeden neuen Angestellten vorführen lassen. Soweit ich weiß, versucht er gerade eine Silberflotte zu schützen, die unsere Leute ins Auge gefasst haben. Es ist möglich, dass er nicht mal im Haus ist, wenn wir dort ankommen.«

Mit unseren Leuten meinte er niemand anderen als Sir Francis Drake, den die Mannschaft unseres Schiffes nur ehrfurchtsvoll »El Draque« nannte. Viele der Männer waren schon einmal mit ihm zusammengetroffen und hatten ihre Narben von der Begegnung zurückbehalten. Sie konnten von Glück reden, dass sie überhaupt noch in der Lage waren, Geschichten über ihn zu erzählen.

John sagte nichts mehr zu mir, er klopfte mir kurz auf die Schulter und verschwand in seinem Quartier. Ich genoss noch einen Moment lang den Anblick der Bucht von Cádiz, dann machte ich mich ebenfalls auf den Weg, um mein Bündel zu holen.

Wenig später legte das Schiff im Hafen von Cádiz an. Von nahem wirkte er noch imposanter als von See aus. Hohe Mauern säumten die Hafeneinfahrt, Feldschlagen waren auf ihnen postiert, um feindliche Schiffe abzuwehren. Angesichts der vielen Schiffe hatte unser Kapitän Mühe, einen freien Ankerplatz zu finden. Schließlich machte das Schiff zwischen zwei Holländern fest. Die Mannschaften schienen ebenfalls erst vor kurzem angekommen zu sein, jedenfalls herrschte auf den Decks ein buntes Treiben.

Gifford blieb noch eine Weile unter Deck, und so konnte ich mich nicht von ihm verabschieden, bevor ich mit John das Schiff verließ. Aber ich wusste den Treffpunkt, das musste genügen.

Cádiz war in meinen Augen die Stadt der steinernen Stufen. Kaum etwas lag ebenerdig, sobald wir den Hafen verlassen hatten, ging es über kleine und große Treppen beständig bergauf. Grasbüschel und Butterblumen wucherten aus den Ritzen der Stufen, hier und da war eine Kante gebrochen. Einige Stufen waren extrem ausgetreten, andere gerade erst erneuert. Obwohl es erst März war, schien die Sonne warm auf uns herab, als wir durch die engen Gassen der Stadt gingen. Überall wimmelte es von Hunden und Katzen, die im Schatten der Häuser hechelnd darauf warteten, dass die Sonne an Kraft verlor. Die Menschen, die uns entgegenkamen, waren meist sehr hell gekleidet und leuchteten uns im Sonnenschein regelrecht entgegen. Überhaupt schien hier das Licht intensiver zu sein als in London, und das wirkte sich auch auf das Gemüt der Menschen aus. In London hörte man es nur selten, dass sich die Leute fröhlich lachend einen Gruß zuriefen oder ihre Esel singend durch die Straßen trieben. Aufgrund all dessen, was ich über den spanischen König gehört hatte, hatte ich mir Spanien immer als einen freudlosen

Flecken Erde vorgestellt, aber jetzt konnte ich mich vom Gegenteil überzeugen. Wo in London ein Nebel wallte, der alles Licht einfing und verschluckte, konnten die Sonnenstrahlen hier ungehindert auf den Erdboden fallen – und damit auch in die Herzen der Menschen. Es war ein Jammer, dass ihr Herrscher uns mit Krieg drohte, denn ich war mir sicher, dass viele von ihnen es wert gewesen wären, freundschaftlich mit ihnen umzugehen.

64. Kapitel

»Da ist das Sommerhaus des Marqués de Santa Cruz.« John deutete auf das Gebäude vor uns, das sich jenseits einer schmalen Treppe erhob. Das Haus war prächtig, beinahe ein richtiger Palast. Die Bauweise unterschied sich sehr von der in England, es gab viel Platz, und viel Licht strömte in die Gebäude. Ich betrachtete die leuchtende, von Rosen überwucherte Fassade und die hohen Fenster, in denen sich die Sonne spiegelte, und kniff die Augen zusammen. In die hohe Steinmauer, die das Haus umgab, waren eine Tür und kleine Fensternischen eingelassen. Letztere dienten den Wächtern wohl dazu, Arkebusen auf Angreifer abzufeuern.

Nachdem ich meine Umgebung eine Weile betrachtet hatte, beugte sich John mir verschwörerisch entgegen und sagte: »Sein eigentlicher Wohnsitz befindet sich in einer kleinen Stadt nahe Madrid, genannt Viso del Marqués. Dich dort hinzubringen, wäre allerdings unnütz gewesen. Da ihn die Kriegsvorbereitungen zwingen, häufig in Lissabon zu sein, wohnt er jetzt in diesem Haus. Ich bin mir sicher, dass du hier einiges entdecken wirst. Vielleicht sogar die von unserem Rabenfürsten begehrten Akten.«

»Rabenfürst« war mal eine andere Bezeichnung für Sir Francis, aber durchaus passend.

»Was wenn er sie nicht hier hat, sondern in Lissabon?«

»Wo er ist, da sind auch seine Pläne. Unsere Leute haben herausgefunden, dass er sie stets mitnimmt und jeweils vor Ort sicher verwahrt. Wenn er auf Reisen ist, lässt er sie an seinem letzten Aufenthaltsort zurück. Aber jetzt sollten wir besser weitergehen, sonst halten uns die Wachposten dort drüben noch für Diebe.« John deutete auf einen kleinen Turm, der knapp über die Mauer ragte, und ich konnte sehen, dass eine Gestalt am Fenster stand. Die Wachen hatten uns von Anfang an beobachtet.

Mein Begleiter setzte sich wieder in Bewegung, und nachdem wir noch ein paar Stufen erklommen hatten, standen wir vor dem Tor. Es war ebenfalls von mehreren Wachposten gesichert. John läutete, woraufhin sich eine Klappe im Tor öffnete und eine Männerstimme nach unserem Begehr fragte. John erklärte ihm, was wir wollten, und wenig später ging das Tor auf. Die Wächter trugen schwarze Uniformen und einen Kettenharnisch. Wie in einem Königspalast hielten sie Hellebarden in der Hand, und an ihren Gürteln trugen sie Degen mit kunstvoll geschwungenen Scheiden. Ich hatte schon einiges von Toledo und der dortigen Schwertschmiedekunst gehört und wollte alles daransetzen, diesen Klingen nicht blank zu begegnen.

Die Wächter musterten John und mich, und besonders an mir blieben ihre Blicke lange hängen, als fragten sie sich, ob ich ein Junge oder ein Mädchen sei. Ich sah sie kurz an, wandte mich dann aber um und folgte meinem Begleiter in den Innenhof, in dessen Mitte ein Springbrunnen plätscherte. Dort entdeckte ich auch eine kleine marmorne Bank, die von niedrigen Palmen gesäumt war. Der Bogengang war reich verziert mit Ornamenten, die ich zuvor noch an keinem Haus gesehen hatte. Fast erinnerten sie mich an die Abbildung maurischer Paläste in einem von Walsinghams Büchern, und das war nicht einmal abwegig, denn soweit ich wusste, hatte dieser Teil Spaniens einmal unter maurischer Herrschaft gestanden.

Auch hier war die Luft voller fremdartiger Gerüche, die aber hauptsächlich aus der Küche stammten und meinen Magen daran erinnerten, dass ich seit gestern Abend nichts mehr gegessen hatte. Er brummte wie ein Bär, und ich schlug mir augenblicklich die Hand vor den Leib.

John lachte auf. »Du hörst dich ja an wie einer der Wachhunde des Königs!«, sagte er auf Spanisch zu mir, und das war das Zeichen, dass ich ab sofort meine Muttersprache beiseitelassen musste. »Warte hier, ich gebe der Haushälterin Bescheid.«

Damit verschwand er in dem Bogengang. Ich nutzte die Zeit, um mir die von hier aus sichtbaren Ecken, Winkel und Gebäude einzuprägen – falls ich irgendwann einmal von hier fliehen musste.

Ein paar junge Frauen verschwanden mit Körben unter dem Arm durch eine kleine Tür, außerdem hörte ich Stimmen aus den Ställen, die sich mit dem Schnauben der Pferde und dem Gackern von Hühnern mischten. Der Turm, der über die Mauer ragte, gehörte zu einer Art Wachhaus, in dem sich weitere kampferprobte Soldaten aufhielten. Schließlich kehrte John in Begleitung einer Frau Anfang vierzig zurück. Sie trug ein schwarzes Kleid und hatte ihr dunkles Haar im Nacken zu einem Knoten zusammengebunden.

»Du bist also die neue Magd.« Die Haushälterin musterte mich eine Weile, und ich musterte sie. Ihre Wangen waren hager, und die dunklen Augen wirkten darin wie Kohlestücke. Ihr Lächeln war sehr breit, ihre Zähne groß, dennoch konnte man sie nicht hässlich nennen. Ihre Arme waren sehnig, und ihre Taille war schmal. Selbst mehrere Röcke konnten ihrer dünnen Gestalt keine Substanz geben. Das Einzige, was an ihr dick war, war ihr Haar. Doch auch wenn sie hager war, strahlte sie sehr viel Kraft aus. Stallburschen, die ihr dumm kamen, belohnte sie ganz sicher mit einer kräftigen Ohrfeige. »Mein Name ist Maria«, stellte sie sich vor, nachdem ich auf ihre Frage genickt hatte. »Wie heißt du?«

»Amy Warden.«

»Und wie alt bist du?«

»Sechzehn.« Es war nur ein Wort, aber ich kam mir irgendwie unbeholfen vor. Ich hatte spanische Vokabeln gelernt, aber was innerhalb der Wände von Barn Elms, des Towers und Greenwich durchging, wirkte hier schlicht mangelhaft. Im Grunde genau richtig, immerhin war ich eine Immigrantin, eine Dienstmagd, der normalerweise kein Unterricht zustand.

»Du kommst also aus Schottland.«

Wieder nickte ich. »Ich habe gedient im Haushalt Ihrer Majestät Königin Maria.« Ich sprach jetzt mit Absicht holprig, doch Maria verstand mich. Die Erwähnung ihrer königlichen Namensvetterin brachte sie dazu, eine mitleidige Miene aufzusetzen. »Das Schicksal deiner Königin hat uns alle sehr getroffen. Aber keine Angst, mein Kind, hier bist du sicher, und es ist uns eine Ehre, dich bei uns zu haben. Mein Herr hat sich sofort bereiterklärt, dir eine Anstellung zu geben«, erklärte sie. »Wir brauchen eigentlich gar nicht so viele Mägde, weil der Marqués nur selten vor Ort ist, er hat es allerdings als Christenpflicht angesehen, einer Verfolgten Lohn und Brot zu gewähren.«

Ich senkte den Blick, wie es von mir erwartet wurde, und entgegnete: »Das war sehr freundlich von ihm.«

Gleichzeitig fragte ich mich, wie viel Santa Cruz gegenüber seinen Angestellten von den Angriffsplänen Philipps verlauten ließ. Anscheinend waren sie von ihm handverlesen, was sicher auch bedeutete, dass er von ihnen bedingungslose Loyalität erwartete. Doch untereinander, im festen Glauben, dass man nur einem Herrn diente, würden sie vielleicht ihre Mundwerke ein wenig lockern.

»Wenn sie anstellig ist, wird sie hier ein gutes Leben haben«, wandte sich Maria dann an John. »Sag das deinen Landsleuten und versichere ihnen auch, dass wir euren Kampf gegen die Bastardkönigin aus vollem Herzen unterstützen.«

John neigte daraufhin untertänig den Kopf. »Vielen Dank, Señora. Gott schütze Euch.«

Damit verabschiedete er sich von uns und ging dann seiner Wege. Ich war mir nicht sicher, ob ich ihn wiedersehen würde. Immerhin war nicht er mein Kontaktmann in der Stadt, sondern Gifford. Ich blickte ihm nach, bis er schließlich in der Tür verschwand, durch die wir gekommen waren. Die Wachen zogen die Torflügel hinter ihm zu, und ab jetzt gab es für mich kein Zurück mehr. Aber das wollte ich auch nicht.

Nachdem ich noch eine Weile verlegen vor ihr gestanden hatte, nahm mich Maria unter ihre Fittiche. »Dein Spanisch ist recht gut«, sagte sie, legte ihren Arm um meine Schulter und zog mich mit sich. Wir überquerten den Hof und tauchten in den Bogengang ein, der mich an ein Kloster erinnerte.

»Gracias«, entgegnete ich höflich.

»Das wird unserem Herrn gefallen. Doch jetzt brauchst du erst einmal etwas Ordentliches zum Anziehen, Señor de Bazán wird es nicht gern sehen, wenn du in diesem Aufzug herumläufst.« Ihr Blick glitt streng über meine Kleider, die vor Dreck standen.

»Si, Señora«, antwortete ich, eine Phrase, die ich in der nächsten Zeit häufiger als alles andere benutzen sollte.

»Du wirst mir im Haushalt zur Hand gehen und tun, was ich dir sage. Aber das wirst du wahrscheinlich gewöhnt sein.«

»Si, Señora.«

»Heute Abend wird der Großadmiral wieder im Hause sein, dann werde ich dich ihm vorstellen. Benimm dich vernünftig und rede nur, wenn er dich anspricht, verstanden?«

»Si, Señora.«

So ging es noch eine ganze Weile weiter. Ich hatte gedacht, der Dienst bei Elizabeth sei anstrengend gewesen, aber Maria gab mir so viele Regeln auf, dass ich einen Teil davon beinahe wieder vergessen hatte, als sie zum Ende kam.

Schließlich erreichten wir mein Quartier, und ihr Redefluss verebbte. »Hier wirst du vorerst wohnen«, sagte sie, als sie die Tür aufsperrte und mich eintreten ließ.

Der Raum war sehr klein, jedoch ausreichend für eine Person. Die Wände waren weiß getüncht, und es gab ein Fenster, durch das am Morgen die Sonne fiel.

»Ich werde dir gleich ein paar Kleider bringen«, kündigte Maria an. »Richte dich hier ruhig schon mal ein.«

Ich nickte, worauf sie aus dem Zimmer verschwand. Viel einzurichten hatte ich in diesem Raum nicht. Es gab eine schmale Schlafstätte, einen Tisch mit Waschschüssel und Krug und einen Stuhl. Über meinem Bett hing ein hölzernes Kruzifix. Eine Bibel oder ein Gebetbuch entdeckte ich nicht.

Ich legte mein Bündel auf dem Bett ab, zog das braune Kleid hervor und ließ Geoffreys Kleider dort, wo sie waren. Das galt auch für den Dietrich und den Dolch. Beim Zuschnüren fiel mir auf, dass ich das Schreibzeug, das ich aus meinem Quartier mitgenommen hatte, auf dem Schiff vergessen hatte. Aber ich erwartete ohnehin nicht, auf Anhieb alle Pläne und Geheimnisse von Santa Cruz zu finden. Außerdem würde es wohl ungefährlicher sein, wenn ich die Informationen schrittweise zutage förderte. Vorerst musste ich mich hier einleben und das Haus und seine Bewohner kennenlernen.

Rasch verstaute ich meine Habseligkeiten unter dem Bett, wo hoffentlich niemand herumschnüffelte. Den Spinnweben nach zu urteilen bestand keine Gefahr, dass Marias Putzfeudel sich darunter verirrte. Außerdem war ich sicher für das Saubermachen meines Zimmers selbst verantwortlich.

Nachdem Maria mir meine neuen Kleider gebracht und ich mich umgezogen hatte, führte sie mich in die Küche und die Waschküche, die Orte, an denen ich hauptsächlich beschäftigt sein würde. Außerdem zeigte sie mir die Vorratskammer und geleitete mich danach in die Herrschaftsräume.

Sie waren überraschend schlicht, verglichen mit den Gemächern von Königin Elizabeth. Aber Großadmiral Santa Cruz war ja auch nur ein Marqués und kein König. Außerdem war dies, wie John gesagt hatte, nicht sein Hauptwohnsitz. Die Wände waren mit verschiedenfarbigem Holz verkleidet oder weiß gestrichen, und es gab kaum einen Raum, in dem keine Gemälde hingen, die Schiffe auf See oder Landschaften zeigten. Teure Teppiche bedeckten die Fußböden, und die Möbel, auf denen nicht mal ein Hauch von Staub lag, waren schwer und passten in der Farbe zu der Wandtäfelung.

Ich brannte darauf, zu erfahren, wo das Schreibzimmer lag, in dem ich die Dokumente vermutete, doch ich musste mich in Geduld üben, denn das Haus hatte viele Zimmer.

»Du wirst diese Räume nur betreten, wenn der Herr dich persönlich ruft oder ich hier oben Hilfe brauche«, ermahnte mich Maria, als wir jene Räume durchschritten, in denen der Marqués seine Gäste zu empfangen pflegte. »Wenn du dich bewährt hast, werde ich dich hier oben allein putzen lassen, aber vorerst bleibst du in der Küche und bei der Wäsche.«

Es folgten Kabinette, Karten- und Jagdzimmer, von deren Wänden mich die ausgestopften Köpfe von Wölfen, Hirschen und anderen Tieren, die ich noch nie zuvor gesehen hatte, aus gläsernen Augen anstarrten. Dann schloss Maria eine weitere Tür auf, und hinter dieser lag endlich das Schreibzimmer des Großadmirals. Im Gegensatz zu den anderen Räumen herrschte hier ziemliche Unordnung. Folianten lagen auf dem Schreibpult herum, Karten stapelten sich zusammengerollt auf einem langen Tisch vor dem Fenster. Es gab zahlreiche Schränke, die ich mir allerdings zu einem späteren Zeitpunkt betrachten musste, denn Maria zog mich schon bald wieder aus dem Raum.

»Der Marqués schätzt es nicht, wenn seine Unterlagen durcheinandergebracht werden. Solange er daran arbeitet, werden wir nur auf seinen ausdrücklichen Wunsch hier putzen. Ansonsten bleibt der Raum verschlossen. Normalerweise ist es hier nicht so unordentlich, heute Vormittag musste er jedoch überstürzt abreisen.«

Das bedauerte ich im Stillen, denn Unordnung war ein Geschenk für Spione. Aber vielleicht hatte es auch seinen

Nutzen, wenn alles seine Ordnung hatte. Mein Gedächtnis würde mir schon helfen, wieder alles dorthin zu stellen, wo ich es hergenommen hatte.

In der oberen Etage befanden sich das Schlafzimmer des Großadmirals und noch ein paar andere Räume. Ein Gemälde, das neben einem Bett hing, zeigte eine Frau mit bleichem, strengem Gesicht und dunklen Haaren, die in der Hand eine weiße Rosenblüte trug.

»Das ist Doña Maria Manuela de Benavides, die Gemahlin des Marqués«, erklärte mir Maria, als sie meinen Blick bemerkte. »Sie ist vor ein paar Jahren gestorben. Sein Sohn hält sich in Viso del Marqués nahe Madrid auf. Der Marqués kommt manchmal hierher, um das Bild anzuschauen, und er erwartet, dass dieser Raum so sauber ist wie jeder andere auch. Er hat seine Frau geliebt.«

Einer der größten Feinde Englands war also ein Mann wie jeder andere auch, mit Frau und Kindern. Ich betrachtete das Bild der Marquésa noch einen Moment lang und folgte Maria dann aus dem Raum.

Als wir wieder in der Küche ankamen, dämmerte der Abend bereits über Cádiz herauf. Vom Meer her legte sich ein blutroter Schein auf die Stadt.

»Morgen ist dein erster richtiger Arbeitstag hier, du arbeitest von Sonnenaufgang bis Sonnenuntergang«, erklärte mir Maria. »Am Sonntag hast du frei, um in die Kirche zu gehen, doch am Nachmittag musst du zurück sein, um mir beim Abendessen zu helfen.«

Damit hatte ich nur sonntags die Gelegenheit, Gifford am Brunnen aufzusuchen. Aber vielleicht gab es noch andere Möglichkeiten. Sobald ich das Haus gut genug kannte, würde ich sicher auch Schlupflöcher finden, die es mir ermöglichten, es zu anderen Tageszeiten zu verlassen.

65. Kapitel

Knapp eine Stunde später war das gesamte Haus mit dem Geruch von Essen erfüllt. Viele Dinge, die Maria zubereitete, kannte ich nicht, aber sie dufteten herrlich. Und nicht nur die Gerüche waren überwältigend, auch die Farben. Orangen und Zitronen leuchteten in den Schalen. Das Licht spiegelte sich in der violetten Haut einer Frucht, die Maria Aubergine nannte. Oliven lagen wie dunkle Augen in breiten Weidenkörben, und eine derartige Vielfalt von Gewürzen, wie sie uns zu Sträußen gebunden zur Verfügung standen, hatte ich selbst an Elizabeths Hof nicht gesehen. Auch wenn ich wusste, dass sich die Dienstboten mit den Resten begnügen mussten, die der Herr und seine Soldaten übrigließen, freute ich mich bereits auf die Mahlzeit.

Die Nächte waren hier ebenfalls anders als in London. Während sich bei uns schnell der Dunst über die Stadt legte und den Blick auf die Sterne vernebelte, war hier die Sicht klar. Sterne blitzten nach und nach auf wie ferne Kerzenflammen, der Mond war eine perfekt gebogene Sichel. Für diesen Anblick hatte ich allerdings nur wenig Zeit. Das Essen musste aufgetragen, Weingläser mussten gefüllt werden. Dabei lernte ich auch die anderen Mägde kennen und erfuhr, dass zwei Mädchen zum festen Personal gehörten, die anderen wurden nur angestellt, wenn der Herr im Haus war.

Als der Großadmiral von Soldaten eskortiert heimkehrte, war es bereits dunkel. Die schwere Kutsche rollte auf den Hof, und nur wenige Augenblicke später wurde die Stille von einem undurchdringlichen Stimmengewirr hinfortgewischt.

Viel sah ich von Santa Cruz erst einmal nicht, er war im Vorbeigehen lediglich eine dunkel gekleidete Gestalt mit einem blassen Gesicht und einem ergrauten Bart. Maria begrüßte ihn mit einem Handkuss und sprach kurz mit ihm.

Die Soldaten, die noch immer durch das Tor strömten, waren offenbar nicht nur Mitglieder der Hauswache, es waren auch sehr viele darunter, die in der Flotte dienten. Einige waren noch sehr jung, die meisten aber im mittleren Alter. Natürlich bemerkten sie mich unter den Dienstboten und machten sogleich anzügliche Bemerkungen, die ich jedoch keusch überging, denn ich wollte bei Maria keinen schlechten Eindruck hinterlassen. Die anderen Mägde dagegen lachten, aber sie waren ja auch schon länger hier als ich, und es schadete sicher nicht, ein wenig Schüchternheit vorzuschützen.

Ich verrichtete meine Arbeit daher so unauffällig wie möglich, lief behende zwischen den Soldaten hindurch und schenkte Wein aus.

Gleichzeitig hielt ich die Ohren offen und versuchte aus den Reden der Soldaten etwas aufzuschnappen, was wertvoll für uns war. Doch die Männer verrieten nichts, was ich nicht ohnehin schon wüsste. Sie waren froh, die Reise hinter sich gebracht zu haben, und wollten nicht an das denken, was ihnen bevorstand. Viele von ihnen hatten Narben im Gesicht und an den Armen, sie wussten, was Krieg bedeutete, und sie wussten auch, dass ihr Leben sehr schnell vorüber sein konnte.

Dass Santa Cruz die Männer im Hof seines Anwesens und auch draußen auf der Straße bewirten ließ, war ein kluger Schachzug. Männer, die ihren Anführer schätzen, folgen ihm wesentlich bereitwilliger. Überhaupt schien Santa Cruz für die Menschen hier ein Held zu sein, und ich wollte nicht daran denken, welche Strafe mich erwartete, wenn ich aufflog.

»Das sind die Männer von der *Katalania*«, erklärte mir eine der Mägde, als ich einen leeren Krug in die Küche brachte, um ihn nachfüllen zu lassen. Glücklicherweise verstand ich sie recht gut. »Mit dieser Galeere ist der Marqués bereits gegen die Türken in die Schlacht gezogen. Die Mannschaft würde für ihn durchs Feuer gehen, und das weiß er. Im Castillo de Santa Catalina hat er auf ihre Ankunft gewartet, um sie in seinem Haus, wie jedes Jahr, zu bewirten.«

Ich nickte auf die Worte der Magd nur, was sie vielleicht zu der Annahme brachte, dass ich bloß die Hälfte verstanden hätte. Aber das konnte mir vielleicht zum Vorteil gereichen, denn in Gegenwart eines Menschen, von dem sie glaubten, dass er ihre Sprache nicht beherrsche, redeten sie vielleicht freier.

Wir bewirteten die Soldaten noch eine ganze Weile, dann wurden die Männer, die nicht zum Haus gehörten, von ihrem Hauptmann zusammengerufen. Obwohl der Wein sie trunken gemacht hatte, fanden sie sich einigermaßen diszipliniert zusammen und marschierten ab. Die Stille kehrte zurück.

Nachdem der Marqués sein Mahl beendet hatte, waren die Dienstboten an der Reihe. An einer langen, sauber gescheuerten Holztafel erblickte ich einen Jungen in meinem Alter, außerdem noch ein paar Männer, die ich für Stallburschen hielt, und natürlich die Mägde, die geholfen hatten, das Essen aufzutragen.

Maria wies mir einen Platz gleich neben ihr zu, machte sich aber nicht die Mühe, mich den anderen vorzustellen. Nachdem wir ebenfalls gegessen hatten, führte mich Maria ins Kabinett des Großadmirals, das immer noch so unordentlich wie am Nachmittag war.

»Denk daran, den Blick zu senken«, ermahnte sie mich, bevor wir eintraten und sie mich vorstellte.

»Das ist unsere neue Dienstmagd, Amy.« Sie sprach es wie *Emmi* aus.

Entgegen Marias Ratschlag, den Blick zu senken, betrachtete ich gespannt das Gesicht des mir fremden Mannes.

Don Álvaro de Bazán, Marqués von Santa Cruz, war nicht so alt, wie ich zunächst angenommen hatte. Ich schätzte ihn auf Anfang sechzig, auch wenn er von weitem zehn Jahre älter aussah. Sein Bart war grau, sein graues Haar licht, seine Gestalt ziemlich mager, doch sein von Lebenserfahrung und Seeluft zerfurchtes Gesicht wirkte kraftvoll. Er schien der geborene Anführer zu sein, der wusste, wie man mit Menschen umgehen musste. Seine Gesichtshaut war von einem blassen Oliv, und seine dunklen Augen tasteten mich von oben bis unten ab.

»Du kommst aus Schottland?« Er redete betont langsam, damit ich ihn verstehen konnte. »Si, Señor«, antwortete ich.

»Es muss ein schwerer Schlag für dich gewesen sein, deine Königin zu verlieren.« Noch immer hatte er seine Augen fest auf mich gerichtet, und schließlich senkte ich doch den Blick, weil ich nicht dreist erscheinen wollte.

»Ihre Majestät war stets sehr gut zu uns.« Mir fiel die goldene Nadel ein, die ich von Maria erhalten hatte. Wenn sich die Gelegenheit ergab, würde ich sie tragen. »Ich werde Euch ebenfalls nicht enttäuschen, Señor!«, fügte ich noch hinzu.

Santa Cruz lächelte. »Das hoffe ich. Dafür verspreche ich dir, dass der Tod deiner Königin nicht vergebens gewesen sein wird. Wenn unsere gnädige Majestät erst einmal über England herrscht, wirst du in deine Heimat zurückkehren können, sofern du es dann noch willst.«

Der Gedanke, dass die spanische Armee in England einmarschieren könnte, bereitete mir Unbehagen. Was würde dann mit uns geschehen? Würde man uns alle als Ketzer verbrennen? Dennoch verbarg ich mein Unwohlsein unter einer demütig dreinschauenden Maske, die den Marqués sichtlich zufriedenstellte.

Unvermittelt winkte er mich zu sich, und als ich vor ihm stand, streckte er die Hand nach mir aus. Bevor ich zurückweichen konnte, griff er nach meiner Kette und zog sie unter meinem Kleid hervor. Kurz streiften seine Hände meine Brüste, und ich spürte, dass sie so kalt wie die eines Toten waren.

»San Cristoforo«, murmelte er, nachdem er das Bildnis eine Weile betrachtet hatte. »Der Schutzpatron der Seeleute. War dein Vater ein Seemann?«

Wahrscheinlich glaubte er, dass mein Vater mir das Medaillon vermacht hatte, und der Einfachheit halber nickte ich.

»Meiner auch. Er hatte ein ähnliches Medaillon, und er hätte sich zu Lebzeiten nicht davon getrennt. Ich nehme an, dein Vater ist tot.«

»Si, Señor, sein Handelsfahrer ist auf dem Weg nach Frankreich bei einem Unwetter gesunken.«

»Was ist mit deiner Mutter?«

»Sie ist kurz nach ihm gestorben. Zuvor hat sie mir noch das Medaillon geschenkt, mein Vater hatte es ihr bei seiner Abreise gegeben.«

Ich wusste nicht, ob das der Lebensgeschichte der echten Amy Warden entsprach, aber dem Marqués schien sie zu gefallen. Einen Moment noch befühlte er das silberne Medaillon, als könnte es seine Finger wärmen, dann ließ er es wieder los. Eisiger als je zuvor schmiegte es sich wieder an meine Haut.

»Du kannst gehen«, sagte er daraufhin.

Ich machte einen tiefen Knicks, und dann verließen wir das Kabinett. Es gab an diesem Abend noch einiges zu tun. Die Küche musste aufgeräumt und gewischt, Töpfe mussten gescheuert und Essensreste verpackt werden.

Maria, die anderen Mägde und ich arbeiteten still nebeneinander, und als schließlich alles geschafft war, sagte sie zu mir: »Es wird nicht jeden Tag zugehen wie heute Abend, du wirst jedoch auch keine Zeit für Langeweile haben. Der Marqués ist ein gütiger Herr, aber er verlangt, dass jeder sein Bestes gibt.«

Ich nickte, denn etwas anderes hatte ich nicht erwartet.

Maria strich mir lächelnd über die Haube, doch dann wurde ihre Miene wieder dienstlich.

»Gleich morgen wirst du mir bei der Wäsche und einigen anderen Dingen helfen. Geh jetzt schlafen, ich erwarte dich bei Sonnenaufgang in der Küche.«

Nachdem ich ihr eine gute Nacht gewünscht hatte, zog ich mich in meine Kammer zurück. Ich war todmüde, doch schlafen konnte ich nicht. Ich starrte mit weit offenen Augen zur Zimmerdecke und folgte den zahlreichen Gedanken und Bildern, die mir durch den Verstand strömten.

Trotz aller Ehre, die meine Aufnahme Santa Cruz und seinen Bediensteten bereitete, bekam ich am nächsten Morgen die gleichen Aufgaben wie andere Mägde auch. Aber das war mir nur recht so. Wie ich in Fotheringhay gesehen hatte, erfuhr man am meisten vom Gesinde, besonders dann, wenn man dazugehörte.

Der Wäscheplatz befand sich direkt hinter dem Haus. Es war eine Wiese, von der aus man aufs Meer blicken konnte. Hühner und Gänse hatten hier ihren Freilauf, und wir mussten die Wäsche schon sehr gut auf den Leinen befestigten, damit sie nicht schmutzig wurde. Das Wasser war überall. Cádiz schien keine richtige Stadt zu sein, sondern eher ein Sammelsurium von Inseln, die bebaut worden waren. Verschiedene Viertel konnte man nur mit dem Boot erreichen. Von der Wiese aus konnte ich auf das Festland schauen, doch mir blieb nicht viel Zeit, das Blau des Meeres und die milde salzige Brise zu genießen.

Kaum hatte ich den Wäschekorb abgestellt, tauchte der Junge, den ich am vergangenen Abend am Tisch gesehen hatte, neben mir auf. Wahrscheinlich hatte er ein Auge auf das Geflügel. Seine Haut war sehr dunkel, genau wie sein Haar und seine Augen. Wie gebannt musterte er meine helle Haut und das rote Haar. Zwar musste ich meine Locken unter einer Haube verbergen, aber hier und da fand eine Strähne den Weg in die Freiheit und leuchtete wie Blut auf dem zarten Weiß des Stoffes.

»Sehen in deinem Land alle Mädchen so aus wie du?«, fragte er, während er zwischen den Laken hindurchlugte.

»Madre de Dios!«, entfuhr es mir in gespieltem Entsetzen, denn natürlich hatte ich ihn längst bemerkt.

»Verzeih, ich wollte dich nicht erschrecken. Ich war nur neugierig.« Er lächelte mich liebenswürdig an.

»Es gibt auch bei uns nicht viele Mädchen mit rotem Haar.«

Der Junge legte den Kopf schräg und fragte: »Soll ich dich lieber Zorro nennen oder Llama?«

»Nenn mich ganz einfach Amy«, antwortete ich. »Ich bin weder ein Fuchs, noch eine Flamme. Ich denke mir für dich auch keine Spitznamen aus.«

»Das würde mich nicht stören, denn alle nennen mich El Negro, wegen meiner dunklen Haut und meines Haars.«

»Mag sein, aber ich will es nicht«, entgegnete ich trotzig

und griff nach meinem Wäschekorb. »Sag mir lieber deinen richtigen Namen.«

»José!«, antwortete er sogleich und wollte anscheinend noch etwas hinzufügen, doch dazu kam er nicht mehr.

»José, du verdammter Nichtsnutz, wo steckst du denn?«, tönte eine Stimme von den Ställen her.

Nachdem er eine kaum hörbare Verwünschung gemurmelt hatte, zog er von dannen. Ich blickte ihm kurz nach und machte mich wieder an die Arbeit.

Am Nachmittag beschloss ich, einige Vorbereitungen für meine Arbeit zu treffen. Als Erstes benötigte ich Federn, Tinte und Papier, um kleine Nachrichten für Gifford zu verfassen.

Zwar hätte ich die Federn von den zahlreichen Hühnern und Gänsen bekommen können, doch womit und worauf sollte ich schreiben?

Glücklicherweise plagte Maria der Rücken in den nächsten Tagen so sehr, dass sie mich beim Aufräumen des Kabinetts brauchte. Wahrscheinlich glaubte sie, dass ich nur wenig mit den Dingen anfangen konnte, die dort herumlagen. Ich hatte ihr bislang keinen Grund geliefert, misstrauisch zu sein, und auch bei dem, was ich vorhatte, musste ich vorsichtig sein.

Santa Cruz hatte die Angewohnheit, verschlissene Federn nicht ins Feuer zu werfen, sondern auf den Boden. Manche davon waren unbrauchbar, mit einem Messer und ein wenig Geschick würde ich die eine oder andere aber sicher wieder hinbekommen. In einem unbeobachteten Moment ließ ich sie daher unter dem Leibchen meines Kleides verschwinden.

Genauso hielt ich es mit dem Papier. Santa Cruz war keinesfalls so unvorsichtig, Zettel mit wichtigem Inhalt auf dem Boden liegenzulassen, wohl aber welche mit angefangenen und verworfenen Notizen. Der Inhalt war für mich nutzlos, das Papier jedoch sehr wertvoll. Die Beute des ersten Tages belief sich auf drei Blätter und zwei Federn, was die Tinte anging, so musste ich mir etwas einfallen lassen.

Die Geheimrezepte von Phelippes kamen mir wieder in den Sinn. Alaun zu bekommen, würde schwierig sein, doch überall im Haus gab es Zitronen. Heimlich schmuggelte ich eine Frucht in mein Zimmer und experimentierte mit einigen Tropfen, denn ich wollte nicht die ganze Frucht aufschneiden. Und tatsächlich, es klappte.

Jetzt musste ich nur noch etwas hören, was sich aufzuschreiben lohnte. Dass die Galeere Katalania in den Hafen eingelaufen war, war für Gifford gewiss keine Neuigkeit, das hatte er zweifelsohne mitbekommen. Aber vielleicht ergab sich schon bald etwas anderes …

66. Kapitel

Die nächsten Tage vergingen ohne jede Gelegenheit, etwas in Erfahrung zu bringen. Wir verrichteten unsere Arbeit, der Marqués brütete in seinem Kabinett und verließ es nur dann, wenn er etwas mit Maria zu besprechen hatte. Wann immer er in die Küche kam, achtete ich darauf, dass er mich sah und ich ihm mindestens ein Lächeln zuwerfen konnte. Er reagierte zwar nicht darauf, aber mir entging nicht, dass sein Blick jedes Mal ein wenig länger an mir haften blieb.

Eines Nachmittags bekamen wir Besuch: einen Gesandten des Königs, der von einer Eskorte gut bewaffneter Männer begleitet wurde. Ich scheuerte gerade die Haustreppe und hatte so die Gelegenheit, mir seine Züge, die mich ein wenig an einen Raubvogel erinnerten, zu verinnerlichen. Natürlich sprachen sie nichts von Belang, während sie an mir vorbeischritten. Die wirklich wichtigen Dinge verhandelten sie im Studierzimmer des Marqués.

Zwei der Fenster dieses Raumes gingen zum Hof hinaus, zwei zum Hinterhof. Dorthin musste ich ohnehin, um das Schmutzwasser in die Gosse zu kippen, vielleicht konnte ich dann den einen oder anderen Wortfetzen aufschnappen. Ich beendete meine Arbeit ohne offensichtliche Eile und machte mich auf den Weg.

Hinter mir hörte ich die Männer von der Eskorte reden, doch ich achtete nicht auf das, was sie sagten. Ich ging am Haupthaus vorbei und erreichte wenig später den kleineren Hinterhof. Als ich nach oben blickte, sah ich zu meinem Verdruss, dass das Fenster zum Kabinett verschlossen war.

»Na, wohin des Weges, meine Schöne?«, fragte plötzlich eine Stimme hinter mir.

Es war einer der Soldaten, die der Gesandte mitgebracht hatte. Anscheinend war er mir gefolgt. Wie ich an seinem Lächeln erkennen konnte, suchte er Gesellschaft. Ich umklammerte den Henkel des Wassereimers fester. Wenn der Kerl mir zu Leibe rücken wollte, würde er ihn zu spüren bekommen.

»Das siehst du doch!«, gab ich ruppig zurück. »Ich arbeite.«

»Wie wär's, wenn du mal eine kleine Pause machst. Meine Kameraden und ich könnten ein wenig Gesellschaft gebrauchen.«

»Wenn euch langweilig ist, haltet euch gefälligst an die Stallburschen. Oder an unsere Wachen. Die haben sicher nichts gegen ein Würfelspiel einzuwenden.«

»Und wenn ich andere Spiele treiben will?«

Jetzt kam er näher, und ich wich augenblicklich zurück. Die Erinnerung an die erste Begegnung mit Esteban kam mir wieder in den Sinn. Hier im Hinterhof waren wir allein, und niemand würde den Soldaten daran hindern, mich anzugreifen.

Doch ich war nicht mehr das verschüchterte Mädchen von damals.

»Tut mir leid, aber für deine Spiele habe ich keine Zeit. Frag eine der anderen Mägde, ob sie sich mit dir vergnügen will.« Damit wandte ich mich um.

Noch bevor ich aus seiner Reichweite entschwinden konnte, ergriff er meinen Arm. »Die anderen Mägde sind nicht so sehr nach meinem Geschmack wie du.«

»Ich an deiner Stelle würde lieber loslassen«, fauchte ich ihn an.

»Gib mir wenigstens einen Kuss, meine Schöne. Vielleicht gefällt es dir so sehr, dass du mehr willst.« Er spitzte die Lippen und versuchte, mich an sich zu ziehen.

Ich gab ihm eine Ohrfeige, was ihn jedoch nicht zur Vernunft bringen konnte. Erneut wollte er mich an sich ziehen, aber diesmal war ich schneller. Ich riss den Wassereimer hoch und übergoss ihn mit der schmutzigen Brühe. Der Soldat sprang zurück, und ich nutzte die Gelegenheit, um an ihm vorbeizuhuschen. Ich hörte ihn fluchen, und wenig später rannte er mir hinterher. Viel brachte ihm das allerdings nicht, denn ich war bereits wieder auf dem Innenhof, und als seine Kameraden ihn sahen, brachen sie in schallendes Gelächter aus.

Ich zählte nicht, mit wie vielen Schimpfworten mich der Soldat bedachte, die Verfolgung gab er jedoch auf.

»Amy, wo hast du nur so lange gesteckt?«, fragte Maria, als ich wieder in die Küche kam.

»Jemand von der Eskorte hat mich aufgehalten. Er hatte sich in der Tür geirrt und musste auf den richtigen Weg gebracht werden.«

»Gut, dann zieh dir schnell etwas anderes an. Der Herr hat nach Wein verlangt, und weil ich nicht aus der Küche fortkann, wirst du gehen.« Damit schob sie mich wieder aus dem Raum.

Es war unwahrscheinlich, dass sich Santa Cruz und der Gesandte in meiner Gegenwart über etwas Wichtiges unterhalten würden, trotzdem wollte ich Augen und Ohren offenhalten.

Wieder in der Küche, band mir Maria eine weiße Schürze um und reichte mir ein Tablett, auf das sie eine Kristallkaraffe und zwei blankpolierte Gläser gestellt hatte.

»Lass sie ja nicht fallen und pass auf, dass du keine Flecken auf die Schürze machst.«

»Si, Señora.« Ich nahm das Tablett entgegen und huschte aus der Tür.

Schon als ich die Treppe hinaufging, konnte ich die Stimmen der beiden Männer vernehmen, nur verstehen konnte ich sie leider nicht. Oben angekommen klopfte ich, und mit dem schönsten Lächeln, das ich aufbringen konnte, trat ich schließlich ein.

Der Marqués stand gerade vor dem schönen Schrank, der mir jedes Mal ins Auge fiel, wenn ich in diesem Raum war – allein wegen der Schlösser, die ihn sicherten. Solch ein edles Stück hatte nicht einmal die englische Königin in ihrem Kabinett.

Ich konnte einen kurzen Blick hineinwerfen und sah, dass dort zahlreiche Folianten und Karten aufbewahrt wurden. Einen von ihnen nahm Santa Cruz gerade hervor, dann wandte er sich zu mir um.

»Maria schickt mich, ich bringe den Wein«, erklärte ich meine Anwesenheit kurz, worauf er mich hineinwinkte.

»Ihr habt eine neue Magd, wie ich sehe«, bemerkte der Gast, als er das Weinglas vom Tablett nahm. »Ein hübsches Mädchen.« Während er mich wie einen Jagdhund beäugte, trat der Marqués zu uns. Er nahm sich ebenfalls ein Glas und bedeutete mir mit einer Kopfbewegung, dass ich einschenken sollte. Das tat ich, wobei ich peinlich genau darauf achtete, keine Weinspritzer auf die Schürze zu bekommen. Als ich fertig war, stellte ich die Karaffe wieder auf das Tablett. Dabei ließ ich den Blick durch den Raum schweifen und entdeckte, dass auf dem Kartentisch ein paar Karten ausgebreitet waren. Ich glaubte, die Themsemündung zu erkennen, aber um es genau sagen zu können, hätte ich länger hinsehen müssen. Mein Interesse dagegen war geweckt. Vielleicht gelang es mir, mit Hilfe meiner Dietriche das Schränkchen zu öffnen und die Karten dann noch einmal genauer zu betrachten ...

Ich lächelte die beiden Männer noch einmal an, knickste und verließ den Raum. Allerdings ging ich nicht gleich nach unten, sondern blieb noch einen Moment lang stumm neben der Tür stehen.

»Wirklich ein hübsches Mädchen«, wiederholte der Gast. »Würde ich so ein apartes Ding in einer Taverne sehen, würde ich es sofort in mein Bett holen. Wie seht Ihr das, Marqués?«

»Ich bin der Ansicht, wir sollten uns besser um unsere Pläne kümmern, anstatt die Zeit mit Plaudereien über Frauen zu vergeuden.«

Anscheinend musste ich noch einiges tun, um die Zuneigung von Santa Cruz zu gewinnen. Oder wollte er sich nur vor dem Besucher keine Blöße geben?

Jedenfalls schien er zu meinen, dass ich fort sei, denn er

fügte hinzu: »Drake hat versucht, mich in einen Kampf zu verwickeln, aber ich hielt es für besser, ihm auszuweichen. Als Folge hat er eines der Silberschiffe gekapert. Der Verlust wiegt schwer, und ich weiß nicht, wie ich Seine Majestät gnädig stimmen soll.«

»Mit Sicherheit wird es Euch gelingen, wenn Ihr ihm den Kopf von El Draque auf einem Silbertablett bringt.«

»Genau das hatte ich vor, Cazal. Und endlich bietet sich mir auch die Gelegenheit dafür.«

»Was habt Ihr vor?«

»Mir ist zu Ohren gekommen, dass Drake demnächst in der Nähe von La Coruña auftauchen wird. Ich werde den König bitten, ein paar Agenten hinzuschicken und ihn zu töten. Das ist die einzige Art, diesem Teufel beizukommen. Wenn er tot ist, wird er unsere Vorbereitungen nicht weiter behindern.«

»Das mag sein, aber was gedenkt Ihr zu tun, wenn Drake sich nicht zeigt? Ihr solltet vielleicht versuchen, ihn noch in England töten zu lassen. Unsere Leute würden das mit Freuden übernehmen.«

Sir Francis Drake sollte also ermordet werden! Mir schlug das Herz bis zum Hals. Nicht, weil ich um sein Leben fürchtete oder weil mich die Nachricht sonderlich erschreckte. Vielmehr, weil mir bewusst wurde, dass ich Gifford kontaktieren und damit einen Weg finden musste, ungesehen aus dem Haus zu gelangen. Am besten wäre es noch in dieser Nacht gewesen, doch nach wie vor wimmelte es auf dem Hof vor Soldaten. Wenn sie mich auf der Suche nach einem günstigen Ausweg erwischten, würde ich die gesamte Mission in Gefahr bringen. Drakes Ermordung zu verhindern, war wichtig, dennoch durfte ich nicht alles andere darüber vernachlässigen.

Gern hätte ich noch ein wenig länger gelauscht, aber dann hätte sich Maria sicher gefragt, wo ich geblieben war. Dieses Risiko konnte und wollte ich nicht eingehen. Ich sah also zu, dass ich so leise wie möglich die Treppe hinuntergelangte, und kehrte in die Küche zurück.

»Na, waren die Herren zufrieden?«, fragte Maria.

Ich nickte. »Ich denke schon.«

»Kein Wunder, wenn eine Schönheit wie du ihnen das Essen serviert«, ertönte eine Männerstimme, und als ich mich umwandte, sah ich, dass Marias Sohn durch das offene Fenster spähte.

Die Haushälterin war darüber alles andere als erfreut. »José, schwing keine nichtsnutzigen Reden und geh wieder an die Arbeit! Du hast sicher etwas anderes zu tun, als hier Maulaffen feilzuhalten.«

Das hatte er in der Tat, aber er ging nicht, ohne mir vorher noch eine Kusshand zuzuwerfen. Wie es aussah, hatte er ein Auge auf mich geworfen. Vielleicht konnte er mir irgendwann nützlich sein. Jetzt senkte ich erst einmal scheu den Kopf, und während Maria ihrem Sprössling Beine machte, überlegte ich, wie ich Gifford das, was ich soeben erfahren hatte, zukommen lassen konnte – und zwar rechtzeitig!

67. Kapitel

Die ganze Nacht lag ich wach und grübelte, wie ich am besten aus dem Haus kommen konnte. Am nächsten Vormittag, auf dem Rückweg vom Wäscheaufhängen, betrachtete ich die Mauer, die das Anwesen umgab, ein wenig genauer. Doch dann kamen Rosa und Carmen vorbei, die beiden festangestellten Mägde, und bevor ich so aussah, als würde ich meine Zeit mit Schnüffeln verbringen, setzte ich mich wieder in Bewegung und brachte den Korb in die Waschküche.

In den Nachmittagsstunden bat mich Maria, sie zum Einkaufen auf den Markt zu begleiten. Das war die Gelegenheit! Natürlich konnte ich mich nicht darauf verlassen, dass mir die Umstände immer derart zu Hilfe kamen. Es war dringend nötig, dass ich Möglichkeiten fand, ungesehen aus dem Haus zu verschwinden. Aber jetzt wollte ich erst einmal diesen glücklichen Zufall nutzen.

Sobald ich mit der Arbeit fertig war, schickte mich Maria in meine Kammer, damit ich mich für den Gang in die Stadt feinmachen konnte. Santa Cruz legte nicht nur Wert darauf, dass es in seinem Haus ordentlich aussah, auch sein Personal musste das Haus würdig vertreten, wenn es sich in der Stadt sehen ließ. Das gab mir die Gelegenheit, die Nachricht zu verfassen.

Im Zimmer angekommen, verriegelte ich die Tür und holte die Zitrone unter dem Bett hervor. Ich stach sie mit einem meiner Dolche an und ließ etwas von dem Saft in die Feder fließen. Dann begann ich, meine Nachricht in einer einfachen Verschlüsselung zu verfassen. Als ich fertig war, zog ich mich um, und da die Schrift inzwischen getrocknet war, faltete ich den Zettel zusammen. Ich barg ihn an meinem Busen und ging zu Maria.

Die Plaza Mina war wesentlich anders als der Borough Market in London. Sie war offen und dank der warmen Witterung fehlten die gefährlichen Pfützen. Natürlich leerten auch hier die Hausfrauen Eimer und Nachtgeschirr auf die Straßen, doch da das Gelände abschüssig war, gab es neben den Treppen überall Rinnen, in denen Wasser und Unrat in Richtung Hafen fließen konnten. Alles, was danebenging, verdunstete in Windeseile, denn die Sonne hatte hier bereits im Winter mehr Kraft als in meiner Heimat während der Sommerzeit. Überall liefen Schweine, Hunde und Hühner umher, dazwischen kreischten ein paar Kinder, die versuchten, die Tiere zu fangen.

Ich hatte immer gedacht, auf dem Borough Market herrsche ein unübersichtliches Gedränge, aber hier wurde ich eines Besseren belehrt. So dicht, wie die Menschen aneinander vorbeigingen, würde es Beutelschneidern und Dieben noch leichter fallen, an Beute zu kommen. Maria war sich dessen durchaus bewusst und hieß mich, den Korb fest an den Leib zu pressen, damit mir nichts gestohlen werden konnte. Sie selbst trug den Geldbeutel unter ihrem Hemd, wo niemand wagen würde hinzugreifen. Das Gedränge erschwerte es mir allerdings auch, Ausschau nach Gifford zu halten. Außerdem schleppte mich Maria von einem Fischstand zum nächsten und füllte unseren Eimer mit Garnelen und Räucherfisch.

Immer wieder ließ ich den Blick zum Brunnen schweifen, den wir als Treffpunkt ausgemacht hatten. Männer, die Gifford von der Statur her ähnelten, gab es zuhauf, doch sobald sie sich umwandten, konnte ich sehen, dass es nicht mein Kontaktmann war. War er überhaupt hier? Ich wünschte, wir hätten nicht nur den Ort, sondern auch feste Zeiten ausgemacht.

Mit einem Mal wurde es auf dem Markt still. Ich hatte es erst gar nicht mitbekommen, doch als ich mich umwandte, sah ich einen Karren träge über den Marktplatz fahren. Die Menschen, die ihm im Weg standen, machten augenblicklich Platz und bekreuzigten sich.

Als der Wagen näher herankam, konnte ich erkennen, dass

es sich um einen Gefängniskarren handelte, in dem eine Frau lag. Sie trug ein weißes Hemd, das nicht nur schmutzig, sondern auch mit Blutflecken übersät war. Ihre verfilzten, dunklen Haare hingen ihr ins Gesicht, so dass man ihre Züge nicht erkennen konnte. Dafür erblickte ich etwas anderes: ihre Füße. Oder zumindest das, was davon übrig geblieben war. Das Blut an ihrem Hemd stammte eindeutig von ihren von der Folter gemarterten Füßen, die sie leicht verdreht von sich streckte.

»Wer ist diese Frau?«, fragte ich Maria, die wie erstarrt neben mir stand. Eine Diebin konnte sie nicht sein, dafür war die Bestrafung wohl zu grausam.

»Eine Conversa«, antwortete die Haushälterin so leise, dass ich es kaum hören konnte.

Was das war, wusste ich nicht, doch sicher würde es mir Maria erklären, wenn ich danach fragte. So, wie die Frau zugerichtet war, musste sie von einem Gerichtsprozess kommen – oder zu ihrer Hinrichtung gebracht werden.

Sofort schaute ich mich nach allen Seiten auf dem Marktplatz um, doch ich konnte keinen Schandpfahl entdecken. Wahrscheinlich war die Qual der armen Frau noch nicht zu Ende, ganz gleich, was sie angestellt hatte. Hinter dem Wagen gingen noch ein paar Männer, von denen einer wie ein Priester aussah. Er hielt eine Bibel in der Hand und murmelte etwas, das ich nicht verstehen konnte. Nach einer Weile war der Zug verschwunden, und der Lärm flammte allmählich wieder auf.

Auch Maria erwachte aus ihrer Erstarrung, und ich fasste mir ein Herz und fragte sie: »Was ist eine Conversa?«

Maria schaute mich ein wenig verständnislos an.

»Oh, ich vergaß«, sagte sie dann. »In Schottland ist es anders als hier. Wenn sie bei euch schon diese protestantischen Ketzer dulden, werden auch sie frei herumlaufen können.«

Ich hatte immer noch keine Ahnung, was sie meinte. »Verzeiht, Señora, was meint Ihr?«, fragte ich, als wir uns von dem Fischstand wieder entfernten.

»Eine Conversa ist eine Jüdin, die zum christlichen Glauben übergetreten ist. Diese Frau hat entgegen ihres Gelübdes bei ihrem Übertritt ihre alten ketzerischen Glaubenspraktiken wieder aufgenommen. Das macht sie zu einer Relapsa, einer Rückfälligen. Ich bin mir sicher, dass sie unter Folter ihre Missetaten gestanden hat. Schon bald wird sie auf dem Marktplatz öffentlich verbrannt werden.«

Dieser Gedanke ließ mich erschaudern. Ich konnte förmlich vor mir sehen, wie sie der Frau das lange Haar mit einem Messer abscheren würden. Wie sie die Ärmste an den Schandpfahl binden und dann den Scheiterhaufen rings um sie herum entzünden würden.

»Nun komm, wir haben noch mehr zu besorgen.« Damit ging Maria voran, und ich wollte ihr gerade folgen, als plötzlich neben mir eine zerlumpte Gestalt auftauchte.

»Eine milde Gabe, Señorita«, sprach der Fremde mich an, und schon nach den ersten Silben wusste ich, dass es kein Bettler war, sondern Gifford. Anscheinend hatte er schon die ganze Zeit über auf mich gewartet und mich schneller ausgemacht als ich ihn. Er hob den Kopf, der mit einer mottenzerfressenen Kapuze bedeckt war, allerdings nur so weit, dass nur ich sein Gesicht sehen konnte. Tatsächlich brauchte ich ihn nicht leer ausgehen zu lassen. Nachdem ich mich kurz umgesehen hatte, zog ich den Zettel unter dem Mieder hervor und drückte ihn in Giffords vorgestreckte Hand.

»Ich hoffe, du hast dich eingelebt«, murmelte er, worauf ich nickte.

»Lest das, es ist wichtig. Und vergesst nicht, es vorher anzuwärmen.« Damit drängte ich an ihm vorbei und schloss zu

Maria auf. Einem Bettler ein Almosen zu geben konnte kein Verbrechen sein. Wenn sie sich nach uns umgeschaut hatte, würde sie gewiss nichts zu bemängeln haben.

Als mein Korb endlich voll war, machten wir uns auf den Rückweg. Wo Gifford abgeblieben war, wusste ich nicht, ich konnte ihn unter den vielen Menschen jedenfalls nicht mehr ausmachen. Wahrscheinlich war er schon unterwegs, um Drake zu warnen. Wieder mussten wir durch das Gedränge, und vor uns weigerten sich zwei Esel vor einem Karren, ihren Weg fortzusetzen. Die Tiere schrien laut, und hinter ihnen blieben die Leute stehen. Der Kutscher versuchte verzweifelt, sie wieder zum Gehen zu bringen, doch nichts half: keine Peitsche, kein Zerren an den Zügeln und kein gutes Zureden.

»Verdammte Eselkutscher«, murrte Maria ganz und gar nicht christlich und reckte den Hals, um zu verfolgen, welche Maßnahmen der Kutscher ergriff, damit es weiterging.

Auf einmal spürte ich, wie sich jemand an meinem Rock zu schaffen machte. Ein Beutelschneider konnte es nicht sein, denn ich hatte keinen Beutel, aber vielleicht ein Strolch, der die Enge nutzen wollte, um mir an den Hintern zu fassen. Ich blickte mich um und merkte, wie etwas meinen Rockbund beschwerte. Es war, als hätte jemand etwas daran festgebunden. Wer das getan hatte, wusste ich nicht, denn als ich mich umdrehte, bemerkte ich lediglich einen Greis – und eine Lücke vor ihm. Der Mann, der dort gestanden hatte, hatte sich aus dem Staub gemacht, ohne dass die anderen ihn bemerkt hatten. Gifford war wirklich ein Meister seines Fachs.

Ich brannte darauf, zu erfahren, was er mir da übergeben hatte, doch erst als ich wieder in meinem Zimmer war, wagte ich nachzusehen. An meinem Rockbund hing tatsächlich ein Beutel. Wem er vorher gehört hatte, wusste ich nicht, bei Gifford hatte ich einen solchen nicht bemerkt. Ich würde ihn bei der nächstbesten Gelegenheit verschwinden lassen müssen.

Wichtiger als der Beutel war jedoch sein Inhalt. Es war eine kleine Glasphiole, nicht dicker als mein Daumen. Die Flüssigkeit darin war schwarz: Tinte. Der Korken war mit Wachs verschlossen worden, wenn ich das Fläschchen öffnete, musste ich vorsichtig sein, um nichts davon auf den Boden zu schütten. Ein paar Papierstreifen waren darumgewickelt, klein genug, um sie unter der Kleidung zu verbergen. Gifford hatte einfach an alles gedacht.

Auf einem der Zettel fand ich eine kurze Nachricht. *Du solltest etwas Handfesteres benutzen.*

Er hatte also erkannt, womit ich meine Zeilen verfasst hatte. Phelippes Ratschlag hatte etwas gebracht. Kurz überlegte ich, ob ich immer mit Zitronensaft schreiben sollte, doch da es sicher auffiele, wenn ich eine zu große Liebe für diese Früchte entwickelte, entschloss ich mich, bei der Tinte zu bleiben und nur bei besonders brisanten Botschaften auf den sauren Saft zurückzugreifen.

Lächelnd zerriss ich den Zettel in winzige Stücke und ließ sie in meinem Schuh verschwinden. Am nächsten Morgen würde ich ein wenig früher in die Küche gehen und sie in der Esse verbrennen.

68. Kapitel

Die nachfolgenden Tage im Haus von Santa Cruz vergingen wie im Fluge, denn sie waren bis zum Rand mit Arbeit angefüllt. Ich verrichtete meine Aufgaben so gut und unauffällig wie möglich. Nachts schlich ich mich oftmals aus dem Zimmer, um das Haus zu erkunden, doch da ich dabei sehr vorsichtig sein musste, war ich natürlich nicht sehr erfolgreich. Dafür aber konnte ich neue Informationen sammeln.

Señor de Santa Cruz bekam des Öfteren späte Gäste. Es waren, wie ich vermutete, Abgesandte des Königs, die erfragen wollten, wie weit die Vorbereitungen der Armada fortgeschritten waren. Manchmal schaffte ich es, sie direkt zu belauschen, manchmal bekam ich zufällig Wortfetzen mit, wenn ich spätabends noch die Töpfe schrubbte. Der Militärschlag gegen England sollte schon bald stattfinden. Was mit Drake war, wusste ich nicht, aber ich hoffte, dass meine Warnung rechtzeitig erfolgt war. Als sich genügend Details angesammelt hatten, schrieb ich sie auf und versuchte sie an den Mann zu bringen.

Für Botengänge hatte Santa Cruz einen jungen Mann, diese Möglichkeit fiel also schon einmal weg. Auf den Marktplatz nahm Maria beim nächsten Mal Carmen mit, weil sie größer und kräftiger war als ich. Dafür durfte ich sie an einem Tag zum Bäcker begleiten, um eine Bestellung für den Marqués aufzugeben. Der Marktplatz war diesmal zwar leer, dummerweise war aber Gifford nicht in der Nähe des Brunnens. Natürlich lungerten mehrere Bettler dort herum, doch keiner von ihnen war der Meisterspion. Ich musste den Zettel, den ich an meinem Herzen trug, wohl oder übel noch ein Weilchen bei mir behalten. Die Nachricht darauf war immerhin nicht so wichtig wie die von der geplanten Ermordung Drakes, trotzdem waren es Einzelheiten, die vielleicht zum Erfolg beitragen würden.

Nachdem ich also gesehen hatte, dass aus einer Übergabe nichts werden würde, trottete ich brav hinter Maria her und merkte mir die Wege durch die Stadt. Wenn ich irgendwann mal aus dem Haus fliehen musste, war es wichtig, dass ich die Straßen kannte.

Am Sonntag fanden wir uns in der Iglesia de Santa Cruz ein, der größten Kirche von Cádiz und zugleich das angestammte Gotteshaus des Marqués de Santa Cruz. Bereits vom Schiff aus hatte der hohe weiße Turm imposant ausgesehen, doch jetzt, da ich die Treppen zum Gotteshaus erklomm, musste ich zugeben, dass kaum eine englische Kirche ihrer Pracht gleichkam. Katholischen Firlefanz würden es die Puritaner in meiner Heimat nennen, aber da ich keiner war, bewunderte ich die Pracht des Gebäudes und die Leistung all derer, die es errichtet hatten.

»Nun träum nicht, Amy!«, ertönte hinter mir die Stimme von Maria und holte mich aus meiner Betrachtung fort. »Die Kirche kannst du nachher noch betrachten. Komm jetzt, sonst finden wir keine Plätze mehr!«

Ich gehorchte und folgte ihr in das Innere der Kathedrale, das nicht weniger prachtvoll war als die Hülle. Wunderbare Malereien zierten die Decke, überall glitzerte es nur so vor Gold und Silber. Die bleiverglasten Fenster zeigten Szenen aus der Bibel, unter anderem auch die Kreuzigung, und das Licht, das hereinfiel, malte bunte Flecken auf den Fußboden und die Kirchgänger. Unsere Kirchen waren dagegen finstere Löcher.

Während der Marqués im Honoratiorengestühl Platz nahm, setzten wir uns auf eine der freien Bänke. Maria hatte recht gehabt, was die Plätze anging. Innerhalb weniger Augenblicke füllte sich das Schiff der Kathedrale, und es gab keine Sitzplätze mehr. Gifford auszumachen erschien mir unmöglich, denn die Menschen mauerten mich regelrecht ein mit ihren Leibern. Doch ich hoffte, dass er ebenfalls hier war, und vielleicht hatte ich die Gelegenheit, beim Hinausgehen auf ihn zu treffen.

Der Bischof war ein beleibter Mann von etwa fünfzig Jahren, der sich von zwei Messdienern die Stufen zum Altar hinaufhelfen lassen musste. Doch obwohl er so aussah, als litte er an Gicht und einigen anderen Krankheiten, strahlte er eine ungeheure Kraft und vor allem Fanatismus aus. Seine Rede war flammend und hatte natürlich die Ketzerei im fernen England zum Thema. Er wetterte gegen die englischen Piraten und nannte Elizabeth eine Konkubine des Teufels. Der Marqués bedachte seine Worte mit einem andächtigen Nicken, und spätestens, als der Bischof ihn persönlich erwähnte und für den glücklichen Ausgang seiner Mission betete, stand fest, dass seine Spende bei der Kollekte besonders großzügig ausfallen würde.

Ich achtete nach einer Weile nicht mehr auf die Worte, sondern beobachtete zu meiner großen Belustigung, dass einige Menschen in meiner Nähe dem Kirchenschlaf frönten.

Als die Messe endlich vorbei war, strömte das einfache Volk nach draußen. Die hochgestellten Persönlichkeiten der Stadt fanden sich beim Bischof ein, doch Gifford würde ganz gewiss nicht unter ihnen sein. Ich mischte mich also unter die Leute und versuchte, den Hals nicht allzu weit zu recken bei dem Versuch, Gifford ausfindig zu machen.

»Señorita, endlich finde ich Euch!«, tönte es mir plötzlich von der Seite entgegen.

Ich war mir sicher, dass nicht ich gemeint war, doch als ich mich umdrehte, sah ich Gifford vor mir. Er war gekleidet wie ein Geck, über seinen Lippen klebte ein falscher Bart, und am Ohr trug er einen großen goldenen Ring, so dass man ihn für einen Gaukler halten konnte.

»Oh, Señorita, ich vergehe nach Euch!«, rief er und kniete vor mir nieder. Gleichzeitig bedeutete er mir mit einem Zwinkern, dass ich in das Schauspiel einstimmen sollte.

»Ihr müsst mich verwechseln!«, entgegnete ich und wich erschrocken zurück. Hinter mir kicherten ein paar Leute.

»Verwechseln? Aber meine liebste Consuela!«

»Ich sagte doch, Ihr verwechselt mich!«, entgegnete ich laut und so empört wie möglich.

»Wie könnte ich Euch verwechseln, wo ich Euer Bild doch ständig vor Augen habe.«

»Eure Augen sind gewiss schlecht!«, fuhr ich fort, und langsam fand ich Gefallen an der Sache. Gleichzeitig wusste ich, dass wir es nicht übertreiben durften.

»Meine Augen mögen schlecht sein, Euer Bild dagegen ist in meinem Herzen. Hier, werft einen geneigten Blick auf dieses Sonett, Señorita. Die Zeilen werden Euch alles erklären.«

Ich verdrehte die Augen und nahm den Zettel, der mir wie zufällig aus der Hand glitt. Als Gifford und ich uns gleichzeitig bückten und uns gegenseitig fast die Köpfe einschlugen, nutzte ich die Gelegenheit und drückte ihm mein Schreiben in die Hand.

»Ihr seid ein wahrer Tölpel!«, rief ich ihm zu und wandte mich in gespielter Wut um. Das »Sonett« hielt ich immer noch in der Hand, ohne jedoch einen Blick darauf zu werfen. Jetzt musste ich allerdings erst einmal Maria hinterher, damit sie nicht dachte, ich sei unterwegs verlorengegangen. Ich erwischte sie gerade noch rechtzeitig.

Am Abend machte ich mich daran, das Sonett zu entziffern. Für jemanden, der im Dechiffrieren unbedarft war, wäre es nichts weiter als das einfältige Gestammel eines Liebeskranken gewesen. Allerdings war ich mir nicht sicher, ob Gifford besser gereimt hätte, wenn er keine Nachricht im

Text hätte verstecken müssen. Nachdem ich eine Weile über seinen Zeilen gebrütet hatte, hatte ich die Nachricht vor mir. Meine Warnung für Drake war rechtzeitig gekommen. Er hatte La Coruña gemieden und war somit den Dolchen der Angreifer entgangen. Es hatte Verhaftungen gegeben, und ich fragte mich, ob Drake auf ähnliche Weise geschützt worden war wie damals die Königin. Ein Mann seiner Statur und Größe war sicher leicht zu finden, und vielleicht hatten Walsinghams Männer diesmal schon unter dem Schreibpult darauf gelauert, dass die Mörder den Doppelgänger angriffen. Einer der gefährlichsten Feinde Spaniens lebte jedenfalls nach wie vor, er konnte Santa Cruz noch sehr viel Ärger und Sorgen bereiten, und damit würde England dem spanischen Wolf nicht ganz schutzlos gegenüberstehen. Eine bessere Nachricht hätte es für mich nicht geben können.

Ich lächelte einige Momente versonnen in mich hinein, zerriss das Schreiben und verstaute es wie immer in meinem Schuh.

Tags darauf ging Giffords Poesie in den Flammen des Herdfeuers auf, und ich war mir sicher, dass es kaum besser laufen konnte.

69. Kapitel

Der Tag der lodernden Scheiterhaufen nahte. So nannten die Menschen es hier, wenn Ketzer verbrannt wurden. Um nicht zu viel Holz und Reisig zu verschwenden, schickten sie mehrere in der Folter bußfertig gemachte Sünder auf einmal dem Fegefeuer entgegen. Die Priester brauchten dann außerdem nur einmal zu beten, was ihnen viel Zeit ersparte, damit sie sich den angenehmeren Dingen des Lebens widmen konnten. Wenn ich den Bischof der Iglesia de Santa Cruz so betrachtete, musste er das Leben wirklich genießen – auch wenn seine Völlerei es ihm gleichzeitig schwer machte und sich mit kranken Gliedern rächte.

Die Hausangestellten hätten sich für die Hinrichtung freinehmen dürfen, aber in Anbetracht der vielen Arbeit, die auf sie wartete, nahm niemand das Angebot an. Wahrscheinlich hatte jeder von ihnen schon einmal einer Verbrennung beigewohnt. Ganz wollte sich das Personal von Santa Cruz die Hinrichtung allerdings nicht versagen.

Die Stallburschen stellten sich zusammen mit den Soldaten auf die hohe Außenmauer, die das Anwesen umgab, und José machte mir das Angebot, mit hinaufzuklettern. Ich interessierte mich zwar nicht für die brennenden Ketzer, doch ich erkannte, dass es nützlich sein könnte, den Weg auf die Mauer zu kennen – und zu wissen, in welche Richtungen die dahinter liegenden Straßen führten. Also stieg ich mit den jungen Burschen die Mauer hinauf, und nachdem sie gesehen hatten, dass ich es wagte, gesellten sich nach und nach auch die anderen Mägde hinzu. José legte mir den Arm um die Taille, vorgeblich damit ich nicht hinunterfiele, aber auch wenn ich den wahren Grund kannte, hatte ich nichts dagegen.

Während die anderen zusahen, wie die Rauchschwaden in den Himmel stiegen, betrachtete ich die Straßen und fügte sie der Karte hinzu, die ich mir im Geiste angelegt hatte. Eine ganze Weile blieben wir noch auf der Mauer, bis das Feuer sichtlich an Kraft verlor. Abschließend bekreuzigten sich alle für das Seelenheil der Ketzer und begaben sich wieder an ihre Arbeit.

Am Abend, als ich noch dabei war, die Kessel zu schrubben, kam Maria zu mir.

»Der Herr verlangt noch nach einem Glas Wein. Oben, in seinen Privatgemächern.« Ihre Stimme klang belegt, und sie hatte Mühe, mich anzusehen. Sonst brachte sie dem Marqués den Schlaftrunk, und sie schien es ihm übelzunehmen, dass er diese Aufgabe nun mir übertragen wollte. Ich erhob mich sogleich, holte die Weinkaraffe und einen Becher und brachte beides auf einem Tablett nach oben. Die Privatgemächer des Marqués hatte ich seit dem Tag meiner Ankunft nicht wieder betreten, denn hier oben putzten Rosa und Carmen. Ob sich der Marqués die beiden schon mal ins Bett geholt hatte, wusste ich nicht. Immerhin war es gut möglich, dass er sich sein altes Fleisch dann und wann von einer Magd wärmen ließ, wie es viele Herren des Adels taten. Diese Gedanken schob ich allerdings beiseite, als ich an die Tür von Santa Cruz' Privatgemächern klopfte.

»Adelante!«, tönte es aus dem Inneren, und ich trat ein.

Der Marqués stand an seinem Schreibpult, und ich fragte mich, was er wohl jetzt noch zu notieren hatte. Verfasste er etwa einen Brief an den König? Nur zu gern hätte ich es gewusst, doch ich musste mein Augenmerk auf die Einrichtung und den Großadmiral richten. Sicher würde ich nicht lange hierbleiben, und die wenigen Augenblicke mussten reichen, um alles genau zu erfassen.

Als ich näherkam, legte Santa Cruz seine Feder beiseite und wandte sich um. »Bring das Tablett her.« Seine Stimme klang viel zu weich für einen Befehl, und ich wusste, dass er mich nicht gleich fortschicken würde. »Stell es dort ab und setz dich zu mir. Erzähl mir etwas über deine Heimat – und deine Königin.«

Ich tat wie befohlen und blickte ihn ein wenig verwundert an.

»Nun setz dich schon!«

Er deutete nicht zum Bett, dennoch überkam mich das seltsame Gefühl, dass er vorhatte, mich dort hineinzuziehen. Allerdings ließ ich es mir nicht anmerken. Ich holte mir einen der hochlehnigen Stühle heran, die neben der Tür standen, und brachte ihn zum Schreibpult. Dort setzte ich mich so sittsam wie möglich hin und senkte den Blick, jedenfalls scheinbar. Unter den halb gesenkten Lidern wanderten meine Augen wachsam umher, daher entging mir auch nicht, dass der Marqués an der Seite ein Schlüsselbund an einem schwarzen Seidenband trug. Beim ersten Mal war es mir nicht aufgefallen, doch jetzt, nachdem er sein Wams ausgezogen hatte, glänzten die Schlüssel im Kerzenschein. Wozu mochten sie gehören? Vielleicht zu dem Sekretär im Kabinett? Zu dem hübsch verzierten Schrank?

»Erzähl mir etwas über dein Heimatland«, wiederholte er, und seine Stimme riss mich aus meiner Beobachtung fort.

Ich blickte auf und fragte: »Was wünscht Ihr zu wissen?«

Er lächelte mich an. »Alles. Wie es dort aussieht und wie deine Königin war.«

»Meine Heimat ist grün und nebelverhangen. Es ist wesentlich kälter als hier, und manchmal kommt die Sonne viele Tage lang nicht hinter den Wolken hervor. Es gibt oft Unwetter, doch wenn die Sonne scheint, spiegeln sich darin unzählige Tautropfen.« Ich musste bei meinen Worten an das denken, was La Croix von seiner Heimat erzählt hatte, und daran dass ich ehrlicherweise etwas anderes hätte berichten müssen. Aber in unserem Dienst war Ehrlichkeit gegenüber dem Feind nicht angebracht. In einem Punkt jedoch musste ich mich an die Wahrheit halten, und das war Maria Stuart.

»Meine Königin war die schönste Frau, die ich je gesehen habe. Ihr Haar war rot wie eine Kastanie, und ihre Augen waren hellbraun wie das Fell eines Rehs.«

Santa Cruz beobachtete mich genau, während ich sprach, dann sagte er: »Deine Haltung ist die einer Hofdame. Die Zeit mit der Königin scheint dir gutgetan zu haben.«

Ich nickte und dachte wieder an den Drill von Murphy. »Ihre Majestät war sehr gütig zu mir. Ich war nicht nur eine Dienstmagd für sie, ab und an durfte ich ihr auch Gesellschaft leisten. Sie hatte auf Fotheringhay nicht mehr viele Vertraute. Ich habe die Zeit mit ihr sehr genossen.« Mit diesen Worten löste ich meine Haube und zog dann die Nadel hervor, die ich von der Königin bekommen hatte und die so lange mein Haar zusammengehalten hatte. Ich hatte es mir zur Gewohnheit gemacht, mein Haar damit aufzustecken, denn im Notfall war das Schmuckstück eine gute Waffe. »Das hier hat sie mir zum Abschied geschenkt. Jeder ihrer Bediensteten hat etwas von ihr bekommen, bevor sie starb.«

»Ein großzügiges Geschenk«, sagte er und trat hinter mich. Ich fragte mich, was er vorhatte, doch was immer es war, das Klopfen, das nun an der Tür ertönte, brachte ihn davon ab. Santa Cruz atmete tief durch und rief: »Was gibt es?«

Marias Stimme antwortete, einzutreten wagte die Haushälterin allerdings nicht. »Señor Esteban erwartet Euch im Kabinett. Ich weiß, Ihr wolltet nicht gestört werden, aber...«

»Schon gut, sag ihm, dass ich gleich bei ihm bin.«

Esteban war hier! Mein Herz begann zu rasen. Was wollte er von Santa Cruz? Ihm neue Berichte aus England bringen? Ich hatte Mühe, mir meine Überraschung nicht anmerken zu lassen, doch der Marqués schien mit seinen Gedanken augenblicklich woanders zu sein. Die Freude an unserer Unterhaltung war verflogen, die Pflicht ging eindeutig vor. »Geh jetzt. Wenn ich unsere Unterhaltung weiterführen will, werde ich dich wieder rufen.« Damit deutete er auf die Tür.

Ich knickste, nahm mein Haar zu einem Zopf zusammen und steckte es mit der Nadel fest, bevor ich die Haube wieder aufsetzte.

Ich wollte gerade nach dem Tablett greifen, doch Santa Cruz schüttelte den Kopf. »Lass es stehen. Ich brauche dich fürs Erste nicht mehr.«

Wieder machte ich einen Knicks und ging zur Tür. Ich hatte angenommen, dass Maria noch immer davorstehen würde, aber sie war verschwunden. Dafür hörte ich ein Geschoss tiefer ihre Stimme – und die eines Mannes.

Bei dem Klang war es mir, als würde eiskaltes Wasser meinen Rücken hinunterrinnen. Es war tatsächlich der Mann, der mich im Torbogen des Borough Market angegriffen hatte. Jener Mann, mit dem ich mir eine Verfolgungsjagd über die Dächer des Hafenviertels geliefert hatte.

Da ich wusste, dass der Marqués mir folgen und mich beobachten würde, senkte ich den Kopf und tat so, als interessierte mich der Besucher nicht. Doch als ich an der Tür vorbeikam, erhaschte ich einen Blick auf den Spion, der gut sichtbar vor dem Schreibpult stand. Glücklicherweise war er dermaßen mit Maria beschäftigt, dass er mich nicht bemerkte. Estebans Kleider sahen ein wenig unordentlich aus, sein Haar wirkte, als wäre er vor der Küste in einen heftigen Sturm geraten. Unter seinem Wams erkannte ich seine Messer, und in der von Ringen verbrämten Hand sah ich ihn eine Schriftrolle halten. Aber das war auch schon alles, was ich mitbekommen konnte.

Als Santa Cruz erschien, verabschiedete sich Maria und

folgte mir. Ich hätte gern noch etwas von dem gehört, was sich der Marqués und der Meisterspion zu erzählen hatten, mit Maria im Nacken war das jedoch unmöglich. Also kehrte ich in die Küche zurück, wo ich meine letzten Arbeiten verrichtete, und ging anschließend in meine Kammer.

Estebans Anwesenheit ließ mir keine Ruhe. Ich spielte mit dem Gedanken, zum Kabinett des Marqués zu schleichen, doch als ich meinen Kopf aus der Tür steckte, sah ich einen Lichtschein aus der Küche dringen. Wahrscheinlich hielt sich Maria bereit, für den Fall, dass die Herren noch etwas wünschten. Dummerweise musste ich an der Küche vorbei, um nach oben zu gelangen. Meine Schleichkünste waren zwar nicht schlechter geworden, aber wie sollte ich ihr meine Anwesenheit erklären, wenn sie zufälligerweise nach draußen kam?

Ich versuchte es trotzdem und schlich auf Zehenspitzen durch den Gang. In der Küche rumorte es, wahrscheinlich vertrieb sich die Haushälterin die Zeit, indem sie Vorbereitungen für den nächsten Tag traf. Als ich dem Lichtschein ganz nahe war, blieb ich stehen und spähte in das Innere der Küche. Maria stand nicht weit von mir entfernt, hatte mir allerdings den Rücken zugekehrt. Ich überlegte nicht lange und huschte durch den Lichtfleck am Boden. Dann blieb ich erneut stehen, um zu lauschen, ob sie mich gehört haben könnte, aber das schien nicht der Fall zu sein, wie ich am Klappern mehrerer Schüsseln hören konnte. Also setzte ich meinen Weg fort. Hinter einigen Türen tönte mir lautes Schnarchen entgegen, sonst war nichts zu hören.

Kaum hatte ich die Treppe erreicht, ging in der oberen Etage eine Tür. Männerstimmen wurden laut, anscheinend reiste Esteban schon wieder ab. Ich machte augenblicklich kehrt und lief zu meinem Quartier zurück. Kurz streifte mich der Lichtstrahl aus der Küche, doch Maria bemerkte mich auch diesmal nicht.

Wenige Augenblicke später hörte ich, wie ein Reiter davonpreschte. Zu gern hätte ich gewusst, was er gewollt hatte. Ein möglicher Grund für Estebans Anwesenheit fiel mir schließlich ein, als ich an meine Zimmerdecke starrte und nachdachte: Er konnte Santa Cruz davon unterrichtet haben, dass der Mordanschlag auf Drake fehlgeschlagen war. Möglich war auch, dass sie gleich einen neuen Plan erdacht hatten, doch jetzt waren unsere Leute gewarnt. Gewiss hatte man Drake mehrere Spione zur Seite gestellt, die seine Leibwache bildeten und auf ihn achtgaben. Und wie sollte es nun weitergehen?

Der Schrank und die Schlüssel waren meine Spuren. An die Schlüssel zu kommen, war sicher schwierig. Daher würde ich es erst einmal mit meinen Dietrichen probieren. Da ich ohnehin noch immer hellwach war, sprang ich aus dem Bett und holte mein Bündel hervor. Ich versuchte, die Größe des Schlosses abzuschätzen, und erst als ich einen Hakenschlüssel gefunden hatte, der mir klein genug erschien, kehrte ich wieder ins Bett zurück.

Am nächsten Morgen beobachtete ich von meinem Fenster aus, wie die Kutsche des Marqués vom Hof rollte. Wohin er fuhr, wusste ich nicht, doch ich hoffte, er möge eine ganze Weile wegbleiben, damit ich mich in Ruhe in seinem Kabinett umsehen konnte.

Ich zog mir mein Kleid über und ging in die Küche, nicht ahnend, was sich in den vergangenen Stunden verändert hatte. Als ich durch die Tür trat, schlug mir eine Kälte entgegen, wie ich sie bisher nur in der Gegenwart von Jane Ashley erlebt hatte. Die Haushälterin stand mit verkniffenen Lippen am Küchentisch und putzte das Gemüse.

»Guten Morgen, Maria«, rief ich ihr zu und setzte ein Lächeln auf, doch alles, was ich erntete, war ein finsterer Blick.

»Mach dich an die Arbeit und steh hier nicht rum.«

Sie erwähnte nicht, was ich tun sollte, aber ein Rundblick sagte mir, dass es vielleicht besser wäre, Holz zu holen, denn sie hatte bisher das Feuer nicht geschürt. Als ich den Eimer nahm und nach draußen ging, hielt sie mich weder zurück noch gab sie mir eine andere Aufgabe.

Nachdem die Flammen vor sich hin züngelten, räumte ich die Abfälle weg. Normalerweise hätte Maria mir sagen müssen, welche Mahlzeiten heute bereitet werden sollten und welche Aufgaben anstanden, doch das tat sie nicht. Sie schwieg weiterhin, nur das Geräusch ihres Messers, wie es auf der Holzplatte aufkam und darüberstreifte, war zu hören.

Nach einer Weile kamen auch die anderen Mägde herein, und ihnen flötete Maria ein paar fröhliche Begrüßungsworte entgegen. Wenn ich sie allerdings ansprach, gab sie nur knappe Kommentare von sich, und schon bald war für alle ersichtlich, dass ich ab sofort eine Ausgestoßene war.

Diesmal schickte sie mich nicht in die Waschküche, sondern behielt mich bei sich als Hilfe in der Küche. Das war sonst eigentlich Carmens Aufgabe, doch aus irgendeinem Grund wollte sie mich wohl unter Beobachtung haben.

Hatte sich der Marqués etwa über mich beschwert? War ich ihr zu lange oben gewesen? Mir fiel wieder ein, was für ein Gesicht sie gezogen hatte, als sie mir sagte, ich solle zu Santa Cruz gehen. Fragen konnte ich sie natürlich nicht, aber das war die einzige Erklärung für all das, was in den kommenden Stunden passierte.

Nachdem alle gegangen waren, setzte sich das Schweigen fort. Maria schien der Meinung zu sein, dass ich die Anweisungen kannte, deshalb wiederholte sie nicht eine davon. Glücklicherweise hatte ich ein gutes Gedächtnis, und so bemühte ich mich, ihr keinen Anlass zur Klage zu geben.

Der Höhepunkt unseres eisigen Zweikampfes näherte sich zur Mittagszeit. Aus heiterem Himmel ertönte ein lautes Scheppern, und als ich herumwirbelte, sah ich, dass die Pfanne mit dem Bratenfett wie von Geisterhand berührt zu Boden fiel. Da außer mir und Maria niemand im Raum war, kam nur sie in Frage. Doch sie war schnell genug gewesen, um sich vom Herd zu entfernen und sich das Fett nicht über die Kleider zu gießen. Wohlweislich hatte sie auch schon das Fleisch aus der Pfanne genommen.

»Mach das sauber!«, fuhr sie mich an und schwirrte aus der Küche. Ich blickte ihr nach und schüttelte den Kopf. Was war nur mit ihr los? War sie eifersüchtig darüber, dass ich den Marqués gestern Nacht bedienen sollte?

Mir blieb nichts anderes übrig, als mich an die Arbeit zu machen. Ich wischte das Fett so gewissenhaft wie möglich vom Boden, denn ich wusste, dass sie meine Arbeit heute mit anderen Augen als sonst beurteilen würde.

Als ich auf den Hof hinausging, um das Schmutzwasser wegzubringen, hörte ich die beiden anderen Mägde in einer Nische neben der Tür tuscheln. Anscheinend hatten sie nicht mitbekommen, dass ich aus der Tür getreten war, also blieb ich stehen und lauschte.

»Hast du gesehen, wie wütend Maria auf die *extranjera* ist?«, sagte Carmen.

Ich war erstaunt, dass sie mich als Fremde bezeichnete, aber wahrscheinlich dachten nicht nur die beiden so über mich. Es würde wohl noch eine Weile dauern, bis die Menschen hier mich als ihresgleichen ansahen. Wenn ich allerdings Pech hatte, würde das nie geschehen, und ich würde immer die Fremde bleiben.

»Sie war gestern beim Marqués«, fügte Carmen vielsagend hinzu.

Rosa sog scharf die Luft ein. »Du meinst ...«

»Ich weiß es nicht, aber es könnte durchaus sein. Immerhin war sie eine ganze Weile bei ihm. Bis Maria ihn zu seinem Besucher geholt hat.«

»Du denkst, das reicht?«

»Ich habe schon Männer gesehen, die schneller fertig waren.«

»Einer deiner Liebhaber vielleicht, aber Seine Exzellenz ist kein junger Mann mehr.«

»Na, vielleicht hat sie das Feuer seiner Lenden wieder entzündet. Schließlich hat sie rotes Hexenhaar, vielleicht hat sie ihn verzaubert?«

»Das glaube ich nicht, sie war mit uns in der Kirche ...«

Sicher wäre das Gespräch noch so weitergegangen, doch plötzlich hörte ich ein Geräusch hinter mir. Weil ich Maria nicht auch noch damit verärgern wollte, dass ich hier herumstand, setzte ich mich in Bewegung. Nun wurden die beiden Mägde auf mich aufmerksam und verstummten. Sie blieben still in ihrer Ecke stehen und hofften anscheinend, dass ich sie nicht bemerkte. Ich ließ sie in dem Glauben und trug meinen Eimer in Richtung Tor.

Dabei überlegte ich, was ich tun konnte, um die Gerüchte abzuschwächen. Es war nicht gut, wenn Maria mein Tun missbilligte, zumal ich mir nichts hatte zuschulden kommen lassen. Sie konnte mir das Leben extrem schwermachen, und für die Aufgaben, die ich hier zu erfüllen hatte, brauchte ich einen klaren Kopf. Nicht jemanden, der mich ständig im

Auge behalten wollte. Doch die Haushälterin würde mich sicher noch eine ganze Weile beobachten, daher musste ich zusehen, dass ich meine Erkundungen noch unauffälliger betrieb. Und dass ich schneller vorankam.

70. Kapitel

In dieser Nacht wagte ich einen ersten Versuch, an die Geheimnisse des Marqués zu kommen. Maria hatte mich schon früh fortgeschickt, nachdem sie sich mir gegenüber auch für den Rest des Tages seltsam verhalten hatte. Weitere Pfannen mit Fett waren zwar nicht heruntergefallen, aber mir war klar, dass sie mir in der nächsten Zeit noch weiter grollen würde.

Sobald im Haus alles ruhig geworden war, holte ich meine Dietriche unter dem Bett hervor und schob sie mir unter das Mieder. Mehr würde ich für einen ersten Rundblick durch das Kabinett nicht brauchen. Die Gänge waren finster, nicht einmal Mondlicht gab es heute. Dichte Wolken verschlossen den Himmel, als wollten sie meine Mission schützen. Ich brauchte kein Licht, um mich in dem Haus zurechtzufinden. Die wichtigsten Wege hatten sich in meinen Verstand eingebrannt, und ich folgte ihnen lautlos. Schließlich erklomm ich die Treppe, und nachdem ich mich erneut vergewissert hatte, dass wirklich niemand auf den Beinen war, der mich beobachten konnte, näherte ich mich der Tür des Kabinetts, wo ich den Dietrich ansetzte.

Das Schloss zu öffnen war kein Problem, es war grob, und

wahrscheinlich hätte es auch jemand aufbekommen, der nicht so viel Übung wie ich hatte. Aber damit war ich noch nicht am Ziel. Ich schloss die Tür wieder hinter mir, und nachdem sich meine Augen an die Dunkelheit gewöhnt hatten, durchquerte ich den Raum. Die Beschläge des Schrankes blitzten mir schon von weitem entgegen. Die drei Schlösser, welche die Tür sicherten, waren in eine goldene Platte eingelassen, die mich an die Platten des Kästchens erinnerten, das Walsingham mir einst zum Üben gegeben hatte. Gänzlich frei von Kratzern waren sie nicht mehr, doch es waren so feine Schäden, dass ein großer Kratzer von einem abgerutschten Dietrich auffallen würde.

Ich zog den Hakenschlüssel hervor und schob ihn vorsichtig in das erste der Schlösser. Die Schlüssel, die der Marqués bei sich trug, hatten kompliziert ausgesehen, und schon bald spürte ich einen ungewohnten Widerstand. Ich versuchte, ihn mit dem Haken zu umgehen, doch ich konnte den Dietrich nicht herumdrehen, und zu fassen bekam ich den Widerstand auch nicht.

Also drehte ich den Haken vorsichtig in die andere Richtung und glaubte schon, dass es jetzt ginge, aber dann traf ich erneut auf diesen Widerstand. Es half alles nichts, schon gar nicht Gewalt.

Nachdem auch dieser Versuch fehlgeschlagen war, gab ich fürs Erste auf und sah mir dann die anderen beiden Schlösser an. Sie waren ähnlich gearbeitet, und sicher war jedes von ihnen von den anderen abhängig.

Ich würde wohl oder übel nicht umhinkommen, mich der Schlüssel zu bemächtigen, oder besser noch, Gifford damit zu beauftragen, Kopien davon anfertigen zu lassen. Mit leeren Händen wollte ich allerdings nicht gehen, und so wandte ich mich dem Sekretär zu. Dessen äußere Türen waren zwar ebenfalls verschlossen, aber ich bekam das Schloss schon beim ersten Versuch auf.

Allerdings war der Sekretär aufgeräumt, und außer ein paar Schreibutensilien fand ich dort nichts. Selbst in den kleinen Fächern, die ich mit meinem Rockzipfel aufzog, um keine Spuren von meinen Händen zu hinterlassen, waren keine Briefe oder andere Dokumente, die für mich von Bedeutung gewesen wären. Offenbar hatte John recht, und die Dokumente waren immer dort, wo auch der Marqués war. Zu ärgerlich, dass der geheimnisvolle Schrank ohne Schlüssel nicht zugänglich war.

Bis ich diese an mich bringen und nachmachen lassen konnte, musste ich warten, bis Santa Cruz zurück war. Und das würde sicher noch eine Weile dauern.

Ich verschloss den Sekretär wieder und blickte mich noch einmal im Raum um. Die Karte an der Wand hing noch, doch sie gab keinerlei Aufschluss über die Pläne des Marqués. Es war einfach nur eine Weltkarte, auf der ich Amerika, Europa, Asien und Afrika erkennen konnte.

Die Karte, die Santa Cruz auf seinem Schreibpult ausgebreitet hatte, lag wahrscheinlich gut zusammengerollt in dem Schrank, den ich nicht aufbekommen hatte.

Ich trat den Rückzug an, schlich die Treppe hinunter und kehrte in den Gang zu den Gesindequartieren zurück. Meine Tür war schon ganz nah, als ich plötzlich ein Geräusch hörte. Schritte kamen mir entgegen! Wenig später erblickte ich einen Lichtstrahl, und als ich mich umsah, musste ich zu meinem Entsetzen feststellen, dass es ausgerechnet an dieser Stelle des Hauses keine Nische gab, in der ich mich verbergen konnte. Wer zum Teufel schlich zu dieser Zeit noch durch das Haus?

Bevor ich diese Frage beantworten konnte, musste ich

mich entscheiden. Weglaufen oder bleiben? Das war davon abhängig, wer mir da entgegenschritt. Nur musste ich die Entscheidung getroffen haben, bevor das Licht auf mich fallen konnte. Ich hatte mich gerade fürs Bleiben entschieden, da tauchte zu meiner großen Überraschung José vor mir auf. Mit ihm hätte ich am wenigsten gerechnet, aber ihn würde ich wahrscheinlich am leichtesten überzeugen können.

Er grinste mich wie immer breit an und fragte: »Wohin willst du? Etwa zu mir?«

»Zu dir? Dass ich nicht lache!«, gab ich zurück, lächelte ihn allerdings ebenfalls an. »Was suchst du eigentlich hier? Solltest du nicht im Stall sein?«

Seine Augen funkelten spitzbübisch. »Ich wollte dir etwas zeigen. Hast du Lust, es dir anzusehen?«

»Kommt ganz drauf an, was du mir zeigen willst«, entgegnete ich keck.

»Das ist eine Überraschung, Amy. Aber die bekommst du nur, wenn du mit mir gehst.«

Ich verschränkte die Arme vor der Brust und musterte ihn prüfend. »Was für eine Überraschung kannst du schon für mich haben?«

»Das wirst du sehen!« Er wusste genau, dass er mich an der Angel hatte. Lächelnd streckte er mir die Hand entgegen, wie es Geoffrey damals in Walsinghams Haus getan hatte. Allerdings ergriff ich sie nicht, sondern sagte nur: »Geh voran.«

José führte mich über den Hof zu den Ställen. Der Geruch nach Mist und Stroh sowie eine fast schon unerträgliche Wärme schlugen uns entgegen und nahmen mir für einen kurzen Augenblick den Atem. Dem Jungen machte es nichts aus, er war die Luft von der Arbeit hier gewohnt. »Komm, hier entlang!«, sagte er und führte mich an den Pferdeboxen vorbei.

Schließlich machten wir an einer Box halt, die auf den ersten Blick leer anmutete. Dann sah ich, dass ein Apfelschimmel im Stroh lag. Es war eine Stute, und neben sich hatte sie ein Fohlen. Dieses war im Gegensatz zu seiner Mutter schwarz und hatte ein so dichtes und flauschiges Fell, dass es dazu einlud, es zu berühren.

»Das ist Flor, die Lieblingsstute des Marqués«, erklärte José. »Heute Abend hat sie das Kleine zur Welt gebracht. Ist es nicht wunderschön?« José sprach von dem Pferd, als sei es ein junges Mädchen. Seine Augen glänzten, und er lächelte, als hätte er soeben seine Geliebte erblickt.

»Es ist niedlich«, entgegnete ich, denn für mich war es nur eine Stute mit einem Fohlen.

»Niedlich?«, wunderte sich José. »Dieses Wesen ist doch nicht einfach nur niedlich! Es ist ein Wunder, für das wir Gott danken sollten.«

»Danke lieber der Stute, denn die hat es die ganze Zeit mit sich herumgetragen und genährt«, gab ich zurück, und erst hinterher fiel mir ein, dass diese Worte in Josés Ohren wie Gotteslästerung klingen mussten.

Er sah mich ein wenig überrascht an, doch dann lächelte er und fragte: »Sind alle Mädchen in Schottland so frech wie du?«

»Die meisten«, gab ich zurück, obwohl ich überhaupt nicht wusste, wie die Mädchen in Schottland waren.

»Bei uns sind sie manchmal auch sehr temperamentvoll, aber du bist ganz anders. Du hast nicht umsonst feuerrote Haare, Amy.«

Bei diesen Worten blickten wir uns tief in die Augen. Ich konnte nur allzu deutlich erkennen, dass José vor Begehren brannte. Eine ganze Weile standen wir uns gegenüber, und während er wahrscheinlich all seinen Mut zusammennahm, um mich zu küssen, fragte ich mich, welchen Nutzen es haben konnte, seinem Werben nachzugeben. Wenn die Bediensteten mitbekamen, dass ich mit ihm anbandelte, würden sie das Geschwätz über mich und Santa Cruz sicher aufgeben. Außerdem würde José mir vielleicht die eine oder andere Tür öffnen, die zum Erfolg meiner Mission führte. Wenn ich ihn verführte, konnte ich ihn an der Leine führen.

Also machte ich den ersten Schritt, bevor er auf die Idee kam, mich wieder ins Haus zu bringen. Ich umfasste seinen Nacken und näherte meine Lippen seinem Mund. Darauf schien er nur gewartet zu haben, denn sofort umfing er mich und presste mich so fest an sich, dass ich jede einzelne seiner Rippen spüren konnte. Siedendheiß fielen mir die Dietriche ein. Ich durfte mich auf gar keinen Fall ganz ausziehen! José schien das Schlüsselbund unter meinem Kleid allerdings nicht zu bemerken. Ich spürte im Gegenzug sein Gemächt, und das verschaffte mir ebenfalls ein wenig Lust. José war ein hübscher Junge, warum sollte ich mir nicht ein wenig Spaß mit ihm gönnen?

Wenig später sanken wir ins Stroh. Die Dietriche drückten mich in die Seite, doch ich verschwendete keine weiteren Gedanken daran. Mit hochrotem Gesicht glitt er über mich, und mit einem Mal meinte ich, Robins Gesicht in seinem zu sehen. Das erleichterte es mir, meine Röcke hochzuziehen und José tun zu lassen, was er wollte. Mit zittrigen Händen befreite er sein Glied aus der Hose. Er hatte weder die Erfahrung von Robin noch dessen Feingefühl. Aber er war auch nicht grob, und als er schließlich in mich drang, schloss ich die Augen. Ich dachte an Robin und stellte mir vor, dass er mich gerade nahm. José stieß kraftvoll und schnell zu, so dass ich ihn zwischendurch bremsen musste. Der Schweiß klebte uns die Kleider am Leib fest, und ich hoffte in diesen Augenblicken nur, dass keiner der anderen Stallburschen heimlich vorbeikam und zusah.

Dann dachte ich nichts mehr, denn im nächsten Moment setzte jenes süße Ziehen ein, das ich mit Robin stets genossen hatte. José machte seine Sache gar nicht mal so schlecht. Wenig später ergoss er sich in mich und blieb anschließend keuchend auf mir liegen.

Sagen konnte er nichts, und ich war froh darüber. Mein Verstand wurde allmählich wieder klar, und nachdem wir eine Weile schweigend nebeneinander geruht hatten, sagte ich: »Es wäre besser, wenn wir jetzt wieder zurückgehen.«

Als wollte sie meinen Worten Nachdruck verleihen, schnaubte Flor. Ich blickte kurz zu ihr auf, und ein Gedanke formte sich in meinem Kopf. Vielleicht würde Santa Cruz mir noch mehr Vertrauen schenken, wenn ich für das Wohlergehen seiner Lieblingsstute sorgte …

»Ja, das wäre vielleicht besser.« Josés Worte schoben meine Gedanken beiseite. »Ich begleite dich.«

Wir erhoben uns aus dem Stroh, und nachdem ich unter einem Vorwand sichergestellt hatte, dass die Dietriche nicht aus meinem Kleid gerutscht waren, verließen wir den Stall. Wenn die anderen Stallburschen etwas mitbekommen hatten, besaßen sie wenigstens so viel Takt, sich nicht sehen zu lassen. Wir schlichen ins Haus zurück, ohne jemandem zu begegnen. Vor meiner Tür machten wir halt und küssten uns noch einmal, dann verschwand José in der Dunkelheit.

Die ganze Nacht über lag ich wach und zermarterte mir das Hirn darüber, wie ich am besten an die Schlüssel kommen konnte. Santa Cruz trug sie bestimmt immer bei sich, und wenn nicht, gab er sie Maria zur Verwahrung. Die Haushälterin unbemerkt zu bestehlen, würde sicher sehr schwierig werden – doch was war mit dem Hausherrn selbst?

Das, was sich in seinen Privaträumen abgespielt hatte, ließ gewisse Absichten erkennen – und ich hatte nicht vor, ihn zurückzuweisen. Wenn es so weit war, konnte ich es mit Santa Cruz vielleicht genauso machen wie damals mit Montserrat. Wenn er mich in sein Bett holte und dann von einer Dosis Schlafmittel in die Kissen geworfen wurde, gelangte ich ungehindert an seine Schlüssel. Ich konnte mich mit Gifford treffen und ihn einen Abdruck davon machen lassen. Danach würde ich den Schlüssel wieder zurückbringen, ohne dass Santa Cruz etwas merkte.

Es war ein gefährliches Vorhaben, das genauer Planung bedurfte, denn noch durfte ich meinen Aufenthalt hier nicht riskieren. Aber es schien mir der erste Schritt in die richtige Richtung zu sein, und an die Vorbereitungen wollte ich mich gleich am nächsten Tag machen.

In der Erwartung, dass alles noch beim Alten war, ging ich am nächsten Morgen in die Küche. Der Himmel war zwar bewölkt, aber die Temperatur war gestiegen. Der Frühling gab uns einen ersten Vorgeschmack. Bisher war es keinen Tag so kalt gewesen, dass man es nicht ausgehalten hätte. Doch jetzt wurde offenbar alles anders. Die Luft sättigte sich mit Staub, auch wenn vom Meer her weiterhin eine frische Brise herüberwehte. Alles schien noch heller zu werden, als es ohnehin schon war. Licht war nicht unbedingt der Freund des Diebes, doch in diesem Fall war es mir recht, denn es war, als würde die Wärme meinen Verstand beflügeln.

So, wie sich das Klima draußen gewandelt hatte, änderte es sich auch in der Küche. José hatte mir versprochen, seiner

Mutter gegenüber nichts von unserer Liebesnacht zu erwähnen, aber irgendetwas musste er gesagt haben. Etwas, das Maria von dem Verdacht abbrachte, dass ich die Hure des Marqués werden wollte.

»Komm, mein Kind, schäl die Orangen«, sagte sie mit einem Lächeln und schob mir die Schüssel und ein Messer so zu, dass ich mich ihr direkt gegenüberstellen musste.

Ich begann mit meiner Arbeit und schlitzte die orangefarbene Haut der Früchte auf. Der säuerliche Geruch der Schale stieg mir in die Nase, und unwillkürlich lief mir das Wasser im Mund zusammen.

»Mein Sohn hat mir erzählt, dass ihr euch gestern Abend das neue Fohlen angesehen habt«, begann Maria, nachdem sie mich eine Weile gemustert hatte.

Ich nickte und fragte mich, was jetzt kommen würde. »Ja, das haben wir. Es ist sehr hübsch.«

»José mag dich sehr.«

Sosehr ich mich auch freute, dass sie ihren Groll mir gegenüber fallengelassen hatte, das Gespräch war mir irgendwie unangenehm. »Ich mag ihn auch, er ist sehr lustig.«

Meine Worte zauberten ein Lächeln auf Marias Gesicht. »Es wird ihn freuen, dass du so denkst. Ich will dir nur sagen, dass ich nichts dagegen habe, wenn du mit ihm sprichst oder dich von ihm begleiten lässt.«

»Das ist sehr freundlich von Euch.« Ich lächelte sie an, und nachdem wir uns eine Weile schweigend gemustert hatten, widmeten wir uns wieder der Arbeit.

Als die anderen Mägde hereinkamen, konnte ich auf ihren Gesichtern Schadenfreude sehen, denn sie waren sicher, dass Maria mich auch heute schikanieren würde. Doch als sie merkten, dass wir einträchtig voreinander standen und Orangen schälten, verschwand ihre Freude sofort. Ich wusste, dass sie sich jetzt ein anderes Thema für ihren Klatsch suchen mussten, denn Maria würde Geschwätz über ihren Sohn ganz sicher nicht dulden.

Als ich die Küche verließ, um Wasser zu holen, lief mir José über den Weg. Er winkte mir zu, und aus dem Blick, den er mir zuwarf, konnte ich herauslesen, dass er eine Wiederholung der vergangenen Nacht wünschte. Und dass er dabei war, sich in mich zu verlieben. Ich hatte nicht gelogen, als ich seiner Mutter sagte, dass ich ihn auch mochte, aber diesmal wollte ich Walsinghams Ratschlag befolgen. Ich verschloss mein Herz und dachte nur daran, wie ich mir Josés Liebe zunutze machen konnte.

71. Kapitel

Für die nächsten Tage nahm ich mir vor, irgendeine Gelegenheit zu finden, um mich mit Gifford zu treffen. Wieder einmal war Waschtag, und ich beschloss, die Gelegenheit zu nutzen und mich heimlich vom Wäscheplatz zu stehlen. Natürlich würde ich zuerst die Wäsche aufhängen, denn wenn die Laken erst einmal auf den Leinen waren, war nur schwer zu erkennen, ob ich noch dort war oder nicht. Bis zum Marktplatz war es nicht besonders weit. Wenn ich rannte, konnte ich innerhalb weniger Minuten dort sein. Kaum hatte ich meine Arbeit beendet, schoss eine Gestalt zwischen den Laken hervor und packte mich. Ich wollte mich bereits verteidigen, sah dann aber, dass es José war.

»Was habe ich denn hier gefangen?«, fragte er lachend,

zog mich hinter dem Laken hervor und wirbelte mich im Kreis herum.

Ich juchzte auf und versuchte, mich aus seinem Griff zu befreien, aber das erlaubte er nicht. »José, lass mich los, du drückst mir ja die Luft ab!«

Endlich setzte er mich wieder ab. »Nun, hast du Neuigkeiten für mich?«

»Das frage ich dich. Du hast es deiner Mutter erzählt.«

»Ich habe ihr nur erzählt, dass wir im Stall waren und ich dir das Fohlen gezeigt habe. Alles andere habe ich ihr verschwiegen.«

»Sie scheint dennoch etwas zu ahnen.« Ich berichtete ihm von den zustimmenden Worten seiner Mutter

»Sie scheint dich zu mögen«, entgegnete José mit einem breiten Grinsen.

Offenbar hatte er nicht mitbekommen, dass sie wegen Santa Cruz böse auf mich gewesen war. Wahrscheinlich hatte sie nur deshalb eine gute Meinung von mir, weil ich mir von ihrem Sohn den Hof machen ließ.

José zog mich in seine Arme. Wir küssten uns eine ganze Weile, dann stieß ich ihn sanft zurück. »Was sollen denn die Wächter denken, wenn sie uns sehen!«

»Glaub mir, diese Seite des Hauses schert sie nicht. Hier gibt es doch nur Wiese und Meer. Die Wächter haben lieber die Straße im Blick, für den Fall, dass die Engländer kommen.«

Er lachte auf, und ich stimmte in sein Lachen ein. Im Geiste merkte ich mir allerdings diese Information. Sie könnte wichtig sein, um Gifford unbemerkt herzubestellen. Doch darüber musste ich später weiter nachdenken.

»Was ist eigentlich mit deinen Eltern?«, fragte José und forderte damit wieder all meine Aufmerksamkeit.

»Sie sind tot«, antwortete ich und sah, dass seine Augen ein wenig traurig wurden.

»Das tut mir leid.« Er streichelte mir sanft über die Wange, dann fragte er: »Willst du hören, was mit meinem Vater ist?«

Sein Vorstoß überraschte mich. Natürlich hatte ich mir diese Frage gelegentlich gestellt. Maria verlor nie ein Wort darüber, und ich hatte angesichts ihrer schwarzen Kleidung angenommen, dass ihr Mann gestorben sei. Aber es verhielt sich ganz anders.

»Mein Vater hat sich aus dem Staub gemacht, als meine Mutter schwanger war. Jedenfalls hat sie es mir so erzählt«, berichtete José, ohne meine Antwort abzuwarten. »Ich habe ihn nie kennengelernt. Der Marqués von Santa Cruz war so gnädig, sie trotzdem in seine Dienste aufzunehmen. Er hat sie damit vor Schande bewahrt.«

Dieses seltsame Geständnis verwunderte mich. »Warum erzählst du mir das?«, wollte ich wissen.

Nachdem José einen Moment lang seine Stiefelspitzen angestarrt hatte, antwortete er: »Ich meine nur, falls wir gestern ... falls du ein Kind bekommst, werde ich dich selbstverständlich heiraten.«

Ich sah ihn mit großen Augen an. »Du willst was?«

»Dich heiraten. Du glaubst doch wohl nicht, dass ich dich in Schande zurücklasse, wie es mein Vater mit meiner Mutter getan hat.«

Das war sehr ehrenvoll von ihm. Aber es war nicht nötig.

»Was das Kind angeht, mach dir keine Sorgen. Ich bin mir sicher, dass ich keines bekommen werde.«

»Woher willst du das wissen?«

»Ich bin eine Frau!« Ich konnte ihm schlecht erzählen, dass ich die fruchtbaren Tage auszählte, das hätte mich in seinen Augen sicher zu einer Hexe gestempelt, zumal ich rotes Haar hatte. »Wenn ich meinen Körper nicht kenne, wer dann?«

José setzte ein breites Grinsen auf. Nun ja, er kannte ihn jetzt auch, dennoch war es ein himmelweiter Unterschied.

»Wie du meinst. Falls du dich irrst, werde ich dich jedenfalls nicht im Stich lassen.« Er zog mich in die Arme und küsste mich.

»Bitte versprich mir eines, erzähl das deiner Mutter nicht«, bat ich ihn, als sich unsere Lippen wieder trennten, denn ich wollte nicht schon am nächsten Sonntag vor den Traualtar geschleppt werden. »Versprochen.«

»Gut. Vielleicht werden wir irgendwann heiraten. Lass uns noch ein wenig Zeit.« Ich strich ihm zärtlich über die Wange und sah ihn nicken.

»Ja, das wäre wohl das Beste.« Er lächelte mich an und gab mir einen Kuss, dann wandte er sich um und ging zu den Ställen.

Meine Liebesnacht mit ihm sollte jedenfalls nicht umsonst gewesen sein. Ein Kind bekam ich tatsächlich nicht – ich hätte mich niemals mit ihm eingelassen, wenn auch nur die geringste Gefahr bestanden hätte, doch dafür erhielt ich sehr viele Informationen über die Angestellten und natürlich den Marqués. Zwar wären die Neuigkeiten nicht für England von Nutzen gewesen, dafür erleichterten sie mir sehr den Umgang mit den anderen Bediensteten. Ich wusste nun, dass Carmen gern heimlich Sahne abschöpfte, wenn sie die Kühe melken musste. Rosa war dagegen so vernarrt in Pfirsiche, dass sie schon mal mit einem Burschen im Heu verschwand, nur um diese Köstlichkeiten genießen zu können. Pedro, der Stallmeister, war keineswegs allein, er zog es nur vor, im Haus des Marqués zu schlafen, weil ihm die Streitsucht seiner Frau zusetzte.

Zu den wichtigeren Dingen gehörte das Wissen um die Wachposten und ihre Vorliebe für gewürzten Wein, der hier wesentlich stärker war als in England. Zuweilen kam es vor, dass die Wachhabenden so fest einschliefen, dass man ihnen, wie José meinte, den Degen aus der Scheide stehlen konnte. Das war durchaus eine brauchbare Information. Abgesehen von dem, was er erzählte, gefiel mir José einfach. Er konnte sich mit Robin nicht messen, aber sein Lachen und seine Warmherzigkeit trösteten mich ein wenig über den Verlust meines Geliebten hinweg. Ich wusste, dass ich die Güte des Spaniers missbrauchte, doch mein Gewissen war in den Augenblicken, wenn er bei mir war, sehr leise, und ich genoss es, begehrt zu werden.

Die Tage vergingen wie im Flug, bis sich erneut die Gelegenheit ergab zum Marktplatz zu gelangen und Gifford zu treffen. Als ich eines Morgens in die Küche kam, drückte mir Maria gutgelaunt einen Holzeimer in die Hand.

»Geh zum Marktplatz und hol mir einen Fisch, den größten, den du bekommen kannst. Außerdem Muscheln und Gemüse!«

Ich fragte mich, welchen Anlass es wohl für solch ein Festmahl gab, doch ich fragte nicht lange, sondern nickte und machte mich sogleich auf den Weg.

Auf dem Marktplatz war das Gewimmel diesmal nicht ganz so dicht, dafür der Geruch von Fisch umso schlimmer. Wahrscheinlich hielten die Spanier es bei den weiterhin steigenden Temperaturen für besser, sich um die Mittagszeit nicht nach draußen zu wagen. Auf dem Weg zum Fischhändler hielt ich nach dem Bettler Gifford Ausschau, konnte ihn allerdings in der Schar der um Almosen bittenden Männer nicht ausmachen. Am Stand angekommen, bat ich um den größten Fisch, den der Händler hatte, und fügte hinzu, dass er mir keinen alten geben möge, der stundenlang kochen musste. Während der Mann mit nackten Armen in dem Bottich herumangelte und schließlich ein nur noch schwach zappelndes Exemplar herausfischte, um ihm mit einem Hammer den letzten Rest Leben auszutreiben, blickte ich mich um. Noch immer keine Spur von Gifford. Kein eitler Geck, kein Bettler. Welche Verkleidung mochte er diesmal gewählt haben? Etwa die der etwas schwerfällig gehenden Bäuerin? Oder die eines Ordensbruders? »Hier, Señorita!«, riss mich der Händler aus meiner Beobachtung fort und reichte mir den Eimer mit dem Fisch. »Darf es sonst noch etwas sein?«

Ich ließ mir von ihm noch ein paar Muscheln geben, und nachdem er sie in ein feuchtes Tuch verpackt hatte, sagte er: »Bestellt Maria einen Gruß von mir!«

»Das werde ich tun«, versprach ich und kehrte dem Händler den Rücken.

Mein nächstes Ziel war der Gemüsestand, vorher betrachtete ich aber noch einmal alle in Frage kommenden Verdächtigen. Die Bäuerin war inzwischen an mir vorbei. Sie ging ein wenig vornüber, und da ihr Rock am hinteren Ende etwas kürzer zu sein schien, konnte ich einen Blick auf ihre wassersuchtgeplagten Beine werfen. Damit schied sie aus. Blieb mir nur, die Bettler noch einmal eingehend zu mustern und dann meinen Weg fortzusetzen.

Am Gemüsestand empfing mich ein sehr schnell sprechender Mann, den ich nur mit Mühe verstehen konnte. Ich zeigte ihm, was ich wollte, oder besser gesagt, was ich an Gemüse kannte, und ließ mir noch einige Dinge zum Probieren mitgeben, ebenfalls mit den besten Empfehlungen für Maria. Ich wandte mich um und ließ den Blick erneut über den Platz schweifen. Um den einzelnen Mönch sammelten sich weitere, er war also auch nicht mein Mann. Und die Bettler?

Sie zogen sich, da ihnen in der Sonne wohl zu warm wurde, in den Schatten zurück. Dabei sah ich ihre beulenbedeckten Arme und schwärigen Beine und wusste, dass Gifford diesmal auch nicht unter ihnen war.

Ich konnte mir ein Seufzen nicht verkneifen, und ein Blick auf den Fisch im Eimer sagte mir, dass ich nun besser zum Haus zurückkehren sollte, wenn ich Marias gute Stimmung nicht durch einen stinkenden Fisch trüben wollte.

Ich näherte mich also den Stufen, die hinauf zu der Straße führten, und sann darüber nach, wie ich Gifford erreichen konnte.

Da spürte ich einen Atemhauch in meinem Nacken, und die Worte, die ihm folgten, waren kaum mehr als ein Flüstern. »Nun, meine Schöne, was hast du auf dem Herzen? Ich nehme doch mal an, dass du mich gesucht hast.«

Gifford! Er hatte mich also ausgemacht. Auch wenn ich mich ein wenig darüber ärgerte, dass er mir zuvorgekommen war, so war ich doch froh, ihn zu sehen. Ich antwortete zunächst nichts und lief stattdessen los. Gifford erkannte meine Absicht, möglichst ohne Zuhörer sein zu wollen, und folgte mir wie ein aufdringlicher Verehrer. Nur dass er diesmal kein so großes Getöse machte wie vor der Kirche. Als wir weit genug von den anderen entfernt waren, blieb ich stehen und fragte: »Wie lange würdet Ihr brauchen, um ein paar Schlüssel nachmachen zu lassen?«

Gifford zog die Brauen hoch. Heute trug er die Kleidung eines ganz normalen Bürgers, braunes Tuch, das ihn in jeder beliebig großen Menschenmenge unsichtbar werden ließ.

»Ein paar Tage wird es schon dauern. Was sind das für Schlüssel?«

Bevor ich antwortete, sah ich mich noch einmal um, für den Fall, dass in unserer Nähe doch jemand lange Ohren machte. »Im Kabinett des Marqués steht ein Schrank, der mit drei Schlössern gesichert ist. Ich bin mir sicher, dass er dort seine Karten und Unterlagen aufbewahrt. Gestern habe ich vergeblich versucht, ihn mit meinen Dietrichen zu öffnen. Das Schloss ist anscheinend eine Spezialanfertigung.«

»Sicher ein kleines Geschenk des florentinischen Herzogs. Die Italiener sind nicht nur berüchtigt für ihr Gift, sondern auch für ihre Schlösser.«

»Wo Ihr gerade von Gift sprecht, ich hätte da noch eine zweite Bitte. Seid Ihr vertraut mit Walsinghams Schlafmittel?«

Gifford nickte, und ein Lächeln schlich sich auf seine Züge. Er schien zu ahnen, was ich vorhatte. »Du willst den Marqués außer Gefecht setzen?«

Wieder blickte ich mich so unauffällig wie möglich um. »Nur so komme ich an die Schlüssel, denn er trägt sie immer bei sich. Er pflegt Wein vor dem Schlafengehen zu trinken. Ich könnte es ihm dort hineintun, aber dazu darf es den Geschmack des Weins nicht verändern.«

»Als Nächstes verlangst du sicher, dass es ihn auch nicht umbringen darf.«

»Genau. Es wäre übrigens das Beste, wenn Ihr vor Ort einen Abdruck von dem Schlüssel nehmen könntet. Ich werde sie gleich wieder zurückbringen müssen.«

»Das wird sich machen lassen.«

»Die Masse, mit der Ihr den Abdruck nehmt, darf sich aber nicht schwer entfernen lassen.«

Gifford nickte. »Ich werde dem Schlüsselmacher einfach erzählen, dass mir der Schlüssel ins Wasser gefallen ist, und ihn mit ein paar Golddublonen zur Eile antreiben.«

»Ihr solltet sagen, dass Euer Eheweib ein Teufel ist und wütend werden wird, wenn Ihr den Schlüssel zu ihrem Schatzkästchen nicht sofort wiederbringt.«

»Keine schlechte Idee. Ich wusste gar nicht, dass du schon so gut über den Charakter von Ehefrauen Bescheid weißt.«

»Ich bin nicht nur hier, um nach Schlüsseln Ausschau zu halten.«

»Dein Ehemann möchte ich ja nicht sein, wenn du jetzt schon solche Finten an den Tag legst.«

»Wer sagt denn, dass ich Euch heiraten würde?«, entgegnete ich unwirsch, und mit einem Mal überkam mich ein seltsames Gefühl. Vermutlich war es die Traurigkeit darüber, dass Walsingham es mir nicht erlauben würde, zu heiraten. Doch ich fing mich sehr schnell wieder, denn ich wollte nichts weiter als heil aus dieser Sache herauskommen. So ungern ich es noch vor einigen Wochen zugegeben hätte, Sir Francis hatte recht: Bei einem Auftrag wie diesem mussten der Kopf und das Herz frei sein.

»Wann willst du deinen Plan in die Tat umsetzen?«, fragte mich Gifford. Offenbar merkte auch er, dass wir mit unserem Geschwätz nur Zeit verloren.

»Sobald der Marqués zurück ist.«

»Stimmt, er hat sich auf den Weg zu den Azoren gemacht. Also wird er wohl vor Ostern nicht wieder da sein.«

»Ihr solltet Euch trotzdem beeilen, Gifford. Da wir nicht wissen, wie lange er bleiben wird, muss ich ihm die Schlüssel gleich nach seiner Rückkehr abnehmen.«

»Keine Sorge, ich werde alles arrangieren. Und jetzt solltest du gehen, sonst fängt der Fisch noch an zu stinken.«

72. Kapitel

Beinahe zwei Wochen vergingen, und obwohl ich überall die Augen aufhielt, tauchte Gifford nicht auf. Der Schlaftrunk war wohl doch schlechter herzustellen, als ich dachte. Ich wusste auch nicht, wie er ihn ausprobieren sollte, aber das war seine Sorge. Er war mein Komplize bei diesem Unternehmen, und als solcher musste er dafür sorgen, dass ich die Sachen bekam, die ich zur erfolgreichen Ausführung brauchte.

Glücklicherweise hatte José momentan nur wenig Zeit für mich, da demnächst die Feiern zur Semana Santa, der heiligen Karwoche, stattfanden, die in Cádiz immer mit einem großen Umzug begangen wurde. Maria war einige Tage zuvor mit der Nachricht in die Küche gekommen. Sie platzte fast vor Stolz, als sie uns berichtete, dass ihr Sohn ausgewählt worden war, bei den Prozessionen mitzureiten. Eigentlich stand dieses Privileg nur Bürgerssöhnen zu, was mich zu der Vermutung veranlasste, dass sein Vater ein gutsituierter Mann war. Oder vielleicht Santa Cruz selbst?

Ich erinnerte mich an Marias Gesichtsausdruck, als ich zum Marqués kommen sollte – und an ihren Zorn danach. Hatte Eifersucht sie dazu getrieben? Hatten sie früher, als die beiden noch jung waren, ein Verhältnis miteinander, dem José entsprungen war? Ich konnte mir nicht vorstellen, dass Santa Cruz aus reiner Mildtätigkeit eine Frau in seine Dienste aufnahm, die in Unehre gefallen war. Auch war es unwahrscheinlich, dass er einer vermeintlichen Dirne seine Schlüssel anvertraute. Es sei denn, sie war seine Geliebte. All das würde wahrscheinlich nur Vermutung bleiben. Maria würde dieses Geheimnis sicher erst auflösen, wenn sie auf dem Sterbebett lag. Oder sie nahm es mit ins Grab.

Da José an den Proben für den Festumzug teilnahm, konnte er sich nicht beschweren, dass ich mich nicht um ihn kümmerte. Ich nutzte die Zeit, um mich auf die Übergabe des Schlüssels vorzubereiten. Auch an diesem Abend nahm ich mir vor, mich aus dem Haus zu schleichen. Doch die Dinge wurden komplizierter, denn am Nachmittag kehrte Álvaro de Bazán zurück. Ich befürchtete schon, dass er mich wieder zu einem Gespräch rufen würde, aber zu meiner Erleichterung bekam ich den Marqués nur kurz zu Gesicht. Wie es aussah, hatte er sich sehr viel Arbeit von den Azoren mitgebracht, und zwar solche, die im Verborgenen erledigt werden musste. Er schloss sich Tag und Nacht im Kabinett ein und verlangte zwar Wein, hieß mich oder Maria allerdings jedes Mal, das Tablett vor der Tür abzustellen.

Meine Neugierde wuchs beständig, doch ich zügelte mich. Wenn meine Aktion gelingen sollte, musste ich einen kühlen Kopf bewahren. Die Informationen, die er in seinem Schrank versteckte, würde ich mit Sicherheit bekommen. Die Vorbereitungen dazu waren getroffen, jetzt brauchte ich nur noch das Schlafmittel. Und eine gute Idee, wie ich zu Santa Cruz vordringen konnte. Auf die trunkene Stimmung der Osterfeiertage wollte ich mich lieber nicht verlassen. Der Marqués war pflichtbewusst, er würde sich gewiss nicht bis zur Bewusstlosigkeit betrinken. Vielleicht trank er ja immerhin so viel, dass er mich wieder zu einem Gespräch bestellte. Leider blieb der Schlaftrunk auch an diesem Abend aus. Ich stand eine ganze Weile vor dem Fenster der Waschküche und blickte auf die Straße hinaus, doch Gifford erschien nicht. Dafür entdeckte José mich wieder einmal.

»Wen suchst du denn noch so spät hier draußen?«, fragte er, als ich nach draußen trat, und obwohl ich so tat, als hätte ich ihn nicht gehört, hatte ich sehr wohl seine Schritte vernommen.

Ich wandte mich um und lächelte ihn an. »Nach wem sollte ich wohl suchen – nach dir natürlich!«

»Willst du wieder mit mir ins Heu?«

»Nein, ich wollte dich sehen. Im Moment bin ich unpässlich.« Das stimmte zwar nicht so ganz, aber ich hielt es für eine gute Ausrede, um ihn loszuwerden.

»Also bist du nicht schwanger.«

Klang er ein wenig enttäuscht?

Ich schüttelte den Kopf. »Nein, wie ich es dir gesagt habe.«

»Wenn wir erst verheiratet sind, muss ich mich wohl ein bisschen mehr anstrengen«, sagte er und küsste mich erneut.

»Das will ich hoffen«, entgegnete ich mit zuckersüßem Lächeln und zerzauste ihm das Haar. Ich ahnte allerdings, dass er sich nicht nur nach meinem Zustand erkundigen wollte.

»Vielleicht magst du mir ja ein kleines Sträußchen für die Prozession binden. Alle jungen Männer, die mitreiten, bekommen von ihren Mädchen einen Strauß an das Zaumzeug ihres Pferdes gesteckt.«

»Bin ich denn dein Mädchen?«, fragte ich keck. Im Stillen dankte ich ihm für diese Information. Sicher kannte der Großadmiral sie ebenfalls, und mir kam spontan eine Idee.

»Ich denke ja, oder hat sich da inzwischen etwas geändert?« Er sagte es scherzhaft, doch ich spürte, dass er ein wenig unsicher war.

»Natürlich hat sich nichts geändert, du Dummkopf«, sagte ich und strich ihm über die Wange. »Lass dich überraschen.«

José strahlte mich daraufhin an, als hätte ich ihm damit bereits eine Zusage gegeben. Es stimmte ja auch, ich würde ihn nicht enttäuschen – denn wenn ich Blumen für ihn sammelte, konnte ich meinen Plan unauffällig in die Tat umsetzen.

Wie ich festgestellt hatte, war Santa Cruz kein Mann, der sich leichtfertig zu irgendwelchen Dummheiten hinreißen ließ. Abgesehen davon war er in einem Alter, in dem ihm nicht mehr jede schöne Frau den Kopf verdrehte. Unser Gespräch war zwar intim gewesen, aber nicht in einer Weise, wie es Mann und Frau führten, wenn sie einander begehrten. Er hatte freundschaftliches Interesse an mir gezeigt, nichts weiter. Aber vielleicht konnte ich ihn dazu bewegen, mir sein Vertrauen zu schenken. Vielleicht würde er mich dann nahe genug an sich heranlassen.

Vorerst hing jedoch alles von Gifford ab.

José und ich blieben noch eine Weile draußen und schlenderten über die Wiese. Wenn er nicht hinsah, hielt ich nach Gifford Ausschau – vergeblich. Zunächst redete ich mir ein, dass er sich mir wegen José nicht zu erkennen gegeben hatte. Doch dann wurde mir klar, dass ich mich weiter in Geduld üben musste.

Am nächsten Morgen, genau einen Tag vor Beginn der Prozession, machte ich mich auf die Suche nach geeigneten Blumen für Josés Sträußchen. Carmen und Rosa hatten ebenfalls vor, Sträuße für junge Männer zu binden, die ihnen den Hof machten. Es waren keine Angestellten von Santa Cruz, sondern Burschen aus der Stadt. Carmen lobte ihren Carlos in den höchsten Tönen, während Rosa sich nicht entscheiden konnte, ob sie für Mario oder Nicola einen Strauß binden sollte. Ich hätte ihr gern geraten, es für denjenigen zu tun, der die besten Pfirsiche hatte, allerdings war ich klug genug zu schweigen.

Noch vor ein paar Wochen hatten die beiden mich gemieden wie einen fauligen Knochen, doch jetzt, da klar war, dass José sich um mich bemühte, sahen sie mich beinahe als ihresgleichen an – auch wenn ich noch immer die *extranjera* war.

»Du bindest deinen Strauß für José, nicht wahr?«, fragte mich Carmen, als wir die Wiesen in der Nähe der Stadt absuchten.

Ich nickte.

»Er hat es heute schon ganz stolz im Stall verkündet!«, pflichtete ihr Rosa bei. »Ramon hat es mir erzählt.« Ramon war einer der Stallburschen und hatte ein ziemlich loses Mundwerk. »Du hättest ihn ein wenig mehr auf die Folter spannen müssen, anstatt es ihm gleich zu verraten.«

»Wenn er mir nichts davon gesagt hätte, hätte ich es gar nicht erst gewusst«, entgegnete ich. »In meiner Heimat gibt es diesen Brauch nicht.«

»Stimmt, du kommst ja aus Schottland!«, fiel es Carmen wieder ein. »So gut, wie du unsere Sprache sprichst, kann man das schnell vergessen. Tragen die Männer in deiner Heimat wirklich Röcke?«

»Und nichts drunter?« Die Augen der lüsternen Rosa funkelten.

»Genauso ist es«, antwortete ich, obwohl ich es nicht sicher wusste, und fügte hinzu, was Rosa wohl hören wollte.

»Da brauchen sie nicht an ihren Hosen zu nesteln, wenn sie mit ihrem Mädchen im Stroh verschwinden.«

Rosa lächelte selig, doch bevor sie sich weiter unzüchtigen Gedanken hingeben konnte, knuffte Carmen sie in die Seite. »Denk lieber an deinen Mario und sammle Blumen.«

Rosa seufzte und suchte gehorsam die Wiese ab, doch ihren Mund konnte sie nicht halten. »Wo hast du eigentlich unsere Muttersprache gelernt?«, fragte sie neugierig.

»Von meiner Königin«, erwiderte ich. »Während ihrer Gefangenschaft hat sie es uns beigebracht. Sie wollte uns vorbereiten für den Fall, dass wir ins Exil müssen.«

Ich fragte mich, wie Sarah bei diesen Worten reagiert hätte, und um mein Schauspiel zu vollenden, senkte ich den Kopf und schluchzte. Ohne hinzusehen war mir klar, dass die beiden Mägde mich mitleidig betrachteten. Sie wussten nicht, was sie dazu sagen sollten, denn sie hatten noch nie eine Königin verloren. Um mich zu trösten, führten sie mich an eine Stelle, an der die schönsten Blumen wuchsen, und sie zeigten mir auch, wie man sie am besten frisch halten konnte.

Am Abend dann, nachdem unsere Arbeit getan war, ging ich in mein Zimmer. Ich band zwei Sträuße, garnierte den einen mit einer ganz besonderen Zutat und legte sie dann aufs Bett. Wieder gingen mir zahlreiche Gedanken durch den Kopf, am meisten machte ich mir Sorgen wegen Gifford. Gab es denn wirklich niemanden in ganz Cádiz, der dieses Betäubungsmittel herstellen konnte? Oder hatten ihn die Spanier erwischt? Esteban war immerhin in der Nähe gewesen.

Ein Aspekt, mit dem ich mich zuvor noch nicht beschäftigt hatte, kam mir plötzlich in den Sinn, während ich auf das mondbeschienene Fenster starrte. Was war, wenn Gifford getötet wurde? Er war zwar ein guter Spion, aber nicht unverwundbar. Was war, wenn ich mittlerweile ganz allein war und mich nicht mehr auf Hilfe verlassen konnte? Dann würde mir wohl nichts anderes übrigbleiben, als gleich zu versuchen, die Karten zu stehlen. Santa Cruz musste ich dazu nur niederschlagen …

Wenn ich ehrlich war, gefiel mir diese Variante des Plans nicht. Schließlich wusste ich nicht mal, ob das, was sich im Schrank befand, wertvoll für uns war. Wenn ich den Marqués angriff, würde ich nicht länger hierbleiben können. Sollte ich im Schrank nicht das finden, was ich suchte, hatte ich versagt, und die Mission war ruiniert. Nein, ich musste ruhig und bedacht vorgehen.

73. Kapitel

Gleich am frühen Morgen schlich ich mich in den Stall. Ich schmückte Josés Pferd, wie er es von mir erwartete – und danach schmückte ich Flor. Sie war eine sehr gutmütige Stute, und ihr Fell fühlte sich noch schöner an, als es aussah. Das Füllen beäugte mich neugierig, und ich hoffte nur, dass es nicht die Blumen anknabbern würde, denn eine Zutat in dem Strauß war ziemlich unbekömmlich. Damit sich die Stallburschen und auch Maria nicht wunderten, woher das Sträußlein kam, verbarg ich es halb unter Flors dichter Mähne. Wenn der Marqués in den Sattel stieg, würde er es bemerken, doch jemand, der von der Seite auf das Tier blickte, konnte es nicht ausmachen. Als ich fertig war, kehrte ich ins Haus zurück, das allmählich erwachte.

Nach dem morgendlichen Gebet bereiteten wir uns auf die Prozession vor. Maria hieß uns Mägde, unsere besten

Kleider anzuziehen. Ich nahm jenes, das ich von Walsinghams Tochter hatte, obwohl es nicht mehr so recht passte. Ich zwängte mich hinein, und als ich an mir hinabsah, stellte ich zu meiner Zufriedenheit fest, dass mein Busen nicht mal übel aussah.

Anschließend nahmen wir auf dem Hof Aufstellung, um die Reiter zu verabschieden. José strahlte mit der hellen Frühlingssonne um die Wette, denn mein Sträußlein gefiel ihm offenbar sehr. Ich hatte es absichtlich anders gebunden als das von Santa Cruz, damit kein Verdacht aufkam. Als der Marqués, in würdevolles Schwarz gekleidet und mit blank geputzten, hohen Stiefeln, schließlich in den Sattel stieg, bemerkte er wie von mir geplant das Sträußlein. Selbst auf die Entfernung hin konnte ich sehen, wie sich seine Augen überrascht weiteten. Ob er zunächst an eine andere der Mägde dachte, wusste ich nicht, doch zur Sicherheit hatte ich in das Sträußlein die goldene Haarnadel von Maria Stuart gebunden. Er wirkte erstaunt über das Geschenk, aber ich war mir sicher, dass es sich lohnen würde. Souverän wie immer hob er die Hand, und wenig später setzte sich der Zug in Bewegung. Als er an uns vorbeiritt, senkte ich den Blick, spürte aber, dass er mich ansah.

Kaum waren die Reiter aus dem Tor, schlossen wir uns ihnen an und mischten uns unter die Schaulustigen, die in dichten Menschentrauben die Straßen säumten. Die Glocken der Iglesia de Santa Cruz begannen zu läuten – das Zeichen, dass es endlich losging. Links und rechts von mir stimmten die Menschen in laute Gebete ein. Die Rosenkränze machten ihre Runden in unzähligen Händen, immer wieder bekreuzigten sie sich. Dann kam der Zug der Büßer, und mit einem Mal wurde es still ringsherum. Gesänge begleiteten die Läufer und Reiter, und schon bald hallten sie laut von den Hauswänden wider.

Noch während die Osterprozession an uns vorbeizog, tauchte Gifford neben mir auf, allerdings nicht als liebeskranker Poet, Bürger oder Bettler. Zu meinem großen Erstaunen hatte er sich in Frauenkleider gehüllt.

»Was meinst du zu meinem Aufzug?«, fragte er mich auf Französisch und grinste mich an.

»Ihr gebt eine vortreffliche Matrone ab«, entgegnete ich ebenso auf Französisch, wenngleich es mir nicht so flüssig über die Lippen ging wie das Spanische. »Nur mit dem Rasiermesser hättet Ihr sorgfältiger umgehen sollen. Es sind noch einige Stoppeln auf Eurem Gesicht.«

Es war Gifford anzusehen, dass er nur schwerlich an sich halten konnte, sich ans Kinn zu greifen. »Ich hatte auch nicht vor, auf Männer anziehend zu wirken.«

»Wirklich nicht?«, entgegnete ich und deutete auf einen Mann vor mir, der sich immer wieder zu uns umdrehte und Gifford breit anlächelte. Wie ich bemerkt hatte, wohnten der Prozession einige Ausländer bei, es fiel also nicht auf, dass wir uns in einer fremden Sprache unterhielten. »Ich glaube, der da ist sehr an Euch interessiert«, flüsterte ich. »Würde mich nicht wundern, wenn er Euch nach der Prozession ansprächte.«

Wie zur Bestätigung meiner Worte spitzte der Mann die Lippen zu einem Kussmund.

»Glaub mir, so lange habe ich nicht vor zu bleiben.« Gifford nickte dem Fremden spöttisch zu, und dieser nahm den Gruß durchaus ernst. Doch dank des Gedränges konnte er nicht zu uns kommen, was der Meisterspion natürlich bedacht hatte.

»Hier habe ich übrigens, wonach du verlangt hast. Ich hoffe, du bereitest Santa Cruz damit eine angenehme Nacht.« Mit diesen Worten reichte er mir ein Lederbeutelchen, in dem sich eine Flasche befand.

Ich verstaute es unter meinem Mieder. »Das wurde aber auch Zeit! Ich dachte schon, Ihr wolltet mich im Stich lassen.«

»Es war nur schwer zu bekommen, ich musste dem Apotheker schon eine stattliche Summe geben, damit er es mir angemischt hat. Verschwende es nicht.«

»Ich werde mich hüten.«

»Leider hat der gute Mann es nicht hinbekommen, dass der Geschmack des Weins nicht verfälscht wird. Mit etwas mehr Zeit wäre es vielleicht gegangen, aber ich musste ihn ja zur Eile drängen.

»Keine Sorge, ich werde es ihm schon irgendwie verabreichen. Gibt es bei der Dosierung etwas zu beachten?«

»Es ist nicht tödlich, wenn man zu viel nimmt, trotzdem solltest du es in Maßen anwenden. Sonst wird er am Ende noch für scheintot gehalten und womöglich lebendig begraben.«

Ich konnte Gifford ansehen, dass ihm diese Vorstellung sehr gefiel. Aber der Marqués gehörte zu den Menschen, deren Tod, zumal von uns ausgelöst, mehr Schaden anrichten als nutzen würde. Abgesehen davon ging es auch gar nicht darum, den Flottenbefehlshaber zu töten. Wenn Walsingham das gewollt hätte, hätte er keine ausgebildete Spionin losschicken müssen, ein Heckenschütze mit einer guten Armbrust oder einer Arkebuse wäre ausreichend gewesen.

»Ich brauche nur so viel, dass ich ihm den Schlüssel abnehmen kann.«

»Gut, ich warte ab sofort jeden Tag gegen Mitternacht bei dem Haus gegenüber.«

»Ich habe eine bessere Idee«, entgegnete ich. »Der Blick auf das Haus gegenüber ist für die Wachen von Santa Cruz besonders gut. Selbst wenn Ihr Euch verkleidet, würdet Ihr auffallen. Kommt besser zu der Wiese hinter dem Haus, an die kleine Tür, die wir immer benutzen, wenn wir Wäsche aufhängen. Dort sieht uns ganz sicher niemand.«

»Wie du meinst, ich werde zur rechten Zeit da sein.«

»Vergesst nicht, etwas mitzubringen, womit Ihr den Bart des Schlüssels abformen könnt.«

»Keine Sorge, ich bin auf alles vorbereitet!«

Damit war unser Gespräch beendet, denn nun kamen die jungen Männer mit der Statue der Heiligen Jungfrau vorbei. Unter ihnen war auch José, und obwohl er sich bemühte, würdevoll auszusehen, konnte er es sich nicht verkneifen, nach mir Ausschau zu halten. Da ich neben einer unansehnlichen Frau stand, schöpfte er keinen Verdacht und konnte voller Stolz, dass ich ihm das Sträußlein an das Pferd gebunden hatte, durch die Stadt reiten. Nach den einfachen Reitern folgten die wichtigsten Persönlichkeiten der Stadt, unter ihnen auch Santa Cruz. Er ritt direkt vor dem Schrein, den lila gewandete Büßer mit spitzen Kapuzen trugen.

Ich hatte gedacht, dass sich Gifford längst aus dem Staub gemacht hätte, doch als er des Marqués ansichtig wurde, hörte ich ihn raunen: »Wer hat dem alten Santa Cruz denn das Sträußchen ans Pferd gebunden?« Auch wenn Maria es vielleicht nicht gesehen hatte, den scharfen Augen des Spions entging nichts.

»Was fragt Ihr mich das?«, gab ich zurück, wusste aber ganz genau, dass Gifford mich in Verdacht hatte. »Vielleicht solltet Ihr die Frage an ihn selbst richten.«

»Sollte ich in der Zwischenzeit den Verstand verlieren, dann werde ich es gern tun. Bis dahin verlasse ich mich auf dich. Aber mach mich bloß nicht eifersüchtig, meine Schöne.« Bei den letzten Worten war mir sein Atem näher, als es schicklich war.

Ich fragte mich, was wohl sein Verehrer dazu sagen würde. Doch das war im nächsten Augenblick egal, denn Gifford tauchte in der Menge unter und verschwand. Diesmal brauchte ich mich nicht umzusehen, um zu wissen, dass er fort war.

Die Prozession dauerte noch eine ganze Weile, und ich musste zugeben, dass ich so viel Farbenpracht und Goldgeflimmer höchstens an Elizabeths Hof gesehen hatte. Nachdem die Reiter vorüber waren, kamen die Büßer zu Fuß, die ebenfalls Marienstatuen vor sich hertrugen. Die Choräle, die sie angestimmt hatten, hallten laut von den Hauswänden wider, und für einen Moment vergaß ich sogar, dass die Menschen hier und ihr König meine Feinde waren. Sie waren eigentlich genauso wie wir, auch wenn sie eine andere Sprache sprachen und ein anderes Gebetbuch benutzten.

Doch bevor sich dieser Gedanke in meinem Verstand festsetzen konnte, erinnerte ich mich wieder an die bevorstehenden Ereignisse. Ich war mir sicher, dass ich noch an diesem Abend meine erste Schlacht gewinnen würde.

74. Kapitel

An die Prozession schloss sich der Kirchgang in die Iglesia an. Danach kehrten wir ins Haus zurück, wo uns der Marqués ankündigte, dass wir uns noch ein wenig zusammensetzen und seine Rückkehr feiern durften.

Wir verneigten uns untertänig, und als mein Blick ihn streifte, konnte ich keinen Hinweis darauf entdecken, ob er meine Geste verstanden hatte und willens war, darauf einzugehen. Er musterte niemanden von uns länger, sondern wandte sich sogleich der Treppe zu, um in sein Studierzimmer zu gehen. Die Vorbereitungen, um die spanische Flotte in See stechen zu lassen, wurden anscheinend schneller vorangetrieben.

Als ich mich gegen Abend anschickte, die gemangelte Wäsche nach oben zu bringen, begegnete ich dem Marqués. Ob es Zufall oder Absicht von ihm war, vermochte ich nicht zu sagen. Ich bemühte mich jedenfalls, nicht zu erwartungsvoll zu wirken.

»Komm heute Abend zu mir, aber so, dass die anderen nichts davon merken.« Er sprach den Satz sehr leise und mit einer Miene, die alles bedeuten konnte. Wollte er mich für meinen Annäherungsversuch rügen? Oder freute er sich darüber?

»Si, Señor«, antwortete ich mit einem Knicks.

Ohne ein weiteres Wort ging er an mir vorbei die Treppe hinunter. Ich blickte ihm kurz nach, dann setzte ich meinen Weg fort.

Der erste Schritt war getan. Ich würde heute Nacht in seiner Nähe sein und damit auch in der Nähe der Schlüssel. José würde mich ganz sicher vermissen, aber ebenso, wie ich es geschafft hatte, Robin in Sicherheit zu wiegen, würde es mir auch bei José gelingen.

Als wir von unserem Dienst befreit waren und noch ein wenig feierten, schützte ich Unwohlsein vor und ließ mich von José zu meinem Zimmer bringen. Er wäre am liebsten bei mir geblieben, doch das erlaubte ich ihm nicht. Nachdem ich durch das Fenster gesehen hatte, dass er wieder bei den anderen war, holte ich das Fläschchen mit dem Betäubungsmittel hervor. Ich entkorkte es und nahm einen seltsamen Geruch wahr, der mich ein wenig an Mandeln erinnerte.

Diesen Geschmack musste der Marqués einfach bemerken, denn im Gegensatz zu uns in England trank er seinen Wein pur. Er mischte höchstens etwas Wasser darunter, wenn er nachts noch lange arbeiten wollte.

Ich hatte zwei Möglichkeiten. Entweder würde ich ihm etwas davon in den Wein kippen und hoffen, dass er es nicht schmeckte. Oder ich legte es darauf an, ihn zu verführen. Wenn Letzteres klappte, brauchte ich das Mittel nur auf meine Haut aufzutragen und zu warten, bis er es ableckte. Doch womit?

Ich überlegte eine Weile, dann fiel mir ein, dass Maria einen Tiegel mit Melkfett in der Küche stehen hatte, für den Fall, dass wir uns beim Waschen Schwielen an den Händen einhandelten. Auf Zehenspitzen schlich ich mich aus meinem Zimmer, und als ich die anderen Mägde und die Knechte draußen lachen hörte, holte ich den Tiegel und eine kleine Schale hervor. Während ich die Zutaten in das Behältnis gab und umrührte, warf ich immer wieder einen Blick nach draußen. Selbst Maria sprach heute dem Wein zu, und so war die Gefahr gering, dass sie mich in der Küche überraschen würde.

Als ich die Salbe fertig hatte, stellte ich den Tiegel wieder zurück. Die Schüssel und das Fläschchen mit dem Rest des Betäubungsmittels nahm ich dagegen mit. In meinem Zimmer angekommen, begann ich, die Salbe auf meine Brüste und meine Schultern aufzutragen. Falls mich Santa Cruz fragen sollte, was das sei, würde ich antworten, dass ich meine empfindliche Haut mit einer Salbe schützen müsse, da ich in der Sonne stets zu verbrennen drohe. Ich nahm nicht alles von der Salbe, für den Fall, dass es nicht klappte. Das Fläschchen verbarg ich in meinen Rockfalten und machte mich auf den Weg zum Marqués.

Santa Cruz stand vor seinem Schreibpult, wie es nicht anders von ihm zu erwarten war. Vor sich hatte er eine Karaffe mit Wein und ein halbvolles Glas.

»Ich sollte zu Euch kommen, Eure Exzellenz.« Scheu schlug ich die Augen nieder.

Er bestätigte meine Worte nicht, sondern sagte nur: »Schließ die Tür hinter dir!«

Ich kam seinem Befehl nach, und er löste sich von dem Pult. In der Hand hielt er die Nadel, die ich in das Sträußlein eingebunden hatte. »Ich hätte nicht gedacht, dass du mir je so ein kostbares Geschenk machen würdest. Du weißt, was das bedeutet?«

Natürlich wusste ich das, doch das wollte ich nicht zugeben. Vielleicht hätte er sonst Verdacht geschöpft. »Ich wollte nur ...«

Bevor ich weitersprechen konnte, kam er zu mir. Er umfasste mein Kinn und hob es an, damit er mir in die Augen sehen konnte.

Ich erwartete, dass er etwas sagen würde, doch das tat er nicht. Er verlangte auch keine Erklärungen. Alles, was es mitzuteilen gab, hatte ich bereits mit dem Strauß ausgedrückt.

Schließlich ließ er mein Kinn wieder los und schob mich zu dem hohen Spiegel vor dem Bett. Er drehte mich so herum, dass ich uns beide sehen konnte. Langsam wanderten seine Hände über meinen Körper, und ich wusste, was jetzt kommen würde. Zuerst zog er mir die Haube vom Kopf und griff in mein Haar. Im nächsten Moment spürte ich, wie er sein Gesicht in meine Locken tauchte und den Geruch tief und zitternd in die Lungen einsog. Dann breitete er sie über meine Schultern aus und umfasste mich, als wollte er mich umarmen. Doch er hatte etwas anderes vor.

Natürlich hatte ich schon häufiger vor einem Spiegel gestanden, aber bisher war ich immer angekleidet und nie nackt gewesen. Jetzt beobachtete ich, wie der Marqués mit kundigen Händen Zoll um Zoll meiner Haut freilegte.

Mit seinen langen Fingern schnürte er mir das Mieder auf und schob es auseinander. Durch den Stoff hindurch fühlte er nach meinen Brüsten und zog mir das Hemd herunter. Der Stoff streifte meine Brustwarzen, die sich augenblicklich versteiften und aufrichteten.

Ich schloss die Augen, da hörte ich seine Stimme in meinem Rücken. »Sieh dich an!« Es war keine Bitte, sondern ein Befehl.

Gebannt beobachtete ich, wie er meine Brüste umfasste und knetete. Dabei traf sein Atem stoßweise meinen Nacken.

Ein ausgehungerter Soldat hätte mich längst genommen, Santa Cruz dagegen wusste sich zu beherrschen, und er wusste auch, wie er durch die Verzögerung seine eigene Lust steigern konnte. Ich musste zugeben, dass dieses Spiel sehr erregend war. Es wäre Robin zuzutrauen gewesen, dass er das Gleiche mit mir machte. Sonst hätte ich den Gedanken an meinen Geliebten beiseitegeschoben, aber jetzt tat ich es nicht. Ich spürte, wie die Erinnerung mich erhitzte, ließ sie aber nur so weit aufkommen, dass ich mich nicht darin verlor.

Die Hände des Marqués wanderten tiefer. Er öffnete das Band, das meinen Rock hielt, und streifte ihn mir von den Hüften. Bewundernd musterte er mich einen Moment lang, dann hauchte er mir ins Ohr: »Keine Dame am Hof von König Felipe ist so schön wie du. Nicht mal deine Königin war es, als sie noch jung war.«

Kurz fragte ich mich, wie viele der Damen er wohl schon nackt gesehen hatte, aber ich spielte meine Rolle weiter.

Santa Cruz erwartete gar nicht, dass ich darauf etwas erwiderte. Er setzte sein Flüstern fort. Sein Atem ging noch schneller. »Ich bin ein einsamer Mann, der sich schon seit Jahren die Freuden des Fleisches versagt, weil er ganz seinem König dienen will. Doch vom ersten Augenblick an, als ich dich sah, wollte ich dich.«

Seine Hand wanderte zu dem roten Vlies zwischen meinen Beinen. Er zog die Form des Dreiecks mit dem Finger nach und glitt noch ein Stück weiter. Dann begann er, meine Schultern zu küssen. Ich spürte seine Lippen und seine Zunge und stellte zufrieden fest, dass er mir die Salbe von den Schultern leckte. Der Geschmack störte ihn offenbar nicht, wahrscheinlich glaubte er, dass ich mich extra für ihn mit Mandelöl eingerieben hatte. Und das war nicht falsch ...

Da ich wusste, dass er mich im Spiegel beobachtete, mimte ich auch weiterhin die Leidenschaftliche. Wenn ich Glück hatte, würde ich es nicht mehr lange tun müssen.

Doch so schnell setzte die Wirkung des Mittels nicht ein. Er küsste weiter meinen Hals und drehte mich zu sich um. Kurz trafen sich unsere Blicke, dann ging er vor mir auf die Knie. Ich war mir nicht sicher, ob das Mittel auch bei mir wirken würde, wenn ich ihn küsste, aber so viel verlangte der Marqués gar nicht. Alles, was er wollte, war mein Körper, als wäre ich eine Hure. Er umspielte meine Brustwarzen mir der Zunge und saugte erst die rechte und danach die linke Brust in seinen Mund.

Noch immer zeigte sich bei ihm keine Ermüdung. Damals, bei seinem Landsmann, hatte das Mittel wesentlich schneller gewirkt. Aber diesmal war es auch nicht von Walsingham.

Dennoch fragte ich mich, wie ich das Elixier, das der Spanier in meinen Rockfalten nicht bemerkt hatte, ungesehen in seinen Wein mengen konnte.

Als er sich genug an meinen Brüsten gelabt hatte, hob er mich auf seine Arme wie eine Kriegsbeute und trug mich zum Bett. Im nächsten Moment war er über mir und spreizte meine Schenkel. Ich setzte ihm unabsichtlich ein wenig Widerstand entgegen, was er jedoch falsch deutete.

»Hab keine Angst«, sagte er daraufhin, während sein Atem warm über meinen Hals strich.

Er beugte sich über mich und statt seines Gliedes bohrte sich seine Zunge in mich. Das brachte mich dazu, leise aufzuschreien. Der Marqués blickte auf und lächelte zufrieden, dann machte er weiter. Doch lange konnte er seine Liebeskünste nicht unter Beweis stellen. Mit einem Mal erlahmten seine Bewegungen, und ich stellte zu meiner großen Erleichterung fest, dass er dabei war, einzuschlafen. Er kam nicht einmal mehr dazu, zu fragen, was mit ihm los sei, sein Kopf sackte einfach zwischen meine Beine. Ein gutes Gebräu hatte mir Gifford da gegeben!

Ich wartete noch einen Moment für den Fall, dass er wieder zu sich kam. Aber das geschah nicht. Wie Montserrat hatte er das Bewusstsein verloren, bevor er seine Männlichkeit beweisen konnte. Nach einer Weile erhob ich mich und ging um das Bett herum. Santa Cruz wirkte wie eine große Puppe, die man achtlos auf das Laken geworfen hatte. Die Schlüssel trug er am Hosenbund immer noch bei sich, und ich fragte mich, ob er sie während des Liebesspiels abgelegt hätte. Rasch öffnete ich die Schleife und nahm das Schlüsselbund an mich. Es war kein Wunder, dass ich mit dem Dietrich nichts hatte ausrichten können. Der Bart dieser Schlüssel hatte eine völlig andere

Form. Aber es galt, keine Zeit zu verlieren. Ich zog mich an und schlich, die Schlüssel fest in der Hand, aus dem Raum.

In der Zwischenzeit waren die Feierlichkeiten vorbei. Die Mägde schliefen in ihren Unterkünften, die Stallburschen in ihrem Quartier neben dem Stall und die Wachen in ihrem Wachhaus. Es machte den Anschein, als sei außer mir niemand mehr auf den Beinen. Lautlos eilte ich an den Quartieren vorbei zum Dienstboteneingang, öffnete die Tür und trat nach draußen.

Gleich konnte ich meinen Weg allerdings nicht fortsetzen; ein plätscherndes Geräusch ließ mich innehalten und zur Seite blicken. Im Torbogen stand einer der Wachposten und erleichterte sich gerade gegen die Wand. Ich verharrte im Schatten und wartete, bis er fertig war und seine Beinkleider wieder geordnet hatte. Endlich machte er kehrt, und nachdem ich mir sicher war, dass er nicht zurückkommen würde, huschte ich zu der kleinen Pforte. So leise wie möglich schob ich den Riegel zurück und trat nach draußen. Ich ließ den Blick über die Wiese schweifen, ohne Gifford zunächst ausmachen zu können. Da trat er auch schon hinter einem der Bäume hervor, zwischen die mehrere Leinen gespannt waren.

»Wie war dein Stelldichein mit dem Marqués?«, fragte er spöttisch, doch mich interessierte mehr der Inhalt des Beutels, den er bei sich trug. Da ich ihm keine Antwort gab, kam er zu der Sache, wegen der er eigentlich hier war. »Hast du die Schlüssel?«

Ich hob sie in die Höhe.

»Gut.«

Er hatte ein paar kleine Döschen bei sich und holte eines davon aus dem Beutel hervor.

»Was ist das?«, fragte ich, worauf Gifford es öffnete und mich an dem Inhalt schnuppern ließ. Ein starker Salzgeruch stieg mir in die Nase. Die Masse sah entfernt wie Teig aus, glitzerte allerdings ein wenig im Mondschein.

»Es ist ein Teig aus Wasser, Mehl und sehr viel Salz, was ihm die nötige Festigkeit gibt. Ähnlich wie bei einem Glockengießer werde ich versuchen, daraus eine Form zu schaffen. Anhand dieser Form wird mir der Schlüsselmacher den Schlüssel anfertigen.« Damit machte er sich an die Arbeit und drückte jeden der Schlüssel in den Teig.

»Dann muss ich mich also auf einige Tage Wartezeit einrichten«, bemerkte ich, während ich ihn beobachtete.

»Ja, da wirst du geduldig sein müssen«, entgegnete er. »Aber ich bin mir sicher, dass es sich lohnen wird.« Er nahm den letzten Abdruck, dann verschwand die Dose verschlossen in seinem Beutel.

Die Schlüssel gab er mir wieder, und ich konnte daran kaum Spuren erkennen. Ich wischte sie trotzdem an meinem Kleid ab, und als sie wieder so blank waren wie vorher, wandte ich mich an Gifford. »Wo treffen wir uns?«

»Das weiß ich noch nicht. Es kann sein, dass ich hierherkomme, aber vielleicht spreche ich dich auch in der Stadt an. Es liegt nicht an mir, sondern am Schlüsselmacher.« Mit diesen Worten wandte er sich um und verschwand in der Dunkelheit.

Als ich in das Schlafzimmer von Santa Cruz zurückkehrte, ruhte er immer noch auf dem Bett, wie ich ihn verlassen hatte. Ich überlegte, ob ich mich neben ihn legen sollte, doch dann entschied ich mich dagegen. Ich befestigte das Schlüsselbund wieder an seiner Hose und verließ ihn, wie es jede vernünftige Magd, die auf ihren Ruf und den ihres Herrn bedacht war, getan hätte.

75. Kapitel

Es folgten Tage der Ungewissheit. Abend für Abend erschien ich an der Pforte, und Abend für Abend wieder wartete ich vergebens. Alles brauchte seine Zeit, egal, ob es Betäubungstränke waren oder Schlüssel.

Glücklicherweise schöpfte der Marqués keinen Verdacht über den Grund seines tiefen Schlafes. Auch verlangte er nicht wieder nach mir. Entweder hatte er beim Anblick des Bildes seiner Frau ein schlechtes Gewissen bekommen, oder es genügte ihm, dass er mich einmal gehabt hatte. Er schloss sich wie in den Tagen vor der Semana Santa in seinem Kabinett ein und arbeitete weiterhin fieberhaft an seinen Plänen. Auch José schöpfte keinen Argwohn. Er hatte von der Nacht nichts mitbekommen, und da ich mich weiterhin mit ihm im Heu traf, gab es für ihn keinen Grund, misstrauisch zu sein.

Bald darauf ließ der Marqués über Maria verlauten, dass er sich erneut auf eine Reise begeben wolle. Diesmal kannten wir das Ziel: Lissabon. Wahrscheinlich wollte er wieder einmal nach seiner Flotte sehen und vielleicht auch mit einem Teil des Geschwaders in See stechen, um nach englischen Piraten Ausschau zu halten. Am Tag seiner Abreise schickte mich die Haushälterin zum Bäcker, weil sie ihrem Herrn etwas an Wegzehrung mitgeben wollte.

Auch wenn das Geschäft von Señor Lopez am entgegengesetzten Ende der Stadt lag, hoffte ich, einen kurzen Abstecher zum Marktplatz machen zu können. Vielleicht würde ich Gifford treffen und ihn fragen können, wann die Schlüssel endlich fertig waren. Wenn der Marqués außer Haus war, konnte ich mich ungestört umsehen, und auch das Fehlen der Dokumente würde niemandem auffallen. Vielleicht brachten wir es sogar fertig, die Schriftstücke zu kopieren und wieder an ihren Platz zu legen. Dann konnte ich sogar noch eine Weile im Haus bleiben und auf neue Dokumente warten. Doch erst einmal musste ich sehen, was sich überhaupt im Schrank befand. Die Möglichkeit, dass Santa Cruz all seine Unterlagen mit auf Reisen nahm, war gegeben, und in diesem Fall würden wir wieder warten müssen.

In Gedanken versunken strebte ich dem Marktplatz zu, als ein Mönch auf mich zukam. Er hielt den Kopf gesenkt, so dass ich sein Gesicht unter der Kapuze nicht sehen konnte.

»Eine milde Gabe für die Armen und Kranken, Señorita«, sagte er, und ich hatte keinen Zweifel, dass es Gifford war.

»Im Kleid habt Ihr mir besser gefallen«, bemerkte ich, als er neben mich trat und aufblickte. »Und Eure Chancen bei den Männern wären sicher höher gewesen.«

»Du weißt gar nicht, welch großer Beliebtheit sich hier ein Mönch erfreut.« Er zwinkerte mir zu. »Außerdem passt es doch ganz zu meiner Religion.«

»Einer Religion, die Ihr verratet.«

»Das würde ich nicht so sehen. Ich habe nur etwas gegen den Affen im Escorial. Oder sollte ich besser Ziegenbock sagen? Sein Bart ließe diesen Vergleich eher zu, meinst du nicht?«

»Ihr seid doch gewiss nicht hier, um meine Meinung zu dieser Frage zu hören.« Ich blickte ihn an.

»Nein, ich wollte dir eigentlich ein theologisches Gespräch aufzwingen. Was hältst du von den Ketzern in England?«

»Oh, ich fühle mich schon furchtbar verdorben von ihnen. Aber ich weiß jetzt, wo unser Freund seine frommen Schriften aufbewahrt.«

»So rate ich dir, sie so schnell wie möglich an dich zu nehmen und sie auf dich wirken zu lassen. Schon bald werden weitere Kriegsschiffe eintreffen, und dann wird es schwer sein, etwas über den Seeweg fortzuschaffen.«

»Denkt Ihr, die *Katalania* wird hinter uns herrudern?«, spottete ich.

Gifford grinste. »Nein, aber wenn die *Florencia* auftaucht, wird unser Kapitän ein paar Segel mehr setzen müssen. Gegen dieses Schiff könnte uns nur Drake helfen, und auf solch einen Zufall sollten wir besser nicht vertrauen.«

»Das brauchen wir auch nicht, ich hatte ohnehin vor, nicht mehr länger zu warten. Der Marqués begibt sich auf Reisen, nach Lissabon. Vielleicht auch zur *Florencia*. Die Zeit dürfte jedoch reichen, um sich der Schriften zu bemächtigen.«

»Nun denn, Señorita, tu dein Bestes.« Mit diesen Worten reichte er mir die Schlüssel. Ich war zwar neugierig, ob sie haargenau den Originalen entsprachen, trotzdem ließ ich sie erst einmal schnell unter meinem Mieder verschwinden.

»Wie gedenkst du vorzugehen?«

»Ich werde mich in das Kabinett schleichen und die Dokumente durchsehen. Wenn ich etwas Passendes finde, werde ich es mitnehmen und Euch bringen. Es kann sein, dass wir danach gleich von hier verschwinden müssen. Der Marqués wird das Fehlen der Schriftstücke sicher bemerken, und da ich im Haus die Fremde bin, wird der Verdacht zuerst auf mich fallen.«

»Nicht unbedingt. Immerhin hast du dem Marqués das Sträußlein gebunden.«

»Genau deshalb kann es sein, dass er sich doch fragt, was

in der Nacht vorgefallen ist und warum ihn plötzlich die Schläfrigkeit übermannt hat, wo er sein Gemächt noch gar nicht ausgepackt hatte.«

Gifford grinste mich breit an. »Du kannst schon umwerfend sein, wenn du willst.«

»Redet kein dummes Zeug, sagt mir lieber, wo wir uns zur Übergabe treffen.«

»Komm in den *Roten Hahn* am Hafen, gleich in der Nähe des Marktplatzes. Ich bin jeden Abend dort, auf meinem Stammplatz unter der Treppe. Die Taverne ist ein guter Umschlagort für Informationen, und die meisten meiner Informanten gehen dort aus und ein.«

»Gut, ich werde da sein.«

»Amy!«

Die Stimme hinter mir ließ mich leicht zusammenfahren. Es war José! Schlich er mir jetzt schon hinterher?

»Ein Verehrer von dir?«, fragte Gifford süffisant und blickte auf den Burschen, der mit langen Schritten auf uns zugelaufen kam.

»So was Ähnliches. Jedenfalls jemand, der mir gelegentlich Türen aufsperrt, wenn Ihr versteht, was ich meine.«

Ich konnte ihm ansehen, dass durch seinen Verstand nichts Anständiges ging. Aber damit hatte er ja recht.

»José«, sagte ich, als Marias Sohn zu uns trat.

»Padre«, grüßte er zunächst Gifford.

»Sei gesegnet, mein Sohn!«, antwortete dieser in perfektem Spanisch und einem Singsang, der jeden Jesuiten neidisch gemacht hätte. Dann wandte er sich an mich. »Nun, meine Tochter, dann überlasse ich dich wohl besser dem Schutz dieses Burschen. Vielen Dank, dass du mir den Weg gewiesen hast.«

»Gern geschehen, Padre«, entgegnete ich, und nachdem

er uns beide noch ein weiteres Mal gesegnet hatte, wandte er sich um und lief die Straße entlang.

»Wer war das?«, fragte José, als er außer Hörweite war.

»Er hat sich mir als Padre Marco vorgestellt. Er wollte wissen, wie er am besten zu einem gewissen Señor Vargas kommt, aber ich konnte ihm nicht helfen. Ich habe ihn zur Iglesia Santa Cruz geschickt.«

José wirkte erleichtert und fragte: »Du hast ihm doch wohl nicht all deine Sünden gebeichtet?«

Da hätte ich aber viel zu beichten gehabt – allerdings ganz gewiss nicht diesem Beichtvater. »Nein, keine Angst. Jetzt wäre es besser, wenn ich gehe, deine Mutter wird schon ungeduldig auf das Mehl warten.«

»Darf ich dich begleiten?«

Ich blickte noch einmal in die Richtung des Padres, dann nickte ich. »Warum nicht?«

Ich hakte mich bei José ein, und gemeinsam gingen wir zur Bäckerei von Señor Lopez. Die Menschen, die uns entgegenkamen, musterten uns neugierig, auch wenn mein Haar wie immer züchtig unter einer Haube verborgen war. Wahrscheinlich fragten sie sich, wer das blasse Mädchen am Arm von José war, und dieser schien sehr stolz darüber zu sein. Auf dem Hinweg sprachen wir nur wenig, was sich änderte, als wir das Geschäft des Bäckers verließen und einen Umweg über den Campo Sur nahmen. José wollte mir das Meer zeigen, als ob ich es bei meiner Herfahrt noch nicht gesehen hätte.

Er deutete auf die Hafenanlage und meinte: »In ein paar Monaten werden wir hier die Flotte sehen können, die nach England segelt. Meine Mutter mag es nicht hören, aber ich habe schon daran gedacht, auf einem der Schiffe anzuheuern und mitzufahren, um unseren Glauben zu verteidigen.«

Ich musste zugeben, dass mich seine Worte überraschten. Natürlich konnte ich von einem Spanier nicht erwarten, dass er England mochte, doch dass José bereit war, für seinen Glauben den Tod auf See in Kauf zu nehmen, hätte ich nicht erwartet. Ich hatte versucht, die Menschen hier nicht als meine Feinde anzusehen, sie lebten an diesem Ort, weil es von Geburt an ihr Schicksal war. Meine Feinde waren Santa Cruz und der König, vielleicht auch dieser feiste Bischof, doch sobald José ein Schiff betrat und gen England segelte, war er genauso ein Feind wie die anderen. Dieser Gedanke zeigte mir, dass ich ihn offenbar mehr mochte, als ich mir eingestehen wollte. Gleichzeitig wusste ich, dass ich mir diese Sympathie aus dem Leib reißen musste, bevor sie mich unaufmerksam machen konnte.

Eine ganze Weile schwieg ich auf seine Worte, dann sagte ich: »Lass uns zurückgehen«, und wandte mich um.

»Was hast du?«, fragte José verwundert. Wahrscheinlich hatte er mit glühendem Zuspruch gerechnet, aber ich konnte ihm unmöglich sagen, was ich wirklich dachte.

»Es gefällt mir nicht, dass du auf ein Schiff willst. Das Leben an Bord ist gefährlich, und ich weiß, wovon ich spreche. Immerhin bin ich auf dem Seeweg gekommen, und wir hatten auf der Fahrt hierher einen ziemlich schweren Sturm. Ihr könntet schon bei der Hinfahrt sinken.«

Er wandte sich mir zu und nahm mein Gesicht in seine Hände. »Es wird ein Schiff des Marqués de Santa Cruz sein. Und es wird ganz bestimmt nicht sinken, denn Gott ist mit ihm.«

Ihm zu widersprechen, wäre wahrscheinlich Ketzerei gewesen, also ließ ich es. »Mach, was du willst«, sagte ich nur und riss mich von ihm los.

Ich lief zurück zum Haus von Santa Cruz, ohne mich noch

einmal umzusehen. José rief mir nach, rannte mir hinterher, und wahrscheinlich deutete er meine Worte als Sorge um ihn. Doch ich wusste nun, wie ich ihn loswerden konnte, bevor er mir wirklich gefährlich wurde.

76. Kapitel

Während wir am Nachmittag kochten und buken, traf der Marqués seine Reisevorbereitungen. Er verließ das Haus noch vor Einbruch der Dunkelheit, und ich jubelte innerlich. Den Rest des Tages verrichteten wir unsere Arbeit wie immer und zogen uns danach in unsere Quartiere zurück. Um sicherzugehen, dass José nicht wieder durch die Gänge schlich, stattete ich ihm noch einen Besuch ab. Vielleicht hätte ich mich sogar mit ihm ausgesöhnt, doch er lag bereits auf seinem Strohsack und schnarchte, dass sich die Balken bogen. Ich konnte also, wenn es in dieser Nacht nicht klappte, mein Schmollen aufrechterhalten.

Etwa eine Stunde später stand ich an der Treppe zu den herrschaftlichen Räumen, lauschte noch einmal und erklomm sie dann so leise wie möglich. Das Mondlicht malte meinen Schatten zeitweilig an die Wand, doch niemand bemerkte etwas. Hätte ich all meine Fähigkeiten schon damals besessen, als ich noch eine Diebin war, hätte ich wahrscheinlich der Königin die Edelsteine aus der Krone stehlen können. Gewissermaßen war ich noch immer eine Diebin, doch jetzt stahl ich nicht mehr Brot, sondern Geheimnisse – und Seelen. Der Teufel wäre stolz auf mich gewesen.

Der Kamin im Kabinett war kalt, die Luft erfüllt vom Geruch von Orangenschalen und Lavendel. Ich zog die Tür hinter mir zu, vorsichtig, damit niemand das Geräusch vernehmen konnte, und strebte dem Schrank zu.

Der goldene Beschlag, in den sie eingelassen waren, glänzte im Mondschein. Ich nahm die Schlüssel hervor und schob den ersten in das Schloss. Die Tatsache, dass sich der zuvor unüberwindbare Widerstand jetzt bewegte, sagte mir, dass Gifford sein Geld nicht umsonst ausgegeben hatte.

Im nächsten Augenblick ließ mich ein Geräusch innehalten. Es war nicht laut, brachte mich aber dazu, mich umzuwenden. Erschrocken musste ich feststellen, dass Rosa in der Tür stand. Offenbar hatte ich den Türflügel nicht so fest zugezogen, wie es hätte sein sollen. Das hätte mir nicht passieren dürfen!

Ich wich ein Stück weit vom Schrank zurück, doch das rettete mich nicht mehr.

»Amy!« Mein Name war nur ein Flüstern.

In ihren Blick trat ein Begreifen, das mir gefährlich werden konnte – selbst wenn sie nichts von dem großen Spiel ahnte, in dem ich nur eine Figur war.

Blitzschnell stürmte ich ihr entgegen. Ich durfte auf keinen Fall zulassen, dass sie aufschrie und damit das ganze Haus weckte. Rosa sah meine Bewegung und wusste genau, was ich wollte. Sie wirbelte herum und wollte loslaufen, doch ich bekam sie an den Haaren zu fassen. Mit der einen Hand hielt ich ihr den Mund zu, während ich sie mit der anderen in den Raum zerrte. Die Konsequenzen meines Tuns bedachte ich in dem Moment überhaupt nicht. Ich wusste nur, dass ich Rosa nicht entwischen lassen durfte. Rasch versetzte ich ihr einen Stoß in die Kniekehle, der sie einknicken ließ, dann rang ich sie auf den Boden. Sie wehrte sich heftig, und ich musste all meine Kraft aufbringen, damit sie mich nicht von sich schleuderte.

Noch immer hielt ich ihr den Mund zu und überlegte, wie ich sie zum Schweigen bringen konnte. Die unangenehme Erinnerung von Fournays Händen an meinem Hals stieg wieder in mir auf, doch töten wollte ich Rosa nicht. Da bemerkte ich aus dem Augenwinkel den Kerzenleuchter auf dem Schreibpult. Kurzerhand ergriff ich ihn und ließ ihn auf die Stirn der Magd niedergehen. Augenblicklich erlahmte ihre Gegenwehr, ihre Hände sackten nach unten, und ihr Kopf knickte zur Seite. Panik überfiel mich, dass ich sie vielleicht getötet haben könnte, doch als ich mein Ohr auf ihre Brust legte, hörte ich, dass ihr Herz weiterhin kräftig schlug. Ein Glück, doch wenn sie wieder zu sich kam, musste sie aus dem Haus fort sein!

Ich überlegte, wie ich es am besten anstellen konnte, doch mir fiel nur Gifford ein.

Allein konnte ich sie nicht nach unten tragen, denn Rosa war ein ganzes Stück kräftiger als ich. Also musste ich Gifford um Hilfe bitten, da meine Mission nicht gefährdet werden durfte.

Ich band Rosa die Schürze ab und fesselte sie, so dass sie sich nicht bewegen konnte. Dann zerrte ich sie zum Kartentisch und schob sie darunter. Das samtene Tuch, das darüber ausgebreitet war, wenn der Marqués den Tisch nicht benutzte, würde sie vorerst perfekt verbergen.

Nachdem ich den Kerzenleuchter wieder an seinen Platz gestellt und den Teppich, der bei der Aktion verrutscht war, mit dem Fuß geradegerückt hatte, ging ich hinunter zum Dienstboteneingang.

Die Taverne, von der Gifford gesprochen hatte, war mein Ziel. Gut möglich, dass sich dort Wachleute von unserem

Anwesen herumtrieben, also zog ich mein Brusttuch von den Schultern und legte es über mein Haar. Unterwegs schmierte ich mir noch etwas Schmutz ins Gesicht, der hoffentlich reichen würde, um meine Züge im schummrigen Tavernenlicht ein wenig zu verfälschen. Dann strebte ich dem Fidelklang entgegen, der mir vom Hafen her entgegentönte.

Der *Gallo rojo* zählte zu den kleineren Tavernen, hatte ein etwas windschiefes Dach und einen Giebel, der schon mehrere Male geflickt worden war. Die Stimmung war ausgelassen, und in den Ecken neben der Taverne stöhnten und kicherten die Huren mit den Freiern um die Wette. Ich kümmerte mich jedoch nicht weiter darum und trat ein. Nach einem Blick in die Runde entdeckte ich Gifford unter der Treppe. Er hatte mich natürlich schon ausgemacht, denn der Schmutz in meinem Gesicht konnte ihn nicht täuschen.

Ich trat an seinen Tisch, beugte mich vor und sagte: »Ich muss mit Euch sprechen. Draußen. Es wäre nicht schlecht, wenn Ihr so tun würdet, als sei ich jemand, der Euch die beste Nacht Eures Lebens verschaffen wird.«

Mit diesen Worten und einem Lächeln streckte ich die Hand nach ihm aus. Gifford ergriff sie, und wir verließen unter den aufmunternden Rufen einiger Seeleute den Raum.

Allerdings verzogen wir uns nicht in eine der Ecken, sondern entfernten uns ein Stück weit von der Taverne. »Hast du die Unterlagen?«, fragte Gifford.

»Nein, es ist etwas dazwischengekommen«, antwortete ich, und obwohl ein panisches Zittern in mir aufsteigen wollte, zwang ich mich dazu, ruhig zu bleiben. »Eines der Dienstmädchen stand plötzlich vor mir. Weiß der Teufel, was sie im Kabinett wollte. Ich habe sie niedergeschlagen und gefesselt, weil sie mich gewiss verraten hätte. Gifford, Ihr müsst mir helfen, sie von hier wegzuschaffen, zumindest so lange, bis ich die Dokumente habe.«

»Wirf sie am besten ins Wasser!« Giffords Stimme klang ärgerlich.

Ich wusste selbst, dass ich besser hätte aufpassen müssen. Aber manchmal geschahen Dinge, die auch der beste Spion nicht mit einkalkulieren konnte.

»Nein, das will ich nicht«, entgegnete ich. »Rosa hat niemandem etwas getan, und ich hätte sie auch nicht angegriffen, wenn es nicht nötig gewesen wäre. Ich will nicht, dass sie wegen meines Fehlers stirbt.«

»Aber sie soll aus dem Haus verschwinden.«

»Ja, eine andere Möglichkeit sehe ich nicht.«

»Wieso nimmst du die Dokumente nicht und verschwindest damit?«

»Das wäre nicht klug. Es ist gut möglich, dass Santa Cruz die Dokumente mitgenommen hat. Wenn der Schrank leer ist, war es umsonst. Ihr müsst mir helfen.«

»Gut, dann warte hier, ich bin gleich zurück.«

Gifford verschwand in Richtung Taverne. Ich blickte ihm eine Weile nach, dann schweifte mein Blick über das Meer. Wie lange ich wohl noch hier sein würde? Wäre Rosa mir nicht dazwischengekommen, wären wir jetzt vielleicht schon auf dem Weg zu einem Schiff. Doch so durfte eine Spionin nicht denken.

Gifford kehrte nach einer Weile zurück, und auf den ersten Blick hielt ich ihn tatsächlich für einen der Wächter von Santa Cruz. Reflexartig griff ich zu meinem Dolch.

»Immer mit der Ruhe!« Gifford lächelte zufrieden über mein Erstaunen.

»Woher habt Ihr die Uniform?«, fragte ich und steckte die Waffe wieder ein.

»Wir sind nicht die ersten unserer Leute, die hier in der Gegend unterwegs sind. Dein Einsatz ist seit langem vorbereitet und geplant worden. Santa Cruz baut die Armada nicht erst seit gestern auf.«

»Das ist mir bekannt«, entgegnete ich. »Ich war nur ein wenig überrascht.«

»Wenn du dich von deiner Überraschung wieder erholt hast, können wir ja gehen.«

Ich spürte, dass er wütend war, aber als mein Kontaktmann musste er mir helfen, ob es ihm gefiel oder nicht.

Als wir das Anwesen des Marqués erreichten, nahmen wir den Weg über die Wiese und gingen durch das kleine Tor. Dank der Uniform, die Gifford trug, würde er von weitem nicht auffallen. Wenn José uns beide sah, würde er höchstens den Verdacht haben, dass ich mich mit einem der Wächter vergnügt hatte. Dafür würde er mir zwar die Hölle heißmachen, doch das war besser, als enttarnt zu werden.

Noch besser war es allerdings, gar nicht erst bemerkt zu werden.

Ungesehen gelangten wir zum Studierzimmer. Gifford blickte sich kurz in dem Raum um, während ich zum Kartentisch ging und die Decke zurückschlug. Rosa war noch nicht wieder zu sich gekommen. Wie ich allerdings hören konnte, war ihre Ohnmacht in einen tiefen Schlaf übergegangen.

»Du musst sie ziemlich gut getroffen haben«, flüsterte er mir zu.

Ich deutete auf den Kerzenleuchter.

»Wärst du ein Mann gewesen, hättest du sie getötet.«

»Das war nicht meine Absicht, ich wollte nur, dass sie mich nicht verrät.«

»Du bist barmherziger, als ich dachte. Hoffentlich kostet dich das nicht irgendwann einmal das Leben.«

Ich entgegnete darauf nichts, sondern bückte mich und zog Rosa ein wenig unter dem Tisch hervor. Die Stelle, wo der Leuchter ihre Stirn getroffen hatte, war blaurot verfärbt.

»Hat das Haus Geheimgänge?«, fragte Gifford, nachdem er sie kurz betrachtet hatte.

Ich schüttelte den Kopf. »Nein, alles ist so gradlinig in diesem Haus wie der Marqués selbst. Er ist nicht der Typ von Kämpfer, der einen Geheimgang braucht, er macht alles direkt.«

»Du scheinst ihn ja schon ziemlich gut zu kennen.«

Ich wusste genau, worauf er anspielte. »Das ist meine Aufgabe«, gab ich zurück. »Und jetzt solltet Ihr keine Zeit mit Geschwätz vergeuden.« Ich deutete auf Rosa.

»Nehmt sie mit, aber tut ihr nichts zuleide.«

Gifford blickte mich wegen meiner Skrupel noch einen Moment lang spöttisch an, dann hob er Rosa über die Schulter. Ich schlug das Tischtuch wieder zurück und folgte ihm.

»Machen die Wachen nachts irgendwelche Rundgänge?«

»Soweit ich weiß, nicht. Wenn der Marqués nicht im Haus ist, handhaben sie ihren Dienst ohnehin ein wenig lockerer.«

Gifford lachte spöttisch auf. »Es wäre so leicht, Santa Cruz zur Hölle zu schicken.«

»Nach ihm würde ein anderer kommen und die Armada übernehmen. Und jetzt schweigt, wir kommen gleich in die Nähe der Quartiere.«

Wir schlichen weiter, als unvermittelt ein Geräusch hinter uns ertönte. Jemand trat durch die große Haustür! An dem Rasseln von Degen, das kalt durch die Stille tönte, erkannten wir, dass es Wachen waren.

»Sagtest du nicht, dass die Wächter nicht ins Haus kommen?«, fragte Gifford alarmiert.

»Normalerweise nicht«, entgegnete ich, worauf mich Gifford hart am Arm packte und in eine kleine Nische neben der Treppe zog.

Die Wächter durchquerten die Eingangshalle und näherten sich der Treppe. Wir verharrten in der Finsternis und wagten kaum zu atmen. Ich war mir sicher, dass mein Begleiter nach seinem Dolch griff, ich klammerte meine Hand ebenfalls um den Griff der Waffe. Für einen kurzen Moment sah es so aus, als wollten die Wächter in den Gang einbiegen, in dem wir standen, doch dann erklommen sie die Treppe. Ihre Schritte hallten über uns hinweg, und als sie verklangen, packte mich Gifford wieder am Arm.

»Los!« Seine Stimme war nur ein leises Flüstern.

»Was werdet Ihr nun mit ihr tun?«, fragte ich, als wir durch das kleine Tor in Richtung Wäschewiese gingen.

»Das, was nötig ist. Du solltest jetzt besser verschwinden, ehe wir hier noch auffallen. Ich werde dafür sorgen, dass sie dir nicht gefährlich werden kann.«

Wie das aussehen konnte, hatte ich auf Fotheringhay gesehen.

»Ach ja, noch etwas, junge Lady. Du solltest ein wenig sorgfältiger sein. Die Sache mit den Wachen hätte böse enden können. Überhaupt wäre all das nicht nötig gewesen, wenn du dich nicht hättest erwischen lassen. Halte beim nächsten Mal Augen und Ohren besser auf, hast du verstanden?«

Ich nickte nur, denn eine Rechtfertigung hatte ich nicht.

»Gut, geh jetzt und sorge dafür, dass das Verschwinden der Kleinen nicht allzu hohe Wellen schlägt.«

»Bitte tötet sie nicht.«

Gifford blickte mich einen Moment lang an, dann wandte er sich um, ohne zu nicken oder mir eine Antwort zu geben.

Nachdenklich kehrte ich ins Haus zurück. Wieder und wieder fragte ich mich, was aus Rosa werden würde. Doch jedes Mal schob ich den Gedanken schnell beiseite, damit er mich nicht zu etwas verleitete, was meine Anwesenheit hier gefährdete. Auch wenn ich für das Verschwinden der Magd sicher eine Erklärung fand, spürte ich, dass nichts mehr so sein würde wie vorher. Ich spürte, dass ich handeln musste. Es war, als arbeitete im Hintergrund ein Uhrwerk, das die Zeit, die mir hier blieb, unweigerlich verkürzte. Ich durfte mir keine Gedanken machen. Ich durfte nicht unnütz Zeit verstreichen lassen.

77. Kapitel

Die ganze Nacht tat ich kein Auge zu, und meine innere Unruhe hätte mich beinahe dazu bewogen, viel zu früh in der Küche zu erscheinen und mich mit Arbeit abzulenken. Aber ich hielt mich zurück. Jede Veränderung konnte im Nachhinein verdächtig erscheinen. Noch ahnte Maria nichts davon, dass Rosa verschwunden war, allerdings war sie nicht dumm und würde sich vielleicht an mein frühes Erscheinen erinnern. Das war zwar kein Beweis, aber ein Grund zum Argwohn, und diesen wollte ich ihnen nicht liefern.

Ich wartete also das Krähen der Hähne ab, ehe ich mich erhob. Auch sonst brauchte ich nicht sehr lange, um mich fertigzumachen. Ich brachte mein Haar und meine Kleider in Ordnung, wusch mir Gesicht und Hände und ging langsam in Richtung Küche. Maria war bereits dort und putzte Gemüse. Der Geruch frisch geschnittener Limonen hing in der Luft, das Feuer prasselte in der Esse und erfüllte den Raum mit Wärme. Es schien alles wie immer zu sein.

Auch Carmen war wie üblich noch nicht da, sie würde erst ihre Freundin wecken und dann ebenfalls zu uns kommen.

»Guten Morgen, Maria!«, rief ich und nahm wie jeden Morgen den Wassereimer. Obwohl mein Gesicht eine Maske war, tobte es in mir. Es war fast so wie am ersten Tag in Fotheringhay, als ich nicht wusste, ob mich die Dienerschaft als falsche Amy entlarven würde. Rosa war allerdings nicht ausgetauscht worden, ihr Fehlen würde man zweifelsohne bemerken. Doch ich war geübt darin, meine Regungen zu verstecken, und einen Beweis, dass ich hinter ihrem Verschwinden steckte, gab es nicht.

Ich ging hinaus zum Wirtschaftsbrunnen, scheuchte ein paar Spatzen auf, nickte ein paar Wächtern grüßend zu, und als ich den Eimer in den Brunnenschacht hinunterließ, hörte ich aufgeregte Stimmen aus der Küche. Ich zog den vollen Eimer wieder hinauf und machte mich auf den Rückweg zum Haus. Aus der Ferne hörte ich eine Glocke läuten, die die Gläubigen zur Frühmesse rief. Dann übertönte die Stimme von Maria das Geläut.

»Amy, hast du Rosa heute schon gesehen?«

Ich blieb stehen und schüttelte den Kopf. »Nein, Señora.«

»Komm ins Haus!«

Es war also so weit. In der Küche erwartete mich nicht nur Maria, auch Carmen war da und zwei andere Mägde, die gelegentlich hier arbeiteten. José stürmte genau in dem Augenblick in die Küche, in dem ich von draußen hereinkam.

»José, sieh in den Ställen nach, ob Rosa dort irgendwo

ist«, wies Maria ihren Sohn an. Anscheinend hielt sie es nicht für ausgeschlossen, dass die Magd ein Schäferstündchen im Heu verbracht hatte und dort eingeschlafen war. José sagte den anderen Bescheid, und sogleich machten sie sich auf die Suche. Nachdem Carmen Maria mitgeteilt hatte, dass Rosa all ihre Habe hiergelassen hatte und es somit möglich war, dass sie das Anwesen gar nicht verlassen hatte, begannen wir, das Haus von oben bis unten zu durchkämmen. Wir schritten den Keller ab, ebenso sämtliche Kammern und Zimmer. José lief mit ein paar anderen Stallburschen durch die ganze Stadt, doch sie kehrten mit hängenden Köpfen zurück. Nicht mal die Händler in der Stadt hatten sie zu Gesicht bekommen, und die würden sich sicher an Rosa erinnern. Es stand also fest, dass sie völlig überstürzt die Stadt verlassen haben musste. Gifford hatte ganze Arbeit geleistet.

»Vielleicht ist sie ja mit einem Mann fortgegangen«, äußerte einer der Stallburschen schließlich seine Vermutung.

»Oder sie hat entdeckt, dass sie schwanger ist«, entgegnete ein anderer. »Ihr wisst doch, was sie alles getan hat, nur um an Pfirsiche zu kommen.«

Die Pfirsiche! Ich konnte froh sein, dass Rosas Lebenswandel locker genug gewesen war, um Raum für derlei Spekulationen zu schaffen. Nachdem sie noch eine Weile über Rosas Freunde und ihre Liebe zu den pelzigen Früchten gesprochen hatten, kamen die Stallburschen zu der Ansicht, dass die Magd mit ihrem Liebhaber aus der Stadt geflohen sei.

»Vielleicht ist sie auch mit einem ins Gras gegangen, und der hat ihr den Hals durchgeschnitten«, sagte irgendwann einer und fuhr sich mit der Handkante über den Hals. »Sie hat sich die Kerle, mit denen sie gevögelt hat, manchmal nicht genau angesehen, vielleicht ist sie ja an den Falschen geraten.«

»Sag nicht so was!«, ermahnte ihn José und sah kurz zu mir. »Du erschreckst die Mädchen noch. Außerdem wollen wir hoffen, dass dem nicht so war.«

Kurz trafen sich unsere Blicke, doch ich wandte mich ab. Ich hoffte, dass Gifford sie nicht getötet hatte. Nachprüfen konnte ich es nicht, und sein Wort in Frage zu stellen, war auch nicht hilfreich, also musste ich darauf vertrauen, dass ihre Leiche nicht eines Tages im Hafenbecken auftauchte.

Am Abend fanden wir uns alle in der Küche ein. Maria hatte eine gewichtige Miene aufgesetzt. Ich wusste, was sie mit uns besprechen wollte. Wenn ein Dienstbote verschwand, musste es dem Herrn mitgeteilt werden. In Rosas Fall würde es sicher bedeuten, dass sie sich nie wieder an der Pforte von Santa Cruz blickten lassen durfte. Aber Maria war kein Unmensch.

»Da der Marqués im Moment nicht da ist, kann ich ihm auch nichts von Rosas Verschwinden erzählen«, begann sie und stemmte die Hände in die Seiten. Das war für die anderen ein unmissverständliches Zeichen, dass sie sich nach dem, was die Haushälterin sagte, zu richten hatten. »Ich werde ihr zwei Wochen geben, um sich zu besinnen. Vielleicht ist sie ja wirklich mit einem jungen Kerl durchgebrannt und kommt wieder zu Verstand. Sollte der Marqués inzwischen zurückkehren, werdet ihr Stillschweigen bewahren, ist das klar?«

Wir nickten.

Das war keine Bitte, sondern ein Befehl, und diesem würde sich hier im Haus gewiss niemand widersetzen.

Die Tage vergingen, und natürlich tauchte Rosa nicht wieder auf. Maria versuchte, sich nichts anmerken zu lassen, doch ich spürte, dass sie angespannt war.

Eines Abends kam Pedro in die Küche gestürzt. »Stellt euch vor, sie haben eine tote Frau gefunden!«, rief er aufgeregt.

Vor lauter Aufregung jagte ich mir das Messer, mit dem ich gerade Gemüse schnitt, in den Finger. Ich stöhnte leise auf und ließ das Messer fallen, doch zum Glück bemerkte es niemand.

»Madre de Dios!«, rief Maria aus, bekreuzigte sich und wandte sich dem Stallknecht zu. »Wo hat man sie gefunden?«

Ich erinnerte mich daran, die Glocken läuten gehört zu haben, aber ich hatte nichts darum gegeben. Während ich mir den Finger in den Mund steckte und den salzigen Geschmack meines Blutes auf der Zunge hatte, lauschte ich Pedros Worten.

»Die Leiche ist im Hafenbecken geschwommen, vollkommen aufgequollen, so dass man sie kaum erkennen konnte.«

»Weiß man denn schon, wer sie war?« Marias Stimme zitterte.

»Nein, aber die Leute munkeln, dass es ein Dienstmädchen gewesen sein soll. Eines, das noch nicht lange in der Stadt war. Vielleicht hat sich die Kleine ja selbst ins Wasser gestürzt, aber genauso gut ist es möglich, dass ein Mörder die Runde macht.«

Ein Mörder, der sie erwürgt und ins Wasser geworfen hat, dachte ich sofort.

»Nun gut, dann will ich euch mal nicht weiter stören, ich dachte nur, ihr solltet es wissen. Sobald ich etwas Neues erfahre, melde ich mich. Du solltest deine Mädchen anhalten, nicht allein durch die Straßen zu gehen.« Pedro blickte mich einen Moment lang warnend an, dann wandte er sich um und eilte aus der Küche.

Auch Maria drehte sich um und sah nun, dass ich noch immer den Daumen im Mund hatte. »Hast du dich geschnitten?«, fragte sie besorgt, und ich kam nicht umhin, ihr die Wunde zu zeigen. Sie drückte die Wundränder mit ihren Fingern zusammen, und ich spürte, dass sie kalt waren. »Ich werde dir etwas zum Verbinden geben. Sei nächstes Mal vorsichtig, man kann sich leicht eine Blutvergiftung holen.«

Sie ging zu dem kleinen Beistelltisch, in dessen Schublade sie ein wenig Leinen aufbewahrte, nahm einen der feinsäuberlich zurechtgeschnittenen Lappen heraus und reichte ihn mir. Der Stoff war beinahe zu fein und damit zu schade, um als Verband verwendet zu werden. Wahrscheinlich zerschnitt Maria Bettlaken, die zerschlissen waren oder aus denen sich Flecken nicht mehr herauswaschen ließen.

Ich wickelte das Läppchen um meinen Finger und machte mich wieder an die Arbeit. Seltsamerweise hatte ich Rosas Gesicht vor mir, und in der Messerklinge erblickte ich die Waffe, mit der sie getötet worden war. Der Gedanke, wie sie wohl aussehen würde, wenn das Wasser ihren Leib aufgeschwemmt hatte, war schließlich zu viel für mich. Übelkeit stieg in mir auf, so stark, dass ich sie nicht mehr beherrschen konnte. Ich legte das Messer beiseite und stützte mich an der Tischplatte ab, denn ich glaubte, der Boden hätte unter mir zu schwanken begonnen.

»Ist dir nicht gut?«, fragte Maria und holte mich aus dem Strudel der grauenvollen Bilder fort.

»Es geht schon«, antwortete ich und umklammerte das

Messer fester. Ich spürte, wie mir kalter Schweiß über den Rücken lief, aber es gelang mir nach einer Weile, mich wieder unter Kontrolle zu bringen. »Es ist nur wegen des Fingers, der Geschmack des Blutes bereitet mir Übelkeit«, versuchte ich mich herauszureden.

Ob Maria es mir abnahm, wusste ich nicht, vielleicht dachte sie, dass mir von Pedros Geschichte übel geworden war. Sie senkte den Blick wieder auf ihre Arbeit, und ich tat es ihr gleich. Tief im Inneren ärgerte ich mich allerdings über mich selbst. Ich hatte geglaubt, dass ich mich unter Kontrolle hatte, doch offensichtlich war ich noch immer nicht kaltblütig genug, um den Mord an einer Unschuldigen mit einem Lächeln abzutun. Ich beruhigte mich mit dem Gedanken, dass es vielleicht nicht Rosa war, die man gefunden hatte. Solange die Identität der Toten nicht bekannt war, brauchte ich mich nicht verrückt zu machen. Die unausgesprochene Vermutung, dass Rosa die Tote sein könnte, ließ die Dienerschaft jedoch verstummen. In der Küche sprachen wir nur wenig miteinander, und am Nachmittag ertappte ich Maria des Öfteren dabei, dass sie mit sorgenvollem Blick ins Feuer starrte.

Als ich am Stall vorüberging, hörte ich keinen einzigen Stallburschen reden. Nur das Schnauben der Pferde drang an mein Ohr. Auch die Wächter schienen nicht mehr so gesprächig wie sonst zu sein. Diejenigen, die am Tor standen, stopften sich wortlos ihre Pfeifen und rauchten sie, die Männer im Wachhaus schärften ihre Dolche und Degen oder spielten Karten. Es war, als hätte sich mit Pedros Neuigkeit ein Schleier des Schweigens über das gesamte Haus ausgebreitet. Auch José hatte sich ein wenig verändert, aber daran hatte ich ebenfalls meinen Anteil.

Seit unserer Unterhaltung am Hafen hatte ich nur noch

das Nötigste mit ihm gesprochen. Zwischendurch hatte ich zwar seine Blicke bemerkt, doch ich hatte sie nicht erwidert. Dass mein Verhalten ihm gegenüber kühl war, wäre glatt untertrieben gewesen. Trotzdem wollte ich es nicht ändern. Ich spürte, dass sich meine Mission dem Ende entgegenneigte, und ich wollte mich ganz auf mein Vorhaben konzentrieren. Es war wichtiger als eine Liebelei, die ohnehin keine Zukunft hatte.

José meinte nach wie vor, dass ich ihn wegen seines Wunsches, der Flotte beizutreten, derart behandelte, und das war nur gut so. Einem Menschen, den ich wirklich liebte, hätte ich längst verziehen gehabt. Ihn dagegen wollte ich weiterhin in diesem Glauben lassen, denn somit gewann ich Ruhe zum Nachdenken.

Noch am gleichen Nachmittag, als ich gerade dabei war, Holz zu holen, kam José zu mir. »Hast du von der Toten im Hafen gehört?«, begann er vorsichtig.

Ich nickte. »Pedro hat es uns erzählt.« Obwohl ich seinen abwartenden Blick spürte, sah ich nicht zu ihm auf.

»Du bist mir noch immer böse, nicht wahr?«

Ich antwortete darauf nicht und arbeitete einfach weiter.

José beobachtete mich eine Weile, dann sagte er: »Wenn du willst, heiraten wir gleich.«

»Damit ich in ein paar Monaten den Witwenschleier tragen muss?«, fuhr ich ihn an.

»Es ist nicht gesagt, dass mir etwas passiert. Sicher kämpfe ich besser, wenn ich weiß, dass hier jemand auf mich wartet.«

»Dann solltest du dir jemand anderen suchen«, erwiderte ich kalt, griff nach dem Eimer neben der Tür und strebte dem Brunnen zu. Ich rechnete fest damit, dass er mir nachlaufen und sich zum Narren machen würde, doch das tat er nicht.

Für eine Weile spürte ich noch seinen Blick, aber als ich mich umwandte, war er verschwunden.

Ich sah ihn für den Rest des Tages nicht mehr, er hielt sich wahrscheinlich im Stall auf, um mir nicht über den Weg zu laufen. Erst am Abend, als wir alle beim Essen zusammensaßen, fand er sich wieder bei uns ein. Er hielt den Kopf gesenkt und vermied es, mich anzusehen. Das rief Verwunderung bei Maria hervor. Sie sagte nichts, aber ich konnte es ihr ansehen. Ich rechnete damit, dass sie mich auf sein seltsames Verhalten ansprechen würde, doch das tat sie nicht. Wir arbeiteten stumm nebeneinander, und als wir uns eine gute Nacht wünschten, lächelte sie mir zu.

Der nächste Tag war wieder ein Sonntag, und wie immer gingen wir in die Iglesia de Santa Cruz. Ich hielt die ganze Zeit über Ausschau nach Gifford, da ich ihn zur Rede stellen wollte, was die Tote am Hafen betraf. Aber ich konnte ihn beim besten Willen nicht unter den Kirchgängern ausmachen. Ich war mir sicher, dass er in der Nähe war, ein paarmal hatte ich das Gefühl, dass sich sein Blick in meinen Rücken bohrte, doch immer, wenn ich mich umwandte, blickte ich nur in fremde Gesichter, in wirklich fremde Gesichter und keine maskierten, wie das von Gifford eines war.

Nachdem der Gottesdienst zu Ende war, traten wir wieder auf den Vorplatz, aber auch hier war er nicht. Wahrscheinlich wollte er mir damit sagen, dass ich am Zug war. Was er tun musste, hatte er getan, jetzt gab es in unserer Mission nur noch eine einzige Handlung, und die musste ich vollführen.

»He, Mädchen, was machst du so einen langen Hals, nach wem suchst du?«, fragte mich Maria.

Ich antwortete: »Mir war, als hätte ich Rosa gesehen.«

Daraufhin presste die Haushälterin die Lippen zu einem

schmalen Strich zusammen und sagte: »Wenn sie es wirklich gewesen wäre, wäre sie zu uns gekommen.«

Sie legte den Arm um meine Schulter und zog mich mit sich.

78. Kapitel

Am nächsten Tag war wieder einmal Waschtag, und einer der Laufburschen, den Maria losgeschickt hatte, weil sie mich in der Waschküche brauchte, kam mit der Nachricht zurück, dass Santa Cruz' Schiffe am Horizont gesichtet worden waren. Das bedeutete, dass er vielleicht schon an diesem Abend wieder im Haus sein würde. Gott allein wusste, wann er das nächste Mal abreisen würde.

Sogleich brach hektische Betriebsamkeit im Haus aus. Maria ließ Carmen und mich allein in der Waschküche und machte sich daran, zusammen mit den anderen beiden Mägden das Essen vorzubereiten. Erst am Nachmittag kam sie wieder in die Waschküche. Carmen war die ganze Zeit über schweigsam gewesen, Rosa fehlte ihr sehr, und die Tatsache, dass sie auch heute nicht wieder aufgetaucht war, ließ ihre Sorge wieder stärker werden. Maria bedachte sie mit einigen sorgenvollen Blicken, stellte aber keine Fragen, sondern gab uns lediglich die Anweisungen für die Arbeit.

Zum Nachmittag hin hatten wir einen großen Teil der Wäsche bereits gewaschen und gemangelt. Die Laken und Hemden flatterten hinter dem Haus im Wind, die trockenen Wäschestapel türmten sich in der Waschküche. Noch bevor der Marqués nach Hause kam, würden wir sie auf die Zimmer verteilen und in den Truhen und Schränken verstauen. Kurz nachdem Maria wieder zu uns gekommen war, stürmte Pedro in die Waschküche.

»*Buenos días*, ihr Hübschen, was treibt ihr denn hier?«

Wir blickten kurz auf und sahen ihn grinsend im Türrahmen stehen. »Was treibst du denn hier, Pedro?«, entgegnete Maria schnippisch, denn sie hasste es, wenn jemand Schmutz in die Waschküche trug. »Gibt es heute nichts im Stall zu tun?«

»Ich wollte euch nur ein paar Neuigkeiten mitteilen – da ihr immerzu so beschäftigt seid, dass ihr gar nicht mehr in die Stadt kommt.«

»Was sind das für Neuigkeiten?«

»Sie haben den Kerl gefasst, der die Frau umgebracht hat.«

Diesmal hatte ich glücklicherweise kein Messer in der Hand, als mir der Schreck durch die Glieder fuhr.

»Raus mit der Sprache, wer war es!«, sagte Maria, während Carmen und ich eines der Laken zusammenfalteten.

»Ein Mann aus Lissabon, ein Landstreicher, der sich anscheinend seiner schwangeren Freundin entledigen wollte. Jedenfalls hat er ihr die Kehle zugedrückt und sie ins Wasser geworfen. Meine Frau hat mir vorhin davon berichtet.«

War das die wahre Geschichte oder das, was verbreitet wurde, weil jemand dafür bezahlt hatte? Wahrscheinlich würde Gifford das nicht tun, jedenfalls nicht bei einer Dienstmagd. Sicher würde er auch dafür sorgen, dass die Leiche nicht so schnell wieder auftauchte. Ich wunderte mich über mich selbst, dass ich daran nicht gedacht hatte.

Auf jeden Fall atmete Carmen erleichtert auf, und auch Marias Züge lösten sich ein wenig.

»Ich denke, dass sie dem Kerl den Kopf abschlagen werden. Dann ist er mit seiner Freundin wieder vereint, und die kann ihm in den Ohren liegen, warum er sie umgebracht hat.« Pedro stieß ein spöttisches Lachen aus, und das wohl auch nur, weil er erleichtert war, dass die Tote nicht Rosa war.

Ich dagegen konnte nicht behaupten, erleichtert zu sein, denn es war damit nicht gesagt, dass sie noch am Leben war. Immerhin kehrte vorerst ein wenig Friede in das Haus ein.

»Also, meine Hübschen, wascht die Laken ja gut, damit unser Herr sich bestens von seiner Reise erholen kann!«

Ohne ein Wort griff Maria nach einer der Bürsten, die wir zum Schrubben benutzt hatten, und warf sie ihm hinterher. Pedro suchte schnell das Weite, doch die Bürste hätte ihn ohnehin nicht getroffen, denn sie prallte gegen den Türrahmen. Als Maria sie wieder aufhob, war ihre Miene nicht mehr ganz so sorgenvoll wie in den Tagen zuvor.

Der Marqués kam an diesem Abend wider Erwarten noch nicht zurück. Zu vorgerückter Stunde hatte Maria den Laufburschen zum Hafen geschickt, und er kam mit der Nachricht zurück, dass sich die Schiffe noch immer an derselben Stelle befanden.

»Bestimmt sind diese verdammten Engländer wieder in der Nähe«, schimpfte Maria, während sie auf die Speisen blickte, an denen wir uns wohl heute statt Seiner Exzellenz laben durften. »Sie treiben sich vor der spanischen Küste herum, damit sie unsere Handelsschiffe überfallen können. Ich hoffe, dass diese verdammten Hunde auf ewig im Fegefeuer schmoren!«

Ihre Rede fand begeisterten Zuspruch bei den Wachposten, die ihr von draußen zujubelten. Ich fragte mich, ob Santa Cruz wirklich Schwierigkeiten mit Drake hatte. Immerhin hatten die Spanier versucht, den britischen Admiral ermorden zu lassen. Was sollte ihn davon abhalten, das Schiff des Großadmirals anzugreifen, wenn es ihm vor die Nase kam? Wäre ein Kampf die Ursache für die Verspätung des Marqués gewesen, hätte der Laufbursche aber sicher von Geschossfeuer berichtet. Wie auch immer – für mich war diese Verzögerung wie ein Geschenk des Himmels.

Als es im Haus still wurde, wartete ich mit den Schlüsseln in der Hand auf eine günstige Gelegenheit. Wenn der Marqués wieder zurück war, würde es weitaus gefährlicher sein. Die Frage war außerdem, wie weit die Vorbereitungen der Armada inzwischen gediehen waren. Stand das Auslaufen unmittelbar bevor? Wenn ich Josés Feuereifer betrachtete, mit dem er zu den Truppen wollte, konnte ich es beinahe glauben.

Mit einem Mal war es mir, als erklinge in meinem Hinterkopf eine leise Stimme. *Worauf wartest du noch? Dies wird für die nächste Zeit deine einzige Möglichkeit sein, um an die Dokumente zu gelangen. Die einzige Möglichkeit, sie noch rechtzeitig zu bekommen. Du musst handeln!*

Und das tat ich. Ich erhob mich von meinem Lager und begann mit meinen Vorbereitungen. Für alle Fälle zog ich das Lederwams und die Hose unter mein Kleid und steckte auch meine Dolche ein. Wenn ich nichts fand, würde ich in mein Zimmer zurückkehren und warten, bis Santa Cruz eintraf. Wenn dagegen alles, was wir brauchten, in dem Schrank war, würde ich noch heute verschwinden.

Ich hatte gerade mein Zimmer verlassen, als ich ein Geräusch hörte. Es waren Schritte, vertraute Schritte. José! Dieser liebeskranke Narr! Anscheinend wollte er versuchen, mich umzustimmen. Ich unterdrückte einen Fluch und huschte in mein Zimmer zurück. Meine Gedanken rasten, und als ich die Tür so lautlos wie möglich hinter mir zuzog, kam ich zu dem Entschluss, dass ich José genauso wie Rosa außer Gefecht setzen musste, und zwar so schnell und so lautlos wie möglich.

Nach dem Zwischenfall mit der Magd hätte mir Gifford sicher geraten, ihn zu töten. Auch Walsingham hätte gewiss nichts dagegen gehabt, aber noch war ich nicht so kaltblütig, dass ich einen Jungen, den ich mochte, umbringen konnte – selbst wenn er auf der anderen Seite der Front stand. Ich war mir sicher, dass es genügte, ihn niederzuschlagen, zu fesseln und einzusperren.

Mein Bleiben in diesem Haus war dann zwar mehr als gefährdet, denn zwei Verschwundene erregten bestimmt Argwohn. Aber ich hoffte noch immer darauf, dass Santa Cruz seine Unterlagen in diesem Schrank zurückgelassen hatte und ich keinen Tag länger hierbleiben musste. Falls doch, könnte ich immer noch behaupten, dass ich José für einen Räuber gehalten hatte.

Schnell arrangierte ich die Bettdecke so, dass er annehmen musste, ich läge darunter. Während ich hörte, dass seine Schritte auf mein Zimmer zukamen, blickte ich mich im Raum um, auf der Suche nach etwas, das hart genug war, um ihn ins Reich der Träume zu schicken. Der große Wasserkrug neben dem Bett fiel mir ins Auge. Doch wenn er zerschellte, würden sämtliche Bedienstete wach werden, und wenn sie und die Wachen mich so vorfanden, wie ich war, hatte ich verspielt. Nein, ich brauchte etwas anderes, das einen lautlosen Schlag ermöglichte. Die Schritte waren der Tür schon gefährlich nahe, als mir das schwere Bund Dietriche unter meinem Wams einfiel. La Croix hatte mich gelehrt, welche Stelle ich bei einem Angriff aus dem Hinterhalt treffen musste, damit ich einen Menschen ausschalten konnte. Ich erinnerte mich an den Schlag, den ich hatte einstecken müssen, als ich vom Marktplatz fliehen wollte. Mir war schlagartig schwarz vor Augen geworden, und wenn ich es richtig anstellte, würde es bei José ebenfalls so sein. Ich nahm die Dietriche also fest in beide Hände und wartete mit klopfendem Herzen.

Nach einer Weile öffnete sich leise die Tür. Zögerlich trat José ein, und wie ich es nicht anders erwartet hätte, ging er schnurstracks zum Bett. Ich hielt den Atem an, bis ich seinen Rücken und damit auch seinen Nacken vor mir hatte. Dann holte ich aus und schlug blitzartig zu. Die Angst, entdeckt zu werden, verlieh mir genügend Schwung, und die Dietriche gaben meiner Faust die notwendige Härte. Ich traf José in der Grube zwischen Hals und Schulter, und er ging mit einem leisen Stöhnen zu Boden.

Als ich mir sicher war, dass er sich nicht mehr regte und dass auch niemand durch das dumpfe Aufprallgeräusch aus dem Schlaf geschreckt worden war, machte ich mich daran, ihn in die Bettdecke einzuwickeln. Ich achtete darauf, dass er Luft bekam, trotzdem band ich ihm auch einen Zipfel um den Mund, damit er kein Geschrei anstimmen konnte, falls er aufwachte, bevor ich zurück war. Als José vor mir lag wie eine Schmetterlingsraupe, die sich in ihren Kokon eingesponnen hatte, verließ ich das Zimmer wieder und schloss hinter mir ab.

79. Kapitel

Wenige Minuten später öffnete ich die Tür zum Aktenschrank im Kabinett und hatte nun die Geheimnisse des Marqués vor mir.

In einem der größeren Fächer fand ich ein paar Karten, und darunter, wahrscheinlich mit Bedacht dort deponiert, lag ein Foliant, der meine Aufmerksamkeit erregte. Das Papier war noch recht neu; verschlossen war das Aktenbündel mit einer Kordel, an der ich das Wappen des Marqués erkannte. Ich nahm die Papiere hervor und trug sie zum Fenster, um einen besseren Blick darauf zu haben.

Der Anblick der ersten Seiten ließ mein Herz schneller schlagen, denn die Texte waren verschlüsselt. In der Mitte der Unterlagen fiel mein Blick auf eine Karte. Der Lauf der Themse war darauf abgebildet, und wieder kamen mir Giffords Worte in den Sinn.

Der Marqués ist berühmt dafür, Flüsse und Mündungen so gut wie kein anderer zu durchfahren. Dass er Galeeren verwendet, mag rückschrittlich erscheinen, doch wenn er damit in die Themse gelangen würde, hätten wir ein ernsthaftes Problem.

Das war es! Santa Cruz hatte einige Bemerkungen gemacht, mit denen ich zwar nicht viel anfangen konnte, doch ich wusste, dass es Hinweise für Kapitäne waren. Wenn die Spanier eine Invasion auf London planten, mussten sie genau wissen, wo der Fluss Untiefen hatte, sonst würden ihre schweren Schiffe auf Grund laufen. Natürlich musste ich die verschlüsselten Dokumente entziffern, um sicher zu sein, doch allein die Karte gab mir Zuversicht. Ich schob den Folianten unter mein Wams und kehrte zum Schrank zurück, um ihn zu verschließen.

Da vernahm ich Hufschlag auf dem Hof und hielt augenblicklich inne. Der Marqués kehrte zurück!

Ich bezweifelte, dass er sich gleich zu Bett begeben würde.

Zunächst würde er in sein Kabinett gehen und dort nach dem Rechten sehen, da war ich mir sicher. Ich wirbelte herum und ging zur Tür. Doch es war bereits zu spät. Schritte tönten die Treppe hinauf. Santa Cruz hatte keinen Grund, in seinem eigenen Haus leise zu sein. Und wie es sich anhörte, wurde er von jemandem begleitet.

Ich war gefangen wie ein Fuchs in der Falle. Da ich nicht hinauskonnte, musste ich mich verstecken und warten, bis Santa Cruz entweder vorbeiging oder den Raum wieder verließ.

Leicht panisch sah ich mich nach einem Versteck um. Die Vorhänge kamen mir in den Sinn, aber dem Marqués würde es gewiss auffallen, wenn die Falten anders als sonst lagen. Das einzige halbwegs sichere, wenngleich nicht ungefährliche Versteck war der Kartentisch mit dem grünsamtenen Tischtuch, unter dem ich vor nicht allzu langer Zeit Rosa versteckt hatte. Ohne lange zu überlegen, huschte ich darunter und machte mich so klein wie möglich. Dann umfasste ich den Griff eines meiner Messer. Wenn mich Santa Cruz entdeckte, durfte ich nicht davor zurückschrecken, ihn zu töten.

Nur wenig später schob der Marqués den Schlüssel in das Schloss und trat mit seinem Begleiter ein. Dessen Schritte waren leicht wie die einer Frau, bestens dazu geeignet, unbemerkt hinter jemandem aufzutauchen und ihm den entscheidenden Dolchstoß in den Rücken zu versetzen.

»Kommt, setzt Euch«, sagte der Marqués und stellte etwas auf dem Schreibpult ab. Offenbar einen Kerzenleuchter, denn ein Lichtschein fiel unter das Samttuch. »Meine Dienerschaft schläft bereits, ich kann Euch diesmal leider keinen Wein anbieten, Señor Esteban.«

Esteban! Der Klang dieses Namens schoss wie Feuer mein

Rückgrat hinunter. Kein Wunder, dass man seine Schritte kaum vernehmen konnte! Ich hatte nicht vergessen, was er getan hatte und dass ich geschworen hatte, ihn dafür zu bestrafen. Nun hatte ich endlich die Gelegenheit, die mir vor einigen Worten noch verwehrt geblieben war. Ich konnte ihn belauschen.

»Nicht nötig, Eure Exzellenz, ich habe ohnehin nicht vor, lange zu bleiben.«

»Was führt Euch zu mir?«

»Ich habe hier ein Schreiben Seiner Majestät und Unterlagen des Herzogs von Parma, in denen Euch die Landung an der niederländischen Küste erklärt wird.« Das trockene Rascheln von Papier ertönte, und wenig später wurde noch etwas auf das Pult gelegt.

»Ihr habt sie also gelesen?« Santa Cruz hörte sich so an, als ob ihm das nicht passte.

»Ich war dabei, als Seine Majestät den Brief aufgesetzt hat, und dabei sind auch ein paar Worte über den Inhalt gefallen. Es ist immer besser, wenn man weiß, was man beschützt.«

»Manchmal ist zu viel Wissen auch gefährlich.«

»Dessen bin ich mir vollauf bewusst, aber Ihr könnt darauf vertrauen, dass dieses Wissen bei mir in den besten Händen ist.«

»So sollte es jedenfalls sein, denn die Pläne von Parma sind sehr wichtig!«, betonte der Marqués. »Sie sind ein Kernstück unserer Mission.«

»Dann könnt Ihr sie ab sofort bei Euren eigenen Planungen berücksichtigen. Wann kann Seine Majestät damit rechnen, dass die Flotte auslaufbereit ist?«

Ich spitzte die Ohren noch ein bisschen mehr, denn die Dokumente, die ich bei mir trug, waren von großer Bedeutung, genauso wie das, was jetzt auf dem Pult lag. Aber die folgenden Worte waren das Wichtigste.

»Ich schätze, dass es in einem Dreivierteljahr so weit sein wird. Vielleicht auch schon in fünf bis sieben Monaten. Unsere Flotte macht große Fortschritte, wir haben zahlreiche gute Schiffe von unseren Verbündeten gewinnen können.«

»Das wird den König freuen!«

Irrte ich mich, oder schwang in Estebans Worten ein leicht drohender Unterton mit? Santa Cruz schien die Drohung jedenfalls nicht zu bemerken oder nicht bemerken zu wollen, auch wenn ich spürte, dass ihm der Besucher alles andere als angenehm war.

»Ich werde Euch ein Schreiben für den König mitgeben, in dem ich Seiner Majestät meinen Dank aussprechen will.«

Der Meisterspion schien nichts dagegen zu haben. Er erhob sich, und für einen Moment konnte ich einen Blick auf seine feinen Lederstiefel werfen. Santa Cruz stellte sich unterdessen an das Schreibpult und begann mit seiner Arbeit. Wie es seine Gewohnheit war, fiel auch diesmal eine Feder auf den Boden. Allerdings erkannte Esteban, dass es Absicht war und bückte sich nicht danach. Nachdem der Marqués das Schreiben versiegelt hatte, übergab er es Esteban, und die beiden Männer verließen den Raum.

Erleichtert kroch ich unter dem Kartentisch hervor und ging zum Pult hinüber. Die Unterlagen befanden sich in einem Folianten, der mit einer Kordel verschnürt und durch ein großes Siegel mit dem Wappen des spanischen Königs gesichert war. Indem ich die Schlachtpläne des Herzogs von Parma stahl, machte ich sie nicht ungeschehen, aber Walsingham und vor allem Elizabeth konnten entsprechend reagieren. Ich überlegte nicht lange und nahm sie an mich.

Im selben Moment hörte ich Schritte. Der Marqués kam wieder nach oben! Einfach aus dem Raum stürmen konnte ich nicht, dann wäre ich ihm direkt in die Arme gelaufen. Schnell schob ich den Folianten unter mein Wams und verbarg mich hinter dem offenen Türflügel.

Als der Marqués eintrat, bemerkte er nicht sofort, dass etwas nicht in Ordnung war. Als er jedoch auf das Pult blickte, wirbelte er blitzschnell herum und erblickte mich. Er war im ersten Moment dermaßen überrascht, dass er kein Wort hervorbringen und sich auch nicht regen konnte. Erkenntnis stahl sich in seinen Blick. Sie ähnelte ein wenig der von Rosa, doch sie war ungleich stärker. Seine Miene verzerrte sich und er holte tief Luft. »Wache!«

Ehe sein Ruf vollständig verhallt war, griff er nach seinem Degen. Bevor er ihn aus der Scheide gezogen hatte, schnellte meine Hand zum Schürhaken, der neben dem Kamin hing. Leider war er kalt, aufgrund der hohen Temperaturen draußen hatten wir nicht eingeheizt, doch auch so würde er mir nützlich sein. Santa Cruz stürmte mit gezückter Waffe auf mich zu, aber ich wich der Degenspitze aus, riss den Schürhaken herum und versetzte ihm mit aller Kraft einen Schlag gegen den Kopf. Das Metall hinterließ eine Wunde an seiner Schläfe, dann stürzte der Marqués zu Boden.

Ich verlor keine Zeit. Ich ließ den Schürhaken neben ihm fallen, griff nach dem Leuchter vom Schreibpult und stürmte aus der Tür.

Von unten her war bereits Tumult zu hören, bald klirrten die ersten Degen und Sporen. Ich musste sehen, dass ich von hier wegkam. Nur wie?

Einer spontanen Eingebung folgend, stürmte ich eine Etage höher ins Schlafzimmer von Santa Cruz. Ich hastete ans Fenster, riss die Flügel auf und blickte nach draußen.

Von hier aus konnte ich die Wachstube erkennen, das Gebäude war nicht weit von hier entfernt. Allerdings musste ich ein Stück näher an die Hausecke heran, wenn ich es erreichen wollte. Für einen kurzen Moment wünschte ich mir die Schwingen eines Raben, dann hätte ich einfach aus dem Fenster zum Hafen flattern können. Unten hörte ich, wie die Soldaten ins Kabinett des Großadmirals stürmten. Jetzt fanden sie ihn und versuchten sicher, ihn aufzuwecken.

Soweit ich sehen konnte, befand sich momentan niemand in der Wachstube, auch auf dem Hof konnte ich keinen einzigen Bewaffneten ausmachen. Vielleicht konnte ich die Wachen ja noch ein wenig länger auf Trab halten …

Ich wusste, dass Stoff schnell brannte, also schleuderte ich den Leuchter aus dem Kabinett kurzerhand ins Bett. Wo vor kurzem noch die Flammen von Santa Cruz' Leidenschaft gebrannt hatten, entfachte jetzt ein richtiges Feuer. Als ich sah, wie es in die Höhe schoss und sich über den Baldachin hermachte, kletterte ich aus dem Fenster. Der Sims war extrem schmal, aber es zeigte sich, dass meine Übungen mit Geoffrey nicht vergebens gewesen waren. Der Wind wehte hier oben ein wenig heftiger, und einmal brach unter meinen Füßen eines der maurischen Ornamente weg, doch glücklicherweise fand ich mit den Händen Halt, so dass ich meinen Weg unbeschadet fortsetzen konnte.

Inzwischen hatte sich der Brand ausgebreitet, und Rauch quoll aus dem Fenster. Nur wenige Augenblicke später wurden die ersten Rufe laut. Ich kümmerte mich nicht darum, sondern hangelte mich weiter. Inzwischen befand ich mich direkt über dem Dach des Wachgebäudes. Glücklicherweise hatten die Gebäude keinen allzu großen Höhenunterschied, und so sprang ich, ohne lange zu zögern.

In meinen Ohren klang es, als würden die Schindeln unter mir einbrechen, aber dies hier war keine alte Scheune in Londons Hafenviertel.

Von hier aus führte auch ein Weg zur Mauer, doch ich wusste, dass ich von dort nicht so einfach auf die Straße springen konnte, wenn ich nicht Gefahr laufen wollte, mir die Beine zu brechen. Ich brauchte ein Seil, und dieses bekam ich am ehesten in der Wachstube. Also kniete ich mich auf das Dach, umklammerte die Kante und machte eine Rolle vorwärts. Unter mir war ein Fenster, wie ich an dem Lichtschein erkennen konnte. Ich schwang mich hinein, auch auf die Gefahr hin, im nächsten Augenblick einem Wächter gegenüberzustehen. Für den Fall hatte ich ja meine Dolche.

Ich landete ein wenig unsanft auf dem Boden, doch während ich noch gegen den Schmerz in meinen Fußsohlen ankeuchte, erblickte ich ein Seil.

Inzwischen hatten die Wachposten bemerkt, dass der Angreifer bereits geflohen war. Nach unten laufen und eine günstige Stelle für den Aufstieg auf die Mauer suchen konnte ich jetzt nicht mehr. Ich musste zurück auf das Dach. Also griff ich das Seil und kletterte damit wieder nach draußen.

Die herbeigeeilten Wachposten hatten zu meinem Glück noch nicht mitbekommen, was über ihren Köpfen vor sich ging, aber ich hörte, wie sie forderten, sämtliche Ausgänge abzusperren. Zunächst beschäftigte sie jedoch das Feuer. Sie holten sämtliche Bediensteten aus ihren Quartieren herbei, um den Brand zu löschen. Inzwischen hatte ich das Dach erreicht, lief über die Dachziegel und näherte mich der Mauer. Sie war ein Stück von dem Wachhaus entfernt, aber nicht so weit, dass ich die Distanz nicht mit einem beherzten Sprung überbrücken könnte. Allerdings brauchte ich dazu meine Hände, also schlang ich mir das Seil um den Leib und holte Schwung.

Inzwischen herrschte hektisches Treiben auf dem Hof. Das Feuer breitete sich aus, und schwarzer Rauch stieg in den Nachthimmel. Die Männer und Frauen liefen fast schon panisch zum Brunnen, doch niemand blickte nach oben und sah mich. Das war allerdings kein Grund, mich in Sicherheit zu wiegen, denn noch war ich nicht am Hafen.

Ich spähte hinab und entdeckte eine Rosenhecke unter mir. Wenn ich die Mauer verfehlte, würde ich zwar weich fallen, aber von Tausenden Dornen malträtiert werden. Davon abgesehen bekämen mich die Soldaten zu fassen, und keine Kampfkunst der Welt konnte mich dann noch davor bewahren, im Kerker zu landen. Statt der zärtlichen Berührungen von Santa Cruz würde ich dann den schmerzhaften Kuss des Brandeisens empfangen.

Nein, daran durfte ich jetzt nicht denken. Ich nahm kurz Anlauf und merkte, wie sich im Flug mein Verstand leerte. Erst als ich die Steine der Mauer unter meinen Füßen spürte, setzten die Gedanken wieder ein. Unmittelbar vor dem äußeren Rand kam ich zum Stehen und blickte erneut in die Tiefe.

»Da oben!«, brüllte plötzlich einer der Soldaten. Ich durfte keine Zeit mehr verlieren. Rasch schlang ich das Seil um ein hervorstehendes Ornament, und da ich nicht wusste, wie lange dieser kleine Zacken halten würde, ließ ich mich schnell in die Tiefe gleiten. Ich ignorierte die Hitze in meinen Handflächen und auch, dass die Haut abgeschürft wurde. Ein weiterer stechender Schmerz bohrte sich in meine Fußsohlen, als ich mit viel zu hohem Tempo unten ankam, doch es war mir einerlei. Ich hatte die Unterlagen, und ich befand mich außerhalb der Mauern des Anwesens des Großadmirals. Was wollte ich mehr?

Augenblicklich stürmte ich die Treppe hinunter, die vom Gebäude wegführte, und verzog mich in die nächste Gasse. Mir war klar, dass innerhalb weniger Augenblicke die Hölle in den Straßen von Cádiz losbrechen würde, aber das durfte mich jetzt nicht kümmern. Ich hatte zwar gehofft, dass der Diebstahl ohne großes Aufsehen vonstatten gehen würde, doch jetzt war es eben anders gekommen, und mir blieb nichts weiter übrig, als das Beste aus der Situation zu machen.

80. Kapitel

Da waren sie!

Ich war in Richtung Hafen zum *Roten Hahn* gerannt, wo Gifford mich hoffentlich erwartete, als ich Reiter hinter mir hörte und mich hinter der nächsten Hausecke versteckte.

Wahrscheinlich glaubten meine Verfolger, dass ich mit einem Pferd geflohen war, denn sie preschten ohne nach links oder rechts zu schauen an mir vorbei.

Als sich das Donnern der Hufe ein wenig entfernt hatte, wagte ich mich aus meinem Versteck. Eine ganze Weile ging es gut, doch schließlich brandete mir erneut donnernder Hufschlag entgegen. Der Trupp musste sich geteilt haben. Mir fiel nur eines ein, um sie abzulenken. Hastig entledigte ich mich der Frauenkleider, warf sie auf die Straße und zog mich hinter ein großes Fass zurück. Ein furchtbarer Fischgeruch stieg mir in die Nase, aber das war mir egal. Das dunkle

Leder des Anzugs tarnte mich perfekt, so dass ich meine Verfolger durch den Spalt zwischen Wand und Fass genau beobachten konnte. Sie entdeckten das Kleid und brachten ihre Pferde zum Stehen. Einer der Männer bückte sich nach dem Stoffbündel, dann blickte er sich um. Ich hoffte, dass meine Finte aufgehen würde, denn eigentlich war niemand so dumm, einen Hinweis direkt in seiner Nähe zu hinterlassen. Die Soldaten berieten sich kurz, und offenbar teilte ihr Anführer meine Ansicht, denn wenig später saßen sie auf und ritten weiter. Die Kleider nahmen sie mit, vielleicht in der Absicht, mir Bluthunde hinterherzuschicken, falls sie mich nicht fanden. Mir war das egal, für mich zählte, dass sie fürs Erste abgezogen waren.

Ich lief also weiter und mied auf meinem Weg zum Hafen sämtliche größeren Straßen. Die ganze Zeit über lauerte ich auf den Klang von Pferdehufen, doch alles, was ich hörte, war der Klang einer Fidel. Die Tavernen! Ich konnte nicht mehr weit davon entfernt sein.

»Wohin so schnell des Wegs, Señor?«

Ein Schlag ins Genick hätte mich nicht härter treffen können, als der Klang dieser Stimme. Es war Esteban. Ohne ihn anzusehen, wusste ich, dass er eine Waffe in der Hand hielt. Alles in mir schrie, dass ich loslaufen sollte, aber der Mut der Verzweiflung brachte mich dazu, mich umzuwenden und ihn anzublicken. Der Spanier sah immer noch so verkommen aus wie bei unseren beiden vorherigen Zusammentreffen. Der Ohrring blitzte im Mondlicht auf, sein Gesicht war unter dem struppigen Bart verborgen.

»Du?«, fragte er ungläubig, als er mich erkannte, und stieß ein heiseres Lachen aus. Er erinnerte sich offenbar an mich. Kein Wunder, so wie ich ihn getreten hatte. »Ich dachte, du wärst tot!«

»Und ich hatte gehofft, dass Ihr Euch beim Sprung vom Dach das Genick gebrochen habt. Wie es aussieht, haben wir uns beide geirrt.«

Esteban schüttelte ungläubig den Kopf. »Ich kann nicht glauben, dass so ein kleines Miststück wie du ...«

Weiter kam er nicht. Ich griff nach meinem Dolch und stieß ihn tief in seinen Oberschenkel. Esteban schrie auf, so laut, dass es von den Wänden der umliegenden Häuser widerhallte. Ich kümmerte mich jedoch nicht darum, sondern rannte los. Natürlich hätte ich ihn töten müssen, aber nun hatte ich mich spontan so entschieden, und daran konnte auch das Echo von Wills Worten in mir nichts ändern. Ich war mir sicher, dass mir die Wunde, die ich ihm zugefügt hatte, genügend Vorsprung verschaffte, um den *Roten Hahn* zu erreichen.

Ich bog um die nächste Hausecke, doch ich konnte meinen Weg nicht fortsetzen, denn wieder tauchten Soldaten vor mir auf, diesmal zu Fuß. Also änderte ich schnell die Richtung, lief zurück und kauerte mich unter eine Nische neben einer Hauswand. Die Soldaten mussten sich getrennt haben, denn ich sah nur fünf Stiefelpaare an mir vorüberlaufen. Wahrscheinlich würden sie gleich auf Esteban treffen und die Jagd gemeinsam fortsetzen. Sobald sie außer Reichweite waren, lief ich weiter und näherte mich endlich dem Hafen.

Der Schweiß lief mir nur so über den Leib, und meine Lungen schmerzten vom Laufen. Ich wünschte mir, es wäre nicht ganz so schwül, aber ich stand nicht so gut mit Petrus, dass er einen eisigen Wind über das Meer geschickt hätte. Ein paar Betrunkene torkelten an mir vorbei, ohne Notiz von mir zu nehmen. Ich konnte riechen, dass sie keine Gefahr für mich darstellten. Irgendwo kläffte sich ein Hund die

Seele aus dem Leib. Ich lief weiter, denn ich wollte Gifford auf keinen Fall verpassen. Ich konnte ein paar Fischkisten ausmachen und hielt Ausschau nach dem Hintereingang der Taverne, durch den ich diskret zu Gifford vordringen konnte. Ein paar wilde Katzen, die sich an dem stinkenden Inhalt der Kisten gütlich tun wollten, stürmten auseinander, als sie mich sahen.

Doch bevor ich die Tür öffnen konnte, schoss wie aus dem Nichts eine Gestalt aus dem Schatten. Ich hielt den Mann zunächst für einen Dieb, der glaubte, bei einem Passanten einen guten Fang zu machen, aber dann hörte ich, dass seine Schritte unregelmäßig waren. Es war Esteban. Weiß der Teufel, wo er so schnell hergekommen war! Die Wächter hatte er nicht bei sich, entweder hatte er zuvor einen anderen Weg genommen oder sie weggeschickt, weil er glaubte, allein mit mir fertig zu werden.

Er stand mir einen Moment lang gegenüber, als wollte er meine Schnelligkeit abschätzen. Die Waffe hatte er aus der Wunde gezogen, Blut nässte seine Beinkleider, doch der Zorn betäubte seinen Schmerz. Seine Schritte wurden langsamer, und sein Humpeln wurde deutlicher, als er auf mich zukam, aber zu beeilen brauchte er sich ohnehin nicht mehr. Wenn ich die Flucht nach vorn antrat, würde ich ihm direkt in die Arme laufen. Er stieß ein höhnisches Lachen aus.

»Glaubst du wirklich, du kannst mir entkommen, Füchslein?« Er sprach nun englisch. Dasselbe gebrochene Englisch, das ich schon auf dem Borough Market gehört hatte. Wahrscheinlich wollte er, dass zufällig vorbeikommende Tavernengäste unsere Konfrontation für einen Streit unter Ausländern hielten, in den es sich einzumischen nicht lohnte.

Ich blickte mich hastig um, auf der Suche nach einer Rosenleiter oder einem Balkon, an dem ich mich emporziehen konnte. Beides war weit und breit nicht in Sicht. Im Inneren der Taverne hörte ich die Gäste, doch der Lärm ihrer Stimmen würde meine Schreie und den Kampfeslärm sicher übertönen. Der einzige Fluchtweg führte über die Fischkisten aufs Dach, allerdings war er alles andere als sicher. Wahrscheinlich hätte ich es nicht mal geschafft, die Hälfte davon zu erklimmen.

»Eigentlich müsste ich dich für das, was du getan hast, sofort aufspießen, aber es gibt noch ein paar Dinge, die wir klären müssen.«

Esteban zog seinen Degen. Ich hätte ihn töten sollen. Wäre Will hier gewesen, hätte er sich wahrscheinlich erbost über meine Dummheit abgewendet. Aber das hieß noch lange nicht, dass ich verloren war. Noch hatte ich eines meiner Messer, und auch wenn ich damit nicht die Reichweite eines Degens hatte, konnte ich die Hiebe des Spaniers damit vielleicht parieren.

Esteban richtete die Waffe auf mich, stach jedoch nicht gleich zu. »Raus mit der Sprache, was wolltest du im Haus des Marqués?« Er musterte mich eindringlich, und als ich nicht antwortete, setzte er mir die Spitze des Degens auf die Brust. »Mach gefälligst den Mund auf!«, fuhr er mich an, dass es nur so durch die Gasse hallte.

Ich schwieg ihn weiterhin trotzig an, worauf er mir eine schallende Ohrfeige verpasste. Er schlug so hart zu, dass ich glaubte, mein Gesicht würde aufplatzen wie eine reife Melone. Ich schmeckte Blut und sah ihn trotzig an.

»Du bist also stur! Ich schwöre dir, du bist keine Gegnerin für mich, das warst du nie. Genauso wenig wie der Knabe, den ich in England erledigt habe. Walsingham hält sich für schlau, aber er sollte besser richtige Männer in seine Dienste stellen und keine Kinder!«

Mit dem Knaben konnte er nur Geoffrey meinen. Das dunkle Loch, welches das schwarze Untier in mir beherbergte, den Dämon, wie Will ihn genannt hatte, klaffte auf. Wenn ich mich jetzt nicht für Geoffreys Tod rächte, würde ich es niemals tun können. Ich blickte Esteban noch einen Moment lang in die Augen, dann riss ich mein Knie hoch – wie damals, als wir uns zum ersten Mal begegnet waren.

Er hatte anscheinend daraus gelernt, denn diesmal traf ich nur sein Bein. Dennoch schaffte ich es, mich von ihm loszumachen, und ging mit meinem verbliebenen Messer auf ihn los. Allerdings parierte Esteban meine Attacke rasch. Noch bevor meine Klinge seine Haut treffen konnte, packte er mein Handgelenk und bog es so ruckartig nach hinten, dass ich aufschrie.

»Nun gut, du willst es nicht anders«, keuchte er und riss seinen freien Arm hoch. »Dann werde ich es eben aus dir herausprügeln, oder besser noch, herausschneiden!« Seine Augen leuchteten, als wäre er wahnsinnig, und seine Degenspitze näherte sich drohend meinem Hals.

Das leise und dennoch schrille Summen, das auf seine Worte folgte, hielt ich zunächst für Einbildung. Doch plötzlich schrie Esteban auf, ließ mich los und taumelte nach vorn. Ich sprang zur Seite, um seiner Klinge auszuweichen, die sich in eine Fischkiste hinter mir bohrte.

Im nächsten Augenblick schleuderte Esteban sie beiseite, worauf sich die alten Fische über den Boden verteilten. Wütend wirbelte er herum. Ein weiterer Mann war in der Gasse aufgetaucht. Da Esteban vor mir gestanden hatte, hatte ich ihn nicht kommen sehen. Auch jetzt erkannte ich nichts weiter als seinen Umriss. Er war hochgewachsen und trug eine Armbrust in der Hand. Gifford!

Ich blickte auf Esteban. Ein Armbrustbolzen steckte in seiner linken Schulter. Hätte Gifford nur ein bisschen besser gezielt, hätte er den Spion getötet. Mit einem wütenden Aufschrei wirbelte Esteban herum. Sein Gesicht war zu einer teuflischen Grimasse verzerrt, und angesichts seiner Fähigkeit, Schmerzen zu ertragen, konnte man fast glauben, dass er besessen war. Der Spanier warf sich seinem Angreifer entgegen, wobei er den Degen wie eine Lanze vor seinen Körper hielt. Ich fragte mich, ob Gifford es schaffte, seine Armbrust ein weiteres Mal zu spannen, doch dann sah ich, dass er die Waffe beiseite warf und stattdessen sein Schwert zog.

Klirrend prallten die beiden Klingen aufeinander. Der englische Meisterspion maß mit dem spanischen die Kräfte. Das Metall rieb mit einem schrecklichen Geräusch aneinander. Obwohl Esteban verletzt war, sah es zunächst nicht so aus, als sei er der Schwächere von beiden. Dann gelang es Gifford, ihn wegzustoßen. Der Spanier prallte gegen die Wand und stieß sich den Bolzen noch ein Stück weiter ins Fleisch, aber diesmal schrie er nicht. Sein Zorn betäubte allen Schmerz. Gifford drang wieder auf ihn ein, doch diesmal schaffte es Esteban, sich von ihm zu befreien. Wieder schlugen die Klingen aufeinander. Einmal, zweimal ... Dann parierte Gifford einen von Estebans Hieben und schaffte es, ihm zusätzlich einen Tritt zu verpassen. Der Spanier prallte gegen die Mauer und schrie erneut auf. Trotzdem ließ ihn sein Zorn weiterkämpfen, und er hieb mit wilden Schlägen auf seinen englischen Widerpart ein. Schließlich machte er einen schnellen Ausfallschritt nach vorn, und es geschah, was ich befürchtet hatte. Der Degen des Spaniers bohrte sich in den Leib meines Helfers. Gifford stöhnte auf.

Die Erkenntnis, dass Esteban ihn vielleicht getötet haben könnte, schoss wie ein Feuerstrahl durch meine Glieder. Lachend betrachtete der Spanier seinen Angreifer, der gegen die Wand taumelte. Er riss schon den Arm hoch, um ihm den Gnadenstoß zu versetzen. Im selben Augenblick klaubte ich meinen Dolch vom Boden auf und rannte los, schneller als je zuvor in meinem Leben. Aus irgendeinem Grund hatte ich auf einmal Geoffreys Gesicht vor Augen, wie an jenem Tag, als wir uns zum ersten Mal begegneten. In Windeseile war ich bei dem Spanier. Bevor er den tödlichen Stoß vollführen konnte, rammte ich ihm mit einem wilden Schrei meinen Dolch ins Fleisch. Dieser Stich würde ihn nicht töten, das wusste ich, aber er brachte ihn davon ab, Gifford abzustechen. Röchelnd sog er die Luft in seine Lungen.

Töte schnell und habe keine Skrupel.

Genau daran hielt ich mich. Ohne lange zu überlegen, riss ich den Dolch aus Estebans Gürtel. Bevor er die Gelegenheit hatte, seinen Degen auf mich zu richten, stieß ich die Waffe in seine Brust, mit einem wütenden Schrei und aller Kraft, die ich aufbringen konnte. Unglauben spiegelte sich auf dem Gesicht meines Gegners, und er röchelte erneut, als ich die Klinge aus der Wunde zog. Ein Blutschwall ergoss sich über meine Hände, dann sank der Spanier wie ein Bußfertiger vor mir auf die Knie. Der Degen fiel ihm aus der kraftlos gewordenen Hand. Er war schon tot, als er zur Seite kippte und wie eine zerstörte Statue auf dem Boden liegenblieb.

Für einen Moment zuckte mir das Bild des getöteten Mannes im Torbogen des Borough Market durch den Verstand, jenes Ereignis, mit dem alles begonnen hatte. Dann wurde mir bewusst, dass es vorbei war, zumindest was Esteban anging. Ich hatte den Meisterspion Spaniens getötet! Ich hatte ihm Geoffreys Tod heimgezahlt. Spontan zog ich das Amulett unter meinem Wams hervor und küsste es. Danach blickte ich zu Gifford hinüber. Er lehnte an der Wand und presste seine Hand auf die Seite, wo ihn Estebans Degen getroffen hatte.

Ich wandte mich ihm augenblicklich zu. »Alles in Ordnung?«

»Nein«, keuchte er und wandte sich um, so dass er den Toten sehen konnte. »Warst du das?«

Ich nickte.

»Dann sollten wir schleunigst von hier verschwinden. Die Wachen werden sicher gleich hier sein.«

81. Kapitel

Wenig später erfuhr ich, dass im Hafen die *Lady Anne* auf uns wartete, doch Gifford war zu schwach, um zu laufen. Unser Leben war in Gefahr, wenn wir nicht sofort von hier wegkamen, also musste ich handeln.

Bevor Gifford mich zurückhalten konnte, war ich auch schon unterwegs. Ich hatte den Lärm einer Taverne gehört, und im Stall vermutete ich Pferde. So, wie sich die Gäste anhörten, würden sie sicher nicht gleich aufbrechen wollen. Wie ein Schatten stürmte ich in den Stall und nahm das erstbeste Tier, einen Rappen. Den Sattel trug es noch auf dem Rücken, also war es bestens für unsere Flucht geeignet. Ich machte es von dem Balken los, an dem es angebunden war, schwang mich in den Sattel und ritt damit zu Gifford. Dieser hatte sich inzwischen wieder aufgerappelt, lehnte an der Wand und schien froh zu sein, mich zu sehen.

Da ertönte donnernder Hufschlag! Schlimmstenfalls hatten die Soldaten von Santa Cruz bereits die Stadtwache alarmiert, und sie waren in doppelter Stärke hinter uns her.

»Kommt, wir haben keine Zeit!«, rief ich Gifford zu und streckte die Hand nach ihm aus.

Er schwang sich hinter mich auf die Kruppe des Pferdes, und wir ritten los. In rasendem Tempo stürmten wir den Kai entlang. Ich hatte die Augen auf die Anlegestelle gerichtet, während Giffords Körper schwer gegen den meinen lehnte. Ich hoffte nur, dass er unterwegs nicht starb, denn dann würde ich ihn zurücklassen müssen.

Sicher war es nur eine Frage der Zeit, bis die Wachen Esteban fanden. Sie würden dem Hafenmeister sofort Bescheid geben, damit er die Feldschlange in Stellung brachte. Bis dahin musste unser Schiff ausgelaufen sein! Die *Lady Anne* lag am äußersten Rand des Hafens. Getarnt war sie als holländischer Handelssegler, wie ich an der Flagge erkennen konnte, die am Großmast wehte. Wie es aussah, rechnete der Kapitän nicht damit, dass seine Fracht so früh kommen würde. Nur die Wachmannschaft war an Deck, aber ich war mir sicher, dass die Männer in Windeseile aus ihren Kojen stürmen würden, wenn sie erfuhren, dass wir da waren.

Ich trieb den Rappen an, und bevor Gifford auch nur zucken konnte, ließ ich das Pferd springen. Wenig später landeten wir im hohen Bogen auf dem Deck des Schiffes. Die Matrosen waren im ersten Moment überrascht, dann zeigte es sich, dass sie auf alles vorbereitet waren, denn sie stürzten mit blitzenden Entermessern auf uns zu und umringten uns.

»Haltet ein!«, rief Gifford hinter mir schwach. »Wir kommen im Namen der Königin. Die Losung lautet Rotfuchs.«

Rotfuchs! Ich schwor mir, dass ich Gifford die Ohren langziehen würde für diese Losung, denn sie war zweifelsohne auf mich gemünzt. Jetzt allerdings war ich froh, dass uns die Matrosen nicht mit ihren Messern aufschlitzten.

Als Gifford Anstalten machte, vom Pferd zu steigen, verlor er das Bewusstsein und fiel auf die Planken. Sofort sprang ich aus dem Sattel und rief: »Er ist verletzt!«

Die Männer blickten mich wegen meiner hellen Stimme zwar verwundert an, kümmerten sich aber sofort um Gifford. Wenige Augenblicke später erschien der Kapitän. Der große, grobknochige Mann mit dem wettergegerbten Gesicht war sehr freundlich, und da Gifford alles mit ihm im Vorfeld besprochen hatte, legten wir noch in der Nacht ab.

Zu gern wäre ich an Deck geblieben und hätte die Gesichter der Wachen betrachtet, als sie einsehen mussten, dass wir ihnen entkommen waren. Doch Gifford brauchte jetzt meine Hilfe. Seine Wunden waren zwar nicht zahlreich, dafür aber tief. Der leicht verschlafen wirkende Schiffsarzt musste sie nähen, bevor er die Verbände anlegte. Ich blieb die ganze Nacht an Giffords Krankenlager, und als ich im Schein der ersten Morgensonne auf das Oberdeck trat, war Cádiz nur noch ein winziger Punkt am Horizont. Ein Punkt, über dem vage eine kleine Rauchwolke schwebte.

Die Tage auf See verliefen ruhig. Ich verbrachte einen Großteil meiner Zeit damit, Giffords Wunden zu pflegen, die glücklicherweise schlimmer aussahen, als sie waren, und die verschlüsselten Dokumente zu entziffern. Dabei wünschte ich mir mehr als einmal Phelippes an meine Seite. Es war eine Sache, Dokumente in der eigenen Muttersprache zu entschlüsseln. Hier hatte ich es allerdings mit einer Sprache zu tun, die ich alles andere als perfekt beherrschte. Als Gifford sich ein wenig erholt hatte, half er mir bei einigen Passagen und bot an, die von mir entzifferten Texte zu übersetzen. Obwohl ich gut Spanisch verstand, was nautische Begriffe anging, war mein Begleiter wesentlich geübter als ich.

Wie ich feststellen konnte, war mein Griff genau richtig gewesen. Die Dokumente offenbarten detaillierte Schlachtpläne, die unserer Flotte sehr nützlich sein würden. Vielleicht brachten sie uns sogar den Sieg über die Invasoren.

Zwischendurch musste ich immer wieder an Robin denken, doch all die Arbeit, die vor unserer Ankunft zu erledigen war, lenkte mich davon ab. Er war für mich verloren, Walsingham würde niemals zulassen, dass ich in seine Nähe kam, also war es besser, wenn ich ihn vergaß.

Eines Morgens, als Gifford meinte, kräftig genug zu sein, um aufzustehen, rief er mich nach einer Weile an Deck. Ich glaubte schon, die englische Küste sei in Sicht gekommen, doch er wollte mir etwas anderes zeigen.

»Hier, sieh dir nur diese Pracht an.« Er reichte mir sein Fernglas, das genauso aussah wie das des Kapitäns.

Ich blickte hindurch und musste zugeben, dass er recht hatte. Vor uns lagen die schönsten Schiffe, die ich je gesehen hatte. Nicht ganz so golden wie die Galeonen der Spanier, dafür aber schnittiger und neuer.

»Die *Elizabeth*, die *Golden Lion*, die *Dreadnought* und die *Rainbow*. Drakes Schiffe«, erklärte Gifford. »Es werden bald noch mehr. Insgesamt dreiundzwanzig, soweit ich weiß. Er wird Cádiz angreifen und sich auch um die Flotte in Portugal kümmern. Ein paar Tage noch, dann wird es dort ein ziemliches Durcheinander geben, und der Marqués de Santa Cruz wird es bereuen, dass er versucht hat, ihn zur Hölle zu schicken.«

Ich beobachtete, wie die Schiffe an uns vorüberzogen, und hoffte, dass Sir Francis Erfolg haben würde. König Philipp und Santa Cruz hatten es in meinen Augen mehr als verdient, dass ihnen der Bart angesengt wurde.

Eine Woche später legten wir in Plymouth an. Als wir wieder festen Boden unter den Füßen hatten, machten wir uns unverzüglich auf den Weg nach London. Gifford besorgte uns zwei Pferde, und schon wenig später ritten wir gen Hauptstadt. Nach einer längeren Strecke querfeldein gelangten wir zu einem Waldstück. London sei nicht mehr weit, meinte Gifford, und so tauchten wir in die grüne Pracht ein. Angst vor Wegelagerern hatten wir nicht. Wenn es welche gab, hatten diese es sicher auf wohlhabende Kaufleute oder gutgekleidete Herrschaften abgesehen. Wir beide waren nur zwei zerlumpte Reiter ohne jegliche offensichtliche Besitztümer.

Um die Pferde zu schonen, ritten wir schließlich ein wenig langsamer, und das gab mir die Gelegenheit, eine Frage zu stellen, die ich schon lange loswerden wollte.

»Woher habt Ihr eigentlich gewusst, dass Esteban hinter mir her war? Ihr habt nicht so ausgesehen, als wärt ihr zufällig in der Gegend gewesen.«

»Das war ich auch nicht. Ich war gerade im Haus gegenüber, wo wir Verbündete haben. Von dort aus habe ich dich jeden Tag beobachten können. Als ich die Aufregung auf dem Anwesen von Santa Cruz bemerkt hatte, bin ich ans

Fenster getreten und habe dich über die Mauer kommen sehen. Als Esteban dir gefolgt ist, bin ich sofort losgelaufen. Ich wusste zwar, dass du gut kämpfst, aber ich glaubte nicht, dass du gegen Esteban eine Chance hättest. Wie ich sehen musste, habe ich mich in dir getäuscht.«

Ich wollte darauf etwas erwidern, doch ein schrilles Geräusch hinter mir brachte mich davon ab. Ich kannte es und wollte mich gerade danach umwenden, als mich ein harter Schlag in den Rücken traf. Einen Moment lang schien es, als würde die Zeit stehen bleiben. Anfangs fühlte ich keinen Schmerz, der kam erst später und auch nur kurz. Ich versuchte, zu atmen, konnte es aber nicht. Hinter mir hörte ich Gifford meinen Namen rufen, danach versank alles im Dunkel. Dass ich leblos vom Pferd stürzte, bekam ich schon nicht mehr mit.

82. Kapitel

Wie viele Tage ich ohnmächtig war, wusste ich nicht. Ich hatte keine Träume, ich spürte nichts. Es war, als sei ich bereits tot, als sei meine Seele bis zum Jüngsten Tag eingeschlossen in der Finsternis meines verletzten Körpers.

Irgendwann kehrte der Schmerz mit voller Wucht zu mir zurück und zerrte mich aus der Dunkelheit. Ich verspürte ein höllisches Brennen an meiner Schulter, das sich in meiner Lunge fortsetzte. Tief durchatmen konnte ich nicht, und der erste Versuch endete in einem derart heftigen Hustenanfall, dass ich meinte, erneut das Bewusstsein zu verlieren. Doch ich fing mich wieder und hörte mich selbst gepeinigt aufstöhnen. Da wusste ich, dass ich noch am Leben war. Mein Körper fühlte sich wie eine einzige Wunde an, aber ich lebte. Das Blut floss durch meine Adern, meine kalten Wangen wurden allmählich wieder warm.

Als ich die Augen aufschlug, sah ich eine rotgetäfelte Zimmerdecke über mir. Kerzenlicht legte sich auf das Holz und ließ die Balken für einen Moment lebendig erscheinen. Ich wollte mich aufrichten, doch meine Glieder gehorchten mir noch nicht, obwohl ich spürte, wie sie erstarkten. Stöhnend beendete ich meinen Versuch und blieb liegen. Ich drehte den Kopf zur Seite und hörte, wie eine Tür ging. Wahrscheinlich hatte man jemanden an mein Bett gesetzt, um mich zu beobachten. Jetzt, da ich wach war, verließ mein Bewacher das Zimmer, um seinem Herrn Bescheid zu geben.

Der Gedanke, dass ich den Spaniern in die Hand gefallen sein könnte, durchfuhr mich einen Moment lang, doch dann hörte ich Stimmen an der Tür. Ich konnte die Worte zwar nicht verstehen, aber die Melodie, mit der die Personen sprachen, war eindeutig jene, die ich von Kindesbeinen an kannte. Nein, die Spanier hatten mich nicht erwischt. Ich erinnerte mich daran, dass ich englischen Boden betreten hatte und mit Gifford durch ein Waldstück geritten war. Ich erinnerte mich auch daran, wie wir auf das Schiff geflüchtet waren, nachdem ich Esteban getötet hatte. Und ich erinnerte mich daran, dass ich die Dokumente bei mir getragen hatte. Es war klar, dass ich das Opfer eines Verräters geworden war, und ich hoffte nur, dass Gifford überlebt hatte, um die Dokumente ans Ziel zu bringen. Andernfalls wäre alles, was ich in Cádiz getan hatte, vergebens gewesen.

Nachdem die Beratung beendet war, traten meine Besucher ein. Es waren zwei Männer, wenngleich die Schritte des einen so leise waren, dass sie unter denen des anderen fast verschwanden. Ich war mir sicher, dass einer von den beiden Walsingham war. Wenig später beugten sie sich über mich. Ich erkannte den weißen, würdevollen Bart Lord Cecils. Und das blasse Gesicht Walsinghams. Seine Züge waren verhärmter, als ich sie in Erinnerung hatte. Der Illusion, dass er sich um mich gesorgt hatte, wollte ich mich trotzdem nicht hingeben.

»Wie geht es dir, Alyson?«, fragte er ruhig, nachdem er mich einen Moment lang betrachtet hatte. Wahrscheinlich hatte ich selbst damals mit Lungenentzündung nicht schlimmer ausgesehen.

»Ich lebe noch«, gab ich mit krächzender Stimme zurück. Zu behaupten, dass es mir gutgehe, wäre eine glatte Lüge gewesen.

»Das freut mich«, gab Walsingham zurück. »Denn es hat eine ganze Weile lang nicht so ausgesehen, als würdest du es schaffen.«

Das konnte ich zwar nicht beurteilen, aber ich wusste, dass er mich nicht anlügen würde.

»Der Arzt hatte ziemliche Mühe, den Bolzen aus deinem Körper zu holen. Und dann kam das Fieber. Selbst die Leibärzte der Königin hätten dich beinahe aufgegeben.«

Mich hatten die Leibärzte der Königin behandelt? Ich staunte sehr darüber, zweifelte jedoch nicht daran.

»Wie habe ich überlebt?«

»Nenn es ein Wunder oder Gottes Fügung. Die Ärzte meinten, sie hätten noch nie einen Menschen gesehen, der so hartnäckig um sein Leben kämpft. Du hast dich regelrecht an den kleinen Funken geklammert, der noch in dir war, und nach einigen Tagen ging es wieder bergauf mit dir.«

»Wie lange bin ich denn schon hier?«

»Einen Monat.«

Meine Augen weiteten sich. »Einen ganzen Monat?«

»Sogar ein paar Tage darüber. Du bist von einem Vergessen ins nächste gefallen. Aber ich denke, dass es dir schon bald wieder bessergehen wird, wenn du dich schonst. Ich werde jedenfalls persönlich dafür sorgen, dass du dies tust.«

Ich nickte, und weil nun die erste meiner Fragen beantwortet war, verlangte die nächste nach einer Antwort. »Was ist mit den Papieren?«

»Die hat mir Mister Gifford übergeben. Er hat mir auch erzählt, dass du dich in Cádiz tapfer geschlagen hast. Er meinte, er habe noch nie eine Spionin wie dich gesehen.«

Wahrscheinlich rechnete Walsingham damit, dass mich das freute. Dem war auch so. Mein Gesicht schmerzte ein wenig unter der ungewohnten Anstrengung, aber ich brachte tatsächlich ein Lächeln zustande. »Ich wäre beinahe getötet worden«, entgegnete ich schließlich schwach.

»Mit dem Tod muss jeder Spion rechnen. Du bist am Leben, und nichts anderes zählt.«

Ich nickte, und es dauerte eine ganze Weile, bis ich die Kraft hatte, die nächste Frage zu stellen. »Wer hat auf mich geschossen? Habt Ihr den Kerl?«

Walsingham lächelte eisig und nickte. »Gilbert Gifford hat ihn geschnappt. Er sitzt im Kerker. Wenn du genesen bist, kannst du seiner Befragung beiwohnen. Vorerst solltest du allerdings den Ratschlag des Arztes beherzigen und im Bett bleiben.«

Mir kamen plötzlich wieder die beiden Kumpane Estebans vom Borough Market in den Sinn. Einer, der Komödiant, war im Blutturm der Scavenger's Daughter zum Opfer gefallen, Esteban war ebenfalls tot. Blieb nur noch der andere, den er Rodrigo gerufen hatte, dann wäre das tödliche Trio vollständig. Sonst wollte mir niemand für diesen Anschlag in den Sinn kommen, und ich brannte darauf, dem Kerl gegenüberzustehen und ihm zu zeigen, dass er versagt hatte. Bis dahin würde nur noch ein wenig Zeit vergehen müssen.

»Gut, wir werden dich jetzt wieder verlassen. Mister Bell wird bei dir bleiben und auf dich achtgeben. Solltest du einen Wunsch haben, kannst du es ihm jederzeit sagen.«

Mit strengem Blick holte er meinen Aufpasser heran, damit ich sein Gesicht sehen konnte. Danach verabschiedeten sich Walsingham und Burghley, der offenbar nur mitgekommen war, um sich persönlich von meinem Zustand zu überzeugen.

Mein Bewacher lächelte mir zu, sagte aber nichts. Wie ich nur wenig später herausfinden sollte, war Mr. Bell nicht in der Lage zu sprechen – man hatte ihm die Zunge herausgeschnitten. Wem er das zu verdanken hatte, wusste ich nicht. Ich dachte zunächst, Walsingham hätte damit einen allzu schwatzhaften Diener bestraft, doch dann erfuhr ich eines Tages von Sir Francis selbst, dass Mr. Bell von den Spaniern erwischt und für seine Sturheit bestraft worden war. Er war ebenso wie ich ein Spion gewesen, doch ein Moment des Zögerns hätte ihm beinahe das Leben gekostet.

Ich war mir nicht sicher, ob ich mein Überleben Gott, Gifford oder den Ärzten verdankte. Vielleicht hatte mich auch Geoffreys Amulett beschützt. Ich tastete nach der Kette und stellte erleichtert fest, dass die Ärzte sie mir auch während meiner Krankheit nicht abgenommen hatten. Mit zitternden Fingern umklammerte ich das Bild des heiligen Christophorus und schlief wenig später wieder ein.

83. Kapitel

*J*n den nächsten Tagen waren die Leibärzte der Königin meine eifrigsten Besucher. Die gelehrten Herren in den dunklen Roben musterten mich mit verwunderten Blicken und waren immer wieder aufs Neue von meiner Abwehrkraft fasziniert. Jetzt, da ich die Augen wieder offen hatte, ging meine Genesung deutlich schneller vonstatten. Die Wunde bereitete mir zwar noch eine ganze Weile ziemlich starke Schmerzen, aber ich lenkte mich mit Lesen ab, und oftmals dachte ich zurück an die Ereignisse in Cádiz.

Eines sonnigen Nachmittags trat Gifford an mein Krankenbett. Seine Wunden waren anscheinend bereits verheilt und vergessen, und ich hoffte, dass dies auch bei mir bald der Fall sein würde. Er wirkte zunächst besorgt, doch als er sah, dass ich schon wieder ein Buch in der Hand halten konnte, kehrte seine Heiterkeit zurück.

»Wie ich sehe, geht es dir inzwischen ganz gut.«

»Dank Euch«, entgegnete ich.

»Ja, ich schätze mal, dass wir einander jetzt nichts mehr schulden.« Er lächelte mich breit an und setzte sich auf die Bettkante. »Du hast mir einen ordentlichen Schrecken eingejagt. Ich dachte schon, wir würden dich verlieren.«

»Das hat Sir Francis auch gesagt, aber Unkraut vergeht nicht so schnell.«

»Dieser Spruch hätte von meiner seligen Mutter stammen können.« Gifford und ich sahen uns eine Weile an, dann sagte er: »Ich habe Nachricht aus Spanien, von Drake. Er hat dem spanischen König den Bart angesengt. Es wäre zwar besser gewesen, ihm den Arm abzuschlagen, aber der Gestank seines Bartes sollte ihm noch für eine Weile Übelkeit bereiten.«

»Was meint Ihr mit Arm abschlagen?«, fragte ich, denn die Sache mit dem Bart kannte ich schon.

»Das ist eine Redewendung eines türkischen Befehlshabers von Lepanto, jener Schlacht, in die auch Santa Cruz verwickelt war. Er meinte nach einer verlorenen Schlacht, dass die Spanier ihm den Bart angesengt hätten. Doch das mache ihm nichts aus, denn er schlage ihnen einen Arm ab. Und das tat er dann auch, indem er den Spaniern noch größeren Schaden zufügte als sie ihm.«

»Das heißt also, dass Drake den Spaniern nicht sonderlich geschadet hat?«

Gifford lachte auf und fuhr fort. »Doch, das hat er. Er hat einen Teil der in Cádiz stationierten Schiffe versenkt und mehrere Lagerhallen niedergebrannt, in denen Material für die Truppen in den Niederlanden gelagert war. Dadurch ist das ganze Unternehmen um viele Monate zurückgeworfen worden. Parma wird mit seinen Truppen wohl noch ein wenig länger ausharren müssen. Ich bin mir sicher, dass es bei König Philipp reicht, ihm den Bart anzubrennen, er ist immerhin kein Türke. Dank der Dokumente, die du entdeckt hast, wissen wir, wie schwer sie dieser Schlag wirklich getroffen hat. Das Pikante daran ist, dass Santa Cruz kurze Zeit nach deinem Verschwinden nach Lissabon gereist ist. Wahrscheinlich versuchte er den König irgendwie gnädig zu stimmen wegen des Vorfalls. Fakt ist, dass Santa Cruz nicht in

Cádiz war, um die Schiffe bei Drakes Auftauchen mobilzumachen. Ich bin mir sicher, dass er bei Philipp deshalb in Ungnade gefallen ist.«

»Oder der spanische König wird noch stärker darauf drängen, dass die Flotte seeklar gemacht wird.«

»Nein, das wird er ganz gewiss nicht. In der Zwischenzeit ist ein neuer Spion in Spanien eingetroffen, diesmal haben wir ihn direkt an den Königshof eingeschleust. Alle Befehle, die dort abgefasst werden, gehen direkt zu Walsingham.«

»Somit sieht es also gut aus für uns.«

»Ich würde eher sagen, es sieht nicht schlecht aus. Und du hast einen großen Anteil daran.«

Wieder schwiegen wir eine Weile, dann fragte ich: »Wie wird es jetzt weitergehen?«

»Ich denke, dass unsere Vorbereitungen noch rascher vorangetrieben werden und die kritischen Stimmen im Parlament verstummen. Walsingham hat einen sehr talentierten deutschen Geschützgießer für sich gewinnen können. Adam Dreyling ist sein Name. Er hat versprochen, die Reichweite unserer Kanonen deutlich zu erhöhen. Wenn ihm das gelingt, wird er wohl als reicher Mann in seine Heimat zurückkehren.«

Daran zweifelte ich, denn Elizabeths Dankbarkeit hielt sich auch gegenüber jenen, die ihr treu dienten, in Grenzen. »Wenn er jedoch versagt, kann er seinen Kopf unter dem Arm nach Hause tragen«, erwiderte ich.

»Das ist anzunehmen.« Gifford grinste breit. »Niemand enttäuscht die englische Königin ungestraft. Und niemand versetzt den Spaniern ungestraft eine Ohrfeige. Sie werden sicher nichts unversucht lassen, sich an dir zu rächen.«

»Einmal ist es ihnen ja schon misslungen«, entgegnete ich und wollte auflachen, doch bald bedeutete mir meine Wunde, dass ich noch nicht so weit war. Ein furchtbarer Stich durchfuhr meinen Rücken und zwang mich dazu, wieder ernst zu werden.

»Was werdet Ihr nun tun?«

»Die holländischen Protestanten aufhetzen. Lord Robert ist momentan wieder dort, und ich soll mich ein wenig unters Volk mischen.«

»Was ist mit Eurem Gelehrtenstuhl?«

»Der kann warten. Musste er bisher ja auch.« Er zwinkerte mir zu und reichte mir dann die Hand. »Ich schätze mal, wir werden uns eine ganze Weile nicht sehen, sei also nicht allzu traurig.«

»Werde ich nicht sein. Ich wünsche Euch viel Glück.«

Ich reichte ihm ebenfalls die Hand, doch anstatt sie zu schütteln, packte er mich unvermittelt am Hemd und zog mich unsanft an sich, so nahe, dass sich unsere Gesichter fast berührten. Unsere Blicke trafen sich, und ich war mir sicher, dass er mich küssen wollte. Begehren flackerte in seinem Blick auf, und ich musste zugeben, dass ich nichts dagegen hatte, mich ihm hinzugeben. Doch als ich die Augen in Erwartung seiner Lippen schloss, ließ er mich wieder los. Ich blickte ihn verblüfft an.

»Walsingham hat recht, du bist wirklich seine gefährlichste Waffe. Kein Mann, dem sein Leben lieb ist, sollte länger in deiner Nähe verweilen.« Damit griff er nach meiner Hand und küsste sie. Ich konnte darauf nichts erwidern, sondern starrte ihm nur stumm hinterher, während er ohne sich noch einmal umzudrehen zur Tür ging. »Übrigens, ich habe die Kleine aus dem Haus von Santa Cruz nicht getötet. Vielmehr habe ich sie zu unseren Leuten gebracht, die sie inzwischen wieder freigelassen haben müssten. Ihre Aussage wird nun niemandem mehr etwas nützen.« Damit öffnete er die Tür und verschwand, bevor ich ihm danken konnte.

84. Kapitel

In der beginnenden Sommerhitze war es endlich so weit, dass mir die Ärzte erlaubten, das Bett zu verlassen. Zunächst zwar nur für ein paar Stunden, doch ich war froh, den Kissen und Laken überhaupt zu entkommen. In der ersten Zeit waren meine Glieder noch sehr wacklig, aber sie erstarkten allmählich.

Eines Tages erschien Walsingham in der Begleitung von Mr. Bell in meinem Zimmer und bat mich, mich anzuziehen.

»Wohin wollen wir denn?«, fragte ich und war froh, dass ich wieder einmal an die frische Luft durfte.

»In den Blutturm«, antwortete Walsingham. »Wir verhören den Schützen.«

Jetzt war es also so weit. Ich erhob mich, und nachdem die Männer den Raum verlassen hatten, ging ich zu dem Stuhl, über dem meine Sachen hingen. Das Lederwams war an der Stelle, wo der Bolzen es zerfetzt hatte, wieder geflickt worden, der Sattler hatte sogar neue Nieten darauf angebracht. Ich schlüpfte in das Kleidungsstück, das mir merkwürdig kühl und dennoch vertraut erschien, danach erst zog ich das Kleid über. Bei dem, was mir bevorstand, wollte ich Geoffrey bei mir haben, ich wollte einen Harnisch, der mich vor dem schützte, was ich zu sehen bekam.

Eine Sänfte holte uns im Innenhof des White Tower ab

und brachte uns zum Blutturm, jenen Ort, an dem für mich alles angefangen hatte. Während der gesamten Zeit sprach Walsingham kein Wort. Kein einziger Gedanke drang durch seine Miene nach draußen, aber das war ich bereits gewohnt. Als wir endlich angekommen waren, stiegen wir aus, und er bedeutete mir, ihm zu folgen. Durch die Dunkelheit des Blutturms echoten das Jammern der Gefangenen und die Schreie der Gefolterten, wie damals, als ich diesen Ort zum ersten Mal betreten hatte.

Ich ging schweigsam hinter Walsingham die Treppe hinunter in den Keller, wo wir schließlich vor einer Tür haltmachten. Der scheußliche Geruch verbrannten Fleisches drang durch die Ritzen des schwarzen Holzes. Anscheinend hatten sie mit der Befragung schon begonnen. Das Gesicht des Kerls aus dem Torbogen kam mir wieder in den Sinn, sein lüsternes Grinsen und seine Forderung, mich als Zweiter haben zu dürfen. Allein dafür hatte er es verdient gehabt, all diese Qualen aushalten zu müssen.

Wir betraten die Folterkammer, in der eine furchtbare Hitze herrschte. Sie kam aus der Esse in einer Ecke des Raumes. Die Flammen, die wild darin loderten, beleuchteten den Raum so gut, dass mir keine Einzelheit verborgen blieb. Nun sah ich auch den Gefangenen in ganzer Pracht. Nur war es nicht derjenige, den ich erwartet hätte.

»Nein«, murmelte ich, und weil ich das Gefühl hatte, dass mir jemand den Boden unter den Füßen fortzog, griff ich zur Seite und klammerte mich an Walsinghams Gewand fest. Sogleich umfasste er meinen Arm, und seine dünnen Finger drückten schmerzhaft in mein Fleisch, aber ich ignorierte es. Mein Blick klebte an dem Mann, der an Seilen von der Decke herabhing wie damals der Spanier. Sein Gesicht war mir bestens bekannt, und für einen kurzen Moment glaubte ich,

Walsingham benutze ihn als Sündenbock, weil er ihn ohnehin nicht gemocht hatte. Dabei wusste ich genau, dass dieser Gedanke kindisch war. Mein Ausbilder mochte hart und unerbittlich sein, doch er würde ganz sicher keinen Unschuldigen in die Folterkammer stecken. Auch nicht, wenn jemand seinen Unmut so erregt hatte wie Robin. Ja, der Mann vor mir, der vermeintliche Verräter, war kein anderer als Robert Carlisle.

Bislang hatten die Henkersknechte ihn verschont, weder sein Körper noch sein Gesicht wiesen Spuren von Gewalt auf. Er konnte ihnen also bisher kein Geständnis abgeliefert haben.

»Du bist erstaunt, ihn hier zu sehen, nicht wahr?«, hörte ich Walsingham fragen, doch mir schwirrte zu sehr der Kopf, um ihm darauf eine Antwort zu geben.

»Das kann nicht sein«, murmelte ich und wollte mich von ihm losmachen, doch ich hatte nicht die Kraft dazu. Meine Knie wurden weich, ich sank zu Boden.

»Robin hat nicht auf mich geschossen, er ...«

»Komm, fragen wir ihn. Ich habe meine Männer absichtlich warten lassen, damit du siehst, dass ich nicht aus irgendeinem persönlichen Grund handle.« Walsingham hob mich auf und zog mich mit sich.

Robin blickte mich an, und als ich direkt vor ihm stand, konnte ich sehen, dass eine Veränderung mit ihm vorgegangen war. Sein Gesicht, seine Augen, alles wirkte plötzlich so anders als der Robin, den ich kannte.

»Stimmt das?«, fragte ich und blickte ihm in die Augen. »Hast du auf mich geschossen?«

Er musterte mich kalt. »Ich dachte nicht, dass du das überleben würdest. Eigentlich bin ich kein schlechter Schütze.«

»Warum?«

Ich erinnerte mich an die Unterredung mit Sir Francis, kurz nachdem mich seine Leute aus Robins Bett geholt hatten. Ich hatte ihn verteidigt und Walsingham beschuldigt. Ich hätte mich seinetwegen beinahe um Kopf und Kragen gebracht. Was für eine Närrin ich doch gewesen war! Auf meine Frage lachte er nur. Ich hätte mir am liebsten die Ohren zugehalten, aber ich war nicht in der Lage, die Arme zu heben. Walsingham zog mich weg und blickte zu dem Henker hinüber, der zusammen mit seinen Gehilfen neben der Esse wartete, in der bereits mehrere glühende Eisen lagen. »Master Thomas, waltet Eures Amtes!«

Der Maskierte nickte und zog das erste Eisen aus dem Feuer, um es wenig später Robin auf den Rücken zu drücken.

Unter dem Klang seines Schreis zuckte ich unwillkürlich zusammen.

»Ja, ich bin auf sie angesetzt worden!«, gestand er und bedachte mich und Sir Francis mit hasserfüllten Blicken. »Ich habe es getan, weil ich Euch hasse, Walsingham. Ihr habt meinen Onkel töten lassen! Erinnert Ihr Euch an Norman Wakefield? Eure Männer haben ihn in einem Torbogen am Borough Market niedergestochen!«

Der Mann in dem Durchgang. Der Tag, an dem alles begonnen hatte. Dass es Robins Onkel war, wusste ich nicht, Walsingham hatte mir den Namen des Toten nicht genannt. Selbst wenn, hätte ich keinen Verdacht geschöpft.

»Die Spanier sagten mir, eine Frau mit rötlichem Haar habe ihn abgestochen. Eine Frau in Euren Diensten, Walsingham! Von da an war ich davon beseelt, sie zu finden. Ich habe mir jede Rothaarige angesehen, die ins Schloss kam, ebenso wie jede, die schon länger dort war, aber bei keiner habe ich Gewissheit erlangt. Auch nicht bei der hier, sonst hätte ich sie erstochen, als ich mit ihr gevögelt habe! Doch dann ist sie immer wieder spurlos verschwunden, und als Eure Leute sie geholt haben, wusste ich, dass sie es ist. Nur war es da leider schon zu spät, und ich bin nicht mehr an sie herangekommen.«

Der Gedanke, wie nahe ich dem Tod gewesen war, ließ mich erstarren. Robins Worte strömten an mir vorbei wie ein eisiger Luftzug. Dann folgte Stille.

Der Henker und sein Knecht ließen die Eisen sinken. Walsinghams Blick ruhte ausdruckslos auf dem Gesicht des Mannes, der vorgegeben hatte, mich zu lieben. Ich hörte das Blut in meinen Ohren rauschen und war dankbar, dass es das Echo des Gesagten übertönte. Ich hätte geglaubt, Walsingham würde sich darüber freuen, dass er recht behalten hatte, doch als er mich musterte, bemerkte ich zum ersten Mal einen Anflug von Bedauern in seinen Augen. Nicht, dass es ihn zu einem besseren Menschen machte, aber ich war in diesem Augenblick froh darüber, dass er nicht über mich spottete.

»Das war sehr aufschlussreich, Mister Carlisle«, sagte er schließlich schneidend. »Nur seid Ihr leider einem Irrtum aufgesessen. Abgesehen davon, dass Euer Onkel die englische Krone verraten hat und einsehen musste, dass der Dank des spanischen Königs anders aussah als erwartet, stand Alyson zu der Zeit noch gar nicht in meinen Diensten. Sie hat den Mord nicht verübt – sie war lediglich eine Zeugin, die Esteban und seine Spießgesellen bei der Tat beobachtet hat. Ihr seid einer Lüge der Spanier aufgesessen und habt Euch von ihnen zu ihrem Werkzeug machen lassen. Ich danke Gott, dass er Euch mit Blindheit geschlagen hat, so dass Ihr Euren Plan nicht erfolgreich durchführen konntet.«

Robins Gesichtszüge entgleisten. Er blickte völlig ungläubig drein, dann schüttelte er den Kopf. »Nein, das glaube ich Euch nicht! Ihr seid ein gottverdammter Lügner, Walsingham, ein Lügner!«

»Glaubt, was Ihr wollt, Carlisle, Eure Worte haben Euch dem Henker ausgeliefert – Master Thomas!«

Der Henker neigte ergeben den Kopf.

»Macht weiter, wie wir es besprochen haben.«

Master Thomas nickte, und Sir Francis zog mich mit sich aus dem Raum. Was ich hören sollte, hatte ich gehört, und das reichte ihm. Ich taumelte mehr an seiner Seite, als dass ich ging. Die ganze Zeit über fragte ich mich, warum Walsingham Robin nicht unter Beobachtung gehabt hatte, nachdem sein Onkel als Verräter enttarnt und ermordet war. Vielleicht hatte er von den Verwandtschaftsverhältnissen auch nichts gewusst. Jene Tricks, die wir anwandten, waren sicher auch den Spaniern bekannt. Wie ich in die Sänfte gekommen war, wusste ich nicht. Ich kam erst wieder zu mir, als die Träger uns anhoben.

»Bitte verzeiht mir, ich war so dumm«, hörte ich mich mit lahmer Zunge murmeln.

Walsingham sagte dazu nichts, doch er wusste, was ich meinte. Ob er meine Entschuldigung annahm, war fraglich.

»Wohin werden wir gebracht?«, fragte ich nach einer Weile.

Walsingham antwortete: »Das wirst du gleich sehen. Ich will dir etwas zeigen.«

Unser Weg führte uns durch die Stadt, und für einen Moment hegte ich die Hoffnung, dass er mich zu meinen Geschwistern führen würde. Doch dem war nicht so. Als die Sänftenträger haltmachten und wir ausstiegen, ahnte ich, was er mir zeigen wollte. Vor uns erhob sich die St. Paul's

Cathedral. Doch wir waren nicht hierhergekommen, um zu beten, wie ich es bei Walsingham als Erstes vermutet hätte. Auch waren wir nicht wegen der Buchhändler hier, die von ihren Ständen aus ihre Waren anpriesen. Er führte mich über den Friedhof, und bevor mein Verstand realisierte, was das zu bedeuten hatte, wusste mein Herz bereits, dass er mich zu Geoffrey bringen würde. Besser gesagt zu seinem Grab. Ein verziertes eisernes Kreuz markierte die Grabstelle, doch nirgends war ein Name zu finden. Das war auch nicht nötig, denn ich spürte, dass Geoffrey unter uns lag.

»Ich hatte bislang noch keine Möglichkeit, dich zu ihm zu führen«, sagte Sir Francis, nachdem wir eine Weile schweigend vor dem Grabhügel verharrt hatten. »Wir haben Geoffrey in aller Stille begraben – um Mitternacht. Nur wenige Menschen wissen, dass er hier liegt, aber ich möchte, dass du zu ihnen gehörst. Wenn du willst, kannst du jederzeit hierhergehen.«

Ich konnte darauf nichts entgegnen. Meine Kehle war wie zugeschnürt, und meine Brust fühlte sich zu eng an für das Herz, das im Rippenkäfig wie wild raste. Ich fiel auf die Knie und legte die Hände auf den Hügel.

Geoffrey ...

Ich wusste, dass er mich nie verraten hätte. Er nicht. Unter anderen Umständen wären wir vielleicht ein Paar geworden. Ich wäre Robin gar nicht erst begegnet und hätte mich nie von ihm betrügen lassen müssen. Geoffrey. Ich war versucht zu glauben, dass sein Amulett mich wirklich beschützt hatte. Ich wusste, dass mein toter Freund es nicht spüren konnte, aber mir gefiel der Gedanke, wie er vom Himmel aus zusah, dass ich ihn durch die Erde, die ihn bedeckte, berührte.

»Ich weiß, dass du Geoffrey geliebt hast«, sagte Walsingham, und seine Stimme klang merkwürdig bewegt. »Hätten meine Leute dich mit ihm angetroffen, hätte ich dich ihn lieben lassen, denn er stand auf der gleichen Seite wie du. Ich hätte ihm sogar mein eigenes Leben anvertraut. Aber er ist tot, und der andere war es nicht wert.«

Das sah ich genauso, und ich brauchte nichts zu sagen, um es ihm mitzuteilen. Walsingham ließ mir eine ganze Weile Zeit, um Abschied zu nehmen. Bislang war Geoffreys Tod lediglich ein Wort gewesen, verbunden mit der Abwesenheit seiner Person, doch jetzt, an seinem Grab, wurde er greifbar für mich. Am liebsten hätte ich ihm erzählt, wie sein Mörder zu Tode gekommen war und was ich alles erlebt hatte, aber das würde ich ein andermal tun, wenn ich allein hier war. Ich versprach ihm lediglich leise, dass ich wiederkommen würde, wann auch immer.

Danach erhob ich mich und verließ mit Walsingham den Friedhof. Innerlich war ich zerstört, die Wunde, die Robin in mein Herz gerissen hatte, würde sicher lange nicht verheilen, aber hier, auf diesem Gottesacker, war jemand, der mich nie verraten hätte. Jemand, der mich wirklich geliebt hatte. Sosehr es schmerzte, dass er nicht mehr bei mir war, so sicher war ich mir bei ihm, dass alles, was er gesagt und getan hatte, keine Maskerade gewesen war.

85. Kapitel

In der darauffolgenden Nacht lag ich lange wach. Zwar hatte Robin es keineswegs verdient, trotzdem dachte ich über ihn nach. Tränen wollten mir nicht kommen, alles, was ich fühlte, war Zorn. Auf eine Art war auch er ein Opfer der Umstände geworden, denn die Spanier hatten ihn betrogen. Trotzdem sagte ich mir, dass er nach der Wahrheit hätte suchen können, anstatt einfach dem Feind zu glauben. Noch schaler war für mich allerdings die Erkenntnis, welche Macht die Liebe über einen Menschen hatte. Welche Macht sie über mich gehabt hatte. Wie sollte man sich davor schützen, dass derjenige, den man liebte, einen herting?

Es war müßig, weiter darüber nachzudenken. Wir hatten die geheimen Papiere, der Verräter war gefunden und wurde bestraft. Mein Herz war gebrochen, und ich war mir nicht sicher, ob ich jemals wieder lieben konnte. Aber auch dieser Schmerz würde vergehen. Was blieb, war die bittere Tatsache, dass ein Spion keine Freunde hat. Dass er niemandem trauen kann. Er hat nur Verbündete und Feinde, und aus dem einen kann schnell der andere werden, wenn er nicht wachsam ist.

Als der Morgen heraufdämmerte, fiel ich in einen unruhigen Schlaf, doch schon bald klopfte es an die Tür meines Quartiers.

Ich bat den Besucher herein und sah, dass es Bell war, mein stummer Bewacher. Er hatte eine Nachricht bei sich, die er mir reichte, ohne allzu lange den Blick auf mich gerichtet zu lassen. Ich schlug sie auseinander und erkannte Walsinghams Handschrift. Diesmal ohne Verschlüsselung.

In zehn Minuten unten in der Sänfte.

Ich wusste, dass ich dieser Aufforderung Folge leisten musste. Also bedankte ich mich bei Mr. Bell, und nachdem er gegangen war, erhob ich mich. Diesmal entschied ich mich für das Kleid. Welchen Anlass Walsinghams Besuch hatte, wusste ich nicht, aber es konnte nicht schaden, vernünftig auszusehen. In den Blutturm würden wir sicher nicht noch einmal gehen. Als ich mein Haar gerichtet und meine verquollenen Augen mit ein wenig Schminke korrigiert hatte, verließ ich das kleine Zimmer und stieg die steinernen Treppen hinunter.

Zunächst sah ich nur die Sänfte. Walsingham hatte sich natürlich nicht die Mühe gemacht auszusteigen. Er wartete geduldig. Ich fragte mich, ob er mir den Wortlaut von Robins Geständnis vorlegen wollte, denn immerhin hatte ihn einer seiner Männer aufgezeichnet. Es hätte jedenfalls zu Sir Francis gepasst.

Einer der Diener schob den Vorhang beiseite, und wie ich es nicht anders erwartet hatte, blickte mich ein wie immer schwarz gekleideter Sir Francis an. Wir begrüßten uns wortlos mit einem Nicken, dann stieg ich ein.

»Wohin geht es diesmal?«, fragte ich.

Walsingham antwortete allerdings nur mit unergründlicher Miene: »Das wirst du sehen.«

Wenig später dämmerte es mir. Unser Ziel war Whitehall Palace. Wollte mich die Königin sehen? Oder sollte ich meinen Dienst bei ihr wieder antreten? Letzteres bezweifelte ich. Meine Rückkehr hätte ganz anders ausgesehen, wenn ich erneut in die Rolle der Lady Beatrice hätte schlüpfen sollen. Zwei Wachsoldaten nahmen uns sogleich in Empfang. Sie geleiteten uns durch die große Halle bis hin zu den Gemächern der Königin.

Elizabeth erwartete uns in ihrem Studierzimmer. Überraschenderweise arbeitete sie nicht, sondern saß einem Maler Modell. Soweit ich erkennen konnte, hatte er das Bild gerade begonnen. Wahrscheinlich brauchte die Königin ein wenig Zerstreuung, jetzt, da Lord Robert in den Niederlanden weilte – bewacht von Gilbert Gifford.

Ich machte sogleich einen Hofknicks, senkte aber nicht

den Kopf, sondern betrachtete Elizabeth. Sie trug ein prachtvolles schwarzes Samtkleid, das mit apricotfarbenen Schleifen verziert war. Das Untergewand und die Ärmel hatten dieselbe Farbe, nur waren sie reich bestickt. Ihren Kopf zierte eine Perücke aus rotem Haar, die mit zahlreichen Perlen verziert war und gleichzeitig schlicht und streng wirkte. Der Kragen um ihren Hals erinnerte mich ein wenig an einen Teller, auf dem ihr Haupt dargeboten wurde. Eine Trophäe, die König Philipp von Spanien nur zu gern besessen hätte.

Die Hofdamen waren diesmal nicht anwesend, dafür aber Lord Burghley. Ich war mir nicht sicher, ob das etwas Gutes bedeutete. Sir Francis zog eine ernste Miene, und auch Burghley sah nicht danach aus, als sei ihm zum Scherzen zumute. Die Züge der Königin waren undurchdringlich wie immer. Steif saß sie auf ihrem Platz und hatte den Blick auf einen unbestimmten Punkt im Raum gerichtet. Zunächst nahm sie keinerlei Notiz von mir. Doch das änderte sich nur wenige Augenblicke später.

»Wie uns zu Ohren gekommen ist, hast du dich vortrefflich bewährt, Beatrice.«

»Ich habe versucht, mein Bestes zu tun, um Euch zu dienen, Majestät.«

»Erhebe dich!« Ich kam ihrer Aufforderung nach und versuchte, sie nicht allzu abwartend zu mustern.

»Dank dir ist unsere Flotte ein gutes Stück vorangekommen, die Angriffspläne unseres Feindes zu durchschauen und zu vereiteln. Natürlich werden wir auch weiterhin Gottes Beistand benötigen, um sie zu besiegen, dennoch war deine Arbeit von großem Wert.«

»Vielen Dank, Eure Majestät ist zu gütig.« Ich senkte den Kopf und fragte mich, welche Dankbarkeit man von dieser

Frau erwarten konnte. Ich dachte wieder an Jane Ashley und dass Elizabeth ihrer Familie nicht einmal einen letzten Gruß geschickt hatte.

»Uns ist außerdem zu Ohren gekommen, dass du beinahe dein Leben für uns gegeben hast. Das soll nicht unbelohnt bleiben. Sir Francis.« Ohne, dass sie einen Finger bewegen musste, um ihm zu zeigen, was er tun sollte, holte Walsingham eine Schriftrolle hervor und reichte sie mir. Da die Anwesenden erwarteten, dass ich sie an Ort und Stelle las, brach ich das Siegel und entrollte sie. Zu meiner großen Überraschung handelte es sich um eine Besitzurkunde. Mir wurden einige Morgen Land und ein kleines Haus nördlich von London vermacht. Überrascht blickte ich auf und fragte mich, was ich mit einem Haus sollte. Aber das war noch längst nicht alles.

»Wir gewähren dir für deine Dienste eine jährliche Rente von dreihundert Pfund«, sagte die Königin, nachdem sie meinte, ich hätte mich von meinem ersten Schrecken erholt. »Dafür erwarten wir, dass du einen Treueschwur leistest und uns stets mit deinen Diensten zur Verfügung stehst.«

Ich war mir nicht sicher, ob es bei der Sache einen Haken gab, aber ich war viel zu durcheinander, um herauszufinden, welcher es sein mochte. Ich verneigte mich bis zum Boden und sagte: »Vielen Dank, Eure Majestät, ich werde Euch stets zu Diensten sein.«

»Du schwörst es also?«

»Ich schwöre es.« Kurz kam mir in den Sinn, dass ich es als Beatrice Walton und nicht als Alyson Taylor schwor, doch das machte wohl keinen Unterschied.

»Gut, dann steh auf. Du wirst sofort abreisen und auf deinem Besitz bleiben, bis wir wieder verlangen, dich zu sehen.«

Damit war die Sache erledigt. Elizabeth hatte ihr Gewissen beruhigt und wollte nicht länger in ihren Angelegenheiten gestört werden. Sir Francis bedeutete mir mitzukommen, während Lord Burghley zurückblieb. Der Schatzmeister warf mir einen kurzen Blick zu, wahrscheinlich würde er mich nur wenige Stunden später wieder vergessen haben.

Wir gingen durch die Große Halle und näherten uns dem Ausgang. Walsingham würde nicht mitkommen, das war mir klar. Der Kutscher, der im Garten wartete, wusste sicher bereits, wohin er mich zu bringen hatte.

»Dein Name ist ab sofort Melanie Woodward, du bist eine junge Witwe, die sich aufs Land zurückgezogen hat.«

Ich blickte Sir Francis herausfordernd an. »Hat dafür wieder jemand sterben müssen?«

»Nein, diesmal nicht. Genaugenommen gibt es diese Mistress Woodward gar nicht. Jedenfalls bisher nicht.«

»Wie beruhigend.«

Eine Pause entstand. Einen Moment lang gab ich mich der unsinnigen Hoffnung hin, Walsingham möge jetzt, da ich mich für mein Land bewährt hatte, endlich zugeben, dass er mich damals angelogen hatte, was meine Geschwister betraf. Doch das tat er nicht. Und ich wollte ihn nicht fragen, denn ich hatte Gifford ein Versprechen gegeben. Seinen Partner betrog man besser nicht in Kreisen wie unseren – jedenfalls nicht ohne Grund.

»Gute Reise, Alyson. In der nächsten Zeit wirst du sicher gelegentlich von mir hören, denn ganz will ich nicht auf deine Dienste verzichten.«

Ich blickte seiner schwarzen Gestalt einen Moment lang nach, unwissend, dass ich ihn gerade das letzte Mal lebend sah. Dann eilte ich zur Kutsche, stieg ein und ließ mich zu meinem neuen Besitz bringen.

86. Kapitel

Während der Fahrt hatte ich mehr als genug Zeit, um nachzudenken. Über mich. Über den Weg, den ich gegangen war. War ich verwerflich? Ja! War ich eine Sünderin? Nach den Maßstäben der Kirche sicherlich.

Ich hatte mich von einem unschuldigen Mädchen, dessen einzige Sünde das Stehlen von Brot gewesen war, in etwas Abscheuliches verwandelt: ein Geschöpf mit scharfen Sinnen, furchteinflößendem Wissen und so gut wie keinen Skrupeln. Ich hatte trotz meiner jungen Jahre die Lebenserfahrung einer alten Frau. Was sollte aus so jemandem werden?

Ich hatte mir zahlreiche Feinde gemacht, und wenn Spanien trotz allem einen Sieg über England erringen würde, hätte ich mein Leben verwirkt – zumindest wenn ich nicht schnell genug von hier fortkam. Doch auch so würde ich mit der Angst vor einem Vergeltungsschlag der Spanier leben müssen. Spionage war ein Spiel, in dem die Beteiligten zuweilen die Seiten schneller als das Hemd wechselten. Vielleicht wurde bald wieder jemand von uns aufgrund einer falschen Beschuldigung zum Werkzeug der Gegenseite. Vielleicht war es gar ein von den Feinden verwirrter Landsmann, durch dessen Hand ich fiel.

All diese Gedanken gingen mir durch den Kopf, während die Kutschenräder über den schlechten Weg holperten – bis ich schließlich erschöpft einschlief.

Zwei Tage später kam ich an meinem Bestimmungsort an. Das Haus lag in der Nähe eines kleinen Dorfes, stand aber für sich allein. Es war von Wiesen umgeben und hatte einen kleinen Garten sowie ein Stallgebäude. Beides war von einer niedrigen Steinmauer eingefasst, aus deren Ritzen Löwenzahn und Veilchen wucherten. Doch das Aussehen des Hauses, obwohl es mir gefiel, war erst einmal Nebensache. Auch wenn ich vor zwei Jahren noch darüber gestaunt hätte, jetzt dachte ich ganz wie eine Spionin. Das Gelände ringsherum war sehr gut einzusehen, das Haus extrem massiv. Wenn ich hier und da ein paar diskrete Maßnahmen zur Sicherung ergriff, würde mich kein Attentäter überraschen können.

So wurde ich zur trauernden Witwe und richtete mein neues Leben ein. Ab und an dachte ich noch an meine Geschwister, aber ich fand mich allmählich damit ab, dass ich sie nicht wiedersehen würde. Das Leben ging weiter, und ich konnte froh sein, dass ich meines noch hatte. Ich fragte nie, was mit Robin Carlisle geschehen war. Walsingham schickte mir weder einen Brief, in dem er mir sein Schicksal erklärte, noch setzte er mich über einen Hinrichtungstermin in Kenntnis. Wahrscheinlich war Robin noch am selben Tag in die Arme der Scavenger's Daughter gestoßen worden. Es war mir egal. An die Stelle von Wut und Enttäuschung war Taubheit getreten, und die Gewissheit, dass ich nie wieder einen Mann so nahe an mich herankommen lassen wollte.

Im Frühjahr 1588 verdichteten sich die Anzeichen, dass die Armada bald auslaufen würde. König Philipp von Spanien hatte einen neuen Kommandanten eingesetzt, den Herzog von Medina-Sidonia, denn Santa Cruz war ganz unerwartet zu Beginn des Jahres gestorben. Die Spanier behaupteten, es habe ihm das Herz gebrochen, dass der König ihm seit Cádiz nicht mehr vertraute. Damit hatten sie wohl nicht ganz unrecht. Der neue Mann stammte aus dem vornehmsten spanischen Adel, war allerdings ein zögerlicher Kämpfer und noch dazu ein lausiger Seemann, der keine Ahnung davon hatte, wozu Drake und die anderen Piraten im Dienste von Elizabeth in der Lage waren. Welche Ideen sie hatten. Und vor allem welche Geschütze. Adam Dreyling hatte seine Sache sehr gut gemacht, und ich hoffte, die Königin wusste das zu würdigen.

Am 30. Mai 1588 stach die Armada in See. Einige Wochen später, am 8. August, brachte mir ein Reiter einen Brief von Walsingham. Nachdem ich ihn entschlüsselt hatte, las ich:

Mistress Woodward!

Wir sind in der Lage, Euch mitzuteilen, dass die Flotte unseres großen Feindes vor Calais vernichtend geschlagen und in alle Winde zerstreut wurde. Unsere Armee hält sich zwar in Tilbury auf, um einer katholischen Invasion entgegenzuwirken, doch wir halten es für unwahrscheinlich, dass diese noch erfolgen wird. Unsere Leute haben uns mitgeteilt, dass vor der spanischen Küste derzeit starke Stürme herrschen. Wir beten zu Gott, dass er uns hinsichtlich der weiteren Geschehnisse gnädig sein möge.
Ihre Majestät beauftragte mich, Euch ihre besten Grüße zu übermitteln und Euch ihres Wohlwollens zu versichern.

Gezeichnet
Sir Francis Walsingham, Erster Staatssekretär

Wir hatten also gewonnen. Und nun? Würde Elizabeth jetzt in Ruhe altern? Würde Spanien Ruhe geben?
Ich wusste es nicht, doch es erfüllte mich mit Zufrieden-

heit, dass alles, was ich getan hatte, nicht umsonst gewesen war. Ich hatte Opfer gebracht, Seelen geraubt, betrogen, gelogen und gemordet. Ich wäre beinahe selbst getötet worden, und dennoch stand ich hier und hielt diesen Brief in den Händen. Ich war gleichwohl die wahre Verliererin wie die wahre Gewinnerin.

Die nachfolgenden zwei Jahre gestalteten sich sehr ruhig. Dank der Leibrente, die mir die Königin gewährte, hatte ich mein Auskommen, und nachdem man mir eine Zeitlang Ruhe gegönnt hatte, kamen die ersten Boten mit Aufträgen für mich.

Das bedeutete allerdings nicht, dass ich mein Haus verlassen und nach London kommen sollte. Walsingham sandte mir zunächst Schreibarbeiten: Briefe, die ich entziffern oder fälschen, sowie Bücher, die ich nach versteckten Codes durchsuchen sollte. Die Aufgaben waren eigentlich zu einfach für mich, aber immerhin hatte ich das Gefühl, etwas für das Geld zu tun, das ich bekam.

Nach einer Weile schickte mir Walsingham junge Frauen ins Haus und bat mich, sie in den Grundlagen der Spionage zu unterweisen. Das war die neue Generation Spione, die er aus Gefängnissen freigekauft oder entführt hatte. Allerdings waren es nie junge Männer, denn wahrscheinlich fürchtete Sir Francis, dass ich mich in einen von ihnen verlieben und ihn von seiner Pflicht abhalten könnte. Doch das wäre nicht der Fall gewesen. Seit Robins Verrat hatte ich mein Herz verschlossen und mir geschworen, mich nie wieder in einen Menschen zu verlieben. Zuweilen gab ich mich der Vorstellung hin, dass Walsingham meine Geschwister, wenn sie alt genug waren, ebenfalls zu Spionen machen würde.

Bis eines Morgens ein Bote mit einer Nachricht kam, die

kein Auftrag war. Mit ernster Miene reichte er mir den Brief, wandte sich wortlos um und stieg wieder auf sein Pferd.

Ich entrollte das Papier und erkannte die Handschrift Lady Ursulas. Noch bevor ich die Worte gelesen hatte, wusste ich, dass etwas Schlimmes passiert war.

Liebes Kind,

sicher wunderst du dich darüber, dass ich dir schreibe. Doch am 6. April hat es dem Herrn gefallen, meinen Ehemann zu sich zu nehmen. Die Krankheit, die ihn schon lange geplagt hat, hat schließlich die Oberhand behalten. Sein letzter Wunsch war es, noch in derselben Nacht bestattet zu werden – und dass ich dir diese Nachricht erst schicke, wenn das Grab über ihm verschlossen ist.

In den letzten Tagen, als er merkte, dass es mit ihm zu Ende ging, hat er mir versichert, er habe sich darum gekümmert, dass du weiterhin versorgt bist. Dafür wünscht er sich auch in Zukunft Loyalität von dir, aber wie ich weiß, bist du jemand, der solcherlei Ermahnung nicht braucht.

Ich wollte dir nur mitteilen, dass mein Haus immer für dich offenstehen wird – selbst wenn ich weiß, dass du dieses Angebot wahrscheinlich nicht annehmen wirst.

Ich sende dir die besten Gedanken und hoffe, dass dein Leben ab sofort glücklichere Wendungen nehmen wird als vorher.

U. W.

Walsingham war also tot. Ich konnte kein Bedauern fühlen, was vielleicht undankbar war. Immerhin hatte er mir dieses Leben ermöglicht. Doch er hatte mir auch viel genommen, und zwar mehr, als ich eine Zeitlang verkraften konnte.

Trotzdem, ich gönnte ihm seine Ruhe. Ich wollte den Brief schon in meine Kiste legen, in der ich meine wenigen Erinnerungsstücke aufbewahrte, als ich bemerkte, dass auf der Rückseite noch etwas stand. Die Buchstaben waren sichtbar geworden, weil ich sie mit warmen Händen berührt hatte. Anscheinend hatte Lady Ursula noch eine weitere Nachricht für mich hinterlassen. Mit zitternden Fingern hielt ich den Brief an die Kerzenflamme und sah, wie die Buchstaben erschienen.

Du findest sie in Salisbury.

Die Nachricht zwang mich dazu, mich zu setzen.

Wen sie damit meinte, wusste ich. Und mir wurde klar, dass auch Lady Ursula die ganze Zeit über gewusst haben musste, dass die beiden nicht tot waren. Walsingham hatte seinen Spionen verboten, sich ihren Liebsten anzuvertrauen, doch Lady Ursula kannte offenbar all seine Geheimnisse. Daher wusste sie auch, dass die beiden Kinder, die ihr Mann in einer Nacht im Spätsommer 1585 für tot erklärt hatte, noch immer am Leben waren. Vielleicht erwartete sie, dass ich jetzt zu ihr kommen und sie fragen würde. Doch das würde ich nicht tun. Ich würde meinen Waffenbruder Gifford, der momentan wer weiß wo oder geradewegs in der Hölle war, nicht verraten. Sicher, ich hätte sie auf eigene Faust suchen können, und dieser Gedanke erschien mir im ersten Moment ziemlich verlockend. Doch ich gab der Versuchung nicht nach.

Zu groß war die Gefahr – für sie und auch für mich. Ich wollte nicht, dass die Spanier ihre Aufmerksamkeit auf die beiden lenkten. Ich wollte nicht, dass sie für meine Taten büßen mussten.

Irgendwann, wenn die Gefahr vorüber war, wenn die Königin tot war und man mich endgültig vergessen hatte, würde ich vielleicht versuchen, sie zu finden. Doch solange sollte es mein Geheimnis bleiben. Eines von vielen, die ich als Spionin hüten musste.

Ich hielt die Nachricht also in die Kerzenflamme und sah zu, wie der Satz mitsamt den sichtbaren und unsichtbaren Worten verging.

Epilog

Ein neuer Morgen steigt blutrot über den Horizont. Das Feuer im Kamin ist längst erloschen, die Nachricht durch den Schornstein entwichen. Meine Erinnerungen sind jedoch nach wie vor in mir, und sie sagen mir, dass es Zeit ist für eine neuerliche Veränderung in meinem Leben. Zu lange habe ich im Stillstand verharrt und gewartet.

Vielleicht werde ich von hier fortgehen, um jenseits des Meeres ein neues Leben zu beginnen. Vielleicht werde ich auch bleiben und nach meinen Geschwistern suchen.

Oder durch die Hand eines Spaniers sterben.

Alles erscheint mir möglich an diesem Morgen, doch ich habe keine Angst.

Danksagung

Ich danke allen, die mir bei der Entstehung dieses Werkes geholfen haben, insbesondere:
meiner Agentin **Petra Hermanns**,
meinem heldenhaften Lektor **Timothy Sonderhüsken**,
meiner Redakteurin **Angela Troni**
sowie all jenen Mitarbeitern des Knaur Verlags, die dafür gesorgt haben, dass Alyson in diesem Buch das Licht der Welt erblicken und ihre Abenteuer erleben konnte.

Schlussendlich weise ich darauf hin, dass dieser Roman, obgleich gründlich recherchiert, ein Werk der Fiktion ist, in dem ich einige kleinere historische Fakten zu meinen Gunsten verändert habe.

Leseprobe

aus

Sandra Lessmann
Das Jungfrauenspiel

England im Jahre 1583: Sir Francis Walsingham, Erster Sekretär der Königin und Herr über ein weitgespanntes Agentennetz, kennt nur ein Ziel: Er will endlich den »Greif« enttarnen, einen Spion, der den Briten das Leben zunehmend schwermacht. Und dazu benutzt er eine Unschuldige: die schöne Marianna Ashton. Walsingham, der Mariannas kleinen Sohn hat entführen lassen, vermutet den Greif im Umkreis von Freunden Mariannas, den Fleetwoods. Er zwingt die verzweifelte Mutter, für ihn Spitzeldienste auszuführen – andernfalls werde sie ihr Kind nie wiedersehen. Wohl oder übel muss Marianna zustimmen und begibt sich auf den Landsitz der Fleetwoods. Dort verliebt sie sich in James, den Freund der Familie. Sie ahnt nicht, wer sich hinter diesem liebenswerten Taugenichts wirklich verbirgt. Es beginnt ein gefährliches Spiel um Liebe und Politik, in das Marianna und ihr Sohn immer tiefer verstrickt werden …

Knaur Taschenbuch Verlag

Der kleine Segler wiegte sich gemächlich im leichten Wellengang des Hafens von Calais. Ein starker Geruch nach Fisch, Tang und Salz lag in der Luft. Das Geschrei der Möwen, die auf der Suche nach Abfällen tief über das Wasser glitten, verband sich mit den rauhen Stimmen der Seeleute. Es herrschte rege Betriebsamkeit. Fässer wurden über das steinerne Pflaster gerollt, Kisten und Bündel zu wartenden Booten geschleppt.

Roger Ashton nahm die Hände seiner Gemahlin und drückte sie herzlich.

»Seid Ihr sicher, dass Ihr diese gefährliche Reise auf Euch nehmen wollt, meine Liebe? Noch ist Zeit, Eure Meinung zu ändern.«

Marianna Ashtons grüne Augen hoben sich zu dem Gesicht ihres Mannes. Entschieden schüttelte sie den Kopf.

»Bitte versteht doch! Von dem Moment an, als sie mir Nathaniel weggenommen haben, suche ich nach einem Weg, ihn zurückzubekommen. Ich will nicht, dass er eines Tages seine Mutter vergisst. Ich bin Euch ins Exil gefolgt, weil ich glaubte, Ihr wüsstet Rat.«

Er senkte die Lider. »Es tut mir leid. Wenn ich geahnt hätte, dass man Euch Nat fortnehmen und ihn in die Obhut meines Vetters geben würde, hätte ich euch früher zu mir geholt.«

»Ich gebe Euch keine Schuld. Aber ich muss einen Versuch unternehmen, Nat aus England herauszubringen. Auch wenn er nicht...«

Ashton unterbrach sie. »Schon gut, Ihr braucht nichts

weiter zu sagen. Ihr wisst doch, dass ich Euch längst vergeben habe. Trotzdem habe ich Angst um Euch. Walsinghams Spitzel sind überall. Wenn man Euch erkennen sollte ...«

Beschwichtigend legte Marianna die Hand auf den Arm ihres Gatten.

»Ich habe doch einen Pass auf einen anderen Namen. Niemand rechnet damit, dass ich nach England zurückkehre.«

»Es wäre meine Pflicht als Euer Herr und Beschützer, Euch auf dieser Reise zu begleiten.«

»Nein! Ihr wisst sehr gut, dass es unvernünftig wäre. Wenn man Euch in England aufgreift, wird man Euch wegen Hochverrats hinrichten. Mir als Frau werden sie dagegen nichts tun. Wünscht mir Glück, mein Gemahl.«

»Ich werde hier in Calais auf Eure Rückkehr warten. Möge Gott Euch schützen!«

Nur widerwillig ließ Roger Ashton die Hände seiner Gemahlin los und wandte sich an den Diener, der mit einem Bündel über der Schulter hinter ihr stand.

»Christopher, achte gut auf deine Herrin! Ich vertraue dir ihre Sicherheit an. Enttäusche mich nicht!«

Der große, kräftig gebaute junge Mann neigte leicht den Kopf. »Ja, Sir!«

Christopher war sich der Verantwortung wohl bewusst. Er diente seinem Herrn bereits von Kindheit an und verehrte dessen Gemahlin.

Marianna Ashton wandte sich ohne ein weiteres Wort von ihrem Gatten ab, winkte ihrer Magd Judith und ließ sich von dem Diener an Bord helfen. Der Segler würde sie und einige andere Passagiere zu dem Postschiff bringen, das in tieferem Gewässer vor Anker lag.

Roger Ashton blieb noch lange auf der Mole stehen und beobachtete, wie das Schiff die Segel setzte, den Anker lichtete und langsam den Hafen verließ. Erst als es nur noch ein heller Fleck am Horizont war, riss er sich von dem Anblick los und suchte eine der Kirchen der kleinen Stadt auf, um für Mariannas sichere Rückkehr zu beten.

Als Ashton das Gotteshaus verließ, begann es bereits zu dunkeln. Vom Meer her wehte ein kalter Wind, der durch den dicken Wollstoff seines Umhangs drang und ihn trotz der reichlich vorhandenen Fettpolster erzittern ließ. Seine Gedanken wanderten wieder zu seiner Frau und ihrem Vorhaben. Erneut durchlief ihn ein Schauer, für den nicht die Kälte verantwortlich war. Vielleicht hätte er energischer versuchen sollen, sie davon abzuhalten. Aber Marianna hatte von jeher einen Dickkopf besessen, gegen den anzukämpfen ihm oftmals zu mühsam gewesen war. Aus Bequemlichkeit hatte er ihr zu viel durchgehen lassen. Andererseits war sie dank ihrer Entschlossenheit auch ohne ihren Gatten zurechtgekommen, als dieser nach der Rebellion der nordenglischen Grafen ins Exil gegangen war. So jung Marianna damals gewesen war, sie hatte sich in ihrer nicht gerade beneidenswerten Lage als Frau eines Hochverräters behauptet und sich von den Vertretern des Staates, die sie schikaniert hatten, nicht einschüchtern lassen. Ashton hätte es ihr nicht übelgenommen, wenn sie ihren Gatten für die verzweifelte Lage, in die er sie gebracht hatte, von ganzem Herzen gehasst hätte. Zu seinem Erstaunen tat sie es nicht, hatte es nie getan. Es mochte keine Liebe zwischen ihnen gegeben haben – das hatte er bei dem erheblichen Altersunterschied auch nicht erwartet –, doch sie hatten einander mit Achtung und Verständnis behandelt. Die wenige Zeit, die Roger Ashton während seiner vierzehnjährigen Ehe mit seiner Gemahlin verbracht hatte, war das Beste, was ihm je passiert war. So war es ihm nicht schwergefallen, über Mariannas wenige Fehltritte hinwegzusehen. Er gab sich selbst die Schuld. Schließlich hatte er sie im Stich gelassen, um sich einer von vornherein zum Scheitern verurteilten Rebellion gegen die Königin von England und ihre Minister anzuschließen. Nun war es Marianna, die sich in ein gefährliches Vorhaben stürzte, und er brachte es nicht übers Herz, sie zurückzuhalten. Eine heimliche Reise nach England erforderte allerdings eine sorgfältige Planung. Die englischen Hafenstädte wimmelten von Spitzeln, denn die mächtigen Männer am Hof Elizabeths lebten in ständiger Angst vor Verschwörungen gegen ihre Königin. Roger Ashton selbst hätte es nicht wagen können, die Insel zu betreten, ohne Verhaftung, Kerker und eine barbarische Hinrichtung zu riskieren. Seine Gattin dagegen würde kaum Verdacht erregen. Mit einem gefälschten Pass ausgestattet, den sie von einem im Exil lebenden Engländer erstanden hatten, konnte sie sich sicher fühlen. Nun blieb Ashton nichts anderes übrig, als zu warten und zu beten.

Tief in Gedanken versunken ging er durch die schlecht beleuchteten Gassen des Küstenstädtchens. Die Geräusche des Hafens hinter ihm wurden vom Wind verweht, der einen Geschmack von Salz auf den Lippen zurückließ. Die Gasse, die zu der Herberge führte, in der er wohnte, stieg ein wenig an, und die leichte Anstrengung nahm ihm bereits den Atem. Ein Gefühl von Enge zog sich um seine Brust und strahlte in seinen linken Arm aus. Er musste stehen bleiben, um Luft zu schöpfen. Das Alter!, dachte er zerknirscht. Dabei hatte er gerade erst sein fünfzigstes Jahr vollendet. Vielleicht war es aber auch seine Schwäche für gutes Essen. Marianna hatte ihn stets wegen seines kräftigen Appetits geneckt. Nun rächte sich die sündige Völlerei. Er musste in Zukunft wohl oder übel kürzertreten!

Ashtons rasselnder Atem übertönte die Schritte der drei Männer, die sich ihm von hinten näherten. Er hörte sie nicht kommen. Plötzlich wurde er an beiden Armen gepackt und gegen eine Hauswand geschleudert. Ashtons Hand tastete nach dem Griff seines Degens. Es gelang ihm noch, die Waffe halb aus der Scheide zu ziehen, als ein Fausthieb in den Magen seine Gegenwehr im Keim erstickte. Röchelnd krümmte er sich zusammen und schnappte nach Luft. Sein Herz raste. Seine Arme wurden auf seinen Rücken gezwungen, ein Seil schnitt in das Fleisch seiner Handgelenke und schnürte sie zusammen. Nun war er völlig wehrlos. Mit schreckgeweiteten Augen nahm er die Gesichter der drei Männer in sich auf, die ihn umstanden. Eines von ihnen gehörte dem Exilanten, der den Pass für Marianna gefälscht hatte.

»Was wollt Ihr von mir?«, stieß Ashton hervor, obwohl er die Antwort bereits kannte. Sie waren einem englischen Spion auf den Leim gegangen!

Wortlos starrten die Männer ihren Gefangenen an.

»Ich bitte Euch, lasst mich gehen!«, flehte Ashton.

Einer der Männer stopfte ihm einen schmutzigen Lappen in den Mund, ein anderer holte einen Leinensack hervor und zog ihn dem vor Angst bebenden Gefangenen über den Kopf, damit er nicht sah, wohin man ihn brachte. Roger Ashton wusste es auch so. Allem Anschein nach war er dazu verdammt, in die Fußstapfen Dr. John Storys zu treten, der im Auftrag William Cecils, Lord Burghley, entführt und in England hingerichtet worden war. Und die ahnungslose Marianna lief in eine Falle!

Neugierig geworden?
Die ganze Geschichte finden Sie in:

Das Jungfrauenspiel
von Sandra Lessmann